兵妈妈

主　编　成亚平
副主编　陆幸生

上海人民出版社

编纂委员会

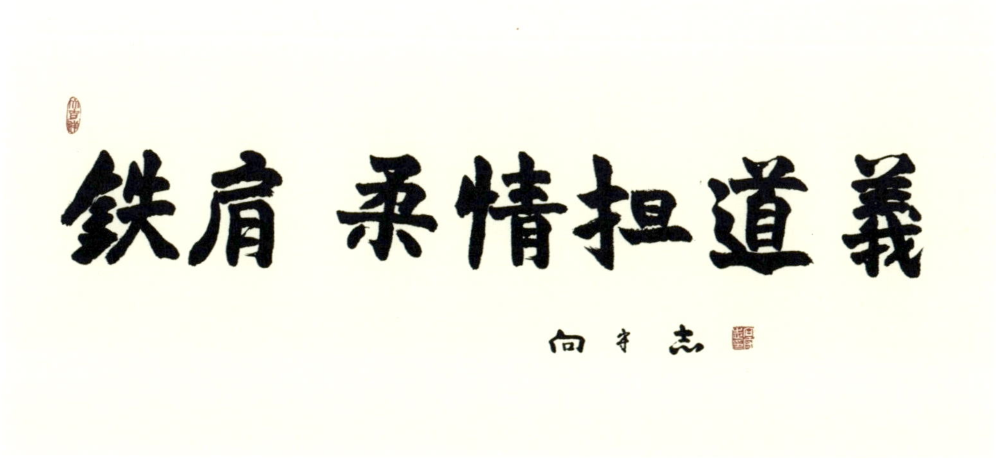

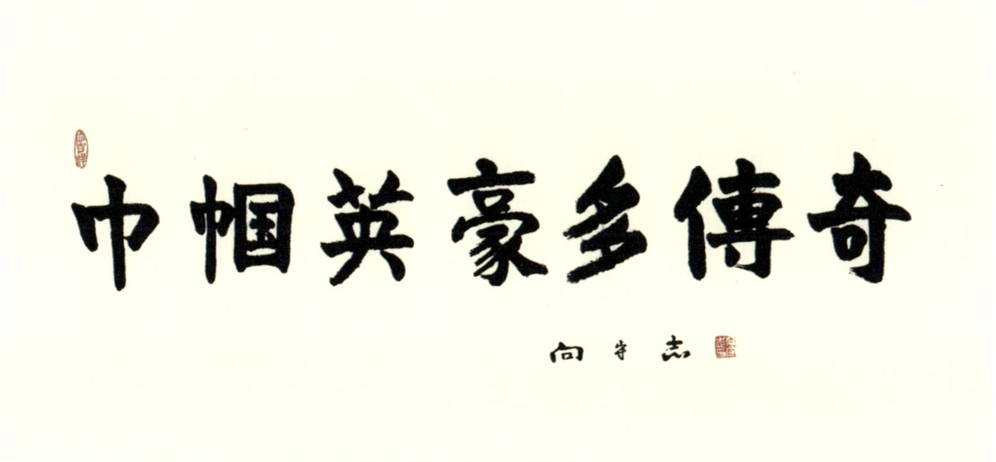

向守志将军为本书题词

目录

第二篇　战地英姿

第三篇 风雨人生

第四篇　绿叶芳华

序　侠骨柔肠的礼赞

罗　援

我一页一页地翻阅着厚重的革命纪实文学《兵妈妈》，薄纸如铅。我一章一章地感悟着兵妈妈的辛酸苦辣，泪如泉涌。我一个一个地用脸贴近着亲爱的好妈妈，仍能感受到她们的体温，她们的脉动，她们的心跳，柔柔的、软软的、暖暖的，又是那么强劲的、滚烫的……泪眼婆娑中，写下了如下泪染的文字。

都说父爱如山，母爱如海。父亲教会了我们威武不屈，母亲教会了我们善良博爱。兵妈妈集父爱与母爱于一身，她们是“兵”＋“妈妈”。脱去了一身红妆，操起了五尺钢枪，她们刚毅如山，她们博爱如海。她们是女人，她们是妻子，她们是母亲，她们更是一个一个家庭的顶梁柱，但她们就是她们，她们的第一身份首先是一个兵。

《兵妈妈》描写的主人公，大多不是大家所熟悉的将帅们的夫人，她们和她们丈夫的事迹鲜为人知，而她们更躲在丈夫的身后，默默奉献着，含辛茹苦，相夫教子，挤尽了最后一滴乳汁，吐出了最后一根蚕丝。她们走在马路上，与普通老百姓无异。她们也会去挤公共汽车，也会在菜市场上讨价还价，平时与张大妈、李大婶唠家常，病时蜗居在普通的病房里呻吟。谁知道，她们曾经从硝烟中走过来？谁知道，她们也曾经战功赫赫？谁知道，她们精彩感人的传奇人生！其实，在我们的革命史诗中除了叱咤风云的将帅们，更多的是那些“一将功成万骨朽”的无私奉献者和他们身后更加无私的支持者，这些沉默的大多数才是共和国的脊梁。

大多数兵妈妈来自社会的最底层，有的是童养媳、农家女、包身工，也有大家闺秀、小家碧玉、出生于书香门第的，但她们都聚集到共产党的旗帜下，为劳苦大众的翻身解放浴血奋战，前赴后继，视死如归。她们是中国近代革命史中一道靓丽的风景线。

兵妈妈们“兵”味十足，勇敢、忠诚是她们的代名词。柔情，女人皆有；侠骨，则在兵妈妈们身上得到了完美的体现。许多兵妈妈是从井冈山、大别山、大巴山、洪湖岸边、黄土高原走出来的，雪山草地留下了她们的身影。著名作家丁玲在延安采访经历过长征的女战士时感慨地说了一句话：“长征最苦的是，苦了女兵。”女人，常与温柔相连，因此，善良的人们大声疾呼：“让女人远离战争！”但红军女战士为了自身的解放和民族的独立自由，毅然走入了战争。据统计和考证，红一方面军参加长征到达陕北的女红军有：邓颖超、蔡畅、康克清、贺子珍等32位；红二方面军有李贞、陈宗英等21位；红二十五军有周东屏、戴觉敏等7位。参加红四方面军长征的女红军有2000余人，《兵妈妈》书中所描写的新四军副参谋长周子昆烈士的夫人何子友就是她们其中的一员。在感慨何老妈妈英雄事迹的同时，竟然发现何老妈妈与我父亲罗青长同为四川省苍溪县的红军，真为我们老家出了这么一位巾帼英雄而感到自豪。当年红军女战士们克服了常人难以想象的困难，特别是妇女特有的生理现象，与男同志们一起行军打仗，风餐露宿，还要担负起救治伤员、宣传鼓动等多项任务。她们被称为“政治战士”，行军途中要奔前跑后，往往要比一般的战士每天多走10多里，因此，周恩来赞誉她们是走了三万五千里的人。

兵妈妈们从雪山草地走来，从井冈山到宝塔山，从祁连山到五指山，从大别山到太行山，从湘江、赣江、嘉陵江到鸭绿江……一路枪林弹雨，一路战火硝烟，每一寸征程上都留下了她们血染的风采。新四军女战士方坤，在部队转移时，为了不拖累部队，身怀六甲的她，挺着大肚子，怀抱着重病的女儿，突破重重封锁线，回到丈夫的老家分娩。当孩子呱呱落地时，第一个女儿却病情加重，浑身皮肤溃烂，不久就离开了人世。女儿的夭折成为方坤心中永远挥之不去的痛！战争年代的兵妈妈们难啊！她们又要行军打仗，又要担负起生育和抚养子女的重任。为了革命，许多兵妈妈不得不将自己心爱的孩子寄养在老乡家，骨肉分离，锥心剜肉，谁人不知道这种生离死别之痛！但兵妈妈更知：既然选择了革命，就意味着要失去和付出许多，包括爱情、家庭、子女，甚至生命。兵妈妈们在部队中担任最多的工作还是卫生兵和文艺兵。都知道，抗美援朝战争中，打得最惨烈的一仗是上甘岭战役，可谁又知道，在上甘岭战役进入到白热化阶段，活跃在阵地上的居然有我们的兵妈妈。她们在寸草不生、硝烟弥漫的阵地上，带来了上级的问候，祖国的慰问品和脍炙人口的文艺节目，被称为“战地百灵”。在三年的朝鲜战争中，仅12军的文艺战士就伤亡上百人，其中一位叫戴儒品的女兵，出生于书香门第，长得标致漂亮，多才多艺，她少年时代的梦想是当一名出色的歌唱演员，但在一次前往前线演出的途中，遭敌机轰炸，她的生命永远定格在苏谷山口，她的全身被炸得体无完肤，只有两条沾满血迹的长辫子挂在河边的树梢上随风摇曳……《兵妈妈》书中戴儒品烈士的战友耿玉兰和钟平均两位兵妈妈（其实我应该叫她们阿姨）还健在，生活在南京，而且还活跃在弘扬红色文化的舞台上，有机会我真想到南京去探望一下两位可爱的兵妈妈，听她们高唱《志愿军战歌》，向她们表达一位后辈对兵妈妈们的敬意！

《兵妈妈》描写了许多女兵的传奇经历，几乎每个人都可以写一出惊心动魄的电视连续剧。

据《中国武术史略》记载：“武当‘太和门’第十二代传人何子友……习得‘神化五毒雷电殛手’诸绝技”，但是，谁也没有想到这位学徒杂役竟成为红四方面军妇女独立团令敌人闻风丧胆的“双枪何姑娘”。李艺老妈妈的狱中纪实，跌宕起伏，惊心动魄，就是一部真实版的《铁窗烈火》。她在狱中写下的诗篇《五月的夜》：“……星光灿烂，黑夜将过去，明天的苦难还在迎接着我和你，亲爱的伙伴，挺起你坚强的胸膛，血红的太阳将在东方冉冉升起。”至今读起来，仍然令人血脉贲张。要知道，李艺老妈妈在狱中承受磨难时才17岁。国民党空军起义第一人，我军空军奠基人之一的刘善本驾机飞往延安后，他的夫人周叔璜一时陷入险境，国民党特务对她软硬兼施，盯梢盘查，但她毅然决然抛弃荣华富贵，宁肯变卖所有家当也决意与丈夫奔向光明。险象丛生，历经磨难，在党组织的多方营救下，她最终虎口脱险。我们从小就听过“木兰从军”的故事，而这种女扮男装的女中豪杰在兵妈妈中也屡见不鲜，戚林弟就是其中之一。她原名戚意香，14岁参加革命，为了行动方便，束胸削发，把自己打扮成一个男孩模样，她当过交通员、卫生员，在给老首长谭启龙政委当通讯员时，首长给她起了一个别号“小弟弟”，戚意香索性给自己改名叫戚林弟，意为四明山丛林里的小弟弟。就凭着这身装束，她多次成功地完成了递送情报的任务。兵妈妈中还有一位叫刘禄曾的，出身名门望族，但经过战火的洗礼，最终从一名上海名媛历练成一只“战地夜莺”，她凭着娴熟的英语，在志愿军战俘营与战俘斗智斗勇，冒着生命危险闯过“死亡之谷”，身临一线担任战地播音员。具有戏剧色彩的是，改革开放之后，她在异国他乡竟然与当年的战俘邂逅相逢，刘禄曾老妈妈以中国女性特有的善良，演绎了战胜者与战败者“相逢一笑泯恩仇”的感人一幕。

兵妈妈们又是一个极普通的群体，洗衣做饭，相夫教子，献了青春，献老年，献了老年，献终生。哺育了第二代，又抚养第三代，没完没了地劳作，无怨无悔地奉献。谁说她们平凡？在她们的平凡中孕育着伟大。她们支撑着家庭，为丈夫和儿女们遮风避雨，驱寒暖身，有她们在，家庭就跨不了。特别是在丈夫牺牲后，她们含辛茹苦地把烈士的遗孤拉扯大；在丈夫，甚至自己蒙受不白之冤后，她们咬紧牙关硬挺着，坚守着那份忠诚，坚守着那份忠贞，坚守着那份责任；在经济困难时期，家里第一个浮肿的肯定都是我们的母亲；儿行千里之时，最牵肠挂肚的仍然是我们的母亲。在祖国有难的时候，第一个把自己的子女送上战场的肯定还是我们的母亲。她们把对祖国的爱与对亲人的爱融为一体，在自己与家人的天平中，她们牺牲的总是自己。路伟老妈妈在丈夫去世后，她独立支撑家庭42年，守护着7个子女长大成人，在母亲的支持和鼓励下，7个子女中有6人完成了正规大学教育，4个外孙女获得了博士学位，其中艰辛只有兵妈妈们自己知道。

兵妈妈们本身就是爱的化身，代表着纯洁的爱、高尚的爱、无私的爱。她们许多人冲破封建的藩篱大胆地追求爱情，在风雨飘摇的动荡年代精心呵护着爱情，以至于用自己的一生去守望着爱情，甚至在个别的负心汉背叛爱情时，她们仍然能对家庭、对子女不离不弃，维系着曾经爱情的结晶。她们才是“不让须眉”的女中豪杰、真情英雄。兵妈妈们大多是在战争年代，在革命的队伍中与志同道合的战友、同志喜结良缘。从此，相濡以沫，生死相依。毛泽东曾经为何子友与周子昆主持婚礼，祝愿他们“携手并进，为中国人民的解放事业、为千百万劳苦大众的幸福奋斗到底！”这句话成为何子友的座右铭。丈夫周子昆牺牲后，她独自支撑起家庭的重担，精心抚育烈士遗孤。1985年，已经72岁高龄的何子友，执意要寻找周子昆烈士的殉难之地。当地老乡劝她，“不要上去了，没路可走啊”，何妈妈说：“没路也上！”她硬是拄着拐棍，攀援在几乎无路可走的陡壁丛林中。当她颤颤巍巍地来到当年埋葬丈夫遗体的地方时，老妈妈触景生情，潸然泪下，喃喃地说，“子昆是不会忘记我的……”此情此景，感天动地。兵妈妈杨燕在抗日战争的烽火中，与老虎团副团长饶惠谭相识、相知、相爱，那是一种美人慕英雄的爱情，当饶副团长一手提着驳壳枪，一手握着指挥刀，第一个冲向日寇的碉堡时，杨燕的心动了，爱情的花开了。可以说，大部分兵妈妈的爱情，都是由于对英雄的崇拜而催生的，这是一种生死之交，这是一种永恒的爱情。在抗美援朝战争中，时任23军参谋长的饶惠谭壮烈牺牲。噩耗传来，杨燕悲痛欲绝，但她坚强地挺了过来，而且向婆婆承诺，决不改嫁，从一而终。从此，年轻的兵妈妈关闭了一切个人感情的窗口，将所有的时间和精力都投入到工作、学习和养育儿女的日常家务中。黎汶老妈妈的三位女战友，分别是253团团长、政委、参谋长的未婚妻。事先商定金门战役之后集体举行婚礼。姑娘们在海这边守着、盼着，而出征的心上人却再也未能归来。正所谓“可怜无定河边骨，犹是春闺梦里人”！黎汶老妈妈每每提及牺牲的战友，都会沉默一阵子。她抿着嘴，牙根咬得紧紧的，木然地朝着远方望去。她的眼里没有泪水，经历过战争和生死考验的兵妈妈们，有泪只在心里流！

高尔基曾经说过：“世界上的一切光荣和骄傲，都来自母亲。”

夜半读完《兵妈妈》，已经泪湿枕巾。感谢各位作者，以他们的真情实感，以他们细腻的笔触、感人而优美的文字，以他们对母亲的一片亲情大爱，为我们展现了一个个鲜活的兵妈妈。更感谢主编者每章以诗词开篇，给兵妈妈们的故事增添了几分凄凉，几多悲壮。书中所描写的这些兵妈妈，许多我并不相识，但又似曾相识，都是那么的可爱可亲可敬，都是那么的栩栩如生，我情不自禁地朝着她们呼唤了一声“妈妈”！而奇迹真的发生了，在泪眼婆娑中，我的妈妈从天堂中向我走来，脸上又多了几道皱纹，头上又多了几根白发，我呼喊着扑向了母亲的怀抱……

前言　烽火红颜巾帼情

自2014年春天，我们策划编辑《兵妈妈》后，深感肩负着沉甸甸的责任和使命。长期以来，经历过战火考验的兵妈妈，被认为是附丽于兵爸爸魁伟高大、犹如松柏般坚强躯体的藤蔓或凌霄花。人们在赞叹她们秀美贤惠、勤劳善良、对爱情无比坚贞的同时，忽视了女兵这个独特的群体在残酷的战争年代与血性男儿同样担当的英勇无畏的战士品格和救世济民的家国情怀。

翻开我军建军史：自从1927年八一军旗在南昌升起，我军一代代女兵前赴后继，浴血沙场！无论是在开天辟地艰苦卓绝的二万五千里长征路上，在救亡图存勇驱顽寇的抗日烽火前线，还是在刀光剑影虎穴狼窝的隐蔽战线，在异国他乡冰天雪地的朝鲜战场，兵妈妈们以女性特有的坚韧不屈、刚柔相济的大爱胸怀，与金戈铁马、气吞山河的铁血男儿一起，慷慨赴国难，舍生为正义，共同谱写了一曲荡气回肠的英雄交响曲，铸就了人民军队永不言败的军魂，为后人留下了可歌可泣的传奇故事。

然而，这些传奇故事长期没有被挖掘整理，只是留存于当事人的记忆或者家属子女的私人空间中，有的甚至已湮没在历史的尘烟中。为了铭记历史、开创未来，给后人留下中国女兵在追求真理不懈奋斗道路上闪光的足迹，我们历时两年，奔赴十几个省、市，采访了几十位老红军、老八路、新四军、志愿军女战士，抢救和挖掘珍贵的史料，编辑整理了这本纪实回忆文集。但愿这本凝聚着我们爱心、孝心的红色回忆录，能给我们平凡而伟大的兵妈妈们留下无悔的青春记忆，给继往开来的下一代以思考和启迪……

展开兵妈妈传奇这轴瑰丽的画卷，等于打开了一扇历史的窗口。穿越岁月的烟云回眸中国近代百年史，战争中走来的共和国一代女兵进入我们的眼帘。她们首先是不屈不挠的战士，亦是忠贞不渝的妻子，慈祥仁爱的母亲。她们将人生最美好的青春年华献给了祖国的解放事业。她们是中华民族最优秀的女性，是伟大的巾帼英雄！本书透过她们悲壮、坎坷、自强、奋斗的个人命运，折射出中国革命发展史、中国妇女解放奋斗史。

当年，兵妈妈们无论出身名门望族还是贫苦人家，个个带着国仇或家恨，怀抱为人民大众获得公平正义的崇高理想与信念，义无反顾地走进战火硝烟。她们是站在时代前列的新女性，是中华民族妇女解放的先驱者，她们承载和经历了中华民族最深厚的苦难。在她们身上彰显着花木兰替父从军的豪情，梁红玉击鼓抗金的风采，秋瑾为理想不惜舍生取义的慷慨无畏，陈铁军为主义视死如归、以枪声为刑场婚礼的大义凛然……

然而在众多兵爸爸作为开国将领而名垂史册的时候，同样为共和国的诞生立下汗马功劳的兵妈妈们，在革命胜利以后，无论是职务还是级别都比兵爸爸要低许多。20世纪50年代中期，为适应军队正规化建设，她们中的大多数人含泪脱下军装，告别军营，复员转业到地方，在平凡的岗位上甘当一颗小小的螺丝钉。许多兵妈妈为了支持丈夫的工作，为了养育下一代，在两难的选择下，不得不辞去所热爱的工作，放弃级别待遇，回归家庭，成为了全职妈妈。

在漫长的人生道路上，兵妈妈们忍辱负重、含辛茹苦、任劳任怨、甘当绿叶，默默地分担着兵爸爸们的甘苦艰辛，抵御着政治风雨给子女们带来的迷茫挫折……她们用博大的胸怀、坚强的毅力为家庭支撑起一片晴朗朗的天！正如诗人歌德所言："永恒之女性，引我们上升。"

本书共收入了五十多篇文章，分为"峥嵘岁月"、"战地英姿"、"风雨人生"、"绿叶芳华"四个篇目，力图以丰富曲折的内容和生动感人的故事，全方位、多角度反映战争与女性、革命与爱情、母爱与亲情这些具有永恒价值的主题。

书中有反映皖南事变中牺牲的新四军副参谋长周子昆烈士的夫人、103岁红军女战士何子友坎坷传奇人生经历的《杜鹃啼血唤春晖》；反映抗美援朝战场牺牲的23军参谋长饶惠谭烈士的遗孀、新四军女战士杨燕，独自一人抚育四个儿女长大成人、赡养烈士父母感人事迹的《她用生命写忠诚》；反映战斗在我党隐蔽战线的女战士刘毓兰，与丈夫假扮夫妻朝夕相处结为革命伴侣，赤胆忠心无私无畏战斗在敌人心脏的无名英雄的《毓秀兰馨楚天娇》；反映在敌人集中营里不屈不挠、视死如归的新四军女战士李艺的《黑狱星火映丹心——狱中纪实》。

书中也有反映解放战争中第一个驾机起义由国统区飞往延安，被周总理誉为“国民党驾机起义的一面旗帜”的空军少将刘善本的妻子周叔璜，在国民党特务的严密监视下，与特务巧妙周旋，在中共地下党的帮助下带着女儿奔赴东北解放区与丈夫团圆，参加人民空军，毕生为祖国的和平统一竭尽全力的《比翼共危艰　同心促统一》；反映出生于清末官宦之家，为了挣脱封建大家庭的束缚，毅然投奔延安，虽屡遭“左”倾路线的打击迫害，却始终坚守信念。解放后以五个孩子的母亲、36岁的年龄考入第二军医大学，成为出色的医务工作者的女少校路伟的《一个平凡母亲的不平凡人生》。

书中还有多篇反映志愿军女兵在硝烟弥漫的朝鲜前线，铿锵美丽、英勇无畏的青春励志故事。如《一个女兵的上甘岭日记》、《从上海名媛到战地夜莺》、《战地女记者的苦与乐》、《正义的较量——朝鲜碧潼战俘营纪实》、《绽放的金达莱》、《高黎贡山走出的腾越女兵》、《生命中那一抹绿色》等。

书中另有多篇反映战争年代作为妻子、母亲的女兵们在爱情婚姻上的酸甜苦辣，养育子女的艰辛磨难，和平时期历经风雨人生而无怨无悔的动人故事。如《此情可待成追忆》、《八一军旗映照下的大爱人生》、《历尽磨难终不悔》、《妈妈的苦乐年华》、《抗美援朝洞中缘》、《打开尘封的记忆　追寻母亲的足迹》等。

其中，反映开国将军夫人的《穿越时空的怀念》、《太行山上女八路》、《玉莲永亭立》、《烽火硝烟中的母亲》、《遗失的军功章》、《我是一个兵》、《历战火硝烟　铸忠贞爱情》等，为我们展示了我军老一辈革命家清正廉洁、淳朴低调的家风和夫妻患难与共、生死相依的人间真情。

相信兵妈妈们跌宕起伏的个人命运、丰富多彩的人生阅历和惊险传奇的战斗故事，定会让读者感动、哀婉、痛惜、震撼……

俄罗斯著名历史学家克柳切夫斯基曾说：“如果丧失对历史的记忆，我们的心灵就会在黑暗中迷失。”在新的历史时期，对崇高理想信念的执著追求，对国家和人民利益的无私奉献，对爱情家庭的忠贞坚守，仍然是需要继承和弘扬的社会主流价值。而本书的出版对于传承红色文化，推动时代精神的深入人心，无疑有着积极的意义。我们希望本书在祖国走向未来、民族走向复兴、实现强国强军的中国梦的进程中，能起到一些精神助推作用。

“铁肩柔情担道义，巾帼英豪多传奇。”百岁红军老战士、原南京军区司令员向守志上将的题词对本书的内容和主旨作了精准的概括。在此谨致谢忱！

同时我们还要真诚地感谢上海人民出版社的领导和编辑，没有他们的慧眼和大力支持，本书不可能顺利出版。

谨把本书献给为了中华民族的独立、自由、解放献出生命、鲜血、青春、智慧的女兵们！她们的精神将与山河同在，与日月齐辉，永远闪耀着璀璨的光芒，照亮着我们前行的道路！

成亚平　陆幸生

2016年5月1日

第一篇
峥嵘岁月

关河日落烽烟浓，
巾帼挥戈起寰中。
赣水浪激入延河，
太行峰高峙碧空。
健儿矫女铸铜墙，
劲松寒梅唤春风。
繁花滴血润沃土，
岁月峥嵘照颜红。

（陆幸生）

汉宫春·巾帼母亲

阅尽春秋，赋木兰颜色，画卷垂虹。
灯光深处，化作泪眼泓瞳。
丹青锦秀，却难寻、凤涅飞红。
今夜雪、梅花安在？落英万点葱茏。

一路清风担月，舞黄河九曲，南北西东。
平生最知淡泊，素面从容。
家祠社稷，两相和、巾帼谁同？
华似练、佳人未老，天骄淑雅纤秾。

（董　明）

（杨娌娅作品）

杜鹃泣血唤春晖

——记红军女战士何子友

陆幸生

人生不是一支短短的蜡烛，而是一支由我们暂时拿着的火炬，我们要把它燃得十分光明灿烂，高高举起，然后交给下一代的人们。

——萧伯纳

一、燃烧的生命火焰

立春季节，阳光明媚，气候依然寒冷。周民夫妇和往常一样去南京军区总医院探望已经103岁的母亲何子友。推开老人病房的门，一缕阳光照耀在老人堆满皱纹、略显苍白消瘦的脸上。她穿着大红色的薄呢棉袄、头戴红色毛线帽，像是一团燃烧着的火焰，以生命之光融进了透过窗棂照进病房的阳光。老人以坚定的目光眺望着窗外的景色，像一棵永不凋谢的苍松和一株虬干挺拔的老梅。松风梅影般端坐在轮椅上的她，安然沉浸在风云往事的回忆之中。

何子友于20世纪60年代

她，是南京军区幸存的年龄最大的红军女战士，也是中国武术界年龄最大且资格最老的女武术家。

三年前，也是这样的早春季节，在杜鹃花盛开的时候，老人迎来了百岁华诞。南京军区领导专门在老人养病的军区总医院南楼大会议室举办了“恭贺何子友老首长百岁华诞”庆生会。南京军区及军区司令部、政治部首长带着鲜花专程莅会庆贺，他们还捎来了中国人民解放军总政治部颁发的贺信和寿幛，表达对她的崇高敬意。总政治部的贺信简要概括了老人不平凡的一生，并给予极高的评价：

风雨百年人生路，巾帼何曾让须眉。青年时代，您满怀救国救民的远大理想，毅然加入中国工农红军，参加了川陕革命根据地反六路围攻和红四方面军的长征，爬雪山、过草地，历经艰辛，不屈不挠，表现出一名无产阶级革命战士英勇顽强的意志品质。任延安红军被服厂党支部书记时，您带领千余兄弟姐妹，在极其困难的条件下，想尽一切办法保障部队军需供给，为巩固提高部队战斗力作出了重要贡献。抗日战争时期，您始终奋战在抗敌斗争第一线随部队驰骋在江淮河汉，战斗在苏北大地，多次参加反扫荡、反清乡战斗，经历了无数次血与火、生与死的考验，圆满完成了党和人民交给的任务。尤其让人敬重的是，在震惊中外的“皖南事变”中，您痛失亲人，仍以民族大义为重，强忍悲痛，始终战斗在抗战第一线，含辛茹苦，悉心抚育革命后代，堪称一代巾帼楷模……

尊敬的老大姐，您是人民解放军中少有的百岁女红军，是人民的功臣。在长期的革命生涯中，您对党和人民无限忠诚，信念坚定，襟怀坦荡，始终保持了顽强的革命意志和不懈的人生追求。您的革命精神、优秀品格和崇高风范，是培育当代革命军人核心价值观、激励全军官兵有效履行新世纪新阶段我军历史使命的宝贵财富，永远值得我们学习、敬仰、继承和发扬。您的历史功绩，党和人民永远不会忘记！全军广大官兵永远不会忘记！

……

总政治部这封短短八百余字的贺寿信浓缩了何子友老人百年人生中最精彩的华章，犹如昨夜星辰那样至今仍然发出璀璨的光芒，照耀着后人前进的道路。

然而，昨夜星辰昨夜风萦绕的天空却是和双子星座中那颗将星的遽然陨落联系在一起的。在子女的心目中，他们从相识、相知、相爱、结合到永远分离至多也只有七八年的短暂时光，而何子友在人生大部分时间里长期和孤独相伴，坚守着信念，在艰难曲折中完成自己精神和情感上的涅槃，使这种对理想、事业、爱情的执著升华到崇高的境界。虽然何子友出身寒微，文化程度不高，但却始终自觉以无产阶级革命战士的标准要求自己，传承劳动人民和革命军队的优秀传统，在坚守理想信念中超越自我，锻铸自己不同凡响的人生，塑造平凡而又崇高的战士风采和大爱情怀。

过去，每年清明节周民夫妇总会陪着身体日渐衰老、意志却坚强如钢的妈妈前去祭扫爸爸周子昆的墓。近几年来，妈妈有些力不从心了，她只能沉浸在曾经引以为骄傲的战斗往事中，作一番悲壮的巡礼。坚定的眼神凝聚着生命的光辉，仿佛永远定格在战火纷飞的当年，那是她和新四军副参谋长周子昆将军生离死别的岁月。

周民蓦然发现，一生意志坚强的妈妈却难以回避自然规律的无情。毕竟，对于生老病死的无奈是人类的遗憾。作为战士、妻子、母亲的记忆，永远鲜活地存在于历史之中。风霜雨雪难以磨灭，沧桑岁月难以销蚀，俨然是椽笔舔血镌写的辉煌篇章，成为鼓舞后人开创新业绩的旗帜。因为那面红旗浸透了太多周子昆烈士与所有老一辈创业者的鲜血。曾经浇灌了春天里皖南巍巍群山中摇曳的映山红，永远装点着祖国的山山水水。

何子友在失去丈夫周子昆后漫长的岁月中，经常是寄情于口琴，以婉转多情的曲调吹奏《映山红》和慷慨悲壮的《新四军军歌》。现在她老了，精力和意识均使她难以再在口琴声中寻觅丈夫远去的背影，但是他们作为创业者留下的深深脚印，足以让过去告诉未来，共和国奠基者创业的艰难和曲折。

去周子昆陵墓的道路并不漫长，但何子友、周民母女俩滴血的心路却十分漫长……那些晶莹剔透刻烙着五彩纹路的雨花石象征着宁静、明朗、坚实、无我的品质，正是老一代老共产党人优秀品质的写照。

沿着雨花石铺成的甬道，进入古城金陵的南郊雨花台望江矶上，踏着水泥铺就的台阶拾级而上，三座花岗岩垒筑的陵墓就可进入她们的眼帘，这里被尊称为将军陵园，埋葬着一批新中国的开国将军。“三烈士墓”是将军墓群中最为突出高大的陵墓，因为这里埋葬着在皖南事变中牺牲的新四军高级将领：副军长、中共东南局军政委员会书记项英，政治部主任袁国平，副参谋长周子昆。

墓地周围松柏环绕，绿树常青，四季鲜花不断，白昼松涛在微风中回响，夜晚江流在源源不断地倾诉那段令人难忘的岁月，那是何子友和女儿周民一段漫长的心路。可以追溯到大革命时期的风景旖旎的桂林榕湖湖畔，榕湖水汇入漓江，那是周子昆的故乡；可以流淌到红四方面军建立川陕根据地的四川苍溪，莽莽青山中越谷而出的那缕清泉潺潺汇入奔腾不息的嘉陵江，漓江和嘉陵江水最终汇入大江大河……

黄河将他们推向了延安，成就了那段美好的姻缘；长江将他们送入皖南，在血与火中锻铸了那段生死相依、终生不渝的悲壮爱情。这就是周子昆和何子友不离不弃、山高水长的爱情传奇。

二、皖南一别成永诀

周民对于自己的父亲周子昆的印象在很长一段时间内是模糊而陌生的，但是父亲又仿佛是不可或缺的空气和阳光，一直萦绕着她和弟弟周林。始终伴随着他们幼小的脚步走向成熟人生的却是母亲何子友略带威严却始终不向命运屈服的厚实身影。

周民 10 岁那年和 8 岁的弟弟由苏北三野的子弟学校追随母亲来到大上海。母亲当时在上海军管会工作，奉陈毅市长之命，开始了对上海的接管工作，先后以军代表身份出任上海益民食品厂、上海开林油漆厂、上海复兴香烟厂厂长，完成了对工厂的接管，延续了工厂的生产。她虽然文化水平有限，却凭着自觉的党性和对于国家政策的悟性，很好地处理劳资关系，尊重资方代表，解决工人困难，工厂管理得秩序井然。

当年她的工作十分繁忙，很少照顾到自己的两个未成年子女。当姐弟俩在学校看到别的同学总是由父母出席家长会或者其他活动时，就会问起自己的母亲，爸爸去哪里了。他们以为父亲依然军务倥偬，无暇顾及家庭，正率领着部队南征北战去解放全中国。

姐弟俩的学业日渐长进，但是妈妈眼中闪烁的泪光，使他们感觉对于爸爸的去向似有难言之隐。显然她在小心翼翼地回避着孩子们的疑问，生怕伤了孩子们的心。后来他们从父亲战友的口中，知道自己的爸爸已经被凶残的叛徒杀害，孩子们也就非常懂事地不再追问。子女和母亲之间也就这样心照不宣、相互理解地度过了新中国成立初期的那段岁月。

胸佩三枚勋章的何子友与女儿周民、儿子周林

但是，自从1955年开始随着人民解放军正规化的步伐，有着正团级身份的何子友的公职履历到此终止。根据安排，所有部队女兵只保留少数医务和文艺工作者，其余均退出现役，复员或转业到地方。在部队战斗了半生的老红军何子友割舍不掉那份军旅情怀，不愿脱下军装转业到地方，所以虽然她的组织关系仍然保留在部队，但是从此却成了家庭妇女，失去了工作，没有了收入。

全家三口被安排到南京高云岭7号大院那栋洋楼内，只能依靠周子昆有限的抚恤金过着艰苦的生活。妈妈何子友在院子里开垦土地，种植庄稼蔬菜，饲养鸡猪猫狗，乐呵呵地回到了参加红军前的农妇生活。尽管当年南京军区的不少首长来自红四方面军或者是周子昆新四军的部下，但是坚强的何子友独自承担着支撑家庭的责任，从来没有向这些战友提出过任何要求。虽然何子友本人是"三级八一勋章"、"独立自由勋章"、"解放勋章"和"二级红星勋章"的获得者，当年这套勋章记录了她所走过的中国革命的几乎全部历程，含金量如同中国革命的历史那般辉煌璀璨，但是何子友从来没有以此为资本向组织提过任何要求，哪怕是本来属于她应有的要求工作的权利。

1952年秋，南京军区派人去皖南的高山密林中，凭着当事人的记忆寻找到了皖南事变中壮烈牺牲的"三烈士"遗骨。1955年6月16日至18日在南京军区总医院小礼堂举行了隆重的公祭和吊唁仪式，随后在军乐队的哀乐伴奏下，载着“三烈士”遗骸的灵车领着长长的吊唁车队，一路逶迤，缓缓向新落成的墓地驶去。车队出军区总院东侧门黄埔路，经中山东路、太平路、建康路、中华路，由中华门至雨花台西侧到花神庙的望江矶，“三烈士”入殓下葬。沿途交通管制，出殡车队路过地段全线绿灯，缓缓前行的车队全部打开红色跳灯，悲壮的哀乐声惊动市民，沿途驻足哀悼，场面动人。从此，项英、袁国平、周子昆烈士的忠骨终于有了一个安息之处，雨花台也成了开国将校和革命前辈的陵园，这里被称为“功德园”。

爸爸周子昆的形象在周民姐弟眼前像是溯着缓缓流淌的江水飘荡的风帆，越来越清晰、越来越亲切地航泊到面前，那根摧折的高桅，变成了烙在心中永久的痛和无法磨灭的爱，他们才更加理解了自己母亲心底所承受的创痛和对父亲无私无瑕的大爱情怀，有时却是以过分严厉的形象出现在姐弟俩面前。

父亲伟岸的身影和女儿幼小的倩影永远定格于皖南山区留下的那张唯一的合影，这张摄于1940年秋天的照片成为闪耀在心中的红枫，永远摇曳在周民心底。当年正值英年的父亲也许刚刚忙于战略部署或者是教案准备，军务倥偬之间，没有戴军帽，头发显得有些凌乱，清癯修长的身材穿着剪裁合身的新四军军装，脸庞清秀，轮廓分明，只是由于战时环境的艰苦人显得有些消瘦，但是浓眉下的眼睛目光炯炯，清波荡漾着对于幼小女儿的关爱。

1940年周子昆怀抱女儿
周民于皖南山区

在父亲怀抱中的周民穿着一件洗得发白的小围兜，睁着懵懂的天使般的眼睛，安静地在父亲宽阔的怀抱里享受着弥足珍贵的父爱亲情。那时她和妈妈住在离军部二十多里路的教导总队女生队，难得见到军务繁忙的父亲。记忆中，那次离别前的相见，是由爸爸的警卫员黄诚叔叔抱着她踏着山间小路越过了一个山头才在军部见到了爸爸。但是懵懵懂懂的她不可能知道磨刀霍霍的顽军，正在预谋从四面八方向云岭军部包抄而来。

新四军副参谋长周子昆于抗战时期

她即将随妈妈和一批家属转移去苏北新四军根据地。匆忙撤离前留下了这张充满温情的父女合影后，妈妈带着身孕，携年幼的她匆匆告别了父亲，离开军部云岭。

她们脸上抹着锅灰，身上穿着褴褛的衣衫，化装成难民一路闯过日、伪、顽道道关卡，历经艰辛，辗转三个月到达苏北新四军根据地盐城。

四个月以后，1941 年 1 月，震惊世界的皖南惨案发生！新四军军部及其皖南九千将士在奉命转移途中遭到国民党七个师八万余人的四面包围，在坑口村新四军顽强抵抗七昼夜，直至弹尽粮绝。在外无援军、四顾敌军重围的时刻，军长叶挺被诱骗去国军 108 师师部谈判，从此被长久扣押。项英、袁国平、周子昆率部分散突围。袁国平主任在突围途中身负重伤，为了不累及战友，拒绝战士继续抬着担架掩护他渡河，拔出手枪壮烈饮弹自尽。

周子昆是最后突出重围的新四军高级将领。在命令销毁军部电台、密电码和重要文件后，他从容带着警卫员黄诚，在茂林山区的莽莽密林中辗转三天后，碰到项英及副官刘厚总、警卫员夏冬青等人。为了躲避敌人搜捕，在皖南地下党的精心安排下藏身于赤峰山顶峰西侧的蜜蜂洞。山洞阴暗窄小潮湿，洞口伪装有茅草，原本是十分隐蔽的，再加上半山腰有警卫人员设置的观察哨，安全时挂上白布床单，遇有危险挂上蓝布床单，准备于次日由皖南地下党交通线安排秘密转移去苏北与新四军江北指挥部会合，应该说安全是完全没有问题的。

当晚，周子昆和项英在重重合围中再次相聚，似乎有些兴奋，他们毫无睡意，在幽暗的烛光下竟然在青石板上捉棋对弈。项英和周子昆边下棋边检讨皖南事变的教训，边谋划着突围出去后重举战旗、再振军威的打算，似乎胜败乃兵家常事那般，仍存着雍容淡定的大将风度。

两位军首长面对灾难从容镇定，兴味犹浓地在楚河汉界厮杀到午夜才睡去。此刻警卫员黄诚早已酣睡在梦中，只有副官刘厚总在黑暗中睁大着罪恶的眼睛密谋刺杀首长，夺取他们身上的金条和银元，这些都是在突围时匆匆分装携带的军部经费，在换衣服时无意中被刘厚总发现。早已丧失了革命意志的叛徒瞄准了这笔财富，趁此夜深人静之际，拔出手枪残忍地杀害了沉睡中的项英和周子昆，击伤了睡梦中的黄诚。随后这个罪恶的身影，匆匆隐入黯夜，双手沾满首长的鲜血和掠夺的金银下山投敌，“邀功请赏”去了……此时是 1941 年的 3 月 14 日凌晨，正是泾县茂林山区杜鹃花盛开的早春季节。

“皖南风雨骤，山川同一哭！”皖南事变发生时何子友刚 28 岁，大女儿周民不到两岁，儿子周林尚在母腹中等待呱呱坠地。可惜，新四军两位久经考验身经百战的高级将领在冒着枪林弹雨突出重围后，却死于居心叵测的叛徒之手，实在令人扼腕叹息，怆然泪下……

1941 年 1 月 25 日，仅在皖南事变发生 21 天后，针对蒋介石取消新四军番号，刘少奇代表中央军委宣布在盐城重建新四军军部，陈毅任代军长，刘少奇任政委。

这天，苏北盐城新四军军部内气氛显得分外沉闷，何子友被人带到了新任新四军政委的刘少奇同志面前。未及喝口水，何子友就焦急地询问：“军部现在在哪里，子昆怎么样？”少奇同志带着沉痛的语气说：“被国民党包围。”

“冲出来了吗？”

面对何子友的询问，刘少奇同志沉默片刻，缓缓从口袋内掏出一块怀表递给何子友。这块怀表是叶挺将军在北伐战争中送给周子昆的，十多年来周子昆一直不离不弃地带在身边，莫非他……一种不祥的预感袭上何子友的心头。

这个噩耗，冲决了何子友的心理堤坝，她昏厥了过去……

经过同志们的抢救、抚慰，苏醒过来的她慢慢地恢复了原本的刚强。看着身边站着的刘少奇、曾山等首长，她抑制住内心的悲伤，说：“请你们放心好了，我不会想不开的，我还有革命任务，我还有孩子要抚养。你们忙吧，让我一个人呆一会儿，我想想就好了……”

看望的人陆续退了出去，何子友再也忍不住了：“子昆啊…… 你为什么不让我去?！我干了这么多年侦察排长，一眼就能看出谁是好人，谁是坏人……”

然而，故人已去，唯留下了今后岁月里绵绵无尽的思念。可谓：泪血染成杜鹃红，只将遗恨寄芳丛。

1941 年 7 月，皖南事变六个多月后，周子昆的遗腹子诞生了。何子友遵照子昆的遗愿，要把孩子培养成革命的参天大树，两个孩子就是两棵树，双木成林，儿子就取名周林。

一个年轻女人带着两个幼小的孩子，生活的艰难可想而知。好心的领导和大姐们多次劝说她："再找个顶梁柱吧！不然，你会累垮的。"但她婉言谢绝了大家的好意，在她的心中："我就是孩子的顶梁柱子！子昆的孩子永远姓周！"

何子友此后没有再嫁，而是将对周子昆的思念深深埋藏在心底，永远记着那个血色黎明和黎明前晨曦里盛开的映山红。但是这些她从不在姐弟面前提起，怕伤害到孩子稚嫩的心灵。

没想到何子友母女和周子昆的皖南一别，竟成永诀。对于女儿周民而言，父亲的牺牲是自己心中永久的痛。后来听说父亲在与她们母女告别后，还问起新四军教导总队的女干部，如何才能给自己一岁多的女儿断奶，他在罹难前想象着终有和爱妻爱女相聚的一天。

三、巾帼英豪多传奇

何子友 1913 年出生在四川省苍溪县清泉乡。虽然现在的清泉乡已经划归阆中，但是老人习惯上依然称自己是苍溪人。老人印象中的苍溪，不仅山清水秀、名胜众多，而且是集中国传统文化儒教、道教、佛教三教合一的文化圣地：白鹤书院、道教二十四治之一的云台观、佛教圣地龙岗山环抱着苍溪清泉。但何子友出生的年代，四川军阀连年混战，割地自肥，从来不顾老百姓的死活。何子友自出生起就没有吃过一天饱饭，穿过一件整衣。只是美丽的自然风光给她留下了深刻的印象，使她始终念念不忘自己是苍溪人。

何子友的家乡在土地革命时期就建立过农民政权，她的父亲曾经组织过农民进行抗租抗税的斗争，出任过清泉乡的苏维埃主席。何子友曾担任过乡"少年先锋队"小队队长，后来由于川军田颂尧部的残酷清剿，她和父亲领导的自卫队服从党的决定，告别家乡父老，转移到大山深处去进行游击战争。

1932 年的初春，红四方面军由鄂豫皖苏区冲破国民党的第四次"围剿"，西行转战三千里，越秦岭走关中，渡汉水攀大巴山，到达四川南部击溃川军的三路围攻、六路围剿，建立了川陕根据地。1933 年秋，何子友正式加入红四方面军妇女独立团，同年加入中国共产党。从此，她个人和家庭的命运就和党所领导的人民军队紧密联系在了一起。

1935 年 4 月，她告别家乡随四方面军从苍溪的嘉陵江渡口过江，去迎接中央红军入川，共同北上抗日。四川军阀和国民党中央军卷土重来，川陕根据地的共产党员、苏维埃政权骨干遭到残酷清算，何子友的父母双双死于军阀土豪的血腥报复。闻听父母遇害的消息，何子友一跺脚一咬牙说道：“格老子的，与反动派不共戴天，一定要报仇！”

何子友似苍山溪水随清泉流淌，一路九曲逶迤，冲决回环，虽遇激流漩涡，却百折不挠，永不回头！长征中，她四次过草地，两番越雪山，凭借着自己一身高强的武艺，在数十次与敌人短兵相接、千钧一发之际，化险为夷、转败为胜，从而保存了自己及战友，消灭制服了敌人。

关于何子友的习武经历，据《中国武术史略》记载：

> 武当“太和门”第十二代传人何子友……10岁进入苍溪县城“景武拳房”当杂工，随后师从李德源习得“神化五毒雷电殛手”诸绝技。

何子友后来谈起自己习武的过程曾经说起自己苦难的童年。那时因为家里穷得实在是揭不开锅，无奈之下，经亲友介绍，父亲就把她送到“景武拳房”去当杂工。这个武馆是清末武举、千总陶鸿恩和他的九弟、曾经为官銮仪卫治仪正陶鸿熙所办，当年那里聚集了大清王朝覆灭之后而各奔东西的原清廷王公贵戚家中的护卫镖师与江洋大盗等各类武林高手二十余人。这些人个个武功高强、身怀绝技——诸如手臂过骡车、头碰大石锁、拳头耕泥地、手指穿青砖等。其中尤以清代同治年间山西太原府武艺总教习李德源的武艺最为高强。李德源擅长“神化五毒雷电殛手”绝技，故而在当时的川、陕、豫、鲁、晋一带，“北派圣手李老五”的名头足令圈内行家们惊叹夸奖。当李德源发现自己身边年仅10岁的烧火丫头何子友身体虚弱且不胜劳作时，就决定让她脱离杂役劳作而专门负责看护自己的幼女莺莺，陪其玩耍。没过两个月，李德源决定开始对自己的幼女传授武艺精华，同时也将何子友纳入门下，收为弟子。

何子友回忆当年习武生涯时说：学武之初，先练习传统的打基础的童子功四件套，即腰、腿、桩、鼎。一年之后，学练齐鲁十二路潭腿。13岁那年，正式学做武当太和门的软、硬功夫与特绝技，且尤以桶子炼丹与神化五毒雷电殛手为最佳本领。另外，还辅助学习了拳术与兵器项目达三十余套，诸如武松铐子拳、雁尾单刀、君子飞凤剑、雁门神枪、分水蛾眉刺等。就这样，从10岁开始到18岁，整整8个年头，何子友天天待在景武拳房里，勤学苦练，终于练成了一身高超的真功夫，一改童年时期的病态而成为英姿焕发的女中豪杰。

自从她掌握了武功绝技后，当地四邻八乡及邻近府县各种势力都前来找她，礼聘她为他们服务。其中，自然也少不了共产党地下组织。在她 20 岁生日的那天，家里捎来口信，要她连夜返家。她在恩师及师兄弟的陪护下，夜以继日赶回家。事后得知，原来是党的一个外围组织要吸收她去做情报传递工作。就这样，何子友走上了革命道路。

何子友高超的武艺使她的军旅生涯充满了传奇！

1933 年秋，红四方面军妇女独立团在实行战略转移途中路过大金山脚下某镇时，得到当地群众报信：敌人在此处设下埋伏，准备突袭我妇女独立团。副团长陶淑良代表团部给担任该团侦察连一排排长的何子友下达了秘密指示，单独去金山镇侦察敌情。当她步入集镇的卡口时，正巧遇上敌军团长的一个勤务兵在掠夺一名商贩的烟酒杂货，并要何子友扛送到敌团部。何子友见状暗自叫好，便随着敌勤务兵往其驻地走去。忽地，何子友发现敌勤务兵胸前挂着的那个大公文包里面塞得鼓鼓囊囊的，就当机立断箭步向前，出左手抓住敌兵公文包，出右拳对其猛击一拳！那敌勤务兵只是怪叫一声便倒地身亡，而何子友则跨上敌战马、肩背公文包绝尘而去……

1934 年秋，已升为妇女独立团侦察连副连长的何子友带领 3 名女侦察员化装成唱戏的民间艺人，前往某县城去抓“舌头”。当时正值县城举办“庙会”，四方人士纷纷前来赶集。在集市上，何子友发现一名敌军官正随着一个身穿便服的中年胖子及 4 个腰挎短枪的敌兵在闲逛。于是，何子友决定拿下那便衣胖子和敌军官。针对敌众我寡的情形，何子友令战友们去制服胖子等两人，自己则独战四敌兵。虽然敌众我寡，但敌人在明处她们在暗处。当战友们制服了那胖子和敌军官之后的一瞬间，她冲向敌兵高喊：“一班从右，二班从左，大家别开枪，抓活的！”乘着那 4 个敌兵发愣之际，她使出五毒手绝技，一举制服了 4 个敌兵，打晕两人，缴了两人的短枪。

经审讯，她们才知道那个胖子是敌人总指挥部派驻县敌军中担任特派员的重要人物。从他口中了解到许多重要情报。为此，她和 3 名执行任务的女侦察员受到四方面军首长徐向前的表扬，四方面军妇女独立团的威名在红军中广为传播。

长征途中，何子友所在的妇女独立团遭到敌军的追击，为了能在山中暂避，擅长武艺的何子友随团长上山和“山大王”谈判，双方谈定“比武定夺”。

结果何子友用“排五毒”的掌法，一人撂倒三个大男人，使部队得以顺利进山隐藏。

当年的何子友正是凭借高超的武艺和一手好枪法，成为令敌人闻风丧胆的“双枪何姑娘”，被人们誉为“双枪铁拳打天下的巾帼英豪”！至于这位红军队伍中的女英豪和北伐铁军及中央苏区中的骁将周子昆的邂逅结缘，还要追溯到中央红军和红四方面军在懋功会师之后的故事。

四、两情相悦结良缘

1935年5月，红四方面军和中央红军在四川懋功会师。8月在毛儿盖召开会议，为了统一部队指挥，调整中央军事委员会，朱德任红军总司令，张国焘任总政委，刘伯承任总参谋长，周子昆任总参谋部一局局长，负责作战规划指挥，初步实现了一、四方面军的合作。随后红军分为左右两路，右路军过草地到达班佑，左路军由张国焘率领，本来应由卓克基经阿坝、出草地到达班佑，张国焘进至阿坝后，拒绝北上的命令，率领部分红军南下，向川康边境的天全、芦山一带退却，自立中央，进行分裂活动。此时周子昆恰在总司令部随左路军活动，也给周子昆和何子友的相识创造了条件。

周子昆在长征前有过一次婚姻。妻子曾玉也是一个坚强的红军战士。长征出发前，中央红军作了严格规定：路上谁也不准带孩子，不论职务多高。红军开始长征后，曾玉已经怀有身孕，部队要她在根据地留守，她坚决不同意，向组织表示：即使作为编外人员也要随大部队一起行动，结果成为一个没有编制和给养的编外人员参加长征。队伍刚刚过了老山界，她就一阵紧似一阵地肚子痛，眼看孩子就要出世，但是面对敌人的围追堵截却不可能停下待产，只能由两个老大姐搀扶着她，忍着剧痛向前走，实在走不动了，她被扶上马背，鲜血将垫着的棉被染得通红，无奈中只能下马步行。曾玉咬牙一步一步艰难前行，忍不住向地下蹲去，裤腿已被鲜血染红，孩子的脑袋已经露出来，但是面对追兵还得往前走去，两个女战士扶着她，一个托着婴儿的脑袋，硬是一步一个脚印地翻过大山，坚持到宿营地才生下孩子。产后几个小时后部队就要出发，当地又找不到老乡可以寄养，曾玉只好把赤身裸体的婴儿放在一把稻草上含泪黯然离去。产后没吃的，只搞到一碗豌豆苗，在总政治部工作的蔡畅拿出了自己仅有的一包奶粉送给了她。然而，曾玉还是未能跟上长征中的大部队，在翻越夹金山的途中失踪了，很可能已经葬身在茫茫雪原中永久长眠……

这就是我们的兵妈妈！作为时代的新女性，她们承受着常人难以想象的痛苦，追随着革命的步伐蹒跚前行，书写着战士、妻子、母亲的伟大篇章。其中既有爱情的甜蜜和浪漫，同时也要承担爱情成果带来的责任甚至苦难。

在一、四方面军组成红军总部期间，年轻的何子友和身经百战的红军一局局长周子昆经人撮合，开始了他们共同谱写的战地浪漫曲。

8 月的毛儿盖已是初秋季节，妇女独立团侦察连排长何子友正在温暖的阳光下仔细地擦拭着一支刚刚缴获的驳壳枪。一个小战士跑过来说："排长，局长叫你去。"

何子友心里一阵紧张：上次打仗缴了一支短枪，让何长工政委给讨走了，这次…… 正想着，何长工笑吟吟地走过来，她慌忙将枪藏到背后。然而这次，何政委并未提枪的事。

何政委笑盈盈地说："子友呀，我来是给你做思想工作的。"

"我有什么思想工作可做的？"何子友反问道。

"你的个人问题也该考虑一下了，你看周子昆怎么样？"老何倒是单刀直入。

"不行，不行，我还小，你还是让我打敌人吧！"

满脸涨红的何子友转身就跑。

"那你也得给人家回个话呀！"何长工急得跺脚。

"等全国解放再说吧！"

"嘿，两个人还真想到一块了，可真是志同道合……"何长工看着何子友的背影，自言自语地说。

嘴上虽这么说，何子友再见到一局局长那张清癯儒雅、棱角分明的脸，忍不住就会一阵怦然心动。

周子昆平时不苟言笑，对下属要求十分严格，但平易近人，人缘极好。周子昆实战经验丰富，又刻苦钻研军事理论，是位会打仗能治军的难得人才。老朋友何长工几次劝他操心一下个人问题，他都说："军事地图、作战计划、军事理论，有这三个朋友足够了！"

"又不是女人！"何长工气愤地叫道，但他心里有底了：就凭两个人都这样"牛气"，十有八九能成。于是，何长工就经常给何子友下这样的任务："对某某同志的情况进行调查，及时向一局周局长汇报"，何子友一撅嘴，受令去了。

渐渐地，周子昆从其他同志口中知道了何子友的一些情况：何子友小时候家里十分贫困，10 岁时就在武馆打杂，练就浑身武艺，后来参加了革命。周子昆在了解到何子友这些不平凡的经历后，也暗暗佩服不已。然而，毛儿盖会师后，张国焘竟引军南下，何子友、周子昆跟随徐向前一齐投入到反对张国焘的斗争中，他们哪有闲情逸致去谈情说爱。

这一推，两年多时间过去了，周子昆已从红军大学（后称抗日军政大学）毕业，就任抗大训练部部长。不久，西安事变爆发了。西安事变的发生昭示着中国国内形势将发生巨大变动。何长工明白，像周子昆这样年轻有为的干部，他的工作也必将进行重大调动。不能再拖了，何长工一急，找毛泽东请示。

“什么，他这事还瞒着我？”毛泽东大为“光火”，“快，快办，打他个措手不及。”

在一个晴朗而略带寒意的月色下，他们相会于哗哗流淌的延河边。初秋的风吹动着泛黄的茅草，吹动着高高耸立的白杨树，吹动满河秋色，吹动起他们的心潮。

周子昆说：“我搞军事工作的，性格简单，不会说话，工作又忙，调动又多，跟着我享不了福，你认真考虑一下，不愿意就算了。”

何子友说：“我枪杆子摸惯了，大字不识一个，让我当官太太，我不会当，你也认真考虑一下吧。”

1937 年秋，一个周末的傍晚，24 岁的何子友与 36 岁的周子昆在延安的窑洞内结为夫妻。晚上 8 点多，毛泽东、周恩来、朱德等 20 多位中央领导及主要军政首长有说有笑地走进新房。何子友从来未见过如此隆重的场面，有些胆怯地躲在房内不敢出来。

朱德总司令询问：“周子昆同志的婚礼可以开始了吧？”周恩来接话说：“哎唷，总司令急着喝喜酒了！”周子昆说：“报告周副主席，我们都准备好了。”周副主席又说：“那好嘛，就开始吧。请主席来为我们的新婚夫妇致贺词。”

随着一阵热烈的掌声，毛泽东主席用那浓烈的湘音，风趣地说：“大家推选我致贺词，那我就不客气了。今晚是我们两位经过二万五千里长征的红军战士的新婚之日。我代表中央向周子昆、何子友两位同志表示真诚的祝贺！愿他们携手并进，为中国人民的解放事业、为千百万劳苦大众的幸福奋斗到底！为此，我谨以个人的名义，送给新郎、新娘一支钢笔作为纪念。”

一阵掌声和欢笑声过后，毛主席又说：“怎么不见何子友同志的影子呢？”周子昆回答说：“报告主席，因为何子友没有见过这么大的场面和如此众多的中央首长，所以她吓慌了，躲在里屋不敢出来了。”朱总司令闻言说：“我的子昆同志啊，你就别磨蹭了，快进屋去把你的那位新娘子请出来与客人见见面吧。”周子昆走进里屋，把何子友硬拉了出来。

毛主席提议：“先请周子昆、何子友同志唱一支歌，然后大家再喝酒。”于是新郎新娘齐声唱了一首《八月桂花遍地开》。接下来婚宴开始了。酒是以水代替的，菜也就是一碗红烧猪肉、一碗清炖萝卜、一碗烧青菜，外加食堂里自制的拌辣菜、腌辣椒。何子友记得毛主席等所有的领导同志离开时，周子昆拉着何子友站起身来，向他们深深鞠了一躬，以表示由衷的敬意。

一切是这么简单，一切是这么自然，没有海誓山盟，没有诗情画意，也没有缦纱红烛。他们的窑洞婚礼简单而隆重，让何子友终身难忘。

婚后，他们住进了杨家岭与毛泽东相距不远的一处窑洞里，工作虽忙碌、清苦，但却十分和谐、美满。白天，只有当两人吃饭时才有短暂的相会时间。何子友发现，以严肃、认真著称的周子昆很会讲故事、讲笑话。他常常给何子友讲他从桂军到孙中山的铁甲兵、从北伐到南昌起义寻找革命之路的曲折过程。而后，何子友也会把她当妇女独立团侦察连排长时摸炮楼、捉“舌头”的精彩故事讲给周子昆听。在哈哈大笑之后，这位红军高级指挥官，常常会向自己夫人投以敬佩的目光。晚上，周子昆教何子友学写字成了“惯例”。夫妻谈笑中，这位见了文字就头痛的巾帼英雄逐渐对方块字产生了浓厚兴趣。周子昆催她睡觉时，她总要让他检查一下自己写的字，如有错误，坚决不睡。

“睡吧，我和你不一样，搞文字（指军事理论）搞惯了。”周子昆总是这么说。有一次，也许教的字太难了，也许是太累了，何子友一连错了几次，周子昆只好骗她说写对了。谁知，第二天，何子友知道真相后大为恼火。从此，周子昆再教她写字时，总有意避开生僻的字。

周末是两人少有的空闲时间，他俩常到附近小树林散步。巍巍黄土高原笼罩在一片绚丽的晚霞中，远处传来高亢的《信天游》曲调。此时，天生一副好嗓子的何子友，经常轻声哼着一曲家乡小调或长征中的歌。每当这时，周子昆就会望着远方，静静地听着……

然而，何子友的歌喉也有使周子昆发窘的时候。杨家岭经常开联欢会，何子友的歌声赢来阵阵掌声之后，大家便希望周、何二人来个夫妻对唱。这时性格内向、五音不全的周子昆，常常急得满头是汗。何子友便暗暗打趣他：“我的‘大将军’像要打仗似的。”周子昆急忙分辩：“打仗才不会这么急的。”

渐渐地，在何子友的影响下，周子昆也对歌曲产生了一些兴趣。后来他还参与了《新四军军歌》歌词的改写工作。“光荣北伐武昌城下，血染着我们的姓名，孤军奋斗罗霄山上，继承着先烈的殊勋……东进，东进！我们是铁的新四军！”陈毅所作的这首歌词，被他们改得更加简洁明快、铿锵有力，配上激昂慷慨的旋律在抗战前沿唱响，同时也在何子友的心中永久地回响，因为她分明看到了她的丈夫周子昆正行进在这一行列中。

五、回归本色却浮华

国内革命战争结束以后，新中国进入了社会主义建设时期，而对于戎马半生、有着“双枪何姑娘”之美誉的何子友来说，在和平的日子里却有些惆怅和失落，感到英雄无用武之地……

她深知：自己缺少的正是科学文化知识，必须全力以赴学习文化，以适应时代发展的需要。她报名参加了南京军区在军人俱乐部举办的最后一期文化补习班，准备以巨大的热情投身到新中国军队的各项建设工作中去。

1955 年我军开始了正规化、现代化建设，大批女军人面临复员、转业的境遇。她的军人情结使她不愿意转业到地方工作，而受其文化程度限制，她又不可能加入军队文艺和医务工作者的行列。她开始落寂，开始被边缘化了。她失去了工作，没有了工资收入，只能靠周子昆每月七八十元的烈士抚恤金，抚养遗孤、赡养家庭、疗治疾病。由于战争年代她曾经多次负伤，后来头部残留着大大小小多块弹片，天气一有变化就头痛难忍，甚至根本不能对脑部进行 CT 检查，呜呜嚣叫着的仪器证明脑袋中残留的弹片在作祟，这是她为那段辉煌历史而付出的巨大牺牲。

在女儿周民看来，母亲何子友像是燃放中天的礼花那般在全中国解放后的和平建设时期，由绚烂之极而归于平淡了……

实际上，在新中国成立后的几十年间，华东军区、南京军区的主要领导不是她和周子昆新四军时期的老上级，就是红四方面军的老战友、老部下。她作为老红军和烈士遗孀，完全可以向这些领导提出自己的工作要求，但是她没有向组织伸手的习惯，更不会居功自傲向组织要官要待遇。这是他们这一代共产党人所遵守的理想信念和道德情操。

她坦然地接受了眼前的一切，独自支撑起家庭的重担，精心抚育烈士遗孤，竭尽母亲的责职，严格要求子女，决不允许他们身上沾染任何不良习气，有时近于苛刻。

周民说："母亲经常告诫我和弟弟，父母的功勋与子女没有半点关系，你们要继承的是清廉正直的家风和永远与人民保持血肉相连的光荣传统，努力不辜负党和人民的希望，像普通人那样生活，认真学习，踏实工作，报效国家和人民。"

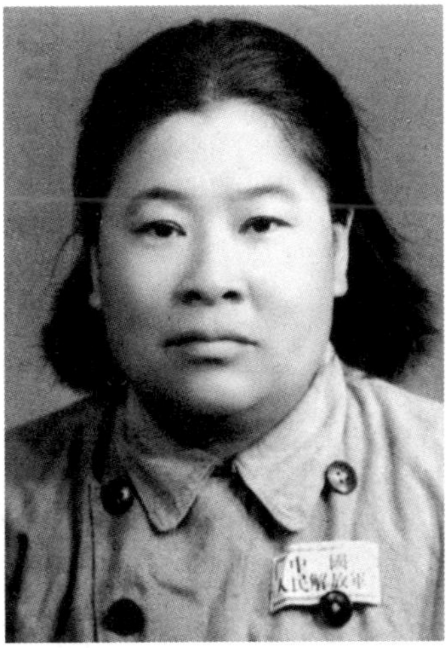

何子友摄于新中国成立初期

50年代初，何子友的家被安置在南京高云岭7号，仿佛是冥冥中的命运安排，这个路名竟然又和新四军在安徽的云岭军部暗合。那是一栋建立在山坡上拥有着很大院落、两层带阁楼和地下室的洋楼。这里曾经是某国驻民国政府的领事馆。当时住着三户人家，何子友带着子女和另两户烈属。这个大院似乎可以称作烈属大院。院子过去也许只是领事馆的大花园，新中国成立后久未打理，院子中间生长着一株参天的雪松，树下长满了蒿草，栽种着数竿修竹。由于紧邻南京糖果冷食厂，院子里常年飘溢着一股淡淡的奶糖芳香。

何子友一家搬进了这个大院，她仿佛又回到了参加革命前的农妇生活，用拿惯武器的手操持起自童年起就熟悉的农具，熟练地在大院内开垦出成片的土地，种植蔬菜瓜果。在三年困难时期，她甚至还饲养了两头大肥猪。

周民至今还清楚地记得肥猪被妈妈养得膘肥体壮，在宰杀后家中只留下了两斤多的猪肉，其余的都被妈妈送给同院的邻居和原来红四军、新四军的战友以及周围的老百姓了。在何子友的精心操持下，全家虽然谈不上富裕却也衣食无忧。

高云岭这座院子他们全家一直住到1964年，在战略疏散中，何子友被疏散到了周子昆的老家桂林市。而此时周民已经从西安的军医大学毕业，当上了一名军医，弟弟周林成了一名海军战士。母亲孤零零地一个人离开南京去了桂林，连她长期饲养的那只白猫都未来得及带走。

周民动情地回忆说："在我和弟弟入伍以后，其实妈妈一直是一个人孤独地生活着，和她为伴的是一只被戏称为'特务'的黑狗和被称为'土匪'的白猫，妈妈是十分喜爱小动物的。"

周民和妈妈何子友、弟弟周林合影

在周民印象中，爸爸妈妈的战友们并没有忘记这位烈士的遗孀。尤其是南京军区司令员许世友伯伯，在困难时期每月总会有一两次邀请母亲去他家里相聚饮酒。他们其实都是能够大碗喝酒的贫苦农家出身的军人，并终其一生保持了农家子女的本色。而且一个惯习少林武功，一个是道家武艺的传人，在武术上也很有切磋的余地。两人又同时来自于四过草地、两过雪山的红军第四方面军。一个是虎将，一个是女杰，当然有着更多的共同语言。他们谈农垦稽稼，互赠农产品，切磋交流武艺，更多的是谈到四方面军艰难的战斗历程……

在司令员面前，何子友从来都不提及自己的工作问题。她觉得比起那些牺牲的烈士，她是幸存者也是幸运者，尤其是一路长征过来的一千余名妇女独立团的战士，最后参加了西路军的西征，为了掩护突出重围的左路军实施转移，大部分的姐妹牺牲在河西走廊的祁连雪山之下。一部分被俘被杀害，一部分流落在民间饱受凌辱和不公平对待，而她们当时大部分只有二十多岁，她们原来也可以为人妻、为人母的！但她们是战士，是革命者，选择为理想而献身。想到这些姐妹的遭遇，她潸然泪下，作为一名老党员她没有理由向党组织伸手，提任何个人的要求。

就这样，何子友甘于寂寞、默默无闻地度过了新中国成立后的几十年，直到“文革”结束。十一届三中全会以后，她的英姿仿佛突破冷冻的坚冰，开始随奔腾的春潮在改革开放中浮出水面，绽放出人生最后的光华。她开始不断受到邀请，以矍铄的身影出现在工厂、学校、部队，为青少年讲授我党我军的光荣传统。她的事迹开始见诸报纸、期刊，她的传奇经历开始为人们知晓、传颂。

离休后她享受了副军级的待遇，重新穿上了军装。她有了专车和警卫，人也由疏散地桂林返回了南京，重新住进了在林荫夹道的宁海路的独门独院。但是她的红军本色、农家习俗依然没变，她依然是清晨即起，练武习拳，终年不断。

六、望帝春心托杜鹃

1985 年初秋，和煦的秋阳照耀着满山的翠竹摇曳着绿色，在黛绿的松柏丛中夹杂飞红飘黄的枫叶和银杏叶，秋色如同一幅色彩浓烈的画卷在眼前展开……

9 月 3 日，新四军军部旧址陈列馆在泾县云岭开馆，何子友老人应邀参加开馆仪式。这里记载着她和周子昆共同战斗和爱情的岁月，也是她带着孩子和周子昆的诀别之地。对于她来说，这里是刻骨铭心、此生难以忘怀的地方！

仪式结束后，何子友老人在女婿周正元的陪同下参观了叶挺、项英和周子昆的故居，一时感慨万千，意犹未尽。何子友见到了周子昆当年的警卫员黄诚，两位老人执意要去寻找周子昆的牺牲之地——蜜蜂洞。

蜜蜂洞距泾县县城有八九十里之遥，在泾县、旌德、太平三县交界之处。这里峰险岭峻、群山连绵，偶尔有几户人家，也被掩没在苍茫的大山之中。顺着逶迤的青山向上望去，一个圆柱形的山峰高耸在蓝天下，像是一只水桶，颇有可望不可及之势。

“上不去的，上不去的，我们从没上去过！”当地的一位老乡说。

“您是不是就站在这里望一望，别上去了吧？”陪同的县委常委、宣传部长余开英征询她的意见。

“上！”已经 72 岁高龄的何子友下命令似的对这位三十多岁的女部长说。

“可老乡说了，没路啊！”余开英无可奈何地回答。

“没路也上！”说着，何子友拄着拐棍朝山中走去，年已花甲的黄诚紧跟其后。

山中人迹罕至，老树藤和枯枝相互缠绕着，密林深处一条烧炭人踏出来的小路依稀可辨。林不高，却很深。山势越走越陡峭，小路渐渐湮没在杂草丛中。一行人拉着长藤，深一脚浅一脚地向前行进。

突然，天色暗淡下来，乌云密布，一阵大雨倾盆而下，大家慌忙躲到两处石壁下。黄诚环顾四周，认出这便是当年掩埋烈士遗体的地方。大家肃立凭吊，久久无声。何子友坐在乱石堆上，睹景思人，潸然泪下……

雨小了，向上爬了约摸 20 米，拨开树枝，一个黑乎乎的洞口跃入眼帘。几十只硕大的蝙蝠从黑暗处飞出洞口，四下散去……

蜜蜂洞！两位老人在洞口边当年项、周两人曾坐过的石块上坐下，都不忍朝里望，显然他们是在极力抑制内心不断涌出的悲痛。

何子友缓缓站起来，迈着沉重的步子走进洞里，站在当年周子昆睡卧的地方，悲声饮泣，泪眼婆娑，往事历历，仿佛就在眼前……

一只大蜘蛛在她脚下徘徊踟蹰来回爬动着，余开英说这是周伯伯地下有知特地来看你了。老人噙着眼泪喃喃地说，子昆是不会忘记我的……

在场陪同的人员无不为此动容！

以后凡到泾县她必然要去云岭军部，并坚持要去蜜蜂洞凭吊烈士，向亲人诉说无尽的思念。

老人的家乡四川苍溪是山歌之乡，她虽然不通音律，但是有天然的乐感和天赋的歌喉，从她口中飞出的歌声清脆浏亮。自从参加红军后，她成天曲不离口，她唱歌还会随意填词，如她唱《孟姜女》，歌词却改成了“正月里来正月正，家家户户点红灯，财主家大鱼又大肉，穷人家没吃闹革命。二月里来二月八，人民军队要出发，团结起来打日本，人人上阵保国家”。唱得兴起，她还会情不自禁地边歌边舞，仿佛恢复了青春，回到了童年。

在红军时期，一次清理战场时缴获了一把口琴，她竟无师自通地学会了吹奏。她最喜欢用口琴吹奏的是《新四军军歌》，伴随着激昂慷慨的旋律，和周子昆共同战斗的岁月就会蓦然浮出脑海。

在老人九十华诞之际，南京图书馆的同志精心制作了一块匾，上面刻写的就是《新四军军歌》的词和谱。提出这个创意的同志本来还有些担心：“这块灰突突的板子上，没有鲜花，没有任何装饰，何妈妈会喜欢吗?”然而，当何子友接到这块匾时，竟高兴得不知道说什么好，当即指挥着一群孩子将它端端正正地挂在正面的墙上，一进门就能看到。老人从口袋里掏出口琴即兴吹奏起来。当年在皖南军部教导队就是何子友吹起口琴伴奏，大家齐声高唱军歌的，那群情激昂的场景，恰似昨夜的星辰在老人眼前闪烁，老人热泪盈眶情难自抑，仿佛又回到战火纷飞的当年……

2008年2月18日，是何子友95岁华诞，江苏省新四军后代分会的同志前来看望老人。他们的血管中流淌着前辈的鲜血，交汇着两代人的深情厚谊，他们共同沉浸在烽烟往事的回忆之中。

他们是袁国平烈士的儿子袁振威，乔信明将军的女儿乔春雷，刘飞将军的女儿刘凯军，曾如清将军的儿子曾剑中。当他们齐声祝福老人家健康长寿生日快乐时，老人家掩饰不住心中的喜悦，她笑嘻嘻地说："过啥子生日噢。"这是一次新老两代人的聚会。

袁振威脸上透露出孩子般的微笑说："何妈妈就是我的母亲、永远的母亲。"言语中透着感激、幸福。因为他的父亲袁国平与周子昆共同参与创建了中央苏区红色根据地；共同经历了保卫苏区的五次反"围剿"；共同走完了二万五千里长征；共同参与创建了陕北根据地；共同协助叶挺、项英参与组建新四军；共同经历了皖南事变，一起为党的事业献出了生命。母亲邱一涵去世得早，在父母双亡后的岁月中袁振威得到了何子友的无私关爱，养育之恩，让他终生铭记。

乔春雷说："何阿姨没有忘记我的爸爸乔信明，他们共同在中央苏区战斗过。新四军军部在皖南泾县时，我爸爸与何阿姨一同在周伯伯领导下的教导总队工作。爸爸任过教员队长、大队长……"

曾剑中回忆起自己母亲吴友廉和何子友的一段战友之情，他说："妈妈1938年在家乡泾县参加新四军，当时何阿姨在八队当排长，是母亲的顶头上司。母亲生前常说，'何排长是老红军，性格开朗，作风泼辣；文化虽然不高，但勤奋好学，爱唱爱跳，十分活跃。大家都非常尊重她'。"

刘凯军说："何阿姨还记得我的父亲刘飞，他们是红四方面军时期的老战友，一起长征到陕北。父亲在红军大学学习时，周子昆任红军大学军事队队长，何阿姨在红军被服厂工作。父亲常夸何阿姨是四方面军文艺宣传队十分活跃的川妹子，经常上台演出，泼辣得很。"

何子友感叹地说："是啊，现在你们的父亲都先后故去，真正成为故人，有幸的是这些老战友在雨花台功德园又和子昆相聚在一起。"说完，老人有些伤感。

后代们为了转移这凝重的话题，使气氛变得活跃起来，看到何子友家中没请保姆，耳不聋眼不花，走路不用拐棍，身板结实硬朗，大家问起原因。

周民回答："首先是妈妈的胸襟坦荡、性格豪爽，喜则大笑、怒则大骂、

2015年1月陆幸生采访何子友的女儿周民

欢则高歌、悲则大哭，再大的悲伤和气闷都及时得以宣泄释放，从来没有在子女面前说起令人伤感的往事。其次妈妈生性好动，什么事都尽量自己做，不要人帮助。再者食不忌口、起居有规律，日子过得有条不紊。还有乐善好施、广交朋友……这些都是妈妈的健康长寿之道。”

当新四军的二代们提出要和何妈妈合影留念时，老人家突然低声吟唱起《映山红》来，声音有些嘶哑带着深沉的沧桑之感，随着大家的和吟，调门逐步升高，变得高亢而浏亮。

窗外温暖的阳光驱散了寒意，照耀在老人布满皱纹的脸和银霜飘拂的鬓发上，使她戴着的红色绒线帽和薄呢红棉袄显得分外嫣红耀眼，仿佛红色杜鹃花如火焰般燃烧，昭示着春天的来临：

夜半三更哟盼天明
寒冬腊月哟盼春风
若要盼得哟红军来
岭上开遍哟映山红
……

简　历

何子友（1913—2016），1913 年出生，四川苍溪县（今阆中）清泉乡人。1933 年 10 月参加中国工农红军，同年加入中国共产党。土地革命战争时期曾任红四方面军妇女独立团战士、班长、排长、副连长，延安红军被服厂党支部书记等职。参加了川陕革命根据地反六路围攻和红四方面军长征。抗日战争时期担任新四军军部女生大队排长、协理员等职。上海解放后奉陈毅市长之命，参加对上海的接管工作，先后以军代表身份出任上海益民食品厂厂长、上海开林油漆厂厂长、上海复兴香烟厂厂长。1955 年荣获“三级八一勋章”、“三级独立自由勋章”、“三级解放勋章”。1969 年离休。1988 年获“二级红星功勋荣誉章”。2016 年 2 月 22 日在南京逝世，享年 103 岁。

主要参考文献：

1.《红星闪耀功德园 · 周子昆》，南京大学出版社 2006 年版。

2. 徐向前：《徐向前回忆录》（第 8、9、10、11、12 章），解放军出版社 2002 年版。

3. 张国焘：《我的回忆》（第 5、6 篇），东方出版社 1998 年版。

4. 范克平、范建华：《武艺高深，女中豪杰——访百岁老红军何子友》（内部发行）。

5. 张艳华、谷卫峰：《风雨忆同舟，问君安然否——记周子昆与何子友》，《党史博览》1999 年第 12 期。

6. 范克平：《毛主席参加我的婚礼》，1995 年 8 月 10 日《中国妇女报》（第 5 版）。

她用生命写忠诚

饶政刚

母亲杨燕 1960 年于上海

2003 年清明节，位于沈阳北陵的抗美援朝烈士陵园在苍松翠柏中显得静谧肃穆。一位身着军装、年近八旬的女军人俯偎在一座花岗岩的坟茔旁，泪水顺着她的脸颊一滴滴落在冰凉的墓碑上……

她，就是原志愿军 23 军参谋长饶惠谭烈士的遗孀，我的母亲杨燕。

这是母亲最后一次祭拜父亲。和往常一样，她对着墓碑喃喃地诉说着……仿佛要把半个世纪的离别情长全都倾诉给静静地躺在地下已 50 年的爱人。虽然，她和丈夫——我亲爱的父亲，天上人间已分开了一万八千多个日日夜夜，但他们的心时时刻刻都不曾分离！

一、纺织厂里童养工

我的母亲杨燕 1925 年出生在浙江余姚乡下的一户殷实人家。几亩田地，一片商铺，日子过得还算宽裕。只因幼年丧父，在封建世俗礼教的羁绊下，孤女寡母无法继承夫家家产，生活失去了保障难以为继，母亲在 6 岁时就随外婆离乡到上海一家当铺人家做女佣。

童年的母亲，每天除了帮东家带两个孩子，还要洗碗、点煤炉、倒马桶、跑腿买东西……老板娘是个大烟鬼，经常晚上要伺候到半夜一两点钟，早晨4点半就要起床烧早饭。母亲每天起早摸黑地干活，累得筋疲力尽、精神恍惚，不小心打碎了碗盘，便会遭到恶骂和羞辱。一天，母亲弄丢了东家取暖炉炉门，又打碎了一把茶壶，东家要求赔偿。可是哪来的钱赔呢？于是娘俩的衣服、被褥被扣押，双双被赶出了当铺。

为了生存，外婆只好带着年幼的母亲帮别人洗衣服。母亲总是把洗好的衣服送去，带回要洗的衣服。外婆因常年劳累得不到休息，得了伤寒症无钱治疗，生活上也失去了经济来源。在母亲9岁那年，外婆托人介绍母亲到江郎桥下的一家纱厂（现上海市兰州路桥申新九厂）做童养工。

童年的母亲，每天要做10小时的活，还要连做7天的通宵夜班，稍不小心一合眼，被拿摩温（女工头）看见，就会挨打挨骂。一次在上厕所时，实在支持不住打瞌睡被发现后，她被开除了。

家中生活再次陷入困窘，为了糊口和给外婆看病买药，母亲又被介绍到公平路美丰纱厂（现国棉十八厂）做养成工。工厂离家十几里地，无论是骄阳似火的酷夏，还是寒风凛冽的严冬，她总是带着饭盒，顶着星星上工，迎着月亮回家。在工厂里，从筒子间到粗纱、细纱的各个工种都干过。特别是在细纱车间挡车，要眼明手快脚勤，断了纱头稍有迟缓没能接上，随时都可能遭到毒打。在那暗无天日的岁月里，她忍受着艰难困苦，磨炼了顽强的意志，加深了对黑暗现实的认识，潜移默化中接受了中国共产党反抗剥削压迫的进步思想。

二、活跃在救亡前线

1937年8月，日军轰炸上海。母亲家在虹口区的住所也在战火中被炸毁，一家人逃难到了宝山路老靶子难民所（现天目东路）居住，生活陷于困境。每天靠到烟铺抽烟筋、捡茶叶、帮佣、洗衣，艰难地维持着生活。

日本鬼子在上海横行霸道，欺压百姓。米价天天飞涨，每天排上长蛇阵的队伍也买不到一升米。为了能省钱多买点米，母亲甚至要冒着生命危险偷越日本人的封锁线，到浦东、月浦想法子弄些米。一次，为了躲避日本鬼子的巡逻，母亲身上扛着用裤腿做成的装着十几斤糙米的口袋，在寒冬的黄浦江水中浸泡了大半夜。她曾亲眼目睹那些被发现的同胞，遭到日军残酷迫害的景象。

那些跪着的中国人，在日军的刺刀下，双手高举米袋，被压上沉重的木头，稍有晃动，鬼子兵就会用刺刀刺向大腿，有的甚至被当场刺死……

亲历了这些惨痛的事件，母亲在难民所接受了抗日救国的理念，幼小的心灵萌发了对日本帝国主义的刻骨仇恨。

15 岁时，她又经人介绍去了英商的棉华线厂做工。每天上工都要经过日本人的岗哨，中国人要向日本兵行鞠躬礼。稍有不慎，轻则被打几个嘴巴，挨几枪托，重则要在岗哨边跪着淋雨晒太阳，一直到他们换岗才能站起来。这种肉体和精神的折磨，每日每时都在伤害着她作为一个中国人的尊严。

在工厂里，母亲开始接受了同厂地下共产党员宋美珍的教育，自觉自愿地积极向党组织靠拢。1940 年经宋美珍介绍，母亲参加了当时的“工人救亡协会”。因为年纪小，不容易引起敌人注意，她就经常偷偷帮助地下党送书报、传递情报。

星期天她到上海各个公园，参加党组织的学习。通过学习她懂得了资本家对工人的剥削和日本军国主义侵略中国的种种罪行，懂得了工人要反抗剥削和侵略，团结一心抗日救国等革命道理。她还在杨浦区工人活动处演出小话剧，向劳工大众宣传抗日救亡的思想。

1941 年，太平洋战争爆发。日军偷袭珍珠港，之后占领了香港。上海的英

1942 年杨燕在苏北抗日根据地

商棉华线厂也被日军占领。母亲在地下党组织的领导下，参加了三次工人罢工运动，为争取工人就业的权益，与日本占领者进行顽强的抗争。

1942 年初，由于组织工人罢工被敌人注意，地下党员宋美珍不得不撤离上海去陕北抗日根据地。临行前她将母亲介绍与其他地下党员联络，母亲向党组织表示了到抗日第一线参加斗争的决心和意愿。

同年 4 月间，母亲冲破重重阻力，向工厂小姐妹借了两块大洋和几件替换的衣服，趁着暮色，和一帮进步青年在上海地下党的安排下坐船去了新四军苏中抗日根据地——江苏海门县海复镇，那里是新四军一师师部所在地。

三、老虎团里遇知音

母亲原准备进抗大九分校卫训班学医，但是因为抗日宣传工作的需要，组织上把她分配到新四军一师二旅四团政治处宣传队。从此，她走上了抗日战争第一线，实现了自己抗日救国的愿望。

共产党领导下的新四军，在长期的革命战争中锤炼出钢铁般的战斗意志，是从腥风血雨的战斗中拼死出来的。而母亲到达的第一个战斗部队，就是新四军中赫赫有名、威震大江南北、让日寇闻风丧胆的英雄部队——“老虎团”。

老虎团是一支在艰难困苦的三年游击战争中，转战井冈山、大别山，从湘、鄂、赣、皖、豫、浙、闽等省的崇山峻岭中走出来的抗日英雄部队。抗日战争中，部队挺进苏南，创建了茅山抗日根据地。1939 年 3 月，新四军军部正式授予该团为“战斗模范团”的荣誉称号。1939 年 11 月 8 日，在贺甲村战斗中，该团一举击毙日军大尉武村中队长等 168 人，俘虏日军 3 名，沉重打击了日寇的嚣张气焰，大大振奋了江南人民的抗战热情。从此，“老虎团”的威名享誉大江南北。

母亲穿上军装不久，就参加了第一次战斗。那晚部队宿营在离日本军营驻地不远的村庄里。半夜时分，母亲在睡梦中听到手榴弹爆炸的一声巨响，战斗打响了。部队需要立即转移，摸着黑全连仓促地穿军装、打背包、打绑腿、捆铺草、收拾好房子。虽然指导员在一旁安慰，叫大家不要慌忙，但是，门外传来急促的脚步声，压低着“快！快！快！”的催促声。第一次就要参加战斗的紧张心情，让她们这些新兵丢三落四的，背包打得散了架，绑腿有的一只腿有，一只腿无，搞得狼狈不堪。等她们赶到集合场地时，战斗部队已经出发转移了。为了掩护她们的安全，一支小分队前往日本鬼子进攻的方向警戒。不一会儿，警戒方向就传来了密集的枪声和手榴弹的爆炸声，随之夹杂着敌人的钢炮声，战斗越发激烈。战友牺牲的血的教训，为她们上了真正参加战斗的第一课。在随后的战争岁月中，她们养成了雷厉风行的战斗作风，时刻准备着参加战斗。

有一次雨后放晴，月牙初升。部队又要夜间行军，母亲是一名刚从上海来到乡下的抗日女战士，个头小，行军走路，别人一大步她就要跑两步，背着行囊疾步跟随部队行进在乡间的小路上。光滑的泥路上，人走多了路就更难走。尤其在夜间，月光下有水的地方就会很亮。没有夜行军经验的她，人困眼倦，懵懵懂懂一脚踩进光亮处，整个人掉进了很深的水沟中。部队在急行军中，一般只注意前面人的背包和脚下的泥道，很少会理会别人。听到了“扑通”声，几个黑影匆匆赶到把她从水塘里拉上来。这时母亲浑身透湿，背包也被浸湿。到了宿营地大家都还在笑她被拉起来时像只“落水狗”，可是她已经冻得浑身发抖，上下牙直打架。这时，有一位同志拿来了一条被单，其他同志也送来了干爽的衣服。走了大半夜的路，在战友的关怀和温暖下，母亲一夜的疲倦都抛进甜蜜的睡梦中。

第二天，从老同志那才得知，夜里把她从水塘中救上来的人是饶惠谭副团长（兼参谋长）。他是一位 1928 年参加革命、1932 年入党的老红军，那条被单就是他的。他经历了腥风血雨的土地革命、艰苦的三年游击战、抗日战争，也亲历了皖南事变。他出生入死、久经沙场、战斗无数，身上落下了多处伤痕。他曾智勇活捉日寇中队长，受到上级的奖励和登报表扬。

一次，在激烈的战斗中，母亲随宣传队到前线宣传鼓动，日本鬼子的炮火猛烈，初上战场的母亲被隆隆的炮火声震惊。冲锋号响起，忽然一个熟悉的身影在她的前方跃起，只见他一手提着驳壳枪，一手握着指挥刀，第一个冲向日寇的碉堡。这就是饶惠谭副团长，一个全身心投入战斗，完全将自己的生死置之度外的真正勇士！看到饶副团长高大英勇的身影，当年的小女兵杨燕一股热流涌遍全身，恐惧和惊慌被驱逐得无影无踪，她跟随着战士们冲向日本鬼子……

战斗胜利结束了，战士们和宣传队员说笑着撤出战场，一路谈论着战斗中的经历。一个简短而有力的声音：“快步跟上！不要说笑！”瞬间，行进的队伍变得鸦雀无声，行军速度明显加快了。饶副团长那严峻的目光中，流露出坚定的意志和不可违背的威严，使母亲印象深刻……

到了宿营地，饶副团长来到宣传队的驻地。“不错啊！上海来的工人阶级女代表，第一次上阵就能冲上去，像个‘老虎团’的兵。”饶副团长的夸奖，直说得母亲暗暗脸红。随后，他又讲了为什么新兵怕大炮，老兵怕机枪；如何根据炮弹的呼啸声，辨别弹着点的远近；如何在战斗中隐蔽自己，减少暴露避免受伤的经验……母亲从心底对这样一位平易近人的团首长充满了敬佩和尊重。

1942 年夏，饶惠谭从华东党校学习回部队，经常来看望母亲，结合当时部队的整风运动，辅导她学习毛主席的《改造我们的学习》、《反对党八股》等文章，并教她如何做读书笔记和书眉等学习方法。在饶副团长的帮助教育下，母亲在政治思想和文化水平上有了大幅度提高。与此同时，爱情的火花也在他们的心中悄悄点燃……

是年底，经政治部主任钟期光批准，母亲与父亲终于喜结连理。王必成旅长主持了简朴而热闹的婚礼，钟期光主任是他们的证婚人。

婚后的父亲母亲，没有沉溺于卿卿我我的小家庭生活，而是根据工作的需要战斗在各自的岗位上，他们之间依然是聚少离多。当时新四军急需医务护理人员，母亲根据父亲的建议，去了抗大九分校卫训班学习医疗技术，离开了政治处转到团卫生队工作。

四、历尽磨难迎曙光

1943 年，抗日战争进入最艰苦的时期。日本鬼子为了配合太平洋战争，巩固在中国交通线的安全，纠集了汪伪军及“忠义救国军”、国民党顽固派的军队，对新四军的根据地实行封锁、清乡、扫荡……斗争异常残酷，抗日部队每日打仗、转移、行军。为了行动便利，部队将重伤员和病号分散在溧水一带的农村。此时母亲怀孕了，一名身怀六甲的女兵要随主力部队行军作战已是力不从心。母亲及另两位女战友组成护理小组，负责巡回看护、医治分散在周围农村中的重伤员和病号。

由于叛徒的告密，有组伤病员被俘并牺牲，母亲她们看护小组也被敌人搜查捕俘了。当时她们在乡村，没有武器也没有穿军装，药品和医疗器材也是另外存放的。房东坚持说：“她们是亲戚，是从上海来农村生孩子的。”

饶惠谭、杨燕与儿子 1945 年于梅山新四军驻地

敌人由于无法确定她们的真实身份，只好将她们关进了江苏溧阳的日伪监狱。在狱中，她们继续隐瞒自己的真实身份，经受了敌人的诱供和拷打，始终保护着其他伤病员的秘密和药品的隐藏地点。

在日伪的监狱中，母亲生下了第一个孩子，也就是我的大哥。由于狱中潮湿阴冷，条件十分恶劣，哥哥出生时受到日伪军的惊吓，身心健康受到了很大的伤害。父亲后来给这个苦命的儿子起名“溧险”。

部队得知情报后迅速组织展开营救，通过“伪乡长”（地下党员）和敌人多方周旋，又派侦察员到上海找到母亲的继父，到溧阳交了一笔保金，将母亲她们营救出来。

母亲带着襁褓中的哥哥随她的继父辗转回到了上海。由于无法说明孩子父亲的身份，不能暴露孩子是新四军的后代，她忍受了来自亲人和邻里的猜疑、冷语和白眼……怀着对我父亲及战友的思念，对部队战斗生活的向往，更是对理想信念的坚定追求，母亲强忍住眼泪，忍辱负重地当奶妈、做女佣，抚养着从监狱中带回的体弱的幼儿，独自一人默默地平复着身体和心灵的创伤。三个多月后，父亲派人来上海接母亲回到了部队。从此，她再也没有离开过部队一天！

回到部队后，母亲经历了六个月的整风运动和严格的组织审查。1945 年 7 月，20 岁的母亲光荣地加入了中国共产党，从一名童工成长为坚定的共产主义战士。

在那艰苦卓绝的抗战岁月，伴随着母亲和她的战友们的是激昂高亢的歌声：“光荣北伐武昌城下，血染着我们的姓名……继承了先烈的殊勋，千百次抗争，风雪饥寒；千万里转战，穷山野营。获得丰富的斗争经验，锻炼艰苦的牺牲精神……”

母亲带着孩子，跟随部队行军打仗。她打前站，当啦啦队鼓舞部队士气；发动地方群众支持抗日，宣传抗日道理；部队出发后，检查部队是否有违反破坏“三大纪律八项注意”的情况，上门板、捆铺草、水满缸、扫庭院；战斗最激烈的时候，在战场上救护、包扎受伤的战友；抬担架转运伤病员，甚至直接拿起枪杆进行战斗。她瘦小的身影活跃在战火硝烟之中，战友们都亲昵地叫她“小燕子”。

抗日战争结束后，母亲跟随部队转战南北，经历了苏中的七战七捷战役、鲁南莱芜战役、淮海战役、渡江战役。随着解放战争的隆隆炮声，上海又一次出现在她的眼前。

1949 年 5 月 12 日，陈毅、粟裕领导的第三野战军发起了上海战役。5 月 27 日上海宣告解放，一个新上海在战火中诞生了！

随着人民解放军入城的步伐，母亲以一个胜利者的姿态，回到了久别的上海。

一天，母亲和父亲带着两个孩子及一班警卫战士来到了她的继父家。她的继父和我的外婆以及周围的邻居们都吃了一惊，解放军的“官”带着一帮大兵，开着美式吉普车突然造访贫穷的工人居住区，怎么回事？

“姆妈，我是阿菊，哪（你们）身体好哇？”

“阿菊，你们这是从哪里来？”我外婆含着泪水惊喜地说。

一旁她的继父脸色由惊讶、疑惑变成尴尬，他为当初没能善待他们母子俩感到愧疚……

周围的邻居们也都拥了过来，纷纷议论着……他们为有这样一位有着解放军背景的街坊感到骄傲。解放前受尽白眼被叫作“野孩子”的大哥也成了“解放牌”，受到了大家的尊重。看着眼前的情景，母亲聚集在心中多年的郁闷化开了，脸上露出了欣慰的笑容……

一个从旧上海滩走出去的童养工，成为身经百战的女战士；一个受尽凌辱的女佣人，成为新上海的解放者和建设者，这是多么巨大的飞跃呀！

五、生死相依爱弥坚

上海解放后，父亲饶惠谭所在的 33 军 99 师转为淞沪警备区公安 16 师。

部队驻防在江湾、杨树浦一带，担负着保卫杨浦发电厂、江湾机场及其他重要的军事设施和工厂。父亲像战争年代一样，身先士卒亲临一线勘查部署，夜以继日、废寝忘食地工作着。为打击敌特分子对新政权的破坏，抗击国民党空军对上海的轰炸，维护上海的治安做出了贡献。

1950年5月，朝鲜战争爆发。为了保卫来之不易的新中国，支援邻邦朝鲜保卫自己的家园，中国人民志愿军于1950年10月跨过鸭绿江，开始了抗美援朝保家卫国的正义之战。

1952年6月，父亲所属的部队准备开赴浙东前线，此时，他接到了赴朝鲜见习考察的命令。行前他匆匆给母亲写了一封信：

杨燕同志：

我们十号下午赴朝，我八号到了子弟学校看了寿龙飞和溧险，他们一切都很好……我们这次去朝鲜学习，上级一切都准备得很周到。大概要到九月下旬方可回来……由于我们出发时间较长，家中一切请你完全负责照顾，专次并祝你愉快！我们这次去学习是最幸运的，一切都好，请放心！

晚安

饶惠谭

6月9日晚

据母亲回忆，9月父亲从朝鲜前线回国后不久的一天晚上，他以严肃慎重的口吻对母亲说："杨燕，有件事要与你商量，我的命令军委已经下来了，到上海警备区当参谋长。但是，23军刚入朝，缺少一个参谋长，钟国楚军长要我一起去，你看如何？"

"知夫莫如妻！"十年来共同生活的岁月，母亲早已明白父亲的心思。父亲是不会轻易地将这些事告诉她的，这样的商榷，其实已经明确了组织决定和他本人的心愿是不可更改的。

"惠谭，你自己决定吧，家里孩子和老人们你放心吧，我会照顾好他们的……"母亲平静地说，就像父亲每次出门一样。

没有任何怨言，没有任何要求，只有默默地承受。她亲手为丈夫整理着出征行装：军装、被囊、内衣、鞋，还特意将一对绣着鸳鸯和"抗美援朝　保家卫国"字样的枕套放入被服中。临走前，全家人去照相馆拍了唯一的一张全

1952 年赴朝前，饶惠谭与家人、亲戚及身边工作人员合影。中排左一为杨燕（怀里抱着作者饶政刚），左二为饶惠谭烈士，后排左一为警卫员小左（牺牲）

家福。

解放军总部更改了新的任命：父亲被任命为志愿军 23 军参谋长。带着党和人民的嘱托，父亲告别了母亲和年幼的孩子（当时我还不到 1 岁），义无反顾地奔赴了战场。

然而，这一去，他就再也没有归来！

1953 年 3 月下旬，噩耗从前方传来。父亲到朝鲜前线不久，在一次敌机夜间空袭中，在朝鲜伊川郡古南佐里英勇牺牲！

父亲阵亡的消息如同晴空霹雳，使不到 28 岁的母亲痛不欲生……她想不通：一个出生入死二十几年，久经考验的战士，无数次的枪林弹雨都冲过了，怎么就这样牺牲了呢?！

从前线父亲战友的来信得知：1953 年 3 月 21 日 ，父亲在组织协调了一线部队的调整安排后，回到军部所在地。当晚美军飞机先来了一次试探性轰炸，未造成什么损失。父亲发现部队在防空、隐蔽方面存在问题，立即组织人员部署改进措施。晚上 11 点多，父亲在军长钟国楚那里商谈完工作，准备回住处休息。由于防空洞尚未被覆完成。钟军长邀请父亲到自己的防空洞中睡觉。但是父亲顾及自己的警卫员生病发热，晚上需要有人照顾，返回了自己的住处。当晚敌机第二次袭击，不幸住处被炸，父亲和警卫员壮烈牺牲。

“醉卧沙场君莫笑，古来征战几人回！”父亲作为一名久经沙场的军人深知朝鲜战争的激烈和残酷，深知我军与美军在军事力量方面的差距。到朝鲜去就意味着要流血、要准备牺牲。由于入朝时间仓促，父亲临行前洗印了100张标准照交给自己原部队的下属，代其分发给老战友。他已抱着必死的信念，去完成党交给的任务。这就是一名共产党员对信仰和事业的忠诚。

失去了丈夫、战友、爱人，就像天塌下来一样！四个年幼的孩子怎么办（大孩子刚读小学，小的才1岁）？湖北老家年迈的婆婆又怎么告知、安抚、照顾？自己的工作怎么安排？孩子们将来的生活、学习……如此一副生活的重担，突然压在了母亲的肩膀上。

“几回梦里伴君同！”28岁的母亲独自一人把所有的痛苦咽进肚里，只有在夜深人静、万籁俱寂时在房间里轻轻哭泣……

六、忠贞自强世留芳

母亲在父亲牺牲以后半个世纪的漫长岁月里，以顽强的意志和对父亲执着的情感从青年走向中年、老年，直到人生的终点。

父亲牺牲时母亲才28岁，难免会遇上追求者，组织上也出于关心为她提供帮助和介绍对象。但是母亲与父亲自结为伉俪那一天起，他俩就相濡以沫、生死相依了。母亲对父亲的爱并没有因为父亲的不幸罹难而有丝毫改变！她对丈夫的爱是忠贞不渝、超越时空的！

母亲身上具有中国劳动妇女的传统美德。父亲去世后她对奶奶承诺，决不改嫁，从一而终。从此，母亲关闭了一切个人感情的窗口，将所有的时间和精力投入到工作、学习和养育儿女的日常家务中……她独自一人含辛茹苦、勤俭持家、抚育遗孤、赡养老人，自立自强地支撑起我们这个家。

母亲履行了对父亲的承诺，替父亲尽孝，为奶奶养老送终。为了安抚奶奶，她不顾自己刚手术不久，带着刚满1岁的我回到父亲的家乡。她安抚着年过七旬的婆母，为老人置办了寿材，修理了住宅房舍。她多次写信，与当地政府取得联系，落实了老人的日后生活。在那个物资匮乏的年代，日常生活用品都需要票证，母亲竭尽全力节省下自己的定额，寄回湖北乡下，以满足老人和家乡亲戚们的要求。

1962 年夏天，母亲带着我们四个孩子回到了湖北老家。已经双目失明的奶奶用手抚摸着我们，饱经风霜的脸上露出欣慰的笑容……她相信了母亲对她的承诺！母亲也因此获得了家乡亲人们的尊重。

1955 年我军第一次授衔，母亲被授予中尉军衔，并荣获解放勋章一枚。1957 年她到重庆和天津的军医预科学校学习两年，完成了中等职业教育，晋升上尉军衔。1959 年，母亲 34 岁那年考上了解放军第二军医大学医疗系。1964 年，她以全优的成绩大学毕业，成为一名合格的军医。在学习期间，她晋升为大尉军衔。

从旧社会的一个童养工成长为一个军医大学的大学生、女军医，这之间存在着多少差距呀！为此母亲付出了常人不可想象的毅力和心血。

为了学习好俄语和拉丁文，她每日比别人起得早，睡得晚，在校园的僻静处练习发音，背诵单词，朗读课文。为了学习好人体解剖学，夏天顶着刺鼻的福尔马林消毒液的气味，在解剖室认真细致地进行尸体的解剖。为了正确地熟

1957 年妈妈杨燕、阿姨和我们姐弟四个

识每块人体骨骼的特征和位置，她将人体骨骼模型放在床底下，每晚就寝前，摸索一遍。熄灯后，她在脑海中再进行默记。没有笨鸟先飞的精神，没有惊人的意志力是不可能做到的，更何况还是孤单一人要养育四个孩子的母亲。

当年，我们几个孩子分散在外地住校读书，每人都需要准备一套生活用具、被服行囊、学习用品，加上两面老人的生活补贴之需，经常到了捉襟见肘的地步。为了不让我们因从小失去父亲而感到失落，母亲节衣缩食，精打细算。每逢过年时，她都会为我们四个孩子添置新衣服，准备一些糖果、花生、水果，而她自己多年不轻易添置一件新衣。

为了不让我们四个孩子因失去父爱而感到孤独和自卑，母亲倾注了大量心血辛勤培育我们。从衣、食、住、行到学习、工作，直到我们成家立业，她时时刻刻都在为我们操心。三年自然灾害期间，哥哥正处于长身体阶段，定量不够吃，母亲在大学每天省下自己的口粮，带回家补贴哥哥，自己饿得腿都浮肿了。

母亲不仅关心我们的学习和生活，而且关心我们的性格培养和日常交友。她经常告诫我们：要珍惜父辈的光荣，认真做事，低调做人。每当我们处在人生的转折关头时，母亲总能为我们指点迷津，但她从不轻易干扰我们各自的选择。

1964年母亲以全优的成绩从二军大毕业，她放弃回到警备区后勤机关工作的机会，坚决要求到基层，到医疗第一线。她被分配到解放军第109医院工作，她又主动要求到医院的重点科室——传染病科当医生。在工作中，她尊重老前辈、老医生，虚心求教，认真实践；她团结年轻同志，不摆老革命、老同志的架子，严于律己、宽以待人；她积极配合科室领导的工作，协助做好群众思想工作，被同志们誉为“孺子牛”。

她对工作认真细致，对技术精益求精，她懂得医生的职责就是救死扶伤。特别是救治急性传染病员更是争分夺秒，更需要有准确的判断和精湛的技术。每次有急性脑膜炎病员入院，她就如同又回到战争年代，抖擞精神、全力以赴地投入抢救。她冒着被传染上疾病的危险，不分昼夜连续作战。每当把年轻战友的生命从死神的手中夺回时，欣慰的笑容总会流露在她那疲惫的脸庞上。听到年轻战士呼唤：杨军医，谢谢你！仿佛她自己也年轻了许多……

她多次主动请缨到崇明岛、奉贤、南汇农村，指导血吸虫的防治工作。她走村串户，为缺医少药的基层群众送医送药，送去了党的温暖和关怀。她冒着患血吸虫病的危险，挽起裤腿亲自下到水田、河沟，搜寻钉螺疫情，展开灭螺工作。为了改善农村卫生环境，消除血吸虫的传播途径，在寒风凛冽的严冬，她和群众一起挥镐担土，兴建粪便池。为了减少群众的痛苦，减轻群众的负担，她自学中医针灸和中草药知识，在自己的身上反复练习，熟练掌握针刺的手法后，再为群众医治。甚至她圆满地完成任务回到部队后，还有农村的乡亲来部队问候她，十多年后还有人记着他们的“杨姆妈”、“解放军阿姨”。

1966年，一场突如其来的“文化大革命”运动爆发了，母亲和许多老同志、老干部一样受到了猝不及防的冲击和审查。她被下放到农场进行思想改造，被反复地要求交待被俘的经历——那段不堪回首的心灵创伤……但她执著地坚持着自己的信念，绝不出卖自己的灵魂，绝不诬陷自己的同志。她始终坚信党的原则，相信党对她的历史审查结论是正确的。

1973年，当她再一次坐在医院的诊疗桌前时，已是白发初露的老医生了。她十分珍惜重新工作的机会，满腔热情地投入到医疗工作中，兢兢业业地战斗在门诊第一线。

然而，厄运接踵不断。由于母亲对一些不良风气敢于直言，得罪了个别领导，不久又被“穿小鞋”，发配到医院的“五七”小工厂洗瓶子去了。

在那些日子里，母亲从事着医院最艰苦的工作，但提职加薪从没她的份，她的级别待遇自1964年后一直没有动过（技术级别甚至低于工农兵学员）。但倔强的母亲从不伸手向组织上要求任何个人待遇，从不搬出丈夫的名字为自己谋取任何利益。她将丈夫的名誉看得无比珍贵！

1982年，57岁的母亲无奈选择了提前离休，但她如愿地保留着自己的军籍，保留下那身草绿色的军装。

离休后的妈妈并没有在家颐享天年，而是倾注全部精力投入到收集和整理父亲资料的工作中。她要追寻丈夫的脚步，在有生之年为自己的战友、爱人，我们亲爱的父亲——饶惠谭烈士留下可以记忆的文字。她不顾自己体弱多病，走遍大江南北，自费去祖国各地拜访父亲的老首长、老战友和老部下，写下了几大本采访笔记①，并为《大江南北》杂志、《新四军历史研究会通讯》等亲自撰写回忆文章。在她留下的笔记本、手稿里，字字行行留下了她对丈夫执著的爱和深深的情……

① 近年我以母亲留下的资料为基础，在父亲饶惠谭烈士牺牲六十周年之际，撰写了《忠诚的战士》，2013年8月由中国福利会出版社出版。

母亲66岁那年，灾难又一次降临到她身上，49岁的大哥突发脑溢血而病故。在经历了“幼年丧父、青年丧夫”的痛苦之后，晚年的母亲又经历了“老年丧子”。人生的三大苦难母亲都经历了，她这一生承受的苦难和悲伤是常人难以想象和承受的！

2006年5月27日，母亲走完了她坎坷而坚强的人生之路。在儿孙和战友们的爱抚中，她身着绿军装，安详地静卧在党旗和鲜花丛中。

“人生芳秽有千载，世上荣枯无百年”。母亲从一个旧上海的童养工，成长为一名抗日队伍中的女战士；从一个女护士，成长为人民军队的女军医。她对工作兢兢业业，任劳任怨；对伤病员们充满慈爱和关怀；对老百姓充满深切的情感。人们尊敬地称她为：“杨姆妈”、“解放军阿姨”、“杨大姐”、“杨大夫”……

无论是在弹雨纷飞的战场上，还是在敌人阴冷血腥的监狱中，无论是在失去丈夫的孤独岁月里，还是在“十年内乱”遭受不白之冤的日子，母亲都以她博大而宽广的胸怀，忍辱负重，甘于奉献，含辛茹苦，自立自强。她以柔弱的肩膀为我们遮风挡雨，为我们撑起了人生远航的风帆！

作为战士，她无愧于英勇；

作为党员，她无愧于忠诚；

作为母亲，她无愧于伟岸；

作为妻子，她无愧于忠贞。

她的一生没有什么轰轰烈烈，但她却用一生书写“忠诚”！

简　历

杨燕（1925—2006），曾用名阿菊。浙江余姚人，1925年5月出生，中共党员，大学学历。1934年起在上海纺纱厂做童工。1940年参加上海工人抗日救亡协会，为地下党传递书籍和情报，并先后参加了三次工人大罢工。1942年2月参加新四军，在新四军1师2旅文工队、卫生队从事战地宣传和救护工作。1945年加入中国共产党。新中国成立后在33军99师卫生队、公安16师卫生队、上海淞沪警备区后勤卫生部医疗科、解放军109医院等单位工作。1955年授中尉军衔，1957年晋升上尉军衔，1963年晋升大尉军衔。1982年离休。2006年在上海病故，享年81岁。

毓秀兰馨楚天娇

王宏治　王炼治

一、大山里走出的小童星

我们的母亲刘毓兰1923年11月出生于湖北咸宁县汀泗桥镇的一户殷实人家。外公刘昌合早年留学美国，学的是体育，回国后曾任国立武汉大学体育教授、重庆陆军学校首席体育教官。母亲从小在山里的奶奶家长大，那儿漫山遍野都是竹林、茶园和山花，风景秀丽，交通便利，中国最早的粤汉铁路就从她的家乡汀泗桥通过。北伐战争时著名的汀泗桥战役就发生在那里，母亲从小就听说很多有关辛亥革命和北伐战争的故事。

新中国成立初期的刘毓兰

说起来，母亲在她的家乡也是个传奇人物。1936年，湖北省第一次举办了中小学生体育运动会。母亲代表咸宁县第一所完小——泉塘小学，参加了这次盛大的运动会。在她报名的四个项目：400米接力、跳高、跳远、单双杠比赛中全部夺魁，取得团体总分第一名、个人总分第一名的好成绩，荣获两块银质奖牌、一面锦旗和一个大银质奖杯，校长高兴地为她捧着奖杯陪伴左右。运动会结束后，当时的咸宁县县长亲自率军乐队到火车站迎接，母亲当场把那个大银杯捐了出来。13岁的少女为咸宁县争得殊荣，一时间报纸上对她的赞美之辞铺天盖地，她俨然成为当时湖北家喻户晓的小童星。正因为母亲从小就具有良好的身体素质和体育方面的天赋，使她后来在艰苦的革命斗争环境里能从容应对。

1937年7月抗日战争全面爆发，正在武昌湖北省立一女中读书的母亲，抱着“天下兴亡，匹夫有责”的热忱和“誓死不当亡国奴”的信念，积极投身抗日救亡运动。她参加了抗日救亡救护队和抗日宣传歌咏队，和同学们走上街头唱歌演戏宣传抗日。一次，在街头演出《放下你的鞭子》时，被群众误以为是高年级同学欺负小女生……

1938年秋天，母亲的家人让她去重庆读书，她拿着家里给的学费和生活费，瞒着家人，和一批志同道合的热血青年翻山越岭，几经辗转奔赴鄂豫抗日根据地。在边区，她先是在党校学习，毕业后分到新四军鄂豫挺进纵队（即后来的新四军5师），成为一名新四军女战士。从此，开始了她职业革命者的生涯。

1939年2月，未满16岁的母亲加入了中国共产党。从此，她以更大的热情投入到抗日救亡的革命洪流中，为民族兴亡、国家富强献出了毕生的心血和精力。

二、肩负党的重任

1940年秋天，中共鄂豫边区党委交给母亲一项特殊任务——潜入敌占城市汉口，将散落在那里的共产党员重新联系起来，建立党的组织。行前，鄂豫边区党委副书记、新四军5师副政委兼组织部长陈少敏大姐亲自找母亲谈话，叮嘱母亲说：“小刘，这是党交给你的特殊任务，责任大、担子重、工作艰难，要有思想准备。你是学生，到了汉口还是上学，以此作为掩护，以后会派人来找你。”母亲当时只有17岁，一个女孩子在兵荒马乱的年代，要孤身一人潜伏到日寇占领的沦陷区，无疑会担很多风险。但母亲没有丝毫害怕和犹豫，无条件地服从组织的决定，勇敢地踏上了征途。

母亲通过关系，弄到一张“良民证”，化装成老百姓，只身一人回到武汉，住在一个同乡的亲戚家里。为了取得合法身份，她在远房堂兄的帮助下进入一所意大利人办的教会学校——圣约翰女子中学，以学生身份作掩护，利用家庭在武汉的各种社会关系秘密开展活动。白天，她在学校读书学文化，学英语、音乐、绘画、手工、家政等，早晚还要做祷告。晚上她一个人悄悄溜出学校，秘密联络失散的地下党员，物色结交了一批思想进步的学生、工人、店员、知识分子，从中发展新党员，建立了汉口党支部并担任了支部书记。母亲他们在日伪眼皮子底下开展抗日宣传活动，护送大批干部和青年知识分子到边区参加抗日，工作开展得有声有色。

1941 年夏天，母亲回根据地汇报工作，返回时领导批准她到鄂南中心县委看望未婚夫何功济（县组织部长）。何功济与母亲是同乡，年长母亲 2 岁。他聪明好学，写得一笔好字，1935 年夏从咸宁考入武昌湖北省立第一中学。在中学时期，他思想进步，关心国家的命运、民族的存亡，是学生运动的领袖。1938 年母亲与他一起奔赴鄂豫边区参加革命，又一起在边区党校学习，他还是母亲的入党介绍人。他们是门当户对、志同道合，双方家庭都认可的未婚夫妻。

母亲乘船沿江而下，又转小木筏上岸来到县城一家小药铺（系地下联络站）时却被告知：几天前因汉奸告密，200 多名日本鬼子偷袭了县委的营地，县委书记等 18 人落入敌手，惨遭杀害。这位青年人以崇敬的口吻告诉母亲，有位姓何的烈士被惨无人道的日本鬼子绑在大树上，一刀刀地挖着他腿上的肉，放狼犬去咬他，但他英勇不屈，大义凛然，向乡亲们宣传"抗日必胜!"，高唱"……我们万众一心，冒着敌人的炮火，前进！前进！前进进!"结果气急败坏的鬼子向他身上浇了汽油，将他活活烧死，并将尸体丢入长江。

母亲一听惊呆了，大脑一片空白！片刻之后，她失声痛哭……

这位同志不明白她是怎么了？忽然想起什么似的说："听说烈士的未婚妻叫小刘，是不是就是你呀？"

这位烈士正是妈妈的未婚夫何功济，刚满 20 岁的他，牺牲得是那么的壮烈！就这样，妈妈失去了她的初恋。

2005 年，在抗战胜利 60 周年之际，母亲满含深情写了一篇回忆文章《怀念何功济烈士》。文中写道："人们常说：'时间是治愈伤痛的最好良药'，然而在这漫长的岁月里，时间丝毫没有冲淡我失去功济同志的伤痛和对他的怀念……我总是想：功济同志还活着，在很远很远的地方，正为国为民战斗着哩！他那热爱祖国、热爱人民、追求真理，在敌人面前英勇顽强，为中华民族的解放事业英勇献身的精神，一直激励着我，鞭策和鼓舞着我不断前进，并以此教育我的后代……”

三、组织部长作红娘

未婚夫的壮烈牺牲，更坚定了母亲将抗战进行到底的信念。她擦干眼泪，强忍住失去初恋爱人的悲伤，返回武汉，继续投身到抗日救亡的工作中。

1941年10月，根据中共中央关于加强敌占区城市工作的指示，鄂豫边区党委派王锡珍同志到汉口建立特委。王锡珍（化名陈约珥、陈幼民、王希真）是一个满怀激情，富有理想抱负的青年知识分子。1931年18岁时就在《长江日报》副刊发表了短篇小说《命运》。1935年在“一二·九”学生运动中，他始终站在斗争的前列，带领学生向政府请愿，声援北平学生的爱国行动，是当时武汉学生运动的领袖之一。1936年5月加入中国共产党，曾担任中共武昌区委书记、湘鄂西特委书记、新四军江陵独立营政委等职。

王锡珍到汉口后，以小学教师的身份作掩护，通过母亲与地下党的其他成员建立了联系，组建了汉口特委，并担任特委书记。1942年初，王锡珍返回鄂豫边区党委所在地大悟山（属大别山脉），向他的直接领导陈少敏大姐汇报工作。汇报结束时，陈大姐突然问：“你结婚了吗？”王锡珍奇怪地反问：“我跟谁结婚？”陈大姐哈哈大笑，说：“你这傻瓜，你身边有那么一位好姑娘小刘，你不会找她结婚？回去就告诉她，大姐让你和我结婚！”王锡珍道：“她还是个小姑娘，我怎么开口？”大姐对随同去边区的汉口地下党机要交通员说：“你回去对小刘说，为了工作需要，组织上决定你们结婚。”

这年春天，为了更好地开展工作，也为了让王锡珍能够安全、稳定地在汉口站住脚跟，根据组织的决定，母亲与王锡珍结为夫妻。鉴于母亲的家族在武汉有一些社会关系，便于广交社会各界人士，有利于全面开展活动，陈大姐指示他们公开办婚礼，大宴宾客，广交朋友，造成社会影响。

为此，父母亲在家人和同学的操办下，在汉口六渡桥会宾楼（今此宾馆仍在，只是原建筑已拆除，在原址新建了现代化宾馆）举行了隆重的婚礼，“高朋贵友”请了不少，婚礼办得有模有样。通过这次婚礼，他们不仅沟通了已有的社会关系，还结识了一些新关系，就连日伪人员中也有了可利用的关系，为下一步在汉口进行地下工作奠定了良好的社会基础。当年的结婚照正是那段历史的见证。照片中妈妈身披婚纱，爸爸身着长袍，手持礼帽，每人身边都站着一位伴童。这是那个年代结婚的经典造型。

虽然，在那个特殊的年代，父母亲的结合是由组织安排的，但他们具有共同的理想和信仰，有相同的志趣爱好，在工作中互相支持，配合默契，所以组织上出于工作需要让他们结为夫妻就成为顺理成章，水到渠成的事。

1942 年王锡珍、刘毓兰在武汉的结婚照

母亲与父亲结成革命伴侣后并肩战斗、同甘共苦、相濡以沫 27 个春秋。他们之间的情谊不仅是夫妻，更是战友、挚友。在母亲眼里，父亲儒雅谦和，正直坦荡，是世界上最好的丈夫！可惜，1968 年文革中父亲受迫害英年早逝（年仅 54 岁），给母亲留下了无尽的思念。晚年的母亲满含深情地撰写了多篇回忆录，记述了他们共同战斗的难忘岁月。她写道："从他不平凡的经历中，我看到了他献给党的一颗炽热赤诚的心，他为人真诚的秉性，襟怀坦白的作风，严谨的政治态度，坚韧求索的精神，忍冤含屈时对共产主义的信心……令人佩服，是我三生有幸！"

四、中原突围历艰辛

1943 年 10 月，父母亲结束了在武汉的地下工作，奉命回到鄂豫边区。父亲先是在敌工部工作，后任边区党校支部书记、中原局干部队副政委，母亲在新四军 5 师。其间，父亲曾被选为鄂豫皖边区的青年代表，安排赴延安出席全国各界人民代表大会，后因交通阻碍未到延安。

1946 年 6 月下旬，蒋介石撕毁国共双方于 1 月达成的《停战协定》，纠集

30万重兵围攻我中原解放区，将中原军区6万余人包围在鄂东宣化店地区。为保存实力，根据党中央指示，中原局决定分三路突围。由此，拉开了解放战争的序幕。

母亲当时正怀着大姐玲治，身怀六甲的她和扮作盐商的父亲，领着不到2岁的哥哥海治踏上了突围的征程。一路上历尽坎坷，备尝艰辛。一天，他们搭乘一艘长江上的运棉船，母亲坐在高高的棉花包上，突然船身晃动起来，母亲一下子失去重心，从船上掉了下去……就在千钧一发之际，灵活敏捷的母亲一把抓住了捆绑棉花的绳子，挺着大肚子，蹭蹭几下，竟然爬了上来。试想，一艘夜间行驶在长江上的货船，掉下去一个人，根本就不会被人发现，若不是母亲天生具有良好的体育天赋，身手敏捷，后果将不堪想象！直到新中国成立后，父母每当说起此事，还心有余悸。

1946年9月，父母历尽艰辛辗转几个月到达南京，当晚在一家小旅馆里母亲生下大姐玲治。晚年的母亲每当回忆起这次突围的经历，总是夸奖大姐争气，没有生在路上，而大姐则调皮地说："我也参加了中原突围，可以享受离休了吧。"

到南京的第二天，父亲就急切地去梅园新村中共代表团办事处接洽，准备前往解放区。到办事处后，组织部长钱瑛大姐（新中国首任监察部长）见到父亲十分高兴，紧握着父亲的手说："早就知道你们要来了，组织决定将你们留在南京，负责和大后方随国民党'光复迁都'回南京的我党潜伏人员和进步人士联系。"她告诉父亲，这些人是分布在国民党内的党、政、军、文艺、教育等各条战线的重要人物，他们从重庆大西南到南京的时间都有一年或半年以上，一直无合适人选去接头联络。

"你们初到南京，没人认识你们，又有地下工作经验，包括小刘（即母亲）也都受到过严格的考验，所以派你们去最合适。"

当晚钱瑛大姐给父亲一批文件阅读，第二天又给他详细讲形势和南京的情况，布置具体任务。钱大姐工作细致周到，让父母在南京先找房子掩护下来，并要父母将外婆接到南京来，这样祖孙三代住在一起，对外很像个家庭，再行建立社会关系等等。

父亲接受这一重大任务后于第二天天黑返回小旅馆，他一进门满面春风，抱起刚出世的大女儿玲治说："你今天出生4天了，小宝贝，你也参加战斗了呀！"随后父亲告诉母亲："钱大姐叫你去梅园新村，由她跟你谈话并亲自交代任务。”

第二天，母亲拖着产后虚弱的身体出门寻找组织，几经周折在黄昏时分到达办事处驻地。一见“梅园新村”四个字，母亲的心激动得怦怦直跳，但她按捺住兴奋，机警地观察了周边环境：只见附近有擦皮鞋、摆小摊的，对门一座二层小楼的阳台上，有一个戴黑眼镜的男子坐在那里，一看就明白，那股架势就是特务盯梢。母亲沉着冷静，快步进了办事处，藏入门后暗处，看外面是否有人跟踪。正在此时，有人从母亲后面抓住她问：“你干什么？”母亲正要开口说明情况，在屋内等候她的钱大姐问道：“是小刘吗？”母亲高兴地应声跳了起来，开心得不得了，回答道：“大姐，是我！”大姐把母亲抱住，让进屋。

钱瑛大姐与母亲是同乡，也是湖北咸宁人，她1927年参加革命，曾在苏联莫斯科东方大学学习，是我党早期优秀的女干部，是母亲青年时期的偶像。由于父母从“蒋管区”化装突围，一路上很难见到自己的同志，现在终于见到自己的同志，并且是朝思暮想的钱大姐，母亲欢喜得心里像开了花一样。钱大姐给母亲倒了一杯茶，和蔼地问：“小刘，你在汉口敌占区做过地下工作？任支部书记？特支书记？……”见大姐什么都了解，母亲一时不知如何回答，只是一个劲地傻笑着……以至于新中国成立后担任监察部长的钱大姐见到母亲时还问：“怎么不见你笑了？”

在特殊环境下遇见自己的同志，母亲就像见到久别的亲人一样高兴，但当大姐对母亲布置任务时，母亲立刻就冷静下来。钱大姐说：“在南京你们没有社会关系和其他熟人，所以在这里工作很适合。在南京租房子要保人，为租房子要建立点社会关系。”钱大姐交给母亲一个姓严的新闻记者的联系方式，让母亲找他帮租房子安家。严先生的太太有个姐姐，是个姓蒋的军阀的姨太太，丈夫去世后她一个人在南京没有了生活来源，打算回昆明老家，因而想将房子出租。这样由蒋太太出面找了她丈夫原来的部下王先生，给父母作了担保。蒋太太孤单一人，无依无靠，她离开南京前同父母住了一段时间，父母与她及邻居关系处得都很好。她回家的一切事全由父母替她作了安排，直到送她上船到武汉再转去昆明，她甚是感激，父母也因此打下了较好的社会关系基础。

父母住下后借王先生的关系，又认识了一位曹先生，他们看父亲年轻、老实，就拉父亲合资在镇江开采煤矿，并且一致推举他当经理。这样父亲在南京就有了合法身份，顺利地完成了党交给的“先行建立社会关系”这一任务。后煤矿虽未开成，但取得了经理这一合法身份，从此就能踏实为党工作。1947 年 1 月钱大姐离开南京调中共上海局，行前她向父亲交代说：她去上海后会派人来和他们接关系。

五、战斗在黎明前的黑夜

1947 年初，上海局派人来南京和父母接头，把南京地下党的一部分——由西南返回来无合适人接头的重要关系交父亲负责联系。联系人多是潜伏在国民党的党、政、军及教育界、文艺界的地下党员和进步人士。父亲接下这批名单一看，真是非同小可。他们都是非常重要的人物，大都在国民党各部占据重要位子。

南京是国民党的老巢，到处是军统、中统的便衣特务。要将潜伏在国民党各部门的人员联系上，如果没有高度的责任感、非凡的胆略和勇于牺牲的精神，以及对党的事业绝对的忠诚，是很难完成这一重任的。这些同志身处极端险境，情况十分复杂，而且他们离开组织的时间较长（半年、一年以上），联系地点和接头暗号都是以前约定的。尤其危险的是，对他们现在的情况概不知道。按组织原则他们之间只能发生垂直的关系，不能发生横向的关系。每每为找一个人，都要先熟悉对方所在的地方，了解大概情况，才能靠近前去打听，几次三番，找到一个人，母亲开心极了，如获至宝。

20 世纪 40 年代的母亲刘毓兰

1947 年 7 月，中共上海局决定父亲到上海，于是父母结束了在南京的潜伏工作，奔赴上海，又开始了新的征程。

在上海，母亲的公开身份只是家庭妇女，但实际上仍然承担着传递情报，掩护同志的工作。父亲的所有工作，都有母亲在台前幕后帮助和配合。当时母亲经常抱着哥哥牵着姐姐，串门白相（上海话，意思就是玩儿），实际上是传送重要文件和情报，有时情报就藏在女儿的尿布下面。

有一次，父亲化装外出行动，不料却在大街上迎面碰到了母亲带着两个孩子。姐姐玲治那时只有两三岁，正是活泼可爱的年龄，她远远地认出了爸爸，一边奔跑着一边呼喊："爸爸，爸爸"，母亲在后面追着："认错人了！认错人了！"父亲也装出莫名其妙的表情，当玲治扑到父亲面前时发现眼前这个人与平时的父亲截然不同，小姑娘以为真的认错人了，在大街上对陌生人喊爸爸让她很不好意思，她咬着嘴唇向后退了几步，然后猛地转过身扑到母亲怀里害羞地哭了起来。父母亲顿时松了一口气……

在上海父母亲租住在一幢石库门房里，相当于北京的大杂院。有个邻居是青洪帮会的，他老婆是个刁钻的女人，人称"包打听"。那时厨房是公用的，各家都在同一灶间做饭。有一次，母亲煨了一锅鸡汤，一转身，发现那家的小男孩正揭开锅盖要盛汤。母亲怕惊了孩子，把汤碰翻再烫着，于是不动声色走到孩子身边说："弟弟要喝汤呀？等一会儿汤煨好了，我给你送家去喝。"孩子走后，母亲真的端了一碗鸡汤去他家。事后，那位"包打听"来还碗，对汤赞不绝口。以后，母亲煨汤或烧菜，常给她家送一点，关系处得还不错。当时常有特务来查问我父母的情况，"包打听"一口担保，这家人没问题。特务也就不再来刁难了。此事被上海地下党的一位负责人知道了，夸奖母亲说："这个小刘真不简单，连个流氓也被她搞得服服帖帖！"上海解放后，母亲身着军装回到家里，"包打听"惊得目瞪口

上海解放后王锡珍、刘毓兰于军管会合影

晚年的母亲刘毓兰

呆，见母亲并没有为难她的意思，忙说："我早就看出你不是一般人物！"

母亲和父亲在南京、上海从事地下工作的几年，正是黎明前最黑暗的时期。他们作为战斗在隐蔽战线的无名英雄，在白色恐怖的险恶环境里，以忠诚、勇敢和智慧，出色地完成了党交给的艰巨任务，为中华民族的独立、自由、民主、解放贡献出了他们一生中最美好的年华！他们的名字虽无人知晓，但他们的功勋永垂不朽！

简　历

刘毓兰（1923—2011），湖北咸宁人。1938 年 10 月参加革命，1939 年 2 月入党，任新四军 5 师 4 团文娱干事、湖北省天门县区委书记。1940 年在汉口从事党的地下工作，任特支书记。1943 年 10 月回新四军 5 师，1946 年参加"中原突围"。此后在南京、上海从事党的地下工作，承担掩护同志和交通联络任务。新中国成立后在上海市军管会工作，先后任上海市妇联干部科科长、老闸区妇联主任、全国妇联干部学校支部书记、全国政协机关联络处处长等职。1983 年离休。2011 年 9 月在北京病故，享年 88 岁。

太行山上女八路

余乔乔

七十多年前，面对日寇入侵中华民族生死危亡的关头，中华儿女慷慨出征，奋力抵抗，谱写了气吞山河的壮丽诗篇！我的父亲母亲置身其中，勇当中流砥柱，创建了不朽的业绩。谨以此文献给我亲爱的妈妈——当年太行山上的八路军女战士王敬文。

一、战火青春

妈妈祖籍山西运城猗氏县（今山西临猗县）大阎村。外祖父十几岁时就离家前往兰州闯荡，经过十几年的摸爬滚打，他从小伙计一直干到了当铺掌柜，三十多岁才娶了当地一位小他十几岁的兰州女子为妻。1923 年 12 月妈妈出生在兰州。

新中国成立初期的王敬文

妈妈是姥爷的第一个孩子，自幼倍受疼爱。然而在妈妈四五岁时，姥爷因急病突然病故，妈妈的伯父（姥爷的哥哥）千里迢迢赶到兰州，硬是把妈妈领回了山西。一是因为我姥姥当时才二十出头，日后肯定要改嫁；二来妈妈的伯父和伯母婚后一直没有孩子，他们认为妈妈是王家的唯一后代，一定要由王家抚养。从此，年幼的妈妈一直跟着她的伯父伯母在山西农村长大。

妈妈的伯父伯母家虽很贫穷，但他们视妈妈如己出，对她很好。在当时的农村，贫苦农民家有时连男孩都难得读书，更别说女孩子。到了上学的年纪，妈妈的伯父伯母勒紧裤带省吃俭用，愣是送妈妈进了学堂，而且读了四年书，上到了高小（当时乡村的小学堂分为初小和高小）。这一开明之举，对妈妈今后的人生大有裨益。

妈妈一边读书，一边帮她的伯父伯母干农活，跟着他们犁地除草种麦收麦，帮着做饭洗碗。穷人的孩子早当家，妈妈小小年纪懂事又聪慧，早已成了家中的好帮手。贫穷的农村生活造就了妈妈吃苦耐劳的品格。

1937 年“七七事变”爆发，抗日战争如火如荼地全面展开。妈妈的伯父当了村长，他总是深夜领回一些人，趁着黎明又匆匆送走。妈妈时常帮忙烧火做饭，招待那些来家中的陌生人，从他们的口中听到打鬼子抗日等话语。就这样妈妈帮着大人们掩护了一批又一批牺盟会（山西的抗日组织）的抗日志士。

当时，妈妈的伯父家实际上是中国共产党的一个地下交通站，然而妈妈从未听她的伯父谈过他何时加入了共产党。1938 年 5 月，不满 15 岁的妈妈耳濡目染，毅然决然地跟随她的伯父投身到轰轰烈烈的抗日洪流中。妈妈参加了抗日救国牺牲同盟会，在山西猗氏县牺盟会第五区做妇救会工作，宣传发动民众参加抗日战争。1939 年 12 月，妈妈加入山西汾南抗日游击支队——新军 212 旅民运大队，并担任山西稷王山牺盟会妇救会宣传干事。

1940 年元月，在抗日战争最艰苦的岁月，刚满 16 岁的妈妈成为一名光荣的共产党员。从此，妈妈把她的一生交给了党，把她的青春岁月与硝烟弥漫的抗日战争紧紧地联系在一起，使青春在战火中闪亮发光

1940 年春，妈妈奔赴太行山参加了八路军，分配在八路军前方野战供给部军需被服厂工作。当时日寇对太行山根据地实行残酷的封锁和扫荡。妈妈所在的军需被服厂为了给八路军将士做军装军鞋，全厂同志不分白天黑夜，日夜赶制。

那时全靠手工缝制，女兵们在用棉条搓成的煤油灯芯下，飞针走线地缝制军服军鞋，实在困得不行了，就轮流倒在衣服堆上打个盹，醒了接着为八路军赶制军服。天亮时，她们互相对望，每个人的面部和鼻孔都被煤油灯熏得漆黑……

在日夜赶制军服的过程中，女兵们的手被针扎得鲜血直流，每天都不可能

有充足的食物，但没有一个人叫苦叫累，所有人怀着饱满的热情，忘我地工作着。大家只有一个坚定信念：一定要把日寇侵略者赶出中国！

作为共产党员的妈妈在工作中时时处处起带头作用。她心灵手巧，缝制军装又快又好，总是超额完成任务，各项工作都走在最前面，表现特别突出。而且当时像妈妈那样有文化的女兵真可谓凤毛麟角。

上级领导为了培养女干部，把妈妈送去太行山上的抗日军政大学学习，这是妈妈终身难忘的一段宝贵经历。在抗大，妈妈如饥似渴地学习，经常聆听罗瑞卿校长的讲话，思想觉悟和文化水平在抗大得到了突飞猛进的提高，迅速成长为一名干练的八路军女干部。

抗大毕业后，妈妈被任命为八路军前方野战供给部军需被服厂工会主席，女工队区队长。每当换季时，被服厂承担为八路军供应军服军鞋的任务又重又急，但军需被服厂的人手远远不够。这时候妈妈走乡串户，到各村发动妇女们共同为八路军赶制军服，然后又挨村挨户去收取做好的军服，夜里还加班加点仔仔细细验收，严把质量关。

当时，日寇经常对太行山八路军根据地发动残酷的大“扫荡”。在每次的反“扫荡”行动中，妈妈总是迅速带领军需被服厂人员首先把简陋的设备、布料和缝制好的军服等物资埋藏起来，然后带领大家迅速转移。

在一次次反“扫荡”行动中，妈妈和战友们的足迹踏遍了太行山麓的山山水水，正如《游击队之歌》中所唱的，“我们都是飞行军，哪怕那山高水又深。在那密密的树林里，到处都安排同志们的宿营地……”

妈妈当年是年仅十七八岁的八路军女战士，然而巾帼不让须眉，豆蔻年华的妈妈，瘦小的身躯蕴藏着坚韧无比的毅力。她和男战士一样跋山涉水，急行军转移。夏季，妈妈和战友们时常在大雨滂沱中行军，浑身上下被大雨浇透；冬季，妈妈和战友们顶风冒雪，穿行在太行山崎岖陡峭的山路上，常常摔得浑身青一块紫一块，摔倒了爬起来继续前行。实事求是地讲，女兵在战争年代所遇到的困难，所承受的生理上的痛苦远远超过男兵！

有一次，日本鬼子突袭太行山根据地，妈妈和军需被服厂的战友们连夜转移。寒冬腊月，天寒地冻，一条宽阔的冰河挡住转移的线路，妈妈和战友们手拉手跳进满是冰碴的河水里，徒步涉水过河。齐腰深的河水湍急旋转，冰碴把八路军战士们的手和脸划破，女兵们渡过河后同男兵们一道继续急行军，冰水浸透的衣服刺骨钻心，妈妈说这次渡冰河之后她三四个月没有来月经。为了抗日打鬼子，女兵们没有一个人叫苦叫累，她们在战火中磨练出钢铁般的意志，同时又充满了革命的乐观主义精神。

有一次反“扫荡”，部队急行军转移，妈妈和军需被服厂的战友们在太行山上穿行了几天几夜，断了食物。夜晚在密林深处宿营时，正当他们饥饿难耐，忽然闻到阵阵香味，循着香味找寻过去，发现在大树根的树洞里老乡们转移时埋藏的两罐炒面，上面盖满了树叶树枝。

“不拿群众一针一线”这是八路军将士们牢记的三大纪律八项注意。面对这两罐炒面，军需被服厂领导们商议决定，为了坚持抗战、保存部队的战斗力，让大家一起分食这两罐珍贵的救命炒面。随后把十几枚银元放进瓦罐中，又把瓦罐掩埋进树洞里，重新盖上树枝和树叶。新中国成立后，妈妈无数次给我讲起这段故事，并回味道：“那炒面真香啊，是世上最香的炒面！”

二、烽火太行情

1942年，日寇对太行山根据地的封锁和“扫荡”越来越残酷，太行山上八路军将士们的物资越来越匮乏，为响应党中央的号召，妈妈和战友们在继续为八路军将士缝制军服的同时，还开荒种地搞生产，粉碎日寇妄想饿死困死八路军的企图。

正是在八路军太行山根据地开展大生产运动中，在抗战最艰苦的岁月，年轻的妈妈遇见了我的爸爸余述生。那年5月，八路军前方野战供给部召开劳模表彰大会，台上坐着供给部的首长们，爸爸就是其中之一。妈妈当时并不认识爸爸，只是当时台上的人都穿着单军服，唯独爸爸在5月的艳阳天下依然穿着棉服，这是妈妈第一次看见爸爸，看见了他的“与众不同”。妈妈是劳模，上台戴大红花，由于女劳模人数极少，青春洋溢的妈妈胸佩红花显得格外出众，台上的爸爸也第一次看见这位胸戴红花的年轻女劳模。

数月后的一天，妈妈去供给部送报表，她要找的人刚好出去了，妈妈就站在供给部的院子里等。这时候，爸爸刚好从另一个屋子里走出来，一眼就认出了上台戴过红花的妈妈。当他得知妈妈在等人时，热情地请妈妈到他屋里坐着等。进屋后，爸爸给妈妈倒了一碗水，问了一些被服厂的工作，还问了妈妈的家乡是哪里，什么时候在哪里参加的革命……

就这样妈妈认识了爸爸。

自那以后，每逢爸爸骑马去被服厂检查工作时，就顺便去看望妈妈。从厂里老同志的嘴里，妈妈听到了爸爸的故事：15 岁参加红军，三过草地……

妈妈说，爸爸刚开始追求她时，她心里有点纠结。妈妈 19 岁，爸爸比她大 10 岁，身体看上去也不是特别好。爸爸当时出奇的瘦，还时常咳嗽。后来妈妈在和爸爸的接触中，开始逐渐了解爸爸……

当年太行山上的八路军女兵极少，女干部更是寥寥无几。之前，曾有不少男同志想追求妈妈。一来妈妈的工作实在是太繁重了，二来妈妈认为自己还很年轻，一心只想着把全部精力投入到工作中。而且妈妈给自己定了一个极其单纯的目标：抗战胜利前，不考虑个人问题。妈妈总是以这个理由，友好地拒绝其他人的追求。或许是爸爸在长期军旅生涯中形成的坚毅刚强的独特气质及其人格魅力打动了妈妈。妈妈喜欢上了爸爸，妈妈说爸爸脾气好，开朗乐观，还很儒雅。爸爸在参加红军前，虽然只读了两年私塾，但他特别爱学习，在戎马倥偬中挤时间看书。妈妈说每次见到爸爸，两人都有说不完的话……

在太行山上，在抗战最艰苦的岁月，妈妈和爸爸相爱了。爸爸当时已经是八路军前方野战供给部的指挥员，然而，听妈妈讲，开展大生产运动最艰苦的时候，爸爸他们每天的口粮配给比下面的战士和基层干部都低，每天只有两个土豆，但爸爸他们生产开荒的指标定得又比下面的战士和基层干部都高。大生产运动中八路军官兵生产出来的土豆红薯等，除了自己吃，每人还有指标要上交一部分。当时妈妈是基层干部，每天的口粮除了两个土豆还有一个杂粮饼子。妈妈心疼爸爸，每次见面时都会把自己定量里那个小小的杂粮饼子带给他。妈妈常说："你爸爸参加革命后吃的苦，是你们这代人无法想象的！"

当时妈妈所在的军需被服厂驻扎在山下，爸爸的部队驻扎在山上一个叫大林口的村庄里。山上自然条件比山下更差，爸爸只能在满是石头的荒坡上开垦土地。有一次，妈妈上山去看爸爸，那是 11 月的一天，太行山的初冬已是寒风朔朔。妈妈到达地头，看见爸爸正在寒风中挖地，他上身穿着一件很旧的军棉服，下身却只穿着一条洗得发白的单军裤，一丝心疼涌上妈妈心头。于是，妈妈急忙上前帮忙，把挖出来的石头抬走。这时候妈妈发现了爸爸身上的又一闪光点：特别能吃苦。后来爸爸和妈妈仅有的几次约会都是在大生产劳动的地头，爸爸刨地，妈妈帮忙捡走石头；爸爸挖好地垄，妈妈帮忙播种。一分耕耘一分收获。秋天，妈妈又帮助爸爸收获丰收的土豆、红薯。他们收获粮食的同时也收获了真挚的爱情。

1945 年初，爸爸和妈妈的结婚报告由八路军前方野战政治部主任罗瑞卿首长亲笔签名批准。这张结婚报告是写在一张很粗糙的“麻纸”（八路军自己生产的纸）上的，妈妈一直珍藏着这份结婚报告。直到 1967 年“文革”，爸爸遭到“批斗”，妈妈担心被抄家，才被迫销毁了这份珍宝。连同销毁的还有在太行山上她和爸爸恋爱时，爸爸写给她的五六封情书。那些书信也是写在一叠小小的“麻纸”上，信封尺寸只有今天的名片大小，都是自己手工糊的麻纸信封，字写在上面，墨水就洇开了。这些都是妈妈最珍贵的东西，然而最终没能躲过“文革”的浩劫。

1945 年春天，当太行山上冰雪消融、山花烂漫之时，妈妈和爸爸结婚了。结婚那天，妈妈像往常一样完成了工作，在太阳落山前，背上自己一个简单的背包，由妈妈的闺蜜——张银素阿姨陪同前往爸爸部队驻地的村庄。

1945 年 8 月，日本侵略者无条件投降。八年抗战，伟大的中国人民同仇敌忾，殊死抵抗侵略者，用生命和鲜血的巨大代价换来了抗日战争的伟大胜利。作为打败日本侵略者的中坚力量——八路军将士们，听到抗战胜利的消息时，那种喜悦以及百感交集的心情，真是难以用言语表达。妈妈说，当抗日战争胜利的消息传到太行山上时，所有的人都热泪盈眶……

三、战地母亲多艰辛

解放战争期间，爸爸和妈妈所在部队的番号改称晋冀鲁豫军区供给部，妈妈此时已经调到供给部做会计工作。妈妈随爸爸的部队频繁行军打仗，先后参加了上党战役和邯郸战役。1946 年 5 月，正值邯郸战役期间，妈妈的第一个孩子在邯郸出生了。妈妈说，自打怀上这个孩子，部队就月月都有行动，不停地行军。战争年代，男兵们行军都相当辛苦，更何况怀有身孕的女兵。妈妈就是在随部队行军打仗的日子里，迎来了孩子的诞生。于是，爸爸给这个孩子取名“月行”，即每月行军打仗。后来部队的其他阿姨悄悄告诉妈妈，北方有的地方管女人的月经叫“月行”，于是，爸爸又把孩子的名字改成“月新”，既谐音“行”，又寓意“日新月异”。

战争年代，怀孕生育对于女兵是头一关，养育孩子又是一道更难的关。那个年代，能简单吃饱已属不易，孕期产后想增加营养根本是不可能的事。由于极度缺乏营养，妈妈产后几乎没有奶水，3 个月后，妈妈只能用面汤、面糊糊喂养孩子。爸爸后来感叹道，战争年代养育孩子实在是太难了！什么条件都没有，在北方寒冷的冬季，想给孩子喂一口热水，连一个暖水瓶也没有，只好用房东家的粗陶壶装上开水，用被子裹着来保一会儿温。

1947 年春，孩子尚不满 1 岁，患感冒转成了肺炎，没有药吃，病情越来越重，很快就奄奄一息。妈妈和爸爸束手无策，而爸爸马上又要上前线，出发前他没有别的办法，只能与妈妈日夜轮流抱着已经不会吃不会哭的孩子。院子外边已有人等候，准备帮忙料理孩子的后事。妈妈泪流满面，无助地看着怀里的孩子。

天刚亮，爸爸走出屋子准备出发上前线，迎面看见老战友马琮璜。马伯伯时任晋冀鲁豫军区卫生部副政委，他也正准备上前线，恰好路过爸爸部队驻扎的村庄，顺道来看爸爸。马伯伯见爸爸疲惫不堪的样子，急忙询问情况。爸爸说，孩子得肺炎已病得快要死了。马伯伯一听立刻回答："肺炎现在有特效药可以治，前几天我们部队缴获的国民党部队的药品中就有美国援助的盘尼西林。"马伯伯立刻批了两支盘尼西林，爸爸马上让通讯员骑马去取药，几十里的山路，通讯员马不停蹄地跑了个来回。妈妈说，马跑回来时全身的毛湿透，几乎累得报销了。药取回来后，爸爸一看，是两个装着白色粉末的小瓶子，瓶上的外文无人看得懂，也没有人知道怎么使用，通讯员只顾急着往回赶，也没问用法。爸爸又急忙用老式的那种手摇电话，打电话询问。战争年代的电话，一时半会儿又打不通，爸爸不停地摇电话，摇啊摇，电话总算通了，问清楚了用法：用蒸馏水稀释白色粉状药，肌肉注射。爸爸给医生交代清楚，来不及等医生给孩子注射，立刻出发上前线了。妈妈形容，当时孩子除了尚存一丝气息，连哭都不会了，如同死去了一般。打第一针时，针扎下去毫无反应，根本不知道疼，料想不到的是，几小时后，奇迹出现了。"哇、哇……"孩子会哭了，神药啊，盘尼西林！妈妈听见孩子的哭声，一下子看见了希望，待打完第二针后，总算把孩子从死神手中夺了回来。爸爸从前线打回电话，妈妈告诉他，孩子救活了。战争年代，多么珍贵的两支盘尼西林啊，挽救了一条小生命。

1948 年 4 月，妈妈的第二个孩子在山西武乡出生了。当时解放战争打得正激烈，爸爸和妈妈所在的第 18 兵团正忙着参加解放山西的各个战役，打太原、打临汾、打运城……妈妈工作忙不说还没有奶水，实在无法带着两个孩子，只能把刚满月的老二寄养在老乡家里，这一寄养就是三年！妈妈后来常说，二姐的奶娘对二姐比亲闺女还亲，她去看二姐并给奶娘送口粮时，已经1岁多满地乱跑的二姐还没有完全断奶呢，还时不时钻奶娘怀里吃奶。奶娘把仅有的细粮面粉都省给二姐吃，每天早上二姐一睁眼，奶娘就递过一个大馒头，二姐钻出被窝就啃。奶娘用老百姓最朴实的生活方式把二姐养得小脸蛋儿红扑扑圆嘟嘟。三年后，妈妈去接二姐时，奶娘哭得跟泪人儿似的，妈妈差一点就把二姐留给奶娘了。为了让孩子记住革命老区老百姓的哺育之恩，爸妈给我的二姐起名"乃新"，"乃"谐音"奶"。

四、参加太原战役

在解放山西的各个战役期间，爸爸不停地在前线打仗，妈妈在部队的工作也忙得四脚朝天，部队打到哪里，妈妈就只能把身边带着的老大托付给房东老乡帮忙照看。解放战争时期，妈妈已不仅仅是一名女兵，她同时又承载了母亲的重担。时至今日，我依然无法想象，在那战火纷飞的年代，青春年华的妈妈，那瘦小的身躯是如何承载女战士和母亲的双重重担？！

1948年10月，爸爸妈妈所在的第18兵团参加太原战役。整个太原战役长达六个半月，战事紧张时间又长，爸爸打太原时半年多没见到家人。妈妈所在的部队机关都在为太原战役忙碌，妈妈只好把第一个孩子也托付给房东老乡家照顾。爸爸当时已经是解放军的高级将领，身经百战，打过无数硬仗、恶仗，但爸爸说，太原战役打得异常艰苦！阎锡山长达38年的苦心经营，使太原城像一个固若金汤的大堡垒，明碉暗堡5000多个，壕沟暗道环环相连，环城构筑的碉堡群严密把守着古老的太原城。俗话说，守城容易攻城难！正因为太原城防工事坚固，太原战役才以历时最长、战斗最惨烈的城市攻坚战闻名，成为我军解放战争时期最著名的经典战役之一。

妈妈说，我们的部队最后对太原城发动总攻的时刻，那上千门大炮"万箭齐发"，声音之大，震耳欲聋，撼天动地，雷霆万钧。解放军部队攻入太原城，解放了太原。第18兵团机关进入太原城后，驻扎在阎锡山的督军府。

1949年5月1日，爸爸参加了太原前线总前委扩大会议。会议对太原战役作了总结，宣布了中央军委的命令，第18、19兵团划归第一野战军指挥。会议结束之后，爸爸即将奔赴新的战场。18兵团留守处主任鲁加汉对妈妈说："你去太原城看看老余吧，过不久部队就要开拔了。"于是，妈妈就去接托付在房东家的老大。18 兵团留守处在代村，村旁恰巧有条铁路。妈妈带着孩子坐了一段小火车到达太原，她肩搭马袋手拉着孩子寻找督军府，看见一位走路略微跛脚的军人还带着一名警卫员，忙上前问路，那位军人让妈妈跟他走。到了督军府大门口，哨兵问那位军人找谁，他说找组织部的余部长。哨兵又问妈妈找谁，妈妈说："余部长是我丈夫。"那位军人这才恍然大悟，哈哈一笑。

半年多没见到父母的孩子，那高兴劲就别提了，已经 3 岁的孩子在宽大的督军府跑来跑去，看什么都新鲜。一会儿，孩子跑到妈妈身边说要解大便，妈妈四处张望找地方，忽然，孩子低头看见地上许多阎锡山的大头画像，解放军攻入督军府后，把墙上到处张贴的阎锡山的画像扯下扔在地上，孩子问妈妈画像上的人是谁？妈妈回答："大坏蛋。"孩子说："那我把屎粑粑拉在他头上。"孩子稚嫩的回答把妈妈给逗乐了。

五、风雨同舟

太原战役之后，解放军第 18 兵团又挥师大西北，参加了西北的扶眉战役。紧接着又向大西南挺进，参加了成都战役。1949 年 12 月 30 日第 18 兵团解放了成都，爸爸妈妈随第 18 兵团机关进驻成都市北较场。

妈妈王敬文和爸爸余述生解放初于成都

余述生、王敬文和孩子们1965年夏于成都，前中为作者余乔乔

成都市北较场是蒋介石时期国民党的一个军校，解放后变为成都军区所在地。新中国成立之初，四川大量的土匪挑衅新生的人民共和国，爸爸又在四川投入到剿匪的激烈战斗中，时常冒着生命危险，深入第一线指挥部队进行清剿匪徒的战斗。妈妈一边在部队工作，一边担负着家庭的重担。

1955年爸爸被授予中华人民共和国少将军衔，爸爸的军功章有妈妈的一半！新中国成立后，爸爸长期担任成都军区政治部主任，成都军区副政委。50年代中期，党中央决定让部队女同志转业，妈妈服从命令转业到地方工作直至离休。

1966年"文革"开始后，爸爸在成都军区受到诬陷迫害被批斗，我们全家都被赶到成都郊区的一个"牛棚"。在爸爸被隔离审查的日子里，妈妈以她博大的胸怀为我们遮风挡雨，成了孩子们的精神支柱，带领一家人终于度过了"文革"的艰难岁月。

"文革"结束后，姑姑（父亲的姐姐）从大别山老家来成都看望我们。爸爸对姑姑说："'文革'刚开始时，我被批斗，我担心影响家人孩子，然而，王敬文斩钉截铁地说，老余，你就是被赶回农村，我也跟着你回农村。"姑姑讲的这件事让我十分感动，妈妈对她和爸爸在太行山麓的结合始终忠贞不渝！

2005年，在纪念抗日战争胜利六十周年之际，妈妈荣获了纪念抗战胜利60周年荣誉勋章两枚。亲爱的妈妈，党和人民始终没有忘记您这位曾经浴血奋战在太行山上的八路军女战士，这是党和人民给予您的最高荣誉！

2014年8月2日妈妈在成都逝世，享年91岁。91年的岁月妈妈承载了太多太多的艰难困苦！妈妈是具有75年党龄的老党员、八路军女战士、平凡而伟大的母亲，是余述生将军50年的终生伴侣。

“红日照遍了东方，自由之神在纵情歌唱！看吧！千山万壑，铁壁铜墙！抗日的烽火，燃烧在太行山上！气焰千万丈！听吧！母亲叫儿打东洋，妻子送郎上战场。我们在太行山上，山高林又密，兵强马又壮！敌人从哪里进攻，我们就要它在哪里灭亡！”

父亲母亲教我们子女们唱的第一首歌就是《在太行山上》。2015年，在隆重纪念抗日战争胜利七十周年之际，这首红色经典歌曲又唱响在祖国的四面八方。

巍巍太行山是我父母殊死抗击日寇侵略者的战场！

巍巍太行山见证了我父母的忠贞爱情！

巍巍太行山是八路军英雄们一座永远的丰碑！

简　历

王敬文（1923—2014），1923年12月出生，山西省临猗县人。1938年参加山西抗日救国牺牲同盟会，1940年1月加入中国共产党，同年参加八路军，在太行山抗日军政大学学习。担任八路军前方野战供给部军需被服厂工会主席，女工队区队长。解放战争期间任晋冀鲁豫军区卫生部、第18兵团留守处财务干事。新中国成立后转业至四川省建筑二公司工作直至离休。2005年荣获抗战胜利60周年荣誉勋章两枚。2014年8月在成都逝世，享年91岁。

我是一个兵

邓文秀

一、国破山河碎

1925 年 7 月 25 日，我出生于山东省郯城县沂河边上的码头镇。码头镇历史悠久，相传唐代已初具规模，由于地处沂河岸畔，清代以前水陆交通方便，商船停泊，车马宿住，故名码头。清末民初至“七七事变”前，全镇大小商店和手工业作坊三百余家，生意兴隆，市场昌盛，成为鲁南、苏北的商业重镇，享有“小上海”的美称。

晚年时期的邓文秀

我父亲是个遗腹子，他还没出生爷爷就得肺病离开了人世。奶奶为了父亲这棵独苗，省吃俭用供他读了几年私塾。由于有点文化，又受到孙中山先生三民主义新思潮的影响，所以父亲比较开明进步，在家乡群众中颇负声望。

6 岁那年，奶奶要给我裹小脚，说女孩子大脚不好看，将来嫁不出去，就拿了裹脚布，非要给我裹。父亲发火了，说女孩子也是人，为什么非要裹小脚，什么嫁不出去，要她受这个罪干什么！这样我才解脱了，没有受这个罪。

母亲生了我们姐弟六个，我是老大，有两个弟弟、三个妹妹。因为生的女孩子多，母亲不知被奶奶骂过多少次，但她总是忍气吞声，百依百顺。吃饭时，一家人都吃完了，剩一点残汤剩饭，母亲才敢坐下来吃。吃完以后要去推磨、洗衣服。母亲虽然没什么文化，但她通情达理，在父亲的影响下非常同情劳动人民。

我 6 岁上学。放学回家，父亲就教我写毛笔字，当我的第二个老师。父亲对我要求很严，我有时学习累了，想出去玩玩，他也不许我出去，所以我学习一直很好，成绩在学校排在前头。

1937 年 7 月 7 日“卢沟桥事变”爆发后，日军占领了北平，华北沦陷。我们虽然是小学生，但也很爱国。白天上课，晚上老师带领我们到码头镇大街去游行示威，动员老百姓起来参加抗日救亡。每个学生手里都提着灯，拿着小红旗，红旗上写着标语。游行队伍高喊着“打倒日本帝国主义！”“坚决不当亡国奴！”等口号，学生救国的热情非常高涨。

1938 年开春，日军打到码头镇附近的台儿庄一带。大炮轰隆隆地响，吓得全家老小不敢睡觉。后来知道那是正在进行的台儿庄大战。学校停课了，家也呆不住了。有钱人、地主老财家都跑到国民党的大后方重庆去避难。我们初小的班主任姓薛，是个女老师。她为人非常和蔼可亲，尤其是对我们这些学习成绩好、家里穷的学生，她总是笑嘻嘻地给我们讲课，还让我们到她家去进行个别辅导。日军快打进来时，她对我们说：“你们快跑吧，学校马上就要解散啦……”

到哪里去呢？我心想：我们没钱，可就是有钱也不知道投奔谁，反正不能到国民党那里去。我们正在发愁的时候，有个男老师，名字叫刘胜华（后来听说是地下党）。他对我们说抗战爆发了，他要走了，还悄悄说他要去参加革命了。我们就问他什么叫“革命”。他说革命就是去打日本鬼子救中国！我们稍懂了些道理，中国是我们自己的国家，要保卫家乡、保卫祖国，不能受小日本鬼子的欺负！大家心里又恨又着急，但怎么办呢？没有领路人呀！大家都在想出路。这时又听见日本鬼子的飞机、大炮在离我们家乡几十里路远的地方（枣庄地区）轰炸、炮击，轰隆隆的爆炸声越来越近，爆炸的冲击波把房子震得摇摇晃晃。只听见有人喊：“不好了，日本鬼子打进来啦，赶快跑啊……”

奶奶忙叫父亲：“你带着她们娘儿几个赶快走吧！家里是不能呆了。我人老了，看着这点家底子也不要紧！”我父亲是个孝子，奶奶就生了这一个儿子，父亲就说：“娘不走我也不走，我要在家里陪着你，就让孩子娘带着孩子们跑吧，再不跑就真的要当亡国奴了，要被杀了！”母亲就急急忙忙提了一个包袱带着我们姐弟六人去逃难了。

母亲带着我们逃到离码头镇有20多里路时，天黑了，我们躲进农村坟堆的一个窑洞里，吓得都不敢大声喘气。只听见日本鬼子大喊大叫，大路上装甲车轰隆隆的声音。侥幸的是鬼子没有到坟堆里来搜查，我们逃过一劫。天快亮时，我们跑到一个叫辛庄的村子，在那里住了下来，大概离码头镇有三四十里路。我们远远看见码头镇火光冲天，日本鬼子开始了野蛮的“三光政策”，所到之处杀光、烧光、抢光。

我们在辛庄躲了大约半个多月，为了活命又一直往北跑，跑到外祖父家里住了下来。一个月以后，码头镇的火光渐渐熄了。外祖父让我大舅到码头去打听打听家里的情况，看看我奶奶和父亲还在不在家，于是我大舅和二舅就去了。到了镇上不敢进街里，只好在镇外打听情况。因我父亲在码头镇劳动人民中很有威望，我舅舅就问老乡：“你们知不知道刘家街邓树琪先生家里怎么样了？”老乡流泪难过地说：“不好了，邓先生被鬼子杀害了，连砍三刀，把他家的房子全都烧光了，把老太太也打了个半死。”

听到这个噩耗，大舅急忙赶回家告诉我外祖父。大人们找了几块木板钉了一口棺材，眼含着泪水，草草地把我父亲埋葬了。母亲当时才30多岁，怀里还抱着吃奶的小妹，痛不欲生，哭得死去活来……

听奶奶说，鬼子烧杀抢夺后冲进我家房间，看见墙上挂着我上小学时全班的一张相片，恶狠狠地对我奶奶喊叫：“花姑娘的大大的有，大大的有。”我奶奶说没有，她们早就跑了。日本鬼子恶狠狠地用皮鞭把我奶奶毒打了一顿。

国恨家仇，永记心头。这仇一定要报！但怎么报呢？

二、替父报仇姐妹从军

正在这时，抗日游击队来到了我的家乡，在离码头镇西南30里的芦汪子村办了一个军政干部培训班。我想这是最好的报仇机会，就毅然报名参加了培训班。培训班的队长叫周南，指导员叫郭英。经过三个月的学习，我懂得了许多革命道理。战乱时期，条件十分艰苦，一没课堂，二没课桌，只能在树林子里上课，但大家的学习情绪十分高涨。日本鬼子的飞机经常在天上用机枪扫射，我们就在树林里隐蔽起来。飞机走了我们又开始上课。背包当凳子，膝盖当桌子，买几张纸订起来当笔记本。老师站着讲，我们在地上坐着听。因文化程度不高，有时笔记记不下来，我就向那些比我文化高的同志借笔记来抄，认真学习。

学习结束后，我被分配到离家 20 多里的苍山县县团部妇女部做宣传工作。主要任务是到农村去动员大娘、大嫂们起来抗战。刚开始，老百姓由于害怕不让我们进去。我们就站在门口不走，亲切地叫道："大娘开门吧，我们都是老百姓，是小姑娘，没有别的事，不要害怕，就是来看看您。日本鬼子打进来了，我们要团结起来抗战！"老百姓在门里听，我们就在外面讲，有时在门口站一个多小时。慢慢地她们被我们感动了，就打开门把我们迎进家。经过宣传动员，大娘大嫂们和我们亲近了，纷纷报名参加了妇救会，动员家里的男人们参军上前线。真是"母亲叫儿打东洋，妻子送郎上战场"！抗日救亡的局面在家乡全面展开。后来听母亲说起，当时有个邻居老乡去镇上赶集，看见我在集上做宣讲，指挥大家唱抗日歌曲。邻居赶回家告诉我母亲，母亲急忙赶到镇上想看看我。但我们已经散开了，母亲只好伤心地回家。

一天，在工作中我不慎从梯子上摔下来，把腰摔伤了，当时就晕倒在地，口吐白沫。同志们七手八脚把我抢救过来，送我回家养伤。在家住了两个月后伤基本好了。这时已是 1939 年的春天，八路军 115 师来到了我的家乡码头镇。师长是林彪，政委罗荣桓，罗政委的夫人林月琴大姐当时在师政治部当干事，分管政治大队（后来叫文工团）。

五月的一天，两位女八路来到我家，一个叫戴流，一个叫文铭。她们拉着我的手问："小大姐，你看我们是干什么的？"

"我看你们是八路军。"

"八路军好不好？"

"当然好喽！八路军打日本鬼子，为民报仇雪恨。"

"那你愿不愿意参加八路军？"

"当然愿意了，参加八路军可以为父报仇！你们要我吗？"

没想到她们一口答应说："要你。"我听了喜在心里，笑在脸上。12 岁的大妹妹见我要走，哭闹着也要跟我去。部队同志怕她太小行军跑不动路，不想带她。大妹妹当兵心切，哭着说："我能跑路，保证不掉队！我要打小鬼子，为父亲报仇!”我也帮她说情:“同志,你们就带她去吧,她不会掉队的。”

就这样,我们姐妹俩告别了生养我们的家乡,告别了母亲、奶奶和弟妹,跟着115师走上了一条从未想象过的共产党领导的革命大道。而这一走,就是八年!

参军后,我们随部队跋山涉水到了沂蒙山抱犊崮山区。我们天天爬山,围着大山转,一边搞宣传,一边搞训练,学习和掌握了一些基本的军事常识和文艺知识。山里地形复杂好隐蔽,敌人打来了,我们就和他捉迷藏。敌人在山这边,我们就走到山那边。敌人无法找到我们,我们却能随时掌握敌人的动向。

冬天来了,气温零下十几度,但我们没有棉衣穿。晚上住在老百姓家,我们把麦草铺在地上,衣服也不脱,把背包当枕头,几个人挤在一起,把床单往身上一盖就睡觉了。早上5点起床,我们到河边敲开结冰的水洗脸,然后出操、训练、吊嗓子……生活虽然很艰苦,但我们从来不觉得苦,不觉得累,整天乐呵呵的。用个时髦词形容一下,就是充满革命的乐观主义!

大约在1940年初秋,我所在的115师教导5旅突然接到上级的命令,让我们紧急出发,南下苏北会师新四军。我们从山东沂蒙山一直开拔到江苏盐城地区,那儿是新四军军部所在地。我们教导5旅改编为新四军独立旅,旅长是梁兴初。这样我就从一个八路军战士变成了新四军战士。

三、在华中卫生学校

1941年1月,爆发了震惊中外的皖南事变,新四军遭受重创,部队伤亡很大,急需补充大批医务人员。同年7月新四军成立了华中卫生学校,我有幸成为华中卫校第一期正式学员,从此改行开始学做医务工作。

军部首长非常关心华中卫校。陈毅军长亲自到学校参加了开学典礼,并作重要指示。刘少奇政委也给我们作了《革命的人生观》和《共产党员的修养》的报告。在艰苦的战争环境中,在敌人进行残酷的“扫荡”的前夜,首长们能亲临学校是对我们极大的鼓舞和鞭策。

在卫校学习时间虽不长(一队为一年,二队为半年),但进行的训练很全面。学员除业务训练外,还接受了严格的军事和政治训练。学校从适应部队战地需要出发,理论联系实际,重点突出,以战场救治为主,兼学一些基础理论，如解剖学、药物学，包括学英文药名等。我这一生能为革命作出一些贡献，与在华中卫校所接受的全面严格的训练是分不开的。

1941 年邓文秀摄于安徽淮北

为了适应战斗的需要，我们还进行了轻武器使用的训练，像步枪、手榴弹等等。在训练中强调要严、快、准，特别强调动作要敏捷。每天天还没有亮，月亮高高挂在天空，起床哨一吹，大家一骨碌爬起来，在 5—10 分钟之内全副武装集合完毕。接着就出操、队列训练，或急行军。盐阜地区是水网地带，稻田很多，我们走在田埂上，稍不当心就摔到水沟里。一天夜里在田埂上行军，我不小心把新发的布鞋跑掉了，我咬着牙，光着脚坚持走到驻地。班长看到我赤着脚，脚上打起了泡，就把她的一双新鞋拿给我穿，我感动得掉了泪，深深感到革命部队的温暖。

战时条件艰苦，学校没有教室。夏天我们就在树林子里，冬天就找一块避风的空地，或在老百姓的打麦场上上课学习。没有桌椅，双膝作课桌，背包当凳子；没有黑板，把老百姓的门板借来作黑板，或者就在地上写。有人民群众的地方我们都可以机动灵活地上课，遇到情况，随时都可以转移。为了防止敌人骚扰，确保师生安全，我们昼夜 24 小时设固定哨或流动哨，不分男女同学一律参加。没有钟表我们就用香或者绳子点着来计算时间。

我们华中卫校以抗大为榜样，发扬团结紧张、严肃活泼的良好校风。师生之间、同学之间患难与共、亲密无间，互相帮助，共享革命大家庭的温暖。生活虽然很艰苦，但在精神上、思想上还是特别愉快的。大家一天到晚唱啊、跳啊，乐呵呵的，没有一个人想家。尤其是我们青年队更加活跃，出墙报、组织文体活动、教唱歌、自编自演小话剧等，课余生活非常丰富。通过卫校的培养，我们坚定了信念，增强了为民族解放事业而献身的决心。在此期间我光荣地加入了中国共产党。

四、战斗在洪泽湖上

1942 年 5 月，因为部队战斗频繁急需医务人员，我们提前毕业了。我被分配到新四军 4 师师部门诊所当医助。门诊所所长是师供给部部长邱会作的夫人胡敏，她每天带着我到师部机关各个处进行巡诊。我觉得自己刚从卫校毕业，在机关呆着不如在部队锻炼大。在我的请求下，1942 年秋天领导批准我调到安徽泗县（今江苏洪泽县）半城新四军 4 师战地医院当医生。

1942 年 11 月中旬，我新四军开始了著名的三十三天反“扫荡”。医院接到了司令部的命令，要我们做好战斗准备，立即组织伤病员分散转移。因为医务人员少，我们动员老百姓组织担架队，用软床做担架，把重伤员先抬走。凡是能走动的轻伤员，都编队到洪泽湖边上待命。我们医院是直属队最后一批撤离半城的。我们用船把伤病员转移到洪泽湖的芦苇丛里隐蔽，等所有的伤病员和医护人员集合完毕，已经是下午 3 点多了。记得当时我们船上还有彭雪枫师长的夫人林颖，她已怀有身孕，上级命令我们一定要保护好她，千万不能出问题。

我们带着伤病员在洪泽湖高粱涧一带与敌人周旋。由于敌人封锁很严，生活非常艰苦，每天只能吃上两顿没油少盐的玉米渣子稀饭，里面掺着高粱草种子、菱角秧子、鸡头米等。伤员的伤口没有绷带包，我们就把衬衣撕成条放在锅里煮开消毒后给伤员包扎。消毒纱布和凡士林没有了，我们就把自己吃的盐省下来用水煮开，用盐水布条敷在伤员的伤口上……

尽管环境恶劣，但我们都抱着坚定的信念：宁可牺牲自己，也不能丢掉一名伤员。我们在芦苇荡和伤病员、渔民、村民结成了血肉相联的整体。渔民打了鱼会买些油盐，闯过敌人的封锁线，偷偷地给我们送来。有个船老大是山东人，对我们就像自家人一样热情。我们的同志去抓鱼，抓来以后这位老乡就帮我们用火烤熟，大家吃起来觉得真香呀！伤员们编了段顺口溜：“洪泽湖真正大，有鱼有草又有虾，还有鸡头菱角和藕花，没有粮食也不怕”，充满了革命的乐观主义精神。

不久，遵照上级指示我们转移到江坝，把伤病员分散安置到各个村的老百姓家里隐蔽起来。为缩小目标，我们医务人员都换上了便衣。女同志们换上了当地姑娘穿的花衣服，有的还向老乡借来了旗袍，有的扎起了辫子，有的用花布把头包起来，穿上绣花鞋，打扮成当地的村民。白天我们在房里隐蔽，到了晚上，我和战友们手提个小篮子，里面放上药品和一些吃的，走村串户去给伤员换药。路上遇到老百姓问："小大姐，你们到哪里去呀？"我们就说："去走亲戚。"

1942年12月底，三十三天反"扫荡"宣告胜利结束。我们经受住了严峻的考验，胜利完成了分散寄留保护伤病员的任务，使一批批伤员重返前线杀敌立功。

五、与骑兵结缘

1944年的春天，师卫生部李毅政委到11旅卫生队检查工作，找我谈话。李政委拿出一张相片叫我看看，我感到很突然，当时很不好意思，羞羞答答地接过来。照片上是一位很威武的军官，全副武装非常严肃，我只看了一眼就把相片还给李政委。李政委笑着对我说："小邓，这张相片你收下吧！这是给你介绍的对象。他是位老红军，有名的4师彭师长创办的'三宝之一'骑兵团的团长——周纯麟同志，他能打善战，令敌人闻风丧胆……"这事来得太突然了，我没有一点思想准备，就说："我年纪还小，还没考虑个人问题，即使人再好，我也不能收下相片。"就把相片还给了李政委。李政委严肃地说："你好好考虑一下，下次回答我。"

过了两个月，大概是春末夏初，我正在地里劳动，通信员忽然传来命令叫我回去，说旅政治部黎同新主任找我谈话。我急忙赶回供给部，一身黄泥巴还没来得及洗就进了黎主任的办公室，他向我一边介绍一边说："骑兵团周团长来看你了！"我吓了一跳。心想这么大的官来看我这个小兵呀，我可担当不起。黎主任把周纯麟的情况简单介绍了一下，最后命令说："共产党员要听党的话，要服从组织的决定。红军在频繁残酷的战争环境中，天天在战斗，随时随地都有牺牲的可能，他们对革命做出了重大贡献，组织上要关心他们，你邓文秀是共产党员，这是理所应该的。本来部队女同志就少，天天又作战，找对象困难，所以组织上应该关心爱护他们，你们女同志更应帮助他们。"

听了黎主任的一番话，我只好坐下来慢慢谈。这就是"共产党员要服从组织分配"。在封建旧社会，婚姻问题要听父母之命、媒妁之言，到了部队入了党，就要听党的话，一切要服从组织分配，连婚姻问题都是党组织"包办"

1944年7月在江苏泗阳大江庄邓文秀与周纯麟结婚留影

决定的。那时的结婚条件是“258团”，即男军官年龄25岁、8年的斗争历史、团级干部，女同志只要是党员，经过师以上军政首长批准就可以结婚。

骑兵团是4师彭雪枫师长亲自创建的“三宝之一”，新四军唯一的红色“哥萨克”铁骑部队。老周自我介绍说：彭师长多次和他在行军作战的路上骑马并肩详谈，了解他在新疆当骑兵连长的一些经历，如怎样训练马匹、怎样练战术、怎样与敌人作战、骑兵和敌人作战的特点是什么等等。周团长对答如流，彭师长听了他的介绍特别高兴。

像老周这样的红军干部，组织上很关心他们的个人问题。不仅是周团长一个人，只要是红军干部满足“258团”条件的，组织上都很关心。遗憾的是部队里女同志太少，又是在战争环境中，没有条件谈个人问题，所以只能依靠组织安排。就这样，我的婚姻大事由组织“包办”定了下来。我和周团长结婚也是彭雪枫师长亲自批准的。

1944年7月，在艰苦的战斗间隙中，组织上安排我到骑兵团与周纯麟团长喜结良缘，从此我这个文质彬彬、羞羞答答的小女兵就嫁给了一位能打善战的铁骑部队的红军老兵。当然，我心里还是满意的。战争年代戎马倥偬，只是简简单单地摆了一桌，和几个大队干部吃了一顿饭就算完事了。我这个当新娘子的连件干净的衣服也没有，身上穿的衣服补了两个补丁，鞋子是前面露着“蒜瓣”，后面露着“鸭蛋”。老百姓的门板当床铺，马被套当枕头，上面又有马毛又有马尿，马骚味熏得简直不能睡。但这也算解决了终身大事，完成了革命战斗中的婚礼！

婚后两天，正逢4师参谋长张震到团里来检查工作，他听说我们结婚了，一见面就喊：“周团长、邓文秀，你们结婚不请我喝喜酒？”我和新郎官说：

“赶快请参谋长喝喜酒！”于是炊事班做了几个菜，买了一瓶烧酒，我亲自向参谋长敬了酒，就算是请师首长喝喜酒了。婚后，我被分配到骑兵团卫生队做医生工作，从此我就是骑兵团一名正式的骑兵了。

到骑兵团以后，我又高兴又害怕，高兴的是从步兵当上了骑兵，女同志当骑兵的很少；怕的是当了骑兵以后要骑马行军，害怕骑不好要从马上摔下来。特别我刚刚到骑兵团时，碰到了一位作战参谋叫杜国军，是位老红军，很能打仗。他故意逗我，我骑着马在前面走，他骑着马在后面打我马的屁股，后来跑了一段马终于停下来了，我吓得心扑通扑通直跳，下来后我去找他算账。我就说：“你知道我刚来骑兵团，不会骑马，你故意打马叫马跑快，你出我的洋相呀？”他听了哈哈大笑说：“不要紧的，我会保护你的，放心好了。”我说：“你保护我，我谢谢你，但是我刚来不会骑马，这是第一次骑马，你这样打马跑得这么快，你不是出我的洋相吗？”他说：“以后不会了，我这是训练你的马术呢。”

我觉得到了骑兵团以后获得的锻炼很大。我们卫生队是后勤兵，不是所有的人都有马，发给卫生队里几匹马，一是驮东西，什么药箱呀、日用品呀、行李呀，再就是给伤病号骑。我们虽然不跟部队一起参加战斗，但也经常下到几个骑兵大队巡诊，看部队练兵，耳闻目睹受了很多教育。骑兵训练抓得很紧，每天早上 5 点钟就要起床，由团长亲自指挥训练。我们也早早地起来，看骑兵马术训练特别兴奋。战士当骑兵很不容易，大部分是从部队选调来的老兵，有的班长还是红军，他们练马术很能吃苦不怕摔，从马上摔下来再跳上去，跳上去再摔下来，他们从不叫苦不叫痛。

周团长亲自在队前示范。红军西路军时老周是营教导员，党组织派他到盛世才的部队当过骑兵连长。他的马术战术都很好，成立骑兵团时，彭雪枫师长和邓子恢政委分别和他进行过多次详谈，问了很多关于骑兵方面的知识，他向首长们汇报得头头是道。师首长听了很高兴，觉得很有必要建立一支骑兵团，把它训练成一支快速纵队，成为中国的“红色哥萨克”。

1944 年夏，中央军委命令 4 师向津浦路西进军，收复失去的根据地，消灭日伪顽，挽救中原局面。当时我和老周结婚才半个月，我看着他带领部队浩浩荡荡出发了。我们卫生队的医护人员去了一部分，身强力壮马术好的同志跟随大部队应急战场救护，少数同志在后方留守种地。组织上安排我留守，我们每天焦急地等待着前方的捷报佳音传来。

在战斗中，彭雪枫师长总是身先士卒，亲临前沿阵地指挥部队，及时到第一线去观察了解掌握战况，尤其对骑兵作战更为关心。彭师长曾经数次抓住作战的空隙和周纯麟并肩促膝长谈。彭师长的谆谆教导使老周终身难忘。但万万没有想到，在西进途中的一次长谈竟成了诀别！

1944 年 9 月 11 日，在河南夏邑八里庄战斗即将胜利时，彭师长站在土围墙上，看到骑兵正在追杀残敌，他高兴地连声大喊“打得好，打得好！”此时，忽然飞来一颗子弹打中了彭师长的胸部，他当即倒下，再也没有醒过来……

我军痛失了一位治军英才，我们痛失了一位良师益友，这是令我和老周终生难忘的一年。

六、兵妈妈的艰难

1946 年的初夏，在战火纷飞的恶劣环境中，在苏北泗阳县我生下了第一个孩子，起名叫善平。做母亲不容易，在战争环境中做母亲养活孩子更不容易！我白天要到卫生队去给伤病员换药看病，晚上回来还要带孩子做家务，感到非常疲劳。生活艰苦，经济困难，孩子生下来已经是接近麦收了，孩子没有衣服穿，身上还裹着爸爸的一件破棉袄，捂得孩子身上长起了很多的疹子。我几次到供给处去领孩子的抚养费，都没有领到。那时候部队的经济确实困难。我想把孩子送给老百姓寄养算了，但组织上不同意，因为有一位女同志寄留了两个女孩，抗战胜利后去要，老百姓根本就不给。

孩子离不开娘，再苦再累还是咬着牙带着孩子出发了。这时又赶上阴雨连绵的黄梅天，我背着孩子随部队行军转移。一天，部队要渡河，组织上决定有小孩子的带一批轻伤员坐小船先走。卫生队的女指导员陈芝云带领一批重伤员坐大船后走。当船行驶到涟水河中间时，国民党发现了目标，用飞机对着我们的船进行了疯狂扫射，因为我们船上是轻伤员，又是小船，行驶轻便很快就靠了岸，到村子里隐蔽了起来。陈指导员所在的大船，目标大，又都是重伤员，行动很不方便。敌机对他们的船来回扫射，指导员身负重伤，两条腿骨头被子弹打断裂，船老大也被炸死。后来好不容易才上了岸，陈指导员和重伤员由民工用小车推、用担架抬，送到了后方留守医院。

我们从苏北一直转移撤退到山东的鲁中南。从泗阳转移时孩子只有三四个月，组织上对有小孩的家属特别照顾，给我派了一个运输员，帮我抱孩子拿行

1947 年 6 月邓文秀与母亲及儿子、妹妹、弟弟在山东诸城华野二纵留守处

李。我记得这位运输员的名字叫刘伟青，30 多岁，人忠厚老实能吃苦。要不是他帮我带孩子，我的孩子也不会健康长大，所以他的恩情到现在我都感激不尽念念不忘。他是我的恩人呀！

从苏北到山东一路下了一个多月的雨。雨越下越大，水深到膝盖。开始我把孩子放在箩筐里背，后来留守处发给我一匹马，一边箩筐放小孩，另一边放行李，这样就感到轻松多了。1947 年初，国民党重点进攻山东解放区，部队边转移边进行小规模的作战。战士中大部分都是南方人，习惯吃大米，转移到山东后他们对吃面食不习惯，难免发牢骚。后来进行了形势教育，大家明白转移是为了保存实力，不能和国民党硬拼硬干，要讲究斗争策略，这是战略转移。部队情绪高涨了，对取得最后胜利，消灭国民党反动派，充满了信心。

1948 年秋天党中央发布指示，命令中原野战军和华东野战军做好充分准备，进行淮海战役。我们刚刚团聚不久的一家又要分别了。老周这时已经是华野二纵 5 师副师长兼 184 团团长。在淮海战役的外围马山阻击战中，他带领 184 团阻击敌人，敌人负隅顽抗。这时，一发迫击炮弹落在阵地上，当场牺牲了三位同志（5 师秦贤安政委、佘奇义团长、屈首义参谋长），老周的头部也负了重伤，鲜血直流。愤怒的火焰燃烧了老周的胸膛，他指挥部队集中火力向敌人围子里射击，打得敌人哇哇直叫。姚云良师长强迫老周进了卫生所，并将战场缴获的一件美式皮衣盖在他的身上。第二天卫生处在没有麻药的情况下，把老周头部的弹片取了出来，疼得他黄豆大的汗珠往下淌，牙齿咬得咯咯响。伤口包扎好后用担架抬着，他坚持不下火线，和姚师长一起指挥战斗。这段经历我一直都不知道，直到1949年渡江战役之前他才告诉我。

1949年春天，华野二纵5师改编为第三野战军陆军21军62师，师长周纯麟，政委周世忠。4月20日渡江战役开始了，21军受命解放杭州，62师的任务是保卫钱塘江大桥。老周率领部队从安徽巢湖渡过长江天堑，直奔浙江杭州钱塘江大桥。

我也积极准备随军渡江，想争当一名巾帼英雄。但事与愿违，我又怀孕了，反应很厉害，水都喝不进。领导看我这个样子，动员我不要上前方，还是在后方留守。后方工作也很重要，有很多伤病员需要我们去治疗、看护。我这个后勤兵只好服从组织安排。

1955年邓文秀与丈夫周纯麟合影于南京

5月初，21军胜利解放了杭州，62师也圆满完成了保卫钱塘江大桥的任务，前方后方会师了。原以为我们可以团聚了，但此时老周他们又接到新的战斗任务，南下台州、绍兴、诸暨等地区剿匪。老周亲自带领部队转战数月，清剿歼敌2387人，击毙中队以上匪首113人，维护和保障了台州地区人民的稳定和安全。

这时我生下了第二个孩子——女儿“善黎”。因她是1949年10月9日黎明时生的，所以取名“善黎”。

在老周率部队剿匪期间，我一人呆在空旷无门窗的房子里带着刚出生的孩子，自己又没有奶，孩子饿得直哭。小女儿一哭，大儿子也哭，喊着："妈妈，你快喂喂小妹妹吧！"我不仅没奶喂孩子，还怕夜间残匪偷袭扔手榴弹。幸好组织上配了一名运输员照顾我。有一次夜行军，由黄岩到海门，因是半夜又下着毛毛细雨，伸手不见五指，孩子由运输员挑着，一不小心差点掉到海里去。好不容易到了海门，生活才慢慢地安定下来。

时间如白驹过隙。今年我已91岁了，作为战争的幸存者，我把这些难忘的经历记录下来，希望能对后人有所启迪和教育。让子孙后代永远记住：今天的幸福生活来之不易，忘记过去就意味着背叛！

简　历

邓文秀，1925年7月出生，山东郯城码头镇人。1938年参加抗日工作，1939年5月参加八路军115师政治大队。1941年任新四军华中卫生学校第一期学员，同年加入中国共产党。历任新四军第4师门诊部医助、师骑兵团卫生队医生、华东军区后勤政治部门诊所所长、南京军区炮兵机关幼儿园主任、上海延安饭店副主任、南京军区华东饭店副主任等职。1957年荣获三级独立自由勋章、解放勋章。1985年在南京离休。

听红军妈妈讲那过去的事情

赵金东

母亲贾克林于1953年

2016年1月12日，当新年钟声回荡在神州大地之际，我亲爱的母亲永远离开了这个世界，享年99岁。

在我的记忆里，母亲一生中最喜欢唱的就是那首陕北民歌《当红军的哥哥回来了》："鸡娃子那个叫来狗娃子儿咬，我那当红军的哥哥哟嗬呵回来哟嗬了……我的红军哥哥儿跟的是共产党……"

延安，它留给母亲的记忆是那么深、那么纯，令她终生难以忘怀！

因为：在那里，她为毛主席洗过衣服；在那里，她照料过开国领袖及元勋们的子女；在那里，她与毛主席的警卫员，也是老红军的父亲赵明才相识相知相恋，结成志同道合的革命伴侣……

清清延河水、巍巍宝塔山，见证了母亲的青春岁月和无悔年华！

一、风雪征程

母亲贾克林1917年出生于四川绵阳，早年家里穷，父母被迫将只有十几岁的她送到地主家当童养媳。“地主很凶，每天只给我吃地瓜，还经常用鞭子抽打。我终于逃了出去，跑了20多公里路到了中坝，找到红军大部队，成了一名红军战士。”晚年的母亲回忆道。

父亲赵明才也是四川人，虽然他的家乡宣汉与母亲的家乡绵阳相差近千里，但两人也许前世就注定了缘分。他们都出生于1917年，属蛇；1933年他们同年参加了红四方面军；1935年又同年加入中国共产党。不同的是父亲的“福气”比母亲好。长征途中，1935年6月红军一、四方面军懋功会师，父亲被交流到一方面军去了，而且分配在中央警卫营任防空排长，后又调到毛主席警卫班贴身保卫毛主席。而在红四方面军总医院当卫生员的母亲可苦了！两爬雪山，三过草地，最后随西路军出征河西，浴血奋战、艰苦卓绝、九死一生，和幸存的战友历尽磨难回到了延安。

往事并不随风而逝！晚年的母亲经常给我们讲起那难忘的峥嵘岁月。她说：作为长征的幸存者，尤其是仅存的几位健在的女红军，她有义务、有责任把长征的故事告诉年轻人。

母亲说那时真是艰苦，天上飞机轰炸，地上敌军追击，风餐露宿，没吃没喝，衣服烂光了，没换的，尤其是女同志，有的甚至打个草帘子围在腰上遮羞……过草地时没有吃的，只能吃皮带、树皮、草根。“把草根上的污泥擦干净，直接放进嘴里嚼，味道还有点甜。”她一边回忆，一边比划着说。

爬雪山时由于空气稀薄，腿发软，稍不留神就会滚下山，掉进深谷。夜里，大雪弥漫，气温在零下二三十度，头发、眉毛都结了冰。有的战友被冻死在雪地，永远长眠在那里。母亲说：一天她饿得实在走不动了，不小心摔下了坡，战友们都以为她不行了，但是她勇敢地抓着马的尾巴爬了上来，追上队伍。妈妈说，连马都同情她们！因为一般马是不允许人抓它尾巴的，会踢人。

虽然生活艰苦，战斗频繁，但母亲她们始终抱着坚定的信念，相信革命一定会成功！她们觉得在革命大家庭里十分幸福，比在家受剥削压迫，挨地主老财打骂强百倍！

母亲说她们四方面军过了三次草地。由于兵员损失多，母亲既当卫生员也当炊事员。原先背锅的战友牺牲了，母亲就接替她背了一口跟自己身高差不多的大锅。一次战斗中她突然感觉后背被什么东西狠狠地撞了一下，直到战斗结束队伍休整，才发现一枚子弹差点打穿大锅……多亏了这口锅救了母亲的命！

而母亲的许多战友可没她那么幸运。她的教导员在一次战斗中为了掩护伤员，胸部被子弹打了一个碗口大的窟窿，鲜血直喷，当场牺牲！在母亲的看护班里有一个比她大两岁的四川籍女战士名叫刘香，是个共产党员。她身高体壮，特别能吃苦，身上背的东西比其他人都多。姐妹们喜欢跟她开玩笑，用编排四川军阀刘湘的歌谣唱她："盒子枪打刘湘，一枪打在胯胯上，看你缴枪不缴枪？"她听了憨厚地笑笑，一点都不恼。可惜，在过草地时，在河水上涨的一瞬间，刘香陷入沼泽地，泥水很快淹没了她的身体……在生命最后一刻，她向试图救自己的小姐妹们一个劲儿摆手："不要管我，快走！"她鼓励同志们："一定要走出草地，革命一定会成功！"每当提及此事，母亲总是泪水满面……

最使母亲难忘的是，在过草地时她同 8 个四川小女兵轮换抬着一个高大的负重伤的团长。但他最终没能走出草地，临咽气前他把随身携带的一支德国造的勃朗宁手枪交给母亲，让她带出草地。母亲信守烈士的嘱托，一直随身带着这把枪，参加了抗日战争、解放战争，直到全国解放。1978 年 6 月，母亲将这把珍藏了四十多年的烈士遗物捐赠给了中国革命历史博物馆（现中国国家博物馆），让后人永远铭记历史，珍惜今天的幸福生活。

而关于西路军孤军奋战，兵败河西的悲壮故事母亲则很少谈起。往事不堪回首，这是她心中永远的痛！难得一次说起"西征"还是她的老战友，曾任红四方面军妇女独立团连长的赵兰妈妈（母亲让我喊她的红军战友一律叫妈妈）来看她时谈起的。妈妈们说：西征路上吃的苦是常人难以想象的！几倍于己的马家军对我西路军进行残酷的围剿。妇女团在一次掩护医院转移途中，遭遇马家军包围。在敌众我寡的情况下，女兵们与马匪军刀对刀、枪对枪搏杀，直到弹尽粮绝，全部壮烈牺牲！烈士的鲜血把祁连山脉的冰雪都染红了……

那是多么悬殊、多么悲壮的战斗啊！在苍凉的黄土地上，少粮缺弹、身材瘦弱的四川小女子，面对的是高大体壮、凶残野蛮的西北匪军，子弹打光了拼大刀，大刀拼断了拉响手榴弹……一个年仅十六七岁的女战士用大刀连砍了 6 个敌人，最后倒在血泊里！连马家军也惊呼："南蛮子厉害！红军厉害！"

血债必须血来还！解放战争后期，妈妈虽身在华东战场，但她和许多西路军战友时刻关心着西北战场的战况。希望第一野战军的战友歼灭马匪军，为死难的西路军兄弟姐妹报仇雪恨！

从母亲艰苦卓绝、九死一生的军旅生涯，我深深感受到她所荣获的"三级八一勋章"、"独立自由勋章"、"解放勋章"和"二级红星功勋荣誉章"那沉甸甸的分量！那是母亲她们用生命换来的呀！

二、延安往事

夕阳照耀着山头的塔影，月色映照着河边的流萤；
春风吹遍了坦平的原野，群山结成了坚固的围屏。
啊！延安你这庄严雄伟的古城，到处传遍了抗战的歌声……

每当母亲听到这熟悉抒情的旋律，就会情不自禁地跟着哼唱起来，眼睛也会变得格外明亮。延河水、宝塔山、枣园的灯光、杨家岭的窑洞……这一切已深深地留在了母亲的记忆里，终身难以忘怀。

1937 年春，母亲和少数妇女团幸存的姐妹历尽坎坷，九死一生回到延安。经过例行审查，她分在了军委洗衣班，负责为中央首长洗衣服。

那时父亲赵明才在毛主席身边当警卫员，经常拿着主席的衣服去洗衣班，有时偷懒把自己的脏衣服也放在一起让母亲她们洗。母亲公事公办，毫不客气地叫他拿肥皂来（那时延安物资非常匮乏，给中央领导洗衣物的肥皂也是定量的），一来二去，他们就这样相识了。

在延安期间，母亲经常能见到毛主席（贺子珍当时在抗大学习不常见到），还有康克清、邓颖超、刘英（张闻天夫人）、何连芝（董必武夫人）等，她们个个平易近人，和蔼可亲，一点没有首长夫人的架子。

母亲与四方面军的老战友王定国（谢觉哉夫人）、何子友（新四军副总参谋长周子昆烈士夫人）、赵兰（曾任红四军妇女独立团连长）等过往甚密，解放后她们一直保持着联系。

1937 年秋，抗战全面爆发。我军高级将领纷纷奔赴抗战前线。他们无暇照顾自己的孩子，只能把孩子寄养在老百姓家里。穷人家本来就缺吃少穿的，多一个孩子势必增加负担，照顾不过来，有的孩子病死了，有的被弄丢了，甚至发生过孩子从炕上掉到开水锅里烫死的事！为解除父母的后顾之忧，军委决定成立延安保育院，集中管理这些革命后代，使他们的父母安心在前线打仗。母亲就这样被选调到延安保育院工作。

母亲说保育院的工作人员可不是什么人都可以担当的，而是经过严格挑选。上级规定必须是共产党员和政治可靠、立场坚定的老同志，并发誓用生命保护首长和烈士的后代。孩子们的身份是严格保密的，不许任何人打听任何孩子的父母。

三、岁月留痕

1937年抗战全面爆发，红军改编成了八路军、新四军。一天，父亲陪主席散步时对主席说想到南方新四军去打日本鬼子。主席听后，诙谐地说："是吃不惯黑豆小米想回南方吃大米吧？行，有机会我就叫你回南方。"不久，军委作战部副部长聂鹤亭（开国中将）调新四军工作，临行前来向主席告别，主席就叫我父亲负责聂部长的安全保卫工作，跟他去新四军。谁知到了汉口八路军办事处，情况有变，周恩来命令聂返回延安，父亲告诉周副主席："是毛主席叫我到新四军的。"于是，办事处另派警卫员护送聂回到了延安。

1937年底，新四军在汉口宣布成立，1938年初军部移至南昌。在南昌"中国国民革命军陆军新编第四军"的牌子是我父亲挂上去的。后来父亲跟着张云逸、赖传珠首长组建新四军江北指挥部，又逃过了皖南事变一劫。皖南事变后，母亲也从延安调到新四军工作，在苏北盐城他们又重逢了。

他们向组织上递交了结婚报告，因不够条件（那时结婚的条件是25岁，8年革命资历，团级干部，俗称"258团"），他们只符合一项，最后是新四军政委刘少奇亲手签字批准结婚的，因考虑到两人都是参加长征的红军战士。

20世纪70年代赵明才、贾克林合影

抗日战争、解放战争中母亲担任新四军4师、华野司令部民运干事，因工作出色于1947年荣立三等功一次。由于长期处于恶劣环境中，母亲积劳成疾患了严重的肺病，经久不愈，备受煎熬，最后还是在山东军区时由国际友人马海德医生治愈的。

半个多世纪的革命生涯中，父亲曾两次脱军装又穿军装。第一次是1942年在雷贯集战斗中，父亲胸部负重伤，伤愈后被转业到方毅任专员的抗日根据地的一个油坊（为部队提供食油）任经理。他和母亲种菜养鸡，过起了悠闲的农家生活。但好景不长，没过多久，张云逸副军长路过油坊发现父亲，问明情况，二话不说连人带鸡带回军部。父亲又穿上军装任新四军军部警卫连长、保卫副官，直到抗战胜利。

解放战争中，父亲的老首长赖传珠调东北工作，他执意要跟首长去东北，最后被一纵司令员叶飞拉了回来，说父亲是个不要老婆孩子的人，并说赖政委走前有交待，问问父亲想干什么工作。那时鬼子刚投降，新四军接收了大批汽车，一纵成立了汽车大队（也是我军较早的成建制的汽车部队）。父亲那时年轻好接受新生事物，就要求去汽车大队，并当了大队长。师傅是日本战俘，父亲很快学会了开汽车并技术一流（解放后一直保留着部队、地方两种驾驶执照，60 年代他的地方驾驶证是杭州市 00001 号）。第二次是 1959 年，他从浙江省军区后勤部转业到浙江省武装警察总队，可喜的是在这个担负警卫任务的单位再一次给来杭的毛主席担任警卫。1960 年毛主席来杭州，秘书叶子龙一眼认出了父亲并把他带到主席面前，主席居然也一眼认出了 20 多年前那个“要去南方吃大米”的小赵。

父亲激动地向主席报告：我又归队了！主席亲切地询问了他这些年的情

20 世纪 50 年代全家福，后为大姐金琳

2015年春天98岁的母亲贾克林于杭州家中

况及家庭、孩子……父亲这时也顾不得警卫纪律，提出女儿想见见毛主席！没想到主席欣然同意了。于是正在上中学的17岁大姐金琳幸运地见到了毛主席，并与主席面对面谈话，主席还抓起茶几上的糖给她吃，这幸福的时刻成为姐姐今生最美好的记忆！后来姐姐考取了上海戏剧学院表演系，毕业后成为部队的一名文艺工作者（武汉军区胜利文工团、铁道兵文工团）。当年大姐见毛主席时所穿的棉袄母亲保存至今……

1968年毛主席在人民大会堂接见沈阳军区、南京军区干部学习班。在休息厅等待接见时，张耀祠发现了父亲，并把他拉进休息厅喝茶，凑巧主席经过休息厅，又认出了我父亲。主席询问了父亲的近况，并叫他要认真学习……

1955年部队搞正规化建设，红军女干部因年纪普遍偏大，文化水平低，大部分脱下了军装，母亲也依依不舍地离开生活了20多年的军营。据说毛主席当时并不知此情，后来知道了，下了指示：把女红军全部招回部队。于是母亲在70年代又重新穿上军装，根据军委指示，老红军不管是战士还是马夫一律享受正师职待遇。

母亲一辈子保持了红军艰苦朴素的本色，粗茶淡饭，布衣简装，穿的都是上个世纪八九十年代的衣服。但从唐山大地震到汶川大地震，给希望工程、失学儿童捐款从不落下。电视里每每播放反腐新闻，她常常要站起来拍手称快！

几年前的一天，母亲外出买菜，在菜市场门口被一辆汽车碰倒。围观者抓住车主不放，又叫来了救护车和干休所的领导。哪想到，不一会儿，母亲自己站起来，拍拍身上的泥，若无其事地说："是我自己没站稳，人家开车挣点钱不容易，大家可别难为他了。"此后，邻居们对她的称呼从"快100岁的老红军"变成了"那个被撞倒后自个儿站起来的老太太"。

2005年长征70周年之际，母亲被列入《长征女红军巾帼英雄纪念邮票》80人之一。2007年建军80周年，她的业绩被收入了《开国将士风云录》（第3

卷）。《中共党史人物传》编委会这样评价母亲：“战争年代，您是出生入死在炮火中救护伤员的白衣天使；又是电影《啊，摇篮》中所描述的对烈士子弟亲如骨肉，抚育他们成长的保育员；更是发动群众、宣传群众、组织群众的优秀民运干事……女红军战士贾克林，不愧是开国将士、女中豪杰！不愧是巾帼英雄，党的好女儿！”

吃水不忘挖井人，红军精神代代传！历史将永远铭记母亲她们这代红军妈妈的不朽功绩！

成亚平2015年5月1日在杭州采访贾克林时合影

简　历

贾克林（1917—2016），四川绵阳人。1933年参加中国工农红军，1935年10月加入中国共产党。历任红四方面军后方总医院看护员、军委机关延安保育院保育员、新四军4师卫生员、民运干事、三野司令部管理处管理员、浙江省军区后勤部保密员等。参加了二万五千里长征、四方面军西征、抗日战争、解放战争。1947年荣立三等功一次。1955年和1988年分别荣获“三级八一勋章”、“三级解放勋章”、“三级独立自由勋章”和“二级红星功勋荣誉章”。2016年1月12日在杭州逝世，享年99岁（正师职离休干部）。

玉莲永亭立

曾剑明　曾剑平

我们的妈妈吴友廉（原名吴幼莲），生前最喜爱莲花。每当她凝望那亭亭玉立的莲花，脸上总是浮现出纯真、慈爱、真诚的笑容……

一、书香传世家

妈妈1918年7月31日出生在安徽泾县茂林村。这是个美丽古老的小乡村，四面环山，绿树繁茂，中间是富饶的平原。茂林在明清时期号称“江南第一村”，自古就有“小小泾县城、大大茂林村”之说。

新中国成立初期的吴友廉

最令妈妈眷恋难忘的是，每年清明时节，杜鹃花漫山遍野、五彩缤纷；夏秋之际，满山野果，让人流连忘返。妈妈清楚地记得，村东南角有一座钟形小山叫魁山，山腰间亭柱上有一副楹联：“月移竹影千个字，日照龙鳞万点金”，她说这是对茂林美景的生动写照。

妈妈家祖辈都是读书人，太公和祖父都是秀才，可谓书香门第。妈妈的父亲，我们的外公自幼聪颖好学，18岁时因民国建立、废除科举，转学从商，家境还算宽裕，但他却英年早逝。妈妈的母亲，我们的外婆是个开明善良的农村妇女，她不满村里吴氏大宗祠所办学校只收男不收女的规定，送6岁的妈妈读私塾，三年后又送妈妈到收女生的正规小学念书。妈妈深知机会来之不易，学习格外努力，成绩一直名列前茅。

知识开拓了妈妈的眼界，为了打破封建社会“女子无才便是德”的束缚，不走前辈妇女“裹着小脚不出户，一辈子守在家中”的老路，小学毕业后妈妈又到芜湖城里的芜关女子中学读书，由于成绩总是第一名，她获得了全额奖学金，还当上了班长。

正当妈妈满怀希望，憧憬未来的锦绣前程时，日军大举侵华，顽寇攻占中原。不久上海、南京相继沦陷。日寇又轰炸进攻芜湖，学校被迫解散，妈妈不得不辍学回到家乡。当时的妈妈深感读书无路、报国无门，心中非常苦闷……

二、烽火漫云岭

1938年5月的一天，村里来了一支与众不同的军队——新四军民运工作队，听说是1934年底到过茂林的红军改编成的新四军。他们纪律严明，对群众秋毫无犯，还天天演戏、唱歌、张贴抗日标语，宣传抗日救国。平静封闭的山村沸腾了！村里的知识青年们纷纷积极参与其中。

妈妈此时担任了茂林妇女抗日救国协会组织委员兼大队长。1938年7月，妈妈秘密加入了中国共产党，有幸成为新四军茂林民运队在茂林村发展的第一个党员。同年10月，皖南特委派妈妈到新四军教导队八队（女生队）学习，从此妈妈投笔从戎开始了她一生引以为荣的革命生涯。

妈妈到军部报到和接转组织关系时认识了时任新四军政治部民运部组织科科长曾如清。

他——后来成为了我们的爸爸，看来这就是人生的缘分！

参军后刚到教导队，妈妈就担任了女生队三班班长。由于她不怕苦、不怕累、勤奋好学，很快就适应了严格的军队生活。在八队，妈妈和战友们一起学军事、学政治、搞抗日宣传、做群众工作，生活得紧张而快乐。教导队短短四个月的生活、学习，给年轻的女兵们留下了一生最美好的回忆。

五十年后，在南京的新四军八队老战友聚会时，妈妈心潮澎湃、激情满怀，特赋诗一首聊表革命豪情：

《八队成立五十周年抒怀》

纪念八队五十春，往事依依情暗生。
眼前时现云岭雾，耳畔常闻武昌城。
英姿当年真飒爽，风采今日犹照人。
白发频添心未老，伏枥依然思征程。

因前线日益严酷的形势，新四军急需医务人员，妈妈又被选派到新四军卫训班学习，并担任女生班班长。妈妈在卫训班学的是化验，经过短短几个月紧张刻苦的学习，她以优异的成绩结业，被分配到新四军小河口后方医院担任化验员。

在皖南军部两年期间，妈妈曾亲耳聆听了周恩来副主席鼓舞人心的抗战形势报告；亲眼目睹过叶挺军长指挥反"扫荡"战斗的大将风采；当面感受到项英副军长虚怀若谷、采纳基层意见的亲民作风。这一切令母亲深受教育、永生不忘。

此外，妈妈还亲身经历了一次日寇飞机轰炸云岭军部的险情，她和战友们冒着弹雨参与了抢救伤员的战斗。

1940年11月，妈妈随第一批新四军直属单位非战斗人员撤离皖南。临行前政治部袁国平主任亲自做了动员，他的一句话妈妈一直记忆犹新、终生难忘。袁主任说："我们新四军是条龙，龙身已下海（指主力部队已战略展开、深入敌后），龙头（指军部）还在岸上。一旦龙头也下海，我们就能在海里翻腾了！"听完袁主任的动员后，妈妈立即告别故乡，满怀信心地踏上了"向北发展"（长江以北）的征程。那时她和爸爸的结婚报告早已被批准，虽然上级组织在安排工作时尽可能地照顾夫妻关系，但在严峻的战争形势下他们实际上只能长期在各自的工作岗位上战斗，过着动荡不定、聚少离多的艰苦生活。

在严酷的战争环境中，爸爸妈妈经常面临生死离别。解放战争时期妈妈曾写了一首小诗，准确地反映了当时她和爸爸分别后的内心感受和心情。

那是1948年5月，妈妈和时任华野一纵1师政委的爸爸刚相聚不到两个月，爸爸便奉命率部队又要上前线，离别前妈妈写下了《临别感怀》：

反攻号角向南吹，全国胜利在眼前。

忍受离愁暂分别，两年以后再团圆。

结果仅过了一年多，爸爸妈妈就在上海团圆了。上海解放后不久，担任27军政治部主任、副政委的爸爸奉命率部参加抗美援朝战争。妈妈调到27军后方留守处工作，那时她已是四个孩子的母亲了。

1953年1月，妈妈转业到上海提篮桥区委，开始了近30年地方工作的经历。1955年，父亲曾如清被授予少将军衔。随着爸爸工作的频繁调动和“文化大革命”的起伏跌宕，妈妈先后在无锡、镇江、合肥等地工作。她能上能下，不计名利。尤其是在“文革”浩劫中，妈妈面对政治诬陷和不公正待遇，始终坚守信仰，兢兢业业地为党工作，表现了莲花般高雅、淡泊的品格和情怀。

三、最美慈母心

我们家五个子女中有三个诞生在战火纷飞的年代，两个出生在解放初期的动荡环境中。晚年在妈妈的回忆录中详细描述了我们五个子女的出生过程，读后我们深深感到：一个军人母亲在战争年代生儿育女是多么不容易呀！与和平

吴友廉和妹妹吴坚（右）、弟弟吴报鸿（中）于上海解放后合影

时期的母亲相比，她们要吃更多的苦，受更多的累，要付出更多的心血、体力和精力，由此，更彰显了军人母亲的伟大！

下面是妈妈在她晚年写的回忆录中所记述的我们几个子女出生的情况：

大儿子剑欣，1944 年 4 月 3 日辰时在苏北宝应一户农民家的破柴房中出生。当时我是高龄头产，胎儿又大，临产一天一夜未生下，已准备上产钳了，最后一阵还是自己生下了一个 7.5 斤的大胖小子……满月后，我将孩子送到奶妈家，准备回部队参加工作。在奶妈家过了一夜，我看着孩子心痛不已！母子分离、公私斗争，我哭了一夜，天明后还是下决心走了。

1946 年 9 月 11 日卯时在山东临沂乡下生下二儿子剑中，家务更重了。我仍然咬紧牙关坚持在后方留守处……自己瘦得三根骨头四根筋，孩子倒是喂得很胖，人人都喊剑中小胖子。记得撤出临沂的那天晚上天降暴雨，我带着两个孩子一路上吃尽了苦头！有一次夜行军，挑着行李和剑中的老陈掉队了，我急得魂飞天外……留守处长乔信明派人去找也没找到，直到天大亮，老陈才把孩子挑回来了。据他说，掉队后不知道目的地，孩子饿得不停地哭，就进了一个村子向老百姓讨点奶吃。等天亮了才上了大路，跟着马车的轮印子终于找到了大部队。

1949 年 1 月 29 日寅时在曲阜生下大女儿剑华（卫卫）。上海解放后，我为了要在上海中山医院做手术（生剑欣时回奶结出两个肿块），不得不将剑欣、剑华送回我妈妈茂林老家，剑中送九兵团幼儿园。出院后我跟着如清随 27 军到了浙江平湖。我们将剑欣和卫卫接回来，可怜卫卫在茂林 8 个月才长了一斤肉，而且还生了一头疥疮，上了药用纱布包扎起来，像个伤病员一样，令我伤心不已！

1950 年 7 月 27 日卯时在浙江平湖第九兵团留守处生下小儿子剑明（明明）。那时剑华已回到身边，剑欣在上海华东保育院，剑中转到 27 军八一幼儿园。不久，朝鲜战争爆发！部队奉紧急命令北上山东曲阜。因平湖的奶妈不肯去北方，我凭自己一点有限的奶水，抱着仅三个月的明明上了闷罐子车厢。火车上没有适合的东西喂孩子，明明饿得直哭。我只好将奶头给他吸。孩子饿了就拼命吸，我突然感到疼痛难忍，低头一看全是鲜红的血……明明吸不出奶水，竟把血吸出来了……

如清带部队抗美援朝去了，我拉着两个孩子，留在后方工作，真是日无三餐好吃，夜无一觉好睡，牵肠挂肚担心着前方亲人的安危。两年多过去了，如清从朝鲜回国换装，我们又一次短暂的家庭相聚。剑明是在仅三个月时离开爸爸的，再见时已两岁多了，让他叫爸爸，他却说这是叔叔，不是爸爸，我爸爸在前方打美国鬼子呢。我们都笑了，但笑中却含着苦涩……

1953年7月31日在上海生下小女儿剑平。这是我生孩子最困难的一次。当时宿舍都是一家一户，互相照顾不到。还好隔壁住的也是一位部队转业的女同志，她让我晚上肚子痛就叫她。7月30日半夜肚子痛，邻居叫了个三轮车把我送到区里的产科医院。待产室检查发现快临盆了，护士长推来一张床叫我自己爬上床，推到产房，因孩子小很快生下了。此时天还没亮，我被送到病房再也没人管了。天亮后我要小便也没人帮忙，厕所要经过一个病房，我走过去就昏倒在地。幸好病友发现，喊来护士，把我抬上床，给了我一个便盆就走了。总算挺过去了，我看看又添了个女儿很好玩，一切郁闷都烟消云散啦！

虽然，妈妈也曾“抱怨”：五个孩子出生时爸爸没有一次在身边照料过，但最终她却说：“如果有来生，下辈子我还要嫁给曾如清！”多么朴实的语言，多么坚强的战士，多么伟大的母亲，多么完美的人格！

四、人间重晚情

1982年10月，革命大半生的妈妈离休了，终于过上了安逸、稳定日子的她坚持每天练习毛笔字，撰写回忆录。她老人家关心着我们五个子女和孙辈们的工作、学习和生活。妈妈在离休后抑制不住内心的情感，赋诗一首：

《离休有感》

投笔从戎抗日侵，弥漫烽火上征程；
枪林弹雨何所惧，露宿风餐苦为荣；
喜看四化宏图展，欢呼八字方针新；
感谢党的政策好，誓将余热战黄昏！

然而安稳幸福的好日子刚过了六年，1988 年 11 月底，爸爸因肺部大咯血病危抢救；妈妈因照顾爸爸辛劳过度，也于 1989 年 3 月 31 日突发脑溢血在医院抢救。当时，我们五个子女一致决定，对病危刚刚有所缓解的爸爸隐瞒了妈妈突发的病情。4 月 27 日凌晨，爸爸突然心脏骤停，我们又不得不决定，对刚刚抢救过来的妈妈隐瞒了爸爸逝世的噩耗。事后，妈妈对未能让她和相濡以沫近半个世纪的丈夫见上最后一面，为他送行而失声痛哭……

不久，坚强的妈妈就挺了过来！

晚年的妈妈坦然面对病魔（脑溢血致右侧肢体偏瘫和后来跌跤导致右腿股骨颈骨折等），以顽强的毅力与疾病作斗争。病情稳定后，她继续坚持用左手练习毛笔字、撰写回忆录，并给每个孩子都写了箴言条幅，鼓励我们奋发向上。

小女儿剑平对妈妈直到生命的最后时刻，还关心着晚辈们成长的感人情节至今难以忘怀。她回忆说：我女儿刘蓓的案头上从小学到考入大学都挂着外婆用左手书写的字幅“功夫不负有心人”，以激励自己。一次我们从上海返回南京，带着女儿去探望妈妈，妈妈已长期瘫在病榻上。她满怀慈爱地说“刘蓓脸色不好啊，要补一补”，并要二哥明天买个老母鸡，指定要两斤重的。一时间我们内心的感激之情和因在外地不能经常陪伴、照顾妈妈的愧疚之情无法用语言表达！可能是母女的情感相联，妈妈病逝前几天剑平在上海思念心切、坐立不安，决定立即回趟南京，结果刚到南京，就接到妈妈的病危通知，亲眼目睹妈妈在昏迷中大口吐血，急得心痛欲绝！妈妈似乎懂得我们工作繁忙的苦衷，竟然第二天（2005 年 11 月 27 日）凌晨就安然离去了……

吴友廉和丈夫曾如清摄于 20 世纪 50 年代

2005 年 12 月 3 日上午，妈妈的告别仪式在南京举行，共有 600 多人参加。灵堂大厅内摆放着老首长、老战友、子女和亲友们敬献的 112 个花圈，其中包括彭冲、曾庆红、张震、迟浩田等国家党政军领导同志送的花圈。这给了妈妈极高的荣誉和极大的安慰！

事后，我们遵照妈妈的遗愿，把她的骨灰并入爸爸的墓穴，合葬于南京雨花功德园内的红星园墓区；墓穴盖板下方预先镌刻着由妈妈生前亲自设计、选定的一朵灼灼盛开着的莲花……

妈妈的一生就像她的名字一样：“出淤泥而不染，濯清涟而不妖”。亭亭玉立的莲花永远盛开在我们的心中！

妈妈的莲花品格和莲花精神深深地影响着我们，并通过潜移默化和言传身教在我们的后代身上延续着……

简　历

吴友廉（1918—2005），原名吴幼莲。1918 年 7 月 2 日出生，安徽省泾县茂林镇人。1938 年 5 月参加抗日救亡活动，同年 7 月加入中国共产党，10 月参加新四军。历任新四军军部教导总队班长、新四军 1 师 1 旅卫生部党支部书记、华东野战军第一纵队留守处组织干事、第 27 军政治部秘书等职。1953 年转业，历任上海市提篮桥区委组织部干部科长、无锡市纺织局党委副书记、镇江市委工业部部长、市委监委书记、江苏省石油化工厅人事处副处长等职。1982 年 10 月离职休养，享受副厅级待遇。2005 年 11 月 27 日在南京逝世，享年 87 岁。

烽火硝烟中的母亲

刘晓飞

1949 年方坤于华东军政大学

有位军事家说：“战争从未让女兵走开，现代战争越来越多地给予女兵青睐与微笑。”其实在青睐和微笑中，带来的又何尝不是生死的考验。

在历史的长河中，她们站在风口浪尖上，与男性战友一样为民族正义、人民解放而迎风搏浪，舍生忘死，成为开天辟地的一代巾帼英雄。

在战争年代，身为新四军女军人，意味着选择了艰辛、磨难和牺牲。战争的严酷，环境的险恶，使她们经历了比男军人更加严峻的考验，在她们平凡的身影中蕴藏着不平凡的传奇经历。她们是不屈不挠的战士，是坚强勇敢的母亲，是中华民族最优秀的女性！

今年 97 岁的新四军老战士，我的母亲方坤就是其中的一员。

一、淮河女儿志高远

出生在民不聊生的历史时期是个人无法选择的不幸，但是对于人生道路的选择，却是改变自己命运的起点。

1919年3月28日，方坤出生在淮河流域安徽寿县的一户农家，传统重男轻女的封建意识主宰着整个社会，农村尤甚。因为是女婴，她险遭溺毙；因为是女婴，她没有上学的机会；因为是女婴，她必须缠足。直到9岁时，她才在堂兄方运炽（曾用名方英，1931年任中共安徽省委书记、烈士）的帮助下上学读书。她聪明好学，成绩优异，1936年夏天一举考入安徽唯一的一所女子高中——合肥女中。

1937年“八一三事变”后，日寇侵华战火烧到安徽。方坤怀着“天下兴亡，匹夫有责”的爱国情怀，满腔热忱地投入到抗日救亡活动中。她和同学们走上街头，当众演讲、张贴标语、散发传单、游行示威，希望以正义的呼声，唤醒民众的抗日救国意识。很快这个热情活泼的小姑娘得到新四军抗日宣传队的注意，把她介绍给新四军4支队留守处（联络站）。

留守处离学校不远，方坤和几个进步同学经常在课余时间去借阅《新华日报》、《大众哲学》等进步书刊，同时聆听办事处同志讲述抗战形势和革命道理。1938年4月，她在留守处秘密加入了中国共产党。

侵略者的炮火继续疯狂地蹂躏着中国大地，方坤不得不随学校向湖南湘西转移，经武汉、邵阳，最后步行至永绥。1939年春节后，方坤与弟弟方光及六七个进步学生相约悄悄离校，义无反顾地踏上了前往延安的征程。

一路上风餐露宿、跋山涉水、日夜兼程。他们边走边写标语，边演出节目，进行抗日宣传，前后辗转四个月，终于在1939年6月到达西安，找到了西安八路军办事处。

由于通往延安的道路已被国民党严密封锁，办事处不得不介绍他们赴晋东南的太行山抗大一分校学习。1939年7月，他们历尽艰辛终于到达位于太行山的抗大一分校。

当时抗大一分校的校长是何长工，副校长是周纯全，训练部长是韦国清。校领导非常重视这批新学员，派了强有力的政治、军事干部和优秀的教员为他们讲课，还经常请党和军队的领导人到校作报告。经过半年多抗大一分校严格的训练，方坤和她的战友们很快完成了由一个热血青年到革命军人的转变。

二、征途结良缘

1940年3月，方坤从抗大毕业。此时，恰逢新组建的“华中抗大第一派遣大队”即将开赴敌后豫苏皖地区，开办抗大四分校。由于敌人持续的封锁，频繁的大“扫荡”，加上路途遥远，还要闯过敌人的层层封锁线，因此派遣大队原则上不收未婚女学员。挑选到队里的女同志都是结过婚的，这样便于夫妻两人路上互相照顾。

方坤未婚，初没能入选，但她性格倔强，认准的事绝不轻易退缩。她鼓起勇气找到何长工校长，要求参加“华中第一派遣大队”。经过一番理论，何长工笑着说：“不错，不错！你这小丫头这么勇敢，还挺会讲话，就凭这点，批准你去吧。”方坤激动地向何校长敬了一个军礼，兴奋地转身跑开了。

方坤到华中派遣大队报到的那天，大队长刘清明仔细地逐个向一分校调来的同志询问家庭情况，以及个人经历、年龄、学习成绩等。当他得知方坤单身一人时，说：“这样吧，在过封锁线时，你跟紧我，由我来照顾你。”方坤不甘示弱，要强地说：“不用照顾，我自己完全能行！”

方坤后来才知道，眼前这位文质彬彬、说话有条不紊的大队长是一名1933年入党的老红军，参加过第五次“反围剿”和两万五千里长征，是一位智勇双全、文武兼备的我军优秀军事教育工作者，曾被陈毅军长称为“红色军事教育家”。

1940年4月9日，太阳刚刚从地平线升起，第一华中派遣大队全体人员集中在河滩上整装待发。他们每人带着背包、干粮袋、枪支弹药，负重至少十多公斤。抗大总校副校长罗瑞卿、政治部主任张际春率领校部机关干部为派遣大队送行。罗副校长预祝大家“一路顺风，把抗大的旗帜插到敌人心脏地区去！”

带着校领导的殷切嘱托，伴随着“我们在太行山上，山高林又密，兵强马又壮……”、“到敌人后方去，把鬼子赶出去……”的雄壮歌声，同学们意气风发地告别母校，慷慨出征，离开太行山区向豫苏皖抗日根据地进军。

或许正是方坤执着、坚定、不服输的性格，冥冥之中注定了她和刘清明的战地情缘。

方坤虽参军时间不长，但能干、热情、遇事沉着冷静，被指定担任派遣大队女生班班长。在冲破敌军封锁线时，她肩背十多斤的干粮、武器和背包，跑前跑后，用自己柔弱的臂膀帮助和照顾身体条件更差的同志。

在通过平汉线敌占区时，天已拂晓，东方已经晨曦微露，如果不迅速转移，随时有暴露的可能，遭遇敌人的阻击。部队迅速向冀南平原东进。脚下是盐碱地、黄土层；气候干旱、尘土飞扬；他们昼宿夜行，步履维艰……直到进入冀南抗日根据地的馆陶县境，大队才宿营。累计走了两天一夜，行程一百多公里，过了两道封锁线，其中有三四十多公里是敌占区。

在一次次穿越封锁线的战斗中，在一次次机智的化险为夷中，在一次次血与火的考验中，方坤和刘清明爱情的果实也在一天天成熟。他们由不熟悉到熟悉，由战友情发展到革命恋情，由相互的好感发展到爱慕之情。终于心心相印，水到渠成！

1940 年 6 月，派遣大队到达鱼台后，休整了两天。大队政委李干辉利用这短暂的战斗间隙，给刘清明和方坤举行了简朴的战地婚礼。刘清明用多年积攒的微薄津贴，请全大队吃了一顿饭，并买了些喜糖分给大家。新房是一间老百姓的柴草房，没有一件家具，只是用高粱秸秆围成一个地铺。共同的理想、目标、追求，把两人联系在一起，在征战途中结成了一对相濡以沫、甘苦共尝、相伴终生的革命伉俪。

这次战略转移，刘清明和方坤所在的第一华中派遣大队途经六省二十多个县。通过敌伪重重封锁的平汉、陇海铁路，穿越六个抗日民主根据地，历经 73 天长途行军，终于在 6 月下旬胜利到达豫皖苏边区马冢集北的二郎庙，全队无一减员。

1940 年 7 月初，派遣大队与抗大四分校合并，刘清明出任抗日军政大学四分校教育长，方坤任二区队队长。

三、战地母亲历艰辛

作为女兵，她们不仅肩负振兴国家民族的希望和重任，而且义不容辞地还要担当繁衍后代的使命。这就注定了她们比男兵要承受更多的责任和经历更多的苦难！

1940 年 8 月，正是抗战最艰难的岁月，方坤发现自己怀孕了。她并不想过早当母亲，但当时的条件下既没有避孕药，也没有避孕措施，只能把孩子生下来。

在频繁的征战中，方坤不顾有孕在身，和大家一样顶着疾风骤雨，风餐露宿，忍饥挨饿强行军。行军对女生队来说，要比男生队的困难更多。女学员受生理条件的限制，体能往往比男学员差；还有部分受封建习俗致残的妇女，如解放脚（曾缠足又放开），只能背着枪、背包、挎包、面袋，一扭一扭地行走，行动很困难；有的同学因腿粗，一副绑腿只能缠到腿肚，无法打绑腿，雨雪天行军中两只大裤角被雨雪泥水浸透，湿漉漉地结成了冰，将两腿磨出一条条血口子。

更遭罪的是例假期。当时根据地经济困难，女生队没有津贴，无钱买卫生纸，就撕被子里的棉絮代用，以致被子里的棉花被撕去大半，晚上睡觉冻得直打哆嗦。有的用土办法，缝个细长小布口袋，装进沙土或锅灶里的草木灰代用，走不了多久大腿根就被磨破，其艰难程度常人无法想象。还有同学缺乏卫生常识，为了行走方便，在例假期偷喝凉水，促使月经早完，酿下了断经的病根，中医称之为“干血痨”。

1941 年 1 月 4 日，蒋介石发动了震惊中外的“皖南事变”。其后，日军进一步扶植南京汪精卫政权，并趁国民党顽固派制造“皖南事变”之机，纠集兵力向华中抗日根据地进行疯狂反扑。蒋介石亦趁火打劫，调动 30 万兵力剑指华中。汤恩伯 9 个师 10 万兵力迅速前推至涡河以南的涡阳和蒙城地区，企图挤压新四军 4 师退出豫皖苏边区。豫皖苏边区战云密布，形势十分严峻。

那些天，抗大四分校几乎天天夜行军，有时一夜要转移一两个地方。最紧张的时候，三天中两次往返宿蒙公路。通过敌伪军据点的封锁线时，要跑步前进六七十里。为了保存有生力量，新四军第 4 师奉华中局和军部的命令，撤出豫皖苏边区，转移到津浦路东淮北苏皖地区，以巩固和扩大淮北抗日民主根据地，坚持敌后抗战。

2 月中旬，抗大四分校经过三天的急行军，于傍晚到达涡河北岸的渡口。此时，天昏地暗，北风卷着鹅毛大雪，大地一片白茫茫，已经分不清东西南北了。大队人马仅能靠渡口的两三条小木船渡河。

刘清明带领校部干部在雪地里忙碌着指挥学员井然有序地渡河。雨水、雪水、汗水交织在一起，在他们的头发、眉毛、衣服上结成一层薄冰。在此敌情十分危急的紧要关头，稍有疏忽就可能危及分校近千名教职员工的生命安全，刘清明根本无暇顾及妻子方坤。

方坤虽身怀六甲，但坚持在风雪中和大家一起长途跋涉。在战友的搀扶下，她和全校师生一起安全渡过涡河，进驻到周圩子。

战时学校流动性很大，白天分散隐蔽，晚上向另一驻地转移。在敌、伪、顽夹击中，学校坚持教学并协助做群众工作，扩军筹粮，支援部队作战。在一个半月内，动员了 300 多人参军，筹集军粮 10 万斤，胜利地完成了任务。

4 月底，国民党顽固派更加肆无忌惮地勾结日伪，调集 30 万大军向我华中抗日根据地发动疯狂进攻，将主要矛头指向我 4 师和豫皖苏边区。我边区军民奋起自卫反击。为了顾全抗战大局，新四军 4 师部队从津浦路西转移到皖东北根据地，同在该地区活动的张爱萍、韦国清所领导的 3 师 9 旅会合，组成淮北军区。四分校也随师部转移到了路东，指定在洪泽湖东西两侧地区活动。

在转移中，抗大四分校面临更加严峻的形势。行军越来越频繁，女生队一些同学经过这段艰苦紧张的战略转移，体能消耗很大，难以再随队行动。面对敌骑兵的不断追剿，刘清明等校领导决定将部分伤病弱孕女同志疏散转移，留农村或亲友家隐蔽。

经师直卫生科筹划，将年纪大的、小的、小脚行动不便的、体弱的同学，以及师后方重伤病残人员，分散安排转交地方。

眼看方坤即将分娩，组织决定她和赵礼超同学回家隐蔽。真是难以想象挺着大肚子的方坤和裹着小脚无法长途跋涉的赵礼超千里漂泊的艰辛！

方坤到敌战区后住在赵礼超亲戚家，假称是从上海来的亲戚暂时“埋伏”下来。但是，这家人虽不好直截了当地催她们离开，又不情愿让她们逗留，常常冷言冷语，话里有话地希望她们离开。十分无奈之际，这家的一个亲戚张承茂恰好前来方坤暂住地串门。她是一位思想进步，具有爱国思想的善良女子，说话干脆，性格开朗。了解情况后，她诚心诚意邀请方坤到她徐县伍铺的家中隐蔽分娩。

在那艰难困苦、孤立无援的日子，多亏张承茂伸出了援助和关爱之手。在方坤即将临产时，将她乔装打扮，送往当地医院，并慷慨解囊，孩子才得以顺利出生。方坤终生难忘张承茂，感谢她在危难之际出手相救。

过早做母亲并非方坤所愿，也没有心理准备，她看着这个刚出生的弱小而可爱的生命，很快变得忧心忡忡。刘清明是个好丈夫、好父亲，无奈战事太紧，肩上担子重、责任大，常常要通宵达旦工作，无暇顾及家庭和孩子。方坤的工作也非常繁重，怎么养育这个孩子呢？在炮火连天的环境下，带着孩子确实十分危险。连续作战、居无定所、生活艰苦、经济拮据、抚养费少，大人的衣服都是又旧又糟，补丁叠补丁，稍稍不注意常常是刚刚缝上一个洞，不小心会捅出个新的洞。更别提孩子的衣服了，只能找块旧布或者大人的旧衣服包裹上。孩子不仅没有衣服穿，也没有奶水喝，这些都是军人妈妈们必须面临的困难。

抚育子女要耗费和牵扯母亲过多精力，加上战局瞬息万变，遇到敌机狂轰滥炸和扫荡时，随时随刻要抱上孩子转移。孩子不懂事，哭闹起来很容易暴露，十分危险。这样，她面临两种选择：一是带着孩子到老百姓家里“打埋伏”，待孩子长大些后再工作。但她是革命战士，怎么能够离开部队呢？二是将孩子送给老百姓抚养，但当地老乡要的抚养费高，公家发的一点零用钱两人加起来也买不起奶粉，何况也买不到。方坤束手无策，只好先把孩子带回四分校，待后再想办法解决。

回校后，方坤听同志们议论说：当时，幸亏刘清明等校领导决策正确果断，把那些体弱、怀孕、小脚行动不便和年纪小的女同志临时转交地方“打埋伏”了，否则后果将难以预料。

四、生命之殇

方坤生孩子两个月后，就投入到紧张的学习和工作中。在战火纷飞的年代，大家都吃不饱，大人没有营养哪来的奶水给孩子喝，只能勉强用米稀糊糊喂宝宝。孩子经常饥一顿饱一顿，营养不良，体弱多病，但是活泼可爱，挺招同志们的喜欢，常常过来逗逗她。刘清明空闲下来时，也喜欢抱抱和亲亲这个小宝宝。为了不影响分校的活动和工作，方坤只好四处托人找奶妈。经人介绍，把孩子送到了洪泽湖对面的一户老百姓家抚养。孩子或许已懂得自己即将离开亲人，声嘶力竭地闹，伤心欲绝地哭。面对母女分离，尽管难以割舍，方坤却只能狠狠心，留下满脸泪水的孩子，自己心如刀绞般回到部队。

不久，一件让方坤意想不到的事发生了。2 师政治部主任肖望东（开国中将）的妻子辛萍告诉方坤，她的大儿子因寄放在老百姓家喂养，被传染上重病，无法救治已夭折了。方坤的孩子和辛萍的孩子是同一个奶妈喂养，只是一前一后。方坤得知此消息，如五雷轰顶，悲痛欲绝！她急忙去把孩子接回，但为时已晚，孩子已染病，皮肤溃烂，满身脓血，惨不忍睹……

面对奄奄一息的孩子，当母亲的心都要碎了！孩子降生在战争年代，受这么大的难，遭那么大的罪，真是可怜和不幸！对身为军人的母亲来说，她们投身于反法西斯的正义之战正是为了人类的永久和平，让战争远离孩子们！

1942 年 7 月，方坤的第二个孩子即将出生。时逢泗县、灵璧、泗洪等县日伪军调动频繁，似有进袭我根据地的迹象。第 4 师师部及直属队奉命全部南移到泗洪县的仁和集，分校也随师部向南转移到洪泽湖西岸鲍集镇，以防备敌人突然袭击。作为校领导的刘清明工作异常繁重和紧张，根本无法分身送方坤回老家生孩子。

为了不拖累和影响刘清明的工作，方坤决定自己去刘清明的老家湖北汉川马口镇生孩子。可千里迢迢，兵荒马乱，她挺着大肚子，还怀抱一个身患重病的孩子。一路上不仅有敌机轰炸，还要过层层封锁线，万一孩子生在半路上该怎么办?！但她已无暇顾及了……

身怀六甲的方坤独自一人抱着病重的孩子上路了。船上条件很差，又闷又热，加上有人晕船、呕吐、空气不流通，令人窒息，正常的人都难以忍受，何况怀孕的人！幸亏临上船时，4师参谋长张震的夫人马龄松（是方坤区队的学员）赶到送来一罐奶粉，这在当时可是十分稀缺的珍贵物品，真是“雪中送炭”！解决了路途中缺奶的燃眉之急。方坤对战友真挚的关心和帮助十分感谢，至今记忆犹新。

一路颠簸周折，方坤回到老家已筋疲力尽。当晚，她迷迷糊糊地似睡非睡，突然一阵阵腹痛搅得她无法入眠，时间一分一秒地过去了，她被一次一次的宫缩折腾得浑身无力，但母亲的本能使她坚持着……次日，她的第二个孩子迫不及待地呱呱坠地了。真是玄乎！如果在路上分娩了，可怎么办？后果难以想象。

此时，她的第一个孩子病情日渐加重，浑身皮肤溃烂、脱落，加上农村缺医少药，不久就永远离开了人世。女儿的离去成为方坤心中永远挥之不去的痛！那时候，部队中有许多和她一样的军人母亲，为了革命不得不把幼小的孩子寄养在老乡家，生离死别，很多家庭都痛失爱女和爱子。但方坤深知：既然选择了革命道路，注定了要失去和付出许多，包括爱情、家庭、子女，甚至生命！她早已懂得忍耐，懂得割爱，懂得奉献！

方坤在老家住了不到两个月就决定回部队。看着襁褓中的孩子难舍难离……哪个母亲不疼爱自己的孩子?！但是，带孩子回部队，或许难逃第一个孩子的厄运。在那个战火频发、疫病又多的年代，孩子存活不易；若不带，这么小的年龄就断奶了，以后吃什么？没有父母在身边，是否会受其他孩子欺负？生病了怎么办？这些都让她牵肠挂肚，于心难忍。但作为共产党员、革命战士，更让她魂牵梦萦的是抗日救国的大业和革命工作。方坤尽管不舍也不忍，但内心很强大，她忍痛割爱，依依不舍地留下孩子，不顾产后仍然虚弱的身体，只身返回了部队。

五、相濡以沫好伴侣

方坤和刘清明这对患难夫妻历经战火的考验，九死一生，终于迎来了新中国的成立。

1955 年刘清明被授予少将军衔。1952 年，方坤作为第三高级步校第一副校长的妻子带头响应军委的号召转业到地方工作。此后，随着刘清明工作的调动她毫无怨言地紧随丈夫的步伐从南京到北京，从华东水利学院（今河海大学）图书馆到北京政法学院（今中国政法大学）图书馆、纪委担任领导工作。无论在什么岗位上，她都兢兢业业、勤勤恳恳、不计名利，多次把调级调工资的机会让给别人。对那些曾经被打成右派的知识分子，她给予尊重和保护，使他们有一个相对宽松的环境。而她革命生涯最后的一个职务就是担任中国政法大学落实政策办公室的总负责人（现纪律检查委员会），为那些在历次运动中遭遇冤假错案的同志平反昭雪，重新安排工作。

“患难见真情”！在十年动乱中，担任总参测绘局政委的刘清明遭受残酷迫害，长期被关押，全家被扫地出门，子女被下放农村……方坤默默地承担起照顾家庭的全部重任。她坚信自己的丈夫是无辜的，她始终安抚和鼓励丈夫，风雨同舟，患难与共，直到总参为刘清明平反昭雪，才重返军队领导岗位。

1960 年方坤与丈夫刘清明合影

为感念有方坤这样的好伴侣、好战友，1988 年 4 月刘清明特为老伴方坤写下深情的诗句，以纪念他们在战火中结下的生死情缘：

淑女离闺去从军，历尽艰险为人民。
抗大熔炉半年期，戎马战火一世情。
君子豪言与壮语，战士妻子和母亲。
五十余载为家国，向晚康泰健身心。

1978 年方坤全家合影于北京

1989 年，刘清明又为方坤七十寿辰写了：

己巳正月闹元宵，金蛇狂舞爆竹频。
刘之高龄七十五，方有古稀欲从心。
同甘共苦同艰危，相濡以沫相伴行。
三代一堂子孙乐，佳节聚会庆升平。

简　历

方坤，安徽寿县人，1919 年 3 月 28 日出生，曾用名方儒、方淑君。1938 年加入中国共产党，1939 年参加八路军。历任八路军 115 师游击大队文化教员、新四军抗大四分校女生队区队长、新四军 4 师敌工部政治指导员、新四军被服厂指导员兼党支部书记、华东军政大学政治部协理员、解放军第三高级步校政训班组织干事等职。 1952 年转业到地方，先后在南京市委组织部、华东水利学院、北京政法学院等单位担任领导工作。1983 年离休（享受正司局级待遇）。

把生命交给战斗

施立平　施立群

秋日的晌午，暖暖的阳光斜照在客厅的窗角上，九十多岁的母亲总是坐在属于她的那张木质沙发里读书、看报、听广播，每天至少得坐上近 10 个小时。

年轻时就投身革命，东奔西走忙碌了一辈子的妈妈，如今却连出门都显得格外艰难了。作为战士、妻子、母亲，她吃了太多的苦，留下了深深的印记。到了晚年这些记忆不时浮现在脑海里，撞击着她的心灵。用她的话来说，趁现在身体还算健康，脑筋还算灵光，腿脚还算便利，能和你们姐妹坐着说话，已经是福气不浅了。

2015 年母亲黎汶胸戴抗战胜利 70 周年纪念章留影

母亲布满皱纹的脸上，眼睛依然传神，记忆依然清晰，遥远的往事恍如昨夜的星辰，在她头顶闪烁。掇取这些星光，留下那些闪光的精神财富，照亮后人脚下路，似乎成了父母晚年的职责和使命。爸爸在写作他的革命回忆录，母亲却是在唠叨她的故事。

作者施立群与母亲黎汶摄于20世纪80年代

母亲的故事里充满着对那个战火纷飞的年代青春岁月的怀念，以及对生死相依的战友难以割舍的感情。母亲那诗一样美丽的军旅华年和山一样厚重的母爱情怀，犹如咀嚼着一枚青涩却回味无穷的橄榄，长久地在我们姐妹心头回荡着。我们围坐在她的身旁，聆听她的故事，感受她的情怀……

一、上海女兵

母亲黎汶出身在上海一个书香门第。17岁那年，在她就读的那所职校的老师、中共地下党员陈艺先的引导下，母亲与她的几位同学决定投笔从戎，参加抗日的队伍。在此之前，母亲在清华大学读书的哥哥于光远就加入了中国共产党，后来又去了延安。1941年春，母亲和她的一批男女同学被地下党从上海送到苏南的常熟，参加了新四军，从此走上了革命道路。

母亲和一起从上海来的青年学生被分在苏南第一行政区“游击宣传队”，负责演节目、贴标语、教老百姓唱抗日歌曲等。他们的唯一武器就是一根短木棒，一头包上破棉絮，蘸上墨汁在墙上写标语，平时整天握在手里，遇到紧急情况就冒充手榴弹，希望能借此吓唬吓唬敌人。

“游宣队”在宣传抗日的同时，还要随大部队不断转移。有一次冬夜行军，队伍过了一半时，桥断了，有人掉下去，可桥两边的人都不清楚究竟掉到河里有几个人，只能轻轻地击掌告知对岸人数，然后下河去捞人。捞人的人和被捞的人上岸后衣服都冻结成了冰，走起路来哗啦哗啦响。可他们谁都没哭，也从来没有抱怨过。那时候人是有一股精神的，就是跟着共产党抗日救亡，追求建立民主自由的新中国，再苦再累甚至牺牲也在所不惜。

二、大众剧团

1941 年 5 月，母亲奉命调往新四军六师 18 旅的大众剧团。说起大众剧团，她的话语中不无骄傲。那时候剧团很红火，聚集了一批才华横溢的能人，如陆起、聆志、张芸石以及后来担任团长的姜旭等。剧团设立了创作、戏剧、音乐、美术组，上演过《放下你的鞭子》、《三江好》、《囚徒歌》等小剧。他们还从部队指战员们的战斗生活、人民群众的抗日故事中汲取素材，创作出贴近生活、具有教育意义的文艺作品，编排成剧在部队驻地演出，极大地鼓舞了士气，激励了人民群众的抗日热情。

母亲告诉我们，姜旭曾在回忆文章《鼓角齐鸣撼大江》中记载过这样的一个细节：每当演出时，领导同志和部队坐在一起看戏，像普通群众一样地随剧情的起伏而起伏。一次演《放下你的鞭子》时，宣教科长张鏖热泪纵横，哭得抬不起头来。

母亲他们经常在乡里的土台子上演戏，她和言勇阿姨总是演反动头子。母亲把带条纹的床单披在身上，腰里系根破草绳，人中处用墨涂黑，扮作东条英机，言勇阿姨则每每扮演希特勒。

三、奔赴苏北

1941 年 7 月，日寇开始疯狂“清乡”。上级决定正在锡北地区做民运工作的母亲和她的部分战友化整为零，返沪待命，大众剧团也由此完成了它的历史使命。母亲和战友们几经周折终于归队，到达苏北宝应地区新四军 18 旅所在地。她被分配到 18 旅兼苏中一分区政治部敌工科工作。

敌工科有位战友是日本人，他的中国名字叫李平，他在日本是个穷苦的渔民，被我军俘虏时，拒不交代日方情况，并且绝食。后来，他生了病，组织上让一位农民大娘每天去给他喂饭，终于感化了他，毅然决然地参加了抗日队伍。每次执行护送领导和同志们的任务他都格外敬业，晚上投宿，整夜不眠，睁大两眼守在门口。全科同志和他关系处得很好。解放后李平回到日本，因在日本无法生活，再次来到中国，一些和他并肩战斗过的同志给他提供了不小的帮助。

母亲后来在政治部文工团担任政治指导员。每次部队到了驻地，他们就挨家挨户去借方桌，拼成舞台，将自己的床单用绳子悬挂起来作为幕布。眉眼均以墨汁涂画，红纸染唇，牙膏抹面。夜晚降临时，点燃汽灯，敲响锣锣，嘴里嚷着："看戏咯！看戏咯！"一些同志则划小船去接远处的群众。

青年时期的母亲黎汶

母亲不擅长表演，她常充当群众角色。文工团里多是娘子军，母亲仍旧是反串演东条英机。她用墨汁在唇下画仁丹胡子，将自己条状图案的床单披在身上，嘴里呜哩哇啦说些谁都听不懂的"东洋"话。

文工团每次大张旗鼓地演出，都会惊动驻扎在附近的日伪兵，于是演出刚结束同志们就立刻物归原主，清理现场，然后迅速转移。母亲说她有几次没来得及卸妆就出发了，我们姐妹听后觉得很有趣，幻想着万一途中遇上日本兵的话，没准会得到他们"热闹"的行礼呢。

最让母亲难以忘怀的是夜行军。走在田埂上时，要借着夜光看清哪边是田哪边是水，身体必须偏向田的一边，否则随时有落水的危险。那时候母亲她们年龄都只十七八岁，正是长身体时期，好睡着呢。她说她曾被前面的人牵着两手边行军边睡觉，并且睡得很香！

四、舞台即战场

母亲所在的18旅文工团可以说编创和演出水平都相当高，曾创作出大量精彩的文艺作品，有些还传唱至今。革命军旅是他们生命的根之所系，抗日的烽火点燃了他们的满腔热情。母亲在叙说往事时还为我们唱起了几首当年的歌，像姜旭的杰作《刘桂英是朵大红花》的插曲，地道的"淮海"调，有滋有味，透过她老迈的歌声，我听出当年热血青春的旋律仍激荡在她的胸中……

母亲至今还牢记老首长对他们说过的一句话："作为一名文艺战士，首先应该是战士。"这句话使大家受到很大的启发。母亲的战友中有好几位英勇牺牲在战场和舞台上。那时，舞台其实也是战场，战场也是舞台。

妈妈回忆说："1942 年秋，高邮北汉庄宿营地，陆起为了收藏保存好创作所需的书籍、文稿，不幸被奔袭而来的日寇清剿部队所俘，杀害在河岸旁；大众剧团的张芸石 1944 年在解放江都永安镇的战斗中，身临火线前沿对敌喊话时中弹牺牲；程特青 1945 年在江都独立团参加解放兴化的战役中，临战受命，到连队担任指导员，带领突击班。全班战士阵亡后他一人游水登上滩头，被一群敌人刺中 14 刀，仍然顽强搏斗；金迪、卢沙把自己的最后一滴血洒在了大江南北。"烈士们英勇不屈的精神践行了陆起唱出的誓言："把生命交给战斗！"

把生命交给战斗！是母亲和她的战友们——这些为了发扬光大我军的文艺事业不惜冒着敌人的炮火前进的老文工团员的写照。

"妈妈，在三垛河口伏击战牺牲的汤江声你认识吗？"小妹立群问道。

"是啊。我和你爸爸都很熟悉他的。汤江声也是上海人，我当时参加革命就是被他领出来的。可惜牺牲了。他是那次战斗中牺牲的职务最高的一位。"

我们姐妹曾在报纸上看到的英雄，顷刻间化为母亲口中的战友，除了敬仰之外，又添了一份亲切。

母亲还记得一些和他们一起参军的老乡。"当时大家都有绰号的"，母亲说，"阿伲、阿三、老广东、老姜、出其、小罗宋……""出其"是陆起，他在战斗中牺牲了。"老姜"就是姜旭，母亲在文工队任指导员时，姜旭任队长。姜旭很有才华，当年创作了很多优秀节目，其中在根据地脍炙人口的《刘桂英是朵大红花》，就是他和沈亚威联手创作的。"老广东"在行军的路上抢着帮女同志背行李，处处照顾大家，可在他入伍后第二年便被当成托派给自己人枪毙了。

"这些在我们党的历史上都是沉痛的教训！"母亲沉痛地说。

五、母爱如山

1947 年 11 月在苏北高邮，母亲怀胎十月，收编在了军中的产妇队里。那一夜，前方传来紧急情报，还乡团正向这一带逼近，产妇队必须转移。可就在这节骨眼上，母亲感到阵阵腹痛袭来，阵痛伴随着规律性的宫缩。军医朱涛即令人将老百姓家的两张桌子并拢，铺上一条床单作手术台，为母亲接生。然而，老大立平在即将临盆时，军医见到的只是一条腿，时间和环境都不允许再做任何处置，朱军医和卫生员只得将她的腿一条一条拉出，然后是身体和头。孩子虽然出世了，却听不到那一声初生婴儿的啼哭。朱军医把每个产妇配给的一瓶热水通通收拢来，倒在盆里，将面色乌青的婴儿双脚倒提，拍拍屁股，又对着热气熏熏脑袋，但是仍然无声无息。

天蒙蒙亮，部队就要出发了，人们急忙将母亲抬上担架，又将不知死活的孩子交给卫生员揣在怀里上了路。走了一村又一庄，白天黑夜，刮风下雨，母亲在月子里，辗转住了 36 户农家！因为产后匆忙上路，母亲准备的七八块尿布都遗失了，她自己被抬上担架时，又连鞋子都未及收好。产后第二天，虚弱的母亲赤脚走去河边，在冰冷的河水中为婴儿清洗那仅剩的两块尿布，再连夜用火烤干。为了增加几块尿布，母亲将自己仅有的两条短裤撕开权充尿布，她自己只能一天长裤一天短裤地交替着穿。在立平不声不响地长到 17 天的时候，自女儿出生以来未曾谋面的父亲从前方归来了。父亲问："这孩子晚上哭吗？"他担心夜间难以睡个安稳觉。母亲说："放心吧，孩子出生至今从未哭过。"但奇怪的是，父亲归来的当晚，立平就在这一夜开始放声大哭了，并且从此哭闹不休。而父母脸上却露出了欣慰的笑容，孩子终于会哭了。

在立平长到六七个月的时候，母亲正在大丰镇的学兵队工作（即为部队培训干部的训练队）。国民党飞机疯狂地向新四军驻地发起进攻。那一天，一架敌机轰炸大丰镇。大丰镇夹在两条河流之间，目标集中，无处躲藏。趴在河滩边的母亲一手抱着立平，另一手放在她的口鼻处，以便万一发出哭声时立即阻断她的呼吸，以保证周围人的安全。母亲低声一遍遍祈祷：别哭别哭，毛毛不哭。值此生死关头，小立平竟选择了沉默，一声不吭。敌机一个俯冲，母亲能够清楚地看到那超低空飞行的驾驶员的嘴脸。射出一串炮弹后，飞机拔高，再次俯冲——这时，戏剧性的一幕发生了，由于飞得太低，飞机撞到一棵大树上，机毁人亡。劫后余生的人们欢呼雀跃，上前翻捡那国民党驾驶员的身份证件。母亲至今还记得那驾驶员是广西人氏，27 岁，已参加过十多次飞行作战，未料这一次栽在了大丰镇。

1949 年 10 月，老二立军在解放全中国的炮火声中诞生。部队要南下福建厦门，产后仅十余天的母亲又开始了她的长途跋涉。母亲拖着未满两岁的立平，抱着襁褓中的立军，随部队取道江西上饶，在闷罐车中颠簸两天，粒米未进，到达福建南平。又从南平乘军车，在武夷山区的崇山峻岭中整整三天三夜马不停蹄地向福州进军。山路之险恶令母亲日夜不敢合眼，她用双手托着立军的身子（以防她在颠簸中撞到车顶），两眼紧盯前方。眼见前面一部吉普车已坠落山崖，山路急转弯时，又有卡车上的四名战士被翻下山去，母亲就提出要将在另一部车里由公务员老王照看的立平带来与自己同乘一部车。她说，孩子没有母亲没法活，自己没了孩子也不能过，所以不如同乘一辆车，要死要活在一起吧。

从福州又乘车船，两天到达目的地——厦门。让母亲难忘的是她一位战友的不幸遭遇。一位同样年轻的母亲经过一路艰辛，终于就要见到久别的丈夫——卫生部长胡兆文。她怀着激动的心情，在船驶近厦门码头的时候把那尚未与父亲见过面的孩子交给他人，自己跑上甲板向岸边前来迎接的丈夫招手。可就在靠上码头的那一刻发生两船相撞，一块钢板落下来将她当场砸死。她的孩子因为无法哺育而送给了老乡，不久也病死了。

战争中的孩子和母亲，所承受的艰辛和痛苦是和平时期的人们所难以想象的！

六、金门之痛

母亲的故事很多，她讲得坦然，我们听着揪心。但是讲到金门之役那些未婚的女子，也是她的亲密战友的故事时，她几度沉默却欲哭无泪……

母亲的三位女战友，分别是253团团长、政委、参谋长的未婚妻。事先讲好打下金门后集体举行婚礼，姑娘们还在海这边盼着，而出征的人却再也未能归来了。正所谓“可怜无定河边骨，犹是春闺梦里人”！母亲说，那天父亲他们几位254团领导已经登上去金门的渔船了，后因大部队的船只募不到才被迫离船的。母亲还说，那天发报机响了一夜，一封封都是来自前方求援的电报，天亮时，发报声渐渐消失了，大家的心都随之破碎了。打金门时牺牲的战友们的白骨可以堆成一座塔。还有那些被俘的战友，他们所经历的痛苦和屈辱一直以来无处诉说。

母亲每每说到牺牲的战友，都会沉默一阵子。她抿着嘴，牙根咬得紧紧的，木然地朝我们不知道的地方望着。她的眼里并没有泪，经历过战争和生死考验的她，有泪只在心里流！

我们没有母亲坚强，我们听故事、写故事时泪水都止不住哗哗地流。故事

92 岁的黎汶与丈夫施光华胸戴抗战胜利 70 周年纪念章，他们已携手走过 70 年

里的事我们不敢忘怀，故事里的人我们会牢记。我们是母亲的女儿，不管是身在战争年代的立平、立军，还是全国解放后出生的立明、立群，既然承继了他们的血脉，就要用自己的一生去追寻父母的足迹，在他们生命的故事里找到做人的真谛，为祖国振兴和人民幸福尽自己的绵薄之力。

简　历

黎汶，1924 年出生，上海人。1941 年 4 月参加新四军，1942 年加入中国共产党。先后在新四军 6 师 18 旅文工团、解放军第 29 军、华东军区政治部工作。1955 年退役，在江苏省外办、浙江舟山地区人事局等单位工作。1976 年离休。

历尽磨难终不悔

裴小青

一、辛酸的童年

我的妈妈贾志珍今年94岁了。1922年5月她出生在陕西省吴堡县贾家山一个贫农家庭。家里兄妹四人，因为穷，无一人能上学。妈妈10岁那年因为家里穷得揭不开锅，姥爷就想早早地把妈妈嫁出去，于是就找了一个媒人提亲。姥爷拿着卖女儿的钱，还没有回到家，就被一些坏人用酒灌醉，醒来后两手空空。就这样妈妈被姥爷送给别人当了童养媳。姥姥从邻居那里得知这个消息时，大错已经铸成。没过多久，姥爷便连气带累，一病不起，离开了人世。

晚年的贾志珍

姥姥一个人实在没有能力抚养几个孩子，就把不到1岁的小女儿送了人，几个孩子痛哭不舍，姥姥只好又把她要了回来。不到一年，因为出天花，无钱医治，小女儿夭折了。妈妈同父异母的哥哥被生活所迫到社会上闯荡，不久参加了红军。参军不到两年，就在一次战斗中牺牲了！

姥姥带着几个孩子生活异常艰难，常常

带着妈妈去捡食别人扔掉的东西，舅舅在家里饿得连身上穿的破棉袄袖子里的棉花都撕着吃了。妈妈四五岁时还没有裤子，只穿个兜兜，经常遭人耻笑，回到家里哭着向姥姥要衣裤。可家里实在太穷，哪里穿得起？脚上穿的也是别人扔了的旧鞋。妈妈年纪虽小，但强烈的自尊心让她无论到哪儿，都尽量把自己的脚藏在不易被人发现的地方。

妈妈被卖到的那家也是个穷苦人家。原本就穷，又多了一张吃饭的嘴，日子过得更紧了，因而看她也就格外不顺眼。全家人的怨气都往她身上撒，妈妈动不动就被打一顿，吃不饱饭，还要不停地干活。因为年龄小，实在受不了，妈妈就偷偷跑到她的姥姥家里去住。由于乖巧，很受疼爱。

1932 年至 1933 年间，妈妈的舅舅已经是共产党员，做秘密工作，经常会有一些陌生人到家里来找他。每当这时，妈妈的姥姥就打发她到窑顶上去玩，叮嘱她看到有人过来，就往院里丢块石头。那时，妈妈的姥姥也已经是共产党员了。当时的党员都是单线联系、秘密活动，除了联系人之外，连自己的亲人都不知道。有一些人来到家里后，会被妈妈的舅舅藏到山沟躲雨的窑洞里，妈妈的姥姥就带着她一起去送饭，路上叮嘱幼小的妈妈："娃呀，这件事对谁也不许说啊！"虽然年纪小，但妈妈知道他们一定都是好人。1935 年，妈妈的舅舅被叛徒出卖，英勇牺牲！

二、风雨革命路

1935 年红军长征到达陕北，妈妈的家乡成了解放区。"解放区的天是明朗的天，解放区的人民好喜欢……"那些日子，妈妈快活极了！有一天，县里的干部到村里来工作，说要在陕北招募一批女红军战士，动员妇女们报名，13 岁的妈妈当即背着家里报了名。

妈妈和一些报名参军的女孩子被集中起来成立了一个新兵连。每天出操训练、站岗放哨、唱歌学习。过了一段时间，又来通知说：招募来的女兵，愿意回家的可以回家，愿意留下的就留下。妈妈要求留下来，招募女兵的人看妈妈的年龄太小，有些犹豫。妈妈向他们表示："虽然我小，但我不怕苦，别人能干的我也能干，决不落后。"妈妈被暂时安排到妇救会做妇女儿童工作。站岗、放哨、学习，样样工作都干在前面。招兵的人看出妈妈是有培养前途的，决定把她留下来做儿童工作。

那时，每个村里都有消息树，一旦有情况，就放倒消息树，通知同志们转移，避免损失。在此期间，妈妈不幸得了伤寒，被安排在一对老夫妇的家里养病。病情严重高烧不退，长达一个多月。烧得整个人糊里糊涂，头就像要炸开一样。没有药，她就硬扛着，一直烧到肚子里的蛔虫从嗓子眼里往外爬！老夫妇把妈妈当成自己的亲闺女一样，精心照料，端水喂饭，用凉毛巾给她降温。由于长时间不能洗澡，妈妈身上长了虱子，老奶奶给妈妈择走虱子。经过不分昼夜的精心护理，妈妈终于退了烧，闯过了死亡的鬼门关！这件事令她终身不忘。她告诉我们，是边区的老百姓救了她的命！没有他们，妈妈就活不过来。

1936年，吴堡县被敌人占领了，党组织的活动从公开转入地下。村里的老百姓千方百计把妈妈掩护起来，躲过了敌人的搜捕。1938至1939年间，沈国藩到妈妈的家乡工作。他经常开导妈妈，使她明白了很多道理，积极投入到村里的妇救会工作，发动群众，征集军粮军鞋，宣传妇女解放的道理。1940年初，村妇救会选举，妈妈以全票当选村妇救会主任。不久，经于学杰介绍，妈妈加入了中国共产党，从此确立了自己的人生目标和信仰。

同年，组织上调妈妈到吴堡县任妇救会主任。就在这一年，经人介绍，妈妈和爸爸裴仰山认识并结婚。从此，他们同甘苦、共患难，风雨同舟、相依相伴42年！

爸爸裴仰山是1928年入党的老同志，当时担任县委书记（新中国成立后任河北省委书记、中共八大代表）。婚后爸爸对妈妈要求非常严格，事事都要干在前面。妈妈当时在县里任妇救会主任，虽然还不到20岁，但已经表现了出色的组织能力。后来县长爱人来到县里，父亲便对妈妈说准备安排县长爱人做主任，妈妈任副主任。对此妈妈自然是有想法的，父亲便开导妈妈："县长爱人有文化，你熟悉地方情况，你们配合起来，一定会把工作做好。"听了父亲的话，妈妈释然了。事实也正如父亲所说，她们配合得很愉快，工作成绩突出。

1942年妈妈来到延安中央党校学习，被分在五部。1943年父亲也到了党校，在四部。虽然他们同在延安，但依旧是聚少离多。

在延安中央党校学习期间，妈妈多次聆听了毛主席和其他中央领导同志的讲课，思想觉悟有了很大的提高。1942年"整风运动"后，毛主席提出：自力更生，丰衣足食。当年的延安到处是荒地，大家响应毛主席的号召，男同志上山开荒，女同志在家纺毛线、织毛衣。妈妈心灵手巧，她纺的线都是甲等线。父亲带领同志们上山开荒，种了南瓜、土豆、豆角、玉米……让黄土高原的沟沟坎坎变得格外漂亮!

1945 年日本投降后，革命形势发展很快。根据中央决定，延安的大批干部分批日夜兼程奔赴东北和华北。由父亲任队长，带领几十个人组成的西干队直奔冀东。由于走得急，爸爸没来得及和妈妈告别就出发了。从延安到冀东，一路上，父亲带领队员们历尽千辛万苦。作为队长，父亲常常通宵达旦不能休息。内战全面爆发后，父亲所在的冀东党委和军区武装，在遵化、迁安、迁西、兴隆一带同国民党傅作义的部队周旋，发动群众、开展工作，进一步巩固了冀东根据地。

转年春天，面对胡宗南的步步紧逼，中央机关准备撤离延安。组织上安排妈妈和其他同志去冀东。妈妈带着两个孩子（一个 2 岁多，一个 1 岁多），实在忙不过来，就把当时只有 17 岁的舅舅从老家找来帮忙，和队伍一起奔赴冀东。

妈妈所在的这队人马，都是带着孩子的，领导给予了特别关照。配了两匹大骡子，前面一匹，后面一匹，驾着一顶大轿子，轿顶是用席子扎起来的。轿子里边铺上被褥，把所有的孩子都放在里边。哪个孩子该喂奶了、拉了、尿了，孩子的妈妈就到轿子里去处理，完了另一个妈妈再进去。大一点的孩子就放到驴驮子里。这样的条件在当时已经是很好了，妈妈他们顺利地走到了冀东。

父亲从延安到冀东，由于途中超负荷的工作，加上精神高度紧张，原本身体很好的他，只知道为圆满完成任务而喜悦，却不晓得自己的身体出了大问题。

妈妈带着两个孩子到了冀东后，父亲就开始高烧。当时的条件很艰苦，缺医少药，起初诊断是疟疾，便用治疟疾的药，因为不对症，完全没有疗效。从延安一起来的同志帮妈妈出主意：把纱布放在胸口上，在纱布上抹些白色的粉末和成的糊糊，一会儿，这些糊糊就被父亲的体温烘干了（后来知道白色粉末就是石灰）。就这样每天反复很多次。高烧持续 40 天后渐渐地退了。这次大病，虽然没有夺去父亲的生命，表面上看烧退了，似乎是好了，实际上没有得到彻底根治，体质大不如前。

1949 年 7 月父母调往唐山，当时市委书记是吴德，父亲是组织部长。由于超负荷的工作，父亲的身体再次亮起了红灯，又高烧不止，但他仍抱病坚持工作，有时不得不躺着参加会议。1950 年 11 月父亲住进天津市天和医院，经诊断是胸膜炎积水。由外科专家张纪正大夫亲自主刀做手术。当护士从手术室出来时，妈妈被护士手中的盘子惊呆了！满满一盘血肉模糊的东西，是从父亲身上取下来的。医生告诉妈妈，由于病情严重，不得不切掉了父亲左侧九根肋骨。父亲手术后，昏迷沉睡了一个多星期才苏醒过来，表现出顽强的生命力！但毕竟是动了大手术，伤了元气，一下子切去九根肋骨，迫使他的身体向左倾斜，说话底气不足。他自己打趣地说：我只能算是半个劳动力了。

经历这么大的手术本该好好调养，可父亲很快又回到工作岗位。从那时开始，组织上要求妈妈好好照顾父亲，并将此作为她的主要工作与任务。在妈妈的精心照顾下，父亲拖着病体一直坚持工作，直至“文革”前。

三、蒙冤的岁月

1965 年 8 月，父亲去北戴河参加省委书记生活会，在此次会议上，莫须有的罪名让父亲蒙受了不白之冤！会议结束回来后，父亲不再去上班，每天都在写检查。在妈妈的一再追问下，父亲才将情况告诉了妈妈。妈妈被惊呆了！因为她了解父亲，一个忠诚厚道的陕北汉子，跟着共产党干革命，枪林弹雨从没有动摇过。他不争功诿过，不计较得失，不贪图享受，多年带病坚持工作，坚决执行上级党组织的任务。对莫须有的罪名，妈妈不能相信！

不久，父亲被派往石家庄市附近的肖家营村搞“四清”，还专门派人看着，不能和家人联系。当年冬天，河北省委召开省直政法系统（父亲分管政法口）处级以上干部大会，公开点名批判父亲，并剥夺了父亲的发言权。

妈妈的境遇也发生了很大变化，很多工作不让妈妈参与了。1967 年 7 月 12 日半夜 11 点左右，外面下着瓢泼大雨，父亲和母亲住在省委大院。突然宿舍的门被人用脚踹开，父母亲被惊醒。进来一伙省委机关的人，妈妈刚要喊，嘴就被堵上了。他们把父亲从床上拖下地，连衣服和鞋也没让穿就往外拉。妈妈想拉住父亲，却被一脚踢到了墙边，动弹不得。父亲只穿了一条短裤，被连拖带拽地从省委大院旁门绑了出去。在拉扯的过程中，短裤掉了，他就这样赤身裸体地被塞进一辆车里，妈妈追到门口，车已没了踪影。妈妈跌跌撞撞回到屋里，一种深深的恐惧顿时袭来，她的心一阵阵地抽痛，浑身颤抖，默默地流着泪，无法入睡，脑海里深深地印下了那个恐怖的场面……

那些年的日子不堪回首！造反派曾对妈妈疯狂叫嚣：你不要以为我们对裴仰山没办法，现在杀人权下放了，我们随时可以枪毙他！之后，每当枪毙死刑犯时，妈妈就被拉到宣判现场，回来以后让她对号入座，揭发父亲。妈妈总是镇定地说：毛主席要我们实事求是，我没有什么可揭发的。如果你们认为够杀的条件就杀。造反派们气急败坏地说：贾志珍跳出来了！于是开始对妈妈进行疯狂的批斗。

妈妈在省委机关只是一个普通干部，却也遭到了隔离与监视。有一年我和姐姐去看望妈妈，给她带了几个包子，竟被监视的人把包子逐个掰开后扔给妈妈！

1968年2月，河北省革委会成立不久，对父亲的迫害升级了。在一次批斗大会上，父亲被造反派反拧着胳膊，按着头押到批斗台上。他们让父亲跪下，父亲坚决不从，被人一脚踢断了左腿，倒在地上起不来，剧痛之下，豆大的汗珠从父亲的脸上滚落，妈妈亲眼目睹了这一暴行！

在此后的数年中，父亲接连遭受非人的折磨，身体健康的人都难以承受，何况一个已经身体残疾的老病号呢！他的身体终于垮了。1971年夏，妈妈从干校调回来，让她去照顾父亲。那时父亲已被送进河北省医院。妈妈很想知道父亲此时的处境，便对指挥部的人说：一定要我去的话，就把他的问题说清楚，他到底是同志还是敌人，以免我将来说不清楚。其实妈妈的内心焦急万分，恨不得马上能见到父亲。自1967年父亲被他们秘密抓走，直到四年后他们才得以见面！

那时的父亲瘦得皮包骨，奄奄一息，此情此景让妈妈心如刀绞，悲痛难忍……

父亲在河北省医院得不到及时有效的治疗，病情被延误。眼看着父亲的身体越来越虚弱，再拖下去只有等死，为了挽救父亲的生命，妈妈只有一个信念：一定要离开河北省，转出省医院。费尽了周折，托熟人，找关系，终于在1972年初，已经生命垂危的父亲转到了北京，这让父亲和我们全家重新燃起生的希望。但省革委并没有就此放手，委派专案组的人跟到医院，并通知医院：此人的性质属敌我矛盾。为此，医院不敢认真施治。父亲被安排在一个30人的大病房里，始终没有一个全面的治疗方案。

那些日子，妈妈白天照顾父亲，晚上去住洗澡堂，或是搭几个凳子当床，睡在父亲床边。一次，因吃了在街上买的不洁饭菜，妈妈得了中毒性痢疾，上吐下泻，发高烧，差点儿送了命。父亲的老领导、老同事闻讯纷纷到医院探望。王震也亲自来医院看望了父亲，他对治疗情况很不满意，回去后立刻向周总理作了汇报，他说：裴仰山同志的情况我完全了解，陕北人，贫农出身，是陕北地区的模范县委书记，有问题也是工作上的问题，不能影响治疗。周总理立刻派人向医院打了招呼。

在周总理的过问下，医院开始积极治疗，条件也得到了很大改善，父亲的身体明显好转。后来又转到北京结核病研究所，在那里又做了一次大手术，手术很成功，父亲的病情渐渐地好转。

为了表达对老领导的感激之情，父亲病愈后和妈妈一起来到王震家。见到康复后的父亲，王震高兴地对父亲说："你可是有个好老婆啊，没有她，你早死了。"

妈妈和父亲一直同在河北省委工作，但无论是职务还是工资，父亲总是压着妈妈。父亲病重后，曾满怀愧疚地对妈妈说："这辈子因为我，把你耽误了……"父亲清楚地知道，妈妈参加革命很早，能力也很强，以妈妈的情况，完全可以胜任领导职务。但妈妈的职务和工资多年原地不动，几次调工资，父亲不仅自己主动放弃，还要求妈妈也放弃。他说：在这些问题上，不要和其他同志们争，生活上够用就行了。对此，妈妈从未表示过委屈与不满。

妈妈这一辈子只是一个平凡、普通而又忘我的共产党员，她心系国家、心系群众。每当哪里有了灾情，她都要送上自己的爱心。机关里的同志们都对她由衷地敬佩。平时在报纸上看到有人遇到困难，她就会让妹妹寄出爱心款。她的这些举动深深地影响着我们。

1987 年，在姐姐的陪同下，妈妈回到她魂牵梦绕的延安。她参观了中央党校和八一礼堂的旧址，找到当年和爸爸居住过的窑洞。她和现在住在里边的老乡一起聊天拉家常，发现他们有些牢骚，妈妈就给他们宣传党的政策，告诉他们，老区的人民一定要相信我们的党，就像当年党中央在延安，人民群众那么拥护和爱戴共产党。老百姓赞扬她："真是党的好干部。"

四、最美慈母心

妈妈把自己这一生都给了革命、给了别人，唯独没有她自己！三年自然灾害时期，全国人民自上而下节粮度荒。妈妈和爸爸经常带我们去挖野菜，回来晒干，做成各种野菜食品。即便在这种情况下，妈妈还是把从自己嘴里节省出来的粮票给了同样困难的司机老齐伯伯家。我们家子女多，且正值成长发育阶段。妈妈为了我们的身体，尽可能保证营养，每顿饭她总是最后一个吃，等我们狼吞虎咽之后，剩下的也就只有些汤汤水水了。所以，在最困难的那几年，全家只有妈妈一个人双腿严重浮肿，每每回想起，心中满是悔与痛！

父亲去世以后，妈妈把生活的重点转向了儿女。无论谁遇到问题，都会让她彻夜不眠。我们的老家在陕北，那些年妈妈托西北的一些亲戚朋友买了很多驼毛。由于骆驼生活在沙漠里，所以剪下来的驼毛里都是沙子，而且特别脏，用手摸一摸，黏呼呼的。妈妈把那些驼毛反复清洗，直到洗清所有沙子。再把这些驼毛撕成巴掌大的小片，一个个绒绒的小片再连成一个大片，夹在报纸里。那几年我每次回家总能看见堆得半人高，撕好的驼毛絮片。后来妈妈就用这些絮片，给我们兄弟姐妹每人做了一床驼毛被，而且是加长的（因为我们都是高个子）。妈妈给我被子时告诉我，驼毛又轻又软，你从小身体不好，怕冷，盖上这个就暖和了。接过被子，看着妈妈满头白发，内心涌动的是深深的感激……

当年下乡前，我去看妈妈，她拿出了一条亲手缝制的花布短裤给我，慈爱地说："小青，我没有布票，跟别人要了2尺，给你做了一条裤衩，带走吧。"这条裤衩我舍不得穿，一直放了好多年。在后来的岁月里，妈妈又给我做过棉衣、棉裤、罩衣等很多衣服，有些现在也不大穿了，但每一件我都精心地保存着，我知道，这些衣服上的每一针、每一线都被妈妈浓浓的爱包裹着。

下乡以后，妈妈担心我的身体。有一年，二哥去看妈妈，临走前，妈妈用她有限的生活费（那些年妈妈的工资被扣发，只有很少的生活费）给我买了两只烧鸡，让二哥给我带到乡下。我狼吞虎咽，竟一口气把两只鸡都吃了！二哥看着我说："妈妈可以放心了。"

我自幼身体不好，吃药打针是家常饭。妈妈带着我到处求医问药，可就是不见起色。后来医生告诉妈妈：实在没有办法了，把孩子抱回去吧。年幼的我天真地问妈妈：我还能活吗？妈妈紧紧抱着我，大颗眼泪滴落在我的脸上。妈妈不甘心，听说天津有个儿科专家，就带我到了天津，吃了10天药，竟然奇迹般起死回生。就因为我自幼身体不好，妈妈对我总是多一份牵挂。我从小没有上过幼儿园，以至多少年以后，我和妹妹一起出门，一起下乡，走之前，妈妈总是叮嘱妹妹：好好照顾你姐姐。直到现在，仍然是妹妹对我关照得多一些。成年以后结婚生子，妈妈到天津来看我，婆婆抱怨，嫌我的身体太弱。妈妈说：这个孩子是捡了一条命，能有现在，我知足了。

我和妹妹是家里最小的两个，那些年，几个哥哥姐姐在唐山上中学，我们俩和爸爸妈妈一起在天津生活。有一年的夏天尤为炎热，那时家里没有电扇，只靠手摇蒲扇。到了晚上，没有一丝风，半夜醒来，总能看见妈妈坐在我们身旁，不停地为我们扇扇子。几十年过去了，这件事仍然深深刻在我们的记忆中，难以忘却！

1999 年冬天，妹妹的腿骨折了，住进了医院。病房在四楼，妈妈那时已经是 78 岁的老人了，她全然不顾自己的身体，每天爬上四楼去看她。出院后，想尽一切办法给她做好吃的。为了让她尽快恢复，每天为她接水泡脚，以促进血液循环。妹妹说，想到这些，心里总是满满的感动与愧疚。

2013 年底，妹妹的女儿在美国生孩子，她要去伺候月子，一走就是四个月。儿行千里母担忧！从办护照开始，妈妈的心就不平静了，关心着每一个行程的时间安排。妹妹走的那天早晨，妈妈早早起了床，九十几岁的人，腿脚又不太方便，就没让她出门送行。她站在窗前，看着妹妹上了车，彼此相互挥手再见。妹妹清楚，她这一走，把妈妈的心带走了，因为她们几十年的时间几乎没有分开过。到机场后，妹妹给家里打电话报平安，保姆告诉妹妹，车一开，

裴小青与母亲贾志珍合影于天津

妈妈就哭了，妹妹的眼泪再也止不住了……

人常说：儿女是妈妈的心头肉。无论哪个子女，在妈妈心里的分量都是重重的。姐姐常年在外地工作，逢年过节或妈妈的生日，都会抽出时间来看妈妈。每当这时，妈妈都特别高兴，和姐姐有说不完的话。到了姐姐走的时候，妈妈会步履蹒跚地把她送出大门外，无论是刮风还是下雨，姐姐几次回头摆手示意让妈妈回去，但妈妈总是站在那里，目视着姐姐慢慢地离去，直到看不见姐姐的身影。

随着年龄的增长，我们自己也步入晚年，越来越体会到妈妈这一生的不容易！她不仅给了我们生命，还教会我们做人要善良、正直、忠厚，这一点上，我们都得到了周围人的一致认可。

今年，妈妈已 94 岁了。心里有多少话要对她老人家说，最能表达心意的就只有一句话，这句话放在心里几十年了：妈妈，我们永远爱你！

简　历

贾志珍，1922 年 4 月 15 日（阴历）出生，陕西吴堡县贾家山村人。1936 年参加革命，1940 年加入中国共产党，曾任村、乡、县妇救会长和妇联主任。1942 年在延安中央党校学习。1946 年初由延安转战冀东根据地，在冀东区委工作。1947 年参加农村土改工作团。新中国成立后在唐山市委、河北省工业厅、河北省委机关秘书处等单位工作。现已离休。

战火纷飞中的白衣天使

阎庆玲（遗作）

一、紧急转移到三江

1946年国民党蒋介石挑起全面内战，向我东北解放区发动大规模的进攻，解放战争进入了最残酷的阶段……

我当时在辽东军区第四医院当护士。那时医院不分科室，只分为一所、二所、三所，主要任务是收治战场上下来的大批伤员。那时国民党飞机就像无头苍蝇一样，整天在驻地上空盘旋侦察，发现目标就狂轰滥炸，医院自然成为他们重点轰炸的对象。为确保伤病员的安全，我们采取了严密的防空措施。不论白天黑夜，医院各种活动均在高度隐蔽状态下进行，就连以往悬挂的“红十字”旗也都收了起来。尽管如此，形势依旧不容乐观，几百名伤员的生命安全，随时面临着敌机轰炸的威胁！

解放战争中的阎庆玲

一天，医院突然接到上级命令：要求我院立即带领全部伤员转移。转移地点高度机密，只有个别院领导知道。命令还要求我们轻装转移，必要的医疗器械和药品由专人负责运输，每个工作人员只许随身携带一条军毯，其他物资以及个人生活物品一律放弃。

按照上级要求，我们必须先用汽车把所有伤员送到梅河口车站，再换乘专门运送伤员的闷罐火车。

军令如山！全体医务人员立即行动起来。我们每两个工作人员负责数十名伤员，凡是能行动的轻伤员都自己上汽车，重伤员则由我们用担架抬。

大家争分夺秒地跟时间赛跑，抬着伤员一路狂奔。东北的冬天滴水成冰，寒冷异常。大伙儿跑几个来回就开始气喘吁吁，再跑几个来回就大汗淋漓，身上的棉军装很快就被汗水湿透了，冷风吹来，一阵透心凉。但时间就是生命，我们不敢停留，不敢放慢脚步，更顾不上喝水擦汗。当我们把最后一个伤员抬上火车，屁股还没坐稳，闷罐列车就启动了。全院医护人员个个筋疲力尽，累瘫在地上……但我们是幸运的！因为后来听说，我们的闷罐车刚刚离开梅河口不久，整个车站就被敌机炸毁了。

转移途中，国民党的飞机一直寻找跟踪我们的专列。为了甩掉敌机，列车有时全速前进，有时则开到山洞隧道里长时间隐蔽停留。就这么走走停停、停停走走，也不知过了多少天，列车来到了边境城市安东（今丹东）。但这里还不是我们的目的地，列车短暂停留后，便驰过鸭绿江，进入邻国朝鲜。又经过长途跋涉，我们终于到达了目的地——“三江”。

“三江”是紧贴鸭绿江边的小乡镇，我们在这里安下营寨，开始了新的战斗生活。冬季里的“三江”，白雪皑皑，银装素裹，一片冰雪世界。在这滴水成冰的日子里，朝鲜人家通常采用烧炕的方式取暖。朝鲜人的住房建筑习惯跟我们不一样，他们是地炕结构，家家户户都没有床，一进屋子就是炕，在哪个位置上都可以睡人。所以，炕如果烧得好，整个屋子就会暖暖的。那时候朝鲜电气化程度比较高，一般家庭烧炕都用电，炕烧得十分暖和。看到伤员们能睡在温暖的电炕上，我们心里也非常高兴。

入乡随俗，我们医务人员也学着朝鲜人的样子，进门就脱鞋，光着脚给伤员换药治疗，给重伤员喂饭、接大小便等，每天的工作繁忙而有序。但我们工作人员的居住条件可比“病房”差远了！大家只能拥挤地居住在当地老百姓放弃的一些旧房屋里。那时，朝鲜的抗日战争也刚刚结束，全国正处在恢复时期，电力供应并不充足。这种情况下，伤病员采暖用电基本上还能保证，但医护人员的生活用电就只能顺其自然了。电足的时候，我们的炕就暖和点；电不足时，我们的生活用电干脆全停了。每当停电，我们住的屋子四周墙壁上都结满了霜，屋里冷得和冰窟似的，“宿舍”既阴暗又潮湿。每天清晨起床，我们的毯子上都凝满了水珠，轻轻一抖，水珠能像雨水一样往下落。

当时我们是轻装转移来朝鲜的，所以每人随身只带了一条军毯，根本就没法抵御那里的严寒。每到夜晚，盖着薄薄的军毯，浑身上下不停地打颤，上牙磕着下牙，"哒哒哒，哒哒哒"，跟发报机似的。大伙儿无一例外地蜷缩成了"团长"，冻得根本无法入睡！但办法总比困难多！不久，有人想出了个主意：睡觉时大家围成一圈，每个人都脚冲里、头朝外，再把各自的毯子加到一起盖在身上。这样终于可以入睡了！用这种方法，我们度过了一个个寒冷漫长的冬夜……

二、一切为了伤员

由于长期在潮湿阴冷的环境里生活，没过多久，大家身上都长了疥疮，这是一种传染性极强的皮肤病。初起时，先是在手指缝里长出一片片奇痒的小疙瘩。如不及时治疗，很快就会发展成一个个脓包，随即溃烂，再从手上迅速蔓延到全身，痛苦不堪。白天工作忙，倒不觉得什么，一到晚上，浑身上下奇痒难熬，让你根本没法入眠。当时有人还专为这病编了段顺口溜："疥疮是条龙，先从手上行，腰间转三圈，大腿里面安老营。"

为防止把这种病传染给伤病员，我们必须避免双手与伤病员的皮肤直接接触。但那时医疗条件差，又没有医用手套，我们只能每天上班前，先用绷带把自己的手缠上，然后再去给伤病员打针换药……这么一来，肯定会给我们的工作带来很多不便，但同志们最终都把这些困难克服了。后来，上级得知这一消息，赶紧送来了药品，经过打针抹药，这病才逐渐痊愈。

由于战斗频繁，老伤员刚安置好，新伤员又运来了，几乎每天夜里都有新伤员运到。甭管有多少伤员，医院都必须想方设法接收安置。病房里每个伤员之间的距离只相隔二尺宽，基本就是人挨人。工作人员每天在窄小的空间里往返穿梭，日夜不停地给伤员打针换药，给重伤号做各种生活护理。

运来的伤员伤势普遍很重。很多人不单是枪伤和炮弹炸伤，更严重的还伴有可怕的冻伤。伤员大都来自冰天雪地的北满和长白山战场。他们整天爬冰卧雪，跟敌人周旋、打仗。受伤后，伤口往往不能得到及时处理，有的只经过简单包扎，有的连简单包扎都没有。伤员送来时，衣裤与伤口血水冻在一起，棉鞋布袜和脚冻在一起。解冻融化后，去掉鞋袜，剪开裤筒，出现在我们眼前的情景真是触目惊心！从脚趾到脚，到大腿，受伤的肢体全都是黑色的，流出来的不是血而是黑水，整个肌肉组织已经完全坏死！

为保住伤员的生命，必须马上为他们做截肢手术。手术室条件异常简陋。我们按照房屋大小尺寸，用白棉布裁剪缝制成布篷，折叠起来放到蒸锅里高温消毒，然后撑起来挂在屋内，把手术现场和外界简单隔离开来。这就是战争年代的手术室！我们的医护人员就是在这种极其简易的手术室里，为伤员做取弹片、取弹头、截肢等各种手术，夜以继日地忙碌着……

抢救伤员需要大量的血浆。血对伤员，尤其是重伤员，就意味着生命！可我们医院没有血库，更没有充足的血源。没办法，抢救危重伤员所需的血，只能从我们医院工作人员身上解决。为此，我们医院成立了义务输血队，党员带头参加，其他同志也不甘落后。为方便随时采血，我们每个义务献血队员都用红线把自己的血型绣在一寸见方的白布上，再把它缝到军装上衣的口袋里，以便随时给危重伤员输血。由于长时期大量频繁地为伤员献血，不少人患上了严重的贫血症，常常昏倒在工作岗位上……

可以说：在战火纷飞硝烟弥漫的战争年代，我们真正是用自己的青春和热血同死神抗争，从死神的手中夺回一条条年轻的生命，一次次让众多生命垂危的伤员转危为安……

三、苦中作乐

战争年代，生活条件非常艰苦。医院里无论是工作人员还是伤员，一年到头永远不变样的是高粱米饭、盐水煮黄豆和冻萝卜，根本见不到一滴油星，更谈不上吃肉了。

那年月大家都馋，并且非常馋。只要一见活物，嘴里立即就会出现唾液，脑瓜马上就能产生“吃”的念头。有一天，不知谁在江边石头下面发现了冬眠的蛤蟆，赶紧捡回来一些，用盐水煮熟，再扒皮去头，分着尝了尝，嘿，那味道真是好极了。这事让大家很兴奋，经过商议决定：下班后多派些视力好、寻找能力强、行动灵巧的人出去，争取多弄些“战利品”回来。主意一定，大家就迫不及待地盼着早点下班。到了晚上，“肩负重任”的同志们点起了松油火把，三五成群地奔向江边去寻找蛤蟆。没过多久，这些同志果然不负众望地满载而归，并且马上把战利品送到了炊事班。不大一会儿工夫，“盐水蛤蟆”做好了。闻着香味大伙儿直咽口水，却又舍不得吃，因为不约而同地想到了伤员。于是，我们把这一晚上抓到、煮好的蛤蟆端到病房，全都送给了伤员。看着他们吃得津津有味，所有人心里都美滋滋的……

第二天大家再次涌向江边抢着抓蛤蟆，结果自然是再次胜利归来！这一回，同志们终于可以坐下来，以水当酒，举杯相碰，踏踏实实地分享这种“美食”了。

由于“盐水蛤蟆”的滋补，不少同志都觉得自己的身体结实了许多。但好景不长，没过多久却发生了意外。一天，大家跟往常一样，正有滋有味地吃着“盐水蛤蟆”，不料一位心明眼亮的女同志，突然在盆子里面发现了一只体型与众不同的蛤蟆，有经验的老同志再三再四地仔细辨认，那是一只癞蛤蟆！

随着一声尖叫，那位发现异常的女同志率先翻江倒海地呕吐起来，弄得大家全都跟着呕吐不止……打那以后，没人再吃“盐水蛤蟆”了，甚至在很长一段时间内，没人敢提“蛤蟆”二字。大家都变得安分了许多，都心甘情愿去吃那一日三餐永不变样的盐水煮黄豆和冻萝卜了。

那是一段挺美好的日子，苦中有乐！

四、难忘小司号员

在我的记忆深处，一直保留着一个小战士的身影……

他是司号员，在一次战斗中被敌人的机枪打伤了双腿。送到医院时，发现他不单是两腿血肉模糊，同时还伴有严重的冻伤，肌肉组织已经全部坏死，必须马上做截肢手术。术后，他因失血过多，营养又跟不上，所以身体特别虚弱，连说话都很费劲。我们时刻为他的健康状况担心。一天，我给他送饭时，他跟我悄悄说：“晚上我梦见妈妈了，还吃到妈妈亲手包的饺子呢。”

看着他那张孩子般的脸和期待的眼神，再看看碗里的高粱米饭和冻萝卜，我心里很不是滋味，心想：一定要让他吃上一顿饺子！

吃饺子对咱们现在的人来说，真是再容易不过的事了。只要吃不腻，可以天天吃，顿顿吃。可在艰苦的战争年代，想吃顿饺子却比登天还难。上哪儿去找面，又用什么做馅呢？

我回来和几个姐妹想了很久，才琢磨出个主意来。当时正是初春时节，野地里的荠菜刚刚露出嫩嫩的绿芽，我们采一些荠菜芽回来，又把大家仅有的一点津贴费凑在一起，到朝鲜老乡家里买了一点点食用油和一碗大米面（朝鲜人不种麦子也就没有面，所以包饺子只好用大米粉代替了）。我们把荠菜芽用开水烫一下切碎，放上那点少得可怜的食用油，搅拌在一起做成馅。再把大米面和好，没有面板和擀面杖，就用手捏成皮，因陋就简地包了十几个“饺子”。

当我们把“饺子”端到小战士面前时，他那满脸惊喜的样子至今让我无法忘记……

头两个饺子他竟像是没嚼，一眨眼就吞了下去，噎得直伸脖子翻白眼，半天才缓过劲来。我让他不用着急，慢慢吃，锅里还有呢。小战士不好意思地羞红了脸，接下来才细细尝慢慢咽，品嚼起饺子的滋味来。嘴里不停地说：“香，香，真香，跟妈妈包的饺子一样好吃。”看着他喜悦的样子，我们感觉比自己吃了饺子还要高兴百倍。

但谁也没有想到，后半夜小战士就去世了！

在我们医院里，死人的事司空见惯，几乎天天发生，可这一回我们都流下了眼泪。但转念又想：小战士应该是带着一种满足离去的，我的心稍稍得到一点安慰……

那个年代，为解放全中国，有多少这样年轻的战士献出了自己宝贵的生命啊！

五、百折不挠　淬火成钢

战争年代由于运输困难，药品常常不能按时运来，医院的外用药奇缺，可伤员又不能不换药，没有别的办法，只能用生理盐水来替代。

每次，当我们把浸透了生理盐水的纱布条或纱布块敷在伤员伤口上时，他们都要忍受极其巨大的痛苦。你能明显看见他们伤口旁的肌肉在不停地颤抖，伤员都紧咬着牙，有人甚至把嘴唇都咬出了血，但却没有一人吭声叫疼！

这是一群多么坚强可爱的战士啊！我为他们感到骄傲和自豪，为这样的战士治病疗伤，我们心甘情愿、无怨无悔！

冬去春来，天渐渐暖和起来，可换季的服装却迟迟发不下来。穿了一冬天的棉袄棉裤这时候还得套在身上，看上去真是又脏又笨。

我们总不能穿着冬装过夏天吧！怎么办？答案只有一个，就是自己动手改服装。

说到改服装，这就显示出我们医院女同志多的优势了。我们利用休息时

阎庆玲与爱人田园（原国防科工委20基地副政委）合影

间，先给伤员们改衣服，把棉衣棉裤里的棉花取出来，洗干净后，缝制成夹衣夹裤。把伤员的衣服改好之后再为男同志改，最后才轮到我们女同胞自己。

不久，我们全都穿上了干净整齐的“换季服装”。一套军装四季穿，在艰难困苦的条件下，我们仍然努力保持着中国革命军人的良好形象！

在异国的土地上，我们日复一日、月复一月地忙碌着、战斗着，没有星期天，更没有节假日……

那座连接中朝两国的鸭绿江大桥，默默见证着我们迎来一批又一批急需救治的伤员，又送走了一批又一批伤愈重返前线的战友；见证着我们战胜了一个又一个困难，度过了那段现代人难以想象的艰苦岁月。

我们正是在这种艰难的环境中历尽磨难，百折不挠，淬火成钢的！

1947 年底，医院奉命回到祖国，改编为辽东军区第五医院，为新中国的建立开始了新的征程！

简 历

阎庆玲（1929—2014），黑龙江哈尔滨人。1929 年 11 月出生，1945 年 1 月参加八路军，1947 年加入中国共产党。在山东滨海军区卫生学校、辽东军区第五医院等单位任学员、护士、护士长、干事等职。1954 年转业到天津大学校长办公室任秘书。1960 年调国防科工委第 20 试验训练基地，任基地军邮局首任政治协理员。1966 年恢复军籍，任 20 基地后勤部干部科长。1980 年调二炮第 22 基地，任司令部直政处主任。1983 年离休。2014 年 10 月 10 日在北京逝世，享年 85 岁。

穿越时空的怀念

韦曙光

新中国成立初期的母亲郭毅

时间记下了这个刻骨铭心的日子！2012年5月16日，母亲郭毅走完了她92年的生命历程，永远离开了我们。虽然我们早已有心理准备，但当这一刻真的到来时，我们仍然是抑制不住满心的悲痛。望着妈妈静卧在鲜花丛中，似平时一样地安睡，多想唤声“妈妈”，盼她还能醒来。可是无论我们怎么呼喊“妈妈”，她都不再答应……

妈妈的离去，一个完整的大家从此不在，我们姐妹兄弟八个小家也失去了主心骨。那持续了几十年的每逢周末全家人聚集在妈妈身边相叙亲情的传统，每逢节假日团圆聚餐互致祝福的习惯，都因为妈妈的离去戛然而止……

一、带着娃娃剧团参加八路军

母亲原名秦桂芳，1920年1月出生于河南沁阳一个小康之家。虽然她生于军阀混战、民生凋敝的时代，但她身为女子，心却和热血男儿一样，怀有济世救民的理想，渴望能通过自己的努力改变不平等的社会现状。1937年秋天，抗战的烽火燃遍了华北大地。沁阳地处太行山区，与山西、河北相邻。正在家乡当小学教员的母亲受地下党员的影响，不顾家人的阻拦参加了当地的“抗日民族先锋队”，为避免家人受牵连，她改名为郭毅。

参加革命不久，上级领导见她有文化、成熟、稳重，便派她到邻近的山西陵川县担任“野火剧团”的政治指导员。“野火剧团”的成员都是些十几岁的孩子，最小的只有11岁，最大的才17岁。19岁的母亲和团长王俭带着这帮没有多少文艺细胞的“娃娃兵”，排练了《松花江上》、《放下你的鞭子》等小合唱、小话剧，走街串巷，在全县进行巡回演出，宣传发动群众起来抗战。

1940年初，野火剧团在平城镇演出。此时，八路军115师的主力688团刚好也来到平城镇，准备西进与晋豫边区的唐天际支队合编。两个“团”在此巧遇，由此，缔结了母亲和父亲的战地情缘。

父亲韦杰（1914—1987）出生于广西壮族自治区东兰县。1927年，13岁的他参加革命，参加过百色起义，是我军为数不多的少数民族高级将领之一。红军时期，智勇双全的他曾夺取娄山关险隘，为红五军团打开胜利坦途。长征中，他担任红15军团骑兵团团长，带队纵马挥刀夺取会宁城。22岁的他已任红75师师长。全面抗战爆发后毛主席、朱总司令亲自调他出任八路军总部特务团（即朱德警卫团）团长。1938年春天，为了加强野战部队，朱老总又调他到八路军115师344旅688团任团长。1939年2月，他带领688团打了著名的“香城固伏击战”，此役，被誉为八路军平原伏击战的经典之战（新中国成立后各军事院校均把此战编入战术教材）。

在野火剧团与688团的联欢会上，团政委何柱成一眼看中了母亲带的这个“娃娃剧团”，遂动起了收编的念头。第二天，何政委亲自出马，到野火剧团看望小演员。他动员母亲跟部队一起西进，说：“部队马上要扩编，需要文艺人才，跟我们走吧，参加正规的八路军。”

参加八路军是母亲多年的心愿！以前她曾几次离家就是想投奔唐天际支队，那里有她的许多老师和同学，更何况688团是屡建战功的老红军部队，是八路军的主力团，在太行山享有很高的声望。就这样，母亲和她的娃娃兵们穿上了军装，走进了八路军的行列。

1940年2月，688团脱离了115师建制，与晋豫边区的唐天际支队合编为129师新编第1旅。韦杰任旅长，唐天际任政委，何柱成任政治部主任。不久，部队开拔到山西晋城一带，当地老百姓从来没有见过装备这么好的正牌八路军，一时万人空巷，夹道欢迎。

整编后不久，旅长韦杰即率领新 1 旅参加了著名的百团大战。此役是我八路军在抗战期间所进行的规模最大的一次战役。共投入 105 个团的兵力，前后历时 4 个月（1940 年 8 月—12 月），歼灭日伪军 4 万 5 千余人。狠狠地打击了日军的嚣张气焰，极大地鼓舞了全国人民抗战的热情。

在华北抗战前线，根据刘伯承师长的战略战术，我 129 师各部队开展了以破坏日军交通线为首要目标的反侵略战争，因为只有掐断敌人的交通线、补给线，才能使鬼子寸步难行。父亲韦杰较好地领会了上级的意图，带领新 1 旅在安阳、磁县、武安等地开展机动灵活的游击战、伏击战，摧毁了敌人大量的军火库、粮库，给侵略者以致命打击，以实际行动驳斥了国民党攻击我八路军“游而不击”的谬论。由于父亲能攻善战，有勇有谋，屡次受到朱总司令和刘伯承师长的夸奖。韦杰的名字和新 1 旅的声望在太行山根据地广为流传，老百姓编了一首歌谣：“日本兵，汉奸队，新 1 旅一到他就退，唉呀呀，他就退……”

二、相知在太行山上

虽然是战争年代，但革命与爱情并不冲突。在抗战的硝烟烽火中，母亲从一个青年学生成长为坚定的共产党员、八路军女战士，同时在革命部队里她也收获了一份真挚的爱情。

说起来，母亲与父亲的结合与那个年代流行的婚姻模式相差无几，也是由组织出面，做工作动员促成的。代表组织出面的是父亲红军时期的老战友，旅政治部主任何柱成叔叔。何叔叔对母亲说：“小郭，韦旅长是广西人，15 岁就加入红军，参加过长征，身经百战，22 岁时就是红军师长了，你考虑一下。”

虽是组织上出面，但母亲心里一开始并不太同意。她想，找这么大的首长，合适吗？会不会被别人讥笑为是走“首长路线”？而且她心里还有个小九九。年轻时的父亲广西人的相貌特征十分突出，眼窝深陷，一对眉毛又黑又浓。心想：这位旅长看上去就不太和气，官大肯定脾气也大，不好接近，以后自己会不会受气呀？

所以，最初母亲和父亲的关系进展缓慢。介绍人何柱成一个人干着急，但两个当事人并不急。父亲本来就不善言谈，每次路上遇见郭毅，打声招呼，也没多少话讲。这令母亲非常拘谨，觉得这场婚姻可能性不大。

一天，母亲郭毅在旅部碰见旅长韦杰，韦杰让她进屋坐坐，她坐下来后，两人却没什么话说。也许是为了打破这尴尬的局面，韦杰让警卫员端进来一个火盆，招呼郭毅靠近烤火。郭毅就坐了过去，向火盆伸出手，恰好韦杰不约而同地也伸出了手，两人的手在火盆上方碰上，韦杰不由自主将手猛缩了回去，仿佛被火灼伤一般……

郭毅忍俊不禁，不由咧嘴笑了。真没想到这么大的首长，在枪林弹雨中滚过十多个年头了，还怕和女同志碰个手。

韦杰被郭毅笑得愈发不好意思，连声说："别让同志们看到，影响不好……"

也许，正是这不经意间的窘态，更真实地表现了韦杰的情感世界，使郭毅对眼前的这个年轻旅长有了新的了解。

而后来发生的事情，则促使母亲坚定了嫁给父亲的决心。

那年夏天，剧团的一个小演员得了副伤寒，母亲去照顾他不幸也被传染。为了防止再度传染，母亲被隔离在一间低矮的茅草房中。她一个人孤独地躺在黄泥垒的土炕上，整日高烧不退，昏昏沉睡。韦杰得知后立即赶来探望，他怕警卫员被传染，令他留在门外。

患难见真情！母亲大病一场，三个月满头的头发掉了不少，父亲不怕传染，在百忙中跑去照料，到处打听偏方、土方为她治病。这使得病榻上的母亲倍感温暖，觉得这个首长虽然不善言辞，但挺重感情，是个值得信赖的人，把自己的一生托付给这样的人应该不会错的。

1940年秋天，郭毅与韦杰向组织上打了结婚报告。此时恰好朱德总司令员也来到了新1旅的驻地陵川县郭家坨村，26岁的韦杰喜滋滋地向老首长汇报了自己要结婚的事，朱总司令听后高兴地点头说好。

在太行山最美丽的季节，在郭家坨村的石头屋里，一对志同道合的革命者喜结连理。从此，他们牵手相伴走过了47年的风雨人生，心心相印、相敬如宾、患难与共、情深意笃……

1942年，日寇频繁地对我太行山根据地进行残酷的"大扫荡"。6月初敌人纠集日伪军1万5千多人，沿邯（郸）长（治）公路向129师机关及晋冀鲁豫边区政府进攻。父亲韦杰率领旅直机关300余人，担负了护送刘、邓首长和师直属队及边区机关家属1500多人突围的重任。

1948 年 10 月韦杰、郭毅和孩子们合影于河北武安店子村

那时母亲已怀有身孕，也随部队一起行动。天黑了，他们转移到太行山下的一个小村庄，坐在村口打麦场的石头上休息。抬头仰望，寥廓的夜空繁星闪烁，一轮明月高挂天穹，密密麻麻的星光正越来越亮……多美的夜色啊！她想，等孩子生下来，不管是男是女，名字中一定要有个“光”字，光明是黑暗中盼来的嘛！后来母亲给我们起的名字果然都有个“光”字，我叫曙光，两个姐姐叫临光、云光，妹妹叫晓光。

三、洒向人间都是爱

战争年代，母亲和父亲像许许多多军人家庭一样聚少离多！解放战争期间，父亲先后任中原野战军第六纵队副司令员兼 16 旅首任旅长、晋察冀野战军第十四纵队司令员、61 军军长等职，跟随刘伯承千里跃进大别山，逐鹿中原，解放大西北，进军大西南，征战沙场，浴血奋战，曾五次负伤，为中国革命的解放事业做出了重要贡献。1955 年 8 月，父亲被授予中将军衔，并荣获“二级八一勋章”、“一级独立自由勋章”、“一级解放勋章”和朝鲜民主主义人

1956年韦杰、郭毅于南京

民共和国“一级国旗勋章”。

1957年秋天，父亲从南京军事学院毕业，院长刘伯承亲自找父亲谈话：“韦杰，去四川怎么样？蜀中有大将，我看你去成都军区吧。”不久，父亲被任命为成都军区副司令员。至此，父母亲终于结束了多年动荡的生活，一家人团聚在天府之国的成都。

在和平的岁月里，母亲始终保持了一名普通士兵的光荣本色和中国妇女勤劳俭朴的优秀品质。她性格温柔随和、豁达大度，待人宽容忍让、善解人意，富有同情仁爱之心。在她身上丝毫不存在某些高干夫人那种自以为是、指手画脚、张扬跋扈的做派。

在母亲九十多年的人生中，可以说，“和善”是她品格的核心。“和”——和平、谦和、和谐、和蔼、和睦；“善”——善良、贤惠、真诚、慈祥、慈爱……她把人生中所担当的所有角色——女儿、战士、妻子、母亲、祖母、外婆，都负责任地演绎得那么优秀、完美，得到了上上下下的一致赞誉。

我们不会忘记：每当夜深人静时，母亲默默地为看文件的父亲递上削好的苹果，换一杯热茶；每当父亲出差时，她都亲自为父亲准备行装，叮嘱注意事项；每当家里来了客人，她都热情友善地迎来送往，有谈工作的，有期待解决工作生活困难的，有申述冤假错案、要求落实政策的，也有老战友老部下及其子女来访的……工作上的苦累她从来不对丈夫诉说，有苦自己承受，有泪自己擦，默默地支持丈夫的工作，用自己的爱和责任，用坚韧的毅力撑起了一个家。

记得父亲担任成都军区纪委书记期间，仅申述人留在家中、由母亲安排吃饭的，每月就达几十人次。母亲对这些人热情接待，不敢懈怠，她把这看成是党对群众的关怀。1987年2月父亲在北京去世后，我们多次发现不熟悉的人到八宝山奠祭父亲，留下感激的字条。有一位军区的老职工亲口对我说："我们修缮队的工人都说，首长是军区最好的首长，郭阿姨是军区最好的阿姨。"我想，这源于父母对他们的友善和尊重吧，也代表了普通群众的心声。

母亲和父亲一生严于律己，廉洁奉公，从不居功自傲，从未向组织上提过任何个人要求。对我们子女在学习和工作安排方面，从不动用权力和关系插手。姐姐临光"文革"前毕业于哈军大，在成都军区机要局工作。"文革"中父亲受迫害被批斗，她也受到牵连，作为战士按复员处理，分到无线电机械学校校办工厂当了一名三级工。"文革"后父亲官复原职并兼任军区纪委书记，负责平反冤假错案。与临光情况相同一起复员到地方的人，有的回到部队重新穿上了军装。当临光向父亲提出自己也想回军队的想法时，父亲说，你的问题要依靠组织，我不好插手。结果，直到1979年临光才按照统一政策"复员改转业"，并在那所学校一直干到退休。妹妹韦燕燕是成都军区总医院外科医生，她爱人在灌县某部队研究所工作，婚后他们一直两地分居。妹妹一个人带孩子，还要经常上夜班，非常辛苦。按说两人都在一个军区，调动一下工作并不难。但父母亲就是不给开这个口，说"军区党委有决议，领导干部的孩子一律不准调进军区机关"。直到十年之后，研究所搬迁到了成都，妹妹他们两口子才解决两地分居问题。

20世纪70年代作者韦曙光和爱人与父母亲合影于成都

高尔基曾说："世界上的一切光荣和骄傲，都来自母亲。"正是在母亲的言传身教以及良好家风的熏陶下，我们八个子女都能以母亲为做人做事的榜样，独立、自强、正直、善良，在各自的岗位上成长为对国家和社会小有贡献的人。

母亲高尚的人格魅力和博爱之心，不仅温暖了我们八个儿女三代人，而且也得到了所有受到她关心帮助的战友、朋友、亲戚、晚辈的爱戴和尊敬。父亲红军时期的老战友，原海军副政委杜义德将军（55 年中将）的小女儿杜红在缅怀文章里这样写道："郭阿姨就像她的名字一样坚毅，她那弱小的身躯散发着无穷的慈爱光芒，照耀着她身边的每一个人。郭阿姨是家中的绝对支柱，是联系全家人的纽带，是温柔贤惠的典范。她那善良博爱、勤勤恳恳、以身作则、任劳任怨的母亲形象，凝聚了中国妇女所有最优秀的品德，也是我心中最完美、最崇敬的母亲形象。"

简　历

郭毅（1920—2012），曾用名秦桂芳，河南沁阳人。1938 年 9 月参加革命，同年加入中国共产党，1940 年 2 月调入八路军 129 师。历任 I29 师新 1 旅剧团指导员、太行军区五分区政治处干事、晋冀鲁豫野战军第六纵队 16 旅指导员、川北军区组织部干事等职。1954 年 10 月转业地方，历任南京市第二机床厂干部科长、成都市西城区（现青羊区）人事科长、区妇联主任、区机关党委副书记等职。1979 年 7 月离休（副厅级）。2012 年 5 月 16 日在成都逝世，享年 92 岁。

（本文的写作参考了阎欣宁著《韦杰中将》，解放军文艺出版社 2005 年版。）

母亲的青春往事

王雪岚　王槐荣

一、女扮男装“英俊少年”

打开我家的相册，在一堆泛黄的老照片中，有一张相片格外引人注目。一个头戴军帽、身着军装、眉清目秀的“英俊少年”映入眼帘。这位少年看上去只有十七八岁，眉宇间透出一股英气。凡是见过这张照片的人都以为是我的老红军父亲，但又觉得不太像，谁也没想到这位“英俊少年”就是我们的母亲戚林弟。

母亲原名戚意香，14 岁就参加了革命，据她说参军之后一直是女扮男装的模样。在部队里，她曾当过交通员、通信员、卫生员。在给老首长谭启龙政委当通信员时，由于她那男孩模样，首长给她起了个别号“小弟弟”，以后她索性就把名字改成戚林弟，意为四明山丛林里的小弟弟。

青年时期的母亲戚林弟

母亲生前很少和我们谈她的过去，倒是她的老战友每每来访时，总要勾起一些往事。从母亲与他们的谈笑中，我们兄妹知道了母亲的过去。

母亲出生在浙江四明山麓的一个小乡村里。她的父亲，我们的外公，是当地一位小有名气的拳师。靠祖上留下的几亩薄地和一座山林，仗着我外公的身强力壮和苦心经营，家境虽不算富裕，但也衣食无忧，算是小康人家。母亲上有哥哥，下有弟弟，但不知何故，外公格外喜欢我的母亲。或许是母亲较多地承继了外公的性格，倔强、豪爽、讲义气。无论是下地干农活，还是上山放牛、砍柴，母亲都比兄弟们高出一筹。偶尔，外公教她几招拳式，她也能较快领悟。为此，外公一改“重男轻女”的习俗，决心栽培这个女儿，送她去私塾读书。

可是外公万万没想到，他着意培养的女儿会走上一条革命的道路。

记得我们曾经问过母亲，你怎么会小小年纪去投奔新四军？是否接受了什么革命道理？或是受到哪位老前辈的指引？而母亲的回答全然出乎我们的预料。

母亲说：她参加革命的原因很简单，就在于她读了私塾。当时读私塾的多是富裕人家子弟，像母亲这样的家庭就算是穷人了，因此她在班上被人瞧不起，时常受到先生和同学莫名的欺辱。一次，与母亲同桌的一个穷学生，因回答不出先生的问题，被先生用戒尺打得头破血流，疼得他又哭又叫。母亲在旁边实在看不下去了，上前一把夺过先生手上的戒尺，一掰两节，狠狠地朝先生摔将过去……

这下母亲可闯了大祸！先生不仅令其退学，而且告状到外公处，要求赔偿损失。母亲无可避免地受到父母的责骂，一气之下，她离开家奔上四明山寻找游击队去了。时年母亲只有 14 岁。

二、机智勇敢小交通员

在革命队伍里，母亲逐渐懂得不少革命的道理，成为一名出色的交通员。在担任交通员时，母亲为了行动方便，就开始女扮男装。十四五岁的女孩子正是豆蔻年华，爱美的年纪，但为了掩人耳目，母亲只好用布带把自己的胸部紧紧地缠起来，把自己打扮成一个地地道道的放牛娃，一次又一次地闯过敌人的道道关卡，完成上级交给的任务。

在母亲的记忆里，最难忘的是 1945 年日本鬼子投降前夕，她为新四军三五支队送信的惊险一幕。解放后母亲把这段难忘的经历写了出来，发表在浙江人民出版社出版的《倔强的红小鬼》一书中。下面选摘她回忆录中的片段，让我们领略战火中母亲青春的风采：

1945年夏天，鬼子为了最后捞一把，又一次大规模出动，骚扰抢劫。浙江余姚、上虞等县的大小市镇，都发现了鬼子的踪迹。当时，我新四军浙东三五支队有一支20多人的政工队，因为没有得到情报，还在余姚周巷演出，眼看鬼子就要到那里了。

那时，我正在后方医院治病，突然接到上级通知，让我送一封急信给政工队。为什么叫我去送信呢？我心里早就有数了，因为我才16岁，个子长得又小，看起来完全是个小女孩子，出去送信，目标不大。再说，去周巷的道路我很熟悉，而且我已经是三五支队的女侦察员了。

很快就到了专署，专员罗百桦同志一见我，就严肃地对我说："小鬼，今天要你送一封很重要的信到周巷去，政工队20多个人的生命都在这封信里面，无论如何，要在今晚以前，赶过鬼子，把信送到。"

我把信插到打狗棍子的竹孔中，紧张而又兴奋地奔上了大路。一路上，我打破了往常白天送信的惯例，没有唱歌，没有摘花，也没有在田边停下来掏螺蛳。两只眼睛紧紧地注视着周围，深怕遇着了鬼子……

走了不久，到了一条小河旁，靠河有一座小山。抬头一看，不由得大吃一惊，山上站满了鬼子。我连忙溜到靠山这边的河坎下，沿着河坎急急地走过去，幸好鬼子的视线转不了弯，看不到河坎里有人走动。就这样，我逃过了第一关。

离开小山后，又上了大路，我长长地舒了一口气，心里轻松了些。刚刚走进一个村子边，忽然听到村子里人声鼎沸，一霎时，村子里的人奔了出来，接着，一群鸡连飞带跑地逃过来了。我知道事情不妙，又遇着鬼子了，一时来不及隐蔽，就往路边的稻田里直窜。田里的稻禾已经长得很高很密了，我窜到了稻田中央，急忙躺倒，几乎是全身紧贴着泥土了，尽力让稻子把我覆盖得一丝不露。

渐渐地，村里传来了骂声、哭声和说话声，我知道鬼子已经走了，就站了起来。谢天谢地，终于没有被鬼子发现。

天色不早了，我忙着赶路。走了一会，迎面出现了一条公路，我知道过了公路后，再走一会儿，就是周巷了，心里快活得要命。不料，向前一看，公路上站满了鬼子，走路的、骑马的都有，看样子正在集合。有几个鬼子端着刺刀，在公路两边巡视。我恨不得身边有一把大刀，跑过去把鬼子一个个砍倒。可是，这是办不到的。但我能不过去吗？不行。绕路吗？

更不行！我今天必须赶到周巷。真是人急智生，我看见公路那边，有几个大胆的牧童牵着牛儿在慢腾腾地走着，鬼子对他们一点也没有注意。我回头看了看身后，刚好有个老公公手里拿着鱼篓子，好像在捉鱼，我急忙跑过去对他说：

“老公公，鱼篓子卖给我好吗？”

“你要它做什么？”

“我要过马路去，想扮个抓鱼的，这样，鬼子也许就不会注意我了。”

老公公一听，忙说：“好吧，那就送给你好了，快过去，小心点。”

我连忙把鞋袜一脱，拿了把污泥在脚上一抹，用竹棒把鱼篓子一穿，往肩上一搁就往公路那边跑去，口里大声喊着：“弟弟，弟弟，妈妈叫你吃晚饭去呀！”

果然，鬼子被我骗过去了，我终于平安地穿过了公路，飞快地到了周巷，把信交给了政工队的指导员，并把路上的经过情形告诉了他们。他们都称赞我机智聪明，我听了心里很高兴。

我拿着回信往回赶，不一会儿就到了来时穿过的公路，我睁大眼睛看了看，公路上一个鬼子也没有。我兴奋地穿过公路，突然看到前面有几个人影，看上去似乎背着什么东西，心里不禁“怦”的一跳。我立刻伏在地上，睁大了眼睛，仔细端详着前面那些人的影子。渐渐地我分辨清了那几个人肩上的东西不像枪支，这时我猛然想到他们脚底下也没有那种刺耳的皮鞋声呀。我断定他们不是鬼子，连忙站了起来，轻轻地走了过去，原来是几个卖布的。也许他们白天为了躲鬼子，布没有卖掉，现在正赶路回家。我便插入了他们的行列，心放下了许多。

走过了村子，快到小河旁的山下了，突然从河坎里冒出几个人来，接着是一阵“咔嚓、咔嚓”的皮鞋声，真是鬼子来了。我后悔也来不及，避又避不开，急忙央求卖布的人分匹布给我背，我装扮成卖布的孩子，硬着头皮走了过去。那几个卖布的人吓坏了，连脚也挪不动。

鬼子“哇啦哇啦”直扑过来，我心里一急，连忙把信塞进嘴巴里，口一闭，信就吞到肚子里去了……

鬼子显然是来捉我们的，抓住我们，不由分说，拖了就走，口里还喊着：“你的，支那兵？你的，三五支队？”

我被一个高个子、大手掌的鬼子抓住了，他把我直朝山坡上拖去，我背着的那匹布也给鬼子抢去了。真奇怪，刚才我还吓得心里直跳，现在，反而一点也不害怕了，而且，激起了无比的愤怒。我用力挣扎反抗，然而，我的力气是那么小，一点用处也没有。

鬼子把我拖到了山上，又把刺刀搁在我的肩上，刺刀在星光下闪着青燐燐的亮光，鬼子喊着："你的，三五支队，快快地讲，不快快地讲，就死啰！死啰！"

我感到死亡已经临头了，心里问自己："应该怎么办呢？和他们拼了吧！"说实在话，我的确不愿死呀！我还太年轻，还只16岁，什么事情还没有做过呢……

"不，我不能死，我还要当一个勇敢的女游击队员呢！"

于是，我拼命地叫着："老百姓！老百姓！"

鬼子踢了我一脚，狠狠地骂道："你的，支那兵，快快地讲！"我大声叫着："老百姓！老百姓！"那个鬼子又打了我一巴掌。

我仍旧大叫着："老百姓！老百姓！"鬼子又踢了我一脚，我故意嚎啕大哭起来，一边哭一边叫着："老百姓，卖布的！老百姓，卖布的！"

鬼子扯扯我的头发，摇摇我的身子，似信非信地说："你的，卖布的？"

我听了心里很高兴……冷不防，那鬼子又在我腰间重重地踢了一脚，痛得我几乎全身的神经抖动起来。我愤怒极了，真想扑过去咬断这野兽的喉管。可是，来不及了，鬼子又是重重的一皮鞋，我像西瓜一样，从山上滚到山下，什么也不知道了……

当我醒来时，万籁俱寂，只有天上的星星还在眨眼，脑子里昏昏沉沉的，什么事情也记不起来了。我极力让脑子活动一下，才知道自己睡在地下，就用左手支撑起身体想站起来。刚一移动，一阵剧痛，全身都冒出了冷汗，原来我的左手已经跌断了。这一阵剧痛，倒使我想起了刚才的遭遇，我暗暗地想：不知道现在是什么时候了，得找个安全的地方好好休息一下。

我忍耐了一阵后，就拿出吃奶的力气站了起来，咬紧牙齿坚持着，慢慢地走到了一个我熟悉的卖柴火的老婆婆家里。她用蜡烛照了一下我的脸，惊恐地叫了一声："小囡，你满脸是血，怎么搞的？"原来，我的头也跌破了，我把碰到鬼子的经过告诉她，好心的老婆婆马上烧水给我洗伤口，扎绷带，还给我的额上抹了锅底灰。我静静地躺在她的怀里，在摇曳着的灯光下，看到了老婆婆慈祥的脸上，挂着泪珠……

第二天，我不顾老婆婆的再三挽留，忍着伤痛回到了部队，一见到罗专员，我就大哭起来，我恨我为什么让鬼子抓住，我恨我只完成了一半任务。

罗专员问明了情况后，就像母亲一样给我揩干眼泪，连连地安慰我说："不要紧，不要紧，我们也替你担了不少心，回来了就好了，这次你做得很好！"他又转过头去，对特地赶来看我的一位指导员说："这孩子真正成熟了。"

这些文绉绉的字眼儿，我可陌生得很，听也听不懂，忍不住问："什么叫成熟？"

罗专员笑着说："你已经长大了。"

"这有什么奇怪的，我不是早就长大了吗？"

指导员笑着说："是呀！大姑娘了，该出嫁了！"

说得周围来看我的同志都笑了起来。我禁不住脸上一阵红……

第二天，我又一次住进了后方医院。

经历了严峻的战火考验，母亲从一个单纯幼稚的小姑娘成长为沉着、冷静、机智、勇敢的新四军女战士。1948 年，19 岁的母亲光荣地加入了中国共产党。

胸佩功勋章的戚林弟英姿飒爽

在母亲众多的战友中，20 军 60 师的著名战斗英雄，沈树根叔叔尊称我母亲为"姐姐"。他说，他的这条命是母亲给抢回来的。

1945 年 9 月，部队奉命北撤，途中遭到敌人的阻击。那次战斗我军伤亡很大。在突围中，母亲发现了一位满头尘土躺在地上的战士并没有死，尚有一口气。母亲不顾一切地背上他，由于负重他们掉队了。在寻找部队的途中，母亲把自己仅有的一点干粮都给了这位叔叔吃，而自己却挖野菜充饥。就这样，母亲背着这位叔叔，历尽艰险，行走数百里，终于找到了部队。

新中国成立后，这位大难不死的沈叔叔当了团长，每次见到我母亲，都称她是救命恩人。在抗美援朝中，沈叔叔由于作战英勇顽强，被志愿军总部授予一级战斗英雄称号，金日成主席亲自将一枚“国际勋章”佩戴在他胸前，回国后还受到毛主席的亲切接见。

三、无私奉献爱满人间

新中国建立以后，1955 年部队进行整编。母亲和大多数女同志一样面临复员、转业，这对她来说是很不情愿的。十几年的军旅生活使母亲对军队产生了深厚的感情，她舍不得脱下身上的绿军装，舍不得离开军营！但母亲是深明大义的，她知道军人的天职就是服从命令，作为一名共产党员必须服从组织。

母亲转业到地方后，一直在公安战线工作，直至 1960 年，由于国家遭受严重的自然灾害，加之我们兄妹六人相继出生，家庭负担很重，为了支持父亲的工作，为了我们子女健康成长，母亲不得已辞去她所热爱的工作，放弃了抗战老兵所应享受的职别待遇，回家当了一名家庭妇女（通常称“家属”）。

20 世纪 60 年代全家合影于浙江金华

当我们兄妹长大成人后，理解了母亲当年的选择。母亲完全是为了我们这个家而牺牲了自己的事业、前途！如果她不辞职，一直工作着，凭着她的资历、能力，她一定会有所成就的。这正体现了母爱的伟大，牺牲自己，而成就丈夫和儿女。

回归家庭以后的母亲，勤劳俭朴，默默操持着一家人的生活。三年困难时期，给我们印象最深的是，母亲带着家里的保姆和我们一群孩子，把家里的花园改造成一大片菜地，种上了各种蔬菜和玉米、红薯等杂粮。难以置信的是，当时我家不仅养过鸡鸭，而且还养过羊和猪呢！在母亲的辛勤劳动下，我们一家在困难时期免遭饿肚皮之虞，而且粮食还略有节余。母亲把节约下来的粮食慷慨地送给周围的老百姓，母亲的善良深得当地老百姓的赞扬。

母亲一生中最感到遗憾的是没有念多少书，因此她把希望寄托在下一代身上。她经常叮嘱我们要好好学习，只有读好书有了知识才能更好地为人民、为国家服务。可是，一场史无前例的文化大劫难使我们兄妹六人失去了读书最好的年华，我们或投入军营，或下放农村。为此，母亲时常叹息不止，但她仍然不断地告诫我们：无论何时何地都不要放松学习。

在母亲的激励下，我们兄妹 6 人有 4 人通过自学获得了大学学历，两人中

王雪岚与母亲戚林弟合影于 20 世纪 70 年代

专学历，而且还带动了女婿、媳妇们，有 4 人具有大学学历。二哥槐荣自学成才成为一名作家，在《人民文学》、《中国作家》、《电影文学》、《小说月报》等十余种文学期刊上发表了数十篇小说、电影文学剧本等，并多次获奖，现担任浙江省金华市作协主席。

母亲如果能活到今天，看到她的儿女们没有辜负她的教诲，成为对社会、对国家有用的人，她在梦中也会笑醒的……

母亲的一生是平凡的，她没有立下赫赫战功，也没有做过轰轰烈烈、惊天动地的事情，更没有得到过什么名和利；但母亲的一生又是伟大的，她把最美好的青春年华献给了祖国的解放事业，把一生的精力和心血献给了党和人民，献给了家庭和儿女。她是儿女们心中永远的榜样！

简　历

戚林弟（1929—2005），原名戚意香，浙江省上虞县人。1943 年 2 月参加新四军，历任“三北游击队司令部”情报员、侦察员、浙东游击纵队情报组组长、华东野战军第一纵队 3 师卫生员等职。1948 年加入中国共产党。1949 年先后在第三野战军干校、华东军大三总队 12 团、高级步校、工兵学校从事医务工作。战争年代因在战场上积极抢救伤员，立功三次、记功三次，荣获独立自由奖章、解放奖章。1955 年转业。2005 年病故，享年 76 岁。

黑狱星火映丹心

——狱中纪实

李　艺（遗作）

一、四明山被捕

1943年深秋，浙东四明山霜林尽染，松林竹海呈现层层褐绿，枫叶红得如痴如醉，在阳光照耀下，宛如一幅五彩缤纷的画卷。

李艺摄于1953年5月1日

然而，一场兄弟阋墙、萁豆相煎的阴谋正在酝酿。消极抗日、积极反共的国民党顽固派纠集第三战区“前进指挥部”所属的三个挺进纵队，向新四军三五支队（浙东游击纵队的前身）步步进逼，企图一举歼灭中共领导下的抗日武装。

10月下旬，四明山总办事处召开了“反顽自卫战争”的动员大会后采取了精兵简政措施。虽然我所在的流动宣传队解散了，但我却光荣地加入了中国共产党。

我清楚地记得，这年夏天县委朱洪山向我详细讲述了作为共产党员应该具备的条件，并把《钢铁是怎样炼成的》、《大众哲学》交给我阅读。当我如饥似渴地读完了这两本书，保尔·柯察金的英雄形象和共产党人的理想信念在我心上打下了深刻的烙印。

战前的鄞西杜岙村，一片宁静。

这是一个离旧历新年还有6天的冬日，天气阴霾而又寒冷，我跟着鲁玲珊来到这个小村庄做民运工作。

“小黎（那时我改名叫黎艺），你就住在保长家吧，保长是支持我们的。”鲁玲珊是我的领导。我知道她把我安排到保长家，是为了我的安全和有可靠的生活保障。自日寇侵占浙东后，顽军、土匪乘机骚扰，山村人民生活困苦不堪。保长家虽然也不富裕，但总比一般农民家要好些。而玲珊大姐却住到更加贫苦的农民家，这使我对她更加敬佩和感激。保长一家对我照顾得无微不至，我打内心感激，情不自禁地说：“你们真像我的爸爸妈妈。”

“好呀！我们哪来的福分得了个这么好的女儿呀！”保长的妻子拉着我的手亲切地说。

“那我就叫你姐姐了”，保长十多岁的儿子也高兴地插话说。

由于游击区的经济困难，做民运工作的同志都还没有穿上棉衣，我身上穿的还是家里带来的夹旗袍、毛背心，下身只有一条短衬裤和一双长筒袜子。上午帮助老百姓推磨时，身上还有点热气，可是一停下来就冷得瑟瑟发抖。

这天，看看天色还早，我就到半里路外的严家岙裁缝师傅家催做我和路红的棉衣裤。当我刚跨进门槛，杜岙的一个小青年气喘吁吁地跑来告诉我：“有部队向杜岙开来，穿的是灰军装，是什么队伍弄不清楚。”三五支队和国民党顽军都是穿灰军装，这使我无法断定是敌还是我。

我想到上级说过有敌情时，不能丢下村里骨干而自己跑掉，领导我的玲珊大姐又到上面去开会了，我应当回杜岙弄清情况，再作安排。我把身上容易被敌人抓住把柄的钢笔、小本子、粮票等留在裁缝师傅家，急匆匆地赶回去。我走进杜岙路边一户人家屋里稍作喘息。片刻后我隔窗望去，只见十几个扛枪的军人走过，后面没有队伍了，我以为这是自己人，因为国民党军是不敢十几个人闯进根据地的。这时天空已飘起零零落落的雪花，我决定重新回到严家岙去取东西。

刚走到村口，就迎面遇上了大队人马。这批人七倒八歪地扛着枪，全然不像三五支队。我不禁暗暗吃惊，但是已无处可躲。若倒退回去，会引起敌人的注意，只有壮着胆子闯过这支部队。

敌人在村头停了下来，突然跑回来几个士兵，一把将我抓住："你是什么人？跟我们走一趟！"

"我是这里的老百姓，你们怎么随便抓人？"我挣脱着。几个士兵紧紧地抓住我的肩膀，说："走！见我们司令去！"

我被推搡着拉到了小客栈门口，只见小桌旁坐着两个军官：一个瘦高个儿，三角眼；另一个中等身材，微微发胖。那个瘦高个儿吼着，想吓倒我："我一看就知道，你是三五支队的。"

"我是保长的女儿，我家就在这里！"我指着保长家的方向辩解着。

"你爹妈叫什么名字？家里还有什么人？"

我都准确地一一作了回答。

"哼！你是保长女儿？把她爹妈都提来！"

保长和他的妻子、儿子都被押来了。

"她是我的女儿呀，叫翠禾。你们放了她吧！"保长和他的妻子都开口了，保长的儿子还叫着我姐姐。

"我是在樟村小学教书的，今天星期六下午没有课就回家来了。"我理直气壮地申辩着。

"你们都是胡说。你就是三五支队的。"高个子军官暴跳着，指着保长的妻子对我嚷着："她是你妈妈，那我就先毙了她。来人！"

啊？把保长妻子枪毙了，我怎么向群众交代？又怎么向组织交代呢？我沉不住气了："你们凭什么坑害老百姓，要抓就抓我！"

"你承认了？把老婆子放了，把保长带上，把她捆起来，快走。"瘦高个儿对这意外的收获十分得意，又急匆匆地指挥部队离开。

雪花漫天飞舞。士兵们将我双手捆绑在身后，一路上推搡着："快走。"

大地渐渐地黑暗模糊，山间小路被积雪覆盖着，我借着雪地的反光，一脚高一脚低艰难走着，随时都有滑到悬崖下面的危险。我想，现在你们就怕有三五支队打埋伏，我索性放慢脚步。6个士兵押着我终于掉队了。

我大声叫嚷着："你们为什么捆绑我？我走不动。"

"你是汉奸，我们才捆绑你的。"

"你们才是汉奸，不打鬼子，专门抓老百姓，我不走了。"我干脆停了下来。

"算了算了，别吵了，把绳子给她解开，快走吧。"一个像是班长的家伙，看着掉队太远了，无奈地解开我手上的绳子。

到了宿营地，我被关进一间堆柴的小屋子。只听得这群士兵呵斥着要老百姓给他们烧饭，还有翻箱倒箧的嘈杂声。他们又把我叫去吃饭，只见他们狼吞虎咽地猛吃着房主准备过年的一大盆猪肉烧油豆腐。

“我不吃，你们随便吃老百姓的东西也不付钱，三五支队可从来不像你们这样。”我不由得愤怒地谴责起来。

敌人狠狠说道：“你不吃？过一会儿还有‘戏’等着你呢！”

我就是不吃，任凭肚子饿着。我在准备口供。

夜里，果然军官们来提审我了。我把编好的口供说了一遍：“日本鬼子来了，我书读不下去。听说三战区有个游击队叫三五支队，是打鬼子的……”话还没有说完，那个高个儿的军官勃然大怒，桌子一拍：“三五支队不打鬼子，你胡说，看来你受共产党的毒不浅哪！”

“谁都知道，三五支队在杨公殿、杨觉殿打过鬼子，还缴了日本鬼子好多枪支弹药呢！”我据实地辩护着。

“他们不打鬼子，你胡说八道，你就是三五支队的。”

“他们就是打鬼子的！你说我是三五支队的，有什么证据？你才胡说八道。”我也不示弱。

“把你吊起来，把你活埋，你懂不懂？”瘦高个儿的军官恼羞成怒，瞪着三角眼向我连吼带喊地猛拍桌子。

“吊起来”，“活埋”，这是要下毒手了，一阵恐怖袭上心头。我很快沉住了气：“你说的是什么，我不懂！”

“算了吧，她年纪还小，把她带走吧。”那个稍胖点的军官缓和着已经紧张的空气。

“拉出去，给她点‘生活’吃吃，叫她懂得个厉害！”那高个儿的军官不解气地命令着。

于是，几个士兵把我猛地推出门外，我被推得跌跌跄跄地跪倒在雪地上。他们挥动着皮带，在我头上、身上没头没脑地抽打着。我只感到一阵阵火辣辣的疼痛侵袭全身。漆黑的夜晚，鹅毛大雪铺天盖地般下着，清凉的雪花飘在我脸上，似乎减轻着我的疼痛，麻木着我的神经……

我被押进一间伸手不见五指的小屋，试图摸索着找到窗口，却好不容易抓到一条破凉席，在饥饿、困倦、疼痛之中把它紧紧地裹在身上，它似乎是一条棉被，能给我增添无限的温暖。我蜷缩着迷糊地睡着了。醒来时，外面一束白光透进门缝，天已亮了。我感到身上在发烧。

我被押着跟着这支队伍走了两天。一个押解我的士兵小声地告诉我说："是你运气不好，落到了参谋长手里。"

"谁是参谋长？"

"就是那个瘦高个子。他是第三战区派来的，我们张司令还得听他指挥呢！"这个士兵有点不服气。

张司令，不就是89团的张胡子吗？记得浙东纵队何克希司令曾友好地派政工队俞德丰等同志去那个团帮助过工作。我随口问道："那么你们认识俞德丰吗？"

"认识认识，脸上还有几点麻子，这些人可好呐，我们司令也喜欢他们。上面说要我们打三五支队才发给军饷，这样我们司令就让他们回去了。"这个士兵还悄悄地跟我说："要不是有这个参谋长，我们抓了你，司令也会把你偷偷地放掉。现在落到了参谋长手里，可得格外小心。"

到了89团老巢章家埠，听说我们的部队在这里已经"扫"了它一遍，缴了不少枪支弹药，他们也无心审问我了。我可以有足够的时间，冷静地清理一下自己的思路：既不失立场、原则，又要保护好自己。我要以一个大户人家出身的、不懂党派，但有抗日热忱的学生面目出现。

二、大嫂保护我

一个40多岁的班长，扛着枪，把我双手反绑着，负责押送我到上虞看守所。一路上，我试图给他讲点抗日的道理，得到他的同情，想求他把我放掉。他似乎看出我的用意，说："这可不行，我把你放掉，可是要杀头的。"

旧历年已悄然过去了，路上行人稀少，我们在大雪深埋的山路上移动着脚步。夜幕降临，可以见到远处隐隐约约、忽明忽暗的稀疏灯火。终于走到上虞城边了。

"上虞城到了，天也黑了。我要是现在把你送到看守所，今夜你得挨饿挨冻。今天就在老百姓家住一夜吃顿饭，明天再送你去。"这个班长忽然发起慈悲，温和地对我说。我点着头，确实走不动了，眼前阵阵发黑，多么需要喝口水啊！这个班长先进了屋子，出来后解开我身上的绳索说道："我把绳子给你卸了，但是你不许和老百姓说话。"我答应着，一脚跨进了门槛，只见灶前火光融融，便不顾一切地扑了过去，挤坐在正在添柴烧饭的大嫂身旁。

这位大嫂好像没有看到我，头也不抬，屁股也不动，偶尔瞥我一眼，带着鄙视和厌恶的眼神。

“大嫂，我好冷，谢谢你，你能给我点热水喝吗？”我打着冷颤要求着。

“你是他老婆？”大嫂冷冷地瞥了我一眼。

像被一瓢脏水泼到我身上，我赶快洗刷：“不是，不是。我是三五支队的，是被他们抓来的。”大嫂的眼光顿时温和了。她惊异又同情地看着我：“啊？你是三五支队的，那可是支好队伍啊。罪过罪过！你怎么被这群‘杀千刀’抓来了？才来时，他还说你是他家里的呢。”

上虞城属于蒋管区。蒋管区的人民对我三五支队是如此的赞许和同情，顿时一股暖流涌向全身。

大嫂从火缸里拿出热水罐，倒了一碗热气腾腾的开水递给我，顺手摸摸我的额头说：“你的头滚烫的，在发烧哩。罪过啊！姑娘，快别坐在这里了，到我屋里床上去睡吧。”大嫂一把拉我起来。

“不行，我身上太脏，会弄脏你的床的。”我想着，应该注意群众纪律，固执地推让着。

“唉，姑娘，这是什么时候，你还客气？”大嫂显然有些着急了。

“那你们又睡在哪里呢？”我担心地说。

“这你就别管了。”大嫂把我按倒在床上，给我盖上一条厚墩墩的棉被。感激的泪水不由自主地流了下来……我在极度困乏中睡着了。

“不好了，犯人逃跑了？”睡梦中我被那个班长的叫嚷声惊醒。只听得大嫂回答说：“怎么？原来她是犯人？你怎么说她是你的太太呢？她在发烧，头滚烫的，我让她睡在我的床上。她跑不了，我看着还不行？”

“不行，把人交出来！”那班长不等大嫂说完话，就凶相毕露了。

大嫂拗不过他，只好进屋把我叫起来，轻声地说：“姑娘，难为你了，你就睡到堂屋去吧。可要小心，这群强盗什么都下得出来的。”她疼爱地整理我的头发，接着又说：“今晚我们睡到堂屋的阁楼上，有什么事你只要喊一声，我们就马上下来。”

在堂屋的一张大床上，我倒下就迷迷糊糊地睡着了。不知何时，一只大手伸进了我的被窝，我被惊吓醒了。

“什么人？快点灯。”在一片黑暗中我坐了起来，惊慌地叫着。

“别喊别喊，天这么冷，我是好心想陪陪你睡呀。”

“谁要和你睡，你不走，我可要喊救命了。”我大声地吵嚷着。

“别吵别吵。你不要叫唤么，我回去，你睡吧。”这家伙退回去了。

我又一次地迷糊了。突然发觉有人在掀我的被子。我腾地从床上站了起来，手里抱着一团被子，大声地喊叫着：“不好了，有坏人哪，快救命呀！”

只听得楼梯上响起了一阵急速的脚步声，大嫂和她的丈夫，还有什么人迅速地走下楼来，打开了房门，端着油灯走了进来，连声问道：“出了什么事？”

“他要上我的床！”我站在床上，指着那班长向乡亲们哭诉着。

“没有的事，没有的事。不关你们的事，你们去睡吧。”那班长在众目睽睽之下，假装正经地诡辩着。

“老总，你行行好，积点德，人家可是好人家的姑娘，可不能作孽啊。”大嫂愠怒而又婉转地数落着。

在众人七嘴八舌的谴责下，那班长吞吞吐吐不作声了。乡亲们散去后，我强硬地提出：“你不能熄灯，不能锁门。”这时什么寒冷、疲惫和发烧全被这场激烈的争斗驱赶得烟消云散了。我坐在床上，越想越伤心地哭泣起来。

这个家伙睡下去时还无耻地狡辩说：“我是为了怕你冷，哼，你幸亏碰见我，要换了别人是不会放过你的。”

惊险的黑夜过去，微微的曙光透进屋里，大嫂已在灶前做早饭了，我走了进去。

“大嫂，谢谢你们全家。”

“姑娘，退烧了吗？这一路你可得多加小心，昨天一夜我们都没有睡觉哩。”大嫂抚摸着我又亲昵地关照着。

多好的人民，多么善良正直的大嫂。这也是我们三五支队在人民群众中的良好声誉，才使我这个17岁涉世不深的女孩子，免遭了这场可怕的厄运。

三、九个女难友

我被关进了上虞县的看守所。

第二天掌灯时分，又押送进来两个“犯人”，在昏暗的油灯下定睛一看：这不是我们政治部政工队的洪婉吗？她是跟部队走的，难道我们的部队出事了？我不假思索地站了起来，轻声地问洪婉：“你们怎么也被抓来了？”

“领导上要我们到老百姓家‘打埋伏’，走到路上，碰上89团就被抓来了。我们在89团已听说你也被他们抓来了。”洪婉用流利的普通话告诉我。

“她是谁？”我指着和她一道关进来的一个比我稍小的女孩子说。

“她叫金华，也是政工队的，她父亲才把她送来部队两个月。真倒霉。”

有了两个同龄的小伙伴，尤其是这位多才多艺的女演员洪婉，我感到日子要好过多了。她会唱许许多多的歌曲，有古今中外的，有延安、苏中解放区的，还有大后方的抗战歌曲、电影插曲，苏联的革命歌曲。当我们唱起歌来，那些整日愁眉不展的男“犯人”们静静地倾听着，脸上浮起一丝微笑。

“你是灯塔，照耀着黎明前的黑暗……”当唱到“年青的中国共产党”时，就用“年青的啦啦啦”代替。看守们问：“你们在唱什么呀？”我们就回答“唱望穿秋水，不见妈妈的倩影……”

我们多么思念自己的队伍啊！

我和洪婉、金华唱得高兴时哈哈大笑；当我们想念部队，慈母般的首长和亲如兄弟姐妹的同志们时，又会伤心地痛哭一场。我们更多的是商量怎样编好口供。我把已经想好的要领告诉她们，她俩都十分赞同。

不久，我们又被押送到奉化小屿，这是三五支队被抓人员的集中站。我们3个女囚被抛进了将祠堂戏台下面改建成的牢笼中。这个牢房低矮得人也站不直，四面都是用泥砖封闭的，只有戏台的正面有个用木栅做成的窗子。阴天时，囚室里黑沉沉的一片。只有晴天时，透过小木窗射进来的光线，才觉得舒展一些。每当被提审时走出牢笼，猛然见到亮光，呼吸到新鲜空气，反而难以适应，竟会一阵眩晕，摇摇晃晃站立不稳。

一天，我从囚窗的空档往外望去，突然发现一个熟悉的身影。这难道是在峙岭做民运工作的路红？“你看，这不是路红吗？她怎么会在这儿？她怎么会在外面自由走动？……会不会是上级派她来营救我们的？”我似乎得到了答案，高兴地和洪婉说。

“你怎么会知道她是上级派来搭救我们的？”洪婉半信半疑。

“我家里住过地下党，听他们说过怎样打进国民党内部营救我们的同志，路红是做过地下工作的。还有，我们民运队穿的都是三北（即镇北、慈北、姚北）的土布做的棉袄和棉裤，你看，她穿的是烟灰色的棉旗袍哩！她又没有关到我们这里，不像是被捕的，很可能是来营救我们的。”我自信地说给洪婉听。

一天上午，卫兵第一个来提审的就是我。我被带进一间屋子，只见桌前坐着一个中等身材、脸上满是麻点、眼睛一瞟露出几分奸笑的中年人。没有想到他审问我后，竟有点温和地对我说：“你有个同乡在这里，她也是我们抓来的。你们可以见见面。”我只觉得脑子“轰”的一阵：是路红？她是被抓来的？我那“上级派人营救”的美梦全然破灭了，我茫然地呆立着。

“你们见见面吧！”他把我带到一间小屋前，一挥手：“你自己进去吧！”

记得12月初，我与玲珊到峙岭去拜访路红。那时她的脸色白里透红，体态丰满而适中，充满着青春的魅力。而今，竟然这么憔悴，暗淡的眼里噙着泪花。我见了她，禁不住泪水涌满眼眶，路红忍住悲痛，手摇摆着，暗示我隔墙有耳，说话要小心。

“小姐，我不认识你。你贵姓？”我冷静下来了，冷冷地问着路红。

“是的，我也不认识你。听说你是我的同乡。我姓芦，芦苇的芦，是镇海青峙人。”

“我是镇海港口人。是到嵊县省立宁波中学上学去的……”我把编好的口供叙述了一遍，让她知道我是怎样对付敌人的。

路红有一头天然的卷发，一双乌黑又明亮的大眼睛，笑起来一排整齐又洁白的牙齿衬着动人的酒窝。难怪同志们亲昵地称她是“美丽的乌克兰姑娘”。

我记得，我就是为帮助忘我工作的路红请人为她做棉衣棉裤，同时也为催取我自己正在做的棉衣裤，那天回严家岙的路上，被89团（挺进第五纵队）抓住的……

我从回忆中清醒过来，一连串对路红的疑虑叩击着我的心扉：她怎么不和我们关在一起；她的棉旗袍是哪里来的？敌人为什么能让我和她相见……

小屿集中站的这个麻脸特务头子，第二次提审我时，又客气地说：“你的同乡病得很重，你去看看她吧！”他又把我带到路红的小屋门口，我蹑手蹑脚地走近她的床边，只见路红紧闭着双眼，满脸通红，我轻轻地摸摸她的额头，真是烫手。

“芦小姐，你发烧啦？”路红乏力地睁开眼睛看着我，点点头，一串串的泪珠簌簌地流淌下来，枕头上湿了一大片。

“你怎么啦？”

“我发‘流火’，高烧好几天了，人都昏迷了。死了倒也好，可今天好像又好点儿了……”

“你身上的棉旗袍哪里来的？”我顾不得听她无力地诉说，环视周围没有人，就将疑问直截了当地提了出来。

“我被抓的那天，正是除夕，雪下得老大。我身上只有两件单衣，都湿透了。押到这里以后，是那个坏家伙不知从哪里弄来的。”

“你为什么不和我们关在一起？”我的口气有点严厉了。

“听说你们也被抓来了，关在戏台下，我再三要求和你们关在一起，那坏家伙不答应。后来我要求到院子里活动一下，就是为了想让你们能看见我。”

“他为什么这么优待你？”我把心中的疑团全抖了出来。

“那你就不要再问了……”她双手紧捂着脸颊，伤心地抽搐着、痛哭着。

我似懂非懂呆呆地站立着：“那你自己保重吧。”我再也不忍心看她痛苦欲绝的哭泣。

“你等一等。”我停下脚步，只见她艰难地抬起身子，从枕头底下抽出一条半新的毛巾：“这条毛巾是我被捕时带在身边的，你拿去给大家洗个脸。”她又关心地问我洪婉、金华她们可好，要注意保重身体。

回到幽暗的牢房，我深深地叹了一口气。我告诉洪婉、金华：“路红是被国民党的嫡系突击营抓来的。看来敌人对她别有企图……”

不久，送牢饭的卫兵传来了消息：“看上路红的军官有好几个，他们争风吃醋，互不相让，这件事有人捅到前进指挥部去了，上级命令凡是抓到女‘犯人’，一个也不许留下，全都上送。”我这才明白敌人所以给路红“优待”，让我去看望路红，无非是想达到他那肮脏卑鄙的目的。

不久，小屿集中站又增添了被押送来的林湘和孔晓菲。她俩是和路红同在奉西做民运工作的，路红是分队长，孔晓菲是副分队长，林湘是队员。我和她们也是老相识，她们比我年长些，却是早已入党的了。有了年长的党员伙伴，心里踏实多了，有事可有个商量和依靠。

我们6个女“犯人”，被押送到天台，这里是第三战区32集团军前进指挥部所在地。在女牢里，见到了先于我们囚禁在此的魏志先和韩波两位大姐。魏志先是四明山地区某通讯联络站的负责人。最后押送进来的是浙东三北地区后方医院的卫生员岑翠凤。

四、伪善的基督徒

设在天台的前进指挥部，征用了学校里一座半洋半土的楼房作禁闭室。楼上关着9个女“犯人”，楼下关着一群男“犯人”。男“犯人”大多数也是从三五支队抓来的。

阳春三月的江南，乍暖还寒，除路红被所谓“照顾”囚在隔壁，我们8个人躺坐在一间地板上的乱草堆里，只有两条破被子，到了夜间，真是被不掩体。魏志先、林湘大姐们对我们年轻的很是照顾，让我们睡在中间，她们睡在两边，每人还拉不到一个被角。

第二天上午，来了一个高个儿秃顶的中校军官，自称是军需主任。他微笑着自我介绍说：“我是管理你们生活的。我是个基督教徒、传教士，蒋委员长太太就是‘美以美’教派的。”他以上帝爱世人的口吻说：“你们不该参加党派，应该信上帝。上帝拯救世人，甚至将儿子献给了人世……我可以带你们做祷告、念圣经、唱赞美诗……”

军需主任走后，我们讨论着：假装愿意信基督教以掩盖自己的政治面目，算不算丧失立场？最后大家一致意见：我们决不向敌人屈服，但是也要善于应付敌人。对这位军需主任可以顺水推舟，答应他学圣经、唱赞美诗。

从那以后，每到吃饭的时间，军需主任就来了。我们跟着他：“主啊！……上帝爱世人将子赐他们……阿门。”

有一次军需主任给我们讲着圣经，孔晓菲说：“你讲的这段，我都会背。”他惊喜地问道：“你信上帝？”孔晓菲告诉他，她是就读于教会学校的，圣经是她们的必修课。她在舅父家长大，舅父母一家都信上帝。我也告诉这位传教士：“你教的赞美诗我都会唱。”我上小学时经常到教堂学唱赞美诗，此时会背圣经，会唱赞美诗可都有用了。这使军需主任甚是高兴。趁此机会，我们向他提出两个要求：“我们的饭太少，大家吃不饱”；“我们的被子也不够，晚上太冷。”

“饭太少，可以多给，被子……这得找找看。”军需主任痛快地答应。

从此以后，饭桶里的饭总是塞得结结实实、满满当当的。我们知道送饭的卫兵也是信基督教的，而楼下的男囚们饭不够吃，处于半饥饿之中，就向送饭的卫兵做工作：“看在上帝的份上，楼下关着的‘犯人’饭不够吃，谢谢你，把多余的饭送到楼下吧！”

“你们也信耶稣，这太好了。我把饭送下去。”这个士兵爽快地将大半桶米饭送了下去。但是好景不长。这位虔诚的基督教军需主任，终于露出了狐狸尾巴。一天早饭后，军需主任来和我们商量一件事，说是受一位同事、年轻的军官托付，来为金华做媒，要金华嫁给他。为了陪衬，他说我赞美诗唱得好，当地教堂唱诗班需要人，也可以保我出去。在大家沉默不语的情况下，他缓和一下紧张的空气，说：“那你们考虑一下吧。”

对基督教徒军需主任的这一招，我们谁也没有思想准备，金华心情更是沉重，焦急地哭了起来。最后，志先大姐根据大家提出的各种对付敌人的点子，说：“可以用刁难敌人的办法。答应他，但是有个先决条件，得让我们先回家见过父母，再回来成亲和到唱诗班。”

“那怎么行？”军需主任听说了我们的条件，一改往日基督教徒的“仁慈”，板起脸面厉声地顶回我们。此后，再也见不到他来教圣经和做祷告了。代之的是两名凶神恶煞的军官，三天两头来牢房的窗口，威胁我们：“金掌华（金华在狱中改的名字），你答应不答应？不要敬酒不吃吃罚酒。”“你们不答应得给你们点颜色看看。”

看来事态严重了，金华激愤地表示：“我宁可死，也决不嫁给这个狗东西！”难友们安慰着金华，也一致表示：“他们来威胁，我们不理睬。如果动手抢人，我们几个姐妹，就一道和他们拼个死，决不能让他们把人抢走。”敌人天天到窗口来吼叫，大家把被子紧蒙在头上，谁也不露面。一个多星期以后，居然事态平静了。

不久，我们又开始了新的充满着荆棘的旅程。

五、女囚的歌声

国民党顽固派派了一个班把我们向闽西北押送。在碧湖渡口，渡船上站满了浙江大学的学生。他们好奇地看着我们这些被押送上渡船的“女犯人”。

“这些都是女犯人。”有的学生带着贬义评头论足。

我们几个年纪小的沉不住气了：“这是对我们的莫大侮辱！”

“我们来唱个歌吧，对他们也要有点宣传嘛！”志先大姐温和地劝说我们。洪婉欣然同意，说：“那就唱个《囚徒歌》吧！”于是，悲壮而又激愤的歌声陡然响起：

囚徒，时代的囚徒，
我们并不犯罪，

我们从那抗日的火线上捕来，
囚徒，不是囚徒，
是俘虏！

浙大的学生，静静地听着这悲愤又自豪的歌声，三三两两低声议论着："这可不是一般的犯人，是学生，有文化……"，"是抗日……"接着我们又用女声混声合唱起贺绿汀同志作曲的《划船歌》：

划呀划，划得船头飞浪花，
划呀划，划得夕阳西下，塔影又横斜。
南归的雁群哟，群群嬉戏幽泉下。
只有这罪恶的人间，
却是压迫和残杀，
理想的世界哟，难道总是理想吗？
……

优美、抑郁又憧憬着美好未来的抒情歌声，深深地打动着这些衣冠楚楚的大学生。在拥挤的渡船上，有人悄悄地给我们让出可依靠的地方；有的用友好同情的眼光注视着我们。船上一片肃静，连押解我们的士兵也默默地静听着。

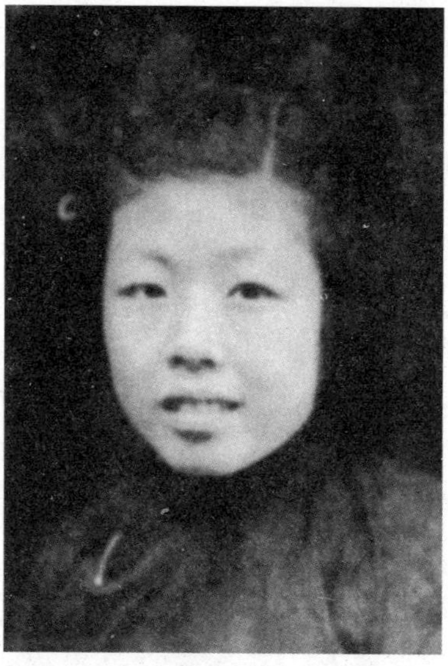

学生时代的李艺（李采荷）

船靠岸了。浙江大学的同学们，谦让地给我们让出一条道来，轻声地说着："走好！""再见！"

晚上，我们被关进了碧湖的看守所，躺在地上一边休息，一边凝望囚窗外的落日黄昏，回味着在渡船上发生的一切。突然从小窗口飞进来一个小纸团，我们几个小的"唰"地坐了起来。打开纸团一看，上面写着："愿你们勇敢战斗，祝你们一路平安！"

这是谁？是出自正义的人们之手还是好心的同志，送来这么美好的祝愿？我被这片言只语深深打动了，忘却了全身的疲乏，像喝了甘甜的蜜酒，甜暖在心间。

六、在浦城监狱

到达了闽北的浦城县，我们被关进了古老的监狱。女牢只有 10 平方米左右，朝天井的一面是木栅栏粗制的窗和门，那三面是砖墙。

“你们都带来什么东西？”那个披头散发、面孔有些虚胖的女犯人厉声地问道。她翻着白眼，凶狠狠的，很像旧小说中描写的女犯人头头。

“我们一无所有。”我们满不在乎地回答。确实我们什么也没有，只有路红手里的一条薄夹被。那是敌人解送她到天台时，她正在发高烧，小屿集中站那个杨麻子特务把一条薄被搭在了她身上，她也就带着为大家所用了。

“你们别靠近我，坐到粪桶那边去！”我们的回答似乎激怒了她，她生气地命令着我们。

“难道这监狱的地盘是你家的？岂有此理！”我不示弱地回敬了她。随着就挨着她身边坐下来了。

“我是老大，你们就得听我的，怎么着！”她疯狂似的站了起来，圆瞪着布满血丝的仇视眼睛。

志先、林湘都站起来了，说：“小鬼，别惹大姐生气嘛！”她们缓和着浓重的火药味，温和又耐心地和这位女犯人打交道说：“大姐，别生气。我们都是好人家出身的。你看她们一个个都长得水灵灵的，是因为抗日打鬼子被国民党抓来了。我们 9 个人不会欺侮你，要是你不客气，你看，我们是 9 个人呢！”大姐们一番说理，老女犯人还真有点动摇，不吭声了。我们的大姐们真会做群众工作，我从内心服了。

几天后，这个女犯人不仅不再欺侮我们，还对我们既同情又照顾。

“政府太不像话，他们不打日本，只会收拾老百姓，年纪轻轻的都被抓来了，真叫造孽。”

老女犯人关心地对我们说：“你们的身体再拖下去可要垮了。再往上送怎么挺得住？”她给我们出了个主意，“天气已渐渐热了，可以卖掉身上多余的衣服，再接点针线和毛线活，这样可以得到几个钱或一碗菜。”我们十分感谢她的关心，由她出面卖衣服和接来手工活，由志先大姐统一掌握收支，总算缓解了点困境，大家的健康状况才稍有好转。

监狱的黑夜，显得格外阴森恐怖。夜深人静的迷梦中，往往被男牢里传来的鞭笞声、击撞声惊醒。狱卒们的呵斥声，“犯人”们的惨叫声，令人毛骨悚然，更使我不寒而栗的是只闻抽打声，却听不见“犯人”的喊叫。这时，受难者是死是活，还是被猛揍得昏过去了呢？在周围死一般的恐怖中，我的心紧紧地收缩着。我屏住呼吸，试探着去听生者的半点呻吟。

不久，我们告别了同室的老女犯人。她对我们依依不舍，隔栏泪水相送。于是我们9个女难友又踏上了险恶莫测的路途，被押送到崇安第三战区所属的“中央青年训导团东南分团”。它就是从上饶迁来闽北的法西斯集中营。

七、接受新考验

5月间，我们9个人被押到了闽北的崇安，这是一个古老的小山城。当我们来到一所高府深院前，首先见到的是一块大牌子，上面醒目地写着：“中央青年训导团东南分团团部”。

跨进高门槛，走进门洞，过了大厅堂，我们就被投入到那间黑暗、阴湿、散发着霉臭的小牢房。管牢的卫兵冷冷地说：“把每人的裤带交出来！”

裤带交出后，我们手里提着裤子，不知所措，心里又气又恨，嘟囔着：“这帮坏蛋！”志先大姐对我们几个小的说：“来！看我的。把裤腰折个边。”她一边做着示范，一边慰藉说：“没有什么了不起。”

“你们还有什么东西？都要交出来！”

“什么也没有！”“要人有一个！”我一言她一语带着呛味地回答。敌人看我们身上除了仅有的单衣，确实一无所有，于是“呯”地关上牢门。

我们拖着疲倦的身子，一屁股坐在了乱草堆上。从木栅栏透进来的亮光，使我逐渐看清了这不足10平方米的小牢房，墙脚放着一个粪桶。立夏前后的闽北是多雨的季节，地面潮湿，长了青苔，各种不知名的小虫在忙碌地蠕爬着。我不禁心里一惊，猛地站了起来，叫嚷着：“你们看！这么多的爬虫，要是有蜈蚣可怎么办？”

“不怕，它不会咬好人的。”洪婉以她特有的革命乐观主义精神，风趣地“格格”笑着。说得大家也笑了起来。

经过近两个月的千里跋涉，体力和精力消耗殆尽，但为了对付将要来到的审讯，谁也睡不着，都在仔细地琢磨着自己的口供。

第二天早晨，我们喝过像污水般的稀粥，看管人员把9条裤带扔了进来，随即把我们带到团部戏台前的大堂里。大堂的右侧放了2张大方桌，9个人围着桌子坐在长凳上。特务交给我们每人一张简历表。我们在被捕时几乎都改了名字，魏志先改称魏阿花，林湘改名张玲香，路红改名芦红，洪婉改名姚玉珍，金华改名金掌华，韩波改名方布，黎艺改名李义。孔晓菲和岑翠凤没有改名。各自按照编好的口供填写。

第三天，我们仍然围坐在这大堂的桌子旁，进来个微耸肩膀，满脸奸诈，约有40多岁的特务军官，自称是“训育主任”，他拿来一叠表，说：“你们看清，把这张表填了。”

这是一张《自新登记表》。特务走了后，我们彼此暗示：这不是叫我们自首吗？

“不能填！”

我曾要求志先大姐等老党员多帮助我经受这场严峻的考验，我绝不会自首，也不会出卖同志。

特务训导员把我们三三两两地叫出去，分别到各个小屋里。我警惕地走进一间小屋，暗下决心，决不能让你们从我嘴里得到半点你们需要的东西。

“你为什么参加共产党？”特务看着我的履历表，头也不抬地问道。

“什么共产党，我从来没有听说过。”特务话音一落下，我就干脆利索地顶回去。

“是问你为什么参加共产党的部队？”他更正了一下自己的问话。

按照事先编好的口供，我从容回答：“你们自己人打自己人，为什么把我抓来？我想家，我想妈妈……”我说着故意像受了莫大委屈的孩子似的哭起来了。

“你哭什么？我问你一个问题，中国大选，你是选蒋委员长？”说到“蒋委员长”时，他迅速毕恭毕敬地站起来，两脚“啪”的一个立正，随后又坐下，那贼眼狡黠地注视着我。问道：“还是选举毛泽东？”

“好厉害呀！”我思忖着，继续哭着让脑子敏捷地思考：若迎合他说选蒋委员长岂不丧失立场？若说选毛主席不就暴露了政治面目吗？于是灵机一动：“选举谁，我也说不清，得回家问我妈妈。”

“什么？为什么要问你妈妈？”他皱起了眉头。

“我妈妈叫我去念书，我没有听她的话，就倒霉地被你们抓来了，受了这么多罪。以后不管遇到什么事，我得先问问妈妈。”

是啊！我妈妈是同情和支持共产党的，她先后把二姐李又兰（张爱萍夫人）、哥哥和我，还有几位乡亲送进了新四军，还经常冒着生命危险，掩护和照顾地下党的同志……我觉得自己这样回答，这些愚蠢的敌人是不会知道我的真实用意的。

“回去吧！”特务扫兴又不耐烦地把手一扬。我内心很是得意，充满着胜利的喜悦，急忙退出了门槛。

两个特务训导员走来查看我们填表的情况，他们拿起一张张的表看着，显然生气了：“怎么？你们一个字也没有写？”

“表上说的什么呀？我们看不懂！”

“你们看不懂这好办，我填个样子给你们看。”不一会儿，这个自作聪明的特务很快就把填好的表样拿来向我们介绍说：“这些填好的表给你们做样子，你们就照这表里的写法，是什么就填什么，是什么就抄什么。这很好填嘛！”我拉过表样一看，填写的满满当当，同党姓名一栏张三李四名字一堆，党内职务一栏从小组长、支部书记、区委、县委书记等直到省委书记。

经过被捕后几个月的磨练，在对付敌人的不断审讯和监狱斗争中，我们以魏志先大姐为首没有名称的战斗小集体已养成十分默契的思想交流习惯。在凶恶的敌人面前，大家心里都有个坚持革命立场的主心骨。但是该装傻时得装傻，该装娇时得装娇，该装不懂时就装不懂，要有斗争的灵活性。等敌人一离开大堂，主意很快就定了：他不是说你是什么就填什么，是什么就抄什么吗，那么就装做听不懂也看不懂，在“抄”字上做文章。于是难友们就照这张表样，从头到尾把全部内容都抄它一遍。这张表样就在 9 个难友中传送着，照抄着。

太阳已悄悄地离开了大堂，屋里显得肃静又有些阴沉，吃中午饭的时间已经过了，有的难友还在吃力地照抄着。训导主任急匆匆地亲自来收表了，拿起来一看，勃然大怒：“你们捣什么乱？这搞的什么名堂？”他狠狠地把表一把抓起，又摔在桌子上。

“不是你们叫抄的吗？我们又不懂。”我们几个年纪小的嘟嘟囔囔地回答。

“吃饭！妈的，把她们关起来！你们不填，哼！就在牢里把你们关一辈子！”一脸奸诈的训导主任匆匆地抓起一堆表愤然离去。

此后，特务天天来牢门威迫：“你们填不填表？不填就在牢里把你们关下去！”

关下去，将意味着在这不见天日的小牢里与粪桶、小爬虫、蚊蝇作伴，度过无边无际的岁月，埋葬我们如花似锦的青春年华。但是，我们已抱定决心：宁可把牢底坐穿，决不自首！

又关了一个多星期。一天，牢门打开了，特务说：“把你们送到队上去，到那里再说。”

告别这间黑暗、潮湿但还能互相自由地说话的小牢前，我把在浦城监狱卖掉毛背心时拆下来的鲜红的毛线，给大家各分了一段。9个人的头发上都扎了显眼的红头绳，表示今后无论经受何种考验，我们的心将永远是红的。

走出牢门，刺眼的光线，清新的空气，一时都不适应，昏昏沉沉强自站定后，怀着前途莫测的心情，我们9个人在宪兵押送下，出了崇安城的南门。

八、被囚女生分队

沿着由集中营难友们用血汗和红土筑成的小公路，走了约3里地，我们来到了没有宪兵把守岗亭的老鼠排“营地”。远处是峰峦起伏、重岩叠嶂的群山。这里囚禁“皖南事变”被俘的新四军人员、被捕的共产党地下人员和革命青年，名为“青年训导团”，实为法西斯集中营的所在地。我们分散编入女生队的各个班中，我在王轩任班长的第7班。

一进女生分队，第一件事是剪掉你一头乌发，看上去男不男女不女的；第二件事是叫你脱下并缴出便衣，换上一套国民党士兵穿用过的破烂肮脏，散发着臭味的旧军衣。

剪发、换衣、照相，都是为了防范你逃跑。老鼠排后山上的制高点上架着多挺机枪，由宪兵守卫的岗亭，虎视眈眈地俯视整个老鼠排“营地”，包括水稻田中间的3里长的公路，都在宪兵的视线之下。

更为恶毒的一手是，整个闽北在长期剿共内战中，被强化了的封建法西斯基层政权，那保甲连坐制度所织成的罗网，使老百姓不敢收留逃跑出来的囚徒。据我所知，在近两年中，除了极个别的和调到剧团的，包括洪婉在外地演出时逃跑出去了，从老鼠排逃跑的男女难友，不出个把月，又先后被抓回来了，有的严刑拷打后被关进了团部的牢房里。每天黄昏来临，每个中队围墙的大门就关上了。

啊！“女生”，实际是落入这人间地狱的法西斯集中营的女囚！

女生分队30来个人，全挤在那十几米长的通铺上睡觉，真像罐头里的沙丁鱼。一个头朝里，一个头朝外，紧紧地贴在一起。闽北山区隆冬的夜晚，盖着半幅宽只剩下几团败絮的破被子，是难以御寒的。人挤人还可以互相借点热气，但翻身却很不容易。

我们9个人到女生分队不久就盛暑来临，汗淋淋的身体贴在一起，实在难忍。那屋子里像蒸笼似的闷热，蚊子那么猖獗，每天的值日生不得不在黄昏时刻烧上一堆草，用浓烟去熏，室内更是乌烟瘴气，热上加热。当我躺下去时，眼睛被刺激得泪水直流。

睡觉时，必须把衣服挂在那排钉子上，哪怕是严冬，也不准用衣服盖在身上取暖。特务的“狗腿”，会悄悄来摸你衣服上的口袋，看你是不是藏着什么小东西、书信、纸条之类。

经过国民党特务们的克扣，难友们的肚子怎能填饱？一天两顿用霉米夹杂着沙石和老鼠屎、米虫做成的粥和夹生饭，端起碗就使人一阵恶心。幸好轮流做饭的难友在有限的时间里，尽可能为了照顾“男生”，都尽量地少盛一口。难友们吃的蔬菜，是由特务指定瘦得皮包骨头的吴功禹、蒋泽连两个难友种植。特务规定只种空心菜，因为一年四季都能生长，可以不断摘取。这样天天顿顿都是淡而无味的清水煮空心菜。被特务贪污后的微少菜金，只能买点盐和几粒豆子，放在菜里。

“女生分队”和在老鼠排的5个中队一样，每天都要担负沉重的劳役。劳役，是特务们对囚徒在精神上、肉体上严重的摧残。他们挖空心思来折磨我们。当冬天来到时，特务们迫令我们到收割过的、已结上一层薄冰、硬稻茬耸立的水稻田里，赤脚去踩匀红土，然后用手把冰冷的稀泥盛到木脸盆里，再均匀地抹到营房外的土墙上，所谓“美化营房”。凛冽的寒风吹透我们单薄的破衣，身上颤颤发抖。我长着冻疮的手背被冻裂成道道血口，每到夜间常被一阵阵刺心的疼痛惊醒。

九、迎击新战斗

特务们用“学习”的感化政策企图瓦解我们的意志。他们设了许多课程，什么三民主义、总理遗教、总裁言行等，任凭教官说得天花乱坠，大家都利用这一时光坐在下面各干各的。各人手里拿着笔记本和笔，实际上有的在学世界语、英语；有的偷着传看集中营剧团的沈巧、陈丽霞等设法带进来的中外名著；也有的难友在习作和记事。但是，在课堂上秘密地干着“私活”，可千万提防着特务分队长鬼头鬼脑地来查课。他突然地出现在你身旁，那将会横祸临头的。

一个星期天，集中营剧团的女难友们，被准予又来女生分队“串门子”了。这天，沈巧走进女囚室，似乎无意地坐在我的身边。她是十分关心年轻难友健康成长的。在人们的笑谈中，她悄悄地叮嘱我：“你在这里不要虚度光阴，听说你爱好文艺，默记了许多革命歌曲给陈云她们，这很好。你可以学写作，学乐理，将来都会有用……”她还告诉我剧团有位同志，不但对音乐很有研究，在写作上也很有修养，人也十分可靠。可以把我写的习作，由她转交这位老师帮助修改。她把亲手订制的小本子偷偷地塞给了我，这是用福建南平土制的浅彩色薄纸装订成的，非常精致漂亮。从此我开始了狱中的自我学习。我在课堂上偷偷地写下的第一篇习作是《五月的夜》：

五月的夜，沉静又美丽，
五月的夜，风儿轻柔又甜蜜。
亲爱的伙伴，你不要悲伤哭泣，
月亮的清辉，映照着黑暗的大地。

让我们酣睡到梦乡里，
回到妈妈和故乡的怀抱里，
苦难的女儿，有满腔的愤怒，
谁也不能摧毁我们坚贞的意志。

夜色茫茫，露珠儿滴滴，
深山又闻夜莺血啼。
亲爱的伙伴，让我们飞到月亮上去，
月亮的宫殿拥有着自由和真理。

星光灿烂，黑夜将过去，

明天的苦难还在迎接着我和你，
亲爱的伙伴，挺起你坚强的胸膛，
血红的太阳将在东方冉冉升起。

这首粗拙的习作，针对我自己有时泛起的感伤，鞭策自己，也反映了我对党、对部队、对光明和真理的向往和追求。我为这首歌词试谱了曲，等沈巧来取，好交给我没有见过面，连姓名也不知道的老师教正。

沈巧果真取走了我的习作。过了些日子，我收到已修改的来信。我贪婪地读着，修改得多么细致，从歌词用字、标点符号、作曲的误差都一一指出。他还把作曲基本知识密密麻麻地写满了一张纸。最后写着“抛弃哀伤，挺起胸膛，经得起考验，革命到底”。在我的生命中，在地狱里，我得到了比金子还要珍贵的忠告。

沈巧告诉我，这位老师名叫李益中，是印尼苏门答腊的华侨，他有着一颗拳拳爱国之心。在抗战前，就回到祖国，就读于杭州师范音乐系，并从事救亡活动。去年从浙西被捕关到集中营，现在也在剧团。

从此，我在集中营的惶惶度日中，有了新的改变。只要上课或有暇时，就努力学习，以备有朝一日回到党的怀抱，学有所用。

记得1944年“七一”那天晚点名前，趁特务不在，值星班长整好队伍，勇敢地带头唱起了《黄河颂》。悲壮的歌声是那么整齐，高亢激昂，难友们含着激动的泪水想念着大江南北浴血奋战的八路军、新四军，鼓舞自己要经得住狱中的千锤百炼，成为真正的革命战士。

十、迎接曙光

1945年10月间，毛主席赴重庆谈判，和蒋介石签订了“双十协定”。根据协议全体政治犯将无条件释放。集中营的难友们苦苦煎熬的非人生活将告结束，“女囚”们内心充满着即将回到党的怀抱中的兴奋和喜悦。

历尽千辛万苦，我们终于走出了集中营，像是久别亲人的孩子，又回到了母亲的怀抱。多少年的期待，多少年的斗争，黑狱囚禁不住我们的心，心中的理想犹如暗夜中的星辰照耀着我们追求光明，驱逐黑暗。牢狱只是磨砺了我们一颗坚强的心，一颗永远向往光明的心。

尽管集中营的经历，曾经给我们的人生蒙上阴影，尤其是十年动乱中，绝大部分的难友们都受到无端的冲击和审查，有的甚至被迫害致死，但是我们无愧于党和人民的那颗红心，依然支撑着我们义无反顾地走过人生的坎坷和黑暗，迎来了党的十一届三中全会的曙光，将我们的晚年再次融入光明，使人生的晚霞如朝霞般焕发出璀璨的光芒。

简 历

李艺（1926.1—1994.8），原名李采荷，又名黎艺。浙江镇海小港人。1926 年 1 月出生于辽宁锦州。1942 年 6 月参加新四军，1944 年 1 月参加中国共产党。曾在浙东三北地区三五支队、华中军区及华东野战军等部队担任过电台缮写员、文化教员及图书管理员。1949 年至 1953 年，先后在上海市军管会文艺处、华东军区政治部文化部、解放军文艺社和总政青年部等单位从事编辑工作。1956 年在中国人民大学法律系肄业。同年调入中央广播事业局，历任编辑、干部科副科长、中唱公司办公室主任、人事处长等职。1983 年离休（司局级）。1994 年 8 月 26 日病逝于北京。

第二篇

战地英姿

少女慷慨辞国门，
英姿渡江踏冰痕。
月冷风寒吹鬓发，
歌壮血热涤征尘。
烽火烛天映戎装，
军营羁旅结新人。
沙场红线牵姻缘，
金达莱花迎早春。

（陆幸生）

石州慢·一代天骄

旭日熔金，孤鹜绮虹，鲸跃云棘。
江山烟雨妖娆，华夏百川霞熠。
天骄一代，铁马长剑潇潇，惊鸿翩若英姿立。
系万树梅花，织人间春律。

今昔，幽兰飞榭，青冢芳零，故园陈迹。
微笑香凝，白发雍容飘逸。
含真抱朴，上善如水无痕，相逢泪语阑珊寂。
大象且无形，母亲归来息。

（董　明）

绽放的金达莱

成亚平

一、青春在战火中闪光

很多年前曾看过一部国产电影——《战争让女人走开》，但无论古今中外，战争从未让，也不可能让女人走开！

自从1927年八一军旗从南昌升起，我军一代代女兵前赴后继，浴血沙场！从井冈山到宝塔山，从祁连山到五指山，从大别山到太行山，从大渡河到赤水河，从湘江、赣江、嘉陵江到鸭绿江……在我党夺取政

1951年12军31师女文工队员于朝鲜前线

权、捍卫主权的历次革命战争中都留下了中国女兵矫健的身影。她们是铿锵玫瑰，是巾帼英雄，是残酷战场黑色风景线上最美丽的风景。

下面这张照片真实地记录了战斗在上甘岭前线的女文工团员们。

志愿军三兵团12军31师文工队员耿玉兰（左）与钟平均（右）正在上甘岭炮兵阵地为战士们演唱《美军十大怕》

照片上这门大炮是门英雄炮，上面可清楚地看到“五圣山，英雄山，神勇炮兵把敌歼！”的标语。这张照片曾刊登在1953年第3期的《解放军画报》上，据说，这是国内第一张反映女兵战斗在上甘岭的照片。

时光在岁月的长河中流淌，不经意间已走过了六十多个春夏秋冬。两位女兵也从风华正茂的豆蔻年华步入人生的暮年。2015年我为了写《兵妈妈》，特意去南京和徐州采访了两位阿姨。

耿玉兰和钟平均都是1949年重庆解放后参军的学生兵，在二野军政大学经过几个月培训，分配到31师文工队。

31师（1968年改为36师）是一支功勋卓著的英雄部队。它诞生于1927年黄麻起义的烽火硝烟中，从土地革命时期的五次反“围剿”、两万五千里长征到抗日战争、解放战争、抗美援朝，这支英雄的部队铁血疆场、所向披靡、屡建奇功，打了许多硬仗、大仗、恶仗，是二野的王牌主力师。从这支部队走出了陈锡联、许世友、徐海东、王树声、陈再道、王宏坤、韩先楚、洪学智、王近山、王必成、杜义德、李德生等138位开国将军。电影《英雄儿女》中的王成，电视剧《亮剑》中李云龙的原型都出自于这支部队。

1951年3月，12军作为第二批参战部队开赴朝鲜，原本隶属于11军的31师根据军委命令整建制配属给同属三兵团的12军。

一踏上朝鲜的土地，部队立即投入到第五次战役中。战争的残酷、生活的艰苦、环境的险恶，对这些十五六岁刚从大城市参军的学生兵无疑是严峻的考验。作为一名文工团员，她们虽然不用像士兵那样冲锋陷阵，真刀真枪地和敌人面对面干，但她们同样经历着血与火的洗礼，生与死的考验！她们把手中的二胡、竹板、手风琴、小提琴当作武器，不畏艰险、不惧牺牲，哪里有战士，哪里就会出现她们的身影。行军路上，她们跑前跑后，为战士们鼓劲：

打竹板，往前看，前方美丽风景线；
不怕死，不畏难，志愿军是英雄汉；
爆破筒，三尺长，送给鬼子当干粮；
轰不垮，炸不断，咱们钢铁运输线……

31师女文工队员1952年在金城前线为指战员演出

耿玉兰1952年于朝鲜，照片背后写着“送给亲爱的爸爸，我们正在朝鲜冰天雪地里为祖国而战”

她们自己创作，自编自演的节目深受战士们的欢迎，极大地鼓舞了士气，振奋了军心。战士们称她们是“战地百灵”、“战地夜莺”、“红蝴蝶”(因辫梢上扎着红绸子，看起来像蝴蝶在飞)。

她们是电影《英雄儿女》里真实版的“王芳”，是朝鲜战场上最美丽的“战地之花”!

31师文工队的女兵大都是四川参军的，不少是大家闺秀和富家小姐，文化程度也高。她们具有“川妹子”的共同特点：热情、直爽、泼辣、能干。

耿玉兰年轻时身材修长，说话快人快语。她的父亲新中国成立前是国民党军队的高级工程师，新中国成立后是铁道部总工程师。50年代初，她父亲作为援外专家被派往越南河内帮助修建铁路。一年后因操劳过度，不幸突发心梗倒在工作岗位上，年仅57岁，被追认为烈士、中共党员。越南时任总理范文同亲自参加了她父亲的葬礼。

钟平均长着一张娃娃脸，笑起来有两个小酒窝。她参军时只有14岁，她的父亲是重庆著名的树人中学的教师，在文工队里属于出身好的。她从小就喜欢唱歌跳舞，是学校的文艺积极分子。1951年3月，钟平均跟随部队入朝参战。当时第一批跨过鸭绿江的文工团员中，只有8名女文工团员，其中她的年龄最小。在此之前，她对战争的印象都是从电影和书本上得来的，但一踏上朝鲜的土地，战争就如此残酷而又真实地呈现在面前。

那是第五次战役第二阶段，31师文工队跟随师机关向敌纵深穿插，在涉水过江时，身材瘦小的钟平均一下子被水浪冲倒，没来得及呼叫就呛了几口水，眼看要沉下去了，多亏旁边的一位男兵把她拉起来……

还有一次，他们正在前沿阵地为战士们演出。突然，一架敌机俯冲了下来。“轰”的一声，一颗汽油弹落在了她的不远处。她立即卧倒在地，感觉右腿失去了知觉。但此时她一点不敢动，因为怕暴露目标会引来敌人更猛烈的轰炸。汽油弹呼呼地燃烧着，火舌舔着她的脚底板，她咬着牙，忍着剧烈的疼痛。眼看火苗就要烧到她了，这时，一名战友高声叫道：“小钟，不要怕!”说着，这名战友爬了过来，帮着她一点一点地挪离了危险地带……

钟平均于朝鲜前线

这是她在朝鲜战场上最危险的一次经历。

1952年10月下旬，举世闻名的上甘岭战役进入了最残酷的阶段。坚守在上甘岭高地的15军遭遇前所未有的重创，前沿阵地多个失守，有的连队打得一个不剩。15军军长秦基伟心急如焚之下拨通了三兵团首长的电话，请求火速派部队来支援。12军首任军长，时任三兵团代司令员的王近山（开国中将、电视剧《亮剑》的原型）放下电话，迅速思考了一下，当即做出他军旅生涯最后一战的决定，即刻派自己一手带出来的老部队12军（原二野六纵）开赴五圣山，同时命令他的老部下，骁勇善战的12军副军长李德生担任上甘岭前线总指挥，统一协调参战的12军和15军。

此时的31师，刚刚在中线金城地区打了一年多的防御战，正在返回谷山休整的路上，忽然接到李德生副军长的命令，令其火速开赴上甘岭增援15军。军令如山！由于师长赵蓝田刚调走，新任师长吴忠还未到任，31师在政委刘瑄（后任12军副政委、开国少将）、副师长李长林（全国战斗英雄、后任12军副军长、新疆军区副司令员）的带领下，立即调转方向，日夜兼程赶赴上甘岭，接替了15军45师的阵地——位于上甘岭主峰的597.9高地。

31师的主力团91团（1968年改为106团）在团长李长生，副团长兼参谋长赵金来的率领下，坚守阵地20多天，打退了敌人一次又一次进攻，使597.9高地岿然不动，牢牢地控制在我军手里，从而，为上甘岭战役的胜利奠定了关键的一步。

91团发扬红军团的光荣传统，英勇顽强、苦战巧战，涌现出全军著名的“孤胆英雄”胡修道（特等功臣、一级战斗英雄、朝鲜民主主义人民共和国英雄）、特等功臣朱有光烈士、特等功臣王万华烈士（两人的名字被刻在上甘岭的石壁上，是电影《英雄儿女》中王成的原型）等一大批英雄模范人物。

著名作家杨朔在《金星英雄》中讴歌了以胡修道为代表的志愿军英烈。他说："这个19岁的青年活生生地说明了敌人为什么在朝鲜碰得头破血流，敌人攻不动上甘岭，更攻不动朝鲜，因为在上甘岭上，每条战线上，我们到处都有无数像胡修道这样的人物……"

在上甘岭战役进行到白热化阶段，为了鼓舞前线官兵的斗志，师首长特意安排文工队到前沿阵地慰问演出。于是，在寸草不生硝烟弥漫的上甘岭上，战士们欣喜地发现活跃着一支战地文工队。他们不仅带来了师首长的问候，带来了祖国慰问团的慰问信、慰问品，而且深入前沿阵地收集素材，创作节目，把战斗中的英雄人物和事迹编成快板、数来宝、对口词、小合唱等通俗易懂的文艺形式，给激战正酣的战士们送去鼓舞斗志的精神食粮！

耿玉兰和钟平均都是第一批开赴上甘岭的文艺小分队成员，她们为自己能亲身到上甘岭第一线而感到荣幸和自豪。从文工队的驻地到上甘岭有20多公里的山路，途中要穿越三道敌炮重点封锁线，随时都有负伤牺牲的可能，但她们一点也不害怕，她们已经是经历过战火考验的文艺战士。

两位阿姨回忆道：当她们历经艰险，风尘仆仆地爬上五圣山最高点597.9高地时，只见整个山头光秃秃的焦黑一片，没有一棵树，一根草！美军扔下的汽油弹还在燃烧，空气中弥漫着刺鼻的硝烟味，遍地都是弹壳碎片，足有几十厘米厚，一脚踩下去就是一个坑。

文工团员们深入到狭窄的坑道里为战士们演出，最近的坑道距敌人只有几十米，能听到美军的讲话声，在太阳光的反射下，可以看到美军的钢盔在闪烁……

她们为指战员们演唱了那个年代的流行歌曲《王大妈要和平》、《歌唱二郎山》、《慰问志愿军小唱》以及自编的快板书《神勇炮兵把敌歼》、《八连四班打得好》等。歌声炮声交织在一起，就像一支支战地交响曲，久久地回荡在上甘岭上空……

为了让每一位战士都能看到节目，她们跑遍了前沿阵地的每一条坑道，哪怕只有一两个战士也要为他们演出。有的猫耳洞太小，直不起腰，她们就跪在地上为战士们演唱。嗓子哑了，腿跪麻了，仍然坚持不下火线。

战士们感动地说："你们别演节目了，就凭你们这么小的女同志都能到前沿阵地来，见到你们就格外高兴。""请回去转告首长，请他们放心。有我们守在这里，敌人就打不过来！"

11月底，上甘岭战役在12军和15军指战员不屈不挠的英勇拼搏下，终

上甘岭战役后，祖国慰问团和朝鲜人民军慰问团与31师文工队合影

于取得了决定性的胜利！上甘岭，这个只有3.7平方公里的小山头，从此成为美国人的“伤心岭”！向来傲慢的美国人不得不承认：他们是在一个错误的时间，一个错误的地点，与错误的对手打了一场错误的战争，不得不重新回到谈判桌上。

12月初，31师文工队根据师首长的指示，选派了一支精干的小分队，到15军45师和29师进行慰问演出。耿玉兰、钟平均和战友们深入连队，采访英雄模范事迹，现编现演，把15军在战斗中涌现的英雄人物和先进模范事迹搬到了舞台上，受到15军广大指战员的热烈欢迎。演出结束后，秦基伟军长接见了31师文工队员，赞扬他们演得好，并对15军文工团的同志们说：“你们要向31师文工队学习，学习他们为兵服务的革命热情，学习他们顽强的战斗作风……”

钟平均（左）与耿玉兰在朝鲜的生活照

对于12军在上甘岭战役中所起的关键作用，秦基伟军长在战后多次加以充分肯定。他在晚年的回忆录中说：“我特别要强调的是，

1952年底师首长与文工团员们于朝鲜前线。后排右二是师长吴忠（1955年授衔时最年轻的将军，曾任广州军区副司令员），前排左一是全国战斗英雄、副师长李长林

第12军的参战是取得上甘岭作战最后胜利的保证。12军是在战斗最紧张、最艰苦的情况下投入战斗的……李德生同志的到来，31师投入战斗，使我们更加增强了取得战役全胜的信心。可以说，12军部队的参战，保障了上甘岭战役的最后胜利。”

钟平均虽然在文工队是年纪最小的却是队里的多面手，不仅歌唱得好，舞跳得好，而且能演小话剧、小歌剧。她和队里的男演员任红举（著名军旅音乐家）主演的小歌舞《侦察排》曾演遍了全师各连队，还代表12军参加了志愿军总部的文艺汇演，并获了奖。为此她荣立了三等功。

耿玉兰和钟平均不仅是舞台上的好搭档，生活中也是好姐妹。钟平均刚到朝鲜时，不太会梳辫子，耿玉兰像大姐姐一样帮她梳头，扎辫子。每逢去扛粮食，耿玉兰也都留她在家，自己冒着被敌机轰炸的危险，来回几十里扛几十斤重的粮食……

她俩在战火中结下的纯真友谊一直延续了60多年，至今她们仍保持着密切的联系。

鸭江水红战旗歌，铁师东去木兰多。
金城风雪谷山雨，上甘岭前小白鸽。
素手冰河洗血衣，炒面拌雪苦也乐。

最是难忘苏谷夜，杜鹃啼血染山河。

引自——31 师女文工队员余琳《致女战友》的诗真实地反映了她们的战斗生活。

二、生命因此而美丽

但是，战争与死亡总是如影随形，死神往往会在一霎那间降临。就在一次去部队演出的途中，她们遭遇到敌炮的轰炸，伤亡惨重，也是她们第一次切身体验到战争的残酷！

那是 1951 年初冬的一个夜晚，她们到师部所在地银店洞为友军慰问演出，演出结束后已是深夜。她们返回文工队驻地一个叫苏谷的小山村，走到村口的一条小溪，她们正踩着石头过河。突然，夜空中闪过一道火光，一排炮弹打来，伴随着三声巨响，弹片像冰雹一样从天而降！顿时，天崩地裂，水石飞溅……文工团员们倒在了冰冷的河水中。

在这次敌人的偷袭中，总共只有几十人的师文工队就牺牲 3 人，受伤 8 人！而几个月后，在敌机的一次轰炸中，军文工团一次就牺牲了 7 名队员。

三千里锦绣江山的每一寸土地都浸染了志愿军将士的鲜血！为了打击侵略者，维护世界和平，捍卫国家主权，我志愿军有近 20 万烈士在这片土地上献出了他们年轻宝贵的生命！我父亲的战友、搭档，12 军最优秀的团政委——34 师 101 团政委臧克力（诗人臧克家的胞弟）就牺牲在第五次战役中，连遗体都没有找到。

2015 年夏天，我利用去沈阳出差的机会专门去北陵志愿军烈士陵园祭奠烈士，看门的大叔问我："大热天的为什么来这里？"

"因为我的父母都是志愿军，他们的战友就葬在这里。"

可我在镌刻着烈士名字的几面黑色大理石墙上找了半天，竟没有找到臧克力叔叔的名字！问了陪同的管理人员，她也说不出所以然……

一个团政委，上了总政英烈录和 12 军军史的，尚未统计在内，可见，我志愿军在朝鲜牺牲的人数远不止目前统计的 19 万多人，仅父亲所在的部队 12 军在上甘岭战役中就伤亡 4500 人！小时候听说每当部队放映《上甘岭》电影，老军长王近山、李德生、肖永银看不到一半就含着眼泪中途退场；在家里，每当父亲谈到他牺牲在朝鲜的战友、警卫员、马夫时也神情肃然。

那时，我不理解是什么原因；如今，我理解了父辈们，他们是心里放不下那些永远长眠在异国他乡的年轻生命，忘不了那血与火交织、惨烈悲壮的战争场景！这是他们心里永远的痛，是刻骨铭心的记忆！

此刻，当我在电脑上敲出这些文字时，我的泪水也情不自禁地流下来……

在朝鲜战场，文工团员与文化教员、机要员、医务工作者等比，具有更大的危险性，牺牲的比例也更高。在朝鲜3年多的时间，12军文工团和三个师文工队就伤亡上百人，为此，军首长授予他们“战斗的文工团”的荣誉称号。

在牺牲的烈士中，有一位叫戴儒品的文工队员引起了我的关注。因为我在采访耿玉兰和钟平均阿姨时，她们多次提到“戴儒品”这个名字。开始，我并没有太在意，以为她就是千千万万个志愿军女兵中的一员，青春、热情、勇敢……但当我深入接触到她的事迹后，我被深深感动了！

戴儒品是31师优秀的女文工团员。她出生于重庆市郊一户忠厚传家久、诗书继世长的殷实人家，从她的名字“儒品”即可看出其家学渊源。戴儒品在家中排行老四，从小就爱唱爱跳，学习成绩在班上年年名列前茅，十里八乡都知道戴家有个聪明活泼的女儿。中学毕业后，戴儒品考上了重庆女师音乐系，她的理想是成为一名出色的歌唱家。据她的中学同学、军文工团二队的那凤鸣回忆，在中学时戴儒品就是学校的活跃人物，她追求进步，热心于社团活动，是同学眼中的“班花”、“校花”。难怪在采访过程中，凡是见过她的阿姨都对我说起，她长得如何标致漂亮，高鼻梁、大眼睛，身材匀称，皮肤白里透红……

戴儒品烈士遗照

戴儒品不仅人长得漂亮，而且人缘极好，属于那种善解人意，特别有亲和力的女孩。行军路上她总是跑前跑后，帮助体力不支，落在后面的同志扛铁锹，背干粮；在寒冷的夜晚，她像大姐姐一样，帮战友们挑血泡、补衣服、盖被子；遇上出公差她总是抢着去，和男同志一起扛粮、砍柴……

无论环境多么艰苦，战友都能听到她爽朗的笑声，只要和她在一起，就会被她那乐观、开朗的青春朝气所感染。在战友们眼里，她是个外表和心灵都美丽的姑娘，就像圣女贞德一样勇敢，像丹娘卓娅一样坚强。

据说，文工队里的男兵们当年开玩笑时，都说自己在和戴儒品谈恋爱，可见她在他们眼里的魅力。其实，戴儒品牺牲前已经有了意中人，也是一名志愿军军官。如果没有战争，她原本可以享有甜蜜的爱情和幸福的家庭生活，可以实现她少女时代的抱负，成为一名出色的歌唱演员，而这一切都在她 19 岁的花季戛然而止……

在同志们眼里，戴儒品颇有音乐天赋，她的嗓音圆润甜美，歌唱得特别好。每次下部队演出不唱上五六首歌都下不了台，尤其是她演唱的《王大妈要和平》，深受战士们的喜爱。可谁也没想到她走得竟会是那么的匆忙！她和战友们一起演出，一起跳舞，回来的路上猝然就倒下了！没有一声告别，没有一句留言……而那天晚上她演的小歌剧《枣红马》，从此成为绝唱！

钟平均的老伴肖丹，当年也是 31 师文工队的创作员，他和任红举一起亲自参与了寻找、掩埋烈士的全过程。据肖丹回忆，那天深夜，当他和任红举在河边找到 3 位烈士的遗体时，眼前的景象惨不忍睹！一个被拦腰炸断，一个手臂炸飞了，而戴儒品全身炸得体无完肤，只有两条沾满血迹的长辫子挂在河边的树梢上随风摇曳……

看到朝夕相处、患难与共的战友牺牲得如此壮烈，同志们悲痛万分，无法接受这残酷的现实！往日充满笑声、歌声的苏谷山村陷入了一片寂静，一连几天，炊事班烧好的饭没人去吃，许多人彻夜不眠……

师政治部主任李宝奇和参谋长林有声亲自到文工队看望安慰大家，表扬他们是“打不垮、炸不烂的文工队”，鼓励大家振作起来，化悲痛为力量，为烈士报仇。

追悼会上，乐队奏起了苏联歌曲《光荣牺牲》：

感受不自由莫大痛苦
你牺牲了光荣的生命
在我们艰苦的斗争中
你英勇地抛弃头颅
英勇
你英勇地抛弃头颅……

1952年春12军文工团员在朝鲜前线演出。指挥者杨肖永烈士于1952年9月29日牺牲

青山翠柏埋忠骨，烈士英魂撼九天！烈士为祖国而战，虽死犹生！

2001年，在烈士牺牲50年后，肖丹含泪写了一篇回忆文章：《当战友倒下去的时候》，记述了当年发生在苏谷那难忘的一幕。

下面摘录文章的部分片段，让我们回到那锥心泣血的战争场景：

时光已经流逝50年，许多往事在记忆中忘了淡了。可是苏谷山口的那一幕，随着时间的推移，在我脑海深处不是越来越淡，而是更深更浓……

天阴沉沉的，乌云密布。我们将3位战友的遗体轻轻地放在四四方方的雨布上，然后4个人抬着走进山沟。队干部已经在一个山坡上选了一块较平坦的地方作为墓地。大家用十字镐和铁锹开始挖土。

我不愿相信这是事实：刚才戴儒品还和我跳了一场舞，手上还留着她的体温；严挺还在拉着小提琴，琴声是那么悠扬动听……而今，他们静静地躺在河边，千呼万唤再也听不到回答。只有河边树梢上摇曳的一缕青丝仿佛在无声地述说……

我负责把烈士身上的遗物收集起来，以便日后寄给他们的家人。在戴儒品的棉衣口袋里，我取出了一本小日记本，一支黑色的钢笔……

同志们默默地挖着，每个人的心里都沉甸甸的，汗水和泪水滴进泥土里，滴进墓穴里。深挖点，再深挖点，让战友们不要受到寒风吹袭，不要受到雨雪扑打，让他们安静地休息吧……

我的心里难受得隐隐作痛。他们都只有十八九岁呵！年轻的生命，青春的花季，就这样结束了。他们为祖国、为人民而死，死得重于泰山。可是我们却无法厚葬这些英雄。没有棺木、没有石碑、没有鲜花，连七尺白布也没有呀！古人还有马革裹尸，我们的战友却只有一块冰凉冰凉的雨布……

我们第一次感知到战争的残忍，生命与死亡竟然近在咫尺，欢聚与永别就在一瞬间！

……每次演出，我们都要经过苏谷山口。每次经过苏谷山口，我们都要注目向三座坟包致敬，那里已经竖起三块木牌。我们默念着他们的名字，带着他们的精神，一次又一次穿越硝烟，走向战场，走向前线。

为国捐躯敢牺牲，巾帼英气贯长虹！戴儒品和千千万万个志愿军烈士们，用他们的血肉之躯抵御了侵略者的入侵，用他们的热血浇灌了金达莱花盛开的土地，他们的生命因此而获得永生！

三、人生因此而无憾

车尔尼雪夫斯基曾说：“生命，如果跟时代的崇高的责任联系在一起，你就会感到永垂不朽。”

经过三年朝鲜战场严峻的考验，耿玉兰和钟平均从幼稚单纯的女学生成长为意志坚定、飒爽英姿的战地文艺工作者。

如今，虽然她们已 80 多岁了，但和她们在一起交谈，我觉得她们的心态依然年轻，思维依然活跃，能强烈感受到她们身上所具有的理想主义、英雄主义情结。

战争，虽然是残酷的，具有破坏性，但也具有一定的积极意义：它能荡涤世俗的污秽，净化人们的心灵，使人生境界得到升华……

在采访时我问阿姨们：“战争带给你们最大的收获是什么？”

她们回答：“战争带给我们最大的财富是心态变得豁达了，能以乐观的态度，微笑地面对不如意的生活而毫无怨言。”

“比起那些将青春永远留在朝鲜的战友，我们现在活着是多么幸福。”钟平均拿出她保留的戴儒品生前唯一的照片，凝视许久，动情地说。

在徐州12军干休所耿玉兰家，她拿出了几封战友写的信让我看，还声情并茂地为我朗诵了戴儒品的弟弟戴奔（也是一名志愿军）写的怀念姐姐的诗《泪洒苏谷》：

阿姐你在哪里？我泪浪涌向苏谷陵。你粉身碎骨溅冰溪……一束青丝满腔恨，阿姐化作民族魂……

耿阿姨腰板挺直，声音洪亮，一点也不像80多岁的老人。她说，是战争使她变得乐观坚强、荣辱不惊，无论生活中遇到什么磨难都能坦然面对！

钟平均在几年前写给耿阿姨的信中，回顾了她们无悔的青春岁月，她写道：

耿大姐：你还记得我们当年在五圣山炮阵地演唱时的情景吗？……回忆在朝鲜的日子好像还在眼前，每个阶段的事情都历历在目，现在想起来真有说不完的话。

还记得我们宿营在靠铁路的那晚，飞机不断地轰炸，我们四人（刘祖华、尚琦、你、我）在一起说："我们要当烈士呢！"但是，大家不是悲观的语气，而是一种乐观、无畏的语调在说着、笑着，我们多么单纯可爱。每次遇到紧要关头，我们没有哭，没有惊恐。

我们确实经受了残酷战斗的考验，我们一生中没有任何遗憾……照片是重新加印的，看看我们年轻时的风采，也有青春和美丽。

钟阿姨的信真实地反映了她们那代女兵的心路历程。她们的人生虽然没有轰轰烈烈，但却不失精彩！因为：她们用生命书写忠诚，用青春诠释勇敢，用热血浇灌自由，用平凡谱写传奇！

在当今这个物质生活日益丰富，精神生活却愈显贫乏的社会转型时期，兵妈妈们对理想、信念的坚守，对真善美的追求，对名利的淡泊，显得尤为可贵！

"莫道桑榆晚，为霞尚满天。"回首一路走过的脚印，她们无悔无憾！因为在祖国和人民需要时，她们挺身而出，义无反顾、毫不畏惧地奔赴血与火的战场，把最美好的青春年华献给了祖国，献给了军队。她们无愧于时代，无愧于"最可爱的人"这个光荣称号。她们是中华民族最优秀的女性，她们的功勋将

1953年春天，师首长与31师女文工队员合影于朝鲜东海岸元山。
前排自右至左：师长吴忠、副师长李长林、政委刘瑄、政治部主任李宝奇、参谋长林有声

永远镌刻在共和国的丰碑上！

2000年10月，在纪念抗美援朝50周年的日子里，著名军旅作家魏巍曾为31师文工队题词："战地的金达莱是美丽的"。

金达莱是朝鲜的国花，每到春天漫山遍野地绽放，她生命力顽强，色彩艳丽。用"金达莱"比喻战地女文工团员非常贴切、形象。

简　历

志愿军31师文工队原隶属于第二野战军三兵团11军。1950年抗美援朝出征时，根据中央军委指示，31师整建制隶属于志愿军三兵团12军。在朝鲜参加了第五次战役、金城防御战、上甘岭战役、东海岸反登陆设防。1954年4月胜利回国，驻防浙江江山。1955年31师文工队撤销，部分成员并入12军文工团。1959年12军文工团撤销，骨干演员钟平均、任红举等调南京军区前线歌舞团。

（感谢12军老战士：耿玉兰、韩耀玲、钟平均、肖丹、陈大颖、黄丽英提供的资料和珍贵照片。）

正义的较量
——朝鲜碧潼战俘营纪实

刘　颖（遗作）

1949 年初冬，我的家乡重庆解放了，当时正读大学英语专业三年级的我毅然投笔从戎。先在西南军政大学学习半年，结业后分配到 12 军 35 师 103 团。1951 年 3 月我随军赴朝参战，在战火纷飞的朝鲜前线度过了九百多个难忘的日日夜夜……

一、敌工科的“小白兔”

1949 年底刚参军时的刘颖

刚踏上朝鲜的土地，我们就进行了 20 天的艰苦行军。美军凭借他们的空中优势经常前来骚扰。“黑寡妇”（一种黑色侦察机）不停地在我们头上盘旋，不时投下照明弹，把夜空照得像白天一样。“油挑子”（美军 F-84 战斗机）有时扔炸弹有时扔凝固汽油弹，有时还擦着路旁的电线杆，俯冲着向我们扫射。师政治部的李秘书在入朝的第八天就被敌机夺去了年轻的生命，使我们这些学生兵感受到战争的残酷。

4 月 10 日，我们终于到达第五次战役的集结地——伊川郡蔷薇里。整整二十天没洗澡，没换衣服，每天都是汗水将衣服湿透，自身的体温又将衣服烘干。到驻地换下衣服，发现衣服缝里密密麻麻地爬满了虱子，可怕极了。我们把换下的衣服拿到朝鲜老乡家蒸煮。为了不让虱子有藏身之地，我生平第一次理了光头，师部其他女兵也纷纷效仿。

由于我学过英语，部队急缺这方面的专业人才。所以，入朝后就被调到师敌工科工作。我的职责和任务是：一、登记俘虏；二、宣传我军的俘虏政策；三、了解敌情，供首长参考；四、必要时对敌喊话，敦促敌人投降。

第五次战役第一阶段，我们师的任务是突破敌人在汉滩川的防御，消灭打着联合国军旗号的土耳其旅。为便于紧跟作战部队在前线指挥，师部组织了一个精干的指挥班子——“前指”。我有幸以英语翻译的身份成为师部女同志中唯一参加“前指”的成员。

战斗打响后，陆续抓获了一些土耳其俘虏，因他们不懂英语，无法用英语审讯，只好押往后方。我们一直打到汉城附近。追击途中虽也打了几次胜仗，但未能达到预期的歼敌目标。4 月 29 日上级命令停止追击，第五次战役第一阶段就此结束。

部队在抱川郡附近休整了两周，补充粮食弹药。5 月 14 日即投入战役第二阶段。我师的作战任务是突破美军占领的加里山，穿插到敌后会同友邻部队聚歼美 2 师 38 团的两个营和配合他们作战的法国营。盘踞在加里山上的敌人，凭借他们有利的地形和充足的弹药，不到 10 秒就有一排炮弹在我们前进的道路上落地开花。战斗打得十分残酷，部队伤亡很大。蔡启荣副师长壮烈牺牲。噩耗传来，全师陷于一片悲痛声中。我刚到部队时，蔡副师长是 103 团团长，他像长辈一样关爱着我们新兵，想到再也看不见他那慈祥的笑容，我泪如泉涌……

战士们英勇顽强，前仆后继，终于在 5 月 20 日拂晓前攻克了加里山。我们上山时，一路上见到烈士的遗体，等着后续部队掩埋。我们强忍着巨大的悲痛，跨过烈士的遗体前进……

由于我们战前对部队做过对敌喊话的训练，当我军切断洪杨公路，截断一股美军退路时，104 团的战士们用才学的英语喊道：

“Put down your guns. We won’t kill you！”（放下你们的枪，我们不杀你们）

当场就有美 2 师 38 团的一百多名官兵缴械投降。

一天，一个小战士把一个美国兵带到我面前，他见到我扑通一声跪下，手不停地在胸前画十字祈祷，嘴里说着：

“Good boy, pardon me！”（好男孩，饶恕我！）

我严正答道：“I'm not a boy. I am a soldier of Chinese Voluntary Army！”（我不是男孩，我是中国人民志愿军战士！）

经审问，他是美2师38团的义务兵，大学毕业，已婚。他请求我们不要杀他，他想回家。随即从口袋里摸出一张他和妻子的合影。我告诉他，我们的政策是缴枪不杀，不虐待俘虏，只要老老实实，战争结束后会让他回家的。

还有一次，抓获了几个法国兵，开始语言不通。后来我听到他们在讲法语（大学时法语是我的第二外语，能一般阅读但听说还不行）。他们中有人也能听懂几句英语，还能讲几个简单的词语，于是我就英法语并用，对他们进行审问和登记。

作为在第五次战役中师里唯一上前线的女同志，战后我受到了全师的通令嘉奖。战友们夸我是“能走善跑的小白兔”，师领导称我是“我们的郭俊卿”（郭俊卿是解放战争时期女扮男装花木兰式的战斗英雄），我感到由衷的自豪。

战后，部队在谷山休整，师里调我到宣传科工作，负责通联，经常下连队采访，报道英雄事迹。我第一次采访的重点是35师的主力部队103团5连的“华川四勇士”。在103团采访结束时，团参谋长赠给我一支崭新的四号“勃朗宁”手枪。这是一支缴获来的只有12公分长的精致漂亮的小手枪。我高兴极了，爱不释手。我感谢首长对我的支持和鼓励，在朝鲜的日子里，我一直携带着它。

二、没有硝烟的战斗

1953年初，我奉命调往志愿军政治部做对敌英语广播工作。我和来自各野战部队的20多位女同志集中到战俘营，熟悉美军语言，进一步学习外语。

战俘营设在鸭绿江畔的碧潼。这里是一个三面环水的半岛，依山傍水、山清水秀，距前线约500公里，距我国边境仅有10多公里。战俘营没有围墙，更没有铁丝网、碉堡，但四周有明显的标记。对内称：中国人民志愿军政治部战俘训练管理处；对外称：碧潼战俘营。

根据国际法的有关规定，敌对双方不能侵犯战俘营的安全。一开始，美军飞机全然不顾国际法的规定，经常前来骚扰，造成俘虏和我方人员的伤亡。经过我方严正交涉后，敌机才没有再来侵犯。因此这里可以说是朝鲜战场唯一的和平区，与隆隆炮火声的前沿阵地形成了鲜明的对照。但这里虽然没有硝烟，却是一场更为艰巨的战斗。

我们在战俘营首要的工作是熟悉美国语言，按照美国人的习惯练习和纠正发音，为以后对美广播做准备。给我们指导发音的是一个黑人美军连长，他被俘时间较长，对我们的俘虏政策有切身体会而且深受感动。那时美军里的种族歧视很严重，黑人总是受白人的欺负，他虽是连长也不例外。他告诉我们：打仗时要黑人冲锋在前，有了战果却又是白人居功。吃饭时白人不许黑人和他们一桌，连在俘虏营里参加文体活动和游泳都不许黑人靠拢。但是打球时由于白人体质和技能不如黑人，他们又要黑人参加，以便为他们争取荣誉。在战俘营里种族歧视的现象被我们所制止。因此，黑人连长很感谢我们，认识到只有在志愿军战俘营里才扬眉吐气，不受白人的歧视。

我们对黑人连长的接受也有一个过程。刚开始在一个小教室练习发音，望着这个又高又大，脸黑得像锅底似的黑人，大家伙都不愿往前坐，前几排都空着。他悟到这种情况幽默地说："我的脸很黑，很难看，是不是？但我的心是善良的，你们不用怕……"

渐渐地，我们之间的距离缩短了。经过考核，我们有4位同志的发音被鉴定为合格，可以直接从事对敌广播，我是其中之一。但此时由于朝鲜谈判有了进展，对敌广播又不需要增加人了。

我军在战俘工作中处处体现了革命的人道主义精神。我们的宗旨就是把战俘营办成一所大学校，让全世界都知道我们中国人民志愿军是一支文明的军队。在战争中我们自觉遵守了《日内瓦国际公约》，爱护战俘的生命、关怀战俘的生活、尊重战俘的人格和权利。

战俘们刚来时，个个神情颓伤，眼中流露出恐惧和绝望。时间长了熟悉后才知道，他们大多数人是被官方的谎言骗来的。什么"去朝鲜可以发财……"；"那里有美丽的黑眼睛的东方美女……"；"能周游世界……"。在听了这些虚幻的宣传后盲目从军来朝鲜的。当他们死里逃生捡回一条命后，才明白自己上当了，愤怒地说：

"我们被麦克阿瑟那个蠢猪骗了，他告诉我们去朝鲜是执行警察行动，圣诞节前就可回家，可现在我们什么也没有了，一只脚已经踏进了地狱……"

为了建立威信，瓦解敌人，让他们心服口服，我军对战俘实行了人道主义的政策。战俘营内设有运动场、娱乐室、图书馆、墙报、医院、食堂等，还有一个电影队和运输队。战俘生病了，食堂会为他们送来病号饭；战俘过生日会得到伙食改善。战俘通过中方工作人员可以向他们的家人传递书信、录音，报告自己的生活状况。

战俘中有许多是基督教徒，而尊重战俘的宗教信仰也是尊重人权的一项重要工作。我们为战俘专门提供了做礼拜、祈祷的场所。为了让他们过好圣诞节，在物资运输十分困难的情况下，我们想尽办法从国内采购了很多食品，有葡萄酒、啤酒、糖果、面包、鸡蛋……要知道，当年这些物资在国内都是十分紧缺的。我们还组织战俘上山砍树，自己动手做了圣诞树。让他们扮成白胡须身穿红袍的圣诞老人，到各屋分发礼物。战俘们高兴得手舞足蹈，又唱又跳。

一般来说，下级军官和士兵比较容易接受我们的思想教育和生活安排。而官职越高往往越顽固、越反动。为了便于管理，分化瓦解，我们就让他们和士兵分开住。战俘们每天上午上课，下午讨论或自学。阅览室里有多种文字的报纸杂志，每天下午有课外活动，并经常组织各种球类比赛和文艺晚会。

尤其值得一提的是，1952 年 11 月，战俘营里举行了一次别开生面的运动会——“战俘营奥林匹克运动会”。运动会历时 12 天，有美、英、法、加、荷、澳、新、土、菲、韩等 14 个国家的 500 多名战俘运动员参加，进行了田径、篮球、排球、棒球、摔跤、拳击等 27 个项目的比赛。当年国内许多报刊和新闻媒体对此都进行了报道。

三、用行动感动世界

1952 年 9 月，世界和平理事会理事、英国妇女会主席费尔顿夫人率团访问了志愿军碧潼战俘营。她在战俘营里没有看到碉堡、铁丝网，更没有看到荷枪实弹的哨兵，当时就感到很惊奇。

她来到战俘住的宿舍，明亮整洁。她看到战俘有的在厨房里烤面包，有的在图书馆看书，有的在俱乐部弹吉他唱歌，还有下棋的、打牌的、玩球的，觉得简直不可思议。她说：“这哪是战俘营啊，简直是所大学校。”当她看到有些战俘手上戴着金表，脖颈上戴着项链，上衣口袋插着金笔，还用打火机点烟，便上前问战俘说：“这都是你们自己的吗？”战俘告诉她：“中国军队不没收个人物品，也不侮辱俘虏。”费尔顿夫人惊叹道：“中国人改写了世界战

1953年5月于朝鲜碧潼战俘营门口，左二为刘颖

俘史……”

在我们翻译俘虏日记的过程中，可以看出他们由最初的恐惧、不安、闷闷不乐，发展到后来的平静、安心。日记里常常有这样的话，反映了俘虏们当时的生活状况：

“我幸运地生活在这里，逃避了战斗的生活……”

“我受骗了，他们说来这里是享受美好的生活，其实是艰苦的战争……”

“上级说美国是世界上第一强国，所向无敌，然而中国人民志愿军更强，他们才是所向无敌。”

“中国人民志愿军是讲人道主义的军队，他们是善良的人民。”

“我病了，医生来给我治病，教员给我送病号饭，我非常感激。”

“这里所有的工作人员都关心我们，像亲兄弟一样。”

然而，美方不仅不遵守日内瓦战俘公约，用多种卑劣的、丧失人性的手段对待中国战俘，反而诬蔑我军的战俘政策。美国前总统杜鲁门就说：“中国军队杀害在朝的美军俘虏是100年来最野蛮的行动。”这真是颠倒黑白，信口雌黄。

1953年7月27日《朝鲜停战协议》签订。8月，中美两国开始了相互遣返战俘的工作。双方在板门店交换战俘时的情景，使美方的造谣污蔑不攻自破。

在现场我们看到：美方的战俘衣着整齐，个个红光满面；而我方的战俘一个个破衣烂衫，面黄肌瘦。美方战俘与中朝方面战俘管理人员之间那种依依难舍，挥泪告别的场景，令在场的各方人员都深为感动。

与此形成鲜明对照的是：受尽折磨的中朝战俘见到祖国亲人时，无论如何也抑制不住满腔怒火。他们脱去身上的衣服，扔到对方的脚下，跌跌撞撞地扑到自己同志的怀抱，泣不成声呜咽着高呼：“祖国万岁！”

当时，有300多名“联合国军”战俘不愿回国，并请求中立国遣返委员会协助他们，取得在朝中方面居住的权利。在这种情形下，朝中红十字会同意了战俘的主张和要求，其中有21名美国人和1名英国人，获得到中国居住的权利。这充分证明我们的战俘政策是成功的！赢得了世界爱好和平的人民的赞誉，包括我们的对手。

侵朝美军指挥官李奇微在1967年写的回忆录中，也不得不承认我军善待俘虏的做法。他说：“有一次，中国人甚至将重伤员用担架放在公路上，而后撤走。在我方医护人员乘卡车到那里接送伤员时，他们也未向我方射击……我们后来体会到，中国人是坚强而凶狠的斗士，他们常常不顾伤亡地发起攻击。但是，我们发现他们这样对待俘虏……他们是更加文明的敌人。”

一位战俘在一首诗中这样写道：“战俘是不幸的，然而成为中国军队的战俘却又是幸运的。”

事实胜于雄辩，这证明：我们志愿军不仅是正义之师、威武之师；而且是文明之师、仁义之师！

志愿军司令员彭德怀说得好：“朝鲜战争证明，一个觉醒了的爱好自由的民族，当他为祖国的光荣和独立而奋起战斗的时候，是不可战胜的。”

1953年9月底，战俘遣返工作结束了，我回到祖国的首都北京，到中央军委总政敌工部报到，结束了九百多个日日夜夜的“抗美援朝、保家卫国”的战斗生活。经过这场战争的洗礼，我从一个年轻的女大学生成长为坚定勇敢的革命军人。这是我一生的骄傲！

简 历

刘颖（1926—2014），原名刘性真，1926 年 10 月出生，山东菏泽人。1949 年 11 月 30 日重庆解放，就读于相辉学院英语系三年级的她，毅然投笔从戎。先入二野军政大学，次年分到中国人民解放军第 12 军 35 师。1951 年 3 月入朝作战，先后在志愿军三兵团 12 军 35 师 103 团、师敌工科和志愿军碧潼战俘营工作。参加了第五次战役、金城防御战和东海岸反登陆防御。回国后在总政敌工部工作。后转业在浙江宁波。2014 年 7 月病故，享年 88 岁。

从上海名媛到战地夜莺

宋路霞

一、名门闺秀爱戎装

1950年秋，抗美援朝战争打响了。由于前方急缺英文翻译，志愿军俘获的大批“联合国军”俘虏无法审讯和对话，缴获的英文文件也看不懂。为此志愿军总部于1950年底派人回国紧急招募一批大学生入伍。在上海共招了23名青年翻译，女性10名。当时正在东吴大学法律系读四年级的刘禄曾，就是其中一位。

投身军旅，抗击外敌，对刘禄曾来说并不陌生，因为她的曾祖父刘秉璋就是抗击法国侵略者的晚清名将，官至四川总督。刘家各户正堂上都挂着曾祖父的画像，先辈忠君爱国、抗法守土的事迹感染着一代又一代后裔。这种传统的家教，使得刘家人在20世纪50年代初的大变革中，一点儿也不落伍。在刘禄曾参军之前，她的弟弟妹妹先投身时代大潮了。大妹妹刘望曾高中毕业即参加了团中央举办的土改学习班。大弟弟刘懋曾参加了西南服务团（即南下干部服务团）。小弟弟刘重曾响应上山下乡的号召，去了湖北省坚利县国营农场，在那里工作了一辈子。

抗美援朝时期的刘禄曾

刘禄曾的母亲魏文俊是湖南衡阳人，

也是望族之后，上辈人与曾国藩、曾国荃、李鸿章家族都有姻亲。她是魏家最小的女儿，抗战前嫁到刘家时陪嫁达3000银元。尽管刘家有一栋安装了自来水的大房子，仍嫌不够，又盖了八栋三层楼的洋房，七栋出租，自家住一栋，还投资钱庄和布庄。抗战爆发后，全家从芜湖逃到上海，刘禄曾的母亲给她们姐妹每人一个金手镯，最小的妹妹还外加一条金项链。在抗美援朝捐献飞机大炮的热潮中，他们全部捐献给国家了。

大学时期的刘禄曾

刘禄曾从小喜欢唱歌跳舞，圆圆的小脸很讨人喜欢，在学校里一向是文艺骨干。上海解放后，她还在东吴大学读书时已经考取了第三野战军第九兵团政治部文工团，还准备报考华东军政大学。然而，当保家卫国的号角吹响后，她响应祖国的召唤，投笔从戎，没有跟父母商量，满怀豪情地背起行装，奔赴血与火的朝鲜战场。

二、战火沐青春

1951年初，在一个滴水成冰的清晨，刘禄曾随部队跨过了鸭绿江。一跨过鸭绿江，刘禄曾发现这里完全是另一个世界，战争的疮痍随处可见……

刘禄曾被分配在志愿军第九兵团政治部下属的敌工部，具体工作是在调查研究组里当英语翻译，包括审讯战俘。第九兵团司令部设在朝鲜中部一个叫“球场”的村镇的废墟上。来到前线，才知道翻译还是不够用，九兵团机关只留了三个女同志，其余全下部队，每个团也只分到一名翻译。当时已是第三次战役之后，敌工部里堆着一大堆缴获来的英文文件和宣传品。刘禄曾等三人的任务，不但要把这些英文文件尽快翻译出来，还要收听敌台，随时将情报向上级汇报。然而，她们三人入朝之前谁也没有学过军事。刘禄曾是学法律的，眼下天天要用的军事术语，如兵种、番号、军衔、武器、枪支、弹药，甚至班、排、连、营、旅等词汇都从未接触过，起初真是一筹莫展。但是她毫不退缩，边干边学，甚至把辞典中的军事用语分类抄在本子上，不停地死记硬背，很快就能胜任工作了。

刘禄曾在抗美援朝时留影

随着战事的推进，上级命令九兵团司令部向三八线方向靠近。一天行军 90 里，要走十几天，头上有美国飞机盘旋，脚下是从未走过的山路，逢山爬山，遇河涉水，每人身上除了行李和伪装，还要背 5 斤米。在上海乘惯了汽车、轿子的刘禄曾，眼睛直盯着前面一个小炊事员背后行李上亮闪闪的行军锅，一步也不敢落下。老兵们告诉她，再累也不能停下来，一停下来就起不来了。可是，上海的大家闺秀脚上磨起了血泡，气喘吁吁，实在走不动了。好心的同志们不知从哪里找来一头牛，驮着她走。到了宿营地，战士们先把她身上背的米解下来煮了吃，还帮她弄来热水洗脚、挑破血泡……第二天行军，她仍然感到身上的行李千斤重，一路上只好边走边扔东西，最后把一件心爱的进口毛衣也扔掉了。

除了战争环境的危险，自然条件的恶劣也无法想象。冬天大雪纷飞，动辄零下二三十度，甚至零下四十度，只有司令部才有热炕。刘禄曾与战友常在冰冷潮湿的防空洞里工作，那种透入骨髓的寒冷，使她们都患上了关节炎。有一次大雪封山，雪大得把防空洞洞口都封住了，她们出不去，外面人也找不到她们的洞口，幸亏一位前来联络的朝鲜人民军小战士奋力挖雪，才把她们救了出来。

还有一年夏天，百年不遇的山洪引发了泥石流，刘禄曾与其他三位女同志正在一条小河对岸山坡的草棚里工作。在农村长大的敌工科科长很有经验，叫了几个同志，扛了两根树干，横在小河上，命令她们赶快过河。她们踩着树干摇摇晃晃地刚过河，科长就向她们吼道："快跑！快跑！"她们跟着科长不顾一切地爬上一道山坡，回头一看，不得了，原先的那条不过尺把宽的小水沟，转眼间变成了一条大河，她们刚才呆的那个草棚已经被大水冲走了，整个村庄全被淹没了。

三、与战俘斗智斗勇

第五次战役之后，前线下来一批又一批各国战俘，他们蓬头垢面，胡子拉碴，有的拄着拐棍，有的缠着绷带、披着军毯，跌跌撞撞，狼狈不堪。其中美国兵居多，也有英国、加拿大、土耳其、希腊等国士兵。刘禄曾参加了审讯战俘的工作，主要是了解他们的基本情况，包括姓名、军衔、番号等，做好登记，编排好班组、食宿、伤病员的包扎和治疗。战俘在兵团的敌工部停留一般不超过三天，只留下重点的调研对象，其余的都送到志愿军总部的战俘管理营。

在与战俘短暂的接触中，有几件事给刘禄曾留下了深刻的印象。

由于山地运输困难，志愿军官兵自己吃的粮食都要到10多里地以外的后勤部去背来。现在一下子增加了这么多战俘，粮食运不上来怎么办？于是领导决定，除了伤病员之外，一般战俘也要去背粮食。但是有的战俘不听从命令，或躲在厕所里不肯出来，或躺在被窝里不肯起来。战士们火了，要用枪押着他们去。领导认为这样不妥，容易滋长敌对情绪，于是叫刘禄曾前去做工作。刘禄曾先是找了几个下层士兵中的积极分子谈话，然后开会说明，志愿军宽待战俘，但不是宽待无边，现在连志愿军战士吃的粮食都需自己去背，你们中个别人有什么理由光吃不干？她宣布："凡是今夜不去背粮食的，明天就不准白吃别人背来的粮食。"结果这一招很管用，原先不愿去背粮的，这时都乖乖地站起来排到队伍中去了。每隔四五个战俘，就有一名志愿军战士荷枪同行，跟他们一起去背粮。有几个战俘还趁机报复他们的长官："过去服从你们太多了，现在要讲人权平等了吧！"

刘禄曾在工作中曾碰到一个傲气十足的美国飞行员战俘，他是飞机被我军击中后跳伞被俘的。此人三十来岁，上校军衔，资格很老，参加过第二次世界大战，盛气凌人，根本不把中国人放在眼里。面对前来审讯他的年青女兵，更是一脸不屑，还喃喃自语道："想不到我一个美国军官，竟落到一个中国女孩手里。"刘禄曾知道，对付这种人不能示弱，要针锋相对地斗争，于是提醒他："你知道吗？我的曾祖父刘秉璋，70年前担任浙江巡抚时，就是抗击外国侵略者的英雄，他后来当了中国的四川总督。现在轮到我来对付你们这些侵略者了！"那飞行员一愣，半天没说出话来。在后来的审讯中，他装聋作哑，拒绝回答问题。刘禄曾与领导研究后认为，这个人自命不凡，要改变策略，先把他晾在一边，取消对他的优待，如吃小灶、发好香烟、提供洗澡理发等，把他与几个南朝鲜战俘关在一起，这些南朝鲜战俘对美国兵早已深恶痛绝。几天之后他吃不消了，睡眠不好，伙食也不如以前，又没有好烟抽。于是他写了一张纸条叫人转给刘禄曾，上面写道："对不起，刘尉官，前几天我心情不好，表现糟透了。能否不要让我和南朝鲜战俘在一起？我愿意回答你提出的所有问题。"

还有一个美国黑人战俘，名叫斯蒂芬，22岁，家境贫寒，原在美军一个工兵营当炊事员。他非常懊恼地告诉刘禄曾，自己是个新兵，刚上前线没几天就糊里糊涂地当了俘虏。经教育帮助，斯蒂芬表现很积极，在学习会上积极发言，在墙报上带头写稿，还主动监视一些不服管教的白人俘虏。厨房忙时他也乐于去帮忙，他原本就是伙夫，扛米、杀猪、宰羊都不在话下。他还喜欢体育活动，担任了战俘俱乐部的生活管理班长。由于表现好，常被表扬，刘禄曾每天就多发5支匈牙利香烟给他，以资奖励。然而斯蒂芬也闯过一次祸。

1952年初的一天，美军飞机空袭过后，大家发现营地前后散落了很多异样的蚂蚁。这时，志愿军官兵已被告知要防备细菌战，人人注射防疫疫苗。刘禄曾怀疑那些异样的蚂蚁可能是带病菌的，劝说大家不要靠近。但是斯蒂芬不信这一套，为了逞能，他还随手抓了几只蚂蚁放在嘴里吃了。可是3个小时之后不得了了，他开始发高烧，上吐下泻，不得不把他紧急送到后方战俘管理营的总医院抢救。痊愈后他非常后悔，写了一篇《我永远不会再相信美帝国主义》的文章，贴在墙报上。

四、闯过"死亡之谷"

1952年10月，刘禄曾从九兵团敌工部调到刚入朝的24军政治部敌工科，担任英文翻译。11月上甘岭战役开始后，战斗在"三八线"前沿的24军，迫切需要一名能直接向敌人喊话的英语宣传人员，部队要利用圣诞节这个机会，组织一支宣传小分队，向敌人发动一次政治攻势。他们原有一名男翻译，主要从事文字翻译，不大使用口语。这时，已有近两年战争生活经验的刘禄曾主动要求上前线，领导批准了她的请求。

这支宣传小分队共有7人，配有一台小型手摇发电机，一套大功率播音喇叭。4 名志愿军战士担任护线员，因电线随时会被炮弹炸断，2 名朝鲜人民军战士轮流手摇发电，刘禄曾担任英语广播员。从 24 军军部到最接近前沿阵地的连队指挥所，要通过好几道敌人的封锁线。最后一道是一片号称“死亡之谷”的开阔地，有 1 平方公里左右，每隔 7 分钟敌人就要向那里发射一阵排炮，地上被炸得连草都没有了。这是在敌我双方进入阵地胶着的状态下，美军实施的新战略，就是想用切断志愿军后勤补给的办法，把我军困死在山头上。

每天傍晚夜色朦胧之时，为前线运送食品和武器弹药的我军运输队就开始穿梭运动。刘禄曾等跟在运输队的后面，也冲入了“死亡之谷”。多年后刘禄曾回忆道，那时候才明白什么叫“枪林弹雨”——他们在山沟里隐蔽的时候，只见炮弹像倾盆大雨般地落在眼前的开阔地上。炮声一停，趁着弥漫的硝烟，大家拔腿就跑，冲过去就是胜利，冲不过这道封锁线就有性命之虞。

在朝鲜，人们常说“白天是美国人的，夜晚是中国人的”。刘禄曾与小分队来到 209 团 7 连的坑道，高音喇叭早已由前沿部队的战士安放在山头的掩体里。每天从晚上 8 点到午夜 1 点对敌广播，除了宣传我军的宗旨和优待俘虏的政策，还播放《欢乐颂》、《平安夜》、《铃儿响叮当》等圣诞节名曲，以及《送我回家》、《友谊地久天长》等思乡名曲，还有《一封未写完的家信》等等。临近圣诞节的时候，前沿阵地的枪炮声稀少了，尤其在夜晚，四周的山林迎来了难得的宁静。小分队的高音喇叭大显身手，声音回荡在山谷，响亮而清晰。7 连的坑道与最前沿的敌军阵地相距不过二三百米，想来《平安夜》的旋律之后，必是深深的无奈和绵绵的乡愁。

这是刘禄曾第一次深入前沿阵地，时间从 1952 年 12 月到 1953 年春节之前。任务完成后，敌工科科长派了一班长送她下山。这次，一班长带刘禄曾走的是另外一条路，原以为这条小路隐蔽些，但没想到敌人的炮火更猛烈。这条路要穿越一道五里长的敌人封锁线。过封锁线时必须不断地快跑，一班长把刘禄曾所有的行李都背过去了，叫她拉着他的枪把子奋力奔跑，不要停下来。这是刘禄曾遇到的最危险的一次行军，只见左边一发炮弹落地，右边一发炮弹炸开，眼前全是硝烟。大约跑了半个小时，终于冲过了封锁线，汗水把她的棉袄都湿透了，脚下的皮靴仿佛有千斤重。由于跑得太快，一进入我军的喀秋莎大炮的掩体，她就倒在地上了。掩体里的战士们看见他们跑进来，都非常吃惊：“这么密集的炮火，你们是怎么过来的？”晚上刘禄曾睡了，一班长还帮她在火炉上烘棉袄……

五、停战前后

1953年7月初，刘禄曾再次奉命进驻前沿阵地，对敌开展政治宣传攻势。这次她去的是24军70师216团的一个尖刀连队，距离坑道对面美军的山头不过一二百米，因美军阵地的两边都是李承晚的部队，美军盘踞的山头夹在中间，被连长称为“饺子馅”。当时战争已经接近尾声，停战谈判已取得成果。但是李承晚政权却不买账，跳出来反对和谈并从中作梗，迫使中朝军队不得不发动一场狠打李承晚伪军的关键性战役——金城反击战（又称“夏季反击战”）。

刘禄曾到达前沿阵地的时候，金城反击战的第二阶段已经结束，一场更大的战斗正在孕育中。她的任务除了照例每晚对敌广播外，又增加了一项喊话。她用一个长柄喇叭，从坑道旁挖开的洞眼里伸出去，直接对着美军阵地喊话，把有关停战谈判的进程告诉美军，以瓦解他们的士气。渐渐地，对面山头与这边似乎有了默契，凡是刘禄曾广播和喊话的时候，对面就不打炮了，方圆几十里，整个山谷一片寂静。谁都能感受到，她那夜莺般的嗓音，在月光下一泻千里，表达的是双方将士盼望停战、渴望回家的共同心愿。

7月中旬，夏季反击战打得异常激烈，我军收复了178平方公里的土地，从前线抬下来的伤员一批批地经过坑道……由于两旁的李承晚伪军的山头相继被我军占领，正前方与我对峙的美军已陷入包围之中，他们想要溜了。连长急了，立即请求上级用重炮封锁敌人退路。正在这时，突然接到部队换防的命令。当夜，兄弟部队闪电般地进入了坑道。24军撤出前，连长通知刘禄曾说：“敌人已经熟悉了你的声音，为了不让对方觉察我军的动向，上级决定你仍留在这里，不下阵地。”

新来的兄弟部队，配备着更好的武器装备，很快熟悉了敌情和地形，正准备向对面山头发起进攻时，突然接到上级通知，停战谈判已达成协议。此时是1953年7月27日上午10时。坑道里官兵们一片欢腾，刘禄曾被大家抬了起来，“我们胜利啦！我们胜利啦！……”

停战协议定于当晚10时生效，全线必须实行停火，并在72小时之内，双方一律从分界线后撤两公里，不准再进入非军事区一步。

停战消息传来时已近中午，前线的枪炮声尚未停歇，刘禄曾竭尽全力向敌方反复播送这条最新消息。晚上8点以后，炮声渐稀，山谷里宁静了。每天奔忙在生死线上的运输队战士，此时接到上级通知，为了减少伤亡，今天不必立即返回，可以等到晚上 10 点以后再动身。从 8 点到 10 点，当晚的这两个小时好像特别长，运输队的小鬼们不断地过来问：

“广播员同志，离 10 点还有几分钟啊？”

“10 点钟怎么还没到啊？”

刘禄曾那块唯一的手表，简直成了全体官兵关注的焦点。

尽管领导一再关照，为防止流弹，不许战士们走出坑道，但晚上 10 点一到，满怀胜利喜悦的战士们还是一个个悄悄地爬出了坑道。刘禄曾也忍不住，跟着爬上来到山顶。只见天上的月亮格外明亮，敌人的探照灯已经不再探视我方，而只管照着自己那边的公路，飞机也不再往我军这边飞，而是沿着分界线横飞。天亮之后，刘禄曾惊奇地发现，对面山头上有几个大个子美国兵也在往山上爬，他们见到刘禄曾后大为惊奇。后来才知道，原来他们以为志愿军的广播、喊话用的是录音机，没想到真有大胆女兵来到了前线！

刘禄曾率领战士一齐向美国兵喊话：“我们要和平！”“我们不要战争！”

但是对方表现得很沮丧，没有一个人搭腔，或许是怕上级怪罪吧。

《停战协议》生效后的第二天，刘禄曾和战友们奉命下山，这回不用担心枪林弹雨了，可以大摇大摆地下山了。见到山下几个炮弹坑里有积水，大家欣喜若狂，连忙奔过去洗手、洗脸。刘禄曾把帽子摘下来，把头发弄弄湿，她已经记不清有多长时间没洗头洗脸了。大家沐浴在温暖的阳光下，忘情地呼吸着新鲜空气，看见路边有一丛金达莱已经开花了，才突然醒悟到——盼望已久的和平真的到来了！

六、巧遇当年战俘

时光飞一般流逝，转眼到了 1979 年春天。

已经是外事工作者的刘禄曾，接到一项特殊任务，陪同 86 岁高龄的著名教育家吴贻芳女士，到美国七个城市作为期两个月的访问。飞机上，吴贻芳问刘禄曾，此行有何想法。刘禄曾感慨万端，她觉得像做梦一般：“世界上真的没有永久的敌人，也没有永久的朋友。我从小到大都在美国人办的教会学校里读书。抗美援朝洗了我的脑筋，一扫过去的崇美、亲美、恐美思想，跟狼狈不堪的美国战俘打了不少交道。没想到，三十年后的今天，我又陪您以朋友的身

刘禄曾（左一）陪同著名教育家吴贻芳（左三）访美

份出访美国了。”

更令她想不到的是，时隔28年之后，她在美国居然又与当年的战俘相遇了！

那是在纽约布鲁克林博物馆，正逢该馆每月一次的群众性聚会，一位高个子男人主动走过来跟她攀谈。刘禄曾觉得这人有点似曾相识，可是理智告诉她，她在美国没有亲戚，不可能认识这个人。然而此人却紧盯着刘禄曾，问她以前是不是到过朝鲜。说着说着，那人脸上笑得更灿烂了，紧紧握住她的手说：“您就是刘军官吧？您不记得我了，可是我还记得您啊！在你们志愿军的战俘营里，您以战胜者的身份审讯过我。圣诞节时，您还发给我一件小礼物——一个红底白字的小别针，上面写着‘和平’二字，我到现在还保存着呢！”他一再提醒说：“您想起来了吗？我叫詹姆斯。”

“啊……”刘禄曾不由得笑起来了。28年过去了，这个战俘居然还记得那段特殊的往事……

1951年春天，詹姆斯随着大批战俘被押解到第九兵团司令部，他当时才22岁，因偷汽车犯了罪，自愿到朝鲜战场一年以抵刑期。可是第一次上战场，一枪未放就当了俘虏。他从小信仰基督教，还很天真。审讯时，他一脸迷惑地说：“上战场前，随军牧师虔诚地为我们祈祷过，还特意拍拍我的肩膀说：‘詹姆斯，放心去吧，上帝与你同在，我每天为你祷告。’现在怎么都不灵了呢？报纸上说东方女人都很漂亮，朝鲜苹果又大又甜，可是我都没看见……”

两天后，詹姆斯要被送到志愿军总部的战俘营去了。一位战士来报告，说一个大个子战俘昨晚没参加背粮食。一了解，正是詹姆斯。刘禄曾前去探视，得知他在发烧，立即找来军医为他诊治，同时将情况报告上级，批准他当晚免于步行，可以乘车前往战俘营。下午，刘禄曾路过战俘班，看见一个志愿军小战士，正在用手指刮着詹姆斯的大鼻子逗着玩。她悄悄对小战士说：“刮鼻子也是侮辱人格，与我军的政策不符，以后不能开这种玩笑。”想不到，看病、乘车、刮鼻子三件小事，竟给詹姆斯留下了终身难忘的印象。已经人到中年的詹姆斯，热情邀请刘禄曾去他家和他开的餐馆聚餐，可惜中方的行程安排得很满，刘禄曾未能成行。

转眼六十多年过去了，刘禄曾虽然青丝不在，但是激情依旧，她的思绪不时地会飞回那战火纷飞的岁月。说起往事，她总惦念着那些没能和她一起返回祖国的战友。当年对她们进行英文考核的路洪绪，原先是圣约翰大学的教师，跟她们一样经历了抗美援朝的全过程，可是在停战前不久，车子翻在山沟里了；还有一位刘禄曾认识的团参谋长，在一次穿越敌人封锁线的时候，不幸倒下了……

战争结束后，刘禄曾从部队转业到南京，成为政府部门的一名职员。她虽戴过军功章，加入了共产党，但在“极左”思潮泛滥的年代，因家庭出身问题，总是不被信任，经历了不少误解和折腾。但是她没有退却，她坚信自己是战士，无论在有硝烟还是没有硝烟的战场，都应像面对“死亡之谷”那样，义无反顾地冲过去！

粉碎“四人帮”以后，刘禄曾重新被启用，从事外事旅游工作，去了欧美和澳洲许多国家，退休前是中国国际旅行社南京分社美大部的经理。退休后，她又在国际旅行部门工作了多年。她原本是学法律的，随着国内法治建设的加强和涉外案件的增多，她还被江苏省司法厅批准为省商务律师事务所的特邀律师。

如今，刘禄曾是南京市志愿军老战士艺术团的成员。在南京军民纪念抗日战争、抗美援朝胜利的各种活动中，台上台下总少不了她的身影。她那夜莺般的歌喉一旦展开，观众们的心潮总会跟着她一起奔腾……

简 历

刘禄曾，祖籍安徽庐江，1928 年 12 月出生于安徽芜湖。1937 年“七七事变”后随家人逃难到上海。小学、中学就读于教会学校。1947 年高中毕业考取上海东吴大学法学院国际法专业。1950 年底参军，在朝鲜志愿军第九兵团敌工部、24 军敌工科从事英文翻译和对敌广播。1953 年 10 月回国后转业，先后在南京市委宣传部、江苏省委宣传部、江苏省外事办、中国国际旅行社南京分社等单位工作。副高级职称，1989 年退休。

一个女兵的上甘岭战地日记

邓祖琪

1951 年 3 月，我参军不久就随部队跨过鸭绿江，奔赴战火纷飞的朝鲜前线。入朝第一课就经历了严峻的考验。在敌人的炮火下连续 18 天的急行军，对于背着几十斤的背包和干粮，并且是一个“平脚板”的我来说，无疑比别人要承受更多的苦和累。几天下来，我的脚上血泡连连，血迹斑斑，痛苦不堪……

队里的老同志见我行军时艰难痛苦的样子，都争着帮我背背包，扛米袋。

我感动得含泪向同志们保证：“我就是爬，也要爬到前线去，绝不辜负祖国人民的期望！”

青年时代的邓祖琪

一天行军时，我们文工队紧随师司令部，师政委罗洪标见我走路一瘸一瘸的，就将我的背包放在他的马背上。我很高兴，但偏赶上拉肚子，身体虚弱，加上双脚打泡后发炎，走路更瘸了。尤太忠师长见到我称赞说：“小邓不错，病成这样还坚持行军。你来拉着马尾巴走吧，可以轻松一点。”

我怕马踢人，不敢拉。尤师长就边讲边作示范说：“别怕，一把抓紧别放松。”我就壮着胆向马走去，紧紧抓住马尾巴。就这样，靠马尾巴我走完了最后三天的路程，顺利地和同志们一起到达了目的地——谷山。

1952 年初冬，举世瞩目的上甘岭战役打响了，我所在的志愿军三兵团 12 军 34 师 106 团（即 102 团）奉命参战。此时，我们师文工队正在谷山休整。战友们天天都在议论前方的战事，听说要我们去五圣山慰问前线部队，大家都期盼着这一天！

下面是我在战火纷飞的上甘岭前线匆匆写就的战地日记，它真实记录了那段难忘的日子。

12 月 2 日

今天首长来作了动员，决定以文工队为主组成慰问团赶赴前沿。首长说：106 团是我师的英雄团，他们在 11 月中旬就上了五圣山，接替我军 31 师 93 团争夺并坚守 537.7 高地的北山阵地。仗打得很艰苦，已歼敌两千余名，但自己伤亡也很大。敌人每天有成万发炮弹落在阵地上，你们上去要有充分的思想准备。

随后宣布了上甘岭慰问人员的名单，共 15 人，由彭维纲队长带队。男队员有：武炎、李仲群、罗乐、苏修华、罗极 、汤壁辉。女队员有我、宁仰年 、白玉风、朱惠馨 、王昭蓉。另有朱守仁 、马骧 、孙鹏三人负责收集英雄事迹并担任创作任务。

真高兴！名单宣布后，我还分到了两个新节目。我要在这次任务中接受组织考验，争取早日转正（我 7 月刚入团，还是预备团员）。

12 月 3 日

下午 1 点我们集合出发。队长说：“东西不要带得太多，要轻装。”

第五次战役后我们已在后方休整了几个月，极少锻炼，加上又是今年第一次穿着棉衣、棉裤行军，所以路走得十分艰难。

朝鲜的初冬，寒风刺骨，大雪覆盖地面足有一尺多厚。棉鞋冻成了冰坨坨，背着几十斤重的背包，越走越重。想喝水，水壶里的水却成了冰块，只好抓把雪解渴。我们走了大约二三十里才到后勤处。

吃过饭，烧了两堆火烤衣服，但外面衣服烤干了，汗湿的内衣却透心凉。我们虽然又困又累，但都精神抖擞，为即将奔赴前方而兴奋不已。大家围着火堆说笑着。罗极话最多，一个劲地说个没完。“黑娃”（王昭蓉）

熬不住了，打起瞌睡，头一冲一冲的，惹得大伙哄堂大笑。

晚上，我们住在朝鲜老乡家里，他们连被子都没有，真可怜。我们把大衣给他们盖上，还拿烟给他们抽。老乡直说："高马什米达！"（谢谢）

12 月 5 日

昨天在后勤处休息了一天，将苹果、香烟，还有师首长及未参战的 101 团、100 团指战员带来的慰问信和慰问品装上了车。

今天我们分坐在四辆卡车上继续前行。驾驶员很有经验，晚上开车一不开灯二不按喇叭，凭着练就的一副"夜猫眼"，穿行在满是弹坑的公路上。我们的头顶上不断会有敌机骚扰。几架美军"油挑子"在天上盘旋扫射，没找到目标，瞎打一阵就跑了。我们平安地躲过了敌机的空袭，高兴地唱起了《汽车兵之歌》：

> 我的车呀快快地跑呀！我的车呀快快地向前！我的朋友，我的伙伴，前线同志等着咱……

驾驶员也不时地与大家拉歌对唱。

行进在颠簸的道路上，大家都有些累了。你靠着我，我靠着你渐渐睡着了。突然，一阵爆炸声把我们惊醒，有人大喊："我们中弹了！快下车隐蔽。"我们一个个慌忙跳下了车。原来运苹果的那辆车被敌机击中，驾驶员也不幸牺牲了。

大家看着这位牺牲了的不知名的战友默不作声，心情非常沉重。他是那么年轻，那么快乐，刚才还和我们一起唱着歌，转眼却离开了我们，把他年轻的生命留在朝鲜战场上。

为了赶路，我们不得不丢弃一辆车继续前进。深夜，我们终于到达此次行程的第一站，上甘岭参战部队 106 团的后勤留守处。

12 月 6 日

这里离前沿阵地还有几十里，是敌炮火封锁线。马干事对我们说：前方的战士打得顽强，我们后勤的同志们也很英勇。由于敌人的飞机大炮昼夜封锁，给我们运输、通讯联络造成了极大困难。运输连和担架连每天都要冒着炮火，用双肩把物资送上去，再把伤员接回来，他们的伤亡也很大。这里没有条件集中看演出，你们只有分散行动。

我们立即分成两个小组行动起来。一边采访，一边根据采访的英雄事迹给节目增添新内容。罗极的《金钱板》和我们的群口快板《捷报》都加了新词。

下午，我们来到了伤员的防空洞。狭小的洞里挤满了从前沿阵地上抬下来的伤员。他们的衣衫满是弹痕，头上、手上、腿上缠着渗透鲜血的绷带。有的躺在担架上；有的躺在铺着雨布或稻草的地上。望着他们被硝烟熏黑的脸和布满血丝的双眼，我们含着眼泪把慰问品放到他们面前，为他们演唱。

晚上，我们又分批去了伤员防空洞进行慰问。

12 月 7 日

对这次任务，我早有思想准备。危险、吃苦我都不怕。真想马上飞到前沿阵地为战士们演出，哪怕只是与前方浴血奋战的英雄们见上一面，说上几句话，也会感到非常欣慰的。因为当胜利之时，我可以无愧地告诉人们，这胜利也有我的一份力量。

晚上演出，一位伤员告诉我：敌人在前沿阵地搞“苦肉计”，抓了些老人、孩子和妇女来作战。听后我非常气愤。自从来到朝鲜，亲眼目睹了战争给这个美丽的国家带来的灾难，残垣断壁、满目焦土，没见到一个完整的城市。男人们都上了前线，留下的只有老人、妇女和孩子。如今，敌人还要用他们来当炮灰。这活生生的事实，给我这个新兵又一次深刻的教育。

12 月 8 日

五号首长（师参谋长蒋科）指示我们明天就要到前线去了，今天要把106 团后方演完。我们又分成了两个小组，为班以上干部演完后又匆匆赶到了八连、九连。

十多天前，九连 1 班的班长刘保成牺牲在 537.7 高地北山。当时他胸部中弹仍坚持战斗。在敌人向阵地冲来的时候，他抓起了爆破筒，高喊着“毛主席万岁”冲入敌群，与敌人同归于尽。另一位战士高守余，眼看着班长和战友牺牲了，他化悲痛为力量，带着满腔仇恨坚守阵地，一个人打退了敌人六次反扑，歼敌一百多。

我们把这些英雄事迹编成了快板，面对英雄即编即演：

孤胆英雄高守余，只身一人守阵地。

机智灵活巧周旋，浴血奋战斗顽敌。

……

我们唱了一支又一支，嗓子哑了也不顾。直到战士们劝我们回去休息时，我们才想起从昨天到现在，大家只睡了三个小时。

12月9日

早上3点半，队长把我们一个个喊醒。要到前沿阵地去了，大家异常兴奋。

今天要通过好几道封锁线，我记住了行前通讯员教我们的窍门：跑封锁线首先要掌握敌人打炮的规律，选择炮击间隙冲过去。再就是跳进刚打过的弹坑中，躲过这阵炮击后再跑。

通讯员的经验果真有效。我们气喘吁吁地跑到封锁线的开阔地上，等一阵排炮打过，我急忙跳进一个弹坑。这时黑娃也滚了进来。炮声一停，我俩手拉着手，从这个弹坑又跳进另一个弹坑，连滚带爬，跑得飞快……就这样，终于通过了两个较长的封锁线。我们没有恐惧，回头望着身后那累累弹坑，再互相望望满是沙尘的花脸，一下子忍不住抱在一起。为庆幸自己闯过了这一道道生死关，高兴地笑着、跳着。

小分队无一伤亡，顺利地到达了师前线指挥所。

指挥所公路旁摆着一排排没有伪装的高射炮。在这敌机封锁区，大白天车辆和行人能毫无顾忌地来来往往。我感到好生奇怪，问了指挥所的同志才知道，炮兵老大哥为了保证前沿这条运输线的畅通无阻，有胆有识，不怕牺牲，不惜代价，只要敌机一来就打。前几天还击落几架敌机，吓得敌机不敢在此飞行。所以运输队、马匹、人力不管白天黑夜，都能平安地行进在这条公路上。

这种紧张繁忙而有序的壮观场面，入朝以来我们还是第一次看到哩！

一路上，我们见到许多从前沿换防下来的战士。我们向他们喊着：同志们，辛苦了，我们向你们问声好！战士们也高兴地喊着：文工队，来一个！我和白玉凤就打起竹板唱了起来：

美国兵有个十大怕，

纸糊的老虎经不住打，

咱们两个一条一条说说它呀，

抓住它的弱点消灭它……

晚上，我们在防空洞里和15军29师及炮兵老大哥联欢，还和首长跳了舞。

前沿兄弟部队对我们新上来的部队非常照顾。106团上阵地后，他们每天都为我们蒸600斤馒头，还送给团里3万斤苹果……

我们的胜利是和他们的支持分不开的。

12 月 10 日

五号首长蒋科来了，他带我们去上五圣山。

我们的左前方就是106团的阵地537.7高地北山。五号把望远镜给我，我可以清楚地看到那个小山头。那一片每天承受着敌人几万发炮弹的狂轰滥炸，周围白茫茫大雪覆盖的光秃秃的焦土地，就是敌我双方激烈争夺的战场。它是咱们的战士用鲜血和生命捍卫着的不足4平方公里的小山头。五号说：我们现在已经基本守住了这块阵地！在争夺战中涌现了许多英雄的事迹，等着你们去写、去唱、去传送。

激烈战斗已近尾声，我们来迟了。

为了庆祝胜利，白天29师请客，有89部和炮兵部队参加，我们演出了一场。坑道很小，我们的歌表演只好排成一个小圆圈，伴奏只有一只黑管、一把二胡、一把三弦，呱嗒板代替棒子。晚上组织了舞会。

12 月 11 日

早上4点出发，去獐谷。

我们走在满是弹坑的公路上，刚上公路就迎来了一声炮击，我想炮弹没长眼睛，不像飞机见人就打，没什么可怕。有了这几天跑封锁线的经验，大家都很沉着。我扎紧身上背的打击乐，拉开距离，飞快地跑过了这条封锁线。途中卧倒时还捡了一把半新的牙刷。我的牙刷在入朝时弄丢了，这真是意外的收获。可是我带的呱嗒板却跑丢了，要作检讨了。

大约走了八九里地到了獐谷。

獐谷是我们运输上的总指挥地。敌炮敌机不停地骚扰，紧张又危险。友邻部队运输连，我师的警卫连、侦察连部分同志都住在这里。见到他们分外高兴和亲切。饭也顾不上吃，马上分成三个小组，往返于他们的驻地坑道、防空洞慰问演出。

他们住得分散，有的洞里只能住进去两三个人。汤壁辉横躺着拉二胡，马骧则不顾安危站在洞口用手风琴伴奏。我和黑娃、白玉凤则跪着唱起《拉洋片小调》填词：

> 我们三个人，代表文工队，走上前来问声好，同志们你们辛苦了！哟嘿……

观众虽少，但我们越唱越有劲。

上午去了29师几个点，下午、晚上则在山边几张雨布临时搭起的手术室里演出。我们头上随时会掉下被轰炸震起的尘土。有个伤员头上扎着绷带，耳朵被炮弹震聋了。我俯在他身旁用沙哑的声音大声给他念完慰问信后问他想听什么歌，他激动地说，不用唱了，你们来了就好。当我把祖国慰问团送来的香烟点燃送到他嘴边时，我看到他的泪水顺着沾满鲜血的绷带流了出来……

在手术室最后一个防空洞里，有三位等着转移后方的伤员，见我们去了都很激动，争着发言。一个劲地检讨没有多歼灭敌人就负了伤，对不起祖国人民、首长和同志们。表示一定要尽快养好伤，重返战场。我记下了他们的姓名：106团2连高春发、运输连叶敌清，还有才从外单位调来的冯西庆。

我要把他们的名字永远记住。几天的连续演出，我的嗓子更哑了。面对着这么好的战士，我不能放开喉咙唱歌，心中十分懊恼。

12月12日

昨晚，我们5个女兵住在82炮连让给我们的防空洞里。一进洞门，一股暖流扑面而来。炮弹箱垒成的桌上放着红红的苹果，专为我们烧的一盆炭火，火势熊熊。前线难见的一盏小油灯，照得洞子十分明亮，桌上还压着一封信。信中写道：

> 敬爱的文工队的同志们：你们千辛万苦，通过敌人的封锁，前来慰问我们团，真值得我们敬佩。我们希望在你们的鼓励之下，部队情绪更加高涨，更坚决地歼灭敌人。你们来了，战地上没有什么东西表示我们的敬意，只有把我们自己住的简陋的防空洞让给你们避避露气。一炉火表示我们的心。屋内的东西如脸盆、菜盆，凡你们需要的

都可以用。

此致

革命敬礼！

我们被这封热情洋溢的信深深感动了。朴实的话语，道出了战士们的真情，让我们之间缩短了距离，就像回到家中一样，从里到外暖洋洋的。洞外战火纷飞，冰天雪地，却让我们感受到了这一生中最温暖的一夜。

离开时，我们把洞子打扫得干干净净，想告别说声谢谢，却一直没有见到洞子的主人。苹果来之不易，我们没舍得吃，留下了，其他物品没有动用，但我们带走了这份刻骨铭心的战地情，它将永远留在我心中。

12 月 13 日

罗乐、武炎等几个男同志继续到前面团指挥所慰问，少部分同志将回到师指挥所。今天我们师要请客，招待 29 师 、45 师及炮兵老大哥。女同志全部到指挥所布置会场，写标语。晚上演出，还开了舞会。

12 月 14 日

今天，我们去看望炮 2 师文工队同志。他们来了 15 个人，也是来慰问部队的，晚上和他们联欢。

昨天收到 199 师白参谋长的来信，还有相片、苹果、糖。信是这样写的：

邓祖琪、朱慧馨、王昭容、白玉凤、宁仰年同志：你们辛苦了，向你们致以亲切的慰问和崇高的敬意。你们勇敢地走上五圣山，与你们的英雄部队一起打击敌人……34 师文工队同志深入部队、走入战地、与部队紧密联系，创作丰富，艺术水平高。这样的演出作风值得我们学习。这完全是真心话，希望你们继续努力，更好地与群众、英雄的战士联系，丰富你们的艺术生活，提高你们的艺术水平，更好地为兵服务……

白炳勋

（1952 年）12 月 11 日银店洞

12 月 16 日

昨天我们回到了“梅桧里”。炮声远了，战场的气氛淡了。虽然敌机还在头上转，但比前面安全多了。正在看 45 师文工队给 106 团的慰问演出，29 师来车接我们到他们那里去，坐了半个小时车后，又爬山、又走路，没有思想准备，都很累，住在他们招待所。

今天，29 师开了欢迎会，这次盛会在朝鲜是少有的。我们和他们的文工队联合演出，这是我们下来后第一次化妆演出。

12 月 17 日

早上乘车去 45 师演出。突击编排的群口快板《捷报》，好几个人都忘了词。

晚饭后，又乘车赶到 15 军，参加为我师 106 团庆功授旗大会。106 团在上甘岭战役参战的 28 天中，歼敌四千多名，守住了阵地。圆满完成了防御作战任务，取得了战役的最后胜利，并将阵地完整地交给 15 军。会上，15 军首长将一面绣着“主动灵活，英勇顽强”的锦旗送给 106 团。会后，我们和 15 军文工团联合演出，我们的节目有彭维纲队长和宁仰年独唱、罗极的《金钱板》等。

12 月 19 日

我们回家了。昨天下午出发，乘车到凌晨 3 时才到家。天下了一场大雪，坐在无篷的卡车上，冷得够呛。今天睡了一天。

12 月 20 日

今天队里召开总结会，队长说：这次去上甘岭慰问演出，工作 12 天，共演出 23 场。慰问了 106 团，还去了友邻部队。同志们不怕苦、不怕难，冒着生命危险穿越封锁线，深入前沿阵地，受到 106 团和友邻部队干部、战士的欢迎。

小结后，提出了许多好同志，有记功的，有表扬的，我也受到了表扬。由于自己嗓子哑了，许多工作不能参加，受到表扬问心有愧。

朝鲜战争的硝烟早已散去，但六十多年前那段血火交融的岁月，那异国他

邓祖琪（前排左三）于2013年作为南京老战士艺术团重返朝鲜

乡一千多个日日夜夜，至今历历在目，难以忘怀……带着那段难忘经历的无尽回忆，翻开这保留至今已经泛黄的日记本，当年一个小女兵于战火中匆匆记录下的点滴战地生活，虽肤浅幼稚，但却是我们初涉人生，面对战争，无悔青春的真实写照！

简　历

邓祖琪，1934年8月出生，重庆市人。1950年11月参加中国人民解放军，任志愿军三兵团12军34师文工队演员。1951年3月赴朝参战，先后参加了第五次战役、金城防御战、上甘岭战役、东海岸筑城。回国后任南京军区前线歌舞团演员。1969年转业到成都，1981年调南京金陵石化烷基苯厂任纪委办公室主任。1989年退休后继续发挥余热，和战友们组建了南京市志愿军老战士艺术团。

鸭绿江畔再唱英雄赞歌

成亚平

2013年7月27日，和朝鲜一水相隔的丹东市迎来了一群不同寻常的客人——南京市志愿军老战士艺术团。他们此行是为纪念抗美援朝胜利六十周年，应邀赴朝鲜参加纪念活动的。艺术团在丹东停留期间为丹东人民演出了一台精彩的节目——《志愿军组歌》，鸭绿江畔又响起了英雄赞歌！

为什么战旗美如画，英雄的鲜血染红了她

为什么大地春常在，英雄的生命开鲜花……

南京市志愿军老战士艺术团组建于2000年。现任团长兼总导演和指挥的齐文英是当年志愿军三兵团12军34师文工队队员。1952年冬天，她曾和我妈妈刘时芬一起奔赴朝鲜前线，所以，我从小就经常从妈妈的口中听到“齐文英”这个名字。

齐文英1951年冬天于朝鲜战地

齐文英的眼睛在1951年刚入朝时的第五次战役中受过伤，是二等乙级伤残，两只眼睛一只已失明，一只视力仅为0.07，她的膝盖也曾因公伤残。但齐文英身残志坚，几十年来一直坚持在基层文艺第一线工作，退休后不甘碌碌无为，继续为弘扬志愿军精神，圆青年时期的文艺梦而坚守在舞台上。2000年抗美援朝50周年之际，她和爱人也是志愿军老战士的张于，以及原12军文工团的老战友任红举、邓祖琪等，策划创立了南京市志愿军老战士艺术团。艺术团的成立不仅为退休后的文艺老战士们提供了发挥余热的舞台，而且成为联结志愿军老兵们的精神纽带。

2013年7月齐文英重返鸭绿江

齐文英作为艺术团唯一具有艺术专业高级职称的艺术家，十几年来为艺术团的发展殚精竭虑，作出了突出贡献。

下面选取我妈妈回忆录中关于齐阿姨的一段文字，让我们领略一下齐阿姨年青时的风采：

齐文英是在高邑站（河北）上车的。她是师文工队的演员，15岁从重庆参军，不久随军赴朝参战。在一次去前沿阵地演出时，在交通壕里被铁镐柄撞伤了眼睛，这次是回国治疗后重返前线。她一上车，气氛顿时就热闹起来了。小齐是先行者，对朝鲜的情况无所不知，我和文化教员刘亚莉一路上听着她滔滔不绝的话语，时间不知不觉就过去了……

在开往沈阳的火车上，小齐兴致很高，她在车上引吭高歌，唱起了朝鲜歌曲《桔梗谣》，又名《道拉吉》：“桔梗哟，桔梗哟，桔梗哟桔梗，白白的桔梗哟长满山野，只要挖上一两棵，就可以满满地装上一大筐……”

小齐不愧是34师文工队的台柱子，声音圆润洪亮，感情充沛。一曲唱完，在座的乘客无不拍手叫好，让再来一个。她又唱了《春之歌》、《阿里郎》等朝鲜歌曲。她甜美动听的歌声回荡在车厢里，引得别的车厢的许多人也涌了进来。列车长看我和刘亚莉让出了自己的座位在一边站着，就将我们带到卧铺车厢休息。我和小刘第一次坐卧铺，真气派呀！枣红色金丝绒制成的床套，带花边的白色纱缦窗帘……那个年代，志愿军真是走到哪里都深受人民群众的爱戴。

几年前，我把妈妈写的这篇回忆录寄给齐文英看过，齐阿姨看后立即给我回了一封热情洋溢的信，她说：“亚平：你妈妈写得真好，再现了我年轻时的风采，许多我已经忘却的往事又回想起来了……”

与大多数重庆参军的女兵出生于殷实人家不同，齐文英阿姨是苦孩子出身。她很小就失去父亲，母亲无力抚养几个孩子，就把她送到了幼慈院。1949年11月底，第二野战军解放了重庆，15岁的齐阿姨作为有志青年积极报名参军，考上了二野军政大学，毕业后分配在第12军34师文工队。

1951年3月22日，齐阿姨随军奔赴朝鲜即参加了残酷的第五次战役。在战役第二阶段，部队穿插到敌后近100公里，陷入敌人三面包围，战斗打得异常惨烈，仅5月22日，34师就牺牲了好几名团级干部。部队伤亡很大，师首长命令师直机关和文工队员全部到师卫生所担任战地救护任务，负责抢救、转运和安置伤员。文工队分成3个救护小组，齐阿姨是组长。

在“三八线”附近的华川一带，齐阿姨与战友们将散落在山沟及掩体里的伤员包扎后运送到公路上。重伤员由东北民工担架队抬着，轻伤员由女兵们搀

1950年6月齐文英（后排右三）与西南军政大学三分校战友合影

扶着护送去野战医院。

午夜时分，她们带领伤员在狭窄的山路上艰难地行走着，公路上挤满了送弹药的马车、汽车，和拉着山炮的马。公路的右边是一道百丈峭壁，左边是布满荆棘的洼地……突然，一直在天空盘旋的敌机在她们头顶上甩下了几颗照明弹，将大地照得如同白昼。

不好，一匹白马受惊了！它挣脱了缰绳，将驭手甩倒在地，“呜啊，呜啊”呼啸着，横冲直撞而去……在这千钧一发之际，齐阿姨清醒地认识到自己肩上的担子有多么沉重！心里只有一个念头，绝不能在这里坐以待毙，绝不能让这些没有战死在阵地上的勇士们牺牲在她的监护下。她当机立断，纵身跳下丈把深的坡，幸好下面是松松的泥土让她栽了一个嘴啃泥。她喊着：“不算深，快下来！”女兵姐妹们下接上送，七手八脚连拖带拽地将伤员们搬运下来。在夜色中，她们背的背，抬的抬，带领伤员往隐蔽地疏散。齐阿姨瘦弱的身躯搀扶着一个被凝固汽油弹烧伤的战士，在照明弹照射下只见他满头满脸一团漆黑。若不是白天见过他，黑夜里猛一见真会吓一跳的。

此刻，敌机又呼啸着飞过，一颗重磅炸弹落下来，掀起一阵气浪把齐阿姨冲了个趔趄。她机警地顺势趴倒在伤员身上……

就在这次战斗中，齐阿姨的眼睛不幸受伤。那是一天夜间急行军，她的右眼不幸被前面战友背后携带的十字镐戳伤。当时她感到眼睛一阵刺疼，流出了很多清水，眼前一片模糊……

领导和同志们让齐阿姨回国治疗，但她看到那么多战友刚入朝就牺牲了，有的甚至肠子都打出来了，把肠子绕在腰间继续战斗不下火线！她想，自己失去一只眼睛又算啥？比起那些牺牲的战友自己算幸运的。就这样，齐阿姨带伤继续战斗在朝鲜前线。

齐阿姨说她不能忘记，在她受伤的日子里是战友和首长们无微不至的关爱使她坚持了下来。每逢夜行军，总有战友用一根竹竿或一根小绳拉着她走，她手里也拿着一根棍子备用，就像盲人行路一样。当年，牵她手行军最多的一个战友叫邓祖琪，和她同年同月生。没想到半个世纪后，两位并肩战斗在朝鲜的好战友，如今又在志愿军艺术团里成为好搭档，经常同台演唱，被人们誉为“军中姐妹花”。

第五次战役结束后，部队撤到谷山休整。一天，师长尤太忠、政委罗洪标来到文工队看望大家，见到平时活蹦乱跳的小齐被眼伤折磨得面色憔悴，和以

2012 年齐文英（右）与她 34 师文工队的战友邓祖琪（中）在《志愿军组歌》中担任领唱

前判若两人，就严肃地命令她：“尽快回国治伤，不能拖！”见到师首长对她这么关心，齐阿姨激动得热泪盈眶……

她对师领导说：“谢谢首长！我不回国，我要留在这里，就在这里治疗。”尤师长像父亲一样轻轻地抚摸着她头上的绷带，打趣地说：“你看你哦，活像毛驴上磨。”

“轰”的一声，战友们都笑了，说：“她不肯回祖国治疗，是怕回不来了。”

尤师长大笑：“你不回国治，眼睛瞎了将来找不到婆家。”

“找不到算了，我不要。”脸上挂着泪水的齐阿姨忍不住和大家一起笑了……

“小毛驴，哦……，小毛驴。”同志们一面鼓掌，一面齐声喊。

从此，“小毛驴”成为战友们对齐阿姨的“爱称”。

师首长见齐阿姨坚持不回国治疗，于是就给文工队下了两条命令：

第一，齐文英搬到师部医务室去住，和师领导一起吃小灶，以增加营养；

第二，除无人顶替的节目之外，停止一切工作。

从此齐阿姨就成了师首长饭桌上的一员。但她生性闲不住，总是千方百计去参加演出和找事做。为此，她经常被医务室军医告状到师首长那儿，免不了挨师首长的训，但她觉得心是甜的。

然而“屋漏偏逢连夜雨”！齐阿姨的右眼伤情还未好，左眼又得了夜盲症，这使她几乎成了盲人。都说：眼睛是心灵的窗口，保护眼睛要像保护自己的生命一样。说明眼睛对于我们每个人是多么的重要！尤其是对一个年仅16岁的年轻女孩来说，失去明亮的眼睛无疑是残酷的。但齐阿姨用坚强的毅力和意志坦然面对和承受了这个人生的重大打击。

我想：如果没有对理想和信念的执著追求，对祖国和人民的无限忠诚，是很难做到的！这正是我敬佩她们那代女兵的地方。

由于战时环境恶劣和医疗条件有限，齐阿姨的眼睛继发了感染。这时刚好尤师长的夫人王雪晨因事回国，师首长下了死命令让她和王雪晨一起回国治疗。临行前，罗洪标政委送给她一件战利品，是一支美国宝石派克钢笔，亲切地对她说；“爱写字的娃娃，治好眼睛后多写点战地打油诗吧。”

回到位于河北邢台的12军留守处，经邢台眼科医院检查，齐阿姨的右眼受到三层损伤，即：伤及角膜、虹膜、水晶体。经过手术和一年的治疗，视力也只恢复到0.2，被定为二等乙级伤残。眼伤刚好些，齐阿姨就写信给师首长，坚决要求重返朝鲜前线，这才有了母亲回忆录里的那段精彩描述。

1953年初，齐阿姨回到了硝烟弥漫的朝鲜前线。她见到短短一年，同志们的业务水平都有显著的提高，一贯要强的她暗下决心，一定要在最短的时间迎头赶上。她利用一切时间和机会贪婪地学习唱、跳、说、演等节目和技巧。遇见朝鲜人就紧追不放地跟着学习朝语和朝鲜歌曲，经常在睡梦中还哼哼呀呀地梦呓……

由于齐阿姨悟性好又勤奋努力，很快在文工队成为“台柱子”。经常是一台演出，一半节目都有她。无论是朝鲜歌曲、苏联歌曲，还是舞蹈、表演唱、快板、群口词等，她都拿得起来。特别是独唱朝鲜歌曲，成了她一个人的专利，每次不唱上五六首下不了台，深受前线指战员欢迎。

1954年春天，当金达莱花满山遍野盛开的时候，她和战友们告别了这片洒下她们青春、汗水、热血甚至生命的国土，回到了日思夜想的祖国。

朝鲜负伤给齐阿姨的一生都带来不幸。由于长期只用一只眼看书，导致用眼过度，60年代，刚三十出头的齐阿姨又一次遭受了人生的打击！她的左眼也得了重症——视网膜脱落，从而导致左眼完全失明。几十年来，她凭着超常的毅力仅靠一只眼微弱的视力工作生活着。

尽管齐阿姨的眼睛伤残，但她特别要强，工作中人称“拼命三郎”。她不仅能歌能舞，而且能编能导，是文工团的多面手，曾受到李德生军长的赞赏。1955年绝大多数女兵都复员转业了，齐阿姨被李德生军长点名留了下来，调到了12军文工团。1959年国庆10周年时，军领导让文工团组织编排节目，赴北京参加汇报演出。齐阿姨编、导、演的节目在北京获得好评，还受到毛主席等国家领导人的接见。

由于部队正规化建设的需要，1959年底齐阿姨还是不得不含泪告别了10年的军旅生涯，离开部队转业到地方。转业后，她一直从事群众文艺宣传工作，曾任江苏省舞蹈家协会理事、淮阴市音乐舞蹈家协会副主席、文联副秘书长等。

在和齐阿姨交谈的几个小时里，我能明显地感觉到她身上所具有的理想主义、英雄主义的激情和信念。而这些正是今天很多人身上所缺失的！

采访结束时，齐阿姨满含深情地给我朗诵了《钢铁是怎样炼成的》中保尔·柯察金的那段名言："一个人的生命应当这样度过：当他回首往事的时候，不会因虚度年华而悔恨，也不会因碌碌无为而羞愧……。"

齐阿姨告诉我，她年轻时崇拜的偶像就是保尔·柯察金。在炮火纷飞的朝鲜前线，她失掉了许多东西，惟独这本《钢铁是怎样炼成的》她一直随身携带着。一次行军中，突遇敌机轰炸，重型炮弹掀起的气浪把她瞬间冲倒在地，子弹在她耳旁嗖嗖地穿过，飞石和土块溅了她满头满身，她的军用水壶压瘪了，而这本书却完好无损……

齐文英正在指挥合唱《祖国没有忘记你》，此歌获得"2012年中国杯"金奖

是的，经历了生与死、血与火的考验和洗礼，对人生的意义，对生命价值的理解，有谁能比她们更深刻呢?!

“跨过鸭绿江，卫国保家乡，纵然过去一百年，战歌依然嘹亮。英雄儿女一代接一代，志愿军精神如山高水长……”这首由她的老战友著名词作家任红举作词，她参与谱曲的《战歌仍然在梦中》成为艺术团的团歌，也是艺术团的保留节目。

如今，82 岁的齐文英仍然活跃在舞台上。她将毕生的精力倾注到她所热爱的文艺事业中，用她的一生践行着保尔的誓言！她仍然是我们这个时代“最可爱的人”!

简 历

齐文英，1934 年出生，重庆市人。1949 年 12 月参军。历任第二野战军军政大学学员、志愿军三兵团 12 军 34 师文工队队员。1951 年 3 月赴朝参战，在第五次战役中负伤，是二等乙级革命伤残军人。1954 年 4 月回国，1955 年调 12 军文工团，1959 年转业，副研究员职称。曾担任江苏省淮阴市音乐舞蹈家协会副主席、文联副秘书长、江苏省舞蹈家协会理事等。2000 年参与组建南京市志愿军老战士艺术团，并担任副团长。2011 年出任团长、总导演兼指挥。

不能忘却的记忆

刘忠敏

青年时期的刘忠敏

每当我看到电影《上甘岭》里那个志愿军女护士在坑道里为战士们演唱《我的祖国》时，我就会情不自禁地跟着哼唱起来："一条大河波浪宽，风吹稻花香两岸，我家就在岸上住，听惯了艄公的号子，看惯了船上的白帆……"这优美动听的旋律把我带回了六十多年前……

1949年11月30日，重庆解放了，那年我16岁，正在上高中。和那个时代的大多数年轻人一样，我为新中国的建立而欢欣鼓舞，渴望投身到革命的洪流中，将青春献给祖国。当时重庆的青年学生中掀起了一股参军的热潮，谁都不甘落后，都以参军为荣。怀着对新生活的向往和对理想的追求，我也毫不犹豫地报名参军，被二野12军军政大学录取。结业后被分配到12军34师文工队。12军是一支有着光荣革命传统的部队，它的前身是中原野战军第六纵队。"襄阳特功团"、"朱德警卫团"、"百将团"都出自于这支英雄的部队。

一、跨过鸭绿江

1950年冬天，在一个薄雾笼罩的清晨，我们告别了美丽的山城和亲爱的家乡，乘船沿嘉陵江而下，在汉口我们转乘火车到达河北深县磨头。经过三个月的物质和思想上的准备，我们于 1951 年 3 月初从辽宁宽甸跨过了鸭绿江。

在朝鲜，我先后参加了第五次战役、金城阻击战、东海岸反登陆设防等。在硝烟弥漫的战场，作为一名从未经历过血与火洗礼的学生兵，我切身感受到战争的惨烈和悲壮。虽然，那场正义之战已经过去六十多年了，硝烟早已散去，许多当年的战友也已相继离开了人世，但在异国他乡的一千多个日日夜夜已永远铭刻在我记忆的深处……

1952 年底，我所在的部队刚从金城前线撤至谷山地区休整就接到了上级的命令，立即开赴东海岸元山地区进行海防筑城，以抗击从松田半岛入侵之敌。34 师接到命令后立即召开了紧急动员大会。会后，师长尤太忠（后为广州军区司令员）安排我和师文工队的胡坤芳到 101 团政治部做宣传工作。

我们俩立即赶到 101 团，团长成冲霄（后为 12 军军长）热情地接待了我们，那时他刚刚带领部队在金城前线打了一年多的阻击战，人看起来很消瘦，但精神矍铄。他关心地询问了我和小胡的情况，安排我俩跟随团部一起行动。

经过几天的急行军，我们终于到达了目的地——朝鲜东海岸元山港文川郡

1951 年春刘忠敏（前排左二）和 34 师文工队战友在朝鲜

永兴湾的一个小山村——陵前里。这儿在美军仁川登陆时受过侵袭，经常有敌机和舰炮来骚扰，当地村民都转入了山谷中的防空掩体中。

永兴湾依山傍海，空气清新。山谷中云雾缭绕，溪水清澈；山坡上青松翠柏，郁郁葱葱……如果没有战争的影响，那儿可真是一块风水宝地！

部队到达陵前里后，立即投入到紧张的筑城工事中。全团营以下干部全都深入到第一线，亲自开山放炮，抡锤打钎，构筑钢铁阵地。1 月是朝鲜最冷的季节，冰天雪地，寒风刺骨，气温常在零下三四十度。我和团部的几位女同志被安排住在一位孤身的朝鲜阿妈妮的防空掩体中。说是掩体，其实就是用几根松木搭起来的简易窝棚，里面阴冷潮湿，四面窜风。屋里除了几件简单的生活用品外，真可谓是“家徒四壁”，战争给朝鲜人民带来的灾难和创伤多么大呀！但朝鲜人民对我们非常友好热情，房东大娘有点好吃的就留给我们，还教我们讲朝鲜语，教我们跳朝鲜舞蹈。

一天晚上，村里来了几位朝鲜人民军同志，他们是到老乡家中来联欢的。当他们发现了我们几个志愿军女同志时，感到非常稀奇，就邀请我们去玩。我们一起来到老乡家中，用简单的朝鲜语加手势进行交流。我们一起合唱了《金日成将军之歌》、《朝鲜人民军战歌》、《斯大林元帅之歌》，并跳起了《桔梗谣》、《阿里郎》等朝鲜舞。热情友好的气氛不仅增强了中朝人民的友谊，也表达了我们共同守好海防，坚决粉碎敌人登陆的决心。

1953 年的春节到了。为了增加节日气氛，我们用彩纸做了许多花朵，将树枝扎成牌坊，用红纸写了些对联贴在牌坊上，安放在人流集中来往显眼的路口。节日那几天团部又开庆祝大会又加餐，军师文艺团体也下到团里进行慰问演出，祖国慰问团也带来了祖国人民的慰问信和慰问品。当地的朝鲜老乡家家户户忙于捶糯米做年糕慰问志愿军，阵地上洋溢着一派节日的喜庆。

二、坑道里的“布谷鸟”

春节过后，团里分派我到连队搞宣传工作，这对我来说是一次极好的锻炼机会。一路上，我机敏地躲开敌机的盘旋扫射和轰炸，急速赶到位于前沿阵地的二营。我采访了修筑坑道有功的“穿山英雄”肖贵强、李国玉等先进模范人物，帮助连里总结好人好事以及工程进度的好经验，同时还在连里开展文娱宣传工作。

101 团的筑城设防地带正好在永兴湾海湾的正中部，北侧有松田半岛前伸，正面有敌占的大小十几个岛屿。每当我走到筑城的山脚下，便可听见山上铁锤和钢杆打眼镐石的叮叮当当声，爆破岩石的轰隆隆声，除石倒渣的哗啦啦声，加上敌机和美军舰队的炸弹声和海炮声，天上地上的各种声音交织在一起，仿佛是一首铿锵有力的战地交响曲。

攀上高处坑道，即可看见那茫茫的大海和对峙的敌占岛屿，海岛的附近常常能看见几艘敌舰在湛蓝的大海中来回游弋，好像在窥视岸边的军情。从山上往下俯视，可清晰地看见前沿海岸是一片开阔的海滩，滩后海岸带有一片片被炮火毁灭的废墟，废墟中有几个半节烟囱残留着，地面堆放着杂乱的砖瓦块、水泥条、烧焦的木条……据说那是过去的元山城。海滩后面是连绵的山峦，形成了一道天然的屏障，山上还有日俄战争时期设置的炮台残墟，此地可真是敌人理想的登陆点。因此，我志愿军和人民军部署了几个军的兵力重兵把守，依托有力地形，构筑摧不垮炸不烂的钢铁长城，以粉碎敌人的登陆阴谋。我为能来到这个重点工地工作而感到荣幸。

修筑坑道的任务是十分艰巨的。朝鲜沿海岸一带山势不算太高，但岩石却非常致密坚硬。战士们面对的虽然不是敌人是岩石，但它比敌人还硬，是无声的敌人。战士们以三班倒连续作业的方式工作，每个班都要完成一定的进尺，并进行登记。坑道内仅有菜油灯照明，所用作业工具非常简陋，只有铁锤、钢杆、铁铲、十字镐用来剥离岩石。遇上坚硬顽石地段，战士们便采用打眼放炮来粉碎岩石，然后将爆破碎石清理倒去，好像蚂蚁啃骨头似的，凭着顽强的决心和吃苦耐劳的精神，争分夺秒，夜以继日地工作着。

当时生活条件十分艰苦。因运输困难，给养跟不上，吃不到大米白面，更吃不到新鲜的蔬菜。一天三顿吃的都是高粱米和干菜，偶尔打打牙祭也只有少许几个罐头，由于缺乏营养许多战士都得了盲眼症。

战士们上山作业时就带上几块压缩饼干充饥。住的是在山沟里搭的防空掩体，即用圆木加泥土盖的地堡。每个防空地堡中修了一排冷炕，战士们休息时就像沙丁鱼似的挤成一排。我是连里唯一的一位女兵，连队将我安排在防空地堡中一个角落里，我就用一块雨布拉了一个帘子，凑合着隔了小块地住了下来。晚上很冷，我就将带去的棉大衣用绳子将袖口扎紧，将两腿往里直伸进去，就当成棉被睡了。

春天到了，冰雪开始融化，山坡上开满了美丽的金达莱花，布谷鸟在山谷中声声啼鸣……这时从师里又来了三个女同伴，我们就相约白天一同上山，到坑道中为战士们进行小型演出。我们把筑城中涌现出的功臣和先进模范的事迹编成小合唱和快板书，受到战士们的热烈欢迎。我还借作曲家时乐蒙的《歌唱二郎山》的曲调填写了新词，编了一首《筑城谣》教战士们演唱，这首歌词至今还保留在我多年留存的日记本上：

东（呀嘛）东海岸，元（呀嘛）元山港。
海岸高高山岗上，筑（呀嘛）筑城忙。
黄石山上开山洞，打眼放炮修坑道（呀嘛）修坑道。
敌机来炸不倒，大炮它打不垮。
志愿军铁打的汉，下决心、坚如钢。
要把那坑道，修（呀嘛）快修好。

我们几个女兵的歌声在山谷中久久回荡，就似山林里的“布谷鸟”，给在艰苦危险环境中战斗的志愿军指战员们带来极大的精神鼓励和安慰。

深入连队的几个月，使我得到很大的锻炼和提高，深深认识到我志愿军的英雄本色和聪明才智。战士们在筑城的实践中学会了观察岩石的纹路，用最少的时间去打孔凿岩以达到快速掘进的目的。在没有测量仪器的情况下，摸索出对一条相向贯穿式坑道，采用前后同时掘进且不发生上下左右错位，又能达到合龙的办法。考虑到持久的海岸防御，在坑道的内部结构上也作了合理的布置，如在坑道中挖掘了休息室、储藏室、储水池、弹药储备室等。坑道空间还用圆木支撑以加固防倒垮，合理的部署真是令人赞叹不已……

几个月后，在朝鲜东海岸正面58公里，纵深40公里的防御地带内，我军构建起1400多条，总长度达7万3千余米的大纵深、多梯式、立体式的坑道，极大地增强了我军在东海岸的防御能力，为最大限度地粉碎敌人的登陆计划，保存我军的有生力量作了充分准备。

三、部队送我上大学

正当海防筑城工作快要完成时，敌方已知道我军设防严密难以实现其登陆阴谋，被迫取消了登陆计划，提出了停战谈判的要求。一天，我突然接到团部通知，要我回去接受新的任务。回团以后，才知道军部要在所属各师团抽调部分具有高中文化的女同志，回国去高校学习深造，我幸运地入选。听到这个消息，我的心情既高兴又难受，高兴的是我有机会上大学继续深造了，难过的是从此我就要离开部队，离开朝夕相处的战友，离开火热的战斗生活了。

回国前，成团长勉励我要好好学习，珍惜难得的学习机会。因去师里报到还要翻越一座大山，为了安全，成团长特意派了一名警卫战士送我到师部。我真舍不得曾经并肩战斗的首长和战友们啊！一路上，我不断回头看那东海岸的山山水水，遥望着那片我曾挥洒过青春和汗水的地方。再见吧！朝鲜东海岸、元山港、永兴湾，你永远留在了我的记忆里。

回国后，经过三个月的文化补习，我于当年秋天考入了长春地质学院地质专业。我之所以选择学地质，一方面得益于在朝鲜东海岸筑城的经历；另一方面也受到时代的影响。50 年代，国家建设急需各种专门人才，地质专业是当时青年人向往的专业。“到最艰苦的地方去”，“到祖国和人民最需要的地方去”是那个时代青年人的理想和追求！我为自己能成为一名地质工作者而感到光荣和自豪！

1954 年 4 月，已任 34 师副师长的老团长成冲霄和师里几位领导也来到了长春，他们是到长春装甲兵学校培训组建 12 军坦克部队的，在繁忙的军务中他们没有忘记军里有几位女兵也在长春学习。一天下午，成团长和几位领导突然开车来到学校看望我们，并将我们接到坦克部队营房去玩了一个下午。我真没想到，回国以后还能再一次见到老首长，当晚我们在一起吃了晚餐，又一次享受了军营生活。

1957 年夏天我大学毕业，被分配到成都理工大学（原成都地质学院）当了一名大学教师。在地方工作的这些年里，我从未忘记自己曾经是一名经过战火考验的中国人民志愿军女兵，与那些永远长眠在异国他乡的烈士们相比我是多么幸运！我感谢部队培养了我，使我在和平年代圆了“大学梦”。在三十多年的教师生涯中，我始终坚持在教学第一线。经常带领学生到野外和基层实习，翻山越岭、跋山涉水、风餐露宿，走遍了祖国的山山水水……

自 20 世纪 70 年代中期，我先后参与了三峡工程选址、山东海岸带勘测、川南石油坝基勘测等国家重点工程建设，主持和参加了多个科研项目，发表了十余篇学术论文，并担任国家及省、市遥感遥测地质应用评委，审查各种科研及生产成果。为祖国的地质事业发展贡献了自己的力量，被评为成都市“三八

1975年刘忠敏参加长江三峡水库勘探在“向阳号”轮上工作

红旗手”。

如今，我虽已步入人生的暮年，但我时常回忆起青年时代在朝鲜东海岸的日子。战斗生活的艰苦、战友情谊的纯朴、首长关爱的温暖都使我回味无穷，终生难忘！

简 历

刘忠敏，重庆市人。1933年出生，1949年12月参军。先后在二野三兵团12军军政大学、34师文工队、101团政治处工作。1951年3月赴朝参战，参加了第五次战役、金城阻击战、东海岸反登陆设防等。1953年9月回国在长春地质学院地质专业读书。1957年毕业后分配到成都地质学院（后改为成都理工大学）任教。系成都理工大学副教授、中国科学院环境遥感学会四川分会会员。被评为成都市“三八红旗手”。

难忘在平壤学习舞蹈的日子

陈大颖

1951 年 11 月，经志愿军三兵团转呈朝鲜文化宣传省批准，我所在的 12 军文工团派了 8 位同志赴平壤朝鲜国立艺术剧场学习舞蹈。

一个风雪交加的夜晚，我们满怀着向朝鲜舞蹈家学习的期望与喜悦，肩负着首长和战友的嘱托，告别了炮声隆隆的金城前线，冲过敌机的重重封锁，翻山越岭，夜行日宿，直奔平壤而去。

一、英雄的城市

经过四天四夜的旅途颠簸，我们终于在黎明时分到达目的地——平壤。

1955 年陈大颖于金华

啊，平壤！我心中仰慕已久的英雄城市！侵略者的魔爪怎么将你糟蹋成如此景象?！

坐落在大同江畔著名的牡丹峰剧场只剩下了残垣断壁，那昔日繁华的街市已被敌机卷地毯似的轰炸夷为一片焦土。残破的街面上行人稀少，弹坑瓦砾中偶尔有一两家华人开设的“中华料理”孤立于街路旁……这一切让人看到了侵略者带给朝鲜人民的苦难与悲怆。

一位阿爸吉（老大爷）带领我们找到了屹立

于焦土和废墟中的一座米黄色大楼。这就是朝鲜人民民主共和国政府大楼。走进大楼，这里每一层楼每个部门都那么井然有序地进行着各自的工作，似乎这里没有发生过战争，让人感到朝鲜人民的心脏在正常地跳动着，英雄城市平壤巍然挺立着！

朝鲜人民共和国文化省长（相当于我国文化部长）亲切接见我们以后，便命艺术处崔冬姆（冬姆，朝鲜语同志）安排我们的学习。在崔冬姆带领下，我们又一次穿过平壤。此时我们才从满目疮痍、弹痕累累的平壤看到了又一种令人激奋的景象：政府大楼附近的丛林中隐蔽着各种口径的高射炮群，它们日夜监视着蓝天，保卫着人民，保卫着首都——共和国战斗的中枢；在一条不知名的“小街”上，只见熙熙攘攘、人头攒动，瓦砾中搭些窝棚，摆些地摊，卖的大部分是从中国运来的日用杂货及衣物之类的东西。崔冬姆告诉我们，这就是战时平壤最“繁华”的地区了。当敌机来时，商人们迅速收拾货物，连同买主们一道就地钻进地下防空洞，敌机走后市场又恢复了生机。这就是平壤，战斗的平壤。

二、苦练基本功

冬日的朝阳从山巅升起，我们踏着积雪的羊肠小道来到了距平壤以北30里路的山村小学，国立艺术剧场舞蹈团便坐落于此。朝鲜的舞蹈家和演员们都分散住在农民家，条件十分艰苦。里委员会将我们安排在路旁一个已北撤的农民小屋内，这里没有主人，冷房冷炕，寒气逼人。大家放下背包，自己动手修好门窗，抵御酷寒，准备迎接学习生活的到来。

学习上我们遇到的第一个问题就是“怎么学”？在我们之前，已有几个志愿军的兄弟文工团派人来学习了，我们正好赶上他们的学习“尾声”——汇报学习成绩。当时朝鲜舞蹈家们的舞蹈节目中苏联民间舞较多，而那些舞蹈的技巧高、难度大。因他们学习时间较短，且又不太重视基本功的训练，对于那样多的快速旋转、跳跃以及那极具俄罗斯民族风格的快节奏的“脚上打点”等动作，没有经过严格、扎实的基础训练完成起来难度太大，甚至有些舞蹈根本没法学。鉴于他们的经验教训，我们及时研究自己的学习方法。大家认为：我们应该高瞻远瞩，不能急功近利，应重点抓基础训练，提高舞蹈演员的基本能力和技巧运用，以解决那些舞蹈作品中的高难度动作，及对各种民间舞的风格、韵律的掌握。

1951 年 12 月 20 日，紧张艰苦的学习生活开始了。我们每天 8 小时训练，上午四节课学芭蕾，下午四节课学朝鲜、苏联等国民族民间舞基本动作。这一段超负荷的训练使我们永远难忘也永远受益。时隔 30 多年后，当年和我们一道在平壤学舞蹈的原 60 军文工团演员张勇手（八一电影制片厂著名演员）来成都拍片时，我曾问他："在平壤学那些芭蕾，对你后来进入电影界并成为著名表演艺术家有什么影响吗？"他说："终身受益！"

山村小学的教室是我们的练功房。门被敌机炸得"稀牙裂缝"，那时燃料供应困难，经常不能生火炉，零下二三十度的严冬季节，我们必须穿着单衣上课。没有练功鞋，只能赤脚练，后来自制软底布鞋，又不耐穿，依然经常打赤脚。我们从第一节课冷得全身发麻、发抖，到第四节课时汗流如注，衣衫湿透。课间休息时有的趴倒在把杆上，有的瘫坐在地板上，一动也不想动了。但当钢琴声一响，老师的"汗纳、土儿、塞、内……（一、二、三、四）"喊起来，我们又一跃而起，生龙活虎地练下去。我们忘了冷、忘了累、忘了饿，心中只有一个信念：练！练好了才能学到好节目带回部队去，向首长和战友们汇

陈大颖（二排左一）1952 年春和朝鲜人民军及战友合影于平壤牡丹峰

报，为前方浴血奋战的战士演出。

三个月的基训结束时，我们的成绩令老师们惊喜。恰逢前方演出的冬姆们回团，记得有一位舞蹈家安顺姬老师看我们上课后曾问我们有几年舞龄了，我爽朗地回答：“准确地说，应该是三个月。”她睁大眼睛“啊！”了一声。

有人说，“舞蹈是汗水的艺术”。现在看来此话并不全面，但在当年的确激励过我们在严酷的战争环境下去追求，去奋斗！以至于后来在阻击战中、在连队、在坑道，无论条件多么艰苦，我们也能自觉坚持基训，提高自己的业务能力。

1953年团里派我和赵洁苓、金明等回国到中央实验歌剧院学民族民间舞蹈。我们去时正值他们在向上海一个舞蹈团传授《荷花舞》、《花鼓灯》等舞蹈，便叫我们先在一旁看看，熟悉以后再考虑我们的学习。没想到我们这些全身披满硝烟的志愿军文工团员居然“看”出了好成绩，不仅学得比他们快，而且学得比他们好，歌剧院老师被我们的精神感动了，终于将我们“提升”为“正式学员”。

我们能有这样的舞蹈基础能力，除部队领导的关爱培养外，不能不感谢亲爱的朝鲜老师。

三、我们的新家

学习的第一阶段我们在舞蹈团食堂用餐，每人每顿定量一碗饭（约2—3两）、一碗汤，汤内有那么三五根豆芽，偶然有几小块豆腐，汤的上面浮有一些“油珠珠”。为了优待志愿军，我们每人另有一小酒杯酱油，汤不够时用它拌饭，吃完不够还可加点饭或锅巴。随着训练强度加大，我们的饭量也更大了，即使每顿去伙房加饭，肚内仍唱“空城计”。由于战事的深入发展，粮油供应日渐紧张，我们也只能吃那一碗定量饭了，桌上的酱油变成了一碟拌饭用的盐，汤和汤里的“内容”以及“油珠珠”都越来越稀少。此时，毛娃（毛华柱）的幽默来了，每顿一上饭桌，他便十分认真地对着那碗可怜的汤数起“油珠珠”来。待我们一阵嬉笑之后，才发现朝鲜一流舞蹈家碗里的饭和汤比我们少得更可怜，就别说“油珠珠”了。

为了减轻朝鲜同志的困难，我们决定从志愿军兵站领粮，单独开伙。正好舞蹈团郑吉树团长带队从前方演出回来，见我们住冷房冷炕，又地处交通要道，时有敌机袭击，安全太无保障，便通过里委员会将我们搬到山边一个阿妈妮（老大娘）的小草屋里，从此，我们便有了一个安定而温暖的“家”。

阿妈妮是烈属，她的儿子在前方牺牲了，身边仅有一个七八岁的小孙子作伴。听说要接待志愿军，老人家早早便将小屋里里外外打扫得干干净净，笑眯眯地将我们迎进屋里，用她慈祥的眼睛不断地端详着我们。片刻之后，她终于对着几个男同志问出了心中的疑团：“冬姆，你们的，阿德儿（孩子）的有?”我们强忍住笑，心中迅速闪过一个要“整整”这几个男同志的念头。谢国民太小，还是个娃娃脸，诓不过去。金明是组长，又是团支委之类的“官员”，老绷着个脸。听说上级派他来平壤学习主要是“管”我们，当然大家不敢对他开玩笑。于是首先指着平时爱说调皮话的毛娃：“他的，两个！”又指着谢娃（谢征西）：“他的，三个！”

天哪！这俩人才十几、二十岁！但谁知阿妈妮却信以为真，一边叹息一边说：“呀的那索！呀的那索！（可怜哪！）”说着说着老人脸上两行眼泪缓缓流下。我们立刻止住了笑。哦，她一定是想到她那永远不会回来的儿子了。阿妈妮是将她伟大的母爱倾注在我们志愿军身上了！

每天，当我们学习回来，阿妈妮早已牵着小孙子等在路边。回到“家”里，有热水洗脸洗手，吃上热饭热菜，换下的衣服也被老人家“偷”去洗净放好，晚上也不再冷得当“团长”了。睡在阿妈妮烧好的热炕上，便想起了远在家乡的妈妈。阿妈妮，您也是我们的妈妈！

1952 年 4 月底，我们结束了在国立艺术剧场的学习，即将赴人民军协奏团学习。临走前，金明和邹今晖收拾好剩余的粮食、罐头等生活用品交给阿妈妮，男同志们又为她砍回许多柴禾，看见这些，一切都明白了。老人几天不说话，只是默默地流泪。告别时，她眼睛都哭红了，我猜，阿妈妮可能一夜都在伤心吧！此时，我们都不敢面对她，因为我们也是满眼泪水。当我们走上小路再回头望时，阿妈妮牵着小孙子伫立门前，手扶门框，目送着我们，就像送别自己上战场的儿女，直到我们已走得很远很远……

四、在人民军协奏团

金达莱花盛开的时候，我们来到朝鲜人民军协奏团舞咏部。来到这里，一切条件都比国立艺术剧场好多了，我们被安排在管弦乐部食堂用膳，从此再不用跑20里路去兵站领粮，也不用拿着砍刀上山去砍柴火，每顿都能吃饱饭，还能吃上祖国运来的鲜猪肉，毛娃也不用再“数油珠珠”了。每天练完功可以去澡堂洗澡，有时还发香烟，我们全部送给老师和工人了。

周末，人民军总政治部放电影，还有舞会。我们只看电影从不跳舞，因为人民军是苏式着装，看见他们全身笔挺的毛料军装，上身扎着神气的武装带，脚穿漂亮的长筒马靴，女同志着蓝色军裙，化了淡妆。男同志威武洒脱，女同志俊逸靓丽，相形之下，我们穿一身“松垮垮”的布军装，脚穿一双解放鞋，男女不分地穿着，怎能登舞厅那种大雅之堂呢？这从未影响我们快乐的情绪。因为比起前方，比起国立艺术剧场，这里对我们来说已是“天堂”了，更何况我们心中拥有如梦的理想呢！

这是春天最美好的时刻，虽没有故乡的莺歌燕舞，花红柳绿，却也是满山滴翠，生机盎然。星期天我和余琳便约了60军文工团的尹光俐到山上去采摘野花、野果。我们高兴的笑声洒满山野，回来时头上、辫子上、军装上都戴满了红红的金达莱，战友笑我们像傻丫头。

我们来协奏团的主要任务是学作品。由于在国立艺术剧场经过近5个月的强化训练，因此在这里的学习相对而言驾轻就熟。我们深知基本功对一个舞蹈演员的重要性，所以仍坚持每天上午雷打不动的基训时间，下午学作品。一个多月以后我们学完8个舞蹈。其中如：苏联民间舞《莫尔达维亚》、《集体乌克兰》、《海军舞》以及《士兵游戏舞》等技巧难度都相当高，也是朝鲜国家级文艺团体演出的保留节目。我们的学习进度和学习质量都是老师们始料不及的，受到他们由衷的赞扬，夸我们舞蹈学得好，4个多月完成了两年才能学到的东西。

五、难忘师恩

我们这批穿军装的知识青年都是读苏联小说、看苏联电影成长起来的一代，因此我们一接触到苏联舞蹈，便狂喜不已。特别当我们看见郑德元和崔英爱（教苏联民间舞老师）两位艺术家奔放、骄美的舞姿出现在舞台上时，看到他俩在莫斯科和东欧各国演出的剧照时，才知道世上竟有如此美好的艺术！

郑、崔两位老师都是世界青年联欢节的获奖者。他们俩教给我们几个优秀的苏联民间舞后，郑德元老师又将他新近创作并获演出成功的新作品《出院的一天》教给我们。这是一个以苏联民间舞的基本动作为基础创编的略带情节的舞蹈作品，是我们从事舞蹈工作以来难度最大、技巧最高，表演要求很细腻，也是我们最为喜爱的作品之一。舞蹈表现了两个人民军伤员急于早日出院重返前线的动人情景。后来我们带着这个舞蹈回到部队，从 1952 年跳到 1958 年，从朝鲜硝烟弥漫的战场跳到祖国美丽的东海之滨，从军内外观众的掌声中我似乎看到朝鲜老师的期盼与微笑。

在朝鲜民族舞的学习中我们也遇到了难题。没想到看似容易的朝鲜舞掌握起来这么困难，手位、脚位、步伐都学会了，却总是跳不出风格来。每次当老师跳着朝鲜舞出现在舞台上时，是那么飘飘欲仙、美丽动人。那种内在的美，那种如诗的韵律，是其他舞种难以比拟的。李石艺老师以她特有的方法教我们去学习、去感受朝鲜民族舞的内涵，至今我仍感到，跟李老师学朝鲜舞，就是一种美的享受。大家都说李石艺老师美，而我认为她的美是流动的，当她跳起舞来时，才更加完美。正如她自己所说，朝鲜舞是用“心”去跳的。因此李老师的舞蹈，境界很高。

我们的芭蕾舞老师姓朴，中等个子，一对小小的眼睛，笑起来特显和蔼。朴老师上课十分耐心，为了让我们对芭蕾有更深刻的理解，晚上经常到宿舍为我们讲述芭蕾的起源、发展和那些古典及现代舞剧的故事情节。从《天鹅湖》、《灰姑娘》、《睡美人》到《胡桃夹子》，又从乌兰诺娃讲到瓦岗诺娃这些苏联著名的舞蹈大师和舞蹈教育家。在那漫漫烽烟的岁月里，这些美丽动人的故事于潜移默化中成为我们那批青年舞蹈演员心中美好的梦。

战争结束后，我曾两次在国内与来华演出的朝鲜人民军协奏团相遇，会见了另一位芭蕾老师韩东仁和舞咏部其他老师和同志，以及管弦乐部的林冬姆、白冬姆等，唯独没有见到朴冬姆。这么多年过去了，我一直怀念他。

六、不屈的舞蹈家

朝鲜是歌舞之邦，无论走到哪里，上至老人，下至孩子，都会唱歌、跳舞。侵略者虽然摧毁了他们的家园，却摧毁不了他们对艺术的挚爱。

别看平壤被炸得遍体鳞伤，但文艺演出照常不断。牡丹峰剧场虽被夷为焦土，但英雄的朝鲜人民又用他们的勤劳、智慧，在焦土下面建起一座更为壮美的剧场——那就是战时著名的牡丹峰地下剧场。

地下剧场建在牡丹峰半山腰内，人们要进剧场，需先爬到半山腰进入大门，再开始下石梯。我们当时最爱数石梯了，但因为它太深太深，到底有多少级，谁也没数到底，大约最少也有二百级以上吧！

每逢周末，舞蹈团的同志便早早吃过晚饭，带上各自的服装、道具等演出有关用具，步行走完那漫长的30里路程。到达牡丹峰后，又上山、下梯，走进化装室时，早已疲惫不堪，浑身无力了。然而，当金丝绒大幕徐徐升起，展现在观众眼前的，是一个个令人陶醉、令人振奋、精美无比的舞蹈。那轻盈飘逸的朝鲜舞，那热烈欢腾的苏联舞，那感人肺腑催人泪下的舞剧，那些高强度高难度的技巧，在极度劳累之后要用多大的超负荷的能量、超乎常人的毅力才能完成啊！

演出结束已是深夜，卸完装，走出剧场，爬石梯、下山坡，还有30里路程等着他们。归途中我们看到朝鲜的艺术家们、演员们是怎样艰难地迈着沉重的身躯在路上一步一步地移动着、走着。弹伽倻琴的老乐手用土制的“香烟”来驱赶疲劳，以免自己倒下去；小学员们依偎在老演员身边，一边走一边打瞌睡；最让我们难忘的是李石艺老师，李老师在共和国是和崔承喜齐名的舞蹈家，是郑吉树团长的夫人。她不仅和大家同样步行30里路，而且她当时已有两个孩子。每次演出，她总是背一个，牵一个。看着她艰难的步履，我们的心都酸了，但李老师身上的孩子别人却很难“抢”下来。那情景至今仍然常常浮现在我眼前……

七、学习“姊妹艺术”

平壤的文艺团体很多，除国立艺术剧场外，还有人民军协奏团以及内务、公安、铁道等各省（部）艺术团，因此常有文艺晚会。我们女同志总想多看演出，尤其我和余琳，什么都想看。男同志则比较求实，他们认为白天跳8小时，晚上再往返60里看演出，若是歌舞节目，再累也该去，而看一些听不懂的话剧之类的晚会，倒不如留着精力好好学舞蹈，前方还等着我们的节目哩！但我和余琳坚持要看，名之曰：“学习姊妹艺术”。这个理由很充分，组长拗不过我们，便决定去。那时我们8个人是一个整体，去，不去，都得统一行动，因此男同志只有“统一”到我们的行动中来了。

第一次是看朝鲜古典歌剧《春香传》（类似我们的地方戏曲）。当前奏音乐响起的时候，我们觉得怎么不对口味？既没有我们熟悉的朝鲜民歌那种优雅动听的旋律；更没有朝鲜军歌雄壮铿锵的节奏。吐词、道白，一概不懂，从头到尾，只听懂一句“岑孃啊……（谐音：春香啊）”当然，此情况对我这种一贯爱打瞌睡的人，且白天又经历了 8 小时的超负荷训练，这时再也无法克制疲劳的困扰了，于是我进入昏昏的睡眠状态中。以毛娃、谢娃为首的男同志对这样的观摩学习早有看法，但他们还相当宽厚，强忍怨气，没说什么，看完便闷头走回驻地。

第二次是看铁道省艺术团演出的《前线》，听说是根据苏联电影改编的话剧。余琳从小演过话剧，我又崇拜苏联艺术，这下我俩闹得更起劲了，什么“开阔眼界”呀，“学习不能单打一”呀！理由怪多。当然，最后又是我们胜利了，8 个人再一次“长途行军”踏上了去地下剧场的征途。

这一次更惨了!《春香传》虽然听不懂，还有音乐不让你从头睡到底，总是睁开过几次眼睛吧！这个话剧就不同了，一字不懂，又没音乐，白天跳了一天，本来就累得上气不接下气，两个眼皮像粘了胶水，总也睁不开。于是，从大幕升起直到演员谢幕，我和余琳全部呼呼大睡进入梦乡。

漫漫归途中，毛、谢二娃终于无法克制那强忍的怒火了。一路上只听见他俩断断续续嘀咕道：“什么姊妹艺术，一字不懂，学什么呀！”就连修养较好的组长也拉长了脸。快到家时，毛娃补充一句“结束语”：“腰杆子上拴死耗子，冒充打猎匠！”从此我俩再也不敢闹着要“开阔眼界”、“学习姊妹艺术”了。

八、周末回“娘家”

星期天，我们最爱去平壤，因为那里有我们的“娘家”——新华社。每次去，社里的同志们就像对亲人一样接待我们。刘社长总要留我们吃顿饭。有时太晚，怕我们路上不安全，便叫社里同志腾床铺让我们住下。我们给前方战友的信件和给祖国亲人的家信都从这里发出。那时我们很穷，连买肥皂牙膏的钱都没有，也是新华社同志们从他们并不富裕的“财产”中匀给我们。当我们在舞蹈团吃定量饭时，特别盼着星期天能回“娘家”吃顿饱饭。自然大家最喜欢的是听刘社长为我们讲祖国的建设和前方的战事。当听说我们 12 军在阻击战中首创坑道战、冷枪战，打了许多漂亮仗，在志愿军中军威大振时，我们高兴得跳起来，蹦起来，为有这样的英雄部队而自豪！

陈大颖（前二）与战友在朝鲜前线

刘社长见我们学习太辛苦，就在一个星期日带我们和我们在协奏团的芭蕾老师朴冬姆去牡丹峰游览。同行的还有新华社的小董和小王，并为我们照了一些相。至今，我还珍藏着这些已经发黄的照片。

第一次爬上牡丹峰顶，举目一望，真没想到满目狼烟的平壤竟会有这样清雅的一角。牡丹峰虽然也曾经受过侵略者魔爪的蹂躏，但朝鲜人民仍将她打扮得如此明丽。那绿树环抱中依稀可见的凉亭；那幽静深处争相吐蕊的花丛；那如茵的草坪，蓝天白云……无处不让人感到大自然似乎要从弥漫的硝烟中为无辜的人民夺回一分宁静，一分清新！

牡丹峰脚下便是那如诗如画的大同江了。看见大同江，便想起了我故乡的嘉陵江，也是这么绿、这么深。不同的是，我故乡的山川充满着安宁与生机，这里的江山却是一片悲凉与破碎。大同江上飘着点点“小舟”，不是木船，也不像小轮船，每条“船”上坐着一个孩子。远远望去，这么小，这么怪，是椭圆形。刘社长告诉我们，那是用敌人细菌弹弹壳制成的玩具式“小船”。

美丽的大同江上出现了弹壳做的小船，这原是一幅极不协调的画面，但在这种不协调之中我似乎又看到了某种协调——那就是朝鲜人民要将他们对侵略者的仇恨与蔑视，以他们的浪漫与乐观将武器改为“玩具”，让孩子们荡舟江上，向世人展示：侵略者制造的灭绝人性的细菌战，在这里曾真实地发生过、存在过！

1954年部队回国进驻浙江金华，在繁重的演出中，我们的舞蹈水平也逐年提高。1955年以后我便开始学习舞蹈创作，和团里同志们共同创作、编排了许多反映和讴歌部队现实生活题材的舞蹈，有几个作品曾先后在南京军区和全军文艺会演中获奖。

回国后的五年中（1959年12军文工团撤编），我们的节目里仍保留着平壤时期学习的部分舞蹈，如被人赞为“像飞起来一样的舞蹈”的《莫尔达维亚》、

《出院的一天》、《海军舞》等。华东四省一市的每一个海岛、每一座军营，都曾留下我们青春的舞姿，留下人们对我们热烈欢迎的动人情景。

每当如雷的掌声从观众席中响起的时候，每当荣誉的光环闪现在眼前的时候，我们禁不住又想起亲爱的朝鲜老师……

简　历

陈大颖，重庆市人，1930 年出生，参军前系浙江国立艺术师范学校学生。1949 年 7 月参加中国人民解放军，先在二野军大，后任 12 军文工团演员。参加了进军大西南、抗美援朝第五次战役、金城防御战等。1955 年授中尉军衔，1959 年调浙江军区军乐队。参与创作和演出的舞蹈曾多次在全军，南京军区文艺汇演中获奖。1966 年转业到地方，1979 年调成都市四川省舞蹈学校任歌剧科教师，高级讲师。1987 年离休。

娇小姐从军记

胡华军

我的母亲叶茵（原名程美玲）出身于书香门第，是清末和民国时期中国著名法律史学家程树德教授的爱女，从小受过良好的家教。上海刚解放，母亲毅然改名换姓，报名参加人民解放军，义无反顾地走上了革命道路，并在战火中锻炼成长为一名坚强的革命战士。

一、出生书香之家

1933 年 9 月 6 日，母亲出生在北京闹市区一所大宅院里，因是家中新添的第九个孩子，被溺爱的外公起乳名“小九子”。我的外公程树德（1877—1944），字郁庭，祖籍福建福州。外公早年曾获举人功名，后留学日本，毕业于日本法政大学法律科，回国后通过留学生授职考试，赐予法政科进士出身，授翰林院编修。外公博学多才，历任国史馆协修、法典编纂会纂修、福建法政学堂教务长、留美生考试襄校官、北京大学法学院、清华大学政治系讲师和教授等职。一生主要从事国际法、宪法、中国法制史研究，著述宏富，学富五车，声望极高。外公担任清华大学教授时，家境十分富足，家里常年雇用

青年时期的叶茵

着厨师、保姆和黄包车车夫。外公原配夫人英年早逝，撇下八个婚生子女。我的外婆苏玉贞是满族血统，八旗格格，举家食朝廷俸禄。民国建立后，随着大清的小皇帝溥仪被赶出紫禁城，外婆的父母先后去世，家道中落，与哥哥相依为命。1932 年，经人撮合，16 岁的外婆走进程家宅院做了外公的续弦妻子。随着我母亲小九子与我老姨小十子的相继出生，晚年得女的外公喜不自禁，对俩小女儿疼爱有加，经常抱在膝上教习文化和礼仪，使母亲从小受到良好的熏陶。外公除了正常的教学之外，潜心做学问，创作收获颇丰。1906 年（光绪三十二年），29 岁的外公出版了他的第一部著作《国际私法》；1919 年七卷本的《汉律考》问世；1933 年《说文稽古编》出版。随后，另一部力作《宪法历史及比较研究》问世，这是外公以宪法学术权威和仕途官员的双重身份写就的著作，书中无不体现出外公赤心爱国的情怀。尤其是 1925 年出版的《九朝律考》，系外公一生中最重要的著作之一，也是一部跨越时代具有强大学术生命力的鸿篇巨著，多次再版，在国外也有多种译本，至今仍被我国高等学校法学专业作为必读经典书目。

可惜好景不长。1937 年 7 月 7 日，“卢沟桥事件”爆发，日本侵略军大举侵华，平津相继沦陷。此时，我的外公已转入北京大学任教。随着清华、北大等高校陆续南迁国统区，外公失去了教职，赋闲在家。当时日军驻北平最高长官闻悉我外公是由清政府公派日本留学的“洋翰林”，在社会上具有较高的声誉和威望，就想拉拢我外公出山为其统治者当汉奸傀儡。日本侵略者请来熟人和校友当说客，亲自登门，不惜重金聘请我外公出任伪北平市市长。当时的外公已经失去了公职，没有经济来源，自己患病急需治疗，家庭十个子女需要抚养，迫切想找一份工作养家糊口。然而，外公是一位爱国学者，正人君子，面对侵略者高官厚禄的诱惑，始终不为所动，不为五斗米折腰。他以中风行动不便，头脑不清为由，凛然拒绝邀请，宁死不当汉奸。

外公在患有血管硬化症，身体每况愈下的处境中，仍坚持笔耕不辍，自己写字困难，就躺在床上口述，让大外孙执笔写作。就这样，外公在病床上完成了《论语集释》共 40 卷总计 140 万字的最后一部著作，为后人留下了极其珍贵的精神财富。后因生活所迫，外公忍痛将老宅院卖掉。1944 年 1 月 1 日，当人们举家团圆欢庆元旦的时刻，外公因贫病交加，冻死在了搬迁的路上。

二、走进革命熔炉

外公去世后，外婆带着我母亲到上海投亲，把小姨留在了北京。外公生前曾嘱托外婆，一定要让我母亲进学堂读书，成为一个有文化有知识的人。初来乍到上海，外婆遵从外公的愿望，不惜典当首饰，供养我母亲进入广东人开办的私学读书。我母亲继承了外公的聪明睿智，敏而好学，发奋苦读，成绩优异。此后，我母亲升入上海浦东中学，有幸结识进步青年和地下共产党人。当时外婆带着母亲寄居在我母亲表哥家，母亲的表哥李晓明在上海艺专读书，经常约一些进步学生到家中聚会，其中一位姓吴的校友就是地下共产党员。课余时间，母亲跟这些大哥哥大姐姐相聚在一块，无拘无束，潜移默化中接触到进步思想，开始阅读一些进步书刊，对社会和人生有了新的认识。特别是外公宁可穷愁潦倒，于风雪交加中冻饿病亡，也不肯接受日伪汉奸政府的高官厚禄，这种炎黄子孙的爱国精神和知识分子威武不屈贫贱不移的高风亮节，在我母亲幼小的心灵里留下了深刻印象。受外公的影响，母亲从小养成了诚实向善的性格。基于共同的爱国热情和对未来生活美好的追求，我母亲慢慢融入到这个进步团体中，与那些大哥哥大姐姐成为好朋友。这时候，人民解放军已经渡过长江，兵临上海外围。在黎明前最黑暗的日子里，国民党反动派做最后的垂死挣扎，军警特务疯狂捕杀共产党人，白色恐怖遍布黄浦江畔。面对腥风血雨，母亲更加坚定了与进步青年一起追随共产党人向往光明的脚步。

1949 年 5 月 27 日，上海迎来了解放。16 岁的母亲在表哥的同学吴姓共产党员的组织带领下，没有向外婆告别，约上 3 位女同窗，跟随上海艺专两名男生一起投笔从戎。报名时，因受吴姓地下党员的影响，我母亲毅然改名叶茵，由一个书香门第的娇小姐，从军参加革命，翻开了人生全新的一页。

我母亲参军时，遇上吴姓共产党员的亲哥哥在解放军第 20 军 60 师文工团当团长，他们 5 位具有文艺特长的热血青年直接被编入 60 师文工团。当时为了配合野战部队解放台湾，我母亲跟随部队文工团登上了崇明岛，与战友们一块参加渡海训练。我母亲一米六二的身材，细麻高挑，身上既有外公的聪颖基因，又不乏外婆满族血统的温柔秀美，一张圆脸细皮嫩肉，脑后扎起两条乌油油的大辫子，走路蹦蹦跳跳，眉宇间流露出童稚和率真的笑容。母亲能歌善舞，经常深入到一线部队演出，用甜美的歌声、富于青春活力的表演鼓舞士气。每次出海，凌厉的海风扑打在母亲稚嫩的脸上，如针刺般地疼痛，最让人难以适应的是晕船，翻肠倒胃，母亲呕吐得浑身软绵绵像被抽了筋一样。面对艰难困苦，母亲在心里暗暗告诫自己，作为一名人民解放军战士，要甩掉大小姐的娇气，投身到军队这个大熔炉里经受锻炼，哪怕再苦再累也要咬牙挺过去。就这样，母亲在部队这所大学校里学知识、学文化，懂得了许多革命道理，逐渐锻炼成长为一名坚强的革命战士。

三、在战火中成长

新中国成立之初，以美国为首的“联合国军”悍然入侵朝鲜，将战火燃烧到鸭绿江畔，危及到新生的人民政权。当民族的尊严遭受到外来势力威胁的紧急关头，身为军人的母亲义无反顾地加入到“抗美援朝，保家卫国”的战斗行列。

1950 年 11 月 8 日，母亲跟随 60 师文工团由南国边陲转经东北，跨过鸭绿江大桥，在朝鲜的冰天雪地里参加了第二次战役。志愿军面对机械化装备的“联合国军”，因缺乏空中保护，这场战役在东线打得很惨烈。大量伤员从前线运送下来，一时间让师卫生队难以承受，师首长决定，文工团全体人员归入卫生队，全力投入到抢救伤员的工作中。战地医院开设在离战场不远的一个很大的山洞里，数九隆冬，朝鲜的气温骤降到零下 40 度，滴水成冰，给救护伤员的工作造成极大困难。伤员拉出的大小便立马结成冰坨子，需要用火烤一下，迅速跑到外边倒掉。由于伤员多，纱布用量特别大，用过的旧纱布必须清洗出来，烘干后继续使用。母亲和她的战友们从温暖如春的南方开拔到寒冷的异国，身上的军装都很单薄，山沟里的寒风如刀子一般凛冽，吹得透心凉直打寒颤。母亲和战友们结伴到溪水边，用石头砸开封冻的冰凌，双手泡在零下 40 度的冰凌茬子里清洗纱布，上肢被冻得发麻僵硬，感觉都不是自己的肉体了。一个家境优越大城市的娇小姐，从小哪受过这样的罪啊！但母亲咬牙坚持着，想想战场上的志愿军战士们趴在冰天雪地里流血牺牲，这点苦又算得了什么。

最让母亲和文工团员们感动的是伤员无论伤情轻重，几乎都听不到痛苦的呻吟声，他们始终以革命的乐观主义面对伤残和死亡的威胁，积极配合治疗。母亲和战友们不顾少女的羞涩，以高度的责任感尽心尽责护理着每一位伤员，就像对待自己的亲兄弟一样。她们为伤员清洗伤口，翻身喂饭，端屎倒尿，让那些肢体残缺的伤员感受到革命大家庭的温暖。

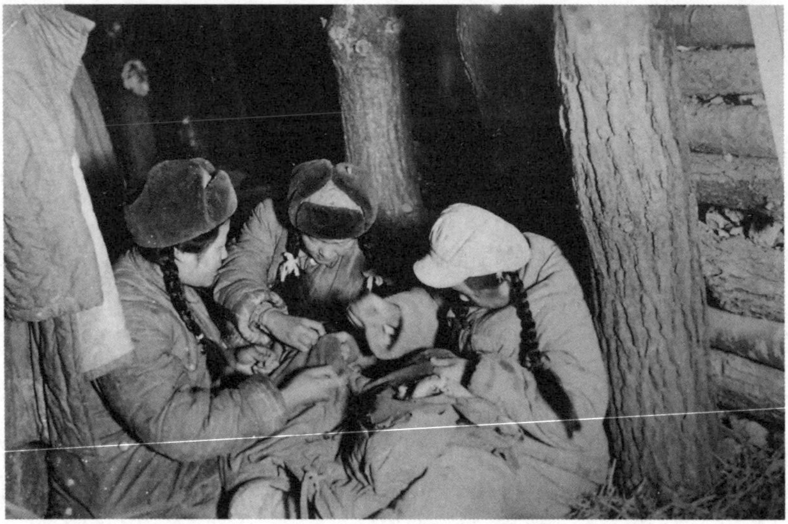

第二次战役中60师文工团员在防空洞为伤员补衣服

随着一场新的战役开始，部队频繁转换阵地。朝鲜是个山多河流多的国家，部队行军经常跋山涉水，文工团有许多女队员因此落下了妇女病。母亲跟着大部队在泥水里行军，鞋子和裤子都结了冰，割磨得腿脚生疼。特别是来了例假，母亲咬牙承受着，急行军两条大腿被磨出了血，仍然坚持不掉队。行军途中，美帝国主义依仗着空中优势，飞机经常偷袭志愿军部队，盘旋在头顶俯冲扫射。文工团有一名小战士缺乏战斗经验，在敌人飞机空袭中慌乱躲到汽车下面，当场就被炸死了。

在硝烟弥漫的朝鲜战场，文艺兵坚持深入第一线，为官兵们送去精神食粮。每次战役结束，文工团都要下部队收集战例和素材，自编自演文艺节目，利用说唱、快板、大鼓书、三句半、歌舞等形式宣传战场上的英雄事迹，鼓舞和激励战士们的斗志。

因后方补给线时常遭到敌人飞机狂轰滥炸，物资运输困难，志愿军在朝鲜有一段时间粮食供应不上，只有靠土豆、野菜维持，饥一顿饱一顿。为了解决部队官兵的吃饭问题，前线指挥部决定设立储粮点，各部队要靠自己的力量到几十里外的储粮点去背粮食。师部把背粮食的任务交给了文工团，女兵们不但要背自己的，还要帮师机关背，因为机关人员大都到一线部队了。这对于只有17岁身单力薄的母亲来说，是一次严峻的考验。母亲咬紧牙关，背着沉重的米袋，深一脚浅一脚行走在崎岖不平的山道上，早已累得气喘吁吁，大汗淋漓，却不能停歇，还要随时提防敌人飞机偷袭。母亲知道，这批粮食与弹药同样重要，有了粮食，官兵们增强了体力，才能够保持更加旺盛的战斗力去消灭敌人。

第五次战役打响之后，从前线送下来很多伤员，师首长决定在战场附近开设临时救护包扎所，这个任务由文工团来完成。那时候，文工团已经成为师直属队的一支机动部队，上山砍木头，帮助战地修工事和防空洞等任务，都交给他们去执行，哪里情况紧急，哪里就有他们的身影。救护包扎所在山洞内没几天，敌人的飞机就在附近山上不停地盘旋侦察。文工团胡副指导员是个女同志，感到情况有点异常，叫团里的男兵上山去观察一下。那个男兵上去一看，吓了一大跳，黑压压的南朝鲜军正向山上爬来。胡副指导员当即命令大家带领伤员轻装撤退，行动困难的伤员让女兵搀扶着走，重伤不能动的，让大家轮流背着走。就这样，在敌人的眼皮子底下，文工团带着伤员行军一百多里路，终于追赶上主力部队，保证了全团与伤员的安全。战场上类似的情况，母亲和文工团曾经遇到过多次。

东线部队在第五次战役中猛打猛冲，一直打到釜山，后续补给却跟不上，导致一线作战部队濒临弹尽粮绝的境地，遂决定后撤。南朝鲜军乘机反攻，追

1951年叶茵（后中）与战友在朝鲜前线

着志愿军的屁股打，志愿军交替掩护，边打边撤。这下可苦了文工团，母亲和战友们跟进作战部队抢救伤员，撤退时又匆忙掉头，带着伤员急行军，每天奔波 100 多里路程。饥渴疲惫与死亡同在，时刻威胁着同志们的生命。母亲饿得前胸贴后背，加上持续奔跑，体力早已透支，架着伤员只觉得天旋地转，她弯腰抓一把雪填嘴里，仍继续奔跑……

战斗结束后，师首长命令文工团随部队一起打扫战场。母亲爬上山头一看，满山遍野的尸体像庄稼地里割倒的谷子一般横躺竖卧，有志愿军阵亡官兵，也有美军和南朝鲜军的，战争残酷的画面深深印入母亲的脑海里，让她终生难忘。母亲和战友们努力克服恐惧心理，眼含热泪收容牺牲战友的遗体，就地挖坑掩埋，让这些烈士的英魂永远长眠在了异国的土地上。

在第五次战役中，由于文工团齐心协力，积极抢救伤员，特别是在敌人偷袭时保护了伤员的安全，圆满完成了上级交待的任务。战后，师党委给全团荣记了集体三等功。

战争本身就是一种催熟剂，于残酷的腥风血雨中浓缩了人生，让母亲那颗稚嫩的心变得成熟起来。艰苦的战争环境磨炼出了母亲坚强的意志力，让她在人生的道路上无论遭遇多大的困难和挫折，都能够坦然地去面对。

母亲不仅把自己的青春年华奉献给了人民军队，而且选择了军人作为终身伴侣，嫁给了在朝鲜战场上并肩作战的战友。我的父亲作为职业军人，婚后与母亲比翼双飞，在直线加方块的韵律中，将爱国戍边的责任和义务传递到我们子女身上。

母亲曾获得全国解放纪念章、抗美援朝纪念章、解放 60 周年纪念章和集体三等功纪念章共计 4 枚。那闪闪发光的奖章里边，浓缩了母亲无怨无悔的军旅人生！

简　历

叶茵，原名程美玲。祖籍福建福州，1933 年 9 月出生于北京。1944 年随母亲到上海读书，1949 年 5 月参加中国人民解放军 20 军 60 师文工团。1950 年 11 月随军赴朝参战。1957 年转业到地方，1988 年从杭州土特产公司离休。

情牵上甘岭

韩耀玲

人生如白驹过隙，不知不觉我从一个豆蔻年华的青春少女到如今步履蹒跚、皓首白发。六十年了，我的心中只有过一个人，只爱过一个人。他是一个苦孩子，自幼失去双亲，未满 13 岁就参加了八路军，在枪林弹雨中出生入死、九死一生，身上留有敌人落下的八处伤疤，其中一块日本鬼子的弹片嵌入肺部，因无法取出，伴其一生。

他，就是我的战友、同志、兄长、爱人——原 12 军副军长赵金来。回想 60 年前我们在战火纷飞的朝鲜前线相识相恋，在上甘岭的炮火硝烟中缘定终身，在半个世纪的风风雨雨中相濡以沫，这一幕幕情景仿佛就像发生在昨天一样……

一、情　萌

1949 年春天，百万雄师渡过了长江，解放了苏浙皖大部分地区。当时我正在国民党爱国人士张自忠将军创办的自忠中学读初三（我父亲曾任张将军的上校军需主任）。

1952 年 11 月韩耀玲于上甘岭

这所学校是张自忠将军专门为所属部队子女建立的一所随军子弟学校，学生主要是一些军人子女和遗孤。学校原先在河南商丘，后移至江苏徐州，淮海战役打响后又迁至浙江金华的汤溪。

1949 年 5 月，浙江解放了。我和同学们一起扭着秧歌，兴高采烈地唱着“解放区的天是明朗的天，解放区的人民好喜欢……”欢迎解放军。不久，我和同班同学，张自忠将军的侄女张廉琇一起报名参军，被分配到二野 11 军 31 师文工队。从此，走上了革命的道路，由一个“娇小姐”成为一名英姿飒爽的解放军女战士。

参军不久，我就跟随部队一路南下，参加了追击国民党残匪的战斗。经浙江、江西、湖北、湖南、贵州，一直打到重庆。重庆解放后，我们文工队又马不停蹄地参加了川西剿匪和改造国民党起义部队。

在随军千里跃进大西南的途中，为鼓舞士气，我们文工队员把竹板当成自己手中的武器，一路上边走边为战士们演出。当时，我主演的秧歌剧《兄妹开荒》特别受到战士们的喜爱，每次演完都会博得热烈的掌声，战士们把我们女文工团员誉为“百灵鸟”、“红蝴蝶”。

而那时，我还不知道台下有一双眼睛在目不转睛地注视着我……

二、情　牵

1951 年初，我正在重庆川东军区文工团学习舞蹈，突然接到赴朝参战的命令。我们 31 师原本隶属于 11 军，但在赴朝参战时根据军委命令配属给同属三兵团的 12 军。从此，我这一生和 12 军结下了不解之缘……

我们于 1951 年初春进入朝鲜，一踏上朝鲜的土地就投入到第五次战役中。我们文工队经常冒着敌机的轰炸为部队演出。有一天晚上，在前沿阵地演出返回途中经过一条河流，遇到美军的大炮袭击，弹片像冰雹一样从天而降。大家拥堵在河中间，我怕弄湿了鞋子，想寻块石头过河，女兵班长黄丽英大声训斥说：“都什么时候了，还在找石头，不要命了！”我立即蹚水过河，刚到岸上，一发炮弹落入河中，三位战友倒在了冰冷的河水中，献出了他们年青的生命！

在金城防御战中，我师 91 团一营战士王明善勇敢、沉着，一人以五发火箭筒击毁、击伤敌坦克四辆。其中一辆战后由北京军事博物馆收藏展出，他个人荣获一等功。为鼓舞士气，我们文工队立即把这件事编成战士们喜闻乐见的形式——对口词《王明善　打坦克》，至今我还记得词儿：

竹板打，当叮当，
我把王明善打坦克的事儿唱一唱。
美国兵是孬种，躲在坦克里朝前冲。
看到我们的王明善，
手持一支火箭筒，
飞奔而来好威风，
吓得他们“扑通”跪下叫英雄……

我们现编现演的节目深受战士们的欢迎，极大地鼓舞了士气。然而，在一次下阵地慰问演出时，由于天寒地冻，天黑路滑，下山时我不慎摔了一跤，造成右踝部严重扭伤，导致三等二级伤残，给我落下了终身的伤痛。

1952年的春天，我们师正在谷山地区休整。一天，文工队领导突然通知我，师政治部主任李宝奇（后任总政组织部部长、南京军区副政委）要我去他“家”一趟。我一路走一路琢磨着，我一个小女兵，李主任找我会有什么事？难道我犯了错误？

忐忑不安中我走到了李主任的防空洞前。在警卫员的引见下，我掀开门帘进屋，看见屋里坐着四个人，除了李主任外，还有副师长李长林（全国战斗英雄、原新疆军区副司令员）和参谋长林有声（原江苏省军区司令员），以及一位不认识的年青军官。他中等身材，四方脸，高鼻梁，浓眉大眼，给人一副硬汉军人形象。

三位首长见我进来热情地招呼我：“小韩，快坐，给你介绍一下，这位是91团副参谋长赵金来同志……”

首长们都是老红军、老八路，说话惯于直来直去，不绕弯子，他们开门见山直插主题。

“小韩，今天叫你来，是想介绍你和赵金来同志认识一下。”

李主任是山西人，参军前上过师范学校，是位优秀的政工干部。

“赵副参谋长和你是老乡，也是河北人。他13岁就参加了八路军，这些年为了中国革命的胜利，一直拼杀在战场上，无暇考虑个人问题……”

听了李主任的话，我一时没有反应过来，不知如何回答才好，只是害羞地低着头一个劲儿地摆弄着辫梢上的蝴蝶结。

见我不吭声，曾三过草地的老红军李长林副师长用他那浓郁的四川腔对我说："小韩，你不认识赵金来同志，可他早就认识你呢。"

"他早就认识我?"我心里嘀咕着，抬起头看了看坐在屋角边的赵副参谋长，只见他笔挺地端坐着，有点不好意思地点点头。

"小韩，老赵可是你的忠实观众！从大西南到谷山，你演的《兄妹开荒》，他可是百看不厌呢。"林参谋长是马来西亚华侨，1938年奔赴延安参加革命，是年轻有为的师领导。

听了三位首长的话，我心里七上八下的，心想：传说中组织上"拉郎配"的事竟然落到自己身上了！这可咋办？我才19岁，不想这么早就考虑个人问题。但明确拒绝吧，又觉得不近人情，而且对眼前的这个人印象还不错，看起来忠厚稳重，长得也英俊。于是就婉转地回答道：

"谢谢首长们的关心，我年纪尚小，还从来没有考虑过这个问题。况且，我们文工队的女同志全都未婚，我怕传出去影响不好……"

三位首长见我没有明确表示反对，觉得有戏，于是又轮番对我展开说服攻势，让我回去后再好好考虑考虑。

从此，师领导们刻意制造一些机会，安排我和赵金来见面接触。慢慢地时间长了就逐渐有了感觉，两颗年青的心靠拢了……说起来，现在的年轻人可能不理解，那个时代的年轻姑娘们都钦慕英雄，喜欢军人。

金来告诉我，早在1949年向大西南的行军途中，我演的《兄妹开荒》就吸引了他。

"你唱的实在是好！尤其是两条乌黑油亮的大辫子和笑时两个酒窝给我留下了深刻的印象！可惜，我认识你，你不认识我……"

从此，13岁就征战沙场，在枪林弹雨中把脑袋别在裤腰带上过日子，从未品尝过爱情是啥滋味的他，第一次在心里有了一种异样的感觉，深深地将"韩耀玲"这个名字刻在了心上。这以后，只要有机会他就会排除万难观看文工队的演出，在台上寻找心仪已久的姑娘。所以，当师领导关心他的个人问题，征求他的意见时，他就用军人的豪爽，直率地说："我喜欢文工队的韩耀玲。"

都说："千里姻缘一线牵"，现在想想这条红线牵得可真够长的！从大西南一直牵到了异国他乡的朝鲜，如果没有抗美援朝我和金来也不会相识相恋，更不会有长达半个世纪的美满良缘。因此对我来说，抗美援朝是我人生最辉煌的时期！不仅锻炼了我的意志，使我在后来的人生道路上豁达坚强，而且收获了一份真挚的爱情，这真是：

少女从军慕戎装，
战地飞歌激情扬。
兄妹开荒牵红线，
一生相伴恩爱长。

三、情　定

1952 年 10 月下旬，31 师奉命从金城前线撤回谷山休整。打了一年多的阵地防御战，官兵们很辛苦，盼望着回到谷山好好休整一下，我也期待着能和久别的爱人重逢。

然而部队尚未到达谷山，突然接到李德生副军长的命令，让 91 团火速赶到上甘岭，支援坚守在那里的 15 军 45 师 135 团。当时 26 岁的金来已担任 91 团副团长兼参谋长。团长李长生正在师里开会，接到命令后，金来立即果断地带领 4 名参谋，一个侦察排，一个通信班，率先赶到上甘岭，把团指挥所设在了上甘岭的最前沿——597.9 高地。

91 团是在上甘岭战役打得最惨烈的关键时候上去的！全团在阵地上坚守了 20 多天，使 597.9 高地岿然不动，牢牢地控制在我志愿军手里，从而为上甘岭战役取得决定性的胜利铺平了道路！战后，91 团受到中朝联司的通令嘉奖。

自从金来上了五圣山，我的心就一直悬着，每天在牵挂和担心中度过，生平第一次体会到了什么叫“一日不见，如隔三秋”！真想立即变成一只北方的鸿雁，飞呀飞，飞到那高高的上甘岭，飞到心爱的人身边……

师首长好像了解我的心思一样，安排我们文工队到前线慰问演出，为日夜坚守在阵地上的官兵们送去精神食粮。由于从文工队驻地到上甘岭一路上要穿越敌人的三道封锁线，所以我们分成了几支小分队，每个队七八个人，只有四名女兵。记得和我一个队的有钟平均、谭宗荣、尚奇，平均年龄只有 18 岁。

当我们冒着敌人的硝烟炮火到达五圣山时，只见整个山头被炸得焦黑一片，有许多炮弹还在燃烧，据说那是美军丢下的凝固汽油弹，阵地上的草都被烧焦了。

自左至右：韩耀玲、钟平均、朝鲜人民军联络官、谭宗荣、尚奇

我们深入到一个个坑道为战士们演出，嗓子唱哑了，又渴又饿……但看到战士们那么欢迎我们，疲劳饥渴顿时烟消云散。我们一首一首地唱着，上甘岭上久久回荡着我们女兵的歌声。

下午，我和战友们来到597.9高地91团前线指挥所，见到金来和团首长们正围着地图在研究战情。这儿是上甘岭的最前沿，与敌人近在咫尺，在阳光的反射下，连对方戴的钢盔都清晰可见。但从金来和他的战友们的脸上看不出一点紧张和焦虑。大战在即，作为一名指挥员，沉着和镇静是最重要的素养！

我和金来相逢在阵地上，原先准备好的话一下子都忘了，我们只是紧紧地互相握住对方的手，说："你还好吧？保重！"我轻轻地帮他弹去衣服上厚厚的灰尘，一切尽在不言中……

从团部出来，我们来到炮兵阵地慰问演出，我们演唱了《美军十大怕》、《王大妈要和平》和快板书《神勇炮兵把敌歼》。歌声和炮声交织在一起，就像一支支激昂的战地交响曲……

演出结束后，当我们四位女兵穿着绿色的裙装（只有演出时才能穿），扎着蝴蝶结和陪同我们的朝鲜人民军联络部的同志一起返回时，碰上正在前沿阵地采访的解放军画报社的一名记者。他见到在茫茫一片黑灰色的阵地上，只有我们四位笑靥如花、充满青春活力的女兵，顿时来了灵感，于是把镜头对准我们，按下了快门。为我们四位女兵拍下了一张珍贵的战地合影。

上甘岭战役取得了胜利，我们的爱情也水到渠成。部队回到谷山休整，金来提出把婚事办了。正当我们准备向组织上打报告时，接到了上级的命令，要求12军立即开赴东海岸元山地区，执行海防反登陆作战任务。我们俩匆匆告别，互道一声珍重，各自又回到自己的战斗岗位上。

那个年代的恋人总是聚少离多，匆匆见面，又匆匆告别……

但“两情若是长久时，又岂在朝朝暮暮!”虽然，我们不能像和平时期的恋人那样花前月下，卿卿我我，耳鬓厮磨，但我们心里都互相牵挂、互相信任、互相忠诚……正如一位文人所说：“真正的爱情是经久不衰的，就像酒一样越放越醇……”

四、情　誓

1953年的春天来得格外的早，漫山遍野盛开着美丽的金达莱花。我们这些天性爱美的女兵们时常在演出回来的路上摘上几朵插在头顶上、辫梢上，就像一只只凌空飞舞的蝴蝶，我的心也像花儿一样充满幸福……

1953年6月17日，组织上批准我们结婚了！结婚证书是军政治部颁发的，上写：

赵金来
韩耀玲　同志：

你俩的结婚报告，经我们研究同意你们结婚。并希今后互助互勉，努力进步。

致以：

敬礼！

中国人民志愿军12军政治部，

1953年6月17日（第3号）

六十多年了，搬了几十次家！但这张结婚证书我一直精心保存着。

新房就设在山坡上一个简陋的防空洞里。没有锣鼓鞭炮，没有美酒佳肴，更没有婚纱钻戒，但幸福和温馨溢满小屋……

在祖国慰问团送的“最可爱的人”的白茶缸里，我插了几朵火红的金达莱

1953年6月韩耀玲与赵金来的结婚照

花，剪了一对大红喜字贴在土墙上。我拿出平时不准带，只供演出用的红绸子，精心地在头顶和辫梢上各打了两只蝴蝶结……

这时，门被推开了，团长和政委带着同志们前来祝贺，我俩拿出祖国慰问团带来的糖果撒给大家。大伙儿吃着喜糖吆喝着让我唱歌，唱什么好呢？想了想，我就唱了那曲金来最爱听的，催生我们爱情之花的《兄妹开荒》。

太阳太阳当呀么当头照，
送饭送饭走呀走一遭。
哥哥刨地多辛苦！
怎么能饿着肚子来呀么劳动……

一曲唱完，同志们拍手称好，簇拥着我俩走到室外，金来的战友举起了相机，为我们留下了一张浪漫的战地结婚照。

20世纪60年代全家福

简 历

韩耀玲，1933 年 7 月出生，河北平山县人。1949 年 5 月在浙江参军，分配在 11 军 31 师（1950 年底隶属于 12 军）文工队任演员。参加了挺进大西南、解放重庆、成都战役、川西剿匪等。1951 年随军赴朝参战。参加了第五次战役、金城防御战、上甘岭战役等。1955 年复员，先后在部队家属委员会和制药厂工作。现在徐州 12 军干休所安享晚年。

（本文由韩耀玲口述，成亚平执笔。）

最美的青春在军营

李正夫

青年时期的李正夫

1949年11月30日重庆解放了，正在读高中的我追随革命浪潮，报考了二野军政大学。这一方面是出于年轻人的革命激情，另一方面也是为了让自己有一个更光明的出路。军大毕业后，我被分配到12军34师政治部任文化教员。不久，朝鲜战争爆发，我所在的12军34师奉命赴朝参战。

1950年12月下旬，汽笛一声长鸣，轮船徐徐离开重庆朝天门码头。我们望着越来越远的家乡，不由自主地唱起了当时最爱唱的苏联歌曲《共青团员之歌》：

> 听吧，战斗的号角发出警报，穿好军装，拿起武器。
> 青年团员们集合起来，踏上征途，万众一心，保卫国家……
> 我们再见吧，亲爱的妈妈，请你吻别你的儿女吧！……

一、难忘的一天一夜

1953年1月，我军移防朝鲜东海岸元山港一线阵地，进行筑城（打坑道），准备粉碎美帝侵略军从元山港地区的登陆进攻。就在繁忙的抗登陆作战准备期间，5月份军首长决定利用战斗空隙在军部驻地进行文化教员集训，主要学习“快速识字法”和汉语拼音。由于当时部队指战员中大部分来自农村，文盲的比例很高，而没有文化的军队是不可能战胜武装到牙齿的敌人的，因此军首长非常重视提高战士的文化水平，每个师、团都设有文化教员，帮助战士们学习文化。

政治部首长决定派我去军文化集训队学习。从我们师驻地到军部约有七八十里路，途中还要翻越一座三千多米高的大山。考虑到我一个女同志独自去不放心，协理员特意打电话给101团，请也去军部学习的文化教员马克浓来师里和我结伴同行。

次日清晨，我们整装出发，步行了一个多小时后，敌机发现了我们，两架敌机立即俯冲下来，开枪射击。我心里慌极了，不知咋办，马克浓却很镇静，连忙叫我卧倒在公路旁的小树丛中。敌机扫射了一阵，没打中我们，还不死心，又换了个方向从右边俯冲下来，马克浓叫我赶快越过公路卧倒在左边丛林中。狡猾的敌人见我们跑到左边去隐藏了，马上又调转机头飞向左边，俯冲下来又开枪扫射了一阵。只见一排排的机枪子弹“嗖，嗖，嗖……”呼啸而来，打在我们身旁，顿时浓烟四起，泥土石块洒满了我们全身。马克浓怕我暴露目标，忙叫我不能动，静静地卧倒，直到敌机错误地认为我们被打“死”了，才在空中盘旋了一阵，扬长而去。

好险呀！子弹距我仅2寸，差点就去见马克思了。我们爬起来，拍拍浑身的尘土，相视而笑，庆幸自己闯过了一道鬼门关。马克浓对我说：走公路容易暴露目标，我们改走山路吧。面对着这座崇山峻岭，荒无人烟，又高又陡的崎岖小路，心里不免有些担心。山上情况复杂，时常会出现特务与敌机联络的信号弹，若遇上小股敌特，随时有装“罐头”的危险（即遭敌暗害）。但作为军人，我知道考验自己的时候到了，决心发扬我军在上甘岭战役中大无畏的英雄主义精神，勇敢地面对眼前的困难，圆满完成上级交给的任务。

上山时，马克浓找了根树棍，对我说：“小李，我们一人一根，可作拐杖用。”棍子挺好，既可探路，一旦遇上特务也可防身。我走在前头，开始还能看见羊肠小道的路面，慢慢地攀登一会儿，由于这山上绿树成荫，杂草丛生，长期无人走，路也找不见了，只好凭感觉、看天象，辨方位往前行。走了一会，我突然发现草丛中有一条蛇，立即惊叫地跳了起来……马克浓机智地上前用木棍打死了蛇。他决定自己在前面探路，让我走在他的后面。

一路上又渴、又饿、又累。下山时天快黑了，还没走出这座大山，幸好有马克浓伴行，他像大哥哥一样一路上照顾我，鼓励我，使我感到宽慰。我们正在发愁时，突然看见山下驻有志愿军部队，我们高兴地直奔而去，这是友邻部队汽车运输连所在地。我们向连首长说明了情况，连首长很热情，留我们吃晚饭，并说今晚正巧有车去给12军送弹药，你们可搭车去军后勤，据说只有四五十里地。

晚饭后，我们上了友邻部队的汽车，坐在炮弹箱上。由于夜间防空又是盘山公路，汽车不能开灯，一路上走走停停，敌机不时地在空中盘旋……整整走了一夜，才到了12军后勤部。

天快亮了，下车后一打听才知道军后勤离文化集训队还有20多里地，我们犯难了。山沟很多，走那条路呢？天无绝人之路，我们突然想到我们师琚洪运副参谋长调军任后勤部副部长了，不妨去找首长打探一下。于是，我俩找有站岗的防空洞去询问，太巧了，首长就住在此防空洞中。我们激动地齐声高喊："琚部长，琚部长……"

首长在熟睡中被我们叫醒。起床后，见到是我们十分高兴，马上将我们请进防空洞中，又叫警卫员打来洗脸水，送来了早饭。我们如同见到了父母、亲人，向他叙说了我们一路上的遭遇，心情顿时轻松愉快了……

1953年春李正夫与战友邱琴（左）演出后合影

我们两人美美地饱餐了一顿，饭后我们要走，准备到集训队报到。首长很关爱我们，说什么也不让走，挽留我们说："你们一天一夜没有吃饭睡觉，又挨敌机打受惊吓，今天上午睡觉，下午我派车送你们去。"立即安排我睡在他的床上，马克浓睡外间警卫员床上。首长去办公室上班去了，走时，还特意交待警卫员中午准备我们的饭菜。那时的首长就是这么平易近人，没有一点官架子。

走了一天一夜疲惫不堪的我们，倒下就熟睡了。一觉醒来，已是正午，首长回来和我们一起共进午餐，然后派吉普车专程送我们去军文化集训队。

二、意外的收获

战争虽然是残酷的，但并不缺少温馨和浪漫！这次在前线偶遇琚部长，使我有了意外的收获——找到了相濡以沫的终身伴侣。

当年我只有 19 岁，有着重庆女孩特有的活泼开朗的性格，琚部长（后任广州军区后勤部部长）见我还是单身，就想给我做媒撮合一段好姻缘。首长给我介绍了师侦察科科长许克杰，说他 12 岁就参加八路军，作战机智勇敢，怎么怎么好，问我愿不愿意。我当时也不好表态，女孩子还有点腼腆，还不太好意思。

其实，许克杰这个名字对我来说并不陌生，在 34 师他是大名鼎鼎的侦察英雄，多次受到尤太忠师长的夸奖。几个月之前，在金城防御战中，他就带领侦察班巧妙设计，俘虏了三个美国鬼子。那天，许克杰让一个俊俏的小战士男扮女装，化装成朝鲜小姑娘。当这个"朝鲜姑娘"身着长裙，顶着水罐，在美军出没的路上走来走去时，果然三个美国兵上当了，走过来和小姑娘搭讪……结果一网打尽，全部成了瓮中之鳖！

在战争年代，经过组织安排的婚姻非常普遍，作为一个女孩子，也想找个不错的终生归宿，这也在情理之中。就这样，在琚部长的介绍下，我认识了许克杰。25 岁的他，英俊高大，说话声音洪亮，具有标准的军人气质。他是山西榆次人，7 个月时母亲就不幸去世，父亲外出做工也杳无音讯被传客死他乡，成为孤儿的许克杰从此与姥姥相依为命。10 岁那年，他为了减轻姥姥的负担，就去地主家干杂活，经常吃不饱饭饿肚子，还遭受地主的虐待和打骂，小小年纪饱尝了人间苦难。1940 年他才 12 岁，八路军 129 师从他家乡路过，他决心

1953 年底李正夫与许克杰合影于朝鲜元山防空洞前

参加革命，投身于抗战。一天夜里，他从地主家偷跑出来，找到 129 师的主力部队，死活要跟着人家走。部队嫌他小扛不动枪不收他，他硬是倔强地跟着部队走了整整两天，部队首长拿他没办法才留下了他。

在艰苦卓绝的战争年代，许克杰参加了百团大战、太行山反“扫荡”、千里跃进大别山、淮海战役、渡江战役和解放大西南战役等。因作战勇敢，1949 年 12 月被授予甲等战斗英雄称号。

1953 年 9 月，在漫山红叶层林尽染的季节，我们在元山郡 34 师 100 团的防空洞里举行了简单的婚礼。此时，许克杰已调到 100 团担任参谋长，团长恰好是他在抗日战争、解放战争时的老领导成冲霄（后任 12 军军长）。成团长亲自主持了我们的婚礼，他夫人刘时芬大姐为我们的婚事跑前跑后张罗，还亲手剪了一对大红喜字贴在新房里。婚后三天，我就返回了工作岗位。

在朝鲜的三年时间，我经历了血与火的洗礼，亲身感受到战争的残酷与和平的来之不易。随着岁月的流逝，我心中时常怀念那些牺牲在异国他乡的年轻战友，怀念战争年代官兵之间、上下级之间、战友之间那种亲密无间、互相关爱、互相信任的美好感情……

朝鲜战争不仅使我从一个幼稚的女学生成长为坚定的革命者，而且使我收

成亚平 2014 年 9 月到徐州家中看望和采访许克杰、李正夫夫妇合影

获了一份缘定终身，不离不弃的美满姻缘。

简 历

李正夫，1933 年 3 月出生，重庆市人。1949 年 12 月参军入二野军政大学，毕业后分配到 12 军 34 师任文化教员。1951 年 3 月赴朝参战，参加了第五次战役、金城防御战、东海岸反登陆设防。1954 年 4 月回国后任 34 师直工科干事，1959 年转业到地方，现已退休。

战地女记者的苦与乐

贺应芳

1951年3月23日，我怀着抗美援朝保家卫国的满腔热情，背着沉甸甸的行装，跟随12军34师雄赳赳气昂昂地跨过了鸭绿江。由于参军前我上了三年大学法律专业，所以入朝不久，我就从师文工队调到师政治部宣教科工作。起初主要是深夜抄收新华社的纪录新闻，摘编后次日印发到连队。后来师里又让我做记者工作。三年的战地记者虽然不长，但却令我终生难忘……

一、女记者的“苦”

我们12军有三个师，每个师一名记者，就我一个女的。作为一名战地女记者，较之男同志困难要多得多。主要体现在“行”和“住”两方面。“行”对我来说不是太大的问题，因为从入朝第一天开始，我们就连续18天夜行军。接着第五次战役打响，又是先后数十天在敌群中穿插迂回，脚掌上的水泡干了又起，起了又干，反反复复已练成一双铁脚板，不怕走路。但成问题的是，过去走路是和文工队的战友在一起，集体行动。当记者必须经常深入连队单独行动，而且部队驻地分散，常传有敌特出没。怎么办？我的原则是绝不让人感觉女兵胆小、无能，绝不让人护

青年时期的贺应芳

送，在困难面前绝不退缩。好在团里、营里、连里经常有人来政治部办事，我抓住一切机会，随他们前往。

“住”的问题，曾令我一次次感到深深的自责和不安。那是我第一次下连队采访。晚上，连里安排我住进一个防空洞，说那是“多余的”。第二天拂晓，我起身往外一探头，发现洞口不远处竟站有哨兵。我的头“嗡”一下懵了。我立刻明白过来，这间防空洞根本不是“多余的”，显然是为了照顾我挤出来的，而且为保护我的安全特意派了哨兵。我知道，在前线，每个战士都是宝贵的战斗力，我没有任何理由增加他们的负担，我流泪了……我恨自己为什么是个女的！从此，我每下连队，就把自己的背包扔在指挥员的通铺上，晚上就在那里和衣而眠，次数多了，大家也都习以为常，夸我随和，不娇气。

刚入朝时由于卫生条件差，经常几十天不能洗澡，许多人都长了虱子。为此，我率先剃了光头，很多女兵效仿我也剃下了心爱的大辫子。

朝鲜的冬天寒冷而漫长，我们经常要在冰冷的河水里蹚水过河，许多女同志例假停了。后来还是师首长派人回国搞到草药熬了让我们喝，才慢慢恢复。

记忆中最危险的一次，是行军中我实在是太困了，走着走着竟睡着了，差点掉下悬崖！

二、一次不成功的采访

一次，我去前沿救护所采访。那是一个小小的“猫耳洞”，非常简陋，中间只一张用木板搭成的手术台，光线较暗。一进洞，首先看见的是手术台上的一双脚，其中左脚掌整个的扭向后方，看来是脚脖子被打断了。我急步迈向前去，想问问这位伤员的一些情况，见他紧闭双眼，似乎处于昏迷状态，但嘴里断断续续在念叨些什么。我低下头，把耳朵贴近他的嘴仔细听，终于听懂了他反复念叨的是：“机枪、我的机枪……”我猜想他是一名机枪手，但他究竟想说明什么？是想说要他的战友替他把机枪保管好，还是说要他们用这支枪去消灭敌人？我轻轻地问他到底想说什么？叫什么名字？是哪连战士？家乡是哪里？他什么也没有回答我，我也不知道他身上哪里还有伤。我只觉得他的形象变得高大起来，多么可敬的战士！身负重伤，没有呻吟，没有叫喊，忘了自我，念念不忘的是用以消灭敌人的武器。我多么想大声地把这一切告诉他的家乡父老：他们有多么值得骄傲的儿子！

我不记得自己是怎么匆匆“逃离”猫耳洞的，事后也没有写出有关报道，这是一次不成功的采访。但那位伤员昏迷中的表现深深刻在我的脑海里。我常想，他是牺牲了，还是拖着伤残的身体活着？如果活着，他生活得好吗？是否在向人们讲述他的机枪的故事？

这位不知名的小战士，只是千千万万志愿军的缩影。在朝鲜战场，负伤不下火线，坚持战斗死而后已的比比皆是。许多人没有留下姓名，被称为“无名烈士”。

谁无父母？谁不想过舒适幸福的生活？为了让祖国人民家家户户享受天伦之乐，过和平生活，年轻的志愿军战士不惜牺牲自己，保家卫国，用鲜血和生命去换取胜利，他们无愧于“最可爱的人”的称号！

三、永远的怀念与遗憾

战争是残酷的，不幸的事随时可能发生，每次不幸的背后，往往都有一段可歌可泣的故事。1952 年 9 月 6 日清晨，天刚蒙蒙亮，一阵急促的喊声把我惊醒：“夏益出事了！”我第一个冲出防空洞，往山下跑去。到山沟口，看见她平躺在路边斜坡上，平时红红的脸蛋已是一片苍白，头发、衣服都湿漉漉的，把身边的土地都印湿了。鼻孔、嘴角像螃蟹似的冒着带血丝的泡泡，呼吸已经停止了。

参军以后，我和夏益都在师文工队，同住一个宿舍。后来她调到后勤教导队当文化教员去了。

夏益是个文静的姑娘。她和师宣教科科长李荣光相爱，于 1952 年 7 月 1 日在朝鲜结婚。由于战争的需要，婚后她仍回教导队工作。教导队离政治部五六十里，虽是新婚蜜月他们却很少相聚。出事的前一天，教导队有几个学员结业回政治部，教员有了一份空闲，夏益就和他们一起回来。他们步行了一夜，天快亮了，遇见政治部一辆运货的卡车，大家就搭了上去，不料卡车开进山沟时翻了车。人、货都扣进了路边的水塘。悲剧发生了！这年夏益 21 岁。她的遗体埋在了朝鲜的土地上……

夏益的逝世令人产生诸多遗憾。她不是牺牲在敌人的炮火中，但她把革命利益置于个人利益之上。她放弃了新婚的甜蜜生活，冒着枪林弹雨，坚守岗位，为战士服务。她为赢得战争的胜利，付出了青春、幸福和生命。最后连看一眼心爱的人的愿望都没能实现……

作为战友，我永远怀念她，敬爱她。

四、和英雄们相处的日子

在北京军事博物馆陈列的中国人民志愿军出国作战60周年纪念展展厅里，关于志愿军一级爆破英雄、特等功臣——黄家福的简历特别吸引我，令我倍感亲切。

那是1952年底，部队刚从金城前线撤至谷山地区休整，就接到了上级的命令，立即开赴东海岸元山郡榆峰山、箭滩地区进行海防筑城，以抗击企图从海上入侵之敌。部队到达元山地区后，立即投入到紧张的海防筑城运动中。全师指战员以愚公移山的精神和排山倒海的气势，克服天寒地冻、器材不足等困难，在岩石上掘洞筑壕，日夜奋战。

1953年4月，为了鼓舞全师指战员的斗志，早日构筑起坚不可摧的海上钢铁长城，师首长决定：组织英雄模范代表在全师范围内作巡回报告，大力宣传英雄们的光荣事迹，给战斗在筑城前线的官兵送去精神鼓励。

那是英雄辈出的年代！也是崇尚英雄的年代！我作为12军唯一的战地女记者，有幸成为宣讲组的成员，和英雄们度过了一段难忘的时光。

那段时间是我在朝鲜战场上过得最轻松、思想最丰收的日子。每天和英雄们朝夕相处，一起爬山、涉水、赶路、聊天，听他们给部队作报告，讲述英雄的故事。一场报告，又一场报告，场场报告都使我兴奋、感动、深受教育。

给我印象最深的是特等功臣，一级爆破英雄黄家福，他是我师红军团——100团2连战士。1952年9月29日在金城官岱里红山堡战斗中，他所在的五人爆破小组，2人牺牲，2人重伤。在危急关头，他不顾自己身上三处负伤，以大无畏精神，冒着敌人猛烈的炮火，连续爆破15次，炸毁敌5个暗堡、2条暗沟、1条坑道，歼敌200多人。为部队前进道路扫清了障碍，对保证胜利起到了重要作用，被人们誉为“活着的黄继光”、“活着的董存瑞”。

1952年10月，志愿军总部授予黄家福“特等功臣”、“一级爆破英雄”荣誉称号，同时荣获朝鲜民主主义人民共和国颁发的一级战士荣誉勋章和三级国旗勋章。1953年5月，黄家福回国参加了“全国劳动模范战斗英雄代表大会”。在天安门观礼台上，受到毛主席、朱总司令、周总理等中央领导的亲切接见。同年7月，他参加了由团中央书记胡耀邦任团长的青年代表团，出席了在罗马尼亚首都布加勒斯特召开的世界青年代表大会和第四届世界青年联欢节。著名作家杨朔曾采访过黄家福的英雄事迹，写了一篇生动感人的报告文学——《黄家福》，刊载在1954年的《人民文学》上。

另外三名战斗英雄也给我留下了难忘的印象。

杨道根也是100团2连的，担任司号员。在金城官岱里红山堡战斗中，他的任务原本是在战斗打响后，在连观察所里负责通讯联络和观察战况。他看见战斗进行得非常激烈，担心阵地上弹药供不上，就请求连长让他往前沿送弹药，回来时还不忘背上一个伤员。当他发现敌人有挺机枪威胁着我军阵地，而由于地形限制，我方火力又不易击中时，他毅然抓起爆破筒，灵活地绕过敌人的封锁，硬是把爆破筒从敌人机枪工事旁的缝隙中塞进去，消灭了这个火力点。卫生员牺牲了，他搜集急救包为伤员包扎。情况紧急时，他鼓励战士们沉着冷静。他多次准确及时地向指挥员报告敌情，并发出信号，要求炮火支援，先后打垮了敌人两个连的进攻。

杨道根在战斗中哪里需要就到哪里去，除完成本职工作外，还充当运输员、卫生员、战斗员、宣传员，树立了一兵多能的典范，战后荣获“一等功臣”、“二级战斗英雄”和“模范共产党员”称号。

1953年4月作者与战斗英雄在下部队宣讲的路上合影。特等功臣、一级爆破英雄黄家福（左一）；一等功臣、二级战斗英雄高守余（左三）；一等功臣、二级穿山英雄肖贵强（左四）；一等功臣、二级战斗英雄杨道根（左五）

肖贵强是101团2营4连战士。1951年秋天部队接受金城防务后，构筑坑道阵地是最紧迫而艰巨的任务，我军作战史上还没有碰见过这种问题。当时天寒地冻，山是青石山，坚硬无比，部队没有经验，又缺少工具。肖贵强领导的3人小组，凭着顽强的意志，动脑筋想办法，苦战28个日日夜夜，硬是一镐一锹地率先劈出了一条24米长的马蹄形青石坑道，并创造出许多挖石头坑道的经验，推动了全军的挖坑道工作，为防御战的胜利奠定了基础。肖贵强被授予“二级穿山英雄”称号，荣立“一等功”。

高守余是106团（即102团）9连战士，在坚守上甘岭537.7高地6号阵地的战斗中，他孤身作战，击退敌人一个班至一个连的6次反扑，歼敌120余名，守住了阵地。战后被评为“一等功臣”、“二级战斗英雄”。

在与英雄们近距离接触的日子里，我感到他们是那样的平凡、朴实。他们没有豪言壮语，没有多少文化，但却用行动履行了军人的使命和担当。例如高守余，我在和他聊天时发现了一些报告中没有的细节。原来他和弟弟高守荣一起参军，并分在同一个班。上甘岭战役中，弟弟负了重伤，阵地上只剩下他们弟兄二人。为了战斗的胜利，高守余没有把弟弟及时送下阵地，而是奋不顾身地和敌人拼手雷。等他打退敌人三次反扑回来时，弟弟躺着的地方已变成炮弹坑……

时代造就英雄，英雄无愧于时代。他们是祖国和人民的忠诚儿子，是千千万万个志愿军战士的优秀代表。为了保卫世界和平，维护国家主权，他们义无反顾地走向血与火的战场，用青春、热血和生命谱写了荡气回肠的英雄赞歌。正如作家魏巍在《谁是最可爱的人》中所说：“他们的品质是那样的纯洁和高尚，他们的意志是那样的坚韧和刚强，他们的气质是那样的淳朴和谦逊，他们的胸怀是那样的美丽和宽广！”

历史将永远铭记他们的功勋！

五、又见老师长

1954年春天，金达莱盛开之时，我们34师从朝鲜凯旋回国，师部驻防鱼米之乡的浙江金华。不久，部队要实现正规化、现代化建设，我们女同志面临复员转业。在朝鲜的三年我已经深深地爱上了记者这个职业，我抱着试试看的心情冒昧地给新华社人事处写了一封信，说明了我的情况，并附上了在朝鲜的战地报道。没想到，很快就接到了新华社人事部门的通知，让我直接去新华社国内部报道。这样，我从一名战地记者有幸成为新中国第一代新闻工作者！

我是含着眼泪离开部队的，34师一直是我心中的牵挂！因为那是我参加革命的起点，是哺育我成长的摇篮，是我的“娘家”。随着时间的推移，思念之情愈深愈浓。但多年来我没有和老部队联系，因为我知道军队的机密性很强。当年我们参加抗美援朝出征时，就没有向家人透露半个字，直到一年以后能给家里写信时，也不能写部队的去向、任务，甚至部队的番号也使用代号，我只能把对部队的依恋之情深埋心底。

时光飞逝，转眼20年过去了。1973年8月，中国共产党第十届代表大会在北京召开。会议期间，由于工作需要我看见了一份尚未公开发布的名单，“尤太忠”三个字让我眼前一亮。我激动得差点喊出声来，“是他！一定是他！我的老师长！”

尤太忠师长（55年少将、88年上将）是一位身经百战，久经沙场的老红军。记得部队刚入朝就投入第五次战役，连续的夜行军，头上敌机盘旋，身前身后不时有炮弹爆炸。我们这些初上战场的“学生兵”，紧张、困乏、步履蹒跚……

“小鬼们，谁哭鼻子了？有人掉队吗？加油哇！前进就是胜利！”

随着声音而来的是师长高大的身影，他从我们身边疾步走过。师长的召唤和他坚毅、果敢的大无畏气势，使大家精神振奋，我们随着师长的脚步快速前进。

尤师长生活中是个平易近人，关心部属的好领导。部队休整期间，他常来文工队，揪揪最瘦小的蒋月邦的耳朵，摸摸“小赖子”赖汝哲的脑袋，抻抻“淘气包”曾繁彬的小辫。他是师长，更似父兄！

今天师长就在北京，我不能错过这个机会！一定要见到他！我毫不犹豫地写了一封最短最短的信寄往大会。信中除我的工作单位和联系电话外，只一句话：“我想见老首长。”我不知道这封纯属私人性质的信能否寄到，也不知道老师长有没有时间接见多年前属下的一名普通女兵。但我期待着！

一天上午，我正在办公室值班，电话里传来一个陌生的声音：“我是尤司令员的秘书，首长很忙，今天下午还要参加活动，上午有点空，希望能在家里见到你，可以吗？”我高兴极了，满口答应。

我急忙处理完手上的工作，赶往秘书提供的地址。首长的家在人民大会堂西侧的一个小胡同里，离我工作的新华社约三四站路程。我以急行军的速度奔向目的地。进入一个小四合院，走过天井，就看见首长笑吟吟地站在室外迎我。看上去还是那么高大魁梧，只是略显苍白的脸上少了战场上的那份威严，多了慈爱的笑容。

首长连声说：“小贺，不容易呀！我们一别近20年了，今天能在北京重逢。”又说：“雪晨（首长夫人，我的战友）今天上班去了，不能在家等你，好在你们都在北京，有机会经常见面长聊。”首长告诉我，他现在是北京军区副司令员，但他的日常工作和生活都在呼和浩特，因为他兼任内蒙古自治区党委第一书记和内蒙古军区司令员。那边天气不好，经常黄沙扑面。他风趣地引用当地老百姓的顺口溜说：“内蒙古，内蒙古，一天二两土，白天没吃够，夜里还得补。”说罢开怀大笑，笑声里洋溢着藐视困难的豪情，仿佛又回到了战争年代……

我向首长汇报了我的工作和生活情况。我说，我没有辜负部队对我的教育培养，转业到地方第二年已被吸收入党。师长听了很高兴，勉励我要保持和发扬部队的光荣传统，继续努力，永远前进。

时近中午，首长留我共进午餐，他说可以利用午餐时间边吃边聊。入席后，他要秘书拿酒，秘书面有难色，像自语，又像对我说：“首长前不久患肺气肿，忌酒……”我这才明白首长面色苍白的原因。赶紧表示说，首长健康重要，就别喝了。但首长全不理会，伸出大手做了个接酒瓶的姿势，并笑着说：“没有关系，今天太难得了，要庆祝一下，陪贺应芳干一杯。”

举起酒杯，我心里千头万绪，老首长啊，这哪是一个将军接见士兵?！这只有“娘家人”接待久别归来的游子才能有如此盛情呀！这杯“开禁酒”令我终生难忘！为了不影响首长午休，饭后我匆匆告别了首长。临行前，首长还叮嘱我，今后多和雪晨联系，常来常往。

这次重逢转眼已过去四十多年了。老师长已于1998年永远离我们而去，但他的精神，人格魅力和思想境界永远留在我—— 一个普通女兵的记忆中！

简 历

贺应芳，重庆市人。1929年出生，1949年12月参军。在12军34师文工队任演员、女兵班长。1951年3月赴朝后调师部宣传科任战地记者。参加了第五次战役、金城防御战、东海岸筑城。所撰写的战地报道多次被新华社志愿军分社等报刊采用。1954年4月回国，同年9月转业到北京新华社总社。先后在国内部、河南省分社、国际部、参编部任记者、编辑、主任记者、主任编辑。

高黎贡山走出的腾越女兵

权 伟 权 彬

引子：往事情深长回望

2002年2月2日，凛冽的寒风撕裂了全家的心，亲爱的母亲永远离开了我们！她走的是那么突然，那么匆忙，没有留下只言片语，唯一留下的只是亲人们深深的怀念和我们姐妹对她永久的眷恋。母亲的生命永远定格在70岁！

人们常说岁月会冲淡许多记忆，可是随着岁月的流逝我们对妈妈的怀念却与日俱增。我们的母亲是一个极为平凡而普通的女性，她是一个外表文静娴淑、看似默默无闻的贤妻良母，同时又是一个内心坚毅豁达对工作极端负责的党务工作者。

我们姐妹几次提笔，都感觉到母亲所遗落的流年碎影在脑海中翻腾，却不知从何处落笔记载下她多彩人生的点点滴滴。在我们整理她老人家遗物时发现了一本泛黄的笔记本，透过那娟秀的笔迹，质朴的文字，在我们眼前展现出一幅美丽的历史画卷……

青年时期的母亲尹玉华

这幅画卷中耸立着壮丽神奇的高黎贡山，山脚下有着旖旎自然风光所簇拥的古村落，村落里高墙深宅大院中的古老家族，无不透露着独具特色的腾越文化的浓厚底蕴。

母亲的一生没有史诗般撼人心魄的英雄事迹；没有

风卷大海惊涛骇浪的惊人之举。她的一生就像一首婉约深情的歌，婉转悠扬，浅唱低吟，浸透着一唱三叹余音绕梁的真情……

那一刻我们猛然觉醒！原来，母亲虽然平凡，但也曾经谱写过自己青春华年最激动人心的篇章——对信仰的忠诚，对爱情的忠贞。

“自古逢秋悲寂寥！”（刘禹锡语）在江南深秋的夜晚，窗外秋风瑟瑟，秋雨潇潇……我们姐妹打开母亲留下的发黄的笔记本，从字里行间采集朵朵记忆的火花，回眸她从青春少女到女兵、战士、妻子、母亲所一路走过的脚印……

一、美丽腾冲童年梦

认识母亲的所有人都以为她是四川人，其实她的老家在美丽的七彩云南，被徐霞客誉为“极边第一城”的云南腾冲（古称腾越）。湍急的怒江和海拔三千多米的高黎贡山是护卫腾冲的两道天然屏障。那里有被称为大地构造中熔炼出的琥珀、伴随着地壳运动而形成的火山热海，有四季如春、繁花簇锦的亚热带雨林奇观，还有源远流长的文化传承孕育出一批青史留名的文化名人和爱国志士……是一片自然人文景观珠联璧合，交相辉映，魅力四射的美丽热土。

1941 年母亲尹玉华（前排左二）和外婆（后排左三）摄于云南省腾冲家中

1932年9月22日，母亲尹玉华出生在云南省滇西边陲的偏僻小镇腾冲县河西乡邦读村（1956年划归梁河县管辖）中一个耕读传家久，诗书继世长的乡绅世家。母亲的家族在当地算得上名门望族。祖上曾被乾隆皇帝封为“乡饮宾”。在她的记忆里，外公虽然是家中长子，但常年不在家。母亲小时候很少见到父亲的身影，她是跟外婆和哥哥生活在一个老少二十多口人的大家庭，由外婆当家。

外婆阙氏识文断字，她出生于腾冲县九保街的阙赵两姓的开明大户人家。别看九保街这个弹丸小镇，很早就设有男女学堂，实行公费教育，青年男女无一不识字知书。在西南地区土司管辖的公学堂，九保是唯一免费入学的地方，这在全国也很罕见。外婆曾经上过私塾，经常在家给子女吟诗诵唱。辛亥革命元勋、民国政要、抗日名人李根源先生的母亲阙太夫人就是外婆的亲姑妈，外婆和李根源是亲堂兄妹。在母亲的记忆中，小时候外婆经常带她回九保街娘家，有时刚好遇到李根源先生也回家乡，大家对他很尊重。那时候母亲太小，不认为他是什么名人。他对孩子们非常和善，喜欢孩子们对他的尊重，孩子们给他磕头时他会笑着赏些红包。每当此时，母亲都会非常高兴。

1940年，母亲到了该上学的年龄，尽管处于战乱时期，但是外婆还是将她送至学堂读书。腾冲虽然是边城，但是因为李根源先生对于家乡教育的重视，不分男女都能够免费去学堂读书。

当然，对母亲人生影响最大的是我们的外公。她对外公的印象是清瘦高大，和蔼可亲，温文尔雅，母亲非常敬慕他。因外公常年不着家，母亲对他早年了解甚少，只是从外婆的口中得知外公的一些情况。

外公尹培灿，字光南（后从事党的地下工作改名郗保国），1900年出生于腾冲一户殷实人家，自幼受到良好的教育。1921年夏，外公从云南腾冲腾越中学毕业后，由时任中华民国国务总理的李根源先生推荐，由腾越中学保送到北平燕京大学（现北京大学前身）就读并取得硕士学位。在燕京大学求学期间，外公接触了进步思想，于1925年加入了中国共产党。毕业后，他受党组织的委派回到了云南腾冲，以腾越中学数理化老师的身份从事党的地下工作。后来由于身份暴露，遭到国民党通缉，外公便不辞而别到了泰国。不久，又被共产党组织派往东南亚的缅甸、印度尼西亚、新加坡、印度等国，在华侨中从事中国共产党的海外宣传和组织发展工作。1927年，外公在印度加尔各答大学以当讲师为掩护，为华侨宣传党的各项政治主张，从事在海外发展党员的工作，不幸又遭到了通缉。1929 年冬，外公以水手的身份潜入国内，再次回到了老家腾冲，担任南甸、干崖二司宣慰员。就在这年他和外婆结婚，在一起共同生活了三年，收获了一双儿女。

就在母亲出生的那一年（1932 年），外公受党组织的派遣由缅甸八莫绕道南京准备与联系人接头时，因为联系人被国民党杀害，失去了联系。为了革命工作需要，外公改名换姓，找到时任南京国民政府司法院院长的居正。居正是国民党元老，辛亥革命领导人之一，主持参与了《中华民国临时约法》的制订。外公在北京读书时就与他相识，是世交挚友。在居正的引荐下，外公到上海国民政府中央银行工作。1933 年，母亲的爷爷去世，身居国府要职的居正得知后，特为其题写碑文以示悼念："蓬楼先生千古：尚有老成，乡人矜式，有子克家，述事继志，西沛好音，勿忘家祭。"落款为中央司法院院长，居正。

1941 年 5 月，腾冲沦陷。在中国共产党抗日民族统一战线的感召下，腾冲人民万众一心，同仇敌忾，配合远征军将士奋勇杀敌，在西南边陲谱写了一曲气壮山河、荡气回肠、可歌可泣的抗战进行曲。为了支援全国抗战，滇西人民动员 20 万民工，仅花了 8 个月就修建了一条长达 959 公里的滇缅公路，打通了一条运送战时物资唯一的国际通道，保证了战时物资的运输。

腾冲作为滇西最稳固的城池，家家户户自发为远征军运送弹药粮秣，抢修桥梁道路。年轻人上去了，老弱妇孺也没有闲着。在军粮供应不上时，当地民众宁可自己不食或少食，也要将煮好的饭菜和家里的粮食，冒着枪林弹雨送到前线。少女时的母亲就经常跟着外婆，将自家囤积的粮食送到抗日县政府，支援远征军抗战。

1944 年 5 月，腾冲战役爆发，身在上海的外公时刻牵挂远在云南边陲的外婆和一双儿女。不久，他因工作关系从上海到缅甸，由于身份的原因，路过家门却不敢回家看望，只好带口信给外婆和三叔公，让三叔公送母子三人到保山阙家。外公秘密从保山接到家人后，沿高黎贡山崎岖蜿蜒的山路备尝艰辛地到了昆明，接着又马不停蹄地坐汽车从昆明辗转贵阳，一路颠簸历时十几天终于到了繁华的大上海，全家人团聚在异乡。

二、走出边城去从军

母亲跟着外公来到上海，满眼的灯红酒绿，使她眼花缭乱。她这个从边城来的姑娘，生活不适应，外公将她送到了上海著名的民立女中和上海中正中学读书。刚上学校时，许多同学讲的吴侬软语，她不太听得懂，同学们都笑话她这个偏远小镇来的姑娘。随着时间的推移，她渐渐地融入上海大都市的生活。

1945 年 8 月 15 日，日本天皇向全国广播了接受《波茨坦公告》、实行无条件投降的诏书。中国人民终于结束了艰苦卓绝的抗日战争。

1947 年，随着人民解放战争的不断胜利，国民党统治区的经济、政治、教育危机日益严重。由于国民党政府把大量经费用于内战，导致物价飞涨，民不聊生。在中共地下党的领导下，国统区的学生们走上街头，进行了反饥饿、反内战、反迫害的游行示威活动。读书事小，饥饿事大，青年学生首先发出了“反饥饿”的吼声。母亲所在的上海中正中学高中部同学带头举行了“反饥饿反内战”的募捐活动。母亲受到进步同学的影响，回到家里告诉外公，她也想参加募捐活动。外公毕竟是地下党员，二话不说从家里拿出银元和黄金交给母亲，母亲又将平时外婆给她的零花钱和节余的生活费一并捐给了学校，以实际行动声援了“反饥饿”斗争。

1949 年初，经过辽沈、平津、淮海三大战役，国民党军队损失过半，元气大伤。我人民解放军乘胜追击，将战线推进至长江沿线。国民党则节节败退，成了惊弓之鸟。眼看国民党统治岌岌可危，蒋介石秘密命令上海和南京的官员将国库里的黄金、白银、银元转移至台湾。外公所在的上海中央银行要求所有的职员撤到台湾，或者到昆明和重庆。外公没有携家眷到台湾，而是选择留在了大陆，一家四口从上海迁往山城重庆。

1949 年 11 月 30 日，第二野战军解放了重庆。不久，二野所属各部队及军大、文工团纷纷招收女兵。母亲适逢从重庆通惠中学高中毕业，看到招考信息后，满怀着参军读大学报效祖国的志向，和几个要好的同学悄悄地瞒着父母跑到解放军招考处。

母亲和同学冯忠琼兴冲冲地来到招考地点，看到报名参军的青年学生十分踊跃，有报考军大的，有考文工团的。两人一合计，觉得唱歌跳舞不太在行，感觉报考军大不错，既可以继续学文化同时还能投身革命大熔炉接受锻炼，于是毅然决然地报考了军大。谁知道我们的舅舅那天也去报名想参军。当母亲回到家后，外公外婆已经知道了这事，外公对她的行动鼎力支持，但是外婆却不能理解。外婆把她叫到身边，数落了一顿。

外婆说：“女孩子就应该在家里崇文尚学，读书积德，将来找一个富裕人家结婚、生子。男孩应该用功读书，出人头地，我就你们兄妹两人，都去参军到部队万一有个闪失，我和你父亲怎么办？”

尹玉华精心保留的67年前由贺龙、邓小平签发的革命军人证明书

母亲看着外婆，知道她的用心，他们老两口就她一个女儿，心中舍不得也是人之常情。但母亲决心已定，就去搬救兵，央求外公为她说情，希望他做做外婆的工作，实在不行就叫哥哥留在家里继续读书，她去部队上大学，一样是读书积德，报效祖国。外公拗不过母亲，只好答应说服外婆同意她参加中国人民解放军。母亲高兴地搂着外公，撒娇地说：“放心吧，我会好好地保护自己，一定有出息的。”

从此，母亲的人生翻开了崭新的一页！

三、天南地北红线牵

1949年12月，母亲正式成为一名军人，开始了她的军旅生涯。她被分在第二野战军军政大学三分校四大队十八中队当学员。学员大多数都是来自城市的学生兵，有不少人出身于名门望族，有些还是国民党高级将领的千金。女兵们大都十六七岁，充满热情和朝气，她们的到来给部队增添了新鲜活力。经过军大半年多严格的训练，她们完成了从老百姓到军人的转变。

1950年6月，母亲从军校毕业后分配到12军34师任文化教员。12军是一支英雄的部队。从土地革命到五次反“围剿”，从红军长征到抗日战争，屡建奇功，威震敌胆！尤其是在解放战争中，12军作为二野的主力，首战上党、三出陇海、千里跃进大别山、逐鹿中原、决胜淮海、强渡长江、解放苏浙皖、挺进大西南，打了不少硬仗、恶仗，被刘、邓首长誉为“拳头中的拳头！主力中的主力!”母亲为自己能成为这支英雄部队的一员而感到光荣。而此时，她尚不知道，命运之神将安排她和这支部队里的一位英雄营长结下一生一世的缘分……

1950年底，12军奉命出川开赴华北某地集结，于1951年3月跨过鸭绿江进入朝鲜。母亲和大多数女同志留守在重庆。由于当时留守处的战士和随军家属文化普遍较低，为了提高他们的文化水平，留守处成立了补习学校，母亲担任教员。

1952年10月，举世闻名的上甘岭战役打响了。我志愿军以英勇顽强的斗志，用血肉之躯构筑了一道钢铁长城，创造了以少胜多，以弱胜强，以劣势装备战胜优势装备之敌的奇迹。

1952年初冬，时任12军34师师长的尤太忠从朝鲜回国，进入了重庆北碚区解放军第七文化速成中学学习文化。母亲曾当过尤师长的文化教员，和尤师长非常熟悉。

一天，尤师长看到母亲，关心地问：“小尹，有对象没有?”母亲当时脸就红了，毕竟才20岁，还是第一次有人给她介绍对象，而且还是首长。她有些不好意思，红着脸对尤师长说：“我还年轻，没有谈对象。我父母不希望我过早考虑个人问题，怕分散精力，影响自己的进步。”她婉拒了尤师长的好意。

尤师长却不管她是否同意，爽朗地大声说：“34师102团有个营长叫权银刚，河北人，是个很能打仗的英雄，枪林弹雨，九死一生……”口气坚决，似乎不容她有任何置疑。

母亲沉默不语，心中却在犯着嘀咕：“我也不了解那位营长，也不知父母同意否，长得怎么样?是高是矮，是胖是瘦，是丑是俊?而且他还战斗在朝鲜前线，战争很残酷还不知以后如何……”

尤师长见母亲不说话，便继续做母亲的工作。“小尹，别看权银刚年轻，他可是个老革命咧。1938年13岁就参加了八路军，打仗勇敢不怕死，负过几次重伤，百团大战时肠子都打出来了仍坚持战斗，鼻子也被子弹打穿过……”

听着尤师长一番动情的讲述，母亲的心有些触动了，对这位从未见过面的硬汉营长有了一丝好感和崇敬。她红着脸对尤师长轻轻地说：“那就先处处看吧。”

从此，两个从未见过面的年轻军人，隔着千山万水，开始了鸿雁传情的两地书。祖国大后方和朝鲜前线的来回书信成了北方汉子和南方姑娘情感沟通的唯一桥梁。

母亲在笔记本上记载：当她收到父亲第一封从朝鲜前线写来的信时，心情非常复杂。难道这就是恋爱了吗？内容写得那么简单！看来他参加革命时年纪太小，也没有什么文化。

父亲的来信质朴坦率，简单明了，主要是介绍自己的大概情况：

> 我叫权银刚，1925年10月，出生于河北省宁晋县耿庄桥村的一个贫民家庭，家中兄妹七个，我排行第三。在华北平原那个贫瘠的小村里，我家兄妹多，家里很穷，吃不饱饭。1938年5月，我13岁时冲破了家庭的阻扰毅然参加了八路军。参军后编入了八路军太行军区1分区10团，当时团长向守志看到我年纪小，个子还没有枪高，就将我安排在团部当司号员，从此开始了我的军旅生涯。

自从收到第一封来信，母亲就站在初恋的路口，等着要伴随着她一生的那个人。母亲把领导给自己介绍对象的消息告诉了我们的外公、外婆，他们听说后非常支持，外婆对母亲说："女儿啊，有志向，既然领导给你介绍了一位能打仗的北方汉子，一定不会错的！"

然而，好事多磨，父母的婚姻也是一波三折。1952年11月的一天，妈妈又收到父亲的来信，当她满怀喜悦地打开信件时，跃入眼帘的却是一封分手信，她感到茫然了……

这是一封长长的信，看后使她陷入了深深的苦恼中！

信中这样写道：

> 玉华你好！我们刚打完金城阻击战还未来得及修整，就奉命前往上甘岭地区，我们要去打大仗了，接替减员十分严重的部队。我已经听说了友军的战况，对战斗的惨烈程度也有了充分的思想准备，说不定哪天就报销了，我也许会战死的，可是这对我没有关系，当了军人就准备这一天呀！关键是自己能不能从上甘岭活着回来，怕就怕弄个重伤残废，我们散也不是，不散也不是，为了你的将来，所以我们还是散伙吧……

母亲心里明白，他违心地写下了这封信，这不是他的真实想法，而是怕她为他担心！是生怕在战争中发生什么不测会影响到她的前程。多好的一个小伙子啊！母亲的心里油然升起一股对父亲的敬意，爱情不知不觉从心底滋生……

母亲怀着复杂和牵挂的心情，给远方的父亲写了一封情意深长的信，信中这样写道：

> 你就是我心中的英雄，无论你在战场上如何，我都会和你在一起。人生，一程又一程，总会有一份牵挂，我就想用一生温暖你的生命。期待着你胜利平安归来，在欢庆胜利的锣鼓声中和你相会。

母亲的信给正在上甘岭鏖战的父亲以无限的期待和信心！鼓舞着他英勇杀敌，胜利凯旋归来。

四、战后相逢话硝烟

鸿雁传书寄深情！飞跃浓浓硝烟和熊熊战火，从遥远的朝鲜上甘岭前线不断传来父亲的消息，这些素笺中的信息化为后方留守处母亲枕边的梦境……

父亲在硝烟战火中的英雄形象越来越清晰，却始终是遥远而触不可及的，他们相互之间的思念和牵挂也只能仅仅流泻于充满相思之情的笔端，永久地保存在母亲发黄的笔记本里。相比较而言，父亲对于母亲的牵挂带有更多军人的简单和直率，有时仅仅是将自已生死置之度外的某种超然和大度。显然由于身份上的差异，在文化上对于情感的表达还是有细微差别的。

1953 年 7 月，《朝鲜停战协议》签订，经领导批准妈妈来到朝鲜东海岸元山部队驻地，见到了日夜牵挂的父亲。这是母亲和父亲在书信往来建立恋爱关系后的第一次见面。母亲眼中的父亲：黝黑的皮肤，清瘦的身材，深邃的眼睛，显现出军人的干练和勇毅。父亲也见到了清秀文静，气质优雅，出身于知识分子家庭的母亲。他们相互之间都隐隐感觉到彼此存有差距，但是在冥冥之中又都觉得对方就是自已将要相伴终生的另外一半。共同的理想和精神追求使出身于不同家庭、有着不同经历的这对年轻人走到了一起，最终走向婚姻的殿堂。这就是爱情的力量所建立的理解和信任。

母亲在笔记中写道：

在战争年代，除了是老家原配，像我们这样的婚姻很多都是组织上安排介绍的，其实都是结了婚，恋爱才开始。我们见面后，相互间才真正有了更深的了解，权银刚对我说："当尤太忠师长介绍你的情况时，就说你是一个漂亮，知性的姑娘，条件不错。"

母亲来到朝鲜正是美丽的金达莱盛开的季节，满山遍野的花儿在风中摇曳生姿，但是触目可见的却是战争留下的满目疮痍……面对被战火烧焦了的断壁残垣她感慨万千，深深感觉到和平的来之不易，也对生命和爱情有了更加深刻的认识。母亲理解了父亲在大战之前给她写那封分手信的真实含义。

在远离祖国的异国他乡，母亲深情地倾诉着对父亲的思念牵挂之情，而父亲却仿佛很不经意地给母亲讲那些惊心动魄异常残酷的上甘岭争夺战。在父亲看来，战士的生命不仅仅属于家庭和爱人，更多的时候是属于祖国、人民和军队，有时候舍生取义、战死沙场反而铸就了军人的荣誉。何况在那场残酷的争夺战中自己还是幸存者，我们享受胜利喜悦的时候，绝不能忘记战斗中英勇牺牲的战士。讲到这里，父亲热泪盈眶……

父亲深情地对母亲说："尤师长把你介绍给我，你就是我的福星，给我带来了好运，使我活着走下了上甘岭，而且还活得比较完整。"

然而，上甘岭那28个充满血与火考验的日日夜夜令他始终难以忘怀！父亲向母亲讲述了那段惊心动魄的战史：

1952年冬，我时任志愿军34师102团（原36师106团）副团长兼3营营长，带领队伍从金城防御阵地上换防下来，开赴谷山休整，途中突然接到增援上甘岭友军的命令。11月17日晚在夜幕的掩护下我率部赶到537.7高地准备投入战斗。然而，整个高地的坑道和战壕已基本被毁。收复阵地后，我要求全营数百名官兵当夜在各阵地上最紧迫的工作便是修复坑道和挖可以藏身的猫耳洞。

经一夜努力，虽然7条坑道已大致修复，但有些不太牢固。大部分表面阵地的志愿军只能靠猫耳洞藏身……11月份的朝鲜已是天寒地冻，但坑道内很狭小。我派出一个连的兵力向刚失去的6号阵地发起进攻！在米连长和闻指导员的带领下不到30分钟的时间里便全歼敌人一个排的守军，收复了阵地。另一个排参加反击4、5号阵地。由于准备充分，协同严密，部队锐不可当，当晚三个阵地全部收复。从此，拉开了上甘岭537.7高地上长达28天悲壮战斗序幕，这一幕使我终身难忘。

18日天刚蒙蒙亮，敌人就开始了大规模的反扑。4架轰炸机轮番轰炸，成吨的炸药倾泻在阵地上，只见整个山头弹片、石头到处飞，阵地上焦土一片。6号阵地上唯一的一条半截子坑道被炸塌，进出口被堵死，8连3排和连指挥所全部被炸毁，连长等20余名战士牺牲。随后，敌人又对阵地进行了长达15分钟的连续炮击。一天当中狭小的阵地上就落弹两万余发，浮土有一米多厚。虽然18日整整一天一个阵地也没丢失，但却把3营8连整整一个连给打光了。19日凌晨，丢了一个6号阵地，我让第7连给夺了回来。但第7连也被打光了。20日，6号阵地又丢了，第9连也打光了。共毙伤敌人350余人，敌人一次次被击退，但是我军也伤亡惨重。我心情感到分外沉重。

我已经三天三夜没吃饭，却抽光了三条"大生产"牌香烟，看三天打光三个连，既伤心又着急，不知如何是好。当晚，2营5连增援上来反击6号阵地，激战数小时，伤亡几十个人，连长朱国法、副连长陈洪范相继阵亡，而阵地却未能夺回。21日，营里领导一合计，决定改变战法。晚上20时，我们一反常规，不进行攻击前的炮火急袭，以第5连唯一完整的第3排，由排长胡升高带领，利用夜暗从448高地出发，悄悄通过1000米的炮火封锁区。按预定方案，第7班、第8班摸到距敌人仅40米处的位置，这时敌人还没发觉他们。21时10分，王聚新收到准备完毕的信号，发出冲击命令。仗打得干净利落，从开始到结束，不过10分钟。歼敌一个半班的人，第5连伤4人，夺回了阵地。这一仗很小，意义却极其重大。

父亲讲到动人处饱含热泪，特别是讲到那么多朝夕相处的战友牺牲在上甘岭这个弹丸之地，他的心情异常沉重，眼泪止不住夺眶而出。都说"男儿有泪不轻弹，只是未到伤心处"，父亲的悲伤是自然而然流露出来的，体现了一个军人在粗犷的外表下，内心深处也是极为丰富细腻有感情的。母亲觉得，她对眼前的这个人似乎更了解了，也更有了好感……这或许就是母亲说的他们是先结婚，后恋爱吧！

父亲继续给母亲讲述那刻骨铭心的战斗：

那雨点般的炮弹把整个 537.7 高地炸得地动山摇！6 号阵地上闻指导员和一个排的志愿军官兵所在的坑道被敌人的炮火炸塌，全部壮烈牺牲。炮击之后敌人便整连整营地向 537.7 高地扑来。侥幸活下来的战士们被炮火震得几乎听不到彼此之间的说话。看见敌人扑来，我们彼此搀扶着从泥土中钻出来，和敌人进行殊死的拼搏。敌人一次又一次进攻被击退，炮火也一次又一次向我高地猛轰，志愿军战士们一个接一个地倒下。但是他们只要还有一口气，就绝不下阵地，直到战斗到最后一刻。有的战士甚至在只剩下最后一口气时，拉开爆破筒滚下山和敌人同归于尽。狭路相逢勇者胜，其惨烈景象真是泣山河，惊鬼神。从 11 月 17 日晚上上阵地到 12 月 15 日撤出阵地，战斗的激烈残酷，前沿阵地的艰辛危险，这是我历经生死考验的 28 个昼夜。

1953 年尹玉华、权银刚摄于朝鲜

正因为战争是如此的残酷，所以父亲在生死未卜、大战在即的时候，不敢轻易对母亲的感情作出承诺，只能采取回避的态度。父亲红着脸对母亲解释着，随手采集了一束火红的金达莱花递到妈妈手中，说：“现在停战了，我们胜利了，我也活了下来，我们可以迎接崭新的生活了。”

这时，远处传来宣传队员演唱的朝鲜民歌《金达莱花》的歌声：

离开我你会幸福吗
今后再不要想念你
当初伴着你（我们）生活到如今
可你心里却只有她
爱情，没想到这么残忍
连呼吸都好心疼

让你永远幸福，我心里祝福你
用我的灵魂全来祝福你
……

母亲捧着金达莱花嫣然一笑，两人来到战地照相馆拍照。当摄影灯打开的一刹那，父亲像变魔术似的变出一个苹果放在母亲的肩上，意味深长地对母亲说："我把苹果放在你的身上，保我们平平安安地幸福一生！"

这张记载着父母美丽爱情的照片，是父亲最喜欢的一张，经常拿出来给我们看，回忆那甜蜜幸福的时光……

尾声：恩爱白头到永远

1953 年 7 月 3 日，爸爸和妈妈捧着金达莱花走进了婚姻的殿堂。他们的婚礼在朝鲜东海岸的防空洞里举行，简单而又温馨。尤太忠师长不仅是父母的红娘，还亲自签发了结婚证书，在尤师长的见证下他们喜结良缘。虽然没有漂亮的婚纱和喜庆热闹的场面，但战友们和领导的真诚祝福让他们感到无比幸福和

全家福摄于 1972 年

满足。

作为军人，父母亲的战地爱情没有花前月下的罗曼蒂克，没有轰轰烈烈的海誓山盟，却有着天长地久的两情相悦，朝朝暮暮的心心相印！执子之手，与子偕老。婚后他们共同养育了我们兄弟姊妹四个孩子，给我们一个温暖和睦的家。在半个世纪的风风雨雨中，他们同甘共苦，相濡以沫，琴瑟相合，用一生的光阴守护着一份真挚的爱情。

2003 年 2 月 13 日，又是那个春寒料峭的早春季节，在妈妈去世一年零十天后，沉痛的哀乐声再次撕裂了我们兄妹的心。我们慈祥的父亲走完了人生 78 年的历程与世长辞，与母亲相会在南京雨花台烈士陵园的望江矶功德园，那里安葬着一批为创建共和国出生入死的将校们。父亲和母亲曾说过：活着时，战友们在一起浴血奋战保卫家园，死后仍然在一起守护我们的国家。

亲爱的爸爸妈妈，时光可以带走许多回忆，但带不走女儿对你们无尽的思念！这些年，我们常常在梦中和你们相见，仿佛你们并没有离开。你们已化作那天上永恒的星辰，每个清晨和夜晚都在微笑地注视着我们，呵护着我们，为我们遮风挡雨，照亮我们的人生……我们依然生活在你们慈祥的目光下！

简　历

尹玉华（1932—2002），云南腾冲人。1932 年 9 月出生，1949 年 12 月考入第二野战军军政大学，分配在三分校四大队十八中队。历任三兵团 12 军 34 师文化教员、志愿军 34 师 102 团政治处组织股干事、西南军区第七速成中学文化教员等职。1958 年转业到地方，先后在教育、轻工、电力系统担任党务领导工作。2002 年病逝于徐州，享年 70 岁。

生命中那一抹绿色

刘时芬

一、太行女儿爱戎装

我的家乡位于太行山东麓的一个小山村。1945 年秋天村里来了许多八路军，我家由于房子多，院子大，也住进了一个排约十几个人。那年我已 19 岁了，上过几年学，接受了进步思想的影响，知道八路军是一支纪律严明、真心抗日的军队。另外我有几个舅舅都是地下党，每次回家都给我讲一些革命的道理。我又亲眼见到村里的八路军战士对老百姓谦和有礼，亲如家人，和国民党军队完全不一样，心里就有了参军的念头。

晚年时期的刘时芬

当时我们村的姑娘们很少有参军的，像我这般年纪的大都已出嫁为人妻、为人母了。一天，我试探地向奶奶提出想参军的事，可奶奶连想也没想就打断了我的话，她说："丫头，我们是大户人家，你一个姑娘家的，成天跟着土八路舞刀弄枪的，像啥话？将来可怎么嫁人呀？"我这人表面上虽大大咧咧的，其实特倔强，只要心里打定了主意就是十八头牛也拉不回来。

1945 年深秋的一个清晨，天才蒙蒙亮，我趁家人还在熟睡中，蹑手蹑脚地带着一个小包袱离开了家。几经周折，在武安县的一个小村庄找到了晋冀鲁豫野战军的主力部队——六纵。在我的软磨硬缠下，终于如愿以偿地穿上了军装，被分配到六纵 16 旅（1949 年 2 月改为二野 12 军 34 师）收容所当了一名看护。

六纵是一支英雄的部队，在解放战争中以敢打硬仗、恶仗而威震敌胆。它的首任司令员是被称为"二野朱可夫"的王近山（开国中将），政委是杜义德（开国中将）。副司令员兼 16 旅旅长是韦杰（开国中将），他爱人郭毅是我参军后的第一任指导员。郭大姐是 1938 年参军的知识分子，她待人诚恳、平易近人，一点没有首长夫人的架子，从她身上我学到了很多东西。

那时，抗战刚刚结束，部队医疗条件非常简陋。看护所的所长叫王子丰，是一位 1939 年参军的老同志（解放后曾任第七军医大学校务部部长）。他也是河北人，为人热情直爽，他看我刚从农村出来啥也不懂，就手把手地教会我一些基本的护理知识。经过一段时间的摸索，工作中我很快就得心应手了。当时部队正在打平汉战役，每天从前线送下来很多伤员，送来时一个个都是血淋淋的，有的是腿打断了，有的是头部脑外伤……

第一次看见血时我心里直发怵，吓得不敢抬头看，但时间长了也就习以为常了。当时收容所里的女同志大都是和我年龄差不多的来自太行山老区的姑娘，我们相处得像亲姐妹一样。我记得有白翠云、李玉秀、张苏、张香等同志。我们每天从早到晚为伤员们换药、翻身、喂水、喂饭、倒尿盆、洗绷带……工作平凡琐碎而辛苦，但生活在团结友爱的革命大家庭里，我每天感到浑身有使不完的劲，心里总是乐呵呵的。

二、战友结同心

参军没几个月，我认识了当时在旅司令部当科长的同乡成冲霄。常言道："老乡见老乡，两眼泪汪汪"，我们不仅是一个县的，而且两家离得还很近，只相距几十里路，他小时候还在我们村他舅舅家住过。冲霄因自幼丧母，是在姐姐家长大的，平时寡言少语、不善交往。我们刚认识时每次见面他不先开口，都是我先说。虽然我活泼外向，是个信口开河的“快嘴妮”，但在这种场合总不能都是我先说吧？后来我们熟悉了以后，他也会主动和我聊聊他的过去。冲霄告诉我，他原名叫成鸿山，“冲霄”这个名字是他参军后自己改的，意喻要发奋图强，干出一番事业。那时，他给我讲的最多的是八年抗战在太行山时的情形：生活的艰苦、岁月的漫长、战争的残酷、道路的曲折……我们也和大多数年轻人一样憧憬着美好的未来和希望，盼望革命早日取得成功。

其实，抗战八年冲霄就战斗在冀南地区，但他一次家都没有回过。一是怕给家人带来危险，二是手中没有钱。因为那时八路军的干部几乎一无所有，冲霄的马褡子里除了一床棉被，一条缴获敌人的旧毛毯，几件打满补丁的换洗衣服之外，就是一个文件包，这就是他的全部家当。真可以说是“上无片瓦，下无寸土”！这也正是我们共产党人为什么能在短短的28年里赢得民心、赢得天下的原因所在！

1946年3月初的一个傍晚，我正在所里值班，旅部突然打来电话让我去一趟。我见天色已晚心里不想去，王所长见状二话没说：“走，我送你。”北方的三月虽已立春，但初暖乍寒，一路上我紧跟在王所长的身后，深一脚浅一脚地差点摔了一跤。到达旅部所在地磁县小王庄天已黑了。刚进参谋处院子，就听见南屋传来很大的说话声，闹哄哄的。我的心不由自主地跳起来，不知道发生了什么事……

我正思忖着踏进了院子，就看见一伙人一窝蜂地从屋里跑了出来，顿时院子里一片嬉笑声。我闹不清什么事正准备溜走时，一双粗壮的大手从背后把我擒住，就像老鹰捉小鸡似的，我回头一看原来是许克杰参谋（后任12军副军长）。他和一帮年轻的参谋们将我推进南屋，只见三张长桌排成了长长的一条，桌子上摆放了糖果和花生，杯子里飘着缕缕茶香，墙上还贴着对大红“囍”字。我又惊又喜，想喝口水镇静一下，但又不敢伸手，梁伯科长看出我的心思，端来茶给我解渴。

婚礼开始了，主持人是旅政治部主任陈孝，他的证婚辞刚说完，大伙就起哄，嚷嚷着让我们两人唱歌。冲霄被两边进攻，拉到中间。可他当了八年兵连个歌也不会唱，只唱了句：“红日照耀在东方，自由之神在纵情歌唱……听吧，母亲叫儿打东洋，妻子送郎上战场……”就唱不下去了，大伙儿见状就一起唱起来：“我们在太行山上，我们在太行山上，山高林又密，兵强马又壮。敌人

1950 年 12 月刘时芬一家三口合影于重庆

从哪里进攻，我们就要他在哪里灭亡……”而后，大家又齐声同唱《抗日救亡歌》和《松花江上》。

为了感谢大家对我俩真诚热情的祝贺，我给大家唱了一段京戏《四郎探母》：“杨延辉坐宫园，自思自叹，想起了当年事，好不惨然。我好比笼中鸟，有翅难展；我好比虎离山，受了孤单……”

我唱完后大伙儿仍不放过，还要我唱，可我只会唱京戏不会唱歌。因我出身于大家庭，从小家教很严，奶奶不许我唱小曲，我就又唱了一段《桑园会》。对京剧的喜爱可以说伴随了我一生，这个爱好也成为我晚年生活的一大乐趣。

回想起来，我们那时的婚礼真简朴，政治部发给 18 元钱，两块香皂和牙膏，一床绸被面，当晚的糖果已用去了 6 元钱。事后我才知道，旅领导对我们的事很关心，特意让政治部陈孝主任安排了这个仪式。从此我认识了不少旅部的青年干部，如唐永舜、许克杰、梁伯、陈瑞生等，冲霄对我说：“这些都是我的好友，如我不在时你可以找他们。”

和冲霄结婚以后，在他的帮助下，我没有以前那么幼稚了，小孩子脾气不知不觉改了不少，也更热爱自己的事业——护士工作了。1946 年 6 月，结婚不到三个月，冲霄就随刘邓大军逐鹿中原，千里跃进大别山，转战于大江南北，与蒋家王朝作最后的决战。我则和大多数女同志留在了晋冀鲁豫根据地老区，直到新中国诞生后的 1950 年的春天，我才带着 3 岁的女儿拂晓随第二野战军女子大学，在祖国的大西南重庆与冲霄团聚。

三、回到久别的故土

一家人团聚刚半年，朝鲜战争爆发了。1950年底，冲霄随军入朝参战，我因怀了老二只得留守重庆。1951年初我生下儿子，为纪念解放大西南，远在朝鲜前线的冲霄来信给儿子取名西南。一年后，我们留守在重庆的12军指战员终于接到出川的命令。

“思故土，盼家乡，一生一世永难忘！”我们12军的指战员大多数是北方人，是为解放大西南而进川的，如今，一听说要回华北军区的消息，无不高兴得热泪盈眶。多么盼望见到久别的亲人，多么盼望见到家乡的山山水水！我们就像一群北归的大雁一样，即将不停地往回飞，飞回可爱的太行山，飞回生我养我的华北大地。我的心似乎已渡过了长江，仿佛又听到北方父老们的方言，“姑娘们，冷不冷？”那温暖的话语，好像是在磁县马头镇，又像是在太行山的晋城等地，感到特别亲切。可醒来一看仍在被窝里，泪水顺腮而湿枕，原来是在梦中……

我们志愿军三兵团留守处就在我的家乡邢台市。邢台地处太行山革命老区，这里的人民特别淳朴善良勇敢。在抗日战争、解放战争中他们舍生忘死，支援前线，为中国革命的胜利做出了重要贡献。这里的人民对今天的志愿军有着深厚的革命感情。邢台离我家只有60里路，军人乘车半票只需2角5分钱，半小时就到我家。我真没想到几年前由邯郸南边的磁县随军南下，现在又回到了邯郸正北，我高兴极了，真想回家看看，但部队有铁的纪律，绝不能给家中通信，党员干部要带头执行。

1951年刘时芬与指导员田玲（右）合影于重庆

在邢台住了不到三个月，一天大队长焦家祯和指导员田玲大姐找我谈话，他们说：“本来要你担任二区队的负责工作的，但师领导决定要你赴朝，什么时候小孩病好了就要走。共有三位女同志，咱们队还有刘亚莉教员。”我听到这一喜讯，非常高兴，赶紧到回国学习的尤太忠师长家问个明白，主要是小孩的安排问题。宋允森和我一同去找尤师长，她也想同去，但未获批准。尤师长要我把小孩送回家，部队会按时给付孩子的保姆费和保育费，每月共计 30 元。我觉得供给制就是好，孩子吃穿都不用家长操心。

四、千里赴边关

12 月的一天晚上，我和文化教员刘亚莉在邢台火车站登上了开往天津的火车。我紧紧地靠着车窗，时隐时现的灯光闪过窗外，沉睡的北方大地，熟悉的道路，唤起我童年的回忆……

这条路我童年时曾经走过，6 岁那年我和父亲去北京看望大伯大娘。大伯是冯玉祥的旧部，当时驻扎在北京附近的怀柔县，我和父亲在石家庄转车，然后被洋车拉到大伯的军营，童年的事情我至今未忘。

车到了高邑站，师文工队的齐文英上来了。小齐是重庆人，年仅 17 岁。她参军不久就到了朝鲜，在一次夜间急行军时，不慎被十字镐柄戳伤了眼睛。师首长让她回国治疗，但她坚持轻伤不下火线，继续战斗在前线。直到眼睛感染病情加重才被送回国治疗，经过几次手术，眼睛虽保住了，但视力受到很大的损伤。小齐的到来，使车厢里的气氛顿时热闹起来，她对朝鲜的情况无所不知，我们听着她滔滔不绝的话语，不知不觉时间就过去了。

第二天清晨到达了天津站，在这里我们还要换乘去沈阳方向的车。我们下车后随着熙熙攘攘的人流走出了站台，走上了一条通往市区的大道。时间太早，街上饭庄还没开门。又走了几步，见一家饭庄正开门招客，我们抬头一望是一家西餐店，因肚子早已饿得咕咕叫了，我们三人就坐了进去。因从未吃过西餐，差点出了洋相。服务员端上来三盘奶油蛋糕和几种点心，随后又上了咖啡和牛奶，还未等到刀叉上手，小齐她就垂涎三尺。这小鬼可没白花费这两元钱。我和刘亚莉都舍不得，因为我们每日伙食费才 4 角 3 分，出差路途补助是 2 角，这一顿就吃掉一天半的钱，到目的地还远得很，不管怎么样，土包子开了顿“洋荤”，值得！我们本想慢慢地品尝这洋玩艺，可惜时间太短不得不离开。

我们从军人候车室优先进站上了开往沈阳的列车。小齐因饱餐了一顿，兴致很高，她在车上引吭高歌，唱起了朝鲜歌曲《桔梗谣》：“桔梗哟，桔梗哟，桔梗哟桔梗，白白的桔梗哟长满山野，只要挖上一两棵，就可以满满地装上一大筐……”

一曲唱完，在座的乘客无不拍手叫好，让再来一个，引得别的车厢许多人也涌了来。列车长看我和刘亚莉让出座位在一边站着，就将我们带到卧铺车厢休息。我第一次坐卧铺，真气派呀！枣红色金丝绒制成的床套，带花边的白色纱缦。那个年代，志愿军走到哪里都深受人民群众的爱戴。

从南到北一路风尘，终于到达辽宁安东的宽甸。这是一座小城，位于鸭绿江畔，是军事要地，也是军事枢纽。12 军留守处和 34 师转运站都设在这里。小齐轻车熟路，带我们顺利找到师留守处。留守处住的是老百姓的大院，院内有一口水井，厨房也在此院，生活还算方便。我和刘亚莉在楼上住下，小齐她已回文工团去了。老熟人冀少芝科长听说我来了，敲门来看我，他也是在等着过江。第二天早晨，我和刘亚莉背着挎包下楼洗刷，水井周围已围满了人。刷牙时一会儿工夫头发就被贴在嘴角上冻住了，洗脸盆中的水也结了冰，零下 20 多度的天气真把我冻坏了。但卧室里暖和得我也适应不了，鼻子老出血，南北方气候差别真大。

在留守处住了四五天，还没有出发的消息。两年了，多么漫长呀，真想立刻见到久别的爱人和战友，无奈隔着一条鸭绿江！当地军民真诚地爱戴我们这些即将奔赴前线的志愿军，宽甸经常有慰问演出。一天留守处的王科长拿来几张戏票让我们去看戏，说是唐山评剧。我从来没看过评剧，因我们家乡冀南都是大戏，京戏、河北梆子等，评剧是河北省东北部地方剧种的小戏。那晚的剧目是新凤霞主演的《花为媒》，舞台不大，座无虚席。新凤霞的表演确实令人陶醉，她演活了闺中女的浪漫青春和意中人结伴成双，歌颂了青年男女的忠贞爱情，使人更进一步认识到自由恋爱和旧社会的包办婚姻真是天壤之别啊！这时的新凤霞虽说是主角，但还未出名，唱的还是古装戏，后来她演现代戏“刘巧儿”时已名扬全国。

五、相逢在谷山

又等了几天，我们终于要离开宽甸，跨过鸭绿江奔向我们朝思暮想的炮火纷飞的朝鲜战场。

鸭绿江畔风光好，流水缓缓波连波。

中国人民捍正义，援朝就是保家乡。

34 师当时住在谷山地区。那天，师参谋长蒋科用他的吉普车把我送到了 101 团团部，我跳下车后向首长招手表示谢意。警卫员看到车子连忙跑来，他叫薛其福，陕西人，长着一张娃娃脸，很像电影《英雄儿女》里那个警卫员小战士。小薛领我进了房间，放下行装，我四处一看，干净、整洁，东西放得有条不紊，墙上还挂着一幅“我们爱和平”的宣传画。

小薛告诉我：团长很快就要回来，因为他知道你今天来，师里昨天就电话告知了。话还没有落声，就听到门外一阵自行车的铃声响。哟，这里山高路陡还能骑自行车呀？我心里想着，只见冲霄已跳下自行车，见了我，问句：“怎么样，这里好吧？”

“不错，真美。”我回答说。两年未见面了，彼此感到生疏起来，见面竟不知从何说起，几年来想要说的话此时竟全想不起来了。这时门口已挤满了人，来了许多看热闹的朝鲜老乡，我俩迎上前去表示欢迎。虽说语言不同但风俗一样，人群中有人指着我问是不是“未婚使者”，我不懂，冲霄掏出我和女儿及刚满百天的儿子的合影说：“已有两个小孩了。”小薛在一边比划着，他们听懂了，笑着点着头伸出拇指向我俩祝福。

晚饭后，冲霄带我去了房东院里。房东住在靠山坡的防空洞里，正是孩子们放学回家的时候，见有生人，他们好奇地跟上来，房东大婶向孩子们挥挥手，示意他们不要进来，孩子们很有教养。我环顾了一下四周，洞里潮湿阴冷，只有几样简单的生活用品，真可谓“家徒四壁”。但房东大娘热情直爽，她把我拉到跟前，告诉我遇到空袭要跑，她会教我防空。

在这异国他乡，我俩重逢是多么高兴呀！两年来他在战火纷飞的阵地上几次遇险而死里逃生。都说书信传真情，但信里他从未告诉我。我只知道他是细菌战的可疑者被隔离过，但却从没听说过他差点被炸，差一点就见不着面了，在我到来的今晚才知实情……

我问冲霄：“你为什么骑自行车呢？”“骑车比骑马安全呀！”冲霄说：“飞机扫射时，车丢开就可躲，马躲不及就要被炸死。第五次战役时，小食堂被炸，马夫和炊事员及马都被炸死，我要不是去解手也就上天了。”“从没听你说过这件事呀？”“告诉你还不把你吓死了呀！”

冲霄告诉我，那天他和马夫回来得很晚，已开过饭了，炊事员给他俩下面条。火光较亮，他肚子饿了来不及等，打算先烤个馒头吃。刚蹲下把手伸进灶口，小便急了，顺手将馒头交给马夫。他沿着厨房绕到侧面约四五米的半山坡，还没来得及解完手，只听轰隆隆的一声巨响，火光冲天，他赶紧趴下，不一会耳朵震得听不清楚是响声还是喊声。等大家来到时，发现他趴在山坡上毫发未损，而炊事员和马夫及马全炸飞了，只找到马的一条大腿。就这样冲霄脱险了，只是耳鸣了很多天。

听了冲霄的一番话，我手脚冰凉，心咚咚地跳，真有些后怕呀！我凝望窗外的夜空，看到星星一闪一闪的仿佛是在笑话我。我意识到自己还缺乏战火的考验，胆子太小。我告诫自己，一定要煅炼自己的胆量和意志，像朝鲜妇女那样勇敢和坚强，做一个真正的“最可爱的人”。

六、演了一幕“柜中缘”

我这次来到谷山，部队刚由上甘岭战役胜利归来在此休整。干部们白天下连队，晚上下棋、打扑克，自由自在地享受着战时难得的闲暇时光。我是个喜欢热闹的人，一到晚上就各处串门，拜访熟悉的老上级和那些股长们。有一天晚饭后，我到政治处段兴绕主任和组织股长李庆双那里聊天。他俩特别喜欢我讲述后方的情形，缠着要我告诉他们爱人和孩子的事。而我喜欢听他们讲战场上的事。讲到第五次战役时，由于穿插得深，部队被包围，后勤给养跟不上，没有吃的，他们每人拄着一根棍子，走起路来，屁股后面系在腰带上的罐头盒子摔来摔去，发出“咣当咣当”的响声，一副狼狈不堪的样子。我被李股长绘声绘色的表演弄得肚子都笑痛了。正在这时，只听到“轰”的一声巨响，一道电光耀眼夺目地扑向我们，房间被一股强烈的震动击开柜子的一扇门。我慌中有计，见空就钻，藏进大柜里，以为很安全。他俩赶紧把我拉出来，笑着说我演了一幕“柜中缘”。敌机俯冲着绕了两个圈就溜了，这件事后来成为那些年轻干部们谈笑的话题。

冲霄听说后也笑话我说：“这里是谷山，可不是太行山！敌机一天不知要来几次，你不学会防空怎么成呢。”是啊，太行山峰高陡险，蒋介石的飞机施展不了威力，而朝鲜的山平缓低浅，敌机整天盘旋，一旦扔下一个炸弹就会炸倒一大片。

朝鲜人民非常勤劳，他们在冬季也不闲着。妇女们、老人们成天在地里忙活，姑娘大婶们个个头顶一个筐，翻山越岭，穿过封锁线，为前线送粮饷。可恨的敌机只要发现人群就像无头苍蝇一样哼哼地飞来纠缠，但这丝毫吓不倒英雄的朝鲜人民。

我到朝鲜时正值寒冬腊月，只见他们个个不穿棉鞋和袜子，小孩也一样，渴了就喝口凉水，真是不怕冻。在陵前里我住在农民家里，感到生活上和我国北方农村差不多，玉米、山芋和萝卜是主要食物，也是搁在地窖里储藏。但与我国农村不同的是他们家家户户通电灯，我尤其羡慕他们几乎家家有手摇的缝纫机。

朝鲜语并不难学，知识来源于实践，生活中最易学习他们的语言了。但朝鲜字较难认，圈圈比较多，有点像汉语拼音字母，曲里拐弯的，难记。老大娘——阿妈妮，老大爷——阿爸吉，大婶——阿东姆，谢谢——高斯米达……

朝鲜民族像我国的少数民族一样喜欢文娱，人人能歌善舞。只要有点时间，男女老少就聚在一起拿着脸盆和破铁具敲打着，手舞足蹈跳起来，逢年过节文娱活动就更丰富了。春节期间，人民军和地方上民、青、妇团体与志愿军联合演出文娱节目，还有军师文工团演出，我是每场必看，一场也不落。

七、从谷山到元山

美帝国主义为了挽救其在朝鲜的失败，在正面进攻黔驴技穷之后，转而策划新的冒险行动，试图从海上发动大规模的登陆进攻，以改变战局，加快其整个侵略计划的步伐。为了粉碎敌人的阴谋，我们34师奉命于1953年1月中旬进驻元山港，担负东海岸正面防御作战任务，防守榆峰山、箭滩等地，以抗击从松田半岛方向登陆之敌。

1月的朝鲜正是最冷的季节，寒风刺骨、冰天雪地，气温在零下三四十度。101团到达元山以后住在一个叫陵前里的村子。全团指战员立即投入到紧张的筑城工事中，战士们面对的是岩石，是无声的敌人。团部在山坡上搭起了松木结构的防空洞办公和居住，全是各个股自己动手搭的，虽然简陋，但比起原来住的又潮又湿的山洞要好多了。

春节过后，冲霄上到山上的团指挥所，虽然山不是太高，但上面没有水吃，全靠炊事员、通讯员每天下山背水。从山上指挥所瞭望哨可以观察到美军第七舰队的航空母舰在海上活动的情形。据说航空母舰很大，敌机每日来轰炸就是从这艘航空母舰上发出的。警卫员薛其福让我上山去看看航空母舰，我没答应，战士们背水上山，我去会给他们增加麻烦的。

春节过后，机关食堂天天吃高粱米饭，因运输困难，给养跟不上，吃不到大米和白面，更吃不到新鲜的蔬菜。一冬一春都是土豆、萝卜、粉丝，没有绿色蔬菜，许多战士都得了盲眼症和口腔溃疡。当时每周各股要轮流上山打柴和扛粮，我和陈碧秋、陈烈英到5里之外扛粮，每次只能扛袋面粉，40多斤重，路上要趟一条小河，爬一座小山，到了食堂累得喘不过气来。每周每人还要交50斤柴。

战争年代干部调整频繁，政治处要集中整理干部履历表，领导让我在干部股分管干部伤亡统计和保健品分发，有时也抄写文稿。我的字写得不好，但比较正，不潦草。他们都不在时接接电话，和各股工作联系等，每天都忙忙碌碌的。特别是构筑坑道开始深入时，伤亡很频繁。过去班级干部是由管理股负责统计，后来也由我们统计。全团营以下干部都深入到前沿指挥，亲自放炮炸山。石块不留情，每天不是报塌方，就是报爆炸中点火出了事故，进度越急，事故越多发。真是“不是阵地的阵地，不是火线的火线”。

战士们每天面对顽石，抡锤打钎，手都磨出了血泡，头部经常被飞起的石片炸伤，最严重的是眼伤。掘进一尺就好似消灭了一群敌人，战士们发扬愚公移山，蚂蚁啃骨头的精神，每天三班倒，克服了天寒地冻、器材不足等困难，在全军率先打出一条24米长的马蹄形坑道。涌现出穿山英雄肖贵强、李国玉等全军的英模，受到志愿军司令部的嘉奖。陈赓大将还亲赴我们团召开现场会，在全军推广了101团的筑城经验。几个月后，我军筑城工事结束，在东海岸的山头上形成了大纵深、立体式、打不垮、摧不毁的钢铁防线。敌人自知我军防守严密，难以实现其登陆阴谋，不得不取消了登陆的计划，提出了停战谈判的要求。

1953年7月27日《停战协议》签订以后，形势渐渐好转起来。敌机虽仍然时常在东海岸一带上空盘旋，不时还有机枪从空中扫射，但已经不随便丢炸弹了。出去时也不需要穿伪装衣和戴用草做的伪装帽了。

祖国来的慰问团和朝鲜人民慰问团络绎不绝地来到前沿阵地。他们不顾疲劳，翻山越岭，到筑城班排给战士们演出，将祖国人民和朝鲜人民的心意送到每一个角落。我们团处在深山老林，慰问团在林子里搭起了舞台连演好几天，使每一个战士都看到了精彩的演出。

朝鲜的春天比夏天长。从三月苹果花开，到满山遍野绽放的各色各样的金达莱花，十分美丽壮观。在严酷的战争环境下，我们女兵也从没放弃对美的向

1953年秋天，朝鲜人民慰问团慰问12军指战员。
前排左四为军长肖永银、右四为副军长李德生

往和追求。天好时，我们女同志经常一起结伴上山采花。花儿不仅芬芳清香，给人带来美好的心情，也是献给英雄模范的礼物。团部召开大会表彰先进要献花，慰问团演出要献花，战斗英雄黄家福（特等功臣、一级战斗英雄）、杨道根（一等功臣、二级战斗英雄）、胡修道（特级战斗英雄）巡回报告也要献束鲜花……这真是：鲜花献英雄，英雄出时代，中华好儿女，誓死保和平。

八、回到祖国的怀抱

1954年的春节就要到了，常言道："每逢佳节倍思亲！"我不禁思念起留在国内的两个孩子，我翻看孩子的照片，忍不住流下了思念的泪水……心想儿子尚小不懂事，女儿一定想妈了，幼儿园已放假了，班上的儿童有的被父母接走了，她没人接，小心灵该是多么的不愉快呀。此时，我又怀了老三，已不能参加重体力活了，扛粮砍柴都感到吃力，腰也经常疼痛。冲霄和我商量后决定让我先回国，刚好警卫班长小胡要回国办事，冲霄就让我和小胡一起回去。

1980年刘时芬与二女儿成亚平于江苏徐州

离春节没几天，我终于踏上了回国的路程。坐在朝鲜的火车上，由于战争的破坏，车上什么设备也没有，连水都不供应。每当到站就赶紧下去搞点水喝，铁路两侧的村庄渺无人烟，一派萧条……由元山到祖国的安东，再从安东经沈阳、天津、石家庄，到达邢台。所到之处到处是鲜花、锣鼓、红旗和“热烈欢迎志愿军凯旋”的横幅。我被祖国人民对志愿军真诚的爱戴和热烈的气氛所感染，心中充满了喜悦和幸福。

战史军史生命换，纸笔留作千古言！为了让我们的子孙后代永远铭记历史，珍惜来之不易的幸福生活，作为那场战争的亲历者和幸存者，在耄耋之年，我拿起笔，记录下六十多年前的往事——我生命中永不磨灭的绿色！

简　历

刘时芬，曾用名刘书瑜，1926年9月出生，河北永年县人。1945年12月参军，1950年加入中国共产党。先后在晋冀鲁豫野战军16旅收容所、二野女大三分校、志愿军12军34师任看护、收发、支队长、干事等职。1955年转业到地方，历任浙江义乌县人民银行秘书股副股长、12军31师幼儿园指导员、家属委员会主任、军制药厂党委委员等职。

母女两代文艺兵的对话

成亚平

前年春节，我到12军大院子弟韩月乔家做客，见到80多岁的月乔妈妈步履轻盈、精力充沛，丝毫不减年轻人的风采，便问道："那阿姨，你一生经历过那么多事情，记忆最深的是什么？"那阿姨半天没有回答，大家又开始玩乐，都忘了这茬事情……

突然，那阿姨站在人们中间大声说："你们不是问我一生中记忆最深的是什么吗？我现在告诉你们，是战争！"

在场的人都有些吃惊，这大过节的谈起这么沉重的话题，似乎不太合乎气氛。月乔想打断母亲的话，阻止她说下去，我说，"还是让那阿姨说吧，我想听听。"

那阿姨表情严肃，用略微颤抖的声音说："我如今很满足！我的战友，有些在朝鲜战场上再也没有回来；有些身负重伤，落下终身残疾；有些已经故去……我现在有你们这些年轻朋友，每年还与一些战友相聚，我已很满足了。"

我想到她的女儿韩月乔常常对我说起的妈妈的一些往事……

韩月乔：

中央军委原办公驻地，位于北海公园东一个古老的院落三座门，以前是我外公，满族后裔的家。妈妈时常谈到门前的大槐树，那是她儿时最喜欢玩耍的地方，也是她至今难以丢舍的记忆。记得，我带着母亲参观自己工作30年的八一电影制片厂厂史馆时，在一排排陈列着中国人民解放军建军以来的军服

年轻时的韩月乔

前，我指着中间60年代，我们这一代深刻记忆的“解放式”军服，得意地告诉母亲：妈妈，你看，我是从这个时候开始着军装的，当年最小的衬衣，上衣口袋都系在腰带上。我一直穿军装到现在，各种军服换了好几套了。妈妈没有说话，只是领着我往军服陈列最前面的女装前停下。然后，指着列宁装说：我是从这个时期开始穿军服的。渐渐我开始了解妈妈的从军经历。

1949年重庆解放初期，妈妈在重庆国立中央工校读书（解放后称建工大学，现在已经合并到重庆大学）。她和那个时代千千万万的热血青年一样追随革命浪潮，毅然放弃了“大小姐”的安逸生活，投入到“抗美援朝，保家卫国”的神圣战争中。在朝鲜战场的四年是她一生中最难忘，最重要的经历。

那凤鸣：

1949年初冬，重庆解放了。那时我还不满18岁，受那些追求理想、追求进步的同龄年轻人影响，一同踊跃报名弃学参军。被分配在一支英雄的部队——解放重庆的第12野战军，成为一名文工团员。入朝前，我们住在重庆化龙桥，我没有告诉母亲，偷偷与大队人马准备出发了。突然一声：大小姐：你这是要到哪里去？肖先生（我的母亲，是那个时期有威望的校长）她知道后，找到化龙桥我们住的民宅二楼，是她的学生家长告诉她见我在这里。

刚参军时的那凤鸣

1951年3月24日晚上8点半，我随着中国人民志愿军第12军政治部文工团二队，唱着《志愿军战歌》雄赳赳、气昂昂地跨过了鸭绿江。从渡江的当晚，我们就开始了连续半个多月的急行军。每个女兵除了背包，还随身携带米袋、干粮、水壶、雨衣和挖防空洞的洋锹、十字镐等，负重几十斤。这对来自农村的战士也许不算什么，但对我们这些刚从大城市参军的学生兵来说，无疑是严峻的考验！

最初，领导在出发时告诉我们："今晚走六七十里、八九十里。"后来，领导也不讲，我们也不问，反正天一黑就出发，天亮了就钻进山沟，自己找一个隐蔽的树荫或低凹地休息。石头作枕，大地当床，雨衣当被。饿了，吃把炒面；渴了，喝口雪水。遇见敌机轰炸，就立即分散到公路两边隐蔽。就这样走了大约20天，我的脚上打满了血泡，血泡磨破和布袜粘在一起，疼痛难忍，只能用水浸泡后才能脱下。

尽管环境险恶，生活艰苦，而且随时面临着流血、牺牲，但我们这些初次上战场的女兵们没有一个人怨苦叫累，一心牢记着出征前的誓词："我们是中国人民的优秀儿女，我们是毛泽东教导下的爱国主义与国际主义革命战士，为了反对美帝侵略，解放朝鲜，保卫祖国，保卫世界和平，我们志愿赴朝参战……誓愿在抗美援朝保家卫国运动中，建立功勋，为祖国增光……"

有一天，与往日昼伏夜行不同，上级命令我们白天出发。朝鲜的北方到处是崇山峻岭，峰峦岩壑。我们沿着崎岖的山路爬呀爬呀，两条腿都酸啦，累得一点劲都没有了，还没到半山腰。我们又从小路往上爬，绕了一个又一个弯，好不容易爬到山顶，可到了那里才知道，那哪是山顶呀，只是一个山口子，绕过去还有更高的山哪！

天全黑了下来，总算爬到山顶，我们吃了些炒面，就地休息。刚睡着一会儿，就听见有人大声喊："快起来！快起来！大部队都来了，快去鼓动部队去……"这时我才明白，今天让我们提前行动的目的是因为今天的山特别高，所以要我们提前上山，好给部队做行军中的鼓动工作。

我们跟着队长和指导员，带着锣鼓家伙就出发了。到了那里我才知道，部队马上要出发打仗，我们是代表军首长去慰问鼓励他们的。我看见约一个团的战士个个精神抖擞、全副武装、排列整齐地坐在自己的背包上。领导简短动员后，战士们激动地高声喊道：

"请领导放心，我们一定为祖国争光，一定要打败敌人，一定要取得胜利归来！"

"请文工团的同志回去转告军首长。我们一定不辜负党和首长对我们的教导，一定要打好仗，打败敌人，取得胜利，为国争光，为志愿军争光，为朝鲜人民报仇！"

那种群情激奋的场面，真让人永生难忘！战士们的嗓子都喊哑了，我也和他们一样的激动。领导宣布出发后，战士们背着背包、扛着枪支、带着干粮，整齐地昂首阔步地成一路纵队向前进。这时，我完全控制不住自己了，左手提着锣，右手拿着锤，无节奏地，只是“咣、咣、咣、咣……”敲着，不停地跟着部队向前跑，完全忘了自己是来欢送他们的。

刚入朝，我们即参加了第五次战役。朝鲜的春天是多雨的季节，成天下雨。有天夜里，我们踏着泥泞的道路翻过了一座大山。天亮后，进入了一个村庄。只见绿树成荫，溪水潺潺，景色十分秀丽。村里房子虽然不算大，但比我们过去见到的好多了，里面好像还是木地板，还有做工精美的橱柜，但没有主人。外面地里整齐地种着绿油油、水灵灵的青菜，有点像我国江南初春的样子。我们入朝后一个月都没吃过青菜，多是吃炒面，真想拔几棵煮煮吃啊！可是有人提醒大家：“要注意群众纪律，注意三大纪律八项注意。”我们一棵也没敢动，只是望梅止渴，干流口水，后来大家才知道，我们已穿插到南朝鲜了。

韩月乔：

小时候我曾问过妈妈，当年你们文工团都做些什么呀？妈妈说：没有战斗的时候演出；有战斗时送伤员到后方。的确，在硝烟弥漫的朝鲜战场，文工团员的任务不仅仅是演戏，作宣传鼓动，实际上还要担负很多繁重的战地工作，如：伤员的救护和转运、物资运输供给、背粮、砍柴等。在第五次战役第二阶段，妈妈就经历了令她终生难忘的血与火的考验。

作为一名文艺战士，妈妈和她的战友们经常要冒着生命危险穿过敌炮火封锁线，到前沿阵地为战士们演出。无法演出时，就带领轻伤员到后方，所谓后方，一路也都是枪林弹雨中行进着。因此，文工团员在朝鲜战场牺牲负伤的比例很大。在一次敌机轰炸中，妈妈所在的军文工团一次就牺牲了 7 名团员。至今，妈妈还记得他们团刚入朝不久就牺牲的一名年轻的小提琴手……

那凤鸣：

第五次战役第一阶段结束后，部队从西线向中线转移，转入第二阶段作战。我们二队的任务是跟随先头部队 35 师做战勤工作。5 月的朝鲜正是多雨的季节，道路狭小而泥泞。我们冒雨行军，过了华川大桥，又转向南，大约走了两三个晚上，来到昭阳江边。我们把鞋袜和棉裤都脱下来，涉水过河，水很深很冷，同志们浑身上下被江水浸透……

过江后，我们顺着山沟一条羊肠小路往上爬，拐进另一条山沟时，天亮了，我们就地隐蔽休息。连日的急行军实在是太疲劳了，我就在沟底小树丛的石头地里铺上雨衣蒙头就睡。睡得正香，忽听有人大声说话：

“这是谁？还不快起来，快到背靠战场的山脚下隐蔽起来，温凤池已经牺牲了。这边面对敌人的阵地，炮弹打过来正落下，赶快走。”

我把蒙住头的雨布掀开，果然热乎乎的，炸弹在耳边轰鸣，此起彼落。敌机顺着山沟向下俯冲，我们赶快收拾东西转移到背靠战场的山脚下去了。山那边就是我们的炮兵阵地。这就是著名的加里山战斗。

温凤池是一名非常优秀的小提琴手，参军前就读于西南音乐专科学校。他性格文静，多才多艺，除了会拉小提琴，还会二胡、笛子、扬琴等多种乐器，还写得一手漂亮的毛笔字。他的父亲温良曾任孙中山先生的随身机要报务主任，是同盟会元老。他是家中的独子，牺牲时年仅 21 岁。他的牺牲令我们悲痛万分，恨不得立即上战场，为烈士报仇。

傍晚，晚霞把天空映照得殷红殷红的。陈队长和侯指导员带我们去和温凤池告别。在路边的一棵大松树下，掩埋着烈士的遗体。他的身下铺了厚厚的落叶，坟头覆盖着松枝和鲜花。树身削去了一块皮，用钢笔写着“志愿军 12 军文工团烈士温凤池之墓”。

我们站在温凤池的坟前，忍不住流下悲伤的泪水，我第一次真切体验到失去战友的痛苦，体验到战争的残酷！我们擦干眼泪，向烈士敬礼，向他保证：一定要为烈士报仇，一定要很好地完成领导交给我们的任务，一定要打败敌人，争取抗美援朝的全面胜利。亲爱的战友，安息吧！你的血决不会白流！

韩月乔：

妈妈说：她重庆的战友，原文工队队长贺增德于 20 多年前办了一个小刊物，叫《情溪》。每期刊登分散在全国各地的战友们对战争年代的回忆，以及晚年幸福生活的经历，目前已经出了近 300 期了。虽然，如今这些战友都已年迈，但他们说，只要身体允许，他们就坚持办下去，为的是让人们记住那个年代，让年轻人知道他们的过去。20 多年来，小报《情溪》已成为联结这些志愿军老战士的精神纽带，成为他们晚年生活的精神寄托。

那凤鸣：

入朝不久的一天，我们来到昭阳江南岸的一个村子，执行转运伤员的任务。村里有一间十分破旧的小屋，李利和我走到那屋门口，里面脚对脚躺满了不能行动的重伤员，大约有20人左右，李利让我负责照顾他们，然后她就忙别的去了。

我进屋后问伤员需要什么？有的说要喝水，有的要尿尿。我把他们的水壶拿出去，在沟里灌了些水回来，给了他们，又出去找来罐头盒，帮助要解小便的伤员解完小便。那时我们还没结婚，也顾不上羞涩。忽然，我看见一个伤员用双手狠狠地掐住自己的脖子，想掐死自己。我一下扑上去，用自己的双手狠命把他的双手拉开、压住，不许他动，谁知这时他难过地说："我是个身强力壮的棒小伙子，现在连一个女同志都拉不过……"他越说越伤心，我也很难过，劝他："你别烦心，担架马上就来了，送你们到后方医院治疗，治好后一切就好了。"不久，李利来叫我，担架已经来了，我们把伤员送上担架抬走后，我们各带十来个轻伤员也往回走。天亮前把他们转移到较安全的地方。

不久，上级通知整个部队都要往后撤退了。出发前，一个同志来告诉我们："那边有个山洞，里面有很多南朝鲜老百姓，洞里又脏又臭，他们在里面待了很久，很饿，可是怎么叫都叫不出来，看样子很害怕，很可怜。"我正要去看，组长来叫我："那凤鸣，你赶快去通知那些伤员出发，然后你快出村去。沟口的小路上，轻伤员都在那里等着你，你快把他们带着往回走……"

我赶紧回去通知我负责的伤员，他们个个都很听话，起身就走。只有一个老同志，说啥也不肯走。他说："我已经这么大年纪了，实在走不动了，我是共产党员，党培养教育我这么多年，你放心，我决不做对不起党和国家的事，你赶快走吧！"

我怎么能丢下同志自己走？我便蹲在洞口动员他。一个男同志路过，看见我惊奇地说："你怎么还在这里，那么多轻伤员都在沟口等着你呢，赶快去把他们带走。"我把这里情况告诉了他，他说："你赶快走吧，这里交给我了。"

我跑步来到小路上，伤员们都在前面，边走边叫："那凤鸣！那凤鸣！"我跑步跟上他们，来到了昭阳江边。大家围着我，这个说："我腿受伤。"那个说："我腰上有块弹片，不能下水。"我急得一点办法都没有。我蹲下去，把自己的鞋袜和棉裤脱下，站起来搭在自己肩上，扶着一个伤员对大家说："这样吧，大家互相帮助，请腰腿好的同志把他们搀过去，一个也不能留下。”就这样，大家都下水了，河水漫过大腿，刺骨凉。

过河时，天上飞机传来嗲声嗲气的敌人女广播员的声音：“快投降吧，你们已经被包围了，你们是二野刘伯承的部队，不要给共产党卖命了……”旁边的战士愤怒地大喊一声：“你给老子投降吧！”

天亮时，我们钻进了树林，又和队里的领导和同志们会合了。从此，我们的队伍天一黑就往回走，天亮了就钻进山沟休息。过了华川湖封锁线后，来时走过的华川大桥已被炸断。我们从临时铺在水中的草包上走过去，然后向北顺着公路往回走，大约走了10个晚上，来到了谷山。此时，第五次战役第二阶段战斗结束了，部队在谷山休整。

没过两天，我们文工队又接到任务，去给休整的部队演出。我们队除去牺牲的、负伤的、生病的，已经没多少人了。大家使出全力，排练了包括快板书、说唱、合唱、独唱、表演唱等两个多小时的节目就下部队了。在排练歌剧《四姐妹夸夫》时，因为没有人了，我这个从不参加唱歌的，也拉出来演老妈妈。每次演出时，当我唱道：“我还是志愿军的老妈妈……”时，台下报以热烈的掌声和欢笑声。张瑾的表演唱《赶集归来》，乐队人手不够，侯指导员让乐队负责管弦乐，自己领着几个人负责打击乐器。他打鼓，让我敲锣。开始我不想干，他说：“要敲好锣很不简单，敲锣有轻有重，有强有弱，锣声有长有短，有时要它马上停下来，声声都要敲到点子上，不能有丝毫差错，总之，要敲好锣很不容易。”没办法我又拿起了打击乐器。

我们这次下去演出，效果非常好，对部队士气鼓舞很大，战士们反映很热烈。他们说：行军时你们和我们在一起，我们去前面打仗时，你们也在路边为我们鼓动。现在我们休息了，你们还不能休息，又来为我们演出，你们比我们还辛苦。回去告诉首长，有我们守在这里，敌人就打不过来！

作为一名文工团员，能为英雄的战士们演出、歌唱，我们感到自豪光荣。由于文工团的出色表现，军党委授予我们“战斗的文工团”光荣称号！

韩月乔：

就是在朝鲜战场，我的父母相识了。爸爸曾在12军文工团老战士回忆文集《穿越硝烟》里写了《上甘岭阵地上的鼓动棚》，我这才知道，父母所在的12军也参加了那个电影中看到的著名战争“上甘岭战役”，为上甘岭战役的胜利作出了巨大的牺牲和贡献。

在朝鲜，妈妈不仅是文艺骨干，而且她的体育也很棒，排球、篮球、跳高等运动样样在行。学生时代她就酷爱体育运动，是校排球队的主力队员，经常代表学校参加比赛。尤其让妈妈引以自豪的是，1952 年她被选拔为志愿军三兵团（12 军、15 军、60 军）女排队员，回国参加了在沈阳举行的志愿军篮排球运动会，并取得优异成绩。赛后她们又到北京、河北等地与苏联大使馆、北京军区等单位打比赛，她是 12 军最早的女子六人排球队员。

那凤鸣（后排左二）1952 年 4 月回国参加排球比赛摄于华北

1954 年春天，经过战火考验的母亲从朝鲜回到祖国，曾经在中国显赫一时的满族后裔，我的外公闻讯赶到部队看望母亲。可是见面后差点认不出自己的女儿，外公说："你怎么变得这么黑呀！"母亲笑着回答外公："成天在野外行军打仗，风吹日晒的，哪能不黑呢！"看着眼前活泼开朗的女儿，外公欣慰地笑了。母亲的战友胡顺阿姨也说："没有想到你妈妈是这样一个家庭出来的……"是战争改变了她的人生观和处世态度。

回国后不久，母亲和大多数女同志转业到地方工作。而她的战友有些继续留在部队，从事文艺工作。记得小时候，妈妈带我去 12 军礼堂看前线歌舞团到江苏淮阴 12 军驻地慰问演出，妈妈兴奋地带我到礼堂后台去找她的战友。见到分别多年的老战友，她们高兴地互问对方近况，说得没完没了。突然那位阿姨低头看看我，问妈妈："这是你的女儿吗？"妈妈点头说："是大女儿月乔"。那个阿姨说："长得不错，以后让她接你的班，也到部队文工团来吧。"当时只是随口一说，没想到，我后来真的到了部队，真的进了前线歌舞团。女承母业，和妈妈一样走上了部队的文艺道路。

记得有一年在小学上课的时候，班主任带领两个人来教室，说是要招收文艺学生，同学齐声共喊"韩月乔行！"于是在他们要求下，我以专业的姿态，往黑板前做了一个标准的"倒立"，居然真的被江苏淮阴市少年体操队录取了。妈妈开始不同意，说我年纪还小，但我已心如野兔。后来还参加了"毛泽东思想红小兵宣传队"，曾经一人代表全校参加全市的舞蹈培训，给全校作辅导。这些，也许就是我今天搞文艺工作的"热身"吧。

70 年代初，我转学到爸爸部队的驻地安徽芜湖市，又考取了芜湖市文艺学员班，学成后分配到了芜湖市文工团。当时我的舞蹈教员是总政歌舞团的演员，她认为我是部队子弟，应该在部队文艺团体发展，于是 1973 年父母带我去南京前线歌舞团考试。

1973 年 3 月 22 日，前线歌舞团的舞蹈队副大队长来家里领我去当文艺兵。直到爸爸 70 岁生日时，我才知道，那一天是爸爸的生日。

我在部队文艺团体一路默默走来，从舞蹈、舞台主持、电影、电视、导演、绘画，都是在部队的培养下学成的。1983 年 6 月，我随中国人民解放军艺术团赴朝鲜访问演出。担任我们团领队的是南京军区文化部部长李广宗，而他正是当年妈妈在朝鲜时的文工队队长。时隔 30 年，我们母女两代赴朝的领队竟是同一个人，不知是巧合还是天意？！

韩月乔（左）1983 年访朝期间与人民军演员一起主持节目

一踏上朝鲜的土地，我感到特别的亲切，因为正是

韩月乔与朝鲜电影《卖花姑娘》女主角洪英姬合影

在这片美丽的土地上，妈妈认识了负责文工团的爸爸。

爸爸韩校是山西红色革命老区晋中左权县苇则村一名手持红缨枪的青年干部，不满20岁走进部队，结识了大小姐出身的“那教员”。过去常听家里说，母亲怎样教父亲识字学文化，后来爸爸在12军成了领导干部，家里不再提这段往事了。当我拿到电视剧《激情燃烧的岁月》光盘时，弟弟废寝忘食地一口气看完，说了一句：真像写我们家的故事!

妈妈这个大小姐从前不会做饭，更不会家务活，但为了家庭，为了我们姐弟五个健康成长，她学会了各种家务活。父亲一心扑在部队建设上，长年累月不在家，家中里里外外全靠母亲一人操持，其间的艰辛可想而知!

1985年，我从上海戏剧学院表演专业毕业，第二年调到北京中央台军事部，任《红星》节目主持，由于怀孕，又重操旧业到了八一电影制片厂演员剧团。自从1979年底主演了第一部电影《爱情与遗产》，至今我已经在20多部电影，100余部电视剧中出演各种角色。最让我自豪的是，近年我饰演了许多中国历史上重要的女性人物，如电视剧《周恩来在重庆》里的宋庆龄，《同舟共济》里的宋美龄，《巾帼英雄穆桂英》里的萧太后，《月明三更》中的武则天，《龙蛇乾坤》中的郑成功夫人董国太等。

在繁忙的工作之余，我又到解放军艺术学院文学系、北京大学美术专业研究生班学习，我最大的愿望就是，将来自己画一幅与父母有关的战争题材作品，参加军展。

20 世纪 80 年代全家福，左一为韩月乔

那凤鸣：

六十多年过去了，战争的硝烟早已远去，但那些永远长眠在异国他乡的战友，那些浴血奋战的日日夜夜永远留在我记忆的深处。作为一名战争的幸存者，我和战友特别珍视在战火中结成的友谊。2005 年，孩子的父亲去世后，我来到北京，这里有许多当年文工团的老战友，我们经常在一起聚聚，回忆青年时代的往事，重温我们战火中的激情岁月。我的老战友，解放军艺术学院的丁光西对我说，他有一张 50 年代初刚入伍时和文工团战友一起的集体照片，不知那里面是否有你？孩子把照片放大尺寸，由于有两百多人，照片中的人还是小得看不清楚，但我一眼便认出了照片中坐在中间的自己。那时我还不满 20 岁，圆圆的脸蛋，充满着青春的朝气。

韩月乔：

没想到，自从拿到这张照片以后，妈妈常常晚上抱着照片睡觉。白天她把这张大照片放在自己的面前，用放大镜寻找自己熟悉的人……

从我懂事起，妈妈就经常对我说起她战友的事情。很多年，我们生活在父母的战友和他们的记忆之中，战友一度已经胜过了我们的血脉至亲。父母的战友就像亲戚一样呵护着我们姐弟五人，至今回忆起来都感到无比的亲切，也使我理解了战友的真谛：只有在战火中经过生死考验结下的战友情谊才会经久而不衰。

这些年，他们能在一起聚会的人越来越少了！这种真挚的、生死与共、亲如兄弟姐妹的战友情，在当下显得弥足珍贵！虽然，我们这一代，以至于以后都难能可见，但我们今天看到了战友情的美好和崇高价值所在！而送照片给妈妈的丁叔叔，至今还搞不清楚那张两百多人的合影中，哪个是自己，最后，他们一起分析身边人的高矮来辨认自己在照片中的位置。这就是他们现在的生活。其实，已经不需要搞清楚自己在哪里了，只是知道那个战争，那个年代他们存在的意义，他们对国家的贡献和牺牲……

为了照顾好年迈的母亲，尤其想到她在战争年代经历过枪林弹雨，吃苦受累，现在条件好了，应该让她享享福。这些年来，我抽出时间带妈妈去祖国各地旅游，去外地拍片子时也尽量带着她。一次周末，我带妈妈到一家泰式 SPA 享用泰国沐浴。坐在豪华的大厅，五颜六色的高档化妆品历历在目，妈妈突然说：你们现在真幸福，我们当年在战场上的演员，根本没有化妆品，就是用凡士林。我不解地问：凡士林怎么化妆啊？妈妈说：演工农兵时，用凡士林把颜料涂黑点；演资产阶级就用凡士林把颜料涂浅点，眉毛是用烧黑的炭条画的。

有一天，我抱着 07 款新军装回家。现在陆军由棕绿色改为松枝绿，我们也由单一的常服、冬服，增加了礼服、演出服、呢子大衣、迷彩常服、迷彩冬服、棉大衣、内衣、毛衣、皮鞋、球鞋、皮靴等，还有如金质一般沉重的各种徽章。妈妈坐在沙发上看电视，看着我这些军队新行头，感慨了半天，说：我们进朝鲜只有一套冬服，到了夏天，行军时，我就从口袋里把棉花掏出来扔掉成单服。没想到战争期间供给跟不上，来年冬天衣服不能保暖。我听了大吃一惊，不禁急问母亲：“朝鲜那么冷，你怎么办？”她说：“我们就是在树下盖着雨衣过来的，那时还年轻，硬是挺过来……”

妈妈究竟吃了多少苦，她自己也记不清，说不清，只是在生活的一些细节上，她会突发感慨和对比。通过她的回忆，我了解了硝烟弥漫的战争年代，同样的文艺女战士与我们现在有什么不同。

回顾我四十多年来在新时期下走过的军旅道路，母亲是我人生的启蒙老师！她身边的战友是我学习的榜样！我对人生的认识、对艺术的追求，都是在她们言传身教的影响下，一步一步走过来的。我在人生道路上成长的每一个脚步、艺术上所取得的每一个成就，都倾注了妈妈的心血和爱！与其他演员不同，我在承袭着母亲的教诲和老一辈的期望。1996 年张爱萍上将为我题词："八一之星"。1999 年 12 军老军长李德生在病重期间为我题写："艺无止境，再攀高峰"。老一辈的殷切期望时时激励着我，在浮躁的演艺圈，正直做人，踏实做事，永远为兵服务，在艺术上努力再创新业绩！

简　历

那凤鸣，1932 年出生在四川自贡市。1949 年 12 月参军，在志愿军三兵团 12 军文工团任演员。1951 年赴朝参战，参加了第五次战役、金城防御战、东海岸反登陆设防等。1954 年回国，1955 年转业到地方工作。现已退休。

韩月乔，1957 年 11 月出生于浙江衢州，祖籍山西左权县。1970 年考入芜湖文工团，1973 年考入南京军区前线歌舞团任舞蹈演员。1983 年至 1985 年在上海戏剧学院表演系学习表演，1986 年调到中国人民解放军八一电影制片厂演员剧团至今。1987 年至 1989 年进入中国人民解放军艺术学院文学美术系学习，2013 年至 2015 年在北京大学美术专业研究生班学习。曾主演过电影《爱情与遗产》、《孔雀公主》、《白桦林的哨所》、《炮兵少校》等 20 余部电影和上百部影视剧，出演中国新时期唯一一部立体电影《欢欢笑笑》的女主角，并在各个领域获各种奖项。

第三篇

风雨人生

晴空惊雷卷平岗，
风摧苍松折栋梁。
铁肩柔情柱危舍，
兰心蕙质护弱郎。
渡尽劫波真情在，
历经磨砺大爱长。
家国肝胆两昆仑，
军魂萦梦立苍茫。

（陆幸生）

风入松·栉风沐雨一肩霞

栉风沐雨一肩霞，故国自由花。
岭南塞北苍凉月，大潮来、洗尽铅华。
今已星星双鬓，收香藏白无瑕。

神州沉陆暮云斜，钟秀女儿家。
椿萱稚子灯前影，火薪传、肝胆堪佳。
纵是荆扉蓬户，相濡以沫天涯。

（董　明）

（照片由韦曙光提供）

比翼共危艰　同心促统一

——母亲周叔璜的传奇人生

刘江平

引子：飞向延安，刘善本驾机起义

1946 年 6 月 26 日，延安上空阴雨绵绵，一架美制 B-24 型重型轰炸机冲破艰难险阻，不时晃动着机翼，穿越厚厚云层，在风雨中缓缓降落在简陋的机场。

驾驶飞机的机长就是我的父亲刘善本（1964 年空军少将）。父亲时任国民党空军第 8 大队上尉飞行参谋，他在即将接任蒋介石专机——“美龄”号机长的关键时刻，选择投奔光明，飞向延安，开创了国民党空军人员驾机起义的先例。周恩来总理多次称赞刘善本是“国民党空军驾机起义的一面旗帜”。在这面旗帜的感召下，国民党空军先后有 40 架飞机、近百人驾机起义。

晚年的周叔璜

6 月 29 日晚，延安军民召开欢迎刘善本机组驾机起义大会，毛泽东、朱德、周恩来等中共领导人接见了刘善本机组的全体人员。

毛泽东对父亲驾机起义的壮举给予高度评价，还风趣地说：“刘善本，性本善，驾着飞机反内战。”

朱德在欢迎致辞中指出：“刘善本上尉退出内战的义举，标志着中国人民争取和平民主独立运动高潮的到来。”

父亲带给延安共产党人的是一架当时最先进的战斗机，机组人员均是在美国受过专业培训，技术熟练的飞行技术人员。他们的到来，为新中国成立后建设一支强大的空军积累了宝贵的人才。

父亲的起义是对他个人及其全家人的生死考验，因此在当时是绝对保密的，包括自己的亲人。虽然父亲筹谋已久，但是事发突然，完全是借助去昆明运送内战器材，途经成都的间隙转向延安，可谓带着几分偶然和冒险。

父亲起义之后，我的奶奶、母亲、叔叔、姑姑、姐姐，共七八口人仍在上海，受到国民党宪兵的严密监控，最终在上海地下党的帮助下，转道回四川老家，于1950年1月全家才在哈尔滨一航校团聚。

我下面要讲述的就是母亲周叔璜带着家人栖身在虎穴，历经艰险，冲破层层阻力和父亲团聚以及“文革”中母亲身陷囹圄，不屈不挠的传奇故事。

一、受父辈影响，母亲投身抗日宣传

我的外祖父周洪模自小由河南随我的曾祖父逃荒到四川丰都，曾祖父在码头当搬运工，沉重的体力劳动过早地夺去了他的生命。外祖父被迫卖身葬父，7岁到商铺学徒，从洗衣、做饭、打扫卫生、抱孩子做起，一直做到大徒弟，收账跑生意。出徒后，自己开酱园杂货店，与当地县衙门里的官员杨氏的女儿杨惠极结婚。

由于杨家的陪嫁丰厚和杨惠极做得一手好榨菜，在方圆百里很出名。婚后，夫妻辛勤劳作，加上外祖父极有生意头脑，家境逐渐发达。外祖父发起并创建了丰都商会，任第一任商会会长。在他力主和主动捐出大笔款项后，丰都县前卫小学和适存女子中学得以创建。

我的母亲周叔璜出生在这么一个家境殷实而极富传统儒商精神的家庭里，从小受到良好的教育。抗日战争爆发后，外祖父倾全力支持抗战，响应卢作孚先生倡导的民生救国运动，成为民生航运的股东。民生航运为国民政府无代价地运送转移到四川的物资、机器、设备，屡遭日机轰炸，牺牲了不少船工和船只。在外祖父的影响下，母亲在初中时就积极参加抗日救亡，演宣传剧，张贴抗日标语。

当时两名四川籍学生，张西洛（后为光明日报副主编、人民政协报社社长）和罗凡（后为全国总工会副书记）因宣传抗日被学校开除，两人在回川途中一路宣传抗日来到丰都，在适存中学门外宣传抗日救国，不少中学生围观倾听。

演讲完毕，张西洛发问："你们愿意和我们一起演宣传抗日的戏吗？"

站在最前面的母亲说："我愿意参加。"

母亲参加了他们的排练，正式在丰都闹市区上演了《放下你的鞭子》。张西洛演父亲，罗凡演工人，母亲演卖唱的女儿。演出结束后，围观的群众在张西洛、罗凡的带头下高呼抗日的口号，全场观众激情高涨，因为有周会长的女儿演出，流氓地痞也不敢来闹事。

二、相识在成都，永结终身缘

抗战时期的重庆，时常遭到日本飞机的狂轰滥炸，警报一响就无法上课。母亲就转学到成都蜀华女子中学，在成都她认识了国民党空军八大队远程轰炸大队的飞行员，也就是我们的父亲刘善本。

父亲英姿飒爽，忠厚善良，尤其是他的爱国热忱和为了报效国家而刻苦钻研飞行技术的好学精神，给母亲留下很好的印象。他们开始交往。

外祖父因生意上的事来成都，专程见了女儿的男朋友。与其交谈后，甚为满意，许诺等女儿学业完成后就可办喜事了。但是，未等女儿毕业，外祖父因脑溢血不幸辞世。母亲因外祖父的突然去世心情很不好，她高中毕业后就去兰州和刘善本完婚。

婚后一年，我的大姐出生。父亲为其取名兰平，寓意是记住出生地兰州，表达了早日结束战争，实现祖国和平的愿望。当兰平不满周岁时，父亲被派

刘善本、周叔璜结婚照

往美国，学习如何驾驶改装后的B-24型重型轰炸机。这一去就是三年，直到1945年10月，父亲才回到上海和母亲团聚。

我们上海的家在迪斯维路麦加里，这里是国民党空军飞行员家属住宅区，父母亲和奶奶，还有父亲的三个弟弟、一个妹妹住在一栋两层的日式洋房里。

父亲回国后，因在美国学习各科成绩优异，在学习期间还改进了当时教练机上的高空仪表，被授予当年度的空军科技奖2000美金，并将他作为教官培养，毕业前夕多次和他谈，要求他留下任教。

父亲回答："我之所以来美国学习，就是为了回去报效国家，因为我的祖国和人民还在日本侵略者的铁蹄之下。"美国校方对他的评价极高。

回国后，父亲被任命为一级飞行员，作训参谋兼作训科长，负责八大队的训练任务。抗战胜利后，他还有幸运送政府要员到东京参加审判东条英机的重要任务。

三、抛弃荣华富贵，退出内战漩涡

1946年6月，父亲接到调令，即将担任蒋介石专机机长的重要职务。这是多少人梦寐以求的位置，但是他却为蒋介石即将要发动的内战而感到痛心。他要将自己盘旋在脑海中苦苦思索的计划付诸实施，等待的就是机会。

父亲决心用自己的行动去反对内战，唤醒空军同僚的觉悟。此时正好有一批美国通讯器材必须通过驼峰航线空运到昆明，他主动请缨担任空运任务。他知道这次的冒险出行，很可能就是一次和家人的永别。

在准备收拾行装时，父亲刻意回避了母亲，连秋天的衣服、运动鞋、药品都带上了，包括照相机、英文打字机。他还特别拿了大姐和母亲最近照的照片，夹在随身携带的本子里。他把家里的信件、通信地址烧毁，一些书籍也处理掉了。

母亲奇怪地看着他问"这次怎么带这么多的东西啊？"

父亲说："可能会时间比较长。"

在离家出走的那几天，父亲有时间就把大姐搂在怀里，晚上他长时间地坐在母亲的床头和她说话。

父亲告诉母亲："叔璜，你要照顾好孩子，自己多保重。"他趁母亲不注意时，在她枕下塞了些钱。

第二天一早，父亲走出家门，在阳台下叫母亲把雨衣扔下来，他接住雨衣后，静静地像是一株迎风而立的孤松，长时间地仰望着心爱的妻子和女儿。突然他转身朝吉普车走去，兰平还在叫“爸爸再见”，但是他连头也不回，毅然启动吉普车，消失在远方。

父亲这次出差，再也没有回来。八大队的人议论说，会不会是飞机出事了。但是美国顾问说，刘善本的飞机出事，你们整个八大队的飞机都见鬼去吧。看来还是美国顾问对父亲的精湛技术了解得透彻。

母亲和所有的飞行员家属一样，着急不安，心事重重。事过三天，八大队政训处来人询问，他出差前都有谁来过？他们嚷嚷着，要查看他的东西。

政训处的人走了，家里门铃响了，是邮差。他说有邮件，边说边往里面走，进来看到家里被翻得很乱，他问：“家里有外人吗？”

母亲奇怪地看着他回答：“没有外人。”

邮差拿出一盒烟，小心翼翼地将它打开。

“就是这个邮件？”母亲问。

邮差不说话，从烟盒中拿出一支烟慢慢撕开，取出一个纸条再打开来递给她，嘱咐道，看完烧掉。

母亲疑惑地接过来一看，纸条上写着，刘善本因为反内战已飞到延安，请她放心，让她听送信人的，一切按送信人的指示做。

母亲半信半疑，她问：“按这上面说的，就是听你的了？”

邮差说：“我回去马上安排，最近我还会来。”

两天后的凌晨，天还没亮就有人敲后门。母亲问：“是谁？”

回答：“收便桶的。”

又是那位邮差，他说：“明天上午10点在麦加里路口边的西点铺见，不要带太多的东西，只带贴身的，你带上孩子和老太太、男孩子一起走。”（男孩子是刘善本的小弟弟，老六）

第二天8点，国民党八大队队长王世箨陪同南京航空委员会特派员王道忠，以及八大队政训处处长李承初一起来到家中，一见母亲就问：“刘善本走时和你说什么了吗？”“平时他都和谁来往？”“这次走前有谁来找过他？”

他们没有问出任何结果。王世箨恼羞成怒：“不说，就到南京，在委员长面前看你说不说！”母亲豁出去了：“去就去，到委员长那里，我就说，是你们让他走的，你们不让他走！他也走不成，我还要向你们要人呢，他这一走这一大家子人让我怎么过？”

他们看问不出结果，对家里再次进行搜查，把刘善本的笔记本、记事本、电话通讯本都统统拿走。并在我家内外都留下人，对全家进行严密监视。

时间已近10点，母亲以外出买菜为名，向麦加里路口走去，因接头时间已过。在西点店门口，母亲远远地暗示接头人，后面有人跟着，她已经无法逃离了。

父亲起义后，向全国发表了反对内战的声明，全国各报纸进行了连载。他这一走，薪水全部停发，一大家子七八口人失去了生活来源，加上母亲正怀着二女儿海平，还要照顾全家人生活，日子非常艰苦。从上次营救以后，她才知道了真实情况。由于经济拮据，她把不穿的衣物、暂时用不着的物品等等全都变卖了。除了生活拮据，行动也受到极大的限制，在国民党宪兵特务的严密监视下，全家过上了软禁生活。中共地下党几次试图接近都没有成功。

四、周恩来派人送生活费，侠女施剑翘出手相助

时在南京梅园新村的周恩来亲自组织地下党营救刘善本的家属，参与营救的有廖承志、潘汉年、史良、沈雁冰。

一天，外面来了一辆国民党空军司令部的吉普车，车里走出一位四十来岁，身着黑色香云纱旗袍的女士。她来到门口，把门的士兵立刻上前阻拦，问道：“你是干什么的？”

那位女士没有回答，抬手一个耳光抽过去，并用上海话骂道：“瞎了狗眼！看清楚了！”说着用手一指车牌。警卫一看是空军司令部的车，加上这个女人的派头，不知是什么来头，马上就让她进去了。

她进来后把特务们都叫到一起一通“训斥”。然后她说要审问周叔璜。这位女士进来之后，在楼梯口看见了奶奶，她掏出一些钱塞到老人手里说：“您拿着花。”

进了房门她叫“刘太太”。母亲没有理她，这位女士自我介绍说：“我姓蔡，叫蔡梅影，是周恩来先生派来的。”母亲仍然没吭声。只见她拿出一封信来，对母亲说：“这是你丈夫给你写的信。”

母亲接过来仔细一看，笔迹的确是父亲的，当时激动得热泪盈眶。母亲看后点燃打火机烧毁了父亲的信件。来人对母亲说：“你给你丈夫写一封回信吧，

我给你带过去，但不要写得太长。”母亲动笔写了回信。

蔡梅影从手提包里拿出一个包好的布袋说：“这是生活费，你先留下用。”母亲接过一看，有金条，还有钞票。蔡梅影接过母亲的信，又让她写了一个收到生活经费的“收条”。

她见母亲怀有身孕，就问怀孕几个月了？预产期是什么时候？并告诉她：“你生孩子时我还会再来的，你放心，你会在医院里生孩子的。”简短的交谈后，她告辞而去。她对看守的士兵说：“你们要好好看守，要是出了问题拿你们是问！”说完便坐进车里，发动汽车，扬长而去。

直到 1962 年，父亲和母亲在人民大会堂看话剧《椰林怒火》，坐在邓颖超的后面。说起当年的事，邓大姐说：“去给你家送钱的是施剑翘。”母亲问：“她不是叫蔡梅影吗？”邓颖超笑着告诉她：“蔡梅影不就是没有‘人影’嘛，她的真实身份是被称为侠女的施剑翘，那可是民国的风云人物啊，就是她刺杀了孙传芳。因别人无法接近你，总理只有派她去。”

1978 年，我专程去看望施剑翘，老人告诉了我整个事情的来龙去脉。施剑翘说，为了帮助和营救刘善本家属，周恩来特地请她到南京。她一进梅园新村周公馆就看到周先生紧锁浓眉，一只胳膊端在腰旁，在屋里走来走去。她知道每当周先生这样时，总是遇到棘手的问题了。周恩来告诉她，国民党飞行员不顾全家安危起义反对内战，现在一大家人被国民党看守起来，生活上没有经济来源，地下党几次派人都无法接近家属送救济。只好把这个任务交给她完成，无论如何一定要想办法把钱送到。施剑翘对周恩来说：“放心吧，保证完成任务！金条、现金送到之后，给您打个收条回来。”

施剑翘到达上海后，当即给她一个在上海空军司令部任参谋长的学生打电话说：“老师来了，不安排老师玩一玩吗？”那位学生说自己太忙，没时间陪老师。“这样吧，我派车拉你在上海各地转转。”她满口答应说：“你做官了当然忙啦，我自己逛一逛最好。”那位参谋长给她派了一辆车，她就直奔迪斯维路麦加利的空军家属区。

施剑翘走后，特务们大概有所察觉，八大队政训处长李慎初带人来，审问母亲：“最近都有什么人来过？”

母亲回答：“有什么人来过你们应当清楚，不都是你们严密把守着吗？问我干什么？”

“为什么到今天你们还有钱用？你们的钱是哪来的？老实说！如果说谎小

心脑袋！”

母亲回答说：“变卖家里的东西。”

“都卖的是什么东西？”

母亲镇静地回答：“卖他从美国带回的衣服，卖给你们八大队的毛邦初了，不信你们可以问他啊。还有卖照相机，卖不用的东西，这么一大家子人总要活命吧。”毛邦初是蒋介石的小舅子，母亲知道他们不敢去追问，才故意这么说的。

他们看问不出名堂，就把3岁的兰平一把抓过来，用枪顶着兰平的头：“说你家的钱是哪来的？不说打死你！”

母亲的心一下就跳到嗓子眼，因为蔡梅影送钱来时兰平在场，万一孩子吓得说出来……

兰平边哭边说：“妈妈卖爸爸的衣服。”他们把兰平放开，兰平一下扑到母亲的怀里哭着说：“我怕，我怕。”李慎初看实在是问不出什么就走了。

后来母亲生二女儿海平的时候，蔡梅影果然再次来看望她。她对母亲说：“你不用着急，有什么困难就跟我讲。”并把母亲送进上海虹口附近的一间德国人开的医院。产后第二天，她又送来了住院费和生活费。

五、多方出手营救，终于逃离上海

母亲生孩子出院后，在南京上学的小姨来照顾她。为了维持一家人的生活，母亲虽然身体还比较虚弱，仍然要出门买菜。可一出门就有特务跟踪，久而久之，也就习惯了，还不时捉弄他们一下。有一次，因特务跟得很紧，她突然停下，猛然转过身，特务收不住脚，一下子愣怔怔地呆立在母亲面前，不知所措。母亲把怀抱的兰平递给他说：“我累了，麻烦你帮我抱一抱孩子。”这一招，让那个特务十分尴尬。

地下党的营救工作一刻也没有停止过。母亲带着兰平去买菜，旁边跟着的一个女子，拿着和她一样的篮子。母亲买什么她就买什么，她准备出菜市场的时候，那个女的也往外走。菜市场门口人很多，特别拥挤，妈妈感觉自己的菜篮子被人抢去了，刚要叫喊，突然发现有人又塞给她一个篮子，低头一看就是那个与自己一模一样的篮子和里面的菜。她抬头找刚才跟着自己买菜的女人，已没有踪影了。

回到家进了厨房，她让兰平跟特务玩，自己将菜都倒出来后，发现篮子底下放着一些钞票。这时她才知道，刚才那位女士是派来帮助她的地下党同志。

自那以后，时常会有邮递员光顾我家，说："刘太太，又有您的汇款。"后来才知道，其实家里只汇过一次钱，其他的钱都是地下党通过邮递员送过来的。还有两名地下党同志来看妈妈。她们说着一口流利的四川话，张口就是"四姐长四姐短"的，好像亲姐妹似的，她们给全家送来生活费用，丝毫也没有引起敌人的怀疑。

国共谈判破裂，国民党挑起内战，上海的八路军办事处要撤离，临行前党组织想办法与妈妈联系，通知她八路军办事处马上要撤离了，内战已经爆发。因办事处的工作人员都在上海警备司令部备过案，撤离时也要核对每个人的身份，无法带他们走，孩子却可以带走，送给爸爸。这样也可以减轻母亲的负担。但是兰平不肯离开母亲，地下党同志告诉母亲，八路军办事处撤离后就无法对她的安全提供保护了，希望她尽早离开上海，再找机会去延安和爸爸团聚。

几天后，父亲在黄埔笕桥航校的同期同学乌岳来给他的干女儿兰平送钱。乌岳的太太黄丽蓉是当时国民党国防部长黄杰的女儿，和母亲是高中同学。母亲就和他说："善本走了快一年了，我一个人在这里举目无亲，有事也没人帮助，我想回四川老家。"

乌岳答应找机会一定帮忙。他借请上海警备司令汤恩伯吃饭的机会，说："叔璜她是个妇道人家，只管家务，对刘善本的事她根本不知道，已监管了一年了，也没有什么事发生，就让她回四川老家算了。"

汤恩伯也是看在他是国防部长黄杰女婿的面上，批准母亲一家可以离开上海，但是周叔璜不能到刘善本的老家山东，因山东已要打内战了。母亲变卖了家里的东西，包括从美国带回的全套银餐具、咖啡壶具、英文打字机、照相机等，买了 5 张去青岛的船票，把奶奶一家五口送回山东老家，而她已没有钱再买机票回四川了。乌岳说他来想办法。因为父亲是一级飞行员，住一栋两层的房子，其他年轻的飞行员是两家人合住一栋，一家楼上另一家楼下，两家的太太总吵架。妈妈让出楼房，他们两家出资为母亲及两个姐姐买了回四川的机票。

六、以"政治要犯"身份，回到故乡丰都

母亲带着两个姐姐在重庆机场降落，我的外婆杨惠极已经到机场迎接。外

祖父病故后，家中的生意多是外婆照管。外婆将母亲一家安排在旅店住下。没想到刚住了一天，店老板就和母亲说："周老先生在世时，经常光顾鄙店，照顾生意，本该答谢老夫人。但是昨天有个人亮出上海警备区司令部的证件，让你们早点回乡，不能在这住着等，不然要找我算账，我也惹不起军人。"母亲这才知道，她依然是被人严密监视着，自己是被押解着回川的。

母亲通知重庆自家的账房买了去丰都的船票。很快到了丰都，家里的轿子已在码头等着，佣人接了行李要上轿时，一个中等身材的男人，一下上前拦住母亲说："你不能走，必须和我到县衙门去归案。"

那人押着一家三口把人交给县衙后，就返回了上海。母亲带着孩子被关在县衙门的牢房里。我的姨父是云贵川一带的名医，县长有病都是请姨父诊治。利用这层关系，为母亲的事姨父到县长家给他看病。县长说，你妹子是重要犯人，但是乡里乡亲的，你老丈人在这县里是德高望重，所以你们十家人联名作保，我这就放人。

这样母亲和两个姐姐被保释，但都不准离开丰都，否则作保的十家要重判。母亲带着孩子住在外婆家，自己到大姨和姨父开的医院去帮忙，一家人总算安顿了下来。

大姐兰平自父亲走后和母亲一起历经磨难。兰平上学后因父亲是"共匪"常在学校受欺负，往她身上泼墨汁，推她打她，还故意抓了虱子往她头上扔……她在外面受了欺负，回来从不说，因为母亲已很不容易了，她小小年龄已经学会了忍辱负重，默默承受着苦难，不愿母亲伤心。

七、与地下党重逢，期盼全国解放

1949 年，国民党的军队溃败到丰都，一群败兵涌进医院，看上姨父所开医院的房子，说"老子在前方打仗吃苦受累，今天到这就看上你们这房子了，赶快给我腾出来。"姨妈脾气暴，和他们吵了起来："你们有本事和共产党打去，别来欺负老百姓。"

这时走进一位军官，大声地问："吵什么？"有人说："长官，看上这个医院准备当军部，让他们腾房子，他们不腾还和我们吵。"

母亲看这个军官很面熟，这个人也在盯着看她。这个军官对败兵说："没看见这是医院啊？你们能不生病不挂彩不进医院？也不知道积点德，到外面再找房子去。”

这些兵走后，军官对母亲说：“你家有人在空军八大队吗？”母亲点头说是。那人马上说：“你是刘太太？我呆过八大队地勤机械分队，怪不得我看着你面熟！我叫郑约翰，是国民党47军的情报处长。”

自此以后，郑约翰偶尔来医院见母亲。有次他让母亲帮着找一个可靠的能听到广播的地方，他想听1949年10月1日的开国大典实况。母亲把他带到适存中学校长办公室听广播（校长是母亲的舅妈），在广播中听到父亲代表空军在大会上讲话。“建立强大的人民空军”，听到这亲切熟悉的声音，母亲的泪水止不住地流下面颊。她为丈夫自豪，也为磨难中的坚守增添了信心。

有一天晚上，母亲已把当天的药房收入清算完，上交到大姨处，收拾一下准备回家。这时有人轻轻地敲药房的窗口。郑约翰来了，他告诉她，自己是地下党，已经暴露必须马上走，希望她能找两套便装，还需要路费，他们有两个人一起走。母亲说，你来迟了一步，今天收的诊疗费已经上交了。她只好把过年家里大人送给两个孩子的压岁钱拿出来，又把自己手腕上的金镯子，颈项上的金项圈都摘下来，拿了父亲和舅舅的两套便装一起都交给了郑约翰，并告诉他不能走大道，让他们往山里走，翻过大山就是陕西。郑约翰告诉母亲，国民党在溃败前要大屠杀，大屠杀名单里有她，让她马上躲起来。

郑约翰走后，母亲和家人商量，让10家作保的一起收拾常用的东西，马上连夜往山里躲，这10家联名作保的连老人及孩子几十口人，不敢打火把，在漆黑的路上高一脚低一脚地摸黑走着，一直走到凌晨才到山里的佃户家躲起来。

不久，刘伯承领导的二野解放了丰都县城，母亲回到家。她接到父亲给她的信，信中说新中国成立了，一家人终于可以在一起了。他现在在哈尔滨一航校，因刚成立航校工作很忙，不能去接她和孩子，希望她们尽早来哈尔滨团聚。母亲激动地抱着小女儿海平，牵着大女儿兰平，笑着告诉孩子，“你们的爸爸来信了，我们要去找爸爸了。你们的爸爸是解放军。”海平问：“妈妈，爸爸不是‘共匪’啦？外边的人都骂我们是‘匪娃’。”大女儿兰平今天特别高兴，自爸爸走后她很少笑，知道马上能见到爸爸了，在她的记忆里，和爸爸在一起那不到一年的时间是她最快乐最幸福的时光，她常常在梦中和爸爸在一起。母亲高兴地说：“傻瓜！爸爸是解放军了，坏人最怕解放军，以后再也没人敢欺负我们了。”

回到外婆家，大门上贴着“光荣军属”的字样，连外婆家的人也感到光荣。行装准备好，县政府通知有政府包的船到湖北宜昌，从那儿换火车到北京，再换乘去哈尔滨的火车和父亲团聚。

八、历经磨难，团聚在哈尔滨航校

县政府为了把一家三口平安送到哈尔滨，专门派人护送，一路照顾，乘轮船换火车到了北京。

在北京去哈尔滨的火车上，兰平拿缸子去打开水，看到一个解放军叔叔。他看到一个小孩打开水就帮她。

兰平说：“我爸爸也是解放军。”

军人问：“是吗？你们到哪啊？”

“是去哈尔滨找爸爸。”

军人就帮她把杯子端到硬卧，他看到母亲在照顾三四岁的小女儿，关切地问母亲：“听孩子说，她爸爸也是解放军，你们这是去哪里啊？”

“我们是去哈尔滨一航校，找她们的父亲。”母亲回答。

军人问：“孩子的父亲是谁啊？”

“刘善本。”

“是吗？你们是刘校长的家属啊？”

“你认识他？”

“是的，认识，你等等，我和首长说去。”

他走后不久，就有个四十来岁的军人走来，他向母亲自我介绍：“我叫薛少卿，和刘善本是同事，老刘知道你们来了吗？”

母亲回答，“从北京上火车前发了电报。”

“噢，民用电报可能慢些，怕他不能按时收到电报，这样我很快下车了，我回去后再用军方电报发给他，你们需要什么吗？现在还有什么困难？”

母亲一再地说：“谢谢！没有什么需要了。”

火车到达了哈尔滨，一出车厢，兰平一眼就看到了爸爸，她兴奋地叫着：“爸爸！爸爸！”

父亲向她们快步走来，分别了四年终于相见啦。父亲激动地把母亲拥抱在怀里，两个孩子一个搂着母亲的腿，一个揪着父亲的衣角，仰头看着父母的重逢。

回到家里，父亲搂抱着兰平，听妻子讲述3岁的兰平被人用枪抵着头让她说你家的钱是哪来的时，他眼里涌出了泪水，把女儿紧紧搂在怀里，不断地亲着她的小脸，觉得对不起女儿，让她小小的年纪就承受了那么多的磨难。

母亲到部队后，按起义人员的政策，家属到部队入伍一律享受排级干部待遇，警卫员已把母亲的干部军服领回来了。作为空军一航校校长的父亲却和妻子说："干部是经过战争，为革命流血牺牲得来的，你刚来怎么能当干部呢？我们还是从战士当起吧。"母亲爽快地同意了丈夫的安排。

政委姚克佑、政治部主任周兆平都来做父亲的工作，告诉他这是中央军委定的政策，不是只对他一人的，全军都是按这样政策做的，他这样做让组织上不好办。父亲却说："全军的决定是组织上对起义人员的关心和照顾，我作为校长和一家之长，我只管我自己家，我老婆的事就按我的决定做吧。"这样母亲就在校医务室药房工作，穿着战士服，吃着战士的大灶伙食，每天和战士一起跑步做操。

校长和政委住在离航校不远的原白俄的两层小楼里，一天晚上特务开枪打伤了警卫。经校保卫处和地方公安调查，认为是针对爸爸的。因刘善本在国民党空军的飞行技术和人格的影响力，他的起义对国民党空军震动很大，一批空军飞行员驾驶飞机先后起义，弃暗投明。这使得蒋介石恼羞成怒，下决心要除掉刘善本。国民党已布置了周密的暗杀计划。枪击发生后，航校加强了对父亲的警卫，调了一个班住在家中，确保父亲安全。

九、根据实战要求，空军迅速发展壮大

1949年11月中国人民解放军空军正式成立。在苏联的帮助下，12月先后成立了七所航校，分别为歼击机、强击机和轰炸机航校。1950年2月6日，国民党空军出动17架B-24型轰炸机对上海进行疯狂轰炸，历史上称"二六大轰炸"。对上海的多个电厂造成了毁灭性的打击，对江南造船厂造成严重破坏。市民、工人、军人伤亡1400多人。在这种严峻的情况下，中央军委决定迅速成立空军战斗化部队，一是为了保卫沿海大城市，二是为了解放台湾的需要。

1950年4月，空军决定从各个航校抽调速成班学员，和第一批老航校的空军种子班老飞行员迅速成立三个战斗化团，两个驱逐机团，分别为米格15

1955年刘善本任空10师师长

团代号为泰山部队，拉11团代号为衡山部队，一个轰炸机12团代号为华山部队，父亲就任团长。

1950年6月，空军成立正式的第一支战斗化部队——“混成四旅”，隶属于华东军区空军，由华东军区空军司令员聂凤智兼“混成四旅”旅长，政委李世安，父亲任副旅长，主抓训练作战。

父亲接受任命后，全家搬到南京，母亲就在轰炸机团卫生队工作。“混成四旅”旅部在上海，轰炸机团在南京大校场机场，歼击机米格15团在上海虹桥机场，拉11团在上海江湾机场，强击机团在徐州机场。这样父亲就得几边跑，非常辛苦，训练任务繁重。

陈毅对“混成四旅”给予了高度的评价，他说：“混成四旅的成立，粉碎了国民党对沿海城市的轰炸和摧毁，成功地保卫了沿海城市的建设，保障了沿海城市人民的正常生活和工作。”

1950年春天朝鲜战争爆发，10月在“混成四旅”的基础上，空军迅速成立了9个战斗化师。父亲被任命为空2师师长。参与组建空2师仅两个来月，又在他的“混成四旅”轰炸机12团的基础上扩建成三个轰炸机师，他又被任命为空10师师长，驻扎在南京，为入朝作战做准备。在空军训练工作会议上，父亲根据他在美国训练的经验，提出轰炸机要进行夜航训练，因为我们飞机少，没有强大的护航机，白天轰炸只能是暴露自己成为活靶子，损伤战斗力，利用夜航袭击成功率大。但是在会上给否定了，因苏联的飞机都不进行夜航训练，我们的飞机都是来自苏联的，而苏联教官也不会夜航飞行。

父亲去北京参加国防委员会会议，晚上在怀仁堂看戏，他坐到毛主席的身边，向主席说了为什么他想进行轰炸机的夜航训练，并以日本偷袭珍珠港为例。主席说近战夜战是我军的光荣传统，为什么空军不能用？在主席的关注下，空军批准空10师进行夜航训练。

十、暗杀刘善本，司机原来是特务

父亲的司机姓曹，大家习惯称他为老曹。父亲对老曹很不错，供给制没有钱，但是孩子的衣服、学习的用品、被褥等等有什么给什么，还总问他有什么困难需要解决。为此，老曹非常感谢。没想到就是这个貌似憨厚的司机，却是潜伏在父亲身边的国民党杀手。

1950 年底，母亲生下哥哥金平，晚上正喂奶换尿布时，突然一声枪响，屋子的窗户被击碎。爸爸立即关灯，并迅速拿枪和警卫员小杨冲出门去，发现门岗警卫被打伤。

警卫员杨挺振是机枪班班长，在解放战争中立过功，他说："为什么特务知道师长是住在这个房间呢，打得那么准?"因师长经常要进行夜航训练，警卫员小杨跟老曹说，师长今天晚上要夜航，你要检查好你的车，油要灌满，不要在半路上熄火。老曹满口答应，但是夜航结束往回返时，到一片树林车熄火了，怎么也发动不了。爸爸会开车，他试了一下是没油了。小杨很生气地训了老曹，父亲说："算了，走回去吧。"父亲就和警卫员提枪跑步回了家。

小杨将上述情况向师保卫科做了汇报。保卫科结合 1951 年夏刘师长率 10 师赴朝参战，部队到达丹东驻扎后，台湾的敌台广播就准确说出了父亲所在师的方位。为什么我们师长到哪里老蒋都知道？这一系列疑点集中在一起，说明父亲身边安插有敌人的眼线。

母亲也回想起自己在 10 师卫生队药房工作时，老曹的老婆是文盲，一天拿着一封信找她，请她帮忙看看写些什么？母亲一看是老曹的父亲被镇压了，让他们寄钱回去安葬其父。联想起这次夜航熄火，家中遭遇枪击，她把这一情况向师保卫科反映。

保卫科派人赴丹东将老曹拘捕审查。老曹交代，他是潜伏下来的国民党特务，任务就是配合暗杀刘善本，那次夜里枪击刘师长卧室窗户就是他提供的路线和确切的房间情况。警卫员小杨通知他师长晚上夜航，他就通知了特务组织，安排在回来的树林里埋伏，他把汽车大灯闪三下，埋伏的特务就开枪射击。但是因为平时师长和周大姐都对他很好，在生活上照顾他家里，良心让他过不去，加上他知道一旦开枪射击，他也会被打死，所以没有闪大灯。父亲率部赴朝参战也是他透露的情报。

十一、挑起家中重担，全力支持丈夫援朝参战

父亲抗美援朝还没有回来，哥哥金平又患了大肠杆菌中毒性痢疾，病重住院。母亲在医院守护着孩子，看着高烧不退神志不清的儿子，焦急万分。但是她不让组织上通知丈夫，怕他在前线分心。小儿科没有床，母亲整天整夜就是坐着，而这时她已怀上了第四个孩子江平，也就是我。

幸好南空后勤特批进口的盘尼西林给重病的儿子用，金平才脱离了危险。然而真是祸不单行！儿子病好了没过两个月，由于医院医疗事故造成海平十二指肠穿孔，形成急性腹膜炎，手术失败报病危。母亲面对6岁女儿海平，满身插着管子（胃肠减压管、鼻饲管、输液管），心急如焚，吃不下睡不着。直到医院又请专家来做了第二次手术，海平的病情才脱离了危险。母亲因两个孩子的重病，造成我的早产。

后来部队换防到齐齐哈尔，轰炸机由螺旋桨发动机改飞喷气式发动机，父亲为全师的改装忙得都不着家。母亲忙得没有时间管搬家的事，整天加班加点地整装药房的物品，荣立三等功。她在10师工作期间曾连续三年获得嘉奖。10师女子篮球队是南空的冠军队，母亲还是师女篮的主力队员。

1955年军队大裁军，作为师长的父亲以身作则，他让母亲带头退役。母亲

1965年夏全家福，后排右一为作者

和父亲说，卫生队药房人手不够每天都很忙，加上她还要配制不少液体和外用药。父亲说，那也要带头退伍，这样我作为领导才好说话动员别人，退伍以后药房人手不够，你还可以不算编制，不拿工资地去工作啊。

就这样，母亲恋恋不舍地离开了军队。1956 年底父亲调空军军训部任副部长，全家搬到北京，母亲一直以部队职工的身份，在空军机关门诊部药房工作。直到 1965 年，军委决定可以给部分长期在部队工作的技术人员入伍，她才再次穿上军装。

十二、“文革”遭受迫害，父亲与全家永诀

1966 年“文革”开始了，空军学院成立了革委会，领导干部都靠边站，有造反组织派人找父亲谈，希望他能加入他们的组织。而他明确说，他按照毛主席的要求，领导干部不介入派系，哪边都不加入。

在家里，他和母亲说，你不要参加任何派性组织，不要让群众组织认为我带有倾向。随着运动的深入，空军军事院校在学院礼堂批斗空军领导，请刘善本参加。他去了后，看到成钧、刘震、何廷一被揪上台，揪着头发“坐飞机”。他拍案而起，拂袖而去……

他和造反派说，每个人都会有错误，可以对他们提出批评，但是不能用揪斗的方式，你们应按毛主席的教导要文斗不要武斗。空军学院的造反派夺权后，在学院实行全面专政，把学院系主任以上的领导几乎都打倒了，不少人被关在他们私设的公堂里，群众叫“老虎监”。学院被搞得乌烟瘴气，三天两头地搞批斗，把原学院领导揪出来批斗，公开羞辱，拳打脚踢。有不少被斗人的家属把打掉的牙、揪掉的头发拿到家来向父亲哭诉，他再也不能坐视不管了，于是他几次打电话和吴法宪联系，希望反映学院存在的问题，但是吴不予理睬。父亲按组织原则，不得不写信向“军委文革小组”和“中央文革小组”反映空军学院的“文革”乱象，并明确指出吴法宪的问题。

叶群却把父亲的信交给了吴法宪。于是吴法宪开始了对爸爸有组织地残酷迫害。他们编造出父亲所谓反毛主席反林副主席的材料，诬陷他是漏网的彭黄死党，是落网的旧北京市委党羽，是假起义真特务等等。

1968 年 3 月初的寒夜，急促的敲门声惊醒全家，老阿姨开门，来人带走了父亲。父亲再也没有回家。兰平拿起电话想联系，但是电话已断无法打出。自

称无产阶级革命派的那帮人，叫嚣着对刘善本实行无产阶级专政的口号，对我们家里进行了搜查。

他们楼上楼下翻箱倒柜，把家里的两台收音机都拿走检查，认为他是台湾特务，利用收音机发报和台湾联系。连母亲用胶片染色做的放毛主席像的相框都给摘下来拿走检查，认为胶片中藏有情报。专案组对父亲轮番批斗，不让吃不让喝不让睡。

他们搜出了父亲给周总理写的信。吴法宪说，刘善本是个通天的人物，这种人留着也是后患，对父亲的批斗不断升级……

就在这关押审查的短短的10天里，父亲被活活整死。死后通知家属“刘善本畏罪自杀，自绝于人民自绝于党”。母亲听到父亲的死讯，晕了过去，打了强心针后，才慢慢苏醒过来。造反派带母亲和兰平去看父亲的遗体，专案组的人拉开冷冻抽屉，只露出头，他的上唇一排黑紫的牙印，明明是被折磨致死的。母亲和姐姐泪流满面，无处申冤。就在那段时间内母亲的头发全白了。

不久我们全家被扫地出门，从楼房搬到窄小的平房，母亲也不能在门诊部药房上班了，每天只能打扫卫生，消毒器械。她白天工作，晚上还要参加批判父亲的会，逼她交代刘善本的反党罪行。她每天在极度的精神重压下活着，她知道必须活下去，因为孩子们没有长大，为了孩子必须忍辱负重地活着。

二姐海平在空军技术学院学习，因父亲的问题，成了刘善本伸向空军技术学院的黑手，海平被斗、关押、劳改。金平和我随学校分配去山西农村插队。兰平因父亲问题，北京大学把她分配到山西阳泉。

母亲去车站送兰平，因天寒冰冻摔倒导致手腕骨折，但是造反派不准休病假，母亲只好把胳膊前臂用石膏固定着劳改。每天要消毒很多医疗物品，母亲的腿又被烫伤了，她只好带伤干活，每天小女儿平平放学回来就去帮母亲干活，减轻母亲的压力。

十三、七载沉冤终昭雪，万里长空泣英魂

一直到“林彪反党集团”被粉碎，对母亲的监管才有所松动。二姐海平受迫害离开了空军，她从外地回来整理为父亲平反的材料，因她高中时期就在王震家住着上学，她把材料交给了王震伯伯，请他为父亲平反帮助递材料。

王震伯伯对海平说：“你父亲是个正直的人，他的起义在解放战争中是立

大功的，我一定把材料转上去。”大女儿兰平去徐特立老人家，把为爸爸平反的材料，交给了徐老的秘书徐乾。她和兰平讲了不少在延安时爸爸的往事。1969年黄天民起义归来，周总理点名要刘善本出来参加接见。吴法宪不得不说，刘善本已死去一年多了，总理非常气愤，说刘善本的死，是我党我军的重大损失。

直到邓小平出来主持军委工作，改组空军党委后的第三天，空军副司令员曹里怀到军委向他汇报工作时，小平同志特别传达了中央军委为刘善本昭雪平反恢复名誉的决定：一、追认烈士，骨灰安放在八宝山一室；二、照顾好家属子女；三、影响到哪一级，挽回到那一级。小平同志还说，你们空军一定要形成文件下发到部队，要尽快办，不宜再拖。

空军党委于1975年10月28日将《为刘善本昭雪平反骨灰安放仪式的请示》呈报中央军委审批，叶帅批示，三大总部各派领导，各军种兵种各派领导参加，中联部、中调部、统战部各派领导参加。

骨灰安放仪式结束后，徐乾到北京医院看望病重的周总理，向他汇报了刘善本平反的全部过程，总理说，是我没有保护好刘善本同志，他的问题终于解决了，我也能放心了，希望在我身体能好些时，我要去看望刘善本同志的家属。当徐妈妈把总理的话告诉兰平时，她感动地流下了眼泪。

1975年底，“批邓反击右倾翻案风”开始，刘善本的问题又成为北大梁效

1975年10月28日刘善本昭雪平反骨灰安放仪式，康克清代表朱老总前来抚慰

之流反攻倒算的“炮弹”，他们称刘善本的昭雪平反活动是牛鬼蛇神大聚会，是翻案，是向“文革”示威……于是学院又有人紧跟，处处刁难母亲，停了我家的电话，对家属落实政策设置阻碍。

1976年10月彻底粉碎“四人帮”，举国上下一片欢呼，党和国家、人民终于结束了历时十年的“文革”浩劫。1982年国家为起义人员颁发了荣誉证书，母亲作为刘善本的遗孀出席了统战部、总政和空军联络部举办的座谈会，刘善本冤案终于彻底平反。母亲周叔璜当选为第六、第七、第八三届的全国政协委员，这是党和人民对父亲功绩的充分肯定。

十四、继承丈夫遗志，为祖国统一竭尽全力

全国政协第六次会议期间，母亲和刘少奇同志的夫人王光美在一个妇女组。在她和王光美单独在一起时，她含着泪和王光美说：“有别人在时我不想说，刘善本是在党最困难的时候冒着生命危险飞到延安的，但是在‘文革’中却被整死，我怎么也无法接受，为什么要这样对他？”王光美安慰母亲说：“少奇同志也一样，我们家也一样，现在我们只能是往前看，要相信党。”

那些追随父亲义举，在解放战争中相继起义的同志在“文革”中都遭到不同程度的迫害，但他们的问题一直没有给予妥善解决。有人给母亲写信陈诉自

1986年第六届政协会议期间周叔璜（右）与王光美合影

己的冤情，她都认真对待，把信转总政、空军联络部和政协落实政策办公室，并一再询问和督促处理结果。父亲虽然不在了，但是作为刘善本的夫人，母亲认识到自己应承担起帮助他们的义务。当空军及民航的起义人员组织成立了北京航空联谊会，请母亲当顾问，她欣然应命。

母亲在担任全国政协委员期间，履行职责撰写多项提案均被采纳落实。如她有关设立抗战时期牺牲的飞行员纪念碑的建议，就得到了有关政府部门的高度重视。1985 年在抗战胜利四十周年之际，“文革”中遭到破坏的航空烈士公墓在南京风景如画的紫金山麓修葺一新，对公众开放。1995 年抗战胜利五十周年之际，墓园又落成了宏伟庄严的抗日航空烈士纪念碑和四组浮雕，表现了中外空军将士联合抗日奋勇杀敌的动人场面，这里永远祭奠着 3305 名中国、美国、苏联等国在中国抗日战争中捐躯的空军烈士英灵。母亲听到这些消息，深感欣慰。

因为母亲知道自己是国民党空军起义第一人刘善本的妻子，刘善本虽然不在了，但是他的精神，他的遗志依然永存，需要继续传承。母亲在为父亲未完成的祖国统一大业尽自己的努力。2009 年中华人民共和国建立六十周年之际，中国邮政总公司发行的巾帼英雄系列邮票中，有母亲周叔璜的专题邮票。刘善本树立起来的这面热爱祖国，促成祖国统一的旗帜仍然在高高飘扬！

2014 年 11 月 30 日，母亲在与病魔顽强抗争中，走完了自己不平凡的传奇人生，享年 95 岁。

简 历

周叔璜（1919—2014）：1919 年 9 月出生于四川丰都一个商人之家，1942 年与刘善本结婚。1947 年在中共地下党的领导下与国民党作斗争直到四川解放。1950 年初到哈尔滨一航校入伍，“文革”中受到残酷迫害。1975 年中央军委为刘善本平反昭雪，周叔璜成为全国政协第六、第七、第八三届委员。2014 年 11 月 30 日在北京逝世，享年 95 岁。

此情可待成追忆

陆幸生

引　子

岳母老了，原本挺直的腰杆变得佝偻，原本稳健的步伐变得蹒跚，原本近视的眼睛越来越老花，只能借助放大镜才能看书阅报，原本平滑细腻的肌肤变得粗糙，脸上布满沟壑，显示着风云岁月的沧桑。但是她依然保持着整洁的外表，每天将花白的头发打理得一丝不苟，按时起床打理家务，读报看书，雷打不动地观看每晚的《新闻联播》，就寝前躺在床上看 1 个多小时的书刊，每晚 12 点前入睡。岳母在我岳父以 38 岁的春秋鼎盛之年被南京体育学院的造反派迫害致死之后，就独自风风雨雨、含辛茹苦一路走来，抚养大了四个未成年的子女，直至他们成家立业，有了第三代。1988 年她从南京师范大学外事办公室主任的岗位上离休后，就顽强地独自生活着，打网球、练书法、读书看报、写回忆录、照顾孙辈、参加老干部的活动等等，生活得有滋有味，有声有色。78 岁那年，她提出要有人照顾，

解放南京后江映霞留影，时任华东军政大学四大队女生队副指导员

以她特立独行的个性不到万不得已是绝对不会去麻烦别人的，哪怕是自己的子女。在四个已经完全成家立业的子女中，她选择了小女儿沈卉卉和我与她共同生活，使得我有可能近距离走进她晚年的生活，进入她的心灵世界，了解她的喜怒哀乐和感人至深的情爱境界。

其实，我和岳母认识的时间比和她女儿还要长。1969 年 1 月我去建设兵团务农就认识了我现在的大舅子，他和我是兵团的农友。当时我就已经听说过他们家在十年动乱中的遭遇。1973 年初我在南京军区工程兵政治部美术组搞创作时，就认识了当年在南京师范学院美术系主持工作的党总支书记江映霞。我们那时正在筹备我工兵三团抗洪救灾牺牲的英雄王金虎先进事迹展览，是她派出了一批年轻的骨干教师参与了我们美术组的创作。这批年轻的实力派讲师、副教授为提升我们工程兵美术组的创作水平起到了引导作用，乃至使我们美术组在军区美术界也有了一定地位。我的战友称呼她“江老师”或者“江书记”，我却傻乎乎地称呼她“江阿姨”。那时候我眼中的江阿姨剪着齐耳短发，戴着近视眼镜，文质彬彬，脸上浮现出亲切的微笑，在她爽朗的笑声中几乎看不出她所遭遇的人生坎坷和家庭磨难。

在和她共同生活的岁月里，我眼中的丈母娘，是一位豁达、亲切、和蔼、乐观、爽朗的知识分子老干部。我不知道她当年是如何以坚强的意志，挺过她所深爱的夫君，由人生仕途的巅峰跌入社会底层，陷入万劫不复灾难性命运的岁月……

那时的南京东郊春梅已谢却，正是桃花灼灼如火的季节，带着悲愤和冤屈的岳父沈战堤永远地离开了自己深爱的家庭、妻子和自己钟情的事业，羽化成仙而去……尸体被造反派悄悄火化，连骨灰都未见到，乃至岳母当时就拒绝在造反派递过来的那一纸火化通知书上签字。她坚持认为自己的丈夫是被造反派折磨致死的，要求追查和严惩凶手。但是在那个人妖颠倒，是非混淆的岁月中几乎是不可能的。但死难者家属心灵上永久的伤痕，只能在对逝去亲人永久的怀念和悲痛中历久弥新，且从不因时光的流逝而消失。

一、投身抗战

岳母江映霞原本不姓江而是姓蒋。1928 年她出生在江苏泰兴口岸镇一个富裕的医生家庭。她的父亲毕业于南京中央大学法律系，精通英文。1944 年春天，她从口岸中学初中毕业后准备报考高中。清明期间，她和表姐的女儿曹亚波回到了老家东徐庄扫墓，那里有他们家族高大宽敞的祖宅。祖宅是建筑魁伟、飞檐翘角的进士府邸，门前甚至还竖有文官下轿，武官下马的碑石，据说是乾隆时期建造的，他们的先祖中出过一位进士。那时的口岸镇已经成了日伪的沦陷区，而相差五六里地的东徐庄却是游击区，新四军苏中三分区已经在东徐庄建有民主政权。村党支部书记老徐找到她和曹亚波，动员她们参加新四军。无需高深的道理，只要谈到日寇和汪伪政权对中国人民的屠杀和对根据地的围剿，就足以激起两位16岁小女生的民族仇恨，她们毅然决然填表加入了中国共产党。

四十多年后，1988年10月岳母接到环溪小学建校六十周年的纪念邀请函，她因年高体弱不能参加，但是她热情洋溢地回函回顾在环溪小学读书的情况。

环溪小学原是设在泰兴刁铺镇的中心小学，顾名思义是一所碧溪环绕、风光优美的学校，只是在刁铺镇沦陷日伪之手后，才被当时颇具爱国思想的校长徐禹门迁到了他的家乡东徐庄。

岳母深情回忆道："我印象较深的，就是当时的音乐教师，他的歌声嘹亮，那些抗日的歌词深深教育了我，他的教导使我懂得了不少革命道理，激发了我们的抗日革命热情，我的革命萌芽也由此产生。可惜这位老师的姓名已记不起来了，记得他不是当地人，他的形象，他的歌声直至今日我仍深深地记着。几个学期后，我虽进入口岸中学读书，由于思想上、行动上接受不了日本鬼子的统治，不久毅然转考到解放区三临师范读书，从此直接接受了共产党、新四军的教育。在'反清乡、反扫荡'的抗日高潮中，我被革命风暴卷入到革命队伍中来，放弃了继续读书的机会投身抗日救亡运动。"

1944年夏季，岳母投考的三临师范学校就是一个新四军抗日根据地宣传基地。记忆中的上课就是民主政府的县长席地而坐，周围坐着一圈学生，听县长讲抗日战争的形势和日伪军对苏中四分区（南通地区）残酷的清乡围剿，激发大家的抗战热情。她们参加了共产党领导的口岸区文工团编排节目，组织宣传演出，走村串户揭露日伪罪行，动员民众参加新四军。

二、情窦初开

岳母在参加与根据地另一所中学"工人中学"联欢时，和同台演出的岳父沈战堤相识、相知、相爱。她眼中的这位青年干部皮肤黝黑，浓眉小眼宽下巴，一头浓密黑发倒背着，薄薄的嘴唇、细白的牙齿，显露出浅浅的微笑。浑身透出的机敏和激情使她怦然心动。

这是一个激情满怀的时代。高高的银杏树下土基搭建的舞台，舞台上学校的共青团书记沈战堤在学生大会上发表热情洋溢的讲话，号召在校青年参加新四军。随后的演出中，他身穿工人装，头戴鸭舌帽，腰扎破麻袋，用他那浑厚的男高音出演男生表演唱中的领唱。这是一曲由聂耳谱曲的《大路歌》：

哪管日晒筋骨酸，嗬咳吭！
合力拉绳莫偷懒，嗬嗬咳！
团结一心，不怕铁滚重如山，嗬咳吭！
大家努力，一齐向前，
大家努力，一齐向前！
……

当那深沉慷慨的歌声伴随激越的手风琴声在她耳际响起时，江映霞决心要追随中国共产党，去开凿自己心目中的自由大路，而当今的自由首先是民族的自由，民族自由的象征就是中国共产党，眼前党的象征就是舞台上这位多才多艺的青年才俊，学校的党支部副书记兼团委书记沈战堤。此刻，沈战堤再次在青年们热烈的掌声中带领着合唱队队员放声高歌《开路先锋》：

炸倒了山峰，大路好开工，
挺起了心胸，团结不要松，
我们是开路的先锋！
压平路上的崎岖，
辗碎前面的艰难，
背起重担朝前走，
自由大路快筑完。

一曲激起了年轻共产党员江映霞胸中的千层浪，眼前这位青年偶像有如纯净水域中领航的小舟，随澎湃逶迤的思绪走进她的视线。

演出结束，她和曹亚波在舞台下等待他的身影，但他却没有出现。当她们有点失望准备离去时，身后那棵百年老银杏树的树叶丛中却传来了呼喊声，那熟悉的声音呼唤着她的名字，“江映霞、江映霞”，她茫然四顾却没有发现人影。

曹亚波拍着她的肩膀用手指着头顶的茂密的树冠，意味深长地说：“映霞，他在叫你呢！”她抬头看到一个人影正在树上向她招手，正是他。她脸颊上不禁有点发热，心怦怦直跳。他矫健地在高高的树上，噔噔地像是猴子那般从树枝叶丛中，滑向粗壮的树干，旋即出现在她们的面前。

她问：“你怎么跑到树上去了？”

他呵呵一笑，爽朗地说：“我知道你们要来找我的。共产党员同志们，我特地准备点白果招待你们。”

他们在炭火炉上烤着白果，磕开滚烫的白色果壳，剥去薄薄的淡红色果皮，品尝着喷香的绿色果肉，喝着沈战堤斟上的银杏茶，畅谈着革命人生。

1945 年，因为表现突出，江映霞被组织推荐去三分区设在宝应县的苏中公学（抗大九分校）。她正式入伍参军，成了年轻的新四军女战士。曹亚波则去了新四军一师的野战医院。而沈战堤依然留在地方从事学运工作，那时候他已经成了口岸区的区委书记。

三、在水一方

江映霞记着那一天。那是油菜花泛黄的季节，牛毛细雨打湿了地面，她们一行 12 个新四军女战士冒雨出发。负责护送的区委书记兼锄奸队长沈战堤简单地介绍了此行的目的，就是穿越汪伪的层层封锁线，将她们护送到里下河地区的宝应县，去苏中行署的苏中公学。

她们和沈战堤带领的 5 个武工队员在深夜出发了。一路上据点林立，关卡重重，途经的几个县要绕过层层封锁线，只能白天绕道走小路，晚上悄悄过关卡。有时夜间过关卡能够看到日本兵碉楼上闪烁的灯光，隐藏在公路旁玉米地中的新四军女战士，清晰地看见来回巡逻的日军哨兵。当晚她们通过第一道封锁线到达交通站。

休整一天后，提着驳壳枪一身夜行短打的沈战堤，召集大家提出要求：“今夜我们将越过公路，渡过里下河去苏中行署宝应的根据地。为了安全到达目的地，你们一定要听从指挥，不要紧张，不许出声，动作要快，不能掉队，途中不休息，要一鼓作气。过河时三个人一组，坐在大木桶里，一上岸就迅速穿过公路，到水稻田里埋伏下来。”

在芦苇荡边，江映霞和护送她们去根据地的沈战堤及锄奸队员告别。在握手分别那一瞬间，一种特殊的感觉涌向她的心头，她凝视着那双款款深情注视着她的眼睛，一股热流涌上她的眼帘，泪水充盈着她的双眸，她赶紧别过头去和眼前的锄奸队长挥挥手，和同伴们跨进了木桶。宝应湖湖面的南北两岸早已打上粗绳，女战士们双手紧紧攥紧麻绳，奋力朝前拉动木桶，就这样漂流到了对岸。

回望烟雨茫茫的对岸，她仿佛想到《诗经》中的《秦风·蒹葭》一诗：“蒹葭苍苍，白露为霜。所谓伊人，在水一方，溯洄从之，道阻且长。溯游从之，宛在水中央。”

她分明看到沈战堤那颀长瘦小的身体屹立在苍茫风雨之中，在芦花飘拂的岸上目送着她们直至安全地登上彼岸，他才向她们频频挥手告别。

多少年过后，他仿佛一直站在那片芦花飞扬的岸边等待她的归来……

果然，沈战堤作了周密的安排。我们的同志在对岸接应，她们安全抵达苏中公学。青年沈战堤的形象从此深深烙在她的脑海中挥之不去，懵懵懂懂的她并不知道她开始恋爱了。那是战争年代，抗战胜利后他们将面对共同的敌人，国民党的围剿和反扑。他们其实是无暇在花前月下卿卿我我般谈恋爱的。

1946年，新四军北上集结，准备淮海战役。江映霞要随大部队北撤了。那时的苏中公学已改名为华东抗日军政大学，她已经成了军大的文书。

她随着军大撤到山东后，先后参加了济南战役、淮海战役和渡江战役，在战火的考验中逐渐成长为一位真正的战士。她只能通过零零星星的传言打听沈战堤的消息，她知道沈战堤在大部队北撤后坚持留在了敌后，在艰难困苦中和国民党反动派作着艰苦卓绝的斗争。

1946年在山东枣庄集结的江映霞脱下了新四军的灰布军服，换上中国人民解放军的黄色军装。她收到了18岁的年轻区委书记沈战堤辗转寄来的一封信。信中，年轻的区委书记称她为“江映霞同志”，一切显得很正式，并不像她收到军大战友战战兢兢偷偷递过来的照片，背面写着的称呼“亲爱的霞”那般令人觉着有些愕然和不知所措。

小沈在信中只是鼓励她在部队好好工作，为革命多做贡献，寥寥数语，看得江映霞脸红心跳。信中竟然还夹着一张他穿着新四军军装的照片和两元钱，她一时不理解他夹钱的意思，直到解放后再次联系上沈战堤，她才搞明白那是请她回信的意思。

她没有回信。换装后内外衣只有一套，外衣还好说，内衣没有换洗的确不方便。她收到钱心想，这下好了，可以上街到裁缝铺去做一套内衣了。她拿着浆洗得干干净净的白色床单，去了枣庄街上的裁缝铺做了一身内衣裤，花了一元八角。还剩两角钱，她到茶水铺换了一碗茶水。而那种爱是少男少女之间朦朦胧胧的感觉，在战争年代这种感觉往往被突如其来爆发的战斗所冲淡。战火纷飞，硝烟弥漫，暂时阻隔了双方对于情感的追逐。

大军北撤，作为区委书记的沈战堤被留在了敌后，面对国军和还乡团的围剿，开展游击战，出生入死，九死一生！

四、奔赴前线

当时的华东军政大学隶属华东第三野战军，负责培训前方的军政干部，经过短期学习休整培训后重返前线，任务异常繁重，受到华野领导的特别关注。为保证学校的安全，1947 年秋学校奉命撤到胶东地区。此时，国民党集中几十万兵力对我山东解放区发动重点进攻，扬言全歼我主力部队在黄河以南，并准备掘开黄河大坝，放水淹没我军。校部是在夜晚接到全校迅速转移渡过黄河的通知。但是江映霞所在的大队全体人员当晚却在观看歌剧《白毛女》，大队部无人接电话。校部紧急派人一路沿着电话线查到大队部，作为大队文书的江映霞，立即派人通知各中队，做好次日撤退准备。

第二天下午，部队冒雨出发，准备三天后开始强渡黄河。在伸手不见五指的午夜，部队来到黄河支流小清河。沿途只有马灯照明，在向导的指引下，护送军校转移的部队战士和民工奋不顾身地跳下水，用肩膀扛着木桩、木板，架起一座长长的浮桥，保证大军渡河。江映霞背着背包和大队部的铁皮文件箱踏在上下左右摇晃的浮桥上，抬头惟见闪烁迷离、水天一色的茫茫大河，几乎被浪潮卷入河中。那时她正来例假，浑身酸软，下腹阵阵疼痛。为了保险起见，她是趴在浮桥上紧贴水面，在冰冷的河水浸泡中爬过河去的。

渡过小清河，她穿着潮湿的军装，又继续行军。几小时后天已大亮，为躲避敌军追赶和飞机轰炸，大部队在黄河边上隐蔽下来。这时她才有机会在老乡家中，将潮湿的棉军装烤干，等待在深夜抢渡黄河。此刻，站在黄河边上已经可以清楚地看到河的对岸，她想象中会很快渡过去，然而由于水流湍急，不能逆流行舟，只能顺流绕道，再回转。一船能渡百人，光船夫就有十多人，要渡两小时。是夜，军校全体人员顺利渡过黄河，又在暴雨中急行军两小时到达集结地。准备攀越泰山，参加济南战役。岳母晚年在回忆录中有详细的描述，比较生动，我还是摘录她的原文，还原当时的场景：

1948年，我军开始大反攻。我华东野战军于秋季首先集中了全部主力攻打第一大城市——山东济南城。前线指挥部要求华东军政大学派部分同志去前线负责城市接管工作。我是被抽调去前线的一员，过去只听到从前线来军大学习的同志讲战斗的情况和英雄们的故事，心中好激动、好羡慕，希望自己也能够到前线去参加战斗，这次总算是如愿以偿，心里感到特别高兴。

前线指挥部，要求必须于农历中秋节前赶到济南。那时无交通工具，全靠两条腿走路。我们从山东潍坊出发，离济南不但路途远，最艰苦的是要越过高高的泰山，才能到济南前线。鼓劲儿跑了几天，到泰山脚下时，天下着蒙蒙细雨，远远地看到泰山在云遮雾罩中，朦朦胧胧，险峻陡峭，直插云霄。为了能按时赶到济南，在向导的带领下，我们走着小路，曲曲折折，深一脚，浅一脚，我是踉踉跄跄地跟着部队，走得很艰难。走着走着雨越下越大，前面的同志看不到后面的人，可为了奔赴前线，解放济南，谁也不畏惧这山高路险。当我们快接近顶峰时，云雾就在我们身边缭绕，恍如进入仙境。忽然雷声隆隆，电光闪闪，下起了瓢泼大雨。我们个个像落汤鸡似的，浑身被雨淋得透湿。前面传下命令，要我们加快速度。真是奇怪，待我们爬了一段山路之后，雨忽然停了，雷声、闪电和云雾落到了我们脚下，原来我们已经穿过云层到达了顶峰。同志们开玩笑地说："我们都在天上走，做了神仙啦！"说实话，我真想好好欣赏一下泰山美景，尽管天很黑，看不到什么，但山里的空气清新怡人。我当时感到实在太累了，坐下来休息时，都快睡着了。这时上级命令我们快速下山，可下山的小路更难走，因为刚下过雨，路又滑又泥泞，无法迈步，真是"上山容易下山难"。我们只能一个接着一个横着往下走，遇到较危险的地方，部队的男同志就在下面等着。到山路稍微平整的地方，部队领导为了照顾我，要我牵着他的皮带，把眼睛闭着，脚不停地跟着走，这样可以睡一会，这是我们战斗行军的经验……

当晚，我们赶到了济南城郊，信号弹一个接一个地升上天空，把黑夜照得如同白昼，激烈的枪炮声响个不停。领导担心我害怕和紧张，再三关照我要紧跟部队，不要东张西望，大胆地往前走。说着说着一颗信号弹掉在我身边，我第一次看到信号弹这么亮，把大地照得像白天那样亮，四周的景物被照得清清楚楚。我听到呼啸的子弹从我头顶飞过。队长告诉我说，子弹从头顶飞过不要紧，说明已接近前线，怕就怕子弹没有声音，这说明你中弹了，所以越接近前线越要往前冲。我当时并不十分害怕，但心情既紧张又好奇，总想看看战场是什么样子。到济南街头时，看到马路上有不少残兵败将和缺胳膊少腿的伤员躺在路边，血肉模糊，心想前方的战斗是何等的残酷激烈，而我们这些既是后方又是前线的人吃点苦受点累算不了什么。

前方突然传来胜利的喜讯，困守济南飞机场的国民党吴化文率部起义，战斗基本结束。枪炮声已集中到了城里，不久又传来好消息，王耀武逃跑，我大部队继续追击，攻打千佛山，敌人已退守集中到城郊。前指要求我们迅速前进，我们赶到城里大明湖时，有的部队已经在打扫战场，运送伤员。我看到大明湖原本清澈的湖水已被鲜血染红，说明这里战斗激烈，死伤人员较多。我们负责接管任务，主要是把战俘集中起来，向他们宣传讲解党的政策，要他们老老实实听指挥，把一部分军官集中起来带到华东军政大学去接受教育和改造。不少投诚的士兵则随时编入到我们的队伍中去。

解放济南时江映霞

济南解放了，人民群众欢欣鼓舞，负责接管任务的部队，大部分到军管会去工作，我们华东军大的同志均被分配到防空司令部工作。因那时国民党反动派的飞机还不断到济南上空干扰和轰炸，我高射炮部队日夜坚守岗位，防空司令部也得日夜工作和轮流值班。

五、战后重逢

全国解放后，沈战堤担任泰州团地委学生部长，江映霞在华东军政大学学生总队四大队担任副指导员。已经有不少首长开始追求年轻的江映霞，亦有一些同事婉转地表达着爱慕之意，有不少都是身经百战的老战士，但是她都婉言谢绝了。她心中已经深藏着一个人，那就是远在苏中的沈战堤。

在她接到沈战堤第二封信和第二张照片的时候，她回了信并回赠了照片。至今看到当年的老照片，照片中的沈战堤，稍显老相，浓眉细眼宽下巴，远远谈不上英俊魁梧，照片的背后写着这么一段话：

映霞：送张照片给您！希望我们今后能更好地互相帮助求进步，更好地去为党和人民的事业去斗争。

最亲爱的战友战堤

12.6

就是这位貌不惊人的青年，在新四军苏中根据地13岁就担任解放区的儿童团长，15岁加入了中国共产党。尤其是在新四军北撤后仍坚持敌后斗争，他曾担任区委书记、区锄奸队队长，不顾战友一再劝阻冒着生命危险突破敌人的封锁线，去探望受到敌军重重围困、生命垂危的区小队队长。但是他见到的战友已经牺牲，仅在衣袋中发现一纸蘸着鲜血写的遗书，希望将他在中学读书的弟弟带入革命队伍。沈战堤在百般困苦中根据遗嘱带出烈士的弟弟，介绍他加入了中国共产党。1957年这位在扬州教育界工作的弟弟，因出言不慎差点被打成右派，危难之际向沈战堤求救，沈战堤再次伸出援手，将他调到了省体委担任秘书。没有料到的是，此人"文革"中恩将仇报起来造反，以身边人的身份起来揭发他的所谓问题。诚如张爱玲所言，动荡中的人性更显真切。真善美与假丑恶的交替显现，显示了人性的复杂多面。

沈战堤当年送给江映霞的照片和照片后面的那段真实情感，使得她铭记了终身！无论风和日丽的共享欢乐，还是黑云压城时的风雨兼程、相濡以沫，那时的爱情、那时的人，永远令人仰慕！因为他们的纯洁情感是建立在崇高理

1950 年 12 月华东军大四大队连以上干部合影
（二排中为江映霞）

想和至真人性之上的，因而更加像是窖藏已久的佳酿那样绵延悠长，使人回味。

沈战堤和江映霞就这样建立了通信联系。他们在紧张工作中感情日益加深，终于水到渠成，有情人终成眷属，1951 年他们结婚了。不久，华东军大的干部即将分流到新组建的南京军事学院和南京高级步校，江映霞已经内定编入军事学院政教队。此刻，苏北军区的调令已经发到了华东军区。江映霞怀揣着苏北军区组织部的特殊介绍信去了泰州军分区。介绍信上明确注明该同志不允许转业地方工作。在泰州军分区她负责主编小报，编写、校对、刻印全是她一人。后来，在当时泰州地委书记兼军分区政委谢克西的干预下，江映霞脱下军装转业到了泰州团地委担任学生部副部长，沈战堤是部长。

1952 年苏北行署和苏南行署合并，江苏建省，沈战堤、江映霞夫妻双双调任新成立的团省委。沈战堤出任军体部长，江映霞在宣传部任科长。解放初期的青春岁月里，他们过着幸福甜蜜的生活，她似乎更沉湎于小家庭的温情中。那时学习苏联，提倡妇女多生孩子当“英雄母亲”。他们接二连三地生孩子，一年一个，直到生了两男两女，他们觉得不能再要了，才终止了这场干部之间生育上的竞赛。

等回归到了政治女性的角色，江映霞已经调到机关总团委宣传部担任部长，后又去了省委讲师团、宣传部宣传处担任指导员。1962 年她到南京师范学院，担任外语系党总支副书记。“文革”中沈战堤死于非命，她却背着“三反分子”、“走资派”家属的黑锅，带着身心的创痛，奇迹般地担任了美术系的党总支书记，使她有条件以革命干部的身份保护了美术系的一帮精英，比如秦宣夫、吕斯百、杨建侯等著名教授。她骄傲地说，她在美术系担任领导期间，没有整过一个人，而且保留了一批难得的人才，如著名书法家尉天池因为家庭成分不好，差点被打发回老家徐州，被她挽留了下来，并推荐担任了省人大代表。有一次我在省文联开会遇见了担任省书法家协会主席的尉老，提到我是江映霞的女婿时，尉老竖起大拇指说：“你岳母是大好人。”在这期间，她含辛茹苦地带大了四个未成年的子女。

六、“文革”罹难

和平年代，经济建设如火如荼，政治运动却一个接着一个。沈战堤的职务似乎随着运动的高涨不断提升着，却在“文化大革命”中由峰顶跌入谷底。在他离 39 岁生日不到半个月的那天，生命最终被那场卷地而来的狂飙吞噬而去……

在社会主义建设的凯歌声中，全民发展体育，沈战堤出任省体委副主任、党组副书记兼秘书长，开始主持体委工作，他成了省里最年轻的厅级干部，主任由副省长管文蔚兼任。1962 年，资历和管文蔚副省长相当的老红军王范由上海调任江苏省体委出任主任。

1966 年“文化大革命”在全国展开。1967 年上海“一月风暴”后，王范和沈战堤在一夜之间被南京体育学院的造反派当成“走资派”、“三反分子”抓走。之后，一群打手在周密部署下，像是篦头发那样将江映霞家里洗劫一空，江映霞带着四个未成年的孩子被扫地出门。她的心在滴血，但是在子女面前她没有流一滴眼泪。仅在半年之后闻听久被关押，已被折磨得身心俱残的丈夫死亡噩耗时，抱着 15 岁的大儿子失声痛哭，其他三个子女嚎啕大哭，全家哭声一片，悲痛欲绝……

至今，岳母依然保存着自己亲笔抄写的那些被掠走后永远消失了踪影的珍贵图书，这些典籍见证了她和岳父情感的精神基础。人可以被迫害致死，财富可以被掠夺，唯这些中外精神之精华曾经孕育催生了他们生死不渝的爱情，这些精神财富是永存于脑海，任何邪火无以焚毁，任何恶浪无以湮没，人之心灵之泉水是涌流不息、水滴石穿、亘古永存、不可磨灭的。造反派抄走了《史记》、《资治通鉴》、《资治通鉴编年记事》、《红楼梦》、《三国演义》、《西游记》、《水浒传》、《唐诗选》、《宋词选》、《聊斋志异》、《远离莫斯科的地方》、《钢铁是怎样炼成的》、《战争与和平》、《安娜·卡列尼娜》、《复活》等书，还有岳父苦心孤诣收藏的古今字画和老唱片，仅存马、恩、列、斯、毛的著作。因为岳父酷爱字画收藏和唱京戏，能够自拉自唱，尤其是马连良的那些京剧名段。如今这些响彻行云的唱腔只能作为绝唱，深深地烙刻在岳母永久而美好的记忆中。

七、余韵绝响

1967 年 1 月，1927 年入党的江苏省体委老主任王范在写下了对“文化大革命”彻底否定的三份遗书后，在南京体育学院用勃朗宁手枪结束了自己 63 岁的生命。三个月后，1967 年 4 月 19 日沈战堤拖着疲惫身躯，和被造反派折磨得伤痕累累的心灵，带着绝望的心情，独自一人吃力地打扫完偌大的篮球馆，在累得气喘吁吁的当儿，在空廓而无人的篮球场，选择了和老主任同样的不归之路……

沈战堤少年时期梦寐以求的神圣理想，犹如划过天际的流星陨落而去，他的生命已经失去了存在的价值。自他在抗战的烽烟中投身革命起，他就把自己交给了党。党要搞土地改革，他带头分掉了自己家的地。他家的成分原本可以定为上中农，他却说服自己的父母接受了地主成分的划分，而就是这两位老人在大军北撤时冒着生命危险掩护了自己新四军游击队的儿子，地主身份实际是作为儿子强加给父母的。父母为了儿子，心甘情愿地接受了。他是为了党的利益，牺牲了家族的利益。

他是个理想主义者，始终在为实现人类的自由和理想拼命地奋斗着，没想到在这场史无前例的“文化大革命”中他自己会失去自由，到头来会革自己的命。他曾在梦中眺望着北斗星黯然失色，他感到自己曾经大气磅礴的人生乐曲，已经演奏到了尾声，自己生命舞台上的灯光已经暗淡，人生大幕即将落下，他已经不需要苟延残喘自己的生命。士可杀却不可辱！他要追随老王主任去另一个世界，于是他毅然决然选择了死亡。

此刻，他比任何时候都更加坦然，对党组织、对社会、对领袖问心无愧，他唯一感到对不起的是依然年轻的妻子和四个未成年的子女，想到这儿他会在黑夜中黯然泪下……他感到了疲惫，他要寻找自己的归属，这种不甘受辱的决绝姿态，俨然也是勇敢面对黑暗的抗争！

江映霞、沈战堤结婚照

据造反派说，在他的口袋里也发现三封遗书。在岳母的一再要求下，被军队管制的省公安厅政保处才拿出了三份所谓遗书的抄件。然而，遗书的真假存疑，死亡的真相存疑，遗体火化的真相存疑，骨灰的去向存疑！

交到江映霞手中的遗体火化证明书，填写的是体院造反派头头的名字，她拒绝签字。和老王主任死后一样，“坚决打倒自绝于党和人民的三反分子沈战堤”的大标语，被刷遍古城的闹市区。

第一个看到沈战堤伤痕累累遗体的是他的老上级，同样作为“走资派”被关押在体院的省委书记处书记彭冲同志。若干年后彭冲出任江苏省委第一书记，为沈战堤和老王主任平反。1993 年春，笔者为已经从全国人大副委员长任上退下的彭老撰写回忆录，彭冲亲口和我谈到了这段令人悲愤的往事。当年的彭冲是被幸灾乐祸的造反派忽悠着去向自己的爱将作了最后的诀别。造反派怀着喜悦的心情对彭冲说：“想不想见见你的老朋友？”彭问：“是谁？”他们答：“是沈战堤！”彭答：“想见。”造反派将彭冲带到现场，彭冲见到的是沈战堤衣衫褴褛、伤痕累累的尸体。彭冲长叹一声，黯然泪下，哽咽无语……

三十年后，彭冲用他那苍劲有力的笔锋，写下了“沈战堤之墓”五个字。在举行沈战堤骨灰安葬仪式后，白发苍苍的管文蔚用手杖戳着吊唁大厅的地板，一字一句地对江映霞及其子女说：“一定要牢记文革的劫难，绝不能让悲剧重演！”此话掷地有声可作金石之响，如警钟长鸣。

江映霞在遗书后面以她那娟秀流畅的钢笔字这样批注道：

作为一个人，没有什么比尊严更值得珍贵的了，“文革”中，动不动就侮辱人，以侮辱人为乐，以侮辱人为革命，把自尊、清高、独立的人格，看成是资产阶级的东西，反倒以不怕丑、不要脸为荣，斗争会上，谁最会侮辱人，谁就是革命，谁会变着花样作践人，谁就是积极分子，谁肯下狠心，谁就能重用。

尾 声

1978年，党的十一届三中全会后，中共江苏省委分别为王范、沈战堤平反。

在那个细雨濛濛的春天，江映霞带着四个子女来到清凉山火葬场寻找沈战堤的骨灰。根据当年火葬场工作人员的回忆，那天遍体鳞伤的岳父是在黑夜中被体院的造反派送来火化的，尸体上蒙着白布，白布上用墨汁写着醒目的口号，名字上还打了血红的叉叉。遗体匆匆火化后，骨灰装在一个用油纸封住口的酱紫色的坛子里。当年这个坛子被扔在清凉山火葬场后面的乱坟岗上，好心的火葬场老人悄悄埋葬了这个无人认领的骨灰坛，并在下葬的地方栽下了一棵小松树，以便辨认。那年头冤死的人太多，老人埋葬的是一个简陋的坛子而不是骨灰盒，因此他的印象深极了。家人们在老人的指认下，从湿润的土壤中挖出了这个酱紫色的陶罐，岳母捧着劫后留存的骨灰坛涕泪长流，失声痛哭，悲从中来。

她想到老一辈革命者在黑暗中奋起搏斗开创新中国的艰难历程。同时她分明可以体会出，即使在社会主义事业的建设中也不会风平浪静，狂涛袭来，污泥浊水横流，真正的共产党人是能够面对邪恶做到威武不能屈的。看着眼前小山岗上绿树成行，满目青葱，她眼前仿佛出现了家乡那棵绿叶披纷的银杏树。年轻的岳父喊着她的名字从茂密婆娑的绿色中突然跳了下来，为她捧出炭火烤熟的喷香白果，当年那剥去白色果壳搓去栗色果皮的淡绿色果肉依然满嘴余香。

她想到老主任王范和丈夫沈战堤……那些黑暗年代的悲愤者，被命运无情地扔进了冲突的漩涡之中，他们与邪恶作对，也与高贵同行。他们以生命的决绝，向那个黑暗年代进行生命的抗争。最终体现的却是天地之浩气，是贫贱不能移，富贵不能淫，威武不能屈的大丈夫气概。

耳畔是飒飒的风雨之声，还有那棵摇曳的松树。犹如穿越时空隧道的尽头，倏然可见那棵倔强挺立的银杏树，老枝虬干在蓝天白云下舒展着伟岸，从满目炫舞的黄叶到枝头晾晒着的绿色，体现出从容和坚定。无论风霜雨雪的侵袭，大树依然坚守着脚下的土地：挺立是绿叶婆娑的伞，为行人遮阳挡雨；倒下是破体为桥的梁，为来者连接通向彼岸的路。那首从少年时期就唱起的《大路歌》，激昂铿锵的旋律永远激荡在心头："压平路上的崎岖，辗碎前面的艰难，背起重担朝前走，自由大路快筑完。"其实，大道无边，惟有前仆后继不懈追求，不断达到理想境界，而大路依然向前方延伸着，尽管荆棘丛生，追求真理的开路先锋们依然会九死不悔地去求索、去追寻……

江映霞2015年胸戴抗战胜利70周年纪念章于家中

在沈战堤去世三十周年的日子里，岳母将岳父的骨灰安葬在风景如画的祖堂山陵园，墓碑下安放着一块黑色大理石的诗碑，碑上用金字镌刻着岳母泣血题写的一首四言祭诗《悼战堤》，以示对自己心爱亡夫的深深悼念之情：

忆昔少年，投身抗战。敌后坚持，赤诚肝胆。
发展体育，倾尽血汗。德正才茂，党群齐赞。
神州浩劫，身心遭残。英年早逝，冤离人寰。
三十祭年，择园奉安。寄托哀思，情长相伴。

简　历

江映霞，1928年出生，江苏泰州人。1944年参加革命，同年参加中国共产党。先后在苏中公学、华东军政大学、济南防空司令部任文化教员、文书、女生队副指导员等职，曾荣立三等功。1951年任泰州军分区政治部宣传科干事，1952年转业到地方工作。历任泰州团地委学生部副部长、共青团江苏省委宣传部宣传科长、省委文教部团委书记、省级机关总团委宣传部长、南京师范大学外语系党总支副书记、美术系党总支书记、南京师范大学党委办公室、外事办公室副主任、主任等职。1987年离休。

一个平凡母亲的不平凡人生

程路颖

这里我讲述一个平凡母亲的故事。在回顾她的一生的时候，我渐渐明白了自己是从哪里来的。我惊讶，自己在那么多地方不知不觉地受到她的影响，在母亲身上我发现自己前行的影子……

一、外交官家庭背景

1954 年的母亲路伟

我的母亲路伟 1916 年初出生在北京长辛店一个铁路职员的家庭。出生时的名字叫许寿宜，“寿”是字辈，“宜”取自《诗经》“之子于归，宜其室家”，名字中寄托了父母期望她能成为贤妻良母的愿望。

说起来，母亲的家庭背景多少有一点点来头。母亲的祖父许珏（1843—1916）是光绪壬戌举人，精通法语。1885 年开始曾先后随张荫桓、薛福成、杨儒出使美、英、西、法、意等国，在华盛顿和伦敦驻任多年。1902 年至 1906 年间担任过清朝首任意大利公使，加二品顶戴[①]。

① 二品顶戴即二品官穿戴使用的官帽官服。清朝官制，官员按照级别由高到低分 18 个官阶。正一品、从一品、正二品、从二品、正三品、从三品，依此类推。正二品属于第三官阶。不同官阶只能穿戴不同的官服及官帽。

许珏一生中除了四次出使西洋之外，最为历史所记住的大概是他在禁烟上付出的努力。他屡屡上疏朝廷，奔赴广东禁烟第一线专司禁烟，为山西政府制定禁烟条例，在家乡江苏开办禁烟馆，为禁烟散尽家财。

母亲的父亲许同华是许珏的末子，他被历史所记住的大概是因为 1912 年正月参加了郑毓秀等人实施的刺杀袁世凯的行动。不过此后他再也没有涉足政治。家谱记载，他曾在大清邮传部担任法文翻译，后来又进入京汉铁路管理局，算是中国最早的外资企业工作人员吧。这一点与他的哥哥们不一样，他没有像许珏的其他子侄们那样继承外交官职业，也没有成为学问家①，仅仅用上了家学法语作为谋生手段。当时京汉铁路管理局由说法语的比利时人管理，总部设在北京西郊的长辛店，母亲就出生在这里。

母亲有一个哥哥叫许寿真，比母亲大一岁，兄妹俩感情很好，母亲关于童年的回忆中总是提到哥哥。许寿真 1935 年加入中国共产党，是著名的世界语活动家，1949 年 12 月成都解放前夕被国民党杀害于成都十二桥。

母亲祖父许珏的思想是一个矛盾体。一方面因为长期出使欧美有洋务派思想，一方面又顽固守旧，反对建立西式学堂。也许是受到其父影响，外公许同华反对子女去西式学堂接受教育，说男女同校必无好事。他为舅舅许寿真请了一位家庭教师来家授课。而对女儿他认为“女子无才便是德”。即使是家庭教师的课他也不允许母亲听，反倒叫母亲留头缠足。在他的坚持下母亲幼时缠了几天足，后来实在受不了那种酷刑，哭天喊地地求外婆放开。脚是很快放开了，但是母亲的脚已经不可挽回地变成了畸形：五个脚趾紧紧挤在一起不会动弹，足弓完全消失，成了严重的扁平足，以致后来母亲不能走长路。

母亲早年的文化知识基本上由外婆刘玉亲自传授。外婆是镇江人，出身于书香门第，她的父亲刘嘉斌和哥哥刘孚淦都是晚清进士。母亲在外婆的辅导下，读完了《论语》、《孟子》、《大学》、《中庸》、《诗经》、《左传》以及《女诫》、《女训》等，同时在外婆的辅导下练习欧阳询的大小楷书。母亲后来能够经常与父亲用律诗的形式唱和，寂寞忧伤的时候用诗歌自我排遣，绘声绘色地用半文半白的说书语言给我们姊妹和邻居讲《三国演义》的故事，多半得益于小时候外婆给她打下的古典文学基础。

① 许珏长子许同范曾任外交部庶政司长、驻日本神户总领事、驻苏联庙街总领事；侄子许同莘 1914—1920 年曾任外交部总务处科长。

外公许同华虽然封建固执，但并没有疏忽向舅舅许寿真和母亲传授家学法语。正是因为得益于法语的良好基础，许寿真后来通过法语接触到世界语，进而接触到共产党，成为中国著名的世界语活动家。母亲则因为有外语基础，走上了大量使用拉丁语的药学专业道路。

1928年底，外公在郑州陇海铁路管理局谋到一职，遂携全家迁往郑州。1929年春，外婆刘玉第九次怀孕，不幸小产后大出血身亡，年仅34岁。翌年，继母秦氏入门。从此，母亲的悲惨生活开始了。继母性格暴戾，爱钱如命，与知书达理、温柔贤惠的刘玉相比宛若鸿泥。外公从骨子里蔑视她，两人关系极差。但是他们有一点是相同的，就是把对人生不如意的怨气都发泄在孩子身上。哥哥许寿真实在不堪家庭暴力，15岁便离家出走了，妹妹许寿宛才刚刚4岁，于是14岁的母亲就成了他们的出气筒。谩骂毒打如家常便饭，母亲经常被打得遍体鳞伤。有一次，继母秦氏竟丧心病狂地揪着母亲的头发将母亲的头往墙上撞，把母亲的下巴撞得鲜血直流。多年后母亲扬起下巴给我看那个半寸长的伤疤，我知道那伤疤不仅刻在了母亲的脸上，更深深地刻在了母亲的心上！

母亲说，16岁以后她心里就燃烧着强烈的独立愿望，盼望着早日离开这个令人窒息的家。在那个年代女人怎样才能独立呢？母亲提出想去学习当助产士，自己养活自己。许同华和继母骂母亲不要脸，大姑娘家居然想出去干那种工作。母亲希望能够早些出嫁，离开这个家庭，也确实陆续开始有人前来提亲，其中包括一个英俊潇洒的飞行员。但是继母处处作梗破坏，她发誓要永远破坏母亲的婚姻和家庭，以此报复许同华对她的不好。她一边破坏母亲的婚姻，一边怂恿母亲打麻将、赌钱、抽大烟。而赌和毒正是许同华最痛恨的事情。要知道，许同华的父亲许珏一生奔走呼吁、身体力行，为之不惜倾家荡产的事业就是禁烟禁毒啊！几年前当我看到香港著名演员焦媛主演的由张爱玲小说改编的话剧《金锁记》时，不禁惊愕，多么似曾相识的一幕！主人公七巧年轻时婚姻畸形，长期的压抑生活使她精神变态，待女儿长大后破坏女儿婚姻，教唆女儿吸食鸦片，用鸦片将女儿牢牢控制在手中。在那封建压抑的社会中，人性有时就是那么变态！弱者总是想欺压更弱的人，不幸的人希望别人比自己更不幸。

在无边的虐待和迫害中，母亲绝望了，她曾经三次尝试自杀，其中两次是吞食大量石子，但求一死。然而或许是老天爷怜恤她太年轻吧，三次自杀都没有成功。

二、冲出牢笼求光明

1937年日军侵华战争全面爆发。陇海铁路管理局从郑州迁到西安，外公率全家也随之迁往，住进了西安火车站附近北新街七贤庄2号。幸运的是隔壁的七贤庄1号正是当时八路军驻西安办事处。母亲看到那里经常有身穿军装的女兵出出进进，才知道原来八路军里女人可以与男人一样生活，心中非常羡慕，于是萌生了逃亡的念头。

不久，离家出走8年没有音信的哥哥许寿真回来了。许寿真1930年离家出走后四处颠沛流离，1934年辗转到杨虎城的17路军42师，在那里接触到世界语和共产党组织，1935年在西安加入了中国共产党。1936年他被国民党政府抓捕到南京监狱，1937年西安事变后国共合作，出狱回到西安，创办了《西安世界语者》杂志，向全世界传递中国的抗日运动信息。

许寿真经常对妹妹说："你一定要自立，不要做小布尔乔亚，要参加工作，不要做寄生虫！"不久，许寿真介绍母亲认识了妇女慰劳会的人。妇女慰劳会的全称是"中国妇女慰劳自卫抗战将士会陕西分会"，当时基本上是由中共陕西省委领导。妇慰会位于后宰门，距离七贤庄不远，于是母亲开始瞒着家里去参加妇慰会的活动。

最初母亲希望能够彻底脱离家庭，全职为妇慰会工作，但是妇慰会是义务工作，不能支付生活费。随着家庭迫害愈来愈重，母亲向妇慰会表示坚决要求离开家庭参加工作。1938年7月，妇女慰劳会主任林立介绍母亲到西北青年救国联合会，青救会负责人黄华介绍母亲到泾阳县云阳镇的安吴堡战时青年训练班学习。7月28日，母亲偷拿了父亲的工资，离家到了妇慰会。7月30日，母亲带着黄华的介绍信由西安坐骡车经三原到达安吴堡青训班，从此正式脱离封建家庭，开始了新的生命。

母亲后来在自传中写道："追求独立的愿望是我走上新生道路的主要原因，并且成为我在后来多年斗争中没有因孩子的拖累而停下脚步的主导思想。"

安吴堡战时青年训练班是抗战初期中共为适应广大爱国青年抗日救国的要求，在陕北创办的一所战时青年干部学校。从1937年底创立到1940年4月关闭，共举办了14期，为抗战培养了1万多名青年干部。母亲报到后被编入妇女连10连，连长叫夏青，是青训班副主任胡乔木的二姐。1976年我和大姐到北京出差时，曾经去夏青家看望过她老人家。

青训班的学习内容主要是讲解抗日民主统一战线、对国共两党的认识、什么叫阶级等等。母亲当时对这些道理毫无概念，她的愿望只是想学习一点独立谋生的技能，通过学习可以求得一个职位而已。一开始母亲对共产党的理解也很肤浅。在家时外公常说："君子不党。'党'者，'尚黑'也。"（"党"的繁体字拆开后是"尚黑"两字）母亲痛恨外公，并不以他的话为然。但是她看到哥哥许寿真那么坚定地愿意为共产党牺牲一切，多少有些好奇：共产党有什么手段和魔力能够让人那么坚定地信仰它？通过在青训班的学习，母亲这才明白，共产党之所以能够使许多党员前仆后继、不怕牺牲，并非有什么手段和魔力，而是因为它是为全人类的幸福谋利益的政党！

青训班的生活是清苦的，每人每月交6元伙食费，开会学习都是席地而坐，睡觉也是枕在砖头上。生活上的艰苦母亲毫不畏惧，因为母亲自认为是没有退路的人，自从生母去世以后她便将生死置之度外了。所以她在学习和生活上格外刻苦努力，生怕学习或表现不好让她回家。

让母亲充满新鲜感和倍感兴奋的是青训班里那充满朝气和理想的氛围。从全国各地集聚而来的年轻人在一起，热血沸腾地讨论着抗战、保家卫国，学习着解放全人类的理论。大家一起吃着大锅饭，睡着大地铺，唱着歌，真是感觉到精神上前所未有的解放！母亲说她真是爱死了放声歌唱时的那种自由酣畅的感觉，她拼命地学习新歌，最多的时候一天竟学会了20首歌！

母亲的努力获得了大家的承认，1938年秋天，母亲被青训班选为在延安举行的全国青年代表大会代表。可惜母亲因为缠足导致的双足变形不能长途步行，未能成行。1938年9月14日，在连长夏青和另一位妇女连的领导阳城的介绍下，母亲加入了中国共产党。在发展党员会上，青训班总支委员张午（解放后曾担任沈阳军区副政委）带领母亲在党旗下宣誓。新的一页就这样开始了！

三、风云多变的岁月

1938年11月底母亲从安吴青训班毕业，被分配到蒋管区去"住机关"。"住机关"就是到敌占区去与男性共产党员一起，假扮夫妻，开展地下工作。

母亲掩护和配合的共产党员叫薛永坤，公开身份是渭南尹家村小学教员和当地农民夜校的教员，实际上主要任务是通过农民夜校对当地农民进行共产主义和抗日救亡的宣传教育。母亲接受任务来到这里后也担任了尹家村小学教员和农民夜校教员，与薛永坤一起工作并接受他的领导。大概是出于地下工作的需要，母亲离开青训班时把名字改成了“许坚”。

薛永坤是西安人，受过良好的教育。他对母亲的到来非常珍惜，白天一起工作，晚上花费大量时间和心血帮助母亲尽快适应环境做好工作。母亲没有教学工作经验，薛永坤耐心地辅导她，几乎所有的教学内容上课前都由他先给母亲讲解一遍。在和他一起生活和共事的一年多时间里，母亲的工作能力得到很大提高。共同的生活和使命将两个年轻人的心连在一起，很快他们之间产生了爱情，半年后，经组织批准两人结为真正的夫妻。

1940 年 1 月，组织上通知母亲到泾阳县云阳镇八路军 115 师留守处汇报工作。万万没有想到的是，领导找她谈话的内容居然是通知她：“薛永坤有政治问题，是托派，你们的关系不能再继续下去了。”

母亲十分痛苦，她与薛永坤感情非常好，但这是组织的命令。自从参加革命和共产党后，母亲接受的教育就是党员要无条件服从组织。现在母亲除了服从又能说什么呢？就这样，母亲的第一次婚姻因被组织安排假扮夫妻“住机关”走到一起，又因组织的命令而被拆散了。

云阳镇的 115 师留守处实际上就是当时的中共陕西省委，省委负责人汪锋介绍母亲再次到安吴青干班（这时青训班已改名为“中国青年干部训练班”）去学习。介绍信上母亲第一次使用了“路伟”这个名字。母亲说，从此我再也不姓许了，我给自己起名叫“路伟”。我不是许家的人，我是路人，路上的人，自由的人，我的路是伟大的。记得母亲说这话时语气中充满了悲愤。

1940 年 4 月，由于国共合作局面恶化，党中央决定青训班撤离安吴回延安，坚持了两年多的安吴青训班停止了招生。母亲随最后一批学员和工作人员撤回延安。不久，陕西省委派母亲到陕甘宁边区赤水县第三完小工作。母亲到延安后才知道，原来共产党还有自己固定的地盘，在这里共产党可以当家作主，她原以为共产党都是秘密地做地下工作呢。初到时母亲担任该校一、二年级国文和算术课教师，后为四年级教师，最后为教导主任。这时候母亲已经完全喜欢上教师这个职业了。

1941 年 5 月，母亲到关中边区卫生所看病，遇到了三年前安吴青训班时的同学——时任卫生所所长的程波涛，后来她的丈夫，我的父亲。

程波涛是陕南柞水县人，1935 年参加革命。三年前他第一眼看到母亲时就被她的美丽和知性气质所吸引。60 年代父亲在他的自传故事剧本《泾渭河畔》中曾经这样描写道：“家箴（父亲的原名）一走进妇女连的大房间，一群叽叽喳喳的姑娘中有一个肤色白皙、戴着眼镜、气质文雅的姑娘是那么与众不同，立刻吸引了他的注意力。”我大姐当时看到父亲这样描写母亲觉得很好奇，调皮地问父亲：“是一见钟情吗？”父亲爽快地承认：“没错！”这个故事一直是我们家里的一个佳话。

很快他们结婚了。婚礼由关中地委书记习仲勋主持，习仲勋还送了 6 斤大米给父母作为结婚礼物。大米在当时不种水稻的陕甘宁边区是非常稀罕的东西，母亲一直没有舍得吃，一年后大米汤成了新出生的大姐的重要营养来源。

有件事上可以看出父母当年曾经的热恋和浪漫。母亲婚后曾经使用过“许海潮”这个名字。父亲叫“波涛”，“波涛”与“海潮”，多么琴瑟相配的一对！

婚后，在父亲的要求下母亲离开了她喜欢的教师职业，调到关中卫生所来和父亲一起工作。母亲没有学过医，但是她懂外语。30 年代西药多用拉丁语处方调剂，边区懂外语的人少，药房工作正愁没有调剂师，母亲的到来正好填补了这个空白。母亲便从见习调剂员做起，开始了她此后的药剂师职业生涯。

1945 年秋程波涛、路伟与大女儿小青在延安

1941年夏天到1943年春天是父母过得比较平静和开心的日子。经过多年动荡，两个年轻人终于找到了爱情的归属，建立了家庭。不久两人一起调到延安。父亲性格豪爽，争强好胜，又常常童心未泯，好奇心极强。记得父母谈到这一时期的往事，常常提到父亲得意的几件事：父亲在延安大生产运动的一次开荒竞赛中赢得了第一；在一次百米赛跑中得了第二；还和同事一起登台唱过《兄妹开荒》。母亲则在这段时间里一边努力适应新工作，一边坚持文化学习和专业学习，甚至还学习了一些世界语。

1942年9月，父母的第一个孩子——小青出世了。父亲和母亲满怀喜悦地迎接了这个新生命。由于怀孕期间营养差，大姐生下来还不到3斤，非常瘦弱。但是在父母亲的精心照料下，大姐终于渐渐赶上了一般正常的孩子。

然而此时，延安整风逐渐从最初的反对教条主义、反对党八股、反对宗派主义扩大到所谓“抢救失足者”和“锄奸运动”了。当时整风中强调要整三种人，其中一种是从敌占区、大城市来的知识分子。母亲一开始没有在意，认为自己反正不是特务，参加革命后工作表现也是努力的，组织上会相信自己的。没想到“抢救失足者”运动愈演愈烈，1943年7月，组织上找母亲谈话让她坦白交待问题。母亲百口莫辩，根本无人听她解释。由于母亲坚决不承认自己有问题，认为那是侮辱自己的人格，母亲居然被关起了禁闭。

父亲同样受到了怀疑。1943年10月，所有受到怀疑的人以学习的名义被集中到中央党校，然后天天有人找谈话、施加压力、开批评会，逼着坦白。父亲一开始坚持不承认自己是特务，后来看看周围的人承认是特务后并没有什么更加糟糕的情况出现，反而是组织上给你吃一顿面条表扬你接受抢救自新，就把你挂起来去对付别人了。于是到了后期，父亲也不跟组织僵持了，让承认什么就承认什么吧，结果果然是吃了一顿面条就基本被组织放过，最后不了了之。

母亲被关押禁闭后，起初对周围的人都很敌视，认为他们都是特务而唯独自己不是。渐渐她发现原来大部分人和自己一样是被冤枉的，才逐渐对同伴的态度有所缓和。

母亲失去自由后，不到1岁的女儿小青只能由父亲一人来带了。当时父亲住在中央党校二部的一个窑洞里，同窑洞里住着一起接受隔离审查的还有两个人，一个是作曲家李劫夫，他当时刚创作了脍炙人口的抗战歌曲《歌唱二小放牛郎》。解放后他担任了沈阳音乐学院院长，创作了《我们走在大路上》、《革命人永远是年轻》、《敬祝毛主席万寿无疆》等歌曲，并为毛主席诗词《沁园春·雪》谱曲。另一个是作家欧阳山，他后来创作了《三家巷》、《苦斗》等小说，成为“文革”初期所谓大毒草的代表人物而受到批判。父亲带着一个女娃娃和他们住在一个窑洞真是难为和连累了他们，但是他们并没有嫌弃并且给了父亲很多帮助。

1944 年 4 月整风逐渐进入尾声，组织上看母亲坚持不坦白交代，也确实找不到怀疑母亲的证据，就把母亲放出来分配工作了。母亲出来时要求组织给做一个结论，组织没有回答。母亲想到自己今后要背着这个不清不白的黑锅工作下去，委屈难过油然而生，忍不住大哭一场。

母亲对父亲的“坦白交代”也很难理解，心想：我怎么这么倒霉啊，下定决心跟着党走，偏偏第一个丈夫是托派，第二个丈夫又是个特务！她对父亲和未来生活迷茫了。正在这时母亲发现自己又怀孕了。1945 年 2 月，二姐路松降生了。身心疲惫的母亲和许多延安的女干部一样，在组织的安排下，忍痛把出生仅 16 天的孩子送到老乡家里寄养。没想到这一送就是九年！

四、转战东北战场

1946 年春天，大批延安干部开始奔赴东北战场第一线。母亲此时又有了身孕，不能随大部队前往，暂时留在了留守处。父亲 4 月出发，一到东北，立刻开始组建医院，7 月担任了东北民主联军第一兵站医院院长。9 月，胡宗南军队大举围攻延安，留守处不得不撤离延安北上寻找大部队。

母亲一行大约 30 来人，主要是 115 师后勤卫生系统的干部家属、小孩和孕妇，母亲既是家属也担负着这支家属转移队的医护工作。家属们的丈夫和孩子们的父亲已经到达炮火纷飞的战场并担任着领导职务。当时一起撤离的家属中包括当时东北民主联军卫生部副部长孙仪之（1960 年担任总后卫生部部长）的妻子及两个儿子；东北民主联军卫生部副部长张汝光（1966 年担任总后卫生部部长）的妻子何曼秋与两个儿子；东北民主联军第九后方医院院长白崇友的妻子王顺红及子女等。

一行人时而骑马，时而步行，时而大人走路，孩子坐在毛驴背上的油篓里。大家昼伏夜行，在沿路地下党的护送下闯过国民党军队的一道道封锁线。从陕北出发，过黄河后经山西、河北进入山东。进入冀鲁大平原后要穿过敌人的两条铁路封锁线。为了避免和敌人正面交火，依然是夜里行军，白天休整。然后由山东跨海到大连，迂回到朝鲜再折入佳木斯、牡丹江，最后到达哈尔滨。沿途数千里，历时半年。过黄河时为了不让孩子的哭声暴露队伍，一个年轻的母亲用被子紧紧捂住婴儿半小时，上岸后才发现孩子早就没气了。

我大姐也差一点在路上丢了小命。1946 年冬天，一次家属队夜行军，在距离铁路不远的平原上遭遇了国民党军队，敌人的扫射惊了大姐坐的那匹马，大马腾空撂翻大姐撒腿奔跑，母亲为了大家的安全没有下马停留，跟随大家继续前进。等到敌人离去后，母亲回到大姐落马的地方轻轻击掌寻找，一直憋住不哭、静静地趴在冰雪里等候的大姐听到暗号才扑到母亲的怀里。

1947 年初到达大连时，母亲产下了一个男孩。由于沿途颠簸、担惊受怕，孩子落地后体质非常虚弱，母亲又缺乏营养没有奶水，3 天后便死去了。每当我想到这个夭折的哥哥，不禁要感叹战争年代的女兵有多么不容易！她们不仅要与男人承受一样的艰苦危险，还要忍受生理上的痛苦，怀着身孕行军，枪林弹雨、忍饥挨饿中照顾和抚养孩子。有时还不得不骨肉分离，将孩子寄放在老百姓家，有的甚至永远失去！

1947 年 4 月，留守处家属队终于抵达哈尔滨东北民主联军指挥部卫生部，与主力部队会合。母亲被分配到东北军区卫生部卫戍医院，从这时起，母亲穿上了军装。当时部队在东北扩编极快，作战频繁，伤亡很大，医务人员远远不够用，只好大量使用日伪医院的留用人员。母亲所在的卫戍医院中只有十几个医务人员是自己人，其余都是留用人员。在这种环境中，母亲作为具有九年党龄的老党员处处以身作则，努力工作，给留用人员做出表率。她团结留用人员，消除他们的顾虑，同时又虚心向他们学习专业技术，很快成为医院的模范。1947 年 7 月，母亲因为在一次战斗中冒着敌机的轰炸扫射熬制蒸馏水，坚持职守，记一小功；12 月，又因冬季战役中表现勇敢记一小功；1948 年 5 月，医院遭到敌人轰炸后起火，母亲带着身孕、冒着生命危险从大火中抢救药品，自己最后一个撤离，再次获得上级的记功授奖。

1948 年 7 月，母亲在吉林柳河生下我的大哥，取名白山。产后母亲身体虚弱没有奶水，大哥的营养全靠从国民党军队缴获来的美国炼乳。一次乘闷罐货车夜间转移时，敌人的飞机在头上盘旋轰炸扫射，子弹打穿了炼乳罐，炼乳流了出来。炼乳对大哥来说太宝贵了，必须尽量抢救它。伸手不见五指的黑暗中，闷罐车的地上到处都是黏糊糊的东西，分不清哪里是炼乳哪里是孩子随地拉的粑粑，母亲只好靠用手指蘸尝去一一辨认……

1948年夏天，东北战场的决战——辽沈战役即将打响，东北野战军政委罗荣桓希望自己的夫人林月琴去组建一个学校，让前线干部的子女有人照顾，有学可上，解除他们的后顾之忧。林月琴是1927年的老党员，此时正要被任命为东北野战军政治部组织部副部长，听到罗荣桓的提议后立即接手这项工作。8月，即开始通知各部队将适龄孩子集中到哈尔滨。大姐小青就是这个时候离开母亲，和东北野战军的其他孩子们一起进了南岗干部子弟学校（1949年2月改名四野子弟学校）。

记不得是什么时间哪次战役的事了，反正是在东北时期的事情。当时部队伤亡极大，伤员所需要的血浆永远是不够用的。父亲母亲都是O型血，紧急的时候，父亲会在手术的时候用自己的鲜血输给伤员。一次抢救一个重伤员时，O型血实在不够用了，父亲抽取自己的血后，也让母亲献了血。当时的规定是，凡献血者每人可以领取10个熟鸡蛋补充营养，父亲就代表自己和母亲一次领取了20个。领取鸡蛋后父亲高高兴兴坐下来一个又一个敲开蛋壳美食一顿，馋瘾一上来居然忘记了母亲，不知不觉中把20个鸡蛋都吃光了。母亲来找父亲要鸡蛋时，父亲才想起这个茬儿，悔得父亲恨不得把刚吃进去的鸡蛋吐出来。这个故事好多年后还是父母之间开玩笑的话题，提起来父亲就觉得很不好意思。

战争中的女人，她们虽然没有像男人那样立下赫赫战功，付出的却一点都不比男人们少啊！

五、新中国成立之初

辽沈战役结束之后，父母随四野南下参加了平津战役。1949年夏，父亲率领的四野第一后方医院抵达武汉，驻进位于汉口上滑坡的原国民党陆军武汉总院。很快，四野第一后方医院改名为“武汉陆军总医院”，时任中南军区卫生部部长的张汝光兼任院长，父亲任副院长，母亲任司药主任。1949年冬，父亲又赴广西接收国民党桂系部队总医院的技术人员和设备，加上从东北带来的设备和原国军、日军医院留用人员，这间医院的技术和装备可以说是相当的正规强大了。仅日本人博士就有8个，更别提国民党部队医院留用下来的各专科技术骨干。任用和团结这些留用的技术人员需要宽广的胸怀和谦虚的品德。后来事实证明，他们为我军医院的正规化建设做出了巨大贡献。

1949年底，母亲从《解放日报》上得到一个令她悲伤不已的消息，她的胞兄许寿真1949年12月7日成都解放前夕，在震惊全国的“成都十二桥事件”中，被撤退前丧心病狂的国民党保密局杀害了，年仅35岁。舅舅是母亲最亲的亲人，他的死让母亲感到非常孤独和伤心。

1951年春父亲调入北京，组织上原准备派他到苏联去学习，后因抗美援朝需要，父亲奉命组建全军野战外科训练班，并参与筹建全国爱国卫生运动委员会和反细菌战委员会，担任全国爱委会筹备组人事组组长。筹备小组位于弓弦胡同2号，即杜聿明公馆。母亲则调入军委北京和平医院，任司药副主任。

这期间，母亲又生了我的二哥和三哥。紧张的工作、连续的调动，加上频繁的生产，使母亲的身体更加虚弱了。三哥出生后母亲经常休克昏倒，检查后发现血色素只有4.7，医院里的苏联专家禁止她再继续上班。

也许，母亲是该休息一下了。然而不久，一个大浪打过来，母亲不得不再次抖擞起精神，勇敢地迎接新的考验。

六、军医大学的优等生

1952年春天，全军开始建立统一的干部等级制度，在这次定级中，母亲被定为正营级。据说当时在全军的十几万名女性军人中，有5万多人被定为副排级以上的干部。不过这次定级过程还没有结束，军队新一轮的裁军和压缩编制又即将开始，女军人、女干部成为裁减和压缩的首要对象，部队动员女军人复员或者回家当家属。虽然医务人员暂时不在精简范围之内，母亲还是感到了空前的危机。母亲担心，军队裁减妇女的政策进一步推行，也许不久医务工作队伍中的女性也不能幸免。由于没有大学和专科学历，到时候转业到地方医院的可能性很小，搞不好就要复员回家当家属，这是她无论如何也不愿意接受的命运。母亲一生的追求目标就是自立自强、自食其力，就是为了寻求独立才走到革命队伍中来。这些年再苦再累也和男同志一样挺过来了，现在革命成功了，难道自己的革命反而要半途而废了？母亲为此深深忧虑。她在心底对自己说：“坚决不当官太太，不当家属，我要自立。”

正在这时，上海第二军医大学在全军卫生系统招生的消息传来了。母亲不管自己身体的虚弱，不顾自己已经是5个孩子的母亲，决心前去报名。为了防止父亲阻拦，母亲报名时没有告诉父亲；为了防止招生的人嫌她年纪大，母亲报名时声称自己是29岁，瞒了整整7岁！报名后二医大很快有了答复：母亲被录取了！ 5月份开始先在天津读三个月预科，9月份到上海校区正式学习。

真要上学去了，可这个家怎么办呢？母亲说服和哀求父亲，看到母亲那坚毅的目光和不达目的决不罢休的态度，父亲不得不接受母亲的决定。当时我的大姐10岁，在武汉第四野战军暨中南军区子弟学校住校；二姐7岁，还在陕北老乡家里；大哥4岁，在北京总后幼儿园入全托；二哥不满2岁，三哥才7个月，妈妈咬牙把他们交给北京家中的保姆照看。就这样，为了追求知识，更为了保住工作，能够实现自己自立自强的人生目标，36岁的母亲毅然地走进了大学课堂。

1952年秋天，通过天津预科班严格的培训和高比例淘汰，母亲来到上海第二军医大学。到校后，立刻投入到紧张的学员生活中。除了繁重的学习任务之外，军校严格的出操、劳动也是不可避免的。就在军校生活开始不久，母亲发现：她又怀孕了！真是“屋漏偏逢连夜雨”，本来就年纪大，底子差，现在偏偏又怀上了孩子。但是这时母亲的心情是愉快的，能够坐在大学的课堂里读书，母亲觉得幸福无比，她平静地接受了这个不期而至的小生命。1953年5月，在上海二医大的附属医院（后更名为“长海医院”），母亲生下了我——她的第六个孩子。

1956年程波涛、路伟合影

1954 年 1 月，父亲通过陕北当地政府，终于找到了二姐的下落。原来当年收养二姐的陕北老乡江氏夫妇，后来因故搬离了当年收养时登记造册的地址，以致解放后父母联系不到他们的音信。父亲立刻动身赶到陕北，从老乡家里接回了失散九年的二姐。全家终于团聚了！

春节过后，上级调父亲到郑州第 153 中心医院任第一院长。行前在广州参加花县大演习，担任卫生勤务总指挥。不料就是在这次演习即将结束时父亲遭遇车祸，造成严重的脑震荡。这次事故成了父亲人生的转折点，高大魁梧、精力过人、充满活力的父亲从此开始了与病魔斗争的生活。不久父亲转到上海二医大附属医院，在母亲身边住院治疗。

就是在怀孕、生产、育儿、安排 5 个孩子的上学或入托、照顾重病的丈夫这样一连串繁重的家务之中，母亲顽强地坚持学习，闯过一个又一个考试，攻下一门又一门课程，一步步执着地朝着她心目中神圣的知识山峰攀登。

1954 年，第二军医大学在苏联专家的帮助下，制定了临床医学和药学专业新的教学计划和大纲，据说直到现在，全军医学院的教学计划和大纲都是在这个基础上逐渐修订和完善的。后来我的两个姐姐先后从第四军医大学和第七军医大学（即现在的第三军医大学）毕业，她们在家里看到过母亲在二医大时用过的教材，都说母亲的教材难度并不低，完全是正规的大学教材。真不知道母亲是怎样坚持下来的，只知道她在这 4 年中因为熬夜太多患了美尼尔氏综合症和神经衰弱，常常要和严重的失眠、偏头痛做斗争。

1955 年全军实施军衔制，母亲被授予大尉军衔。母亲凭着她的毅力、刻苦和智慧，幸运地成为全军 187 名大尉级以上女军官中的一员①。

1956 年 7 月母亲从第二军医大学毕业。毕业前夕，学校规定全部科目获得 5 分的，可获晋升军衔一级。母亲全力冲刺。毕业考试 4 门科目中，苏联专家亲自口试和笔试的药物化学科目获得 5 分，卫材管理和供应学科目 5 分，政治科目 5 分，最后一门药剂学，本来是母亲最擅长的，但是由于连日熬夜、头痛失眠，身体实在无法支撑，最后考了 3 分，结果未能获得毕业时的特殊晋级。直到两年后的 1958 年母亲才从大尉晋升为少校。母亲为此不无遗憾，而我实

① 据有关资料统计，1952 年初全军共有女军人 11 万人；1952 年的妇女复员政策实施后全军仅剩下女军人 1 万人。1955 年实行军衔制时仅授衔了 4665 人。其中将军 1 名，校官 43 名，大尉 143 名，上尉 283 名，中尉 797 名，少尉 2651 名，准尉 748 名。

在觉得这样的成绩已经是天大的奇迹与荣耀了。

七、清廉家风

1956 年 7 月，母亲从军医大学毕业后分配留在上海，后经组织照顾，1957 年调到父亲所在的郑州第 153 中心医院，担任药局主任。生活和工作终于安定下来了，父亲和母亲拿出他们的全部热情，努力投入到医院的各项工作中去。

母亲总是默默地欣赏和支持父亲的工作，处处以身作则，吃苦在先。遇到周末和节假日母亲总是让其他同事休息，自己带头值班。年幼的我陪着母亲在药房的值班室度过了许多节假日。

1960 年 5 月，母亲生下了弟弟，她的第七个孩子。此时正值三年困难时期。一个七个孩子的家庭，父母亲的压力可想而知！父母作为医院的一把手和药房主任，相对别人掌握着更多的营养品资源，但他们却公私分明，从未利用职务之便为自己谋取任何利益。听妈妈说“三反五反”的时候，每个领导家里都要接受“打老虎”检查，实际上就是搜家。来人把家里翻了一个底朝天，一无所获，说：“想不到药局主任的家里居然连一粒维生素片都没有！”

60 年代粮食严格定量，我们兄弟姐妹几个都在长身体的时期，在寄宿学校

1958 年夏，路伟和她的六个孩子

里吃不饱，天天盼着星期天回家能饱餐一顿。后来才知道，为了星期天中午这一顿饱饭，父亲、母亲、奶奶、大妈（保姆）四个人要整整一周舍不得吃饱，从本就不多的定量中克扣自己、省下粮食留给我们吃，母亲因此患上了严重的营养不良，导致全身浮肿。

小时候妈妈经常给我们讲外祖父的故事：外祖父曾经是陇海铁路管理局庶务课课长，管理局办公用品的仓库就在家里的地下室，外祖父掌管着仓库钥匙。可是他公私极其分明，从未将一笔一纸、一把扫帚、一瓶墨水拿回到家里来过。妈妈说：一个普通人尚能如此，更何况我们是共产党员呢。

记得一个星期天，我和姐姐去药房陪妈妈值班。妈妈正在熬制中药，好像是研制一种消胆结石的新方子，其中的成分有核桃、芝麻、香油、冰糖等。妈妈在那里熬，我们就在旁边砸核桃。那时正是三年饥荒最严重的时刻，闻着锅里飘溢出来的核桃、芝麻的香味，是多么诱人啊。可一个下午妈妈硬是没有往我们嘴里放一颗核桃、一粒芝麻、一滴香油。

母亲公私分明、廉洁自律的作风也是我们姊妹的榜样。记得70年代流行用单位抬头的信笺写私信，母亲制止我们这样做，她说："不能用公家的信纸写私信。这种行为不仅不对，而且等于在向别人显示你是一个爱占公家小便宜的人，多丢人啊。"

八、榜样的力量

153医院是父母的最后一个工作单位。1965年底，父亲因身体不好提前离职休养。离休时父亲希望尽可能定居在离老家陕西近一些的地方，当时武汉军区管辖的地盘中最靠近陕西又有干休所的城市是洛阳，就这样我家搬到了洛阳。不久"文革"开始，所幸"文革"初期军队没有深度卷入，父亲在洛阳的日子还算平静。

1968年秋天，父亲的健康状况突然急转直下，10月份医院下了病重通知书，12月初下了病危通知书。12月28日，慈爱的父亲永远离开了我们。从此，母亲独力支撑这个家42年，守护着我们七个子女一个个长大，求学、工作、成家、立业、结婚、生子，一步步走完人生的台阶。

父亲去世后组织上向母亲征询意见，母亲可以任选以下两种身份中的一种继续在干休所现有的房子中居住：一是以遗属的身份，不用缴房租；二是以离

1981年母亲路伟最后一张军装照

休干部的身份，要交房租。由于房子比较大，母亲的级别并不算高，房租大约要占到母亲工资的10%。一生追求自立自强的母亲毫不犹豫地选择了后者。在后来40多年中，母亲始终是以正式离休干部的身份住在这间干休所的。

1970年母亲离休后，她全身心地投入到支持鼓励我们求学、求知识上。为了支持大姐到珍宝岛前线和山东中医学院进修，她先后将大姐的两个女儿接到身边亲自照看，免去大姐的后顾之忧。恢复高考后，她鼓励已经成家立业、有妻有女的二哥参加1978年的高考，且主动在经济上补贴二哥。她鼓励我报考79级硕士研究生；鼓励小弟、嫂子们报考电大或函授的高等教育，她为每一个孩子的学业完成而由衷高兴。在母亲的支持鼓励下，我家兄弟姐妹7人中有6人先后完成了正规大学教育。在我们人生的道路上，每逢重要的转折，是母亲的帮助、指点和价值观给了我们正确的选择。

母亲曾多次说："我一生最喜欢两个职业：教师和医生。这两个职业可以帮助到别人。"她自己就是先当教员，后来从医。我们姊弟7人从未刻意去模仿母亲，到头来却发现7人中4人当过教师，2人当了医生，1人从事医疗相关工作。不知不觉中我们全部按照母亲的价值取向选择了自己的人生。

母亲一生追求自立。她对自立的追求使她吃了很多苦，也为她带来了回报。为了自立，当年她离家出走，但是她有幸因此将自己平凡的个体融进了一场大革命，生命因之有了光彩；为不当家属，她身为6个孩子的母亲坚持读完大学，惟其如此，她能够成为50年代女兵复转大潮中的幸存者，成为1965年取消军衔前全国仅有的75名女校官之一，并且终身都是一名现役军人。为有一个独立的离休干部身份，她不惜数十年拿出工资的十分之一来缴房租，但正因为如此，她在干休所获得了必要的尊重和组织归属感。

母亲自立自强、追求独立的精神成为我们兄弟姐妹的骄傲和心中最光辉的榜样。在我的一生当中，无论遇到什么困难挫折，每当想到母亲以40岁的年龄，六个孩子母亲的身份完成大学学业的经历，都会让我坚强起来，勇敢地朝着自己认定的目标走下去。母亲对知识的追求也潜移默化影响到第三代。我们姐妹三人的四个女儿，全都获得了博士学位，在大学里教书或从事研究工作。尤其难能可贵的是，二姐的女儿在国防科技大学博士毕业后进入北京军事科学院工作，延续着三代女兵的传统，令晚年的母亲无比欣慰！

1978 年程路颖和母亲路伟在洛阳家中的小院

2010 年 1 月 8 日，母亲患感冒住进了医院，20 天后她平静地走完了 94 年的人生。兄弟姐妹们商议母亲墓志铭时一致认为：“自立自强，崇尚知识”八个字最能概括母亲的一生，这也是母亲留给我们最珍贵的精神遗产！

简　历

路伟（1916—2010），祖籍江苏无锡。1916 年出生于北京。原名许寿宜，曾用名许坚、许海潮。1938 年 7 月参加革命，同年 9 月加入中国共产党。1938 年底至 1946 年在陕北、延安任教师、司药，期间以小学教师的身份从事中共地下党工作。1947 年转入东北野战军，先后在东北军区卫生部第三、第一、第 25 后方医院、中南军区卫生部直属门诊部、北京军委和平医院等单位任司药、药局主任。1955 年被授予大尉军衔，1958 年晋升为少校军衔。1952—1956 年在上海第二军医大学药学系学习。1957 年至 1970 年在郑州解放军第 153 中心医院任药局主任。1970 年离休。2010 年 1 月在洛阳逝世，享年 94 岁。

团　圆

洪杰励

20世纪70年代的周庄

妈妈周庄今年已经96岁高龄了，但是身体健康，思维清晰。每天读书、看报、散步，生活极有规律。即便在风云激荡的战争年代和命运跌宕沉浮的动乱年头，她都保持着乐观、开朗、豁达、随遇而安的良好心态。只是几年前不慎摔断骨头痊愈后，行动显得有些蹒跚迟缓，虽然生活能够自理，却基本足不出户，局促于那栋在解放后居住了将近六十多年的小楼里。

妈妈有时会拄着拐杖独自坐在阳台上，沉思默想，深情地回顾她和爸爸洪沛霖那些离多聚少却伉俪情深的岁月。每一次的团圆，无疑是全家人最幸福的时刻。

1976年，爸爸被无辜关押八年后劫后余生，全家人为粉碎“四人帮”后的团圆而欣喜若狂。之后，爸爸被抽调北京参加了对“四人帮”的审判。爸爸带领江苏公安十几名骨干负责主审江青，封闭工作八个多月以后，“四人帮”被依法公开审判，圆满完成任务，爸爸再次和全家团圆。

往事如云，却已深深地刻烙在妈妈的脑海之中，定格于那些波澜起伏的历史瞬间。

一、遍地狼烟，父母分离再聚首

母亲穿着上海最时髦的短袖碎花月白色旗袍，清秀的脸庞洋溢着幸福的微笑。我们母女俩坐在上海美亚照相馆的道具轿车里，似乎是要出发的样子，其实那是妈妈将要留下我独自一人，在我党地下交通员的护送下返回苏中解放区和爸爸团聚。照片的背面写着摄影时间：1947.9.2。

她在笑，因为那时她要来解放区了。孩子那几天因我不好而有些发烧，较平时瘦，不过很像我。

1948.2

从这潦草而遒劲的笔迹判断是我父亲的手笔。显然这张照片是妈妈准备带给爸爸看的，以解他对女儿的思念之情。

母亲出生在上海的一个手工业者家庭。外公周焕祥 13 岁出门拜师学艺，成为木匠师傅的徒弟。外公虽然没有接受过科班教育，但是天性聪颖，加上格外勤奋，从一个打下手的徒弟做起，最终练就了一门好手艺。他自办了“祥记营造厂”，还承包了不少高档建筑工程（如永安公司、锦江饭店装潢的木工活等），在同行和外国商人中渐渐小有名气，生意也越做越大，家境渐渐殷实。

作者洪杰励和母亲周庄 1947 年 9 月摄于上海

外公有三个女儿，我母亲是老大，其后还有几个妹妹，但均应当时封建迷信和医疗条件有限相继去世，剩下的“老二”、“老三”则比母亲小了十几岁。因我母亲自小聪明伶俐，长得端庄秀丽，外公视她为掌上明珠，看作是自己未来的希望。

当时外公已经积累了一点资本，因无子，按照封建传统，家中的资产就要传给侄子。而我的外公是一个思想开放，观念新潮的人，他见母亲好学上进，颇有巾帼不让须眉之风，便暗下决心，不顾众亲戚的指责，排除万难送我母亲去上学。

也许是遗传，也许是家教有方，我母亲从小就具有反抗旧社会的凛然风骨和反抗封建迷信的独立精神，看多了亲戚街坊的指指戳戳，听多了“你家没儿子，要绝后啊！”之类的闲话，母亲从小就立志要做女中豪杰，报答外公对她精心养育的那番苦心。

因品德优秀，学习努力，母亲在高中时就接受进步思想，被当时党的地下组织看中，于 1938 年参加了上海市学生救亡协会，1939 年加入中共地下党组织。她边读书，边做抗日宣传工作。外公虽不识字，但抗日救国的烈火也一直在心中燃烧着，为了支持母亲的工作，特地做了一个夹层大衣橱，给母亲收藏进步书籍和党内秘密文件等（大橱现在仍在上海家中），党组织也经常在家里的阁楼上开会活动。

高中毕业后，为减轻家庭负担，母亲决心报考当时收费较少的国立大学。当时能读得起大学的大多是达官贵人的子女，不少学生坐着汽车在家长的陪同下前往学校报名。家长大都西装革履，皮鞋锃亮，他们边看“报名须知”，边为子女填写表格。而我外公则身穿一件干干净净的中式布衫，门襟是一排似乎数不清的中式扣子。衣服的左上角还插着个木匠尺笔袋。为了表示隆重，外公也特地雇了一辆祥生出租车一同前往。可是看着家长们都在为各自子女填写表格，不识字的他顿时束手无策起来，这时候只见母亲略微浏览了一眼“须知”，便很有把握地说：“没关系，我自己来填。”外公这才松了口气。

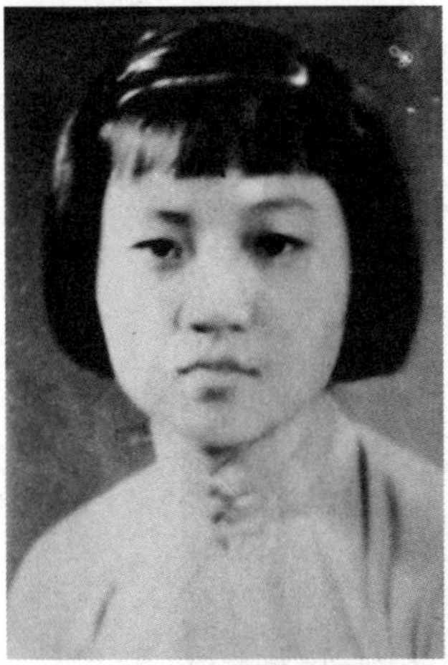

中共上海地下党时期的
母亲周庄

考试结束，母亲以优异成绩考取了国立暨南

大学，成为周家祖祖辈辈中第一个女大学生。

1942年8月，因母亲身份暴露，组织决定秘密将她送往淮南抗日根据地。临行前，母亲考虑到，被视为掌上明珠的她如果忽然失踪将会给外公带来致命打击，于是对外公说："到敌后打日本人去。"有着深深爱国激情的外公虽有万分不舍，还是毅然支持母亲离开家门，奔赴抗日敌后。

母亲只身来到津浦路东抗日根据地，任淮南路东地委组织干事。1943年结识了同在一地任地委公安处的保卫科长——我的父亲洪沛霖。

父亲1917年出生在安徽泾县茂林镇的一个小手工业者家庭，父母以种地和编制竹器为生。地处皖南中心的茂林镇是一个文化历史悠久、人文荟萃的耕读之乡。群峰逶迤的黄山山脉魁伟秀丽，碧溪汇入山涧东溪、古溪，双水汇流成就了太平湖一弯碧波，山水灵韵孕育了茂林历史上一代代文化名人。

父亲因家境贫寒，只读到小学二年级，就辍学在家，过早地走上了艰辛的谋生之路，他采过茶、种过地、沿街叫卖过烧饼油条。但他酷爱读书，敏而好学，1934年在泾县麻岭坑当上私塾老师。不久，经中共泾县地下党负责人介绍，他写下"我愿意参加共产党，打土豪分田地"的志愿，担任了红军游击队的地下交通员。1938年南方八省红军游击队改编成新四军，父亲加入了中国共产党。"皖南事变"前夕，奉命随张云逸参谋长北上，开辟淮北革命根据地，转战淮北、淮南等地。

1944年，父亲调任甘泉县公安局任局长，母亲也有缘调入甘泉县委任秘书。工作中，父亲的精明能干得到了首长和同志们的赞誉，也赢得了母亲的芳心，双方相约，等待抗战胜利的那一天走进婚姻的殿堂。

1945年8月，抗战胜利后，父母在淮南解放区简单地举办了结婚仪式，从此他们相约白头，不离不弃。然而，战火纷飞的年头，他们总是离多聚少，常常面临生离死别的考验。

1946年春天，蒋介石发动内战，大举向我根据地进攻。这时母亲已怀有身孕，随军行动不方便。为了不耽误父亲工作，夫妻俩商量决定母亲回上海娘家生孩子。母亲脱下军装，换上从上海带来的旗袍，在党组织派来的秘密交通员的帮助下，步履艰难地前去上海。

这是一段危险而又艰难的路程，一路上国民党设卡布哨，我母亲因长期穿长袖军装，臂膀较白，而手却晒得黝黑，在路过敌占区扬州哨卡时，母亲穿着短袖，黑白分明的反差立即引起哨兵的怀疑。他用枪指着母亲问从哪里来，到哪里去。聪明机智的母亲听出哨兵是上海口音，非常镇定地用上海话对答，解释自己嫁到苏北，现回娘家生子。真是谢天谢地，哨兵听到乡音，立马变了笑脸搭讪，并很快将她放了过去。跟在后面的地下交通员却吓出了一身冷汗，幸好有惊无险，安全过关。经过一周的辗转奔波，母亲终于平安回到了家。

在上海老家，母亲和父亲的第一个孩子——我出生了。这是一个充满喜悦和希望的时刻，本该是全家济济一堂，举行庆祝新生命的仪式，然而这时候的母亲只有一个人，与组织和父亲彻底失去了联系。

随着孩子满月、断奶，一天天长大，母亲内心对组织和父亲越来越牵挂。她心急如焚，独自去马斯南路（现思南路）周公馆中共办事处寻找组织，发现门口有几个特务模样的人活动，考虑再三，没有贸然进去。其后又化名一男性读者写信给中共机关刊物《群众》杂志。果然《群众》杂志刊出一则启事“某某先生，请来一谈。”兴奋的母亲急忙前往，杂志社来往人员较杂，母亲在门口静静观察，确认没有特务跟踪后，随来往人群进入杂志社。接待她的同志警惕性也很高，问了几个问题以确认母亲身份，然后对母亲说：“现在形势很紧张，路上危险性太大，等以后形势好转后再通知你，你带好孩子，为革命培养好后代也是对革命的支持。”

母亲不气馁，见外公家中有学徒的亲戚划小船从苏北来看望，便试探着询问。这个来自海门的亲戚说，家乡白天是国民党，晚上是共产党。母亲立即就明白，海门是国共拉锯地区，一定会有党的组织，于是说自己有一亲戚在海门，希望下次来把她带去探望。

临行前，母亲特地带着一岁多的我到附近照相馆照相，准备带给我从未谋面的父亲，以解他的相思之情，于是便有了本文开头的那张照片。

1947 年 9 月，母亲悄悄丢下我，搭乘外公徒弟的小船，辗转到达海门灵甸解放区。当她看到政府门前贴的标语口号，顿时心中阵阵温暖，巨大的归属感，一如孩子回到母亲的身边。

组织找到了，可是父亲随解放大军究竟去了何处却无从知晓。烽烟四起，战火连绵，天各一方，生死不明。母亲一连写了二十几封信寄往有关部队，终于远在山东前线的父亲收到了其中的一封。当父亲看到信封上那熟悉的字体和右下角母亲姓名落款时，简直不敢相信这是真的。他激动得彻夜难眠，以前听说母亲被捕牺牲的消息就这样统统化为乌有。为庆祝得到母亲的音讯，他第二天特地包饺子请客。

同样，母亲得到父亲的消息后也激动得热泪盈眶，所闻父亲英勇牺牲的传言也烟消云散。不久组织上将母亲调到山东工作，从苏中跋涉十多天，母亲终于走到了山东淄博。父亲这时已经担任了华野七纵保卫部部长，这时距离他们分别已经整整两年！

母亲被组织分配去新华社山东兵团分社担任编辑。相逢的喜悦总是短暂的，他们不能长期厮守，父亲在前线战斗，母亲编辑胜利的捷报传向全中国。父母只能在战斗间隙，部队修整时才能享受短暂相聚的欢乐。

二、上海解放，父母寻女喜相逢

1949年4月，百万雄师过大江，父亲一路随军打到上海。5月27日上海迎来了解放。

几天后，父亲按母亲所说的地址找到了上海中正东路（现延安东路）1462弄永贵里102号。这天正是端午节，石库门的外公家中高朋数桌，场面颇为隆重。我当时已经三岁，坐在小桌旁。

这时有两个军人一前一后从后门进来，其中一个又高又瘦，小腿上裹着绑腿，腰间挎着手枪，身后跟着一位挎长枪的战士。见到这两位不请自来的军人，满堂宾客皆大惊失色，不知所措起来……那时，上海市民受国民党谣言宣传影响，说共产党共产共妻，还设了闻香队专门查抢请客吃饭的人家，大家都认为有人来搅局抢饭了，母亲的二婶甚至吓得逃进了房间里，躲在门后直打哆嗦。

只见外公不慌不忙、从容不迫地迎了上去。来人指了指我和外公问，您老是不是周庄的父亲？外公点点头。虽然我不足三岁，可能是因为血缘的维系，我冥冥中感到来人正是我从未见过面的父亲。他爱怜地从上到下打量着我，抚摸着我的头，操着外地口音不知问我些什么。接着他留下七尺布给外公，连饭也没吃一口，便带着小战士匆匆离去。全场哗然，亲朋好友问外公，这就是你女婿？是真的还是假的？才十几岁的两个小姨曾听我母亲说过父亲右小指关节是弯曲的，也后悔没看个仔细。众人议论纷纷，有的评论父亲，有的说原来共产党没有共产共妻，也根本没有什么闻香队。只有我外公坚定不移地确认这个女婿是真的，是个能人，是个做大事的人。

随着全国解放号角的吹响，解放军很快解放了大江南北。一天，我站在上海家中的门口，只见一辆三轮车载着一个年轻的女子，从弄堂不远处向我驶来。她手上还抱着一个男孩子，两眼直盯着我看。不知是心灵感应，还是血脉相承的亲人呼唤，我转身向家中飞奔而去，对着正在炒菜的外婆说："我妈回来了！"外婆惊得差点把菜勺子掉在地上，继而定了定神说："小孩子不要瞎讲。"说时迟那时快，我母亲像是天上掉下来似的，已经站在了外婆面前。

多年后，母亲回忆当时的情景时说，她远远看见我斜依在墙门口看着她，那样子，那神态，都是我父亲的翻版。

在这段时间，我家又增加了一个男孩——我的大弟。1949 年 1 月，父亲所在部队到达安徽明光作渡江前的准备，母亲仍在山东的留守处。她已经快临产了，按照当时的规定，她必须在留守处待产，这样不仅有人照顾，而且不会有危险。但是母亲放心不下父亲，不愿意独自待在后方。倔强的母亲不顾一切劝阻，决定从山东赶到安徽前线。

行程中的一天晚上，须换乘小船，母亲挺着大肚子小心翼翼地跨上小船，但是进船舱要从一条窄窄的梯道下去，梯道的进口特别小，挺着大肚子的母亲怎么也进不去，她索性脱掉军大衣，依然难以躬身进入船舱。无计可施下，她盖着军大衣在船板上睡了一夜。严冬的夜晚，北风料峭，寒气逼人，醒来时，大衣已经被夜霜染得雪白。

就这样艰难跋涉了 20 多天，母亲终于走到了明光前线，又来到了父亲身边。6 天以后弟弟顺利降生，父亲给这个孕育在山东临淄，降生在安徽明光，怀胎十月都在征战途中的男孩取名为淄明，象征着父母征战倥偬，迎接光明的那段艰难岁月。

外公眉开眼笑地抱起他的第一个孙儿，看着三代同堂的喜庆场面，脸上浮现出由衷的喜悦。多年来，外公烧香求佛，为我母亲祈祷平安，多少次收到恐吓信都吓不倒他。如今全国解放了，女儿女婿回来了，还生了个男孩，使得一生没有儿子的外公格外高兴，短短几天竟然胖了一圈。他重新为女儿女婿摆婚宴，庆祝全家在胜利的锣鼓声中团圆。

三、四害肆虐，六载生死两茫茫

新中国成立以后，父亲和母亲共同战斗在江苏公安战线上，为巩固新中国秩序，肃清残余敌对势力，维护社会治安，保障中央首长和外国元首到访安全，培养公安人才等，做出了杰出贡献。1955年初，父亲出任省公安厅厅长兼党组书记。考虑到省公安系统有不少是夫妻在一条战线工作，为利于开展工作，父亲提出，处级以上领导的夫妻工作必须回避。父亲劝母亲带头调离公安战线去文教系统工作，母亲理解支持父亲的工作，带头从南京公安学校副校长任上先后调华东水利学院和南京师范学院担任院系总支书记。

至今使我记忆犹新的是1967年的夏天，傍晚我们全家人像往常一样围坐在院子里吃晚饭。突然传来“咚咚”的敲门声。一伙气势汹汹的造反派闯进门来开始抄家。在此之前，父亲曾经在厅领导之间谈起社会上红卫兵抄家时明确指出，有些抄家的红卫兵，特别是有的高干子弟，借“破四旧”的名义中饱私囊，他愤怒地说：“现在还要偷吗？只要有个红袖套，到人家拿就是了。”没有想到现在抄家的命运却出现在自己的家里！

真是天有不测风云，“文化大革命”的浊流挟持着天地惊雷滚滚而来，首先受到冲击的就是公安政法系统。江青曾经十多次在公众场合叫嚣要“砸烂公检法”。身为公安厅长的父亲首当其冲，不仅失去了工作的权力，而且渐渐失去了人身自由。起初白天被软禁在机关一所小房子里“学习反省”，晚上则可以回家“思过”。在此期间，母亲给予父亲很大的精神安慰。母亲经常穿得衣衫齐整出入公安厅大院，有时直入食堂在众目睽睽下和父亲一起就餐，坦然和父亲谈笑如常，甚至迎着那些异样的目光相互对视，毫不畏惧，对造反派表示了最大的蔑视。

母亲坚强地对我们子女说：“造反派想搞得我们难过，我偏不难过，在他们面前我们不能有丝毫落魄的样子。”在那是非颠倒，人妖混淆的动乱年头，母亲给予父亲最大的支持是精神上的鼓励，传递抗拒邪恶的力量。并在苦难面前担负起支撑整个破碎家庭的责任，给心灵受到戕害的孩子们以最大的爱心，努力关心教育培养好孩子。

更加严厉的迫害，随着运动的深入扑面而来。1968年初，江青在一次群众集会中点名诬陷父亲，言称有人揭发父亲擅自销毁敌伪档案（其实那是根据公安部的要求，在部里派员监督下销毁的档案副本和一些无关紧要的资料，全部有案可查），并在3月用专机押送父亲到北京关押。

谁也没有想到，这一关就是7年！整整7年，父亲再也没能回家！此后，造反派曾多次催促母亲搬家，均被严词拒绝，她坚定地回答：“要我搬家，除非用八抬大轿来抬！”

那栋孤独的小楼仿佛坚守着的堡垒，在凄风苦雨中矗立着，像是一株孤寒中独立的苍松，迎八面来风岿然不动，展示了女性对爱情的坚贞，对子女的关爱，对邪恶的抗拒。慑于母亲的威严和气势，造反派被迫离开，终于为这个破碎的家庭，保存了一个可以栖息的家园。

在那个年代，母亲看到了太多的所谓“走资派”的家庭因父母被隔离审查，子女漂泊街头而无家可归的悲惨景象。她庆幸自己在父亲的安排下，来到了高校工作，学生们对这位正直、文化素养很高的总支书记给予了理解和许多关照。母亲后来说，如果还在公安系统工作，很可能就是九死一生，老洪的沉冤谁来清洗？子女的生活谁来照顾？

这就是我那坚强而又充满柔情的老妈妈。此后，三个弟妹全部下放农村插队，在体育学院附中上学的我也去了工厂，只有节假日全家才能团聚在母亲周围，而“母亲姐弟如相问”，真正是“遍插茱萸少一人”！那就是我们亲爱的父亲。

当时，军管人员经常上门和妈妈“促膝谈心”，要求母亲和父亲划清界限，母亲却淡然一笑地反问：“洪沛霖同志还是不是共产党员？党籍有没有被开除？”对方回答“没有”。“那么你们叫我怎么和一个共产党员划清界限，划清什么界限？！”

两名军人呆坐片刻无言以对，只能悻然告辞而去。

事后得知，父亲是在江青指使下被关进监狱的，同机被押往北京的还有江苏省分管政法的省委副书记李士英。说来说去，还是因为江青当年在上海那段见不得光的历史。因为那些档案都封存在上海市公安局，江浙沪公安系统负责人来往密切，江青惟恐这段历史被曝光，因此对知情者进行了残酷打击，无情迫害，亟欲置之死地而后快。而关押的理由是所谓销毁敌伪档案和“窃听器”事件之类的问题，还多次逼供、指供、诱供，希望父亲提供“炮弹”，打击公安部领导，被父亲严词拒绝，宁可被关押三天不给水喝，也绝不诬陷上级领导，体现了一个共产党员的堂堂正气。

整整6年时间，全家人都不知道父亲的生死和下落。那是一段令人心碎和度日如年的岁月，经过战争年代生离死别考验的父亲和母亲，怎么也无法理解新中国成立多年后竟会有这样的分离。母亲含辛茹苦地照顾着我们，承受着造反派的轮番审查，接受下放劳动改造。她无时无刻不在担心父亲的命运，生怕生性耿直、嫉恶如仇的父亲顶不住压力、诽谤和非人的折磨，难以熬过那段艰难的岁月。因为周围有太多的老干部为此走上了人生的不归之路，近在我们居所咫尺之遥的省体委系统就有三位正副主任先后自杀，以死明志，表示了对“文革”倒行逆施的最大愤怒。为此，母亲对下落不明的父亲魂牵梦萦，给中央主要负责同志先后写过 20 多封信打听父亲下落，也不断托付熟人和战友寻找父亲的踪迹，但是这些信件全部石沉大海，没有任何回应。

就在那令人心碎的牵挂和煎熬中，全家人度过了漫长而无望的岁月，熬到了“林彪事件”后的 1972 年冬天，在茫茫不见天日的岁月中一缕微光终于照亮了全家暗如死海的心灵。父亲还活着！全家人可以去和父亲见面。打来电话的是中共中央专案组第二办公室。

按照和二办工作人员的约定，母亲带着我的三个弟妹手持《人民日报》，到北京在出站口和一位同样手持《人民日报》的年轻军人接头。母亲后来调侃说，这倒很像是当年他们地下党的接头方式。随后他们上车从北折向东，穿越煤烟雨笼罩的北京城，来到东城区一所由学校改造成的临时监狱。

在关押地的会见室，父亲和母亲及弟妹们终于团聚。她仔细端详着父亲，仅仅 6 年时间，父亲苍老了许多，原来浓密坚硬的黑发变得稀疏花白，原来清癯的脸颊，现在变得皱纹丛生，颧骨高耸，瘦弱不堪，走路轻飘飘的像是踩在棉花上，随时可能被风吹倒的样子……

一阵心酸涌向心头，但是坚强的母亲硬是忍住泪水，没有流出来。那天父亲穿着一件洗得发白的军用旧棉袄，下身穿着洗得干干净净的藏青色棉罩裤。这条裤子是母亲亲手为父亲做的，看来已经很长时间没有穿了，今天特意穿在身上，从细微处表达着对亲人们的无尽思念。整个会见过程中父母亲硬是装着什么事也没有发生过的样子，绝口不提双方遭受的磨难，努力克制着双方内心中情感上掀起的巨大波澜，没有掉一滴眼泪，只是以顽强的意志，镇静坚定的表情给对方以抵抗邪恶的勇气。

在黑暗中期盼光明的信心油然而生，为了将来家庭的再次团圆，母亲鼓励父亲一定要活下去。

1974 年春天，父亲被押解回江苏高淳花山劳改农场继续关押软禁，但是生活条件改善了许多，行动上也相对自由。直到这时，我们才知道在“林彪事件”之前，父亲这些被关押的所谓“三反分子”每天受到折磨，而父亲靠着顽强的毅力活了下来。这时妈妈和我们可以经常去探望爸爸，甚至有时可以和父亲相依相偎着去山林散步……

支撑着父母走过这段艰难岁月的是对党和人民正义事业的坚定信念，夫妻间生死相依的深厚情感以及对孩子们的责任亲情。

四、主审江青，以正压邪斗智斗勇

苦海茫茫终有岸，乌云滚滚终放晴。粉碎“四人帮”以后，父亲的冤案得到彻底平反，并且很快恢复了工作，全家历经劫难后终于团圆，欢乐洋溢着整个小院。

为了把失去的时间夺回来，父亲不顾自己年迈多病，全身心地投入拨乱反正的工作：平反冤假错案、整顿社会治安、维护社会稳定、狠抓公安队伍建设，完善社会主义法制。

晚年最值得书写的是奉命主审江青。原先江青决定由浙江省委副书记王芳主审的。王芳提出，他实在是和江青太熟，出面主审不是很方便。虽然过去父亲工作关系难以避免和这些人打交道，然而他早知江青其人，在圈内是出了名的难服侍，总是借故敬鬼神而远之，所以江青对父亲并不熟悉。于是改由父亲担任主审，父亲欣然从命，担任在当时看来是最难对付的江青预审组组长。

由于“文革”中长期关押残酷折磨，父亲当时的身体已经十分糟糕，曾患有肺结核病和严重的哮喘，但是接到任务，母亲还是愉快地为父亲收拾行装，送他踏上了北去的征程。在他们看来，这是祖国和人民交给父亲的光荣任务，是对父亲政治上最大的信任，必须不折不扣地圆满完成。

据父亲说，刚开始审讯时，江青披件大衣，一到审讯室就趾高气扬地坐下，跟父亲他们预审组同志对着干。后来，父亲和公安部副部长凌云商量，首先要打掉江青自命不凡的臭架子才能正常开展预审工作。应该给她立个规矩，一是大衣要穿就穿好，不穿就拉倒，放到一边，不能随便披着。二是押她到审讯室门口时，押解员要喊报告，叫进来，才能进来。进来以后，让她规规矩矩地站在那儿，允许她坐时她才能坐。对待她，就得立规矩，打掉她的气焰！

开始审理时，斗争就十分激烈，江青自持身份特殊，端着架子，刁蛮耍赖，气焰嚣张。父亲领导预审组在充分阅读研究大量资料的基础上，先后调查了汪东兴、王光美、王海容、赵丹、黄宗英以及陈伯达、戚本禹、迟群、谢静宜等几十名当事人、知情人，获取了大量的人证、物证和书证。在此基础上根据《刑法》、《刑事诉讼法》等相关法律规定，父亲亲自制定审判原则和方案，

洪沛霖、周庄合影

在不涉及党和国家领导人，不涉及党内路线斗争错误的前提下，以《宪法》和《刑法》为武器主攻江青涉嫌违法犯罪事实。

父亲作为公安战线的老战士，对于预审的经验是十分丰富的。江青越是对着干，越是胡搅蛮缠，父亲就越是“较真儿”。刚开始审讯时，两人每次都要先吵一阵子，父亲以洪亮的嗓音压住江青的嚣张气焰。有一次江青骂父亲是“疯狗”，父亲则针锋相对地说：“我这只疯狗就是咬你这只癞皮狗的！”后来江青软了，说：咱们还是好好谈吧。这样，父亲才按计划把要问的问题问完了。父亲凭着对党的忠诚和丰富的斗争经验，终于制服江青，迫使她老老实实交代问题。江青后来对监管人员说：“这个人很厉害，一看就是个搞公安的。”

在主审江青的8个月里，时年63岁的父亲率领预审小组，殚精竭虑，昼夜奋战，由于工作紧张，操劳过度，一度哮喘病复发，经过抢救，输送氧气后，病情稍有缓解，父亲立即又投入到工作中去。他对审讯组的同志说：“审判林彪、江青反革命集团，是全党全国人民关心和举世瞩目的大事，江青是主犯，我们这部分任务要抓紧完成，决不能影响审判工作的全局，要像打仗那样，到了关键时刻就是要拼。”

1981年1月25日上午，中华人民共和国最高人民法院特别法庭依法判决江青死刑、缓期两年执行。

1981年春节前夕，离家8个月之久的父亲带着胜利者的喜悦，返回南京。

那年春节，阖家团圆，充满着欢声笑语，全家人饶有兴趣地聆听了父亲在主审江青过程中的那些逸闻趣事，那真是全家最高兴的日子。

简　历

周庄，1920年出生，原名周庄美，上海市人。1938年冬在上海华东女中参加市学生抗日救亡协会，任小组长、执行委员。1939年底加入中共地下党并任支部书记。1942年10月因党员身份暴露，转移到江苏盱眙县马场区任区委委员，后任地委组织部干事、山东兵团新华分社、淮南日报社编辑等职。解放后，历任《南京公安报》主编、南京市公安局办公室副主任、江苏省司法厅副处长、华东水利学院宣传部副部长、南京师范学院数学系、音乐系总支书记等职。1980年离休，享受副省级医疗待遇。

从周南女校走出的坚强战士

徐海平

深秋了，正是雏菊盛开的季节，也是我最思念母亲的时候……

“妈妈，我来看你了！”和往常一样，我边念叨边把一束洁白淡雅的雏菊放在贴有妈妈照片的碑前。一阵强劲有力的风夹着雨吹打来，雏菊在风雨中频频摇曳着，丝毫没有倒下的意思。看着雏菊，看着妈妈的照片，我不由得回忆起妈妈从抗日战争年代一路走来的坎坷人生故事……

一、“大小姐”出身的抗日战士

母亲张家蕙 1920 年 1 月 7 日出生于湖南宁乡一户殷实人家。我的亲外婆叫曾纪葵，是湖南双峰县曾氏本家女儿。母亲是外公张子珩和曾纪葵生下的唯一孩子，系家中长女。后因纪葵外婆不能再生育，主动离开了外公。

母亲张家蕙 1949 年在华北军大

1935 年 10 月中央红军长征胜利到达陕北那年，张子珩和他再婚的妻子彭利华都是中共地下党员。张子珩的公开身份是湖南湘西国民政府的县长，公开成分是地主。在白色恐怖的环境下，遵照我党的隐蔽战线斗争纪律，张子珩一直瞒着女儿，时年 15 岁的母亲完全不知道这一切。她走出深闺，就读于

张家蕙 1935 年在长沙周南女校

长沙周南女校。

周南女校由著名革命教育家朱剑凡于 1905 年毁家兴办，校名秉承《诗经·周南》义旨，始称周南女校。“诚朴、健美、笃学、奋进”是学校百年来形成的周南精神。周南女校为中国革命和社会进步培养出了一大批杰出的英才，向警予、杨开慧、蔡畅、丁玲、廖静文、朱仲丽等一大批社会精英早年都曾在这里就读，学校声望享誉海内外。

在周南女校就读期间，母亲接近和认识了许多民主进步人士，和他们一起参加声援“一二·九”学生运动等抗日救亡活动，并和杨展（杨开慧侄女）、廖静文结为好友。

1938 年 1 月，周南女校秘密成立了中共党支部，和母亲同岁的杨展是第一任支部书记。她发现张家蕙是个热血青年，就积极接近她，讲革命及共产主义的道理，使母亲找到了人生的奋斗目标，自愿申请入党。不久经杨展介绍，母亲秘密地加入了中国共产党。

1938 年夏日军逼近长沙，国难当头，在中国共产党提出的“国共合作，一致抗日”的口号感召下，全国许多热血青年都奔赴延安。得知此消息，母亲心潮澎湃，当即就下决心：同自己的“封建家庭”断绝关系，去延安参加抗日！

看着生养自己、疼爱自己的父母，家蕙曾难过得落泪，但她知道：“只有保住国家才能保住小家。此刻日寇来侵略了，我不能只顾自己享乐！”想到此，母亲悄悄跑去找杨展、廖静文等同学，进一步商量如何秘密去延安之事。不料，廖静文家的人突然带人闯进来，把她给拖走了。

去延安的时间定在第二天一早。当晚回到家，母亲怕自己和廖静文一样遭到家人阻拦，因此不敢跟父母讲。此时我外公张子珩已和曾纪葵离婚，继外婆彭利华对家蕙很关心，见我母亲心事重重，就主动找她谈心。母亲却带着少女的冲动，对正在看报纸的外公大声问：“你这个长官有枪吗？能把日本人赶出中国吗?”外公放下报纸，淡淡一笑，转向彭利华平静地交待说：“延安很冷，给孩子多带点过冬用的物件吧。”说完转身走了。

在一夜辗转难眠之后，第二天天一亮，母亲就早早来到和杨展、廖静文等同学约好的地方。可她们左等右等也没能把廖静文等来，怕误行程，只好决定先走。她们必须从湘江坐船去武汉，找周南女校的老教师、武汉八路军办事处的徐特立开介绍信，才能去延安。一出校门，母亲被一个中年车夫拦住，吓了一跳，还以为是我外公改变主意派人来抓她回去的，可车夫悄悄对她们说：“到江边吧？顺路，免费拉你们一程。”母亲高兴极了，一回头，母亲看见了外公外婆，他们正用关切的目光目送着两个女孩子。母亲快速转回脸来，不敢再看他们一眼，义无返顾地踏上了北上抗日的艰难路程。

她们从长沙到达武汉，一路上得知日本鬼子打进中原、残害我同胞等消息，很是气愤，恨不得自己有双翅膀，立刻飞到前线去。到达武汉的当天，她们就找到了徐特立。虽然第二次国共合作开始了，全国抗日民族统一战线建立了，但国民政府仍然对去延安学习的进步青年百般阻拦，查得很严。徐特立为她们开了通往延安革命根据地的证明后，母亲她们千方百计躲避敌人搜捕，白天躲起来睡觉，夜里赶路，千里迢迢奔赴延安。

经过三个月千辛万苦的辗转奔波，母亲和杨展等周南女校同学终于在1938年秋天到达革命圣地延安。母亲张家蕙被编入抗日军政大学，分配到总校五大队女生队，正式成为一名八路军战士。杨展去了陕北公学。

1941年，杨展在一次随八路军部队参加反“扫荡”时，不慎坠崖牺牲，为抗日胜利献出了年轻的生命。母亲得知这个噩耗，悲痛万分。她一生都在默默纪念自己的好同学、革命领路人、入党介绍人杨展。

二、富家女与放牛娃的战火爱情

到延安后，母亲和大批爱国青年一起，在党中央毛主席的身边工作、学习、战斗、成长。那时抗大正赶上建校初期，条件十分艰苦，不论是谁，都要自己挖窑洞、背粮、担柴，经常要转移、行军、打仗。母亲在富裕家庭长大，从不习惯到习惯，经历了脱胎换骨的改造。抗大的生活“团结、紧张、严肃、活泼”，就像一座革命的大熔炉，又是一个团结和谐的革命大家庭。当时女学员里有不少人是剥削阶级家庭出身投身抗日的，男学员们就打趣说女学员们挖的窑洞是“小姐窑洞”。后来参加边区大生产，男女战士都在遍地茅草和荆棘的山坡上开荒，手上打了血泡，脸上被蚊虫叮咬得起泡、化脓、流水，母亲却依旧越干越欢。因为她在革命的队伍里找到了希望，找到了快乐，找到了理想，也找到了爱情。

抗大的生活很艰苦，部队后勤发给战士们的布鞋都是老乡们做出来的，数量很少，很宝贵。一些农村出来的同志为了省鞋子，经常光脚或穿草鞋走路，可是母亲就难了。她从来没有光过脚，鞋总是穿在脚上，就坏得很快。有一次，部队接到立即转移的命令，路上母亲的鞋子烂得不能再穿了，就丢掉鞋光着脚跟着部队行军，不一会儿，她的脚就被石头扎破流血，疼痛难忍。眼看就要掉队了，一个只比她大两岁的好心男同志，见状二话没说，把自己省下的一双新鞋送给了母亲穿。这下解决了大问题。

出于感激，母亲向旁边老同志打听，一问才知，这个圆脸敦实的安徽小伙子叫徐厚添，已改名叫徐兴华。老同志笑着说：“别看徐兴华是刚满二十的毛头小子，可是经历过大别山反‘围剿’和长征锻炼的老红军了！人家是去年组织上安排到咱们抗大五大队工作的，以前还是我们抗大总校直属队指导员，曾经在毛主席、朱老总和周总理身边工作过呢！”

“老红军就是觉悟高！”母亲心生敬佩，不由得称赞了徐兴华一句。女学生兵说者无意，倒引起这位老同志一路走一路滔滔不绝地夸着：“徐指导员就爱帮助别人，在行军路上，他总是乐意帮助体弱的同志扛枪、背背包，有时候部队过河，他一次次来回帮助别的同志安全过河。有一次，他连累带饿，竟然昏倒在行军的路上。这回送你一双鞋，对他来说不过是一件小事呀！”

母亲笑了，又回头看了队伍后面的徐兴华一眼。那老同志又添油加醋：“哎呀，他可是个好人哪！”听到这儿，母亲的脸一下子红了，心里悄悄涌出一股暖流。

不久后的一天，听说抗大总校五大队新来的宣传股长要给大家讲话，没想到这个宣传股长就是徐兴华。年轻的宣传股长书生气挺重的，一见到女同志就脸红，显得很难为情，念材料时总把纸举在眼前，都快贴到脸上了，这个动作让女生们吃吃地笑个不停。可坐在下面的母亲没敢笑，因为她怕徐兴华作完报告会离开女生队，心里担心很难经常看到他。

一段时间里，母亲悄悄地细心观察着徐兴华：一副胖瘦适中的身板，一身整洁的八路军军装，一口流利的口才，一笔清秀的小楷字。在五大队里，他经常指挥学员们唱歌，还会写文章、出板报、编歌谣、吹笛子、拉二胡……

长沙周南女校学生出身的大家闺秀张家蕙一颗高傲的心，不由自主地向一个“泥腿子”出身的战友走近，走近……

组织上看出了端倪，就牵线搭桥，作主让母亲和徐兴华“交个朋友”。

当时也有另一位女八路在暗中追求徐兴华，母亲决定主动出击了。又是一天晚饭时，母亲在食堂里等待徐兴华，左等右等也不见他来，于是就大着胆子找到他的住处。原来兴华因患重眼疾并发高烧躺在床上不能动。这时突然一群敌机飞来轰炸，一颗炸弹落下，燃着了他住的房子。母亲不顾危险，背起七尺高的徐兴华就往外冲，直到安全地带。

那几天，母亲关心着徐兴华，直到他病好。徐兴华不是不知道张家蕙的心思，他也从内心敬佩这个美丽的女学生兵。但没想到，我母亲的勇敢救助和精心照料，开始换来的却是徐兴华一句冷冰冰的话：“我俩不能交朋友……”母亲痛苦地质问：“为什么？”徐兴华沉思片刻说：“我是贫困农民家庭出身的苦孩子。四五岁就跟着爷爷奶奶乞讨要饭，七岁起给地主放牛，还给瞎子带路，经常挨打受骂、挨饿受气。十三岁那年受《国际歌》的影响，坚决报名参加了红军，才有今天。可你，是富家大小姐出身……”

“我不是也在接受革命锻炼吗？出身不能选择，可是走什么路自己可以选择呀！”母亲一番掏心窝子的话一出口，顿时空气像凝聚了般安静，两个人只听到自己“咚咚”的心跳声。片刻后，徐兴华用轻而坚定的声音对母亲说：“家蕙同志，我们都是共产党员，有着共同的革命目标。在个人婚姻问题上，我愿意听从组织安排！”就这样，父母亲的爱情在抗日战争的烽火中萌生、发展、成熟、收获。1939 年，他们在延安窑洞里结婚，成了相守一生的战友、同志、夫妻。

这些个故事是姑姑徐厚荣生前亲口和我说的。父亲对他和母亲年轻时代的爱情故事讳莫如深，我只是有一次听他说起过。那是 1969 年底我参军前的一天晚上，妈妈烧了红烧肉，父亲喝了点酒。爸爸触景生情来了精神，提起了他和妈妈的罗曼史。他和我们几个子女说：“在抗大我和你妈妈谈恋爱的时候，也吃过红烧肉。那年头能吃顿红烧肉就是过年哪！”母亲在一边瞪了父亲一眼说：“都过去这么多年了，你还说呀？”父亲却像揭老底一样，滔滔不绝地说下去：“那时你妈妈开荒时被蚊虫咬了脸，又长成了疮，半边脸都肿起来了。听说我把自己那份红烧肉送到‘小姐窑洞’来了，你妈妈低着头，不好意思见我，让我把红烧肉放下，就撵我出门去啦。其实，她心里还不是想让我多待会子的？嘿嘿……”父亲幸福地回忆着，开心地调侃着，大家都会心地报以欢笑。

恋爱中的女人，总想把最美的一面留给心爱之人。血雨腥风战争年代的父母爱情，也是如此浪漫美丽！

三、硝烟中的舐犊之情

1939年7月，抗大奉党中央和军委的命令，从延安出发到华北敌后抗日根据地，继续培养干部，坚持对敌斗争。父亲母亲和几千名八路军青年学生挺进敌后，在晋察冀、晋东南一带，边学习、边战斗，坚持了四年与敌人殊死的斗争，于1943年通过敌占区又回到陕北。就在此时，父亲母亲的第一个儿子在陕北绥德出生了，取名叫“德生”。孩子的降生给战乱中的父母带来了莫大的幸福与安慰。重回延安后，父母亲参加了轰轰烈烈的整风和大生产运动。新的希望燃烧在他们心中。

1945年9月抗日战争胜利后，国民党又开始发动内战，妄图消灭共产党。我军奉党中央命令，开始了夺取全国胜利的大进军。父母离开心爱的抗大，奔向了解放战争的战场。27岁的父亲被调到位于河北张家口的白求恩

徐兴华、张家蕙1943年在陕北，怀抱着几个月大的儿子德生

国际和平医院任政委，母亲也调去医院工作。当时一场又一场战役在太行山区打响，白求恩国际和平医院在血与火的洗礼中，勇敢地担负起了战场救护职责。不巧，母亲正怀着第二胎。一面是紧张的战场救护伤员任务，一面是家里两岁半的儿子疏于照看，德生在战乱中感染上脑炎，无药医治，不幸夭折了！

得知此噩耗时，父亲母亲都正忙于救死扶伤的战斗中。由于过度劳累和伤心，母亲流产了。一下失去两个孩子，她心痛如刀绞，日日以泪洗面。可作为一名战士，母亲强忍悲痛，义无反顾舍身忘我地投入到战斗中。那天母亲在家休息，父亲请假回来看望。父亲一进门的头件事儿，就是默默地拿着儿子的照片看着，看着……

母亲最懂父亲的心，她知道兴华还一时不能从丧子之痛中解脱出来。她看着德生睡过的小床，仿佛儿子还活着，儿子两岁时牙牙学语般喊着："妈妈，巾巾……"那一刻母亲以为儿子要自己擦嘴，就取下小毛巾给他，哪知道小德生晃荡着去正在洗脚的父亲身边，把毛巾递给父亲擦脚。母亲走过来，看见丈夫抱着儿子，亲着他红红的小脸蛋儿，别提笑得有多幸福了……

可现在，那只能是一种令他们痛彻心扉的回忆了！

母亲在丈夫面前想尽量表现出坚强，可父亲忍不住蹦出一句："我想要求调离岗位！"母亲一听这句话生气了，可她还是压抑住情绪，平和地说："兴华同志，你忘了我们为什么来革命了吗？"听到这话，父亲沉默了，半天又蹦出一句："唉，你说得对！我这就向组织写检讨。"说完，他真的拿来纸笔坐下来写。母亲悄悄走到父亲身后，见上面写着：

爱儿不幸早夭亡，
三尺坟头立路旁。
闲人不识伤心处，
为父独自泪汪汪。

父亲还写道："……我革命意志不够坚强，因个人私事影响了工作情绪。"母亲轻轻拍拍丈夫的肩，努力把泪水咽下肚，默默地独自转身离开。父亲领导着全院的医护人员全力救治大批从前线送下来的伤病员，却无力保住儿子的小生命。伤心的父亲对着医院门口路边德生的小坟头，自言自语着："这里是革命军人走的道路，是一条通向解放、通向光明的大道。儿子，你守在路边，一定能看到胜利的一天！”

1946年，父亲母亲终于再次有了个儿子，取名正平。此时解放战争开始了。夫妻俩带着儿子离开了白求恩国际和平医院，奉命到华北军政大学工作。当时国共两党正在激战中，环境十分艰险。一次，他们所在的部队后方机关突然遭到敌人的包围。在部队紧急撤离突围时，母亲什么东西都没顾上拿，抱着襁褓中的正平，骑上骡子就跑。路上，由于受到枪炮声惊吓，看见一架狂奔的马车翻到山沟里，有几个小孩子不幸被摔死了。母亲非常紧张，把孩子紧紧贴在胸口。但危险还是来了，她骑的那头骡子受到惊吓，快速向山崖冲去。或许是母性的本能，或许是一个战士的责任，母亲毫不畏惧，不顾一切地一手抓牢缰绳，一手护住孩子，好像抱定死也要和孩子在一起的决心。千钧一发之际，几个负责护送后方机关的战士冲上来，拼命拉住缰绳。战士们被拖出好远，骡子终于在悬崖边停住脚。母亲被从骡子上扶下来后，还是惊魂未定，还没说声“谢谢”，战士们就匆匆跑去救护其他人了。

看着襁褓中毫发未伤的孩子，母亲在心里暗暗发誓：“我会让孩子们永远记住我们的战士！”

四、在逆境中坚守信念

1949年新中国成立后，父母到新组建的空军部队工作，60年代又奉中央军委命令转业到中国民航沈阳管理局。没有了战火硝烟，一家人团聚在一起，终于过上了安定的生活。然而，一系列政治运动又悄然掀起，个人的政治生命处在一片迷茫中。战争年代，我们党欢迎有“资产阶级”背景的知识青年参加革命队伍；可新中国建立后，革命队伍中的一些人却开始歧视像我母亲这样出身于地主家庭的“资产阶级小姐”。当年，她与“地主家庭”决裂毅然投奔革命，在战争年代和放牛娃出身的父亲结婚，丝毫未料到“地主”出身会对她今后的生活有什么影响。爸爸妈妈每每填写干部履历表，都无法回避妈妈的出身问题，在极“左”思潮泛滥时期，妈妈默默忍受着被人“另眼看待”的窘迫。由于我的外公张子珩在1952年病逝，他的中共地下党员身份在二十多年后才被我们知晓。这件事情让母亲的一生都受到影响，决定了她必然经受严峻的新考验。

妈妈平时极少和我们七个孩子谈及她娘家家族的事。但妈妈时刻牢记自己是一名共产党员，始终对党抱着坚定的信念。她对我们兄妹几个要求很严，在家经常领着我们召开家庭民主会，讲父亲家旧社会受苦受难的家史，告诫我们要珍惜今天的幸福生活，长大以后要好好学习，好好为人民服务，不要忘本。

1966年，“文革”开始了。在这个寒冷的冬天，时任吉林省农业厅某处副处长的母亲被造反派揪出去，扣上“大地主女儿”、“走资派”、“牛鬼蛇神”等大帽子，关入地下室，逼她写检查，白天晚上都不让出来。由于地下室十分阴冷潮湿，一位好心的管被服的工友念我母亲平日里一贯对群众态度和善，就偷偷拿了5床褥子送给她铺，但很快被造反派发现了，他们强行收回4床褥子。面对造反派的强硬态度和一时动乱的局面，母亲坚信自己的人生选择没有错，坚信祖国的春天一定会重新到来。

“地主女儿”的大帽子，母亲一直戴到1973年。那年她回湖南宁乡老家探亲，才知道自己的“家底”。回到沈阳，母亲立即向单位党委打报告说明情况。随后组织上派人到湖南调查母亲家庭的历史情况，作出了正确的结论：“张家蕙家庭无历史问题”。

原来，湖南宁乡档案馆的有关史料上这样记载着：我外公张子珩和刘少奇是同乡，1915年前后他俩还是宁乡县玉潭小学校的同学，那时他们都是在黑暗中寻找救国之路的热血青年。1919年他们在湖南讲武堂也曾经一起读书。后来，张子珩参加了北伐军，和做工人运动的刘少奇分开了。1926年张子珩被作为北伐军的优秀青年，由国民党选送到莫斯科东方大学学习。在那里，外公认识了共产党员曾希圣，两人志同道合，成为莫逆之交。1927年，外公回国后，由曾希圣介绍，秘密加入了中国共产党。此后，外公张子珩按照周恩来的指示，受曾希圣直接领导、指示并单线联系，先后潜伏在国民党特务组织，湖南溆浦、沅陵县国民政府、南京参议院等机关内。在公开的身份掩护下，冒着生命危险，秘密从事搜集国民党情报，资助、掩护共产党人和帮助红军，支持抗战的工作等。解放后，由于党对我外公的了解和信任，由周恩来总理亲自签署任命书：“张子珩任湖南省人民政府监察委员会委员”，外公被湖南省人民政府委以重任，还曾当选为湖南省第一、第二届人大代表。1952年，外公张子珩不幸因病医治无效，在长沙湘雅医院去世。

那次母亲张家蕙回老家探亲，还得知在自己1938年奔赴延安时，外公外

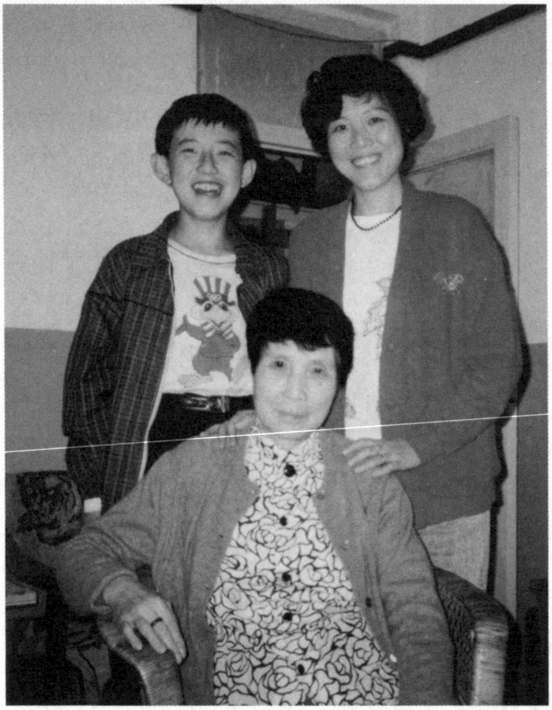

1990年徐海平和儿子与母亲张家蕙在沈阳家中

婆不能暴露中共地下党员身份，只能暗中支持女儿，特地请了一位车夫护送她和杨展等到湘江边乘上渡船。听到此消息，母亲悔恨自己当年的无知，没能把那个马车夫和父母联系在一起，没能下车去和他们作最后的道别，更没能在外公有生之年与他同作为共产党人而畅谈理想……

80年代末，已经进入晚年的母亲才和廖静文（徐悲鸿夫人）、朱仲丽（王稼祥夫人）等上世纪三十年代一起融入革命洪流的周南女校的老同学重新相聚。我曾经见到姐姐淮平在北京为这几位革命老妈妈拍的合影。

1996年，母亲76岁那年终于有机会从沈阳重返阔别58年的延安。那之前她已经被医生检查出患有肝癌，自知来日不多了，决心要抓紧时间回延安看看，回抗大母校看看。那天不巧母亲感冒发烧39度。为了赶时间，母亲没有休息，在二女儿淮平的陪伴下，从西安到延安坐车6个小时，硬是挺着去了。妈妈在西安八路军办事处穿着八路军服装拍照，在延安枣园、王家坪、杨家岭等地一一留影，满脸欣慰。

1999年4月21日，妈妈因病情恶化、抢救无效而仙逝于沈阳。

“忘记过去就意味着背叛！”这是母亲张家蕙——从周南女校走出的八路军老战士生前常对我们说的一句话。虽然，妈妈远去了，可她把深刻的革命情感与执着的人生信念永远留给了我们。

“雏菊！妈妈，雏菊我给您带来了！”我哽咽着从回忆母亲的故事中醒来。那朴素美丽，迎风摇曳的雏菊极像母亲张家蕙微笑的脸庞，虽历尽艰辛与苦难依然顽强地依恋着脚下的土地，无声绽放着对祖国大地的忠诚，对崇高革命理想的不懈追求。

环顾四周，雨停了，可女儿的思念没有停……

简　历

张家蕙（1920—1999），1920 年 1 月出生，湖南宁乡人。1938 年在长沙加入中国共产党，同年赴延安参加八路军，成为抗日军政大学学员。曾先后在白求恩国际和平医院、华北军政大学、空军第九飞行师等单位工作。1954 年转业到地方，先后在青岛市委、北京市委、北京市水利局、吉林省农业厅、民航沈阳管理局政治部任科、处级干部，1980 年离休。1999 年 4 月 21 日在沈阳病故，享年 79 岁。

八一军旗映照下的大爱人生

段香玲

有人说：世间最光荣最伟大的是做一个“大写的人”。我要说：在无数大写的人中，最高尚最神圣的女性职责是做一位母亲，孕育一个生命，雕琢一颗灵魂，塑造一个有德行的人，奉献给国家和社会，何其平凡，又何其伟大！在平凡而伟大的母亲中，兵妈妈们是母亲中的一个独特群体。她们在炮火硝烟中实现人生理想，在枪林弹雨中履行繁衍生命的母亲职责，在绿色军营中启迪培育儿女……她们为军人及军人的后代付出无言的大爱，这样的母亲，是我心中永恒的女神！

母亲王素文在朝鲜

我的妈妈王素文就是这样的一位兵妈妈。

妈妈的一生和“八一”军旗有着不解之缘：她出生于1923年8月1日，辞世于2012年8月1日。1943年，妈妈爱上了一位当兵的人，和爸爸结婚成家。从1947年到1958年，妈妈也成为和爸爸一样的军人。自1958年起，妈妈为了支持爸爸的工作，主动辞职，成为了一名野战军的随军家属。从此，她相夫教子、勤俭持家、任劳任怨、默默无闻地在部队大院里过着简朴而充实的生活，忙忙碌碌，风风雨雨中走过了她九十年的人生旅途。

妈妈的一生，是革命的一生，是履行爱和责任的一生。

一、少女入党　救亡先锋

妈妈的家乡在山西襄陵县赵曲镇。1937 年“七七事变”后，日本帝国主义把战火烧到了华北，整个华北大地燃起了抗日的烽火。1938 年 15 岁的妈妈只有小学五年级文化程度，但流离失所的逃亡生活使妈妈觉得求学无门，求生无路。在老师的介绍下，妈妈毅然参加了共产党领导的抗日救亡工作。在抗日民主政府领导的妇救会里，冒着被日寇、阎匪搜杀的生命危险，宣传组织群众支援抗日。由于她抗日坚决，思想单纯，工作努力，妈妈在次年就被吸收入党，三个月后转正。

十五六岁，正值一个女孩子的花季年华，很多人还在妈妈的怀里撒娇，而我们的妈妈已确立了远大的理想和信仰，成为了一名坚定的共产党员，把自己的青春挥洒在如火如荼的抗日前线。

我的爸爸段龙章 1921 年出生在陕西耀县。1937 年 16 岁参加革命，1938 年入党。爸爸是在抗日游击战中成长起来的职业军人，一生过着南征北战的戎马生涯。是抗日战争的烽火硝烟，使誓死不当亡国奴的两个年轻人走到了一起。爸爸和妈妈志同道合、情投意合。1943 年，20 岁的妈妈和 22 岁的爸爸在战友们“一把核桃一把枣”的简单婚礼后，就开始过起了生死相依、荣辱与共、聚少离多的战场夫妻生活。

母亲王素文与父亲段龙章于解放战争

爸爸妈妈是真诚相爱的人，他们的感情经战火洗礼，忠贞不渝、朴实无华。他们都是极重感情的人，懂爱、懂自尊，有中华民族独有的家国情怀。爱国、爱家、爱儿女，为了这份爱，为了民族尊严，在中华民族最危急的时刻，他们义无反顾地走上了抗日前线。

妈妈从参加革命到穿上军装间隔了九年，这九年中，妈妈从15岁的少女成长为党的干部，担任过山西省洪洞县抗日政府的妇救会主任、农会主席，还被选为县委常委，经受了对敌斗争的严酷锻炼和考验。1947年，为了解放新中国，妈妈被上级一纸命令，从地方征集到了部队，也穿上了军装，成为部队的政工干部，和爸爸并肩战斗在解放新中国的征途中。

二、戎马倥偬　马背母亲

妈妈在担负军人的使命，实现解放全中国的战火硝烟中，还履行了女性的神圣职责，孕育了爱情的结晶，生育了革命的后代，为国家和军队养育了接班人。

在战争年代严酷的环境下，妈妈先后生育了三个孩子。我们的大姐是1945年出生的，但是，严酷的战争环境使她出生后短短几天就夭折了。记忆中每当妈妈谈到这个女儿时，眼神中总流露出浓浓的不舍和爱恋，那是一个母亲的切肤之痛呀！在我自己做了母亲以后，我更深刻地理解了失去孩子对妈妈的打击有多么残忍！

1947年1月，姐姐珍玲来到了人间。姐姐是爸爸妈妈存活的第一个孩子，健康可爱漂亮，爸爸妈妈珍惜她，姐姐的名字体现了爸爸妈妈对孩子的珍爱之情。

1949年2月，在太原解放前夕，我在山西襄垣县出生。为了纪念我的出生地，爸爸妈妈给我起名叫“襄玲”，但是后来阴差阳错，我的名字变成了“香玲”。听妈妈说，是幼儿园阿姨在衣服上缝名字嫌“襄”笔画太多，就自作主张给我缝成了“香玲”，以后将错就错，沿用至今。

在戎马倥偬，硝烟弥漫的战争岁月，妈妈孕育了三个孩子，为了这三个幼小的生命，妈妈承受了怎样的磨难我们不得而知。但是，我们听到爸爸的老战友胡景义叔叔说：在炮火硝烟中的马背征途上，妈妈曾经从马背上摔下，姐姐差一点流产。养活我更加不易，我出生以后妈妈由于营养不良没有奶水，战友们抱我东吃一口，西吃一口。实在没奶就喂小米粥。我成年后，妈妈的老战友成都军区的魏阿姨，陪同爸爸的老战友、成都军区后勤部政委陈安海伯伯到上海看病，她还开玩笑向我索要“奶妈”钱。可见，在战争年代，军人母亲所承受的艰辛不是今天的人们可以想象和承受的……

那时很多在战火中诞生的孩子被交给老百姓抚养，为了孩子能够存活，能够过安宁的日子，父母们不得不舍弃亲生骨肉。而我的妈妈选择了在艰苦的战争环境中把孩子带在身边自己抚养，为了亲情，为了孩子，妈妈付出的太多，太多！

三、患难夫妻　知心爱人

人的一生就像大海中航行的船，不会总是一帆风顺的，难免会遇到险流和暗礁。同样，在爸爸妈妈几十年的军旅生涯中，伴随着胜利和喜悦，也遭遇了挫折和坎坷。

1951 年春天，爸爸所在的志愿军三兵团 60 军 180 师参加了抗美援朝第五次战役。作为 180 师的副师长，爸爸和 180 师所有指战员一样，在第二阶段后撤时受命固守殿后，掩护三兵团主力和 8000 多名伤病员撤退。由于侧翼友军提前撤收，侧翼暴露失去防守，被敌军重重包围。在和装备精良的数倍之敌浴血奋战过程中，180 师和上级失去联系，弹尽粮绝，没有后援，一次又一次突围都没有成功。在没有任何接应的最后关口——鹰峰被美军抢占后，不得不分散突围。父亲虽然和数千名指战员们九死一生，成功突围归建，但是，此役 180 师伤亡惨重，成为我军少有的遭受重挫的战例之一。

战后，爸爸和他的战友们无一例外地都受到了党纪军纪的严厉处分。但荒唐的是，他们被处分的原因不是“军事失利”、“作战受挫”、“指挥不当”等和军事有关的失误；而是“贪生怕死”、“政治动摇”、“右倾逃跑”等一系列政治罪名。这种错误的定性，对 180 师广大干部战士的政治生命造成了严重的伤害，有的至今没有得到公正的解决。

许多回国的战俘，受到更不公正的处理，有的开除了党籍，有的开除了军籍。很多抗日战争、解放战争参加革命的老兵，还被遣送回乡当了农民。心态好的老战士，回归家园，解甲归田，在屈辱和贫困中，他们顽强地生存着，长寿至今。

被俘官兵大多是由于受伤、饥饿而昏迷，完全失去作战能力。180 师的政治部主任吴成德还在南朝鲜的大山里坚持打了一年多游击，终因寡不敌众（只剩 3 人），不幸被俘。他们在美军战俘营里受尽磨难和屈辱，但他们宁死不屈，坚持斗争，没有玷污军人的荣誉和尊严，他们可歌可泣的事迹可以和“红岩”相提并论。

和抗美援朝牺牲的烈士，和被俘的战友比，爸爸他们这批九死一生，成功突围归建的180师的老战友，都是幸运者。

打了恶仗幸存的爸爸，背着“留党察看”、“降级”的处分，给当时在60军留守处幼儿园工作的妈妈写信痛心自责说：“我不是祖国的好儿子，不是你的好丈夫，不是孩子们的好父亲。”

妈妈牢牢记住了这几句话，晚年还一再提起，这一定是让妈妈锥心刺痛了一辈子……

对自己深爱的丈夫，对两个年幼女儿的父亲，妈妈唯一的希望是孩子们还能再见到自己的爸爸，丈夫能完好归来。

为了鼓舞士气，以利再战，在组织的安排下，妈妈撇下了年幼的我和姐姐，和祖国人民慰问团一起到朝鲜看望了爸爸。冒着美国人的飞机大炮，妈妈来到了爸爸身边，她从精神上支撑起了爸爸的信念。她给爸爸带去了我和姐姐的照片，让爸爸为了年幼的孩子，打败美帝国主义，保卫祖国和家园。妈妈的影集里留下了她在朝鲜前线的珍贵照片。

父亲段龙章（右三戴眼镜者）与战友在朝鲜前线

前排的小女兵是我的姑姑段晓霞，她入朝时年仅13岁，是180师文工队队员

最了解和理解爸爸的人是妈妈。他们不只是生活中的夫妻，更是精神上的知己。在妈妈的理解体谅下，在张祖谅军长等老首长的领导下，爸爸在朝鲜前线英勇顽强地继续在自己的岗位上作战。虽然他被降职为60军炮团团长，军作战处处长，但他那个时期的照片都是满脸阳光、乐观坚定，没有丝毫沮丧。我想爸爸一定想的是在哪里跌倒，就在哪里爬起来。

我后来知道，180师在张军长的领导下，在不久后的金城阻击战中打了漂亮的翻身仗，证明了自己是一支能打大仗、能打硬仗、能打翻身仗的部队，报仇雪耻了！所以，爸爸从朝鲜回国时，心情舒畅，妈妈悬着的心又一次踏实了。

我们五个孩子对这件惊天大事一无所知。爸爸妈妈共同把这件沉重的历史往事深深埋在心里，在他们眼中，这是军人必须的承受和担当！

四、回归家庭　甘当绿叶

停战回国后，爸爸妈妈这两位经历了无数枪林弹雨的夫妻，和日本鬼子、国民党反动派、美国鬼子打了半辈子仗的军人，终于过上了他们盼望的和平安宁的日子。

我们家也陆续增加了三个孩子。1954年，大妹妹在安徽出生，起名皖玲。1956年，弟弟在南京出生，起名宁军。1958年，小妹妹在南京出生，起名苏玲。

爸爸回国后担任60军181师的副师长，1956年到1958年，他在南京军事学院学习了两年。妈妈在部队女同志按照上级命令集体转业后，担任60军181师幼儿园主任，还在部队里工作。妈妈天性就是爱孩子的人，她热爱自己的工作。

1958年夏天，原本平静的生活掀起了涟漪，妈妈的生活再次出现重大转折。爸爸从军事学院毕业后，被分配到12军31师工作。爸爸的部队驻守在浙江江山，妈妈和我们五个孩子住在南京，为了支持爸爸的工作和专心培养教育孩子，妈妈毅然辞去了公职，办理了退职手续。

妈妈这个1938年参加革命的老党员，在干了20年出生入死、几乎没有报酬的革命工作后，在刚实行了薪金制没几年，就决定退出公职，再一次重新选择了自己未来的命运：回归家庭，甘当绿叶。

从此，妈妈永远地舍弃了自己的革命历史和级别待遇，成为一名普通的随军家属。多少人看重的“名”和“利”在妈妈眼里不过是身外之物，过眼烟云……

爸爸感激妈妈的奉献，在我们读小学时就郑重告诫我们：“你们的妈妈不是家庭妇女，她是老革命、老干部，是为了照顾你们和支持我的工作才当了随军家属。我们都要感激妈妈，尊重妈妈。”我们理解了爸爸对妈妈的敬重，我们记住了爸爸的嘱托。

在貌似平淡的日常生活中，妈妈的理想信念之火并没有熄灭，妈妈除了操持家务，还主动履行一位老党员的职责。从12军31师到12军军部，再到上海警备区，不管爸爸的工作调动到哪个部队，部队调防到什么地方，妈妈都从不间断地义务从事部队家属党支部工作。她常常组织家属中的党员定期过组织生活，还忙着收缴党费，和大家一起学习党的文件，组织家属学习理解党组织在各个时期的各项方针政策。她们还关心参与部队建设，义务为战士们洗衣服、缝被子、补军装，到部队农场劳动，成天忙得不亦乐乎。

给我印象最深的是：妈妈每一次交党费都要在钱堆中找出最新、最平展的纸币上交。有时妈妈让我帮助选钱，我不解地问她为什么一定要交新钱，妈妈笑着说：“这是党费，不是一般买东西的钱，是我们党员对党组织的责任和心意，我是用最新的钱表达党员对党的忠诚。”这个习惯妈妈保持终生。我受妈妈的影响，入党以后，也是尽量用新钱交党费。妈妈心中永远保留有神圣的一角，供奉着她为之奋斗终身的不变信仰，并用自己的一言一行潜移默化地影响着我们。从妈妈身上我们读懂了什么是信念，什么是坚守，什么是忠诚！

五、风雨过后　又见彩虹

1966年“山雨欲来风满楼”！“十年浩劫”对中华民族造成了巨大的灾难，我们家也未能幸免。1971年9月12日，最大的灾难从天而降！我们亲爱的爸爸不幸病逝，年仅50岁。

爸爸在生命的最后时刻，最割舍不下的就是风雨中陪伴了他一生的妻子和我们五个尚未工作、还未成年的儿女。爸爸深知妈妈一向体弱多病，畏寒怕冷，平时从来舍不得给自己花一分钱。他不顾自己重病在身，抱病亲自到百货公司破天荒地给妈妈买了三件“奢侈品”：一件皮大衣、一床鸭绒被、一条紫红色的羊毛毯。爸爸深情地对妈妈说：“素文，我不买，你一辈子也不会舍得给自己买的。”爸爸给妈妈留下了最后的体贴和温暖……

对妈妈来说，失去爸爸是她一生中最大的痛苦和灾难！在战火硝烟对敌斗争中从容应对、意志坚强的妈妈被猝不及防的灾难压垮了。48 岁的妈妈头发一下子就花白了。爸爸走时我们几个都在外地，留在身边的只有 13 岁的小女儿苏玲。

“人世几回伤往事，山形依旧枕寒流”。中年丧夫对妈妈的打击是刻骨铭心的，在那段黑暗的日子里妈妈常常夜不能寐，泪湿枕巾。她和爸爸 28 年同甘共苦，心心相印的战友情、夫妻爱就似黄浦江水绵绵无尽……

妈妈不愧是当过兵的人，她以超人的勇气和毅力慢慢从痛楚中走了出来。她沉静地对我们说：“你们爸爸先走了，但是，我还有你们这群孩子，我要为我的孩子们好好活着，我要撑着这个家。”

妈妈没有食言！在爸爸离开我们后，妈妈又陪伴我们生活了 41 年，让我们一如既往地享受到家的温馨，母爱的温暖。

在没有了爸爸的日子里，坚强的妈妈独自支撑着我们家这只小船，在风浪中前行。她以一个革命母亲丰富的人生睿智和阅历，使我们经济窘迫的家里充溢着亲情和温暖。妈妈往我们单纯的心灵里，灌输着真诚、善良、美好的品

最后一张全家福，1969 年于上海（后右一为作者段香玲）

1972年失去爸爸后，妈妈王素文和我们五个儿女

格，为我们植入珍藏不变的理想和信念。

在妈妈单独陪伴我们的这41年间，中国经历了拨乱反正、解放思想、改革开放、企业转制、市场经济的巨大变革。但历史的发展总是以牺牲某些东西为代价的！在经济发展、市场繁荣的社会转型时期，也出现了信仰危机、拜金主义和道德缺失等社会乱象。作为一名老党员，妈妈用爱和责任指导我们坚守着父母传承的道德底线，关心我们的学业方向、事业发展、家庭和谐和身心健康。妈妈对我们的要求是人生一定要完成三件大事：一、政治上要入党，继承先烈的遗志，接好革命的班；二、学业上要大专毕业，要有建设祖国的真才实学，要成为对国家对社会有用的人；三、生活上要幸福，建立一个美满家庭，享有家庭生活和天伦之乐。妈妈经常说："你们五个孩子这三件大事都完成了，我才对得起你们的爸爸，我才能放心地去见他。"

妈妈晚年为了支持儿女弥补学业，付出是常人难以想象的。她老人家为了让人到中年的我们集中精力读书，除了独自操持家务外，还要呵护着六个孙辈，体力、精力、财力都大大超出了她的承受力。妈妈以她的爱和远见卓识，唤醒了我们五个子女对国家、社会和家庭的责任。我们个个不甘落后，奋起直追，顺应社会的发展和时代的进步，没有错失弥补学业的机会，没有因为"文革"耽误读书，稳妥顺利地完成了妈妈十分关注的就业、结婚、生子、成才等人生的大事。我们姐弟五个，人人都学有所长。姐姐是教师，我是医生，大妹妹是企业管理人员，弟弟是具有高级职称的企业管理干部，小妹妹随丈夫定居澳洲，自主创业。可以说，我们五个儿女是妈妈用毕生心血奉献给社会的作品：五位身心健康、遵纪守法、敬业爱家、文明友善、民主平等合格的共和国公民。作为一个母亲，还有什么比看到儿女们健康成长，自立于社会而更开心呢？！

最让妈妈晚年舒心的是，我们五个儿女都家庭和谐，幸福美满。我们都是原配的夫妻，亲生的儿女。孙辈六个孩子，三男三女，个个都孝顺可爱，全部受过高等教育。我们家没有高官富商，都是工薪阶层，但是，我们活得堂堂正正、坦坦荡荡，以我们的辛勤付出，换取衣食无忧、温饱小康的家庭生活。妈妈晚年参加了四个孙辈的婚礼，看到了第四代一男一女的两个小宝宝，四世同堂，天伦之乐，这就是妈妈梦寐以求的好日子。我想，天堂里的爸爸知道了也会深感欣慰，感谢妈妈的！

晚年的妈妈鹤发童颜、慈眉善目、笑口常开、豁达开朗。她常说的一句话是：“你爸爸没有享过福，他的福都让我享了。”

2012 年 8 月 1 日，在人民军队建军 85 周年的日子，在儿女和孙辈的爱中，妈妈幸福安详地以九十高龄走完了她平凡而无悔的大爱人生。

在天堂里，妈妈一定笑着走向她的老伴——我们的爸爸！

亲爱的爸爸妈妈，生为你们的儿女，是我们此生中最大的幸福！得到你们的爱，是我们得到的无价财富。儿女爱你们！永远！永远！

简　历

王素文（1923—2012），1923 年农历六月十九日（阳历 8 月 1 日）出生，山西襄陵县赵曲镇人。1938 年 11 月参加革命，1939 年 2 月加入中国共产党。历任山西襄陵、临汾、安泽、洪洞县妇救会常委、妇救会主任、洪洞县农会副主席，县委常委等职。1947 年 12 月参军到部队工作，历任晋冀鲁豫军区八纵 24 旅家属学校副校长、八纵留守处妇校政治指导员、保卫干事、组织干事等职。中华人民共和国成立后担任 60 军留守处妇校组织助理员、60 军幼儿园政治协理员、60 军 181 师幼儿园主任（副营级）。1958 年办理退职成为随军家属。先后义务担任 12 军和上海警备区的家属委员会和家属党支部工作。2012 年 8 月 1 日在上海病逝，享年 89 周岁。

童心永驻长向阳

银　磊

一、少年童子军

1931 年 1 月 8 日，我出生在大雪纷飞的深夜，父亲为我起名亓雪梅，乳名雪银。父亲亓云生是旧政府的税务警察，在民族灾难深重的岁月，父亲于 1937 年参加了八路军。“七七事变”后，我所在的山东莱芜县女子小学惨遭日机轰炸，变成一片废墟，书包、课本、石板等学习用品全部被炸光了。幸亏老师将我们及时转移，否则连小命也没了。舅父连夜用独轮车将我推到他乡下的家中去避难。从此，我就失去了上学的机会。

新中国成立初期的银磊

1940 年春节父亲悄悄回家探望亲人，无意中讲到部队的情况，说到八路军中活跃着许多女兵，我的心灵被震动了，心想校园被毁，书是无法再念下去了，不如跟随父亲去当兵学本领。

我和妈妈说：“我要跟爸爸去当八路打鬼子。”

妈妈捧着我的脸流着眼泪说：“你年龄还太小，哪有小女孩去当兵的？人家部队上不要小孩！”

爸爸似乎看透了我的心事，便劝妈妈说

道："银想去，就让她跟我去试试，还不知道部队上要不要呢……"

妈妈听了爸爸的话，不再强行阻拦我去参加八路军。离别之际，妈妈将她结婚时的那件黑底红白碎花的夹袍为我穿戴整齐，又帮我梳了梳头上的两条黄毛小辫，再三叮嘱我，到了部队上要听话，好好干。就这样我告别了母亲，跟随爸爸踏上了征程。

我们父女俩步行了两天才来到八路军山东纵队后方第四纵队驻地——莱芜六区响水湾村。村子三面青山环抱，一条清澈的小溪昼夜不停哗哗流淌，将山村分成东西两片。部队就住在响水湾河边。接待我们的是政治部主任李枚青。

李主任见到我问道："小姑娘叫什么名字？几岁了？到部队来干什么？"

我羞羞答答地说："叫雪银，来参加八路军打鬼子。"

主任听了哈哈大笑，他用手捏着我的脸说："你能打鬼子？不害怕吗？"

我回答说："不怕，不信试试看！"

主任说："好！好！那就先跟你爸到宣传队吧。"

就这样，我成了一名光荣的小八路，走进了军营宣传队。同志们热情地为我领了一套最小号军装，可是穿在我身上却仍是太大，上衣穿上达到膝盖以下，军帽戴在头上直晃荡，黑布鞋根本不能穿，脚伸进去一半是空的。大家见此情景都笑了起来。董韵大姐找来针和线，先把帽子折叠起来，然后缝好，再戴上去就不乱晃了，从正面看一点都不影响军容。鞋子大了怎么办呢？爸爸从老乡家里找来切菜刀，把鞋后跟切掉一大块，然后用麻线一针一针缝好，这样就能穿上走路了。上身小大衣不能改了，众人说，就这么凑合穿吧，还暖和。晚上睡觉，大姐怕我冷，就主动搂着我和她睡在一件大衣里。夜里上厕所，大姐担心我害怕也陪着我，早上起来帮我把头梳好。令我最难忘的是，大姐一有空就帮我捉虱子，那时候部队的男女同志一律睡在老百姓家的土地上，铺的是干草，没时间洗衣服洗澡，身上长虱子。董韵那时只有20岁，既是大姐又像妈妈一样关怀着我。

宣传队长耿钢就像大哥哥那样经常帮我学文化，凡是他教我的生字、生词、生句，都要求做到会认、会讲、会写、会用。每当部队出发行军时，他都关照年龄大一些的同志帮我背背包和干粮袋。在我幼小的心灵里，这里不是家庭却胜过家庭！这是一个革命大家庭，还是一个革命的大学校。虽然战争年代条件艰苦，但我心甘情愿地在这所大学校中锻炼成长。

二、歌声伴童年

我剪掉了两条黄毛小辫，戴上了两个小黑扣的军帽，脱去了花便装，穿上了黄军装，腰里还束了一条棕色小皮带，就这样我成了一名小八路，那年我10岁。当时心里别提多高兴，我很喜欢和年龄大些的同志学唱歌。

大伙问我："小银你会唱歌吗？"

我说："会！"

我就把在学校里老师教我唱的那首《可怜的秋香》唱了一遍。歌词大意是：暖和的太阳、太阳，太阳它记得照过金姐的脸，照过银姐的衣裳，又照过幼年时候的秋香。金姐有爸爸爱，银姐有妈妈爱；秋香你的爸爸呢？你的妈妈呢？她呀每天只在草场上牧羊、牧羊……可怜的秋香。

大家听后拍手大笑，纷纷夸我："不错，真的不错。"从此以后，年龄大一些的男女同志，只要有空就主动教我唱歌，如《大刀向鬼子们的头上砍去》、《二月里来好风光》、《铁流两万五千里》、《工农兵学商大家来救亡》等抗战歌曲。

那时没有电灯，没有礼堂，宣传队的演出全是在野外自行搭建舞台。用火盆或者汽灯照明。广场上坐满了几百名战士，整整齐齐地等待观看演出，但是后台的准备工作尚未做好。队领导对我说："小银，你能上去先教教歌吗？"可是我脸红心跳，心中发怵，没有勇气答应。

队长耿钢鼓励我说："不怕，平时你歌唱得很好，会哪首就教唱哪一首。"

我勉强应允说："那就教《铁流两万五千里》吧。"

耿队长可能感觉我个头太小，在几百人面前不起眼，灵机一动到后台搬起一张桌子，把我抱上去，转身面向观众大声宣布："同志们，告诉大家一个好消息，现在由小银同志教我们唱歌好不好？"

台下响起一阵热烈的掌声和欢呼声："好！好！"

此时，我人虽已经站在桌子上，但是腿有点发抖，脸上感觉发烧，开始教唱前几句声音竟然有些发颤，因为从来没有见过这么大的场面。我先唱一句大家跟一句，手还挥舞着打拍子，教了一会儿心情才开始平静下来。

铁流两万五千里，指向着一个坚定的方向，苦斗十年锻炼成一支不可

战胜的力量，一旦强寇掳边疆，慷慨悲歌奔战场……

这铿锵有力的歌声在全场响起，激励着每一个战士的斗志。后台准备工作就绪，耿队长大声向台下宣布："同志们，今天的歌先教到这里，希望大家回去抽时间练习，下面请大家看演出。"台下又是一阵掌声，耿队长转身要抱我下来。我说，我自己能下，立马迅速从桌子上跳下来走到台后。

耿队长高兴地夸我说："小银，今天的歌教得不错，好好练练，下次再教……"我喜出望外，感到自己也像大同志那样开始工作了。从此，我不仅向同志们学唱新歌，也开始钻研音乐基本知识，练习如何发声和注意演唱时的表情等等。因为，我是部队中年龄最小的女八路，大众场合的活动多了，小银的名声也越叫越响。1942 年《山东文化》发表了一篇《小银》的文章，从此人们都以为我姓银，干脆后面再加一个字，叫银磊算了，这个名字一直沿用到现在。

三、悲愤满胸腔

在宣传队，我是年龄最小的女兵。首次化妆和一位比我大好几岁的女同志上台演唱《松花江上》这首歌，因为我只有小学二年级的文化水平，不懂词义，在排练时导演一句一句地讲解词义、唱法以及如何走台步，使我不仅懂得了歌词的含义、历史背景，而且也明白了许多革命道理。

正式演出那天，化妆的同志给我剪了个娃娃头，又在脸上涂了点胭脂。我穿上了一件蓝色中装上衣，扎上黑短裙，脚蹬一双带袢黑布鞋。那位女同志短发、旗袍，脖子上围了一条长长的白围巾。在乐队演奏的"松花江上"乐曲声中我俩慢步出场，在悲怆的乐曲伴奏下开始了演唱，那些令人心酸肠断的歌词使我终生难忘：

我的家在东北松花江上……
那里有我的同胞
还有那衰老的爹娘
啊！九一八、九一八
从那个悲惨的时候

脱离了我的家乡
抛弃了那无尽的宝藏
流浪，流浪
哪年，哪月
才能够回到我那可爱的故乡……

在舞台上边走边唱，当演唱到“流浪”和“爹娘啊，什么时候才能欢聚一堂”时，我被歌词感染，联想到家乡被鬼子侵占，我自己也曾到处流浪时，眼泪就情不自禁地流下来，这时台下的观众也是哭声一片。退场时，脸上擦的红色胭脂全被泪水冲光了。10 岁的我第一次登台初见成效，得到了大家一致好评。

随着形势的发展和年龄的增长，我在各种剧目中扮演过正反各种角色。记忆中曾演过《小放牛》中的牧童、京剧《空城计》中的报童、歌剧《归队》中的儿童团长、《沂城好风光》中的少女、话剧《气壮山河》中的女特务等一系列角色。

我还学会了用民族器乐二胡来配《白毛女》的唱段，只要完成舞台上的演

1946 年银磊（前排左一）在三野八纵文工团

出任务，就下台帮助配乐。战争年代我还经常深入部队辅导基层连队开展文艺活动。通过党组织的教育，我提高了觉悟，确立了为共产主义奋斗的人生观。16岁时，我被光荣地吸收为中国共产党党员。

四、难忘鱼水情

1941年冬，日寇出动5万多兵力对我山东沂蒙山根据地发起规模空前的“铁壁合围”大扫荡。组织决定将我安置在一个姓赵的贫农大娘家里，待扫荡过后，再将我接回部队。

赵大娘40岁左右，身边有一男两女三个孩子。大娘一见到我，就热情地说：“孩子，这里就是你的家，从此后你就叫我娘。”大娘是个细心人，把我从头到脚打量了一番后说：“你脸长得很白净，还留着小分头（那时部队不分男女都是这种发型），身上还穿着黄军装，这与我们家的孩子打扮不一样，到了咱的家，就听大娘的。”于是她将自己儿子穿过的破棉袄、大头鞋，还有一顶旧毡帽找出来，让我换上。又拿来剪刀，把我的分头剪成了光秃头，把锅底灰和煮过的地瓜水搅和后涂在我脸上、脖子上、手上。大娘还为我准备了一个小破篮子，里面放了一个破了皮的地瓜头和煎饼还有一根细长的小木棍。她细心叮嘱我：“如果鬼子来了，你就挎上篮子跟我走，不要害怕，也不要说话。”这样一打扮，我真的像个农村要饭的小男孩了。

我在大娘家住的时间不长，她对我像亲生闺女一样疼爱，我穿的衣服里面有虱子，她就帮我捉、挤，有时还用牙咬。吃饭时，大娘看我糠煎饼加野菜难以下咽，就叫大伯到地里刨地瓜，拿回来蒸熟给我吃。记得，有一次我受了凉，咳嗽不止，大娘从邻居家找来红糖，用生姜烧水冲鸡蛋给我喝。看到站在旁边的小妹妹没有，我怎么也喝不下去。大娘急忙撵走了小妹妹，亲切地对我说：“好孩子，听话，把它喝了，就不会再咳了。”我被感动得眼泪直流，哽咽着把红糖水喝了下去，大娘的土办法真灵，没过几天我的咳嗽就好了。

鬼子、汉奸真的来扫荡了。听到敌人的枪声，村里的孩子哭、大人叫，鸡飞狗跳乱成一团。有人大叫：“鬼子来了，乡亲们快往村西大山里跑啊！”

大娘一手拉着小女儿，一手拉着我，让我把篮子棍子拿着跟她跑。我们一鼓作气跑到了离村两里路远的北山半山腰的一个山洞中，和十几个乡亲挤进山洞藏了起来。有人不小心挤掉了洞口的一块石头，被搜山的敌人发现了目标。

敌人直奔洞口，拉开枪栓，汉奸二鬼子直着喉咙喊叫道："洞里的人都出来，不出来就开枪了。"身后的日本人"八格牙路、八格牙路"地叫骂着，鬼子的东洋刀在阳光下闪着光。

洞里的所有人陆陆续续爬了出来。大娘紧紧拉着我的手，生怕被敌人识破。敌人问："你们哪庄的？干什么的？"无人敢回答。

大娘答话了："我们都是本庄的，孩子听到枪响，吓得直哭，才跑到这儿来躲躲。"她指了指年纪较小的孩子又说："这都是我家的孩子。"敌人用贼眼看了看，猛喊道："快回村去，为皇军烧开水去！"

大娘骗走了敌人，村里还有没有鬼子不清楚，我们不敢回家，大娘带着我们转移到了另一个山沟，直到天完全黑下来，才带我们回了村庄。

在大娘的关心照顾和冒死掩护下，我安全地躲过了敌人的"大扫荡"。不久，宣传队就派人接我回了部队。

五、艰难岁月

1942年秋，日伪军纠集两万多人，又对我山东解放区实施"拉网合围"大扫荡。此时，我因患疟疾住进了野战医院。

医院突然接到紧急通知，敌人又要开始扫荡了，所有来不及转移的伤病员，均由各住家老百姓负责掩护。是夜，房东老大爷把住在他家的8个伤病员领出了家门，通过一条长长的山沟，到了一个事先垒好的岩洞，让我们一个个钻进去，然后又用石头垒成原样。临走时，他轻轻嘱咐大家千万不要随意把垒好的洞口打开，明天天黑他会给大家送吃的来。

这个洞是大爷亲手所挖，原是自家备战用的，总共不足5平方米，挤进去了8个人，头顶石板，每人只能蜷起腿来，一个挨一个紧紧坐着。洞里一片宁静，等啊等啊——真是盼星星，盼月亮，好容易把大爷盼来，大爷小心翼翼地把洞口揭开，洞里人也乘机出来方便方便。他从带来的饭桶里给每人盛了一碗带地瓜的汤，桶底刮得干干净净后，大爷才将岩洞垒好后回家。

像这样安静的日子没持续几天，接连几天大爷没送吃的来，我们饿得实在坚持不住了，年龄大些的同志慢慢学着大爷的样子揭开洞口，轻轻下到山沟，寻找滴滴泉水，等泉水装满半桶就提回洞来供大家享用。

秋天是个收获的季节，该收的农作物乡亲们都收回家了。地里剩的都是一些落花生、地瓜头子、南瓜秧子、不成熟的玉米、野菜、酸枣等，凡是能够充饥的食物，都被我们找来充饥、

这种野人般的日子，没能够坚持几天，敌人开始了拉网式的搜山。离我们约十几米远的一个地岩山洞被敌人发现，把十几个我军伤病员从地洞里拖出，在光天化日之下，敌人用东洋刀一一把伤员砍死。敌人野兽般的咆哮声和伤病员死前的惨叫声，震撼了整个山谷，我们在洞里一动都不敢动。敌人犯下滔天罪行后就回村去了。

这时有人建议："不能在这里等死了，一定要突围出去。"大家赞成这个建议。我们决定分成两路突围。

深更半夜，我们在一无向导，二无指南针的情况下，开始突围。有人建议按天上的北斗星走，大家一定不要出声，一个跟着一个，千万不要掉队。山顶上就有敌人，还有敌人的探照灯来回晃动着。

我们艰难地围着山脚步行了大半夜，发现前山腰上有一点微弱的灯光，询问后才知道这是一位避难的大爷，因为点烟才有了火光。他指引我们，一定要顺着山下往南走，现在鬼子都在北边各个村子里驻扎。我们按照大爷指的路线一直往南转移。

虽然大家又累又饿，极为疲倦，但是没有一个人提出休息。就这样不停地赶路，走了一天一夜。路过敌人扫荡过的村庄，由于敌人的"三光政策"到处是一片废墟，也见不到一个乡亲，我们好不容易突破敌人的封锁线，回到了根据地。

六、见到刘、邓首长

1948 年 4 月，解放战争进入决战前夕。由华野政治部主任唐亮、宣传处康处长率领华野文工团和三纵、八纵文工团赴方城地区慰问正在休整的刘邓大军。

4 月 14 日首场演出，由三个文工团联合演出了《刘邓大军挺进大别山》，华野文工团演出了大型古装剧《李闯王》。

4 月 15 日晚，三纵文工团演出歌剧《白毛女》，当时我在该剧中扮演黄世仁的女佣张二婶。几十年过去了，我对当时的演出场景依然历历在目。演出刚

结束，“不忘血泪仇！打倒黄世仁！”的愤怒呼声在台下响成一片……

刘、邓首长为了答谢华野的慰问，专为文工团举行了答谢宴会和欢送仪式。这天，天气晴朗，万里无云。康处长说，刘、邓首长要来看望大家。听到这一消息，我们个个喜笑颜开，心花怒放。我们排着整齐的队列，耐心地等待着这一幸福的时刻到来。队列中不知是那位同志喊道：“来了，来了！”

刘、邓首长真的来了，队列中发出一阵热烈的掌声和欢呼声。两位首长喜笑颜开，频频向大家招手、问好。刘伯承司令员走在最前面，他身穿灰色军装，头戴军帽，脚蹬青布鞋，鬓发已经花白，戴一副茶色黑框眼镜，身材高大魁梧。接着走来的是邓小平政委，他同样穿灰军装，但没戴军帽，留着小平头，个头不高，但是目光炯炯，显得格外精神。两位首长一前一后走到我们面前。刘司令员即席讲话，他说：“三野老大哥能征善战，在华东战场打了许多大胜仗，我们要向三野老大哥学习。”大家听了十分感动，备受鼓舞，不约而同一个劲儿鼓掌。康处长带领大家高呼：“敬祝刘司令员邓政委身体健康！旗开得胜，多打胜仗！”

在震天动地的口号声中，二野文艺演出团敲锣打鼓，吹着唢呐扭着大秧歌也来了，场面十分壮观。在欢送会上二野政治部向前来演出的兄弟部队文艺团体赠送了锦旗，送给八纵文工团的锦旗上绣着“真挚的友谊”五个金光闪闪的大字。我们高举这面象征着二野、三野兄弟般战斗友谊的旗帜，希望在新的征途上取得更大的胜利。

七、良缘续情长

1949 年 3 月，在我解放军以摧枯拉朽之势取得淮海战役决定性胜利的大好形势下，我军摩拳擦掌准备夺取全国胜利。我们八纵文工团正在突击排练大型古装剧《李闯王》。

一天下午，我正在紧张排练，亓尧团长手拿一封三角信，同导演罗通耳语了几句。他平时很少讲话，今天笑眯眯地把信交给我就离去了。导演对我说：“今天就排到这里，你回去准备准备吧！”

我离开了排练场，看到了一位年轻的警卫员站在那里，当打开三角信一看，我的脸也红，心也跳，不知所措，信中写道：

小银：

军部师部驻全椒，
有利凤凰早还巢。
不用骑马和坐轿，
简朴婚礼在今宵。

李智

导演叫我准备准备，有什么好准备的呢？一个战役接着一个战役，频繁地行军打仗，紧张地排练演出，有时还要到医院帮助救助伤病员，真是没有丝毫精力考虑这方面的私事。

我迅速跑到宿舍换了一件干净的衬衣，就匆匆忙忙地跟那位警卫员上路了。

全椒是师部的驻地，院子打扫得干干净净。我一进门就有人喊"新娘子到了"。师长王建青和其他首长都从屋子里出来，我主动向他们敬军礼，他们一一和我握手。王师长热情拉着我的手说："欢迎欢迎！非常欢迎小银，成了我们师老李的媳妇了"，说得我脸发烧，很不好意思。

王师长拉着我的手，走进一间不到20平方米的老乡住屋，中间摆好一张八仙桌，人们围桌而坐。有同志端上四大盆菜，有豆腐、青菜、鸡肉、猪肉，还有一瓶烧酒。王师长说："今天是老李和小银的大喜日子，我们大家祝贺他们互相帮助，共同进步，白头偕老。"大家热烈鼓掌，不时发出阵阵笑声。

就这样，我没坐车没坐轿，自己走，更没有穿花衣服和红袍，就在老百姓的土炕上，两人合盖一条薄薄的军被，在一片祝福声中度过了我的新婚之夜。

大家走后，李智拿出两支派克笔和两个红皮影集对我说："我家得知咱们要结婚，捎来了两支派克钢笔一人一支，拿去今后学习用，两个小影集本你带去一个，以后有了照片可往上贴。"

给我和李智牵线的月老和红娘是后来二炮的政委刘立封和爱人李玉珍。战争年代，我在军部，李智在师部，相隔甚远，结婚前只见过两面，不足两小时。那时军人结婚不送礼，更无人穿什么婚纱，度什么婚假，一身军装就是永久、高尚的婚纱，一切的一切都要服从战争。

战争使我们把生死置之度外，以艰苦奋斗为荣。1950年朝鲜战争爆发，李智已查出肺结核，他让保密，谁都不告诉，带病和部队入朝参战。1953年朝鲜战争结束，他凯旋回国探亲，我的大女儿李红炬问："叔叔，您来找谁？"3 岁的她出生只见过爸爸一次，所以把他当成解放军叔叔了。

多少年之后，我们结婚时的派克笔已废，小影集虽破，却伴随着我们的人生走过了六十五年的风风雨雨。它记录了战争年代及和平建设时期的人生足迹，成为我们浴血奋斗，栉风沐雨，相濡以沫，携手共进的爱情见证。

简　历

银磊，1931 年 1 月出生，山东莱芜人。1941 年 1 月参加革命，1946 年参加中国共产党。历任宣传队员、文工团员、分队长、政治指导员等职。1955 年转业。任南京军区幼儿园主任、政治协理员、解放军军事科学院印刷厂党支部书记等职。现已离休。

从弃婴成长为新四军的女战士

王晓蕾

母亲田延文在世时，每到 8 月 1 日她都要与中国人民解放军一同庆贺自己的生日。其实，母亲的生日并不是建军节。她出生在安徽花鼓戏之乡的凤阳。凤阳自古就穷，然而穷则思变，明朝的开国皇帝朱元璋就是从那里开始打下了江山；中国农村改革的发源地小岗村也出自凤阳，这些土生土长的农民们创造了“小岗精神”，拉开了中国改革开放的序幕。

我的母亲是在 1924 年 8 月的某一天来到了这个世界。她刚刚生下来的时候，上面已有了两个姐姐，重男轻女的姥爷便狠心地将她放在一只破竹筐里，丢在了山路边。那时正值夏季，她侥幸免于受冻，也没让狼吃掉。哭声被她的一个寡妇婶娘田尹氏听到，或许是想让自己唯一的儿子将来有个伴，善良的婶娘把母亲带回家，用稀面汤喂养，使这个小生命活了下来。

身着军装的田延文

母亲长到 3 岁时，抚养她的婶娘不幸病故了。母亲不得不回到那个把她遗弃的家。刚满 10 岁的她就被送到远房亲戚孙百万财主家去给他带孩子，受尽了打骂和欺辱。在母亲 17 岁那年，家里为她包办了一门婚事，母亲不从，趁深更半夜逃出了家门。

小时候，我家住在南京军事学院，母亲的姐

1947 年 3 月田延文与丈夫在苏北合影

姐即我的姨娘常来家里住，她跟我提起母亲的往事，那神情充满了佩服。她说："你妈妈的胆量，在我们那个田家圩子，可是出了名的，她逃婚走的那天晚上，你姥爷带人打着火把去追她，要是追上了，非把她打个半死不可！"每当回忆起姨娘说的这段往事，我的眼前便会出现这样的镜头：母亲放开了被缠足布裹住的双脚，在山野间的小路上狂奔着，头上的长发被树枝扯开，在山风中飘逸着，身后那几个闪着光亮的火团在远远地跟着……

1942 年，刚满 18 岁的母亲听说家住凤阳山区的姑妈家驻扎着共产党、新四军，还得知在定（远）凤（阳）怀（远）县的县委会、县政府、县总队、县妇女抗日理事会内都有妇女。她仿佛看到了希望，随即翻山越岭几十里，跑到凤阳山区棋盘路附近，找到妇女抗日理事长臧家珍。经她的介绍，母亲于 1942 年 8 月参加了新四军，在定凤怀县总队被服厂当上了一名军工，从此走上了光明的革命道路。当时，在登记她的出生年月时，曾经被遗弃的母亲怎么能知道自己确切的生日呢？她想，是部队给了她新生，于是，她在登记簿上填上了 8 月 1 日。

母亲参军后，相继在县总队和津浦路西军分区被服厂做缝纫工作，当时和她一起工作的女同志，大多与她的处境相似。在革命的大家庭里，母亲过上了男女平等、官兵一致、同甘共苦的生活，她感到眼前一片光明和幸福。由于她各方面表现突出，多次受到嘉奖，并于入伍的第二年，1943 年 10 月加入了中国共产党。

也就是在这一年，冲破封建婚姻枷锁的母亲，经部队领导的介绍，与当时 23 岁的父亲王善甫相识了。那时的父亲高大英俊，19 岁就任新四军二师 17 团政治处主任，可以说是才貌双全，母亲一见便喜欢上了，她终于在革命部队里找到了自己心仪的爱人。他们相识两年后，1945 年 4 月，在戎马倥偬的战斗间隙，母亲与父亲在定合县占鸡岗结为革命伴侣。

母亲最初是个文盲，组织上安排她到当地的一所小学学习文化。母亲十分努力，从父亲留下来的与母亲当年的书信往来中就能看出，母亲为何那么用功了。那时父亲在前方作战，他们很少见面，只能书信往来，母亲不能总让别人为她读心上人为自己写的信，同时她也要向父亲表达自己的感情。当然，这都是我的猜测。常言道“爱情的力量是无穷的”。的确，母亲的文化提高得很快，日本投降后，母亲相继在新四军和改编为解放军第 6 旅第 16 团卫生队、华东江淮军区医院、第四军分区政治部担任护士、收发、干事，后来又在皖北军区军政干校校部担任专职支部书记。

在艰苦的战争年代，母亲虽然没有正面与敌人交锋，但为了配合主力部队，要不分昼夜地随时转移，不能带走的缝纫机，就把机身藏到水塘里，背着机头前进。三年解放战争时期，母亲在两次怀孕的情况下，跟着部队穿越封锁线，转战南北，长途跋涉，曾多次遭遇到封锁线上敌人的扫射和飞机轰炸。

母亲曾跟我们提起战争年代出生的两个姐姐是如何命大的往事。那还是在解放战争的第三年，我中国人民解放军由战略防御转入了战略进攻，全军将士浴血沙场，誓把老蒋摘取的“桃子”夺回来。大姐很有点凑热闹的劲头，偏偏在这个时候出生了。父亲在前线作战，还顾不上看一眼自己唯一的女儿。虚弱的母亲拄着根棍子随后勤机关不时地向前推进，大姐被当地请来的挑夫放在挑担一头的箩筐里，跟着队伍一路奔波。

一天夜里，部队要过敌人的封锁线。当队伍行进到一条河边时，不知哪位母亲怀中的婴儿突然啼哭起来，引得其他婴儿跟着三三两两地哭开来。为了机关能安全地通过防守严密的封锁线，负责转移的首长不得不硬下命令：将所有的婴儿丢进河里！那些身为军人的母亲们不得不以服从为天职，流着眼泪将自己的骨肉抱起作最后的吻别。母亲这时走近挑夫的担子，当她要去抱正在熟睡中的大姐时，一位父亲的部下冲过来将母亲推开，压低了嗓门说：“你不能这么做，首长就这么一个孩子，你要是把她扔进河里，回头我怎么向首长交代啊！”说着，把大姐抱在自己的怀里，疾步穿过了封锁线。母亲后来对我说，大姐从生下来就很乖，不爱哭闹，她一路上竟没有发出一点儿声音。

那是个少有的阳光灿烂的日子，然而，对于行进在大平原上的军队来说，这绝不是一个好天气。大姐像往常一样躺在挑夫的箩筐里，在扁担上下的晃悠中睡得正香。忽然，天边传来了一阵嗡嗡声，几只“大鸟”飞过来了——是敌人的飞机！“赶快隐蔽！”有人在下令。

在路边的几十米处有一片玉米地，如果动作慢是跑不到那儿的。挑夫被眼前的突发情况弄得惊慌失措，他丢下担子，没命地向玉米地跑去。母亲此时正搀扶着一位有身孕的女军人向那里奔去。随着敌机的掠过，洒下一片弹雨。等一切都恢复平静后，人们从玉米地里三三两两地走出来，母亲看见挑夫空着的双肩，感到了有什么不对劲，突然，她像疯了似的向敌机刚刚扫射过的地方跑去。真是万幸，那副担子还在，她一眼就看见了放在担子一头扣在文件箱上的搪瓷盆底已被子弹穿了个窟窿眼，再看另一头箩筐里的大姐，正睁着大眼看着她笑呢。母亲事后说，要是挑夫在放下担子前调换了方向，大姐的小命就没了。

一年多后，我的二姐追着大姐出生了，母亲怎么能在行军途中同时呵护两个幼小的生命呢？组织上为她在江苏阜宁县找了一个农民家庭，这家只有夫妇俩，男的姓梁，名中安，结婚几年却一直没有孩子，他们把二姐当自己的女儿来养。

一天，一小股国民党残兵进了村，他们闯进了这家，要夫妇做饭给他们吃。当两人在锅边忙着时，一个国民党老兵走到床边，对躺在床上的二姐产生了兴趣，他问道：“这是你们的孩子？”夫妇忙回答是。那个兵一定是在想念自己家乡的骨肉了，他抱起二姐与她逗了一会儿才放下，那夫妇俩紧张得出了一身冷汗。这一切真是印证了母亲的那句话：“姐姐们的命大。”冥冥之中，上苍为这对夫妇保全了二姐的生命，而让他俩在后来的岁月里连生了三个儿女，他俩对我的二姐就愈加珍爱了。全国解放后，母亲一直在思念着这个离开她5年的女儿，可这夫妇俩早已把二姐当作自己的亲生女儿，几次交涉都不舍得让她走。最后，父亲带着一些钱和物品，用他擅长做政治思想的口才说了许多动情的话，才把一口苏北口音的二姐接回到身边。二姐很长一段时间不把母亲叫妈，不高兴时还会哭叫着：“我要找姆妈！”

我出生在和平年代，当时，有一对军人夫妻没有生育能力，看到母亲已经有了3个孩子，就请求把我送给他们。母亲答应了，可送过去没几天，就又反悔给要了回来。长大后知道了这件事情，当时我哪里懂母亲的心思，一旦母亲为我的顽皮指责我，甚至动手时，我心里就在嘀咕，母亲当初为什么不把我送给那对夫妻呢，要是给了他们，我还不知道怎么被疼爱呢！后来才明白，她是不想像自己狠心的父母那样，随便把亲生骨肉给“遗弃”了。

新中国成立后，在皖北军政干校工作的母亲任军区干部疗养所副指导员。1953年，她随父亲调到南京军事学院，并离职到南京建新小学学习。1955年，母亲和许多阿姨一起，响应军委号召，脱下了军装。那时我刚4岁，可至今还能记得当年身穿军装的母亲是何等的英姿飒爽。我是在上世纪80年代大裁军时集体转业脱下军装的，我能体会到母亲在脱下军装时的那份不舍，尤其是这身军装给了她新的生命，但她毅然决然地服从了组织的决定。

母亲虽然不再是军人了，但她却承担了军人家属委员会的工作，在家委会主任的位置上一干就是十多年。那时，家里虽说有保姆，但是对于父亲的饮食，母亲事必躬亲，谁也不能插手。尽管如此，她还时常骑着个自行车，风风火火地往来于各个家庭之间。家里也会有哭哭啼啼的阿姨突然闯入，向母亲掀起身上的衣服，展示刚刚被丈夫打过的伤痕。这时，母亲就得放下正在忙碌的家务，好言安慰，过后还得陪着去找那个伤痕的制造者。

记得那时，我们家里常聚集着一些阿姨们，有时她们在一起过党组织生活，有时学唱新歌、练习交际舞舞步。大院举行文艺演出时，我们就会坐在台下，观看母亲带着她的家属演唱队在台上表演。母亲的辛苦换来了领导和群众的好评。1963年至1965年，母亲连续三次受到南京军事学院张震院长、王平政委的嘉奖：一次授予“先进分子”，两次授予“五好家庭”的称号和奖状。

1965年春节，父亲调总参防化兵部任政委我们全家随父亲迁到了北京。一年后，“文革”爆发了。父亲被关押在我们不知道的地方，只有母亲带着我们住在没有阳光，阴暗潮湿的小平房里，接受那场已变了相的“群众运动”，每天受着打砸抢的折磨。造反派到母亲家乡去外调，回来就说母亲隐瞒了自己的富农成分。母亲曾跟我们说过，她离开家乡时家里很穷，快解放时几个亲戚合在一起做酒，解放时划成分就把她家划成了富农。为此，造反派把她拉去批斗，并要她交代父亲的所谓问题。

母亲面对围斗她的造反派大声抗辩道：“我18岁就出来参加革命了，我一天也没享受过富农的生活，我与那个家庭没有任何关系！”的确，母亲逃婚离家后就再也没回去过。听父亲说，就是在战争年代行军路过家门口，母亲都没有回去看一眼。母亲的个性极强，也以厉害出名。她不但不交代父亲的所谓问题，还理直气壮地说父亲是个苦出身，勤勤恳恳地为党工作，业余时间都在努力学习……这些话激怒了造反派，面对动手打她的人，她居然能勇敢地还击。在那个年代，恐怕是绝无仅有了。

的确，母亲一生都没回过家乡。我们居住在南京时，她的老家来人不断，面对从小就将她抛弃和排斥的家乡人，刀子嘴豆腐心的母亲，一边叨叨他们不好好在家务农，就知道跑到城里吃闲饭，一边给他们安排食宿。等他们离开时，不但要给他们买车票，还给他们大包小包地带走许多衣物。60 年代的自然灾害饿死了很多人，母亲的家乡安徽尤为严重。我们的大姨娘逃难来找母亲，要不是母亲用本来自家都紧张的口粮接济了她，她也会跟村里的很多人一样，口吐黄水倒在路边。

2001 年，父亲和母亲的金婚已过了 6 年，在谓之“绿宝石婚”后的一年，总参老干部管理局在军事博物馆为所有金婚夫妇举行纪念仪式，还拍了婚纱照。77 岁的母亲第一次穿上了红色的婚纱服，手捧着鲜花，与一身戎装的父亲幸福地依偎在一起，为我们留下了珍贵的瞬间。

2003 年，母亲 79 岁时因医院三次误诊，延误了膀胱癌最佳的治疗时间。301 医院的泌尿科主任说要亲自为她动刀切除膀胱，保证她至少还能生存 5 年。可母亲说不愿意那么活着，她也不想拖累别人。任凭我们子女和她的老战友前来劝说都没有用。她说她与家乡人比已经很够本了，她的家人没有一个活过 60 岁的。在“非典”袭击北京之时，她离开了医院，回家等待她最后的日子到来。她的身体一向强壮，60 多岁时，我们跟她上街都赶不上她的步伐，70 多岁了还从楼里提水给她种的葡萄浇水。谁也想不到，她会走在父亲的前面。

母亲的一生平平凡凡，但她的故事却耐人寻味……

让我们永远铭记那些为祖国的自由、独立和解放奉献了青春和热血的兵妈妈们。

简 历

田延文（1924—2003），1924 年 8 月 1 日出生，安徽凤阳坞岗乡田圩村人。1942 年 8 月参加新四军，1943 年 10 月加入中国共产党。先后在新四军被服厂、六旅 16 团卫生队、华东江淮军区医院、第四军分区政治部等单位工作。新中国成立后，在皖北军政干校、安徽省军区干部疗养所任副指导员。1955 年复员，在部队机关家属委员会工作。1963 年至 1965 年连续三年被南京军事学院授予“先进分子”、“五好家庭”称号。2003 年 5 月 26 日在北京病世，享年 79 岁。

一个女文工团员的悲喜人生

赵洁苓（遗作）

“人世几回伤往事，山形依旧枕寒流。”回顾我这一生，悲喜交集，感慨万千……

一、战火青春

1949年11月30日重庆解放。我和隋涤新各自考进了二野军政大学文艺大队。他编在了二中队，我编在了五中队，那时，我们还互不认识。

一个月后，12军文工团选拔演员，每个人都要登台展示才艺。隋涤新是大专生，在学校时就是活跃分子，普通话又说得好，被选上了。我是初中生，只是爱好文艺，他们让我唱一首从未唱过的歌，结果唱得结结巴巴没选上。未被选上的同志便和政治大队合并，上千人行军到合川成立二野军政大学三分队四总队，共7个大队。我在四大队女生大队。学员都是20多岁的年轻人，在一起上大课、开运动会，朝气蓬勃，热情洋溢，充满了青春的活力。

赵洁苓1952年在朝鲜前线

在这里我们学习了《社会发展史》及《中

国革命与中国共产党》。1950 年 7 月，毕业后我被军大文工队选入，开始了文艺生涯。

1950 年 10 月朝鲜战争爆发，12 月底 12 军奉命北上。军大改为随营学校，我们文工队改为随校文工队。我们一起乘船沿长江经武汉转乘火车，历经 20 多天到达华北，在河北束鹿县休整三个月，然后到东北。我们文工队在吉林省宽甸县粮食局安营扎寨，12 军文工团则在宽甸的一所学校住下，相距不远。

有一次，12 军文工团演出，我们随校文工队观摩。隋涤新和一位女同志演了一个小歌舞剧《鸭绿江上》。我觉得他们演得很棒，尤其男演员，音色纯正，调门高昂，舞剧中还不时穿插一些京剧身段，动作娴熟，非常潇洒，赢得了满堂喝彩。演出结束后他给我留下了美好的印象。

不久，文工团到粮食局来拉粮，拉车驾辕的正是小隋。他跑起来，风吹动他自然卷曲的黑发，小伙子是那么的血气方刚、意气风发，留给我的印象又进一步加深。

军文工团和我们随校文工队一起去长甸为部队演出。这里紧靠鸭绿江，隋涤新演了好几个节目，每个节目都很受欢迎。小隋在台上镇定自若，丝毫没有紧张情绪。因我刚当演员不久，人又小，上台往往有些怯场，难免紧张。他的沉着冷静使我非常佩服。我们并没搭话，但我知道他就是演《鸭绿江上》那位拉车的帅小伙子，心中油然而生仰慕之意。

1952 年 9 月，军文工团在朝鲜金城防御战中遭受空袭，牺牲了好几位同志。军首长决定让随校文工队和军文工团合并，我和小隋由于抗美援朝而走到了一起。

朝鲜的冬天很冷，早上的洗脸水必须烧热才行，团里每天安排两人轮流值班烧水。所谓的灶就是用几块石头垒起，所谓的锅则是炒面箱子做的，用头天晚上下的雪，捧入冰铁箱里，下面烧柴，就成了洗脸水了，但青柴不易点燃。那天我值班，反复吹火，一直无法点燃，无奈的我只好趴在地上吹。终于吹着了，同志们起床时用上了热水。我吹火时的狼狈劲被刚从上甘岭前线体验生活回来的隋涤新看见了，他问班长："此人是谁？傻乎乎的大个子。"其实我只有 162 厘米，因四川姑娘都较矮，我便成了大个。他的打趣，使我很不好意思，当时就闹了个大红脸。

有一天，我正在防空洞里洗头，他来此排练刚编好的反映上甘岭前线战斗故事的单弦《一千八》，见我在屋里，便和我聊起来。原来我们都是北方人，他河北沧州，我祖籍山西文水，地域观念使我们彼此很亲切。他说话诙谐幽默，逗得我哈哈大笑，这时我才知道他就是我曾经仰慕过的隋涤新。

青年时期的隋涤新

小隋很聪明、也很健谈，是团里的多面手。他能写能演，既能演曲艺相声、单弦、山东快书，也能演话剧、歌剧等。他性格也好，同志们都很喜欢他，爱称“隋老黑”、“黑子”（因他皮肤偏黑）。我们在一个队，排练演出接触较多，他对我印象也很好，觉得我朴实、刻苦，事业心强，待人接物亲切，相处较好，彼此有了好感。

1952 年 6 月团里接到上级通知，志愿军总部将组织各军文工团进行调演，从中选拔优秀节目组成志愿军文艺代表团回国参加全军第一届文艺汇演，向祖国人民汇报。我们团选了十余人，隋涤新也在其中，代表我们 12 军和兄弟部队 15 军、60 军、38 军、21 军等回国参加调演。7 月末他们回到北京，8 月 1 日下午 3 点在先农坛体育场受到毛主席、朱老总、周总理、贺龙、刘伯承等领导人的亲切接见。我们军的《阻击战之歌》、《坑道战》、《冷枪战》受到广泛好评。闭幕式上，我们军的黎萍和空军战斗英雄张积慧等五位代表，上台领取了一个特大奖杯，是毛主席、党中央、中央军委授予我们志愿军代表团的特别奖。

二、收获爱情

1953 年 1 月初，12 军奉命从中部的谷山换防到东海岸的元山、永兴地区，以阻击企图实施两栖登陆的“联合国军”。军首长指示文工团先行（因和友军有联欢任务），特意拨了三辆嘎斯 51 车，一个队一辆。第一天很顺利，平安到中转站，晚上下起了雪。第二天继续行进，由于白天敌机轰炸，为了安全都是晚上开车，不易被敌机发现。

这天天空阴沉，能见度不高，团长决定提前一个小时出发。车行至上山路时来了几架敌机，发现了我们，开始俯冲。一排机枪射下来，击中了车上的汽油桶，大家纷纷跳车，顺着岩坎躲避飞机。此时听见手风琴手汤重稀微弱的声音：“我的手不见了，张比喻也倒下了。”张比喻是文工团马副团长的未婚妻，也是我队优秀演员，身上中弹14处。我队男同志奋不顾身重新跳上车把小汤和张比喻抬下车，小隋冲在前面把伤员立即抬到附近老乡家，大家把救急包通通拿出来为伤员堵伤口，同时砍树搭担架。男同志抬担架，女同志则尽量减少男同志身上的负担，把挎包、水壶替他们背上，再翻一座山才到驻地。担架越抬越重，到了驻地，张比喻同志已经牺牲，小汤则在第二天送到医院保住了性命。后来他转送回国，右手截肢，但他身残志坚，一直从事文艺创作，成为四川颇有名气的作曲家。

此次事件中，隋涤新表现很勇敢，一个颇有才华的优秀演员在危难时刻，不顾个人安危去抢救战友难能可贵，更增添了我对他的好感和爱慕。但那时我听说他已有女朋友在国内，便将自己的情感深深埋在心中。

在朝鲜前线，文工团经常冒着敌机的轰炸，深入前沿阵地为战士们演出，一夜要跑五六个猫耳洞。隋涤新因表现突出，荣立三等功一次。

1953年7月27日停战了，军里决定派几个人回国学习，马团长亲自率我和金明等几人先行到了北京。我们找到中央实验歌剧院想学些民间舞蹈，虽然我们来自朝鲜前线，但是基本功还是很扎实的。我们曾练学吴晓邦的基本功，又跳了不少舞，胳膊腿很灵，曾到平壤朝鲜国立歌剧院学习芭蕾舞、朝鲜舞和苏联舞，在舞蹈基本功方面并不比那些专业舞蹈演员差。

当时上海歌剧院也来学《荷花灯》，马团长提出我们在一旁跟着学，他们同意了。教舞的就是《荷花灯》里跳荷花仙子的孙玳璋。整个舞教完后，她让上海的演员从头到尾跳一遍，结果磕磕巴巴的，很不满意。然后让我们跳一遍。学的时候，由于事先我和战友潘美分工，她学群舞，我学领舞，同时记队形。我们为争这口气，学习努力，一丝不苟，老师教完一段，我俩回驻地就合成。又跳又画舞台队形，除了吃饭睡觉就是练习，所以当老师让我俩跳时，我们顺顺利利一步不落地跳了下来，得到了孙老师的好评。我们在歌剧院还学习了《采茶扑蝶》、新疆独舞《幸福生活》、《跑驴》、《花鼓灯》、《苏联水兵舞》等。

回到军里，我们为部队汇报演出大受欢迎，首长很高兴。我的舞蹈水平大大提高，在舞蹈组成了主要演员。腰直了心气高了，得知小隋已和女朋友分手，我觉得我的业务水平已和他对等，再也抑制不住心中熊熊燃烧的烈火，鼓足勇气向他表白了我的爱意。我爱他，他也爱我，因为他听说了我们在北京学舞的情况，觉得我有毅力，坚强又聪明秀丽，正是他所爱的人。

三、比翼齐飞

1954年春天，总政治部决定志愿军组建慰问团回国慰问祖国人民，全军共成立了四个慰问团，我们三兵团组成第四分团，团长是司法部长史良女士，我和隋涤新都被选中进入慰问团。涤新担任了单弦《一千八》和四川评书《冷枪战》主演。

第四慰问团除了志愿军文工团，还有地方文艺团体，如北京的中国杂技团、曲艺团、曲剧团，到成都后又增添了成都市川剧团。这个大团能分能合，团里尽是名角，如侯宝林、魏喜奎、曹宝禄等等，目的地是西藏，慰问西藏人民和修筑川藏公路的解放军官兵。我们肩负着光荣使命，从成都出发，车队浩浩荡荡翻山越岭，过了二郎山，又过泸定桥、雀儿山，经康定、甘孜，直到昌都西藏军区所在地。当时川藏公路只修至昌都，我们在昌都、波密周围演出，很受欢迎。此前，这里从没有文艺团体来演出。藏族同胞对我们热情友好，送上哈达、青稞酒、酥油茶。有些藏族大妈拉着我们女同志的手，摸摸脸蛋，看看军装，既亲昵又惊奇，我们也感到十分温暖。

我俩的工作量都比较大。一个晚会我要跳独舞、领舞和群舞，有《海军舞》、《出院的一天》、《幸福生活》等5个舞蹈，演唱五六支歌曲。高原反应喘不上气来，光一个《跑驴》就得跑十多分钟，下了场一边大喘气，一边换下一个节目的衣服，慰问团配给的氧气瓶只有一个，留给身体不好的人用。

慰问团里有不少曲艺界的名角，部队同志趁机拜师学艺。隋涤新拜魏喜奎（大鼓、曲剧创始人之一）和单弦名家曹宝禄为师。经过专家的指点，他创作主演的单弦《一千八》旧貌换新颜，艺术质量有很大提高。

这段时间，我们俩在一个锅里吃饭，一个车里行军，一个台上演出，接触比较频繁，感情日益加深。慰问任务历时两个半月，总结时，团里决定为三人请功，我、隋涤新、毛华柱，但总团只给一个名额，就给了毛华柱，我们俩被提名嘉奖。

任务结束，我团回到12军驻地浙江金华。1954年底，总政来了调令，调我和团里五人回朝鲜，到志愿军文工团工作。志愿军政治部文工团拥有话剧

在朝鲜桧仓与战友在毛岸英烈士墓前祭奠（左二为赵洁苓）

团、京剧团、歌舞团，相当于大军区一级文工团，仅歌舞团就有120多人。其实总政早就想调隋涤新去，但军里不放，说他是12军的财富、台柱子，只好屈就军文工团。离别时我们难舍难分，但从我事业的发展来说确是件大好事。

从此，鸭绿江成了我俩的一条天河，平时就靠书信往来，增进感情。每年的休假，我就回金华相聚，或一同回重庆看望父母。到总政后，面临第二次选择，话剧团导演李默林曾看过我的独舞《幸福生活》，对我的表演很赞赏，因此他要我去话剧团，而舞蹈队要我去他们队，合唱队也要我。我考虑很久后，决定去合唱队，因为我的理想是当一名歌剧演员。歌剧演员首先要有好的声乐基础，我音色虽美，乐感也好，但没有受过正规训练，那是绝对不行的，于是我选择了合唱队。

1956年初，团里从平壤请来3位声乐老师，一名是朝鲜国立艺术剧院的女高音歌唱家高万寿，一位是朝鲜人民军协奏团男高音歌唱家李龙范，还有一位是朝鲜国立艺术剧院的男低音歌唱家玄泽。我被安排在高老师门下，经过三个多月的学习，打下了较好的声乐基础，结业时选了几位学习好的给团里汇报演出，团领导认为我进步很大，让我担任领唱。山东吕剧团来朝鲜慰问演出，团里派我去学习吕剧《喝面叶》，国内民间文艺汇演又派我学习，我学了一段山西二人台《卖绒线》，这两个剧目成了团里的保留节目，下部队演出深受欢迎，我在合唱队站住了脚。

四、幸福时光

1957年1月25日，我回国到12军军部所在地浙江金华和隋涤新完婚。那年我23岁，他27岁。从内心说，我是不想这么早结婚，怕影响事业，在他的一再要求下，只好应允。婚后不久，我就回朝鲜了。事业要重视，可是夫妻不能老分离，我向团里提出调他来总政文工团，总政文化部长王允年像个老妈妈关心下属，立即发了商调函，但此时正好南京军区也发了调隋涤新去军区工作的函。怎么办？请示总政，总政说：先考虑前方，照顾夫妻关系。

1957年6月，军文化处接到了总政调隋涤新的调令，军文化处长张展向军首长汇报了此事。一天，张处长叫隋涤新到文化处，然后带他去见军长李德生。李军长说："小黑子啊，去吧，去吧，结了婚的小夫妻两地分居不好啊，去吧，我们同意你去！"军长同意他走，使他很感动，觉得李军长非常平易近人，处处为下属着想，顾全大局，没有本位思想。李军长的音容笑貌至今还在我们心中。后来涤新被错误打成右派后又是李军长出面，为他写证明担保他政治上的清白。

1957年7月，隋涤新赴志愿军总部歌舞团报到（即总政歌舞团）。我们终于有了自己的小家，生活很愉快，工作劲头足，感觉非常幸福。10月份，总政开党代会，要文工团演出新节目，团里决定排演歌剧《槐荫记》，这是中国实验歌剧团新创作的，内容其实就是黄梅剧《天仙配》。团里决定由我扮演张七姐，涤新扮演董永，戏里有大段的唱、做功，许多的舞蹈，三幕九场剧要求10天内完成。实在是难！我们下苦功背词背唱，除了吃饭睡觉，就是练习。有时睡梦中还手舞足蹈的，完全入魔了。任务完成，演出很成功，领导对我俩的演技和工作态度大加赞赏，给我们"嘉奖"。

隋涤新、赵洁苓1957年春节于浙江金华

最令我感到幸福和难忘的是1958年10月28日晚上，敬爱的周恩来总理在北京饭店设宴招待从朝鲜凯旋的志愿军将士，我有幸代表全体志愿军战士给总理敬酒，这是我一生无尚的荣光，也是我一生最幸福的时刻！

五、跌入低谷

俗语说，好花不常开，好景不常在。不久，反右派运动开始，一下改变了我们的命运。我的家庭也由幸福的高岸跌入苦难的低谷，这是一段人生最悲惨的记忆，也是我和老隋爱情历经磨难且经受考验的难忘经历。

总政文工团在朝鲜八年，号称“最可爱的人”。他们都是出生入死，为国家为世界和平扛起抗美援朝大旗，经历了血与火洗礼的勇士。在炮火连天的朝鲜，立体战争是不分前后方的，敌人仗着空中优势，倾泻炮弹，炸死了无数同志，更不用说到第一线慰问即将出征的战士，坑道、猫儿洞、交通壕都有我们的足迹、我们的血汗。幸存下来就不易，哪来的右派？但是，5%的指标必须完成。先抓了共青团总支书记乐手关英华，说他诬蔑统购统销；管弦乐指挥张立华，理由是他不喜欢民族乐器；合唱队老孙因没得到组织批准便私自结婚；合唱队邓英因想去香港学画等，一共抓了五个右派，未达到指标后，把老隋也抓了去。他刚调来不久，找不到他的言行，这时12军文工团某协理员背着支部成员代表支部写来揭发材料，说他谩骂党的领导。原因是老隋和他的相声搭档喝酒时，口无遮拦地骂了这位协理员不择手段地追求女文工团员，“生了孩子没屁眼”。他那位搭档汇报了协理员，协理员怀恨在心，便以支部名义写了揭发信。骂一个单位领导就是骂党，这是反右运动中的公式。

我不服，我认为老隋骂人是不对，应该批评，但谈不上是右派。他在战争中的英勇表现，工作中的积极奉献，多次立功获奖，都证明了他对党的忠诚。他从来没对共产党、社会主义有过不满情绪，怎么突然就成了右派？我想不通。不论你们怎么批判，我都不相信他和那五位同事是右派。组织上希望我离婚，我就是不离不弃，坚决不离。我觉得他是有缺点的好同志，不是右派。众多同志认为我划不清界限，团小组批评我，并提请总支开除我的团籍。我不怕，开除就开除吧，我不能昧着良心抛弃一个曾经患难与共的战友和丈夫。他已经很难过，有口难辩，我不能雪上加霜，我愿意好好帮助他。

后来他们六人被发配到吉林省双辽县三合农场劳动改造。临别时我告诉他，你去后，好好改造，我等你，你的家庭负担由我承担。我把我们节余的钱全让他拿去，因为他的工资一下降成47元。就这样我们一别两年多。我本来已经是党的发展对象，现在没了。一些人处处找我的茬，在平壤演出女声小合唱，一首新歌，演出中他们都没按节奏唱出来，只有我唱对了，有人说我故意捣乱，因为我是右派老婆；回国前，在朝鲜的党报上登了6名我团主要演员的照片，都没有我，因为我是右派的老婆；1958年10月回国时乘坐的列车，第一列是首长和英雄及文工团部分人，第二列则是机关工作人员及文工团部分人，而且都是家庭出身不好的。我出身没有问题，但我被打发坐在第二列，因为我是右派的老婆……我只能暗自神伤。

回国后，我们住在北京小西天，经常组织去中南海和毛主席等中央领导跳舞，有几次就不让我去了。虽然这些刺激令人不愉快，但一上了舞台，我仍然自信百倍。我就在这种起起伏伏，快乐忧愁参半中生活。1959年全军文艺会演，我团参演的仍是《志愿军战歌》，我扮演阿妈妮，是全剧的贯穿人物。会演结束就该休假了，老团长来团看望大家，见到我问："黑子怎么样，休假后去看他吗？"我说，可以吗？他说，怎么不可以。听到此话，我决心去东北看他。在此之前，我们曾在中山公园演出，隋涤新突然请假到北京，住我姑妈家里。我二哥陪他到中山公园看我的演出，有人告诉了我，但我已经上了妆，不好下台找人，心想演完后他一定会来后台看我，但最后却没等到他。事后，我才知道，他怕影响我，洒泪离京了。我们已经快两年没见面了，但我的思念从来没停止过，一定要去看望他！

六、患难夫妻

1959年初夏，我写信告诉涤新我要去东北看他。他做了些准备就到双辽市郑家屯车站接我。我们住的客店条件很差，到农场唯一的交通工具只有大车，还得等三天才有车来。他瘦了许多，但精神还好。我们亲热地相拥，不愿分开。三天没上街，除了吃饭就是黏在一起，人说久别胜新婚，一点不假。两年来的相思化为一腔热血，放开来尽情享受人生的这点幸福，是我们这对患难夫妻在那个年代的最大享受了。

大车来了，车上坐着妇女小孩，都是农村人，惟有我穿着军装。大车碾压留下的车辙很深，双脚都能踩着地，颠儿颠儿地终于到了农场。文工团和他一起去的其他五位同志热情地来接我，我们高兴极了，和过年一样。但住房成了问题，一位医生便把他的住房兼医务室让给我们住，这间破屋有门无窗，简单地挂了半张布帘，权当我们的临时卧室，晚上关了灯就是我们的二人世界，即使这样苦中作乐，对于我们患难夫妻来说也感到十分幸福。

听说我来了，农场想看我的节目，于是我给农民兄弟演了黄梅戏《天仙配》中的《夫妻双双把家还》，山东吕剧《喝面叶》里的选段，还唱了朝鲜歌。这里朝鲜族人很多，他们很爱听。涤新则说了山东快书和二人转选段，观众热烈鼓掌，都夸我们是一对好夫妻。住了几天该回团了，农场让老隋送我返程，依然得坐大车。趁驭手中途喂马之机，我们跑上了小山丘，那里的狗尾巴花和杂草丛生长得半人高，蓝蓝的天空飘浮着朵朵白云，我们躺在草丛里相拥相依，享受着人生的美好时光。临别的依依不舍，又使我们带着丝丝缕缕的感伤。

1960 年，贺龙将军率三个文工团到朝鲜友好访问，我团是其中一个。当决定出国人选时，我落选了，我明白因为我爱人是右派。在审查节目时，发现“伽倻琴弹唱”节目人太少，要求增加人，在团长政委的保证下让我出国。此事对我刺激很大。我是个事业心、自尊心很强的人，今后，如再有类似的任务又卡我怎么办，长此下去，我还有什么脸面、有什么发展？毛主席说，知识分子改造八年，那右派分子又要改造多少年？这么想着，我恐慌了。我不能这么无限期地等下去，想到这里，我对我们的婚姻便失去了信心，于是向隋涤新提出离婚。

此事被农场党委专职干部知道了，问他打算怎么办？隋涤新说：“我不能耽误她的前程，那就离吧！”专职干部看他言不由衷，便说：我给你十天假，你回大连去解决问题（志愿军文工团回国不久就改称总政歌舞二团，归旅大警备区管，驻地大连）。他来了，带了农场党委的介绍信。政委叫我去，把介绍信给我看，信上说，他改造得很好，不久就会摘帽，希望再等待一阵，政委也是这个意思。我听后顿时轻松许多，离婚是逼不得已，并非感情不好，既然政委都要我等等看，那我当然乐意。我们重归于好，给他买了许多东西，他高高兴兴回去了。不久传来他摘帽的消息，我们以为苦难的日子过去了。

七、重返部队

1960 年底二团解散，我被调回北京总政歌剧团。当歌剧演员是我梦寐以求的理想，能实现自己的理想是件多么愉快的事。这时老隋来探亲，他已经调双辽县评剧团当导演，县剧团每天演些传统剧目，上座率很差。他去后试着将歌剧《洪湖赤卫队》移植为评剧，很受观众欢迎，演遍了全县所有的公社。群众欢迎，领导也满意，认为他是个人才，很器重。赴京的队伍出发了，我请了20天假，所有的关系、行李都带走了。这时，留守旅大的原舞蹈队长及艺术编导语重心长地对我说：你到了北京，隋涤新怎么办。像他这种情况，调北京很困难，夫妻总不能长期分离，你可以找找警备区首长，请他把老隋调回部队，然后你也留下。

这是我始料未及的，想了一天一夜，思想斗争很激烈。一边是人生的理想，一边是两人的生活，舍弃哪一方都难下决心。最后，我决定去找旅大警备区政委吴岱，他亲切地称我为“二姑娘”，因我在小演唱《卖绒线》里扮演二姑娘，给他留下很好的印象。我把我的想法对他和盘托出，请他把老隋再调回部队。吴政委满口答应，说他的老战友吴德就是吉林省委书记，一个电话就解决问题。但是，你必须要留在旅大警备区当骨干，重新招收学员，成立旅大警备区文工团。我吱唔了一阵，答应了……

1961年5月组织上真的把老隋调回了文工团，重新穿上了军装，重建了我们的小家庭。旅大警备区的前身是志愿军三兵团机关，1959年10月改为旅大警备区，是我军历史上唯一一个兵团级的警备区。机关里有许多是12军的老领导、老战友。听说老隋来了，大家都来探望，感叹不已。我既然答应了首长，就得兑现，不能食言，只好带着遗憾和无奈去北京把手续再办回来。

到了总政歌剧团，魏政委提醒我说：你要想好啦，来总政非常不容易。我便把自己的想法如实告诉了政委，“我实在是想到歌剧团，但我的难处太大了……”政委表示理解说：“那你就安心地回去吧，继续努力。”并赠送我一个“海花石”。我心里像打碎了五味瓶，说不出的滋味。

为什么一定要把老隋调回部队？原因很多，主要是他所在的评剧团是个县级班子，旧剧团复杂，恶习不少。自从他成功移植歌剧后，不少女演员络绎不绝来他宿舍，动手动脚引诱他，讨好他，为的是今后能安排主要角色。老隋很烦她们，又不能公开驱赶。同屋的原二团提琴手便给他出主意，你快把赵洁苓的照片摆出来，当他把我8寸单人照放在桌上后，果然奏效，来的人少了。我怕他近墨者黑变坏了，所以尽快让他离开那个环境。部队单纯正派，再说夫妻也必须团圆，这才付出了那么大的代价。

隋涤新、赵洁苓夫妇合影于20世纪60年代

旅大警备区文工团（又叫前哨文工团）成立了，我们共同发挥着老同志的作用尽心尽力，工作成绩很大。我们走遍了警备区所属的大小岛屿为海岛战士们演出，老隋是一名出色的演员，能掌握多种曲艺形式，又能主演话剧、歌剧，多次在各级会演中获创作、表演奖。可到了评五好文工团员时，我评上了，他却只能评为技术能手。评军衔时，我是中尉，他却是少尉。不公平，这是区别对待，还是老问题，工资也没恢复原级别。我心里不平静，他情绪受影响，只好尽量做他的工作：认了吧！

八、再遭劫难

1966年一场浩劫开始了。部队文艺团体是“四大”单位，一个团分成了对立的两大组织，视如仇人。我们都加入“前哨总部”拥军派。为了捍卫钢铁长城，老隋冒着风险写批驳对方的文章，在大街上和人辩论，深夜回家，我惶恐不安，生怕出问题。有一天，很晚了他没有回来，急得我坐立不安！半夜他回来后，我就又哭又闹，使劲打他，才解了我的气。我说：为什么不想想自己的身份，你倒是保卫军队，可谁保卫你？乱世中你最好当逍遥派。

大联合时清理阶级队伍，对方抓出了两名，“总部”抓出了他，又被摘掉帽徽领章，成了阶级敌人。还有一名副团长打成“走资派”。我不服，质问“文革”领导组的老赵：既然说“文革”是试金石、分水岭，拥军、反军，老隋坚决站在拥军一方保卫钢铁长城，为什么又把他抓出来。真理何在？原因只有一个——他是摘帽右派。

老隋被禁锢在团里不准回家，让他烧锅炉。那时我们已经有了两个孩子，小的尚在哺乳中，上有一瞎婆婆，不能做家务，必须请保姆照顾。二人工资加起来入不敷出，每到月底，我就向王指导（我的同乡，关系很好）借20元，下月发了工资还给他。这样周而复始，政治压力、经济压力使我心力交瘁，心灰意冷，甚至死的念头都有！想到自己这辈子为什么这么苦，老天爷为什么对我如此残酷，干脆了此残生。但一想到涤新正在经受考验，孩子又小，我得坚强活着，再苦也得熬下去。

春节到了，好说歹说允许他回家过年。我劝涤新一定要熬住，等待“解放”的那一天。

1969 年初，全团下到北大荒搞斗、批、改，我安排好家庭，义无反顾下到北大荒。北大荒，北大仓，一望无边的麦子、豆角、土豆，一个上午最多拿下一垅地。重度的劳动之下身体很疲劳，而更难熬的是精神的苦闷。后来政策松动了，涤新几人被解放了，领章帽徽又重新戴上，总算熬过了艰难的日子。

九、泪别军营

1969 年林彪发布“一号命令”，撤销好几个部队文工团，前哨文工团也被撤销，政策是哪里来回哪里去，一律作复员处理。以前干部离队都是转业，现在都是复员。复员和转业待遇大不一样，转业是干部，复员是当工人，什么待遇都没有。一项政策的制定就是由某些人说了算，非常随便，哪有法制可言。反右派运动害了许多人，“文革”又害了许多人，我们这些当年为国赴汤蹈火的热血青年当兵二十年，如今却落得如此境遇，我们想不通，但又有什么办法，只能感叹命运的不济……

1969 年底，我们全家老小回到了重庆沙坪坝，安排在塑料厂当工人，定为三级工，每月 46 元，两人共 92 元。六口之家，怎么够？每月去银行取 50 元复员费，补贴家用。塑料厂安排我在铸塑车间，机械化程度稍高，安排隋涤新在滚筒车间，这是最艰苦的一个车间，将粉末似的树脂一铲铲扔向 200 度高温的滚筒上，直到成为饼状，其气味很大又难闻。老隋本就有支气管炎，经过长年刺鼻味道的祸害，病情更加严重，后来发展成肺气肿，以至于晚年被这个病折磨得痛苦万分，最终也是因这个病离我而去。

老隋的身体素质本来非常好，就是因为在右派阶段挨冻受饿，感冒了没药吃，东北又寒冷，没钱治疗拖成了气管炎，戕害了他的身体。在工厂是三班倒，有些人不理解文工团员，以为我们是小姐，怕苦怕累，有意识考验我，事实证明我们也是能吃苦，并且吃过许多苦，不比他们差。我们在战火纷飞的朝鲜吃不上饭，一口白雪一把炒面的日子，整天挨饿又遭遇敌人飞机轰炸，翻山越岭为部队演出，你们经受过吗？人生最大的苦莫过于对生命的威胁，我们骄傲，我们经历过！

厂领导后来调我到仓库当保管员，上白班。我开始要打算盘，天天向厂里报产量，工作毫无差错，工人们也改变了看法，后来大家相处得很好。厂里决定成立文艺宣传队，让我负责，我唱了几首毛主席诗词，震惊了沙坪坝。重庆警备区调我去配合他们演出。厂里宣传队由老隋负责，我们把宣传队搞得红红火火。老隋编导了《珍宝岛之歌》、《陕北民歌五首联唱》，在文化宫演出受到好评。渐渐以塑料厂文艺宣传队为主，成立了二轻局文宣队，发挥了我们应有的能量。政策年年落实，到1974年，我俩调为五级工。

十、重新归队

1974年，四川省要成立"四川省乐团"，由四川音乐学院承办。从成都来了几位老师到重庆，招收队员，专业的、业余的都可以。在原中央乐团女高音声部长林华娴老师的推荐下，我见了招考老师。他们安排我唱支歌，我不解地问，还要考吗？他们表示，听一听，相互了解。唱完后他们很满意。不久得知：业务合格，政审不合格。我出身知识分子家庭（父亲解放前是西南师范学院英文系教授），个人表现一贯好，何来不合格？说白了，又是老隋右派问题。我立即给当时省里主管文卫的何云峰写了一封申诉信，大意是老隋右派并不等于我是右派，各人是各人的问题。就像家庭出身由不得自己，重在本人表现。托人送上去后，何云峰批示省文化局，"既然业务合格，可以录用"。调令来了，但不能解决爱人问题。我太想归口了，便带着两个儿子到了成都。那年，我已经40岁，乐团合唱队女同志数我年纪最大。除了参加大合唱、小合唱外，我给从业余来的年轻同志们辅导。她们除了嗓子好外，什么都不懂，上台没台风，紧张、局促等等，都得一点点教。女声合唱、女声二重唱全由我负责排练，服装、化妆全管，身兼数职，忙得很。孩子都上了学，一切安排妥当后，1975年以工人对调的方式，把老隋和他母亲接到成都，把他安排在"胜利食品厂"，仍然当工人。

成都市曲艺团团长来家要借调老隋去团，他不想去，怕风云突变，又要倒霉。但曲艺团看中了老隋的才华，劝说他归队，1976年他从工厂调入成都市曲艺团。他到团里以后培养了一批骨干，组建了精干的队伍，创作了优秀剧目，去昆明、广州、桂林、贵阳等十几个大城市公演，为团里扩大了影响，增加了收入。

1978年8月，中央发布了为错划右派改正的55号文件，老隋立即给沈阳军区的老战友白劳（沈阳军区宣传部长）写信，请他转交一份申诉信给时任沈阳军区司令员的李德生老首长，很快就有了回音。10月份沈阳军区派两名干部来成都给他平反，落实政策，撤销右派结论，恢复他的文艺级别，把档案清除得干干净净。他们还给老隋看了一个材料，是1957年11月志愿军政治部去12军外调时李德生老军长为他写的证明信。上写：

隋涤新同志在我部工作八年，表现良好，他的问题是思想意识问题，不属于政治范畴。

军长：李德生

政委：李德生

老隋看后，哭了，心中十分感谢12军对他的爱护，感谢军首长对他的了解和关怀！

在落实政策召开的全团大会上，部队的同志宣布说：隋涤新同志不但不是右派，而且是一个好同志。并征求他意见，问他愿不愿意回部队，重新穿军装。他考虑到父母年事已高，身体不好，母亲双目失明，两个孩子已经读小学，都需要他的照顾，再说回部队将来还得面临转业，不想再折腾了。于是决定就在成都落实政策。本来准备安排他担任成都曲艺团领导的，但曲艺团干部已满，就让他当艺术指导。

改革开放，拨乱反正，我们都归口了，干上自己所熟悉钟爱的文艺工作，心情愉快。特别是压在头上二十年的大山推翻了，整个人的心态都不一样了，我们过了几年舒心幸福的好日子。他在曲艺团撑起了大梁，他的相声震撼了成都市，积压多少年的热量如火山爆发。他创作演出的代表作有相声《川菜飘香》、《中国女排》、《出口成章》等。此外，他培养选拔了一批优秀青年人才到团里，这些人在他的传、帮、带下，都成了正式演员，可以独立担当，后来都评上了一级演员。成都市艺校成立，他兼任艺校老师，专教相声演员。这些孩子普通话过不了关，他就联系相声界的老朋友，北京的、天津的，送孩子们去那里学习、熏陶。这办法不错，回来后，舌头都能打弯了，尚有点京味。他一共教了三期学生，最得意的学生现已是成都市相声骨干，成都曲艺团团长、副团长都是他的学生。其中一位曾参加两次全国相声大赛，得了创作奖、表演奖。也许相声的惯例吧，培养新人往往是逗让给学生，师父则为捧。捧是很重要的，万一出了漏洞，捧的人立马给拉回来，不露痕迹，所以他是捧逗俱佳。

尾声：永失我爱

90年代初，老隋的支气管炎逐渐发展，开始了住院岁月，后来发展成了肺气肿。1990年他退休了，退休后继续在成都市艺校教学生。他教学并不是为了挣钱，那时课时费很低，他是为了后继有人。如果他不教，学生怎么办？他只好带病坚持。自行车骑不动了，学校派车接送，他喘得厉害，上课只能坐着上，好不容易把这第三批孩子带毕业，从此不得不歇业，离开了他热爱的舞台与讲台。

老隋的肺气肿逐渐发展成肺心病。十几年来就是和病魔作斗争，住院、出院，家常便饭。我既当保姆，又是护士（扎针、吃药、量血压），还是政委（他痛苦难当就想死，我得劝慰做工作）。每当他痛苦难忍想中断治疗时，我就对他说："涤新，你一定要坚持住，不能把我一个人扔在这个世界上，你至少要陪我到80岁……"

十几年来，他的病情每况愈下，连续三年的春节，我们都是在医院度过的。最后一次住院是2013年12月13日，直到2014年5月16日他去世。老隋受尽病痛折磨，肺心功能很糟糕，二氧化碳吐不出来，氧气不能吸入。最后两个月肺功能极度衰竭，无创伤呼吸机摘不下来，24小时带着，只好插胃管、尿管。真是可怜，我心痛，无助！可我不敢当着他流泪，那会增加他的压力，失去信心的我，只好晚上回家掉眼泪痛哭。他多次对我说想死，不愿活着受罪，我只好调侃说："阎王爷不叫你去，你就去不了。还是好好配合医生治疗，争取病情好转我们回家。"

从1957年结婚，我们相依为命57年。可是天不遂人愿，我刚过完80岁生日，他就撒手人寰，离我而去。我虽然早有思想准备，但残酷的现实还是使人难以接受，我号啕大哭，再也唤不醒他。从此，我失去相依为命，相濡以沫57年的好丈夫、好战友、好兄长，阴阳两重天，再也不能相见！

在他弥留之际，我俯在他耳边对他说："涤新啊，不管你听不听得见，我也要说，我们是一对患难夫妻，几十年来甜蜜幸福的日子有过，但很短暂，更多的是痛苦、无奈，一桩接着一桩。我们个人的命运和国家的命运是紧密联系的。但我们坚强地挺过来了。我们一直很穷，60年代几乎靠借贷度日，我们也扛过来了。年轻时你身强力壮，跑封锁线上前沿慰问演出，从来挑重担不生病，可就是到农场劳动戕害了你。大跃进深翻土地七尺，挑灯夜战，出了大汗又受风寒，感冒了缺医少药，硬拖成了气管炎，最后发展成肺心病。不管外界压力有多大，日子多艰难，我们相爱永远，不离不弃。我既然选择了你，我会对你负责到底。你放心，孩子们都有他们的好日子，不要挂牵……”说完不久，他就与世长辞。

1957年7月隋涤新、赵洁苓在北京团聚后合影

我和涤新在炮火纷飞的朝鲜战场相识相恋，把最美好的青春年华献给了祖国和军队！回顾我们的一生，我们对得起党和人民，对得起国家，也对得起生养我们的父母。我们努力了，奋斗了，虽然一生命运坎坷，但我们无怨无悔，问心无愧！

今年是抗美援朝66周年，让我们永远记住在异国他乡为祖国而战，为正义而战的日日夜夜；共同怀念为人类和平做出牺牲和贡献的所有已逝去的战友，包括我的爱人隋涤新！

简 历

赵洁苓（1934—2016），祖籍山西。1934年出生于重庆一个知识分子家庭。1949年12月参军，在二野12军军政大学学习，毕业后分在军大文工队（即12军随校文工队）。1951年3月随军入朝，1952年合并到12军文工团。1954年12月调志愿军政治部文工团。1958年10月25日最后一批回国。先后在总政歌剧团、旅大警备区前哨文工团任演员，中尉军衔。1969年“文革”中复员回重庆当工人，1974年考入成都四川省乐团（后改为峨影乐团）任声乐演员。2016年6月在成都病故，享年82岁。

抗美援朝洞中缘

杨娌娅

1950 年 10 月，妈妈李慧在重庆市沙坪坝留影

我从小是由外婆带大的。小时候常常听外婆那婉转的四川口音絮叨：“你妈妈呀，49 年才 17 岁都上到高二了，非要去参军。我拦不住嘛！我说女娃儿一定要上大学，宁肯做家庭教师，也不能做家庭妇女。本想把你妈妈供到大学毕业。她非要走，说要去壁山上军政干校。全家吃了一餐饭，我给了她三个银元。哪晓得，第二天就听说要走了，家都没有回呀！我追到码头见人就问，有没有看到一个穿红棉袄的女娃儿呀？人家说，穿红袄的女娃儿多得很，都过河走了。我就一下子坐到地上了……”

身处上世纪 40 年代的外婆有如此开明的思想真是难得！她的叙述绘声绘色极具画面感：“都过了五年了，那天下午，我正坐在院子里低头做针线活，突然一个小娃娃放到我的腿上了，就像是从天上掉下来的一样。我一看，好乖的小娃儿啊！笑模笑样地看着我。一抬头，是你妈妈穿着军装把你带回来了……”

1954 年 7 月李慧抱着三个月大的作者杨娌娅

一、从小小姐到解放军　脱胎换骨的转变

妈妈李慧 1932 年 5 月 12 日出生于四川省合川县，即现今的重庆市合川区。李氏为当地望族，自明末清初始祖李永芳由湖北麻城入蜀，扎根合川至今，历经十四代，历时三百余年。至第九代李邦第时，设祠堂于合川云门镇新场巷子，名李氏支祠。李邦第，号镒丰。勤俭持家，厚道待人，广置田产，家境富裕。在合川梓桥街 61 号开设丝线店铺，名“镒丰号”。李邦第于清末去世后，因家道兴旺，子女众多，于民国十年（1921 年）将所遗留的全部家产，分成六份，由六个儿子拈阄分割。

斗转星移，几经沧桑，各房境况，兴衰不一。妈妈的祖父李开达为李邦第的次子，继承了合川城内梓桥街“镒丰号”店铺三层街房一座及其所属资产。祖父去世后，妈妈的父亲李天文，扩展经营并在重庆、泸州等地设立了分号，将新式机器引进了传统的制丝工艺中。

“镒丰号”三层楼的店铺前店后厂，占地好几亩。有制丝工人 50 余人，家中还有厨师、保姆、佣人。楼顶宽阔的晒台用于晾晒成品丝线，楼后有紧邻嘉陵江的轮船码头，将货物运往重庆、上海、广州等地。

我的外婆揭淑清生育了三子两女，但一子一女幼年早逝，仅有我妈妈李慧和她的哥哥李愉、弟弟李悟长大成人。妈妈是家中唯一的女儿因而备受宠爱，因在当时亲戚们的女孩中排行最末，上下都称为“小小姐”。

小小姐聪慧伶俐，脾气执拗。5岁那年，家族中长辈聚餐，来客都是坐上席，她也非要坐上席。因是左撇子和客人的右胳膊吃饭时相碰，客人说了她，她竟然拒绝进餐，关上房门面壁思过。想通了出来，拿筷子径直就用右手了。

然而，富裕安宁的生活随着日本人的入侵彻底结束了。抗战伊始，“镃丰号”在各地的分号陆续撤回了合川。抗战期间，合川遭受了空前的大劫难。1940年7月22日下午1时许，日寇出动了96架重型轰炸机，在20架零式战斗机护航下，分三批对合川县城进行了丧心病狂的轰炸，投掷重磅炸弹和燃烧弹500多枚，同时用机关枪追赶扫射街上奔跑的人群。这一天的狂轰滥炸，使李氏家族创立于合川梓桥街61号的那座经营百年声名远播的“镃丰号”店铺，在一天之内被夷为平地。那一年，妈妈刚满8岁，面对家中的突然变故，她的切身感受是，她玩耍的宽阔厅堂、楼顶晒场、江边平台、绣花阁楼、三层大屋永远地消失了。她在晚年时，无数次地向我们回忆描述幼年时家的模样。

妈妈因家道中落，过早结束了“小小姐”的富裕生活。但是，她却坚持学业，以优异成绩考入合川女子中学，并读到了高中二年级。合川女子中学校长胡述英是中共地下党员，在教学中经常向学生们传播进步思想，组织学生开展“反内战、反独裁、要和平”的活动。当时，合川女中的音乐、历史、英语、美术老师都是中共地下党员，她们的行动受到国民党特务的监视。妈妈在课堂上就亲眼看见美术老师在黑板前被戴上了手铐，手里还捏着画画的粉笔被抓走。

1949年，中国革命进入了最后的历史决战，人民解放军千里跃进大西南，一直打到蒋匪军的老巢——重庆。1949年11月30日重庆解放了。妈妈于1949年12月初报名参军，经过考试和政审，被四川省壁山军分区军政干部学校录取。经过三个月严格紧张的学习训练，妈妈被分配到中国人民解放军第12军35师文工队。从此，妈妈开始了脱胎换骨的转变，由一个娇小姐、青年学生成长为一名飒爽英姿的解放军女战士。

二、七天七夜追部队　入朝征途惊险多

1950年5月，朝鲜战争爆发，战火烧到了鸭绿江边。1950年底，12军作

为全军第二批入朝参战部队准备开赴前线。当时35师文工队住在重庆沙坪坝照相馆里。妈妈在沙坪坝邮局给哥哥李愉和二伯父李天泰打了电话，他们一个在民生公司当会计，一个在重庆南岸当教师。亲友难得相见，妈妈有讲不完的话。但是，部队规定出发前不准给家里写信，不准告知部队动向，妈妈绝口没提入朝的事。她哥哥也想不到部队要出川，在租用他们民生公司的轮船上会有他妹妹。看着以前穿学生装现在着军装的幺妹儿，不知此后何时能再相聚。他给她买了几块大手绢，中午三人吃了面条，到照相馆照了合影留念。在照相馆门口，碰到了文工队的领导，12军35师宣传科杨锦华科长。杨科长因为经常给文工队做报告，所以妈妈认识他，可是科长对这个合川入伍的学生兵并不熟悉。但是三年后他们却结婚了，共同携手走过了坎坷的六十年，并在儿女晚辈的祝福声中，热闹地庆贺了结婚六十年的钻石婚礼。现在已是耄耋之年的妈妈经常说，这是不是就叫缘分啊！

1950年12月1日，12军奉命入朝参战，35师全师出川。在重庆朝天门码头乘船东下，经武汉到宜昌，然后坐火车经平汉路北上，于1951年1月抵达河北深县。部队从气候温暖的四川盆地突然来到寒冷的华北平原，女文工队员们脸上都有冻疮。整训期间，每天凌晨背着背包，冒着严寒在冰天雪地里跑步、练兵、摸爬滚打。各级宣传部门印发了朝鲜日常用语的小册子，大家对这些陌生的语言感到十分有趣好奇，一有空就练。有些记不住的，就在旁边标注同音汉字，如朝鲜语“谢谢”就注上“高马四米达”，解释为一匹高马，四米达。还学习了对美军、南朝鲜军的喊话材料。当时妈妈学朝鲜话觉得很好玩，谁知两个月后却救了她的命。

经过了两个多月的战备训练和思想教育，妈妈和文工队的战友们个个情绪饱满、斗志昂扬，纷纷写了决心书、请战书，还编排了许多抗美援朝、保家卫国、鼓舞士气的文艺节目。

1951年3月21日傍晚，这是一个妈妈永远牢记的日子。35师作为12军的前卫部队首先渡江。当时部队集中在长甸河口鸭绿江的河滩上，李德生师长站在一块大石头上慷慨激昂地作战前动员：“同志们！今天是一个伟大的日子！我们全师指战员就要渡过鸭绿江，去参加抗美援朝、保家卫国的伟大战争了！这是一个神圣的任务，所以，凡有笔记本的同志，都应该把它记下来……”

部队如雄浑的黄褐色洪流，跨过了鸭绿江上的浮桥，进入了朝鲜国境。江水已解冻，缓缓地由东向西流，浮桥有 3 米多宽，这里就是战争与和平的分界线。一开始妈妈她们还高唱着“雄赳赳，气昂昂，跨过鸭绿江！保和平，卫祖国，就是保家乡……”，在路边为行进中的部队鼓动。但是前方不时传来“快跟上”、“不许讲话”、“不许暴露火光”的口令，不容多想，她们已经进入了战争状态。

为了防空，部队是昼宿夜行。为了不暴露目标，战士们都戴着用树条和青草编成的伪装帽，马车、汽车、炮车等都做了伪装。敌机甩照明弹了，步兵就隐蔽在公路两边，车马就地停止。夜间行军人地生疏，步兵和车马都拥挤到公路上，只能紧跟着前面的人，不敢掉队。每晚要走 80 多里路，后半夜又乏又困，走着走着就打瞌睡。身上还有背包、雨布、步枪、干粮袋、挖工事的小铁锹等，每人负重 50 斤以上。天亮宿营，有时还能住在朝鲜老乡家的热炕上，后来敌机封锁得太厉害，部队必须疏散到离公路几里地的山谷里，各自分散找好隐蔽地形，用小铁锹挖个一人多长的小坑，摊开雨布半垫半盖，浑身汗湿和衣而睡。女队员们三五个人聚在一起，挑脚上的血泡，穿入头发引出血水，但是脚沾地时痛得钻心。在披星戴月的行军中，女同志比男同志更艰苦，遇到生理期就抽大衣里的棉花解决问题，由于棉花浸血后的摩擦，腿上都擦出了血红的口子。

经过连续十几天的强行军，17 岁的妈妈终于被拖垮了！她出现了咳嗽、发烧的症状，浑身无力，越走越慢，腿像灌了铅似的抬不起来。看见妈妈老是掉队，大家就让她坐到炊事班烧饭的大铁锅里，架在马车上，跟着队伍走。有一天晚上，马车行进在崎岖的山道上，只有两车道宽的碎石路覆盖着冰雪，在零下 20 多度的夜晚都冻成了冰路。突然，马失前蹄滑下山道，驮着的马车和马车上大铁锅里的妈妈，眼看就要掉到山崖下了，幸亏被山坡上斜长出的大树挡住了。坐在大铁锅里，烧得晕晕乎乎的妈妈，看到车下的悬崖，吓得出了一身冷汗！文工队李教导员劝说她留下来，暂时留在朝鲜人的村子里，先把病治好。妈妈的犟脾气上来了，死活不肯留下，说爬也要跟着部队走。领导们研究后，决定派男文工队员刘松桥陪着她慢慢走。为了不影响大部队的行军速度，妈妈同意了。

走了十几天路了，和大部队分开时，妈妈的干粮袋快要空了。白天的公路上静悄悄的，谁也不敢大摇大摆走在上面，因为美军的飞机会突然从山坡后面飞过来。它在低空盘旋俯冲时，躲在公路旁边树丛中的妈妈，都能清楚地看到驾驶舱里的美军飞行员在嚼口香糖。一到傍晚，太阳下山了，从各个山沟和角落里一下冒出来大批志愿军。人、车、马都拥挤到公路上，川流不息地向南挺进。妈妈说，晚上可热闹了，路上都是人，运输物资的汽车亮着灯，她一点也不觉得孤单。但那都是其他军的队伍。她和刘松桥决定，躲着飞机，只要体力能行，白天夜晚都要走，才能赶上部队。

第二天中午，他们的干粮袋空了，于是就离开公路，到朝鲜老乡家里要点吃的。愈往南走，战争的气氛愈浓。沿途有一些被敌人飞机炸毁的炮车、汽车，稻田里布满了巨大的弹坑，公路两侧的乡村残垣颓壁，只有到山沟深处才能找到人家。朝鲜老乡，无论男女老少，对志愿军都非常热情。妈妈出国前学的几句朝鲜话，这时还真是派上了大用场。“阿妈妮”、“阿巴吉”、“阿兹莫尼”，见什么人就用什么称呼，但是，重点还是“巴比巴比”(吃饭)。朝鲜人习惯冷食，端出来的都是冷水泡米饭，如果有朝鲜辣泡菜，那就是美味了。

这样昼夜不断续地行军到第三天的傍晚，在朝鲜老乡家里，他们遇到了一个38军运输汽油的驾驶员，妈妈只记得那是位高个子的山东人。汽车兵正在用朝鲜老乡家里的锅灶烧饭，听说他们断粮了，就热情地招呼他们和朝鲜老乡家的人来一起吃饭。妈妈入朝十几天以来，第一次吃到了热乎乎的东北大米饭，还有罐头红烧肉炖黄豆、罐头胡萝卜和咸鱼、咸肉。妈妈他们欣喜若狂，像是吃到了人间美食，这些都是祖国人民支援志愿军抗美援朝的物资。

豪爽的山东汽车兵知道了这是个四川小病号，大手一挥让妈妈他们坐上了他的车。38军集结地虽然不在谷山地区，但是可以往南载他们一程。于是，妈妈他们由徒步追赶改为机械化行军了，并且连续两天吃上了热饭喝上了热水，妈妈的病情好了许多。他们坐在车厢后面，身后摆满了半人高的汽油桶，挡住了前面的寒风。

但是，危险的情况还是发生了。就在妈妈他们坐上车的第二个夜晚，车正行进在盘山公路上，突然一架敌机沿着盘山公路，“噗！噗！噗”地丢下一串照明弹，另一架敌机沿着盘山公路“哒！哒！哒”地扫射。就在敌机投下第一颗照明弹的瞬间，行军的部队已分散潜伏在公路两边。妈妈他们的车也已停止前进，刚才还熙熙攘攘的人和车，刹那间消失了。可就在这时，车上的一桶汽油被飞机子弹打中了，冒出冲天的火焰。刘松桥一把拖住妈妈往车下跳，顺势滚到公路边的草丛里……

两架敌机飞走了，山东汽车兵迅速发动汽车，带着蹿出火焰的汽油桶驶离大部队和人群，开到没人的地方。他跳上车把着火的汽油桶推下了山坡，山崖下顿时燃起了熊熊大火。接着他又开车掉头回来，对着公路上嘈杂的人流车流大声喊“李慧！刘松桥！快上车！”执着的山东兵说不会丢下他们，一定要把他们送到与他岔开道路的地方。

在妈妈追赶部队的第五天，他们和山东汽车兵告别了，他要赶往38军的集结地。至今，妈妈还不知道他的名字，只记得是位高个子的山东人。坐在车上的这两天，妈妈烧退了，吃上了有营养的热食，体力也恢复了。

第六天，他们已走到谷山地区，但是，35师文工队在哪里呢？当时，唯一的联络方式就是靠喊了。碰到正在行军的部队就问，遇到已经休息的部队就喊。大声呼喊着文工队教导员、队长的名字，然后就是喊能想起来的文工队员的名字。刘松桥嗓门大吼声高，但是他们喊了一天都没有人回应。

第七天的夜晚，他们又翻过了一个山头，到了谷山地区。对着一群原地休息的志愿军队伍，他俩大声呼喊文工队长的名字时，突然，黑暗中有人在队伍里应答了。终于，经过七天七夜的追赶，妈妈他们找到了35师文工队！

三、冰天雪地战友情　枪林弹雨扬歌声

第五次战役结束后，12军35师集结在谷山地区休整，进行战后总结评查，并掀起了轰轰烈烈的练兵热潮。12军是个有着万名学生兵，千人文工团的野战军，开展宣传文娱活动是他们的强项。

文工队员们经常要到前沿部队慰问演出，还要辅导部队的文化活动。他们用部队缴获的美军降落伞缝制演出服装，利用弹药箱、罐头盒、炮弹壳做成了各种乐器和文化生活用具。35师宣教科就在一个矿洞里举办了全师“文化生活展览会”，在战火纷飞的前线他们做了大量的火线文化鼓动工作。

领导文工队工作的是35师宣传教育科。科长杨锦华，1926年6月15日出生于山西省平陆县。他的父亲杨仁义博览群书、善于写状纸，常为贫苦百姓申冤鸣屈，主持正义。“七七事变”后，全面抗战爆发，杨仁义积极协助地下党将民团改组为抗日游击队。在抗日战争最艰苦的1939年6月，送年仅13岁的儿子杨锦华参加了八路军。新中国建立后，平陆县人民政府选举杨仁义为县人民代表，列为知名民主人士，其传记记载在《平陆县志》中。

杨锦华参军后历任八路军十八集团兵站、八路军西安办事处通信员，晋冀

鲁豫军区129师新1旅宣传队员，延安抗日军政大学第七分校第三大队第六队学员，晋冀鲁豫野战军第六纵队17旅49团政治处宣传股干事、股长等职。1945年8月5日加入中国共产党。

据《十二军史话·二野劲旅》记载：1948年2月，刘邓大军在大别山丘陵地带来回穿梭，调动敌人，迷惑敌人。但指战员看到的只是眼前的局部形势，对整天在大别山里转来转去有牢骚。为了形象直观地向部队讲清楚全国的形势，49团宣传股长杨锦华就找了张门板，利用晚上宿营时间，把全国地图画上，将全国各个战场形势标在上面，特别是挺进中原的陈谢、陈粟、刘邓大军的“品”字形阵势，标得更为明晰。第二天，杨锦华把全团教导员、指导员集合起来，拿了一根棍子，在地图上指指点点地讲起了全国形势，对大家说，不能只看到眼前的打转转，要看长远，看外面，我们在大别山里转，有力地支援了山东、西北战场，使他们能更好地打胜仗。指导员、教导员们面对这张标得一清二楚的地图，这才相信，解放军的确是在进行战略进攻。于是，各个连队都仿效杨锦华的“地图教育法”，很受战士们的欢迎，效果很好。

在《十二军史话·二野劲旅》中还记载了一件趣事。其中一章标题为“李德生、贺光华筹组火车专列，兵发义乌；伪县长率属下列队欢迎‘国军’，当了俘虏始如梦初醒”，文中写道：103团顺利到达义乌车站，宣传股长杨锦华坐在车头，火车还没到站，就听到了欢呼声：“欢迎国军，欢迎国军！”火车一进站，只见月台上挤满了黑压压的人群，义乌县长、参议员、中小学生都被组织起来欢迎“国军”。解放军一下火车，伪县长他们看着战士们帽子上的红五角八一帽徽，像木头似地愣住了。战士们迅速冲上去，控制了县长、议员，缴了保安团的枪。那边的中小学生还在摇着手里的小彩旗喊着：“欢迎国军，欢迎国军！”杨锦华忙跑了过去，对这些学生们讲：“我们是解放军，你们喊错了！”这些学生们停了一下，又立即改口喊道：“欢迎解放军，欢迎解放军！”有些学生看着杨锦华，觉得这个解放军笑哈哈的，一点都不可怕，有几个学生便跑上来，踮着脚看他那“中国人民解放军”胸章，有的还使劲地跳着要看他的帽徽。杨锦华索性把帽子摘下来，笑着大声说：“你们看，我们和国军可不一样，记好了，我们是解放军！”当天傍晚，35师全部乘火车到达了义乌。1949年5月8日中午，103团已赶到了东阳。战斗结束后，杨锦华带着战士们打扫战场，见旁边还站着一群拿着小号、大号的国民党兵手足无措地站在那里。杨锦华一问，他们原来是国民党318师军乐队的。李德生师长听说后，挺高兴的：“把他们送到师部来吧，我们正好缺一支军乐队呢！”杨锦华后来任35师宣传科副科长，直接领导了这支军乐队。

1952年9月，著名作家刘白羽等随祖国慰问团到金城前线35师采访，杨锦华科长负责安排他们在前线的活动。他们乘坐的汽车要通过敌人几处炮火封锁区，必须准确判断不得失误。杨锦华根据经验和炮声指挥驾驶员前进，在炮击的间隙迅速发动汽车，车刚离开，炸弹就像雨点般落下了。作家们安全地完成了在前线的采访任务，临别时，刘白羽笑着对李德生师长说：“这个小杨科长不简单啊！”

35师宣教科按照师首长的指示，要求师文工队到前沿阵地进行慰问演出。当时文工队驻扎在金鹤洞，离前线阵地虽然只有20多里路，但途中要通过多处敌炮火封锁线。每次出发，文工队都要分成几个小分队，有时还要带上大红花和祖国送来的慰问品，拉开10米至20米的距离，冒着敌人的炮火前进。到了前沿坑道的连队，又要分成几个演唱小组，分散到每条坑道、每个班排、每个战斗小组巡回演出。每个演唱小组一般都由3个男同志和2个女同志组成，我妈妈李慧经常是和拉二胡的马正中、能歌善舞的庄裕民、说快板书的关荫堂在一个小组。晚上七八点钟过封锁线，由部队的通信员带领着在战壕里跑，遇到敌人的照明弹就要立即卧倒，经常能听到美国人在山头上说话的声音。由于坑道的限制，妈妈他们演出的主要是歌曲、快板、小舞蹈、数来宝、二胡独奏等短小精悍的节目。

为了让每一个战士都能看到节目，听到歌声，到了前沿，不管有几个战士都要演出。有的猫耳洞直不起腰来，文工团员就跪在地上唱。有的战士正在挖工事，就站在战壕边演唱。有的前沿阵地被敌人的炮火、机枪封锁得很紧，实在不能去，就拿起话筒在电话里唱。阵地上的舞台坑洼不平，妈妈跳舞时还摔了个跟头，可战士们还是热情地鼓掌。文工队基本上是四天在前线，三天回来洗衣服和编节目，稍微休整一下又上前线去了。他们即编即演节目，随时了解到部队的英雄人物和事迹，就在节目中说唱出来，使战士们惊愕得合不拢嘴，倍感欢欣鼓舞。1952年12月9日夜，35师103团5连7人深入敌轿岩山阵地，取得连续爆破敌人5个碉堡，歼敌5个班的胜利。文工队的说唱节目《夜袭轿岩山七勇士》就传唱开来了。12月30日，105团侦察排又在座首洞西南2公里的敌人前沿，乔装成朝鲜妇女，冒着风雪严寒，设伏七昼夜，终于将敌人诱出阵地，取得俘敌2人，毙伤敌20余人的战果。文工队员们及时把这次化装捕俘战斗编成四川评书《侦查员巧计抓俘虏》，在前沿阵地上到处巡演，极大地鼓舞了战士们的斗志。

每逢文工队员们来到的日子，就是前沿阵地战士们的节日！战士们把祖国慰问团带来的水果糖悄悄留着，要留给文工队员们吃。台上演员们带着崇敬的心情，含泪演唱，台下战士们齐声鼓掌，感动得热泪盈眶，文工队员们和战士们结下了兄弟姐妹般的情谊。慰问演出经常要到下半夜2点多钟才结束，冬天从坑道里出来，战壕里的积雪都已深至大腿了。战士们在前面铲雪开路，随时防备着敌人的飞机和冷枪冷炮，护送着文工队员通过封锁线，但还是有很多的文艺兵把鲜血洒在了朝鲜的土地上。妈妈至今记得文工队中拉小提琴的季霜石，在1952年7月，正当他要回国采购乐器，并憧憬着很快就要见到在天津的母亲时，一次从前线阵地演出回来，在小溪边洗衣服，遭遇敌机轰炸，不幸被美军飞机的弹片击中腰部，当场牺牲。殷红的鲜血，染红了清澈的溪水……大家都深感悲痛，战士们发誓要多杀敌立功为他报仇，把美帝国主义赶出朝鲜。

35师文工队的驻地也遭遇到了飞来横祸，那是1951年10月下旬，35师师直机关驻地在沙采洞。就在师机关上了金城阻击战阵地离开了沙采洞，师文工队搬过去的当天晚上，我妈妈李慧和叶豪、刘淑云在站岗。为了防备敌机空袭，所有的窗户都要遮挡严实。不知是当时的朝鲜少先队员们开会泄露了灯光，还是特务的指引，夜里12点左右，沙采洞驻地突然遭到敌机的猛烈轰炸，敌人扔下十几枚炸弹。刹那间，山摇地动，一声声巨响震撼着山谷。周围的民房被炸得千疮百孔，一匹军马的嘴巴被炸掉了，倒在地上发出阵阵哀鸣。师政治部秘书科的秘书吴嘉元，也是师政治部主任鲁之沫的爱人在轰炸中牺牲了，同时牺牲的还有文工队中浙江籍的女队员陈梅。和妈妈正在山口站岗的男队员叶豪，脚后跟被炸弹片削去一块，露出了骨头。政治部秘书张济普和文工队员刘君竹臀部被炸伤，鲜血直流。队员罗素君的腿部炸了一条口子，新发的马裤也打穿了。这次轰炸使35师文工队伤亡多人，大家心情十分沉重。

在凄凉的月光下，文工队员们默默地给她们穿上新军装，用白布将战友们的遗体裹好，掩埋的时候哭声一片。师首长作了简短的悼词，号召大家要化悲痛为力量。妈妈在抢救伤员，搬运逝者时都没有哭，这时却泪流满面。旁边的人惊呼："李慧，你的脸上也流血了！"妈妈用手一摸，不觉得疼痛，以为只是蹭破了皮，并不在意。但是，后来她在78岁时发生了一次脑血管梗塞，在医院无法做核磁共振，被告知头部中有金属异物。经过检查后才发现，当时的一小块弹片钻进了她左耳朵的后下部，已在妈妈的颅脑中共存几十年了。

四、抗美援朝洞中缘　风雨同舟六十年

时光流逝六十多年了，但是，爸爸对妈妈在朝鲜金鹤洞坑道口，对他说“好”字的那一幕仍记忆犹新。

爸爸晚年回忆道：35 师文工队是在师宣教科领导下工作的，所以我是你妈妈的领导。我和你妈妈，是我们自己认识的。当时朝鲜战争打得很艰苦，工作很忙，根本顾不上谈恋爱这个事。我当时经常要到文工队布置和检查工作，和你妈妈慢慢就熟悉了，彼此都有好感。有一次，在金鹤洞坑道口，我布置完了工作，告别时和大家握手。握到李慧的手时，不知怎么就灵光乍现，问了一句：“我们建立恋爱关系好吗？”李慧当时就回答了一个字：“好！”真是一字千金啊！这可能就是爱情的力量吧，我觉得心胸顿时就敞亮了！

妈妈晚年回忆道：这可能就是缘分吧！我们入朝前在重庆沙坪坝照相馆就见过面了，当时我大哥和三爸来看我，正赶上你爸爸来文工队检查工作。你爸爸人老实，心眼实诚。师政治部鲁之沫主任在一次演出的时候就对我说，你们

1952 年 6 月父亲杨锦华与母亲李慧在朝鲜金鹤洞 12 军 35 师指挥所外合影

谈谈吧。师干部部长赵洛方和他爱人曾祥雍，以及鲁主任后来的爱人李建荣都对我说过这个事。所以，你爸爸一提出来，我就同意了。过了几天，你爸爸到三兵团开会，就向组织汇报了我们的关系。1952 年夏天，宣教科的摄影干事孙庆友给我们两个拍了合影，这是我们在朝鲜战场上的第一张合影。

这张照片的背景群山逶迤，峰峦叠嶂，那是朝鲜金鹤洞 35 师指挥所外面的青山绿水。夏日的艳阳照耀着两个笑意盈盈的年轻脸庞，风和日丽，但却是身处在朝鲜战场。

1953 年 1 月 25 日，志愿军三兵团政治部组织部批准杨锦华、李慧结婚。新房就在朝鲜东海岸元山地区的坑道里，外面山峦上白雪皑皑，美军飞机不时的轰炸声就像是婚礼上的烟花爆竹，夜空中的探照灯光就像是婚礼上的彩灯闪烁。当时 12 军由谷山地区开赴东海岸元山、高原、永兴地区，35 师担负高原、永兴地区的纵深防御任务。部队正严阵以待，准备反击“联合国军”在元山港的两栖登陆。但是，坑道里的婚礼还是非常热闹地进行着，大家吃着祖国慰问团送来的水果糖，唱歌跳舞演节目。当时的婚礼大餐是食堂做的面片汤，大家嘻嘻哈哈吃得津津有味。

结婚三天后，爸爸就回国到东北局沈阳党校学习了，当时每个军选派两个科长去学习。妈妈也从文工队调到师教导队学习，之后分配到 35 师司令部任文化教员。

从 1953 年 5 月 13 日开始到 7 月 27 日，中朝军队先后发动了三次强大的夏季反击作战，使美国在军事上连遭惨败，政治上陷于孤立，内部矛盾更加激化，终于被迫于 1953 年 7 月 27 日，在朝鲜开城与中朝方签订了停战协定。

1954 年 4 月，12 军奉命由朝鲜回国。指战员们悄然登上了回国的军列，带走的是对朝鲜人民无限深沉的热爱，留下的是无数英烈的遗骨，永远长眠在血染的三千里江山。

当年从朝鲜战场回来的女同志，有很多都是作为野战军的家属，大半辈了都是在频繁的辽徙中度过的。有的人就辞去工作相夫教子了，但是，妈妈始终在坚持工作，可能与我外婆的不能当家庭妇女的教育有关吧。而且每次调动到一个单位，她都要向党组织递交入党申请书，一直到她 51 岁时才如愿加入了中国共产党。爸爸长期在部队工作，只有节假日才回家几天，妈妈要兼顾工作和家庭。我原来有三个弟弟，其中一个 8 岁的小弟弟，在 1965 年的夏天到河里游泳溺亡了。记得那是一个风雨大作、雷电交加的深

1971年5月杨娌娅与父母合影于杭州钱塘江畔

夜，妈妈和同事们出去寻找失踪的弟弟，大院里的阿姨们在停电的黑夜里陪着我们彻夜未眠。清晨传来消息，渔民用滚网捞起了遗体，妈妈当场就晕过去了。埋葬弟弟的时候，妈妈用手将我们的胳膊攥得紧紧的。但是，一个多月后，妈妈为了让我们重拾对游泳的信心，竟然亲自穿着游泳衣，带领我们在弟弟溺水的河流里学习游泳。几十年后我也做了母亲，我才体会到，妈妈这样做需要何等的勇气！

如今，妈妈已是80多岁的耄耋老人了。爸爸于1978年在12军后勤部政委任上离休后，妈妈才结束了频繁的迁徙。在干休所与爸爸相依相伴，如今已共同走过了半个多世纪的风雨岁月。

1997年秋，在爸爸的安排下，当年35师宣教科的战友们在徐州相会。大家虽然已须眉皆白，但回忆起朝鲜的战斗生活，仍然情绪激昂，彻夜难眠。当年给爸爸妈妈在朝鲜战场上拍摄合影的摄影干事孙庆友，已担任安徽省武警总队政治委员了。他即兴赋诗一首：“战友情谊如海深，多年重逢格外亲。莫道双鬓皆染霜，红叶胜似江南春。”

2001年初夏，在南京我新装修的家里，我和先生陈坚及女儿陈娅，共同迎接了爸爸妈妈和当年35师文工队老战友们的聚会。老人们回忆起朝鲜战场上的艰苦，以及回国转业后，各自不同的人生道路。有的同志谈到因仗义执言被打成右派，30年后才平反的往事，都感慨万分。在朝鲜沙采洞轰炸中受伤的，原35师政治部秘书张济普阿姨，她转业后打成右派后又被迫离了婚，她要求见女儿一面，那时我和她女儿都在 12 军子弟小学一年级住校，当时我们全班同学挤在二楼窗台上往下看着她们母女相聚。吉普车开走了，一个小身影跟在弥漫的车尘后面追跑，回来哭着对我们说，妈妈不要她了。当我几十年后把这情形告诉年迈的张济普阿姨时，她的眼眶湿润了。

但是，当张济普阿姨看到我先生创作的油画《公元一千九百四十五年九月九日九时·南京》时，情绪很激动。出身于高级知识分子家庭的她，向在香港和美国几所著名高校中担任领导职务的亲戚们极力推荐，要到海外去展出。虽然因为各种原因没有成行，但该油画在 2004 年第十届全国美展中荣获金奖，在纪念抗日战争胜利 60 周年时享誉海内外。

2015 年 8 月，在全世界纪念反法西斯战争和抗日战争胜利 70 周年时，恰逢爸爸 90 岁寿辰，我们将该油画做成高仿小幅，悬挂在徐州家中客厅墙上，爸爸妈妈高兴地说："我们可以每天都看见日本鬼子投降了！"

2003 年，为了庆贺爸爸妈妈金婚，我创作了油画《金婚》，入选"携手新世纪——全国第三届油画作品展"，并获江苏省优秀美术作品奖，收入《第三届中国油画展作品集》出版。2011 年油画《金婚》，又入选"庆祝中国共产党成立 90 周年江苏省美术书法作品展览"获优秀作品奖，并出版了作品集。创作所选用的照片，就是爸爸妈妈于 1952 年夏季，在朝鲜战场金鹤洞外面拍摄的第一张合影。整幅画面金色璀璨象征着金婚纪念，画中人物是爸妈两个年轻

2009 年 4 月杨娌娅和先生陈坚在南京陪父母参观陈坚的画室，
在国家重大历史题材油画《共和国的将帅们》前合影

2013 年 1 月 25 日，杨娌娅为父母钻石婚六十周年复制了自己 2003 年获奖油画作品《金婚》庆贺

的朝气蓬勃的脸庞，重叠着他们经过岁月侵蚀的两个年老的脸庞，画面中的年龄跨度间隔着五十年。当时的江苏省美协主席在评选时就感叹道："这是两个时代啊！"

2013 年 1 月 25 日是爸爸妈妈结婚六十周年钻石婚纪念日，爸爸为妈妈满怀深情地作了一首小诗——《六十年钻石婚有感》：

抗美援朝洞中缘，风雨同舟六十年。
健康和谐平安处，知足常乐度晚年。

简 历

李慧，1932 年 5 月 12 日出生，四川合川县（今重庆）人。1949 年 12 月参加中国人民解放军。1950 年 3 月分配到 12 军 35 师文工队工作。1951 年 3 月赴朝鲜抗美援朝。参加了第五次战役、金城防御战、东海岸反登陆设防等。1954 年 10 月转业，先后在江西上饶地区粮食局、浙江金华市商业局、江苏滨海县计划委员会、安徽省芜湖市计划委员会等单位工作。1984 年调江苏徐州市政府统计局任统计科长，1989 年退休。

第四篇
绿叶芳华

杜鹃花红漫山崖，
叶绿摇曳自芳华。
雄姿却敌驰疆场，
英风绕室勤扶家。
四季冷暖同携手，
一世炎凉共天涯。
和平岁月话当年，
甘苦寸心少怨嗟。

（陆幸生）

（照片由董莉提供）

忆旧游·大爱青史留

正长空雁去，古北城墙，关嶂千丘。
幸有青山在，破胸中块垒，母亲酣酬。
渐行渐远天际，沧海一帆收。
望淡月疏钟，臻于化境，水调歌头。

春秋，兴亡事，看史册编书，追忆同求。
又是梅花放，遍烟霞阡陌，杨柳莺洲。
引来一砚清雨，风搁语凝喉。
见绚烂之篇，人间大爱青史留。

（董　明）

遗失的军功章

宗五兵

我的妈妈孙静是一个抗战老兵。直到去年，我才在亚平姐对妈妈的采访中得知她曾经获得过多枚奖章。这些我从未见到过的军功章，早已失之经年，可是它们却时时浮现在眼前，连同妈妈跌宕起伏的一生——从女兵到全职妈妈，到女画家、文史馆员。

一、滹沱河畔的童年

没有比“百年苦难”更能准确形容鸦片战争以后的中国近代历史了。20世纪20年代的中国，军阀混战，列强横行。1931年“九一八”事变之后，日本侵略者占领了我国的东三省，从此，中华民族面临亡国的空前危机。代表民族希望的中国共产党对外抵抗入侵，对内寻求统一，在生存中求发展。

母亲孙静2015年胸挂

抗战胜利70周年纪念章于家中

我的妈妈1926年出生于河北省藁城县。藁城距石家庄市大约40公里。藁城县里有一条河流经过，这条河叫滹沱河。妈妈家的村庄名叫东四公村，就坐落在滹沱河岸边上。20世纪初叶，随着正太铁路的兴建，石家庄成为连接京广、正太铁路的枢纽，所以很快发展起来。

妈妈的家庭虽是农民，靠种田吃饭，但是比较富裕。她的父亲是家中长子，18 岁便以传统婚姻的方式迎娶了邻县门当户对的裹着小脚的媳妇裴美娥。我的姥姥不识字，但是聪慧勤劳，沉静少语，是一个贤妻良母型的传统女性。姥爷孙之俊自小接受现代正规教育，先后就读于藁城县男校和正定七中。婚后，我妈妈出生，取名孙爱华（后改名孙静）。次年夏天，姥爷就考入北平国立艺术专科学校西画系，去北平念书了。这是 1927 年。

相对国家的动乱，妈妈在滹沱河边度过的童年还算平静。妈妈常常回忆起儿时的童趣，比如在村边的墓地里和小伙伴奔跑，呼来喊去，争着采摘杜梨果吃，还有偷偷养蚕宝宝的忙碌和喜悦……

由于姥爷接受了现代教育，又在北京求学，家中的氛围相对开明，所以一到年龄，妈妈就上学念书。在学校，妈妈聪明好学，成绩优异。在家中，她在叔叔的指导下，很早就阅读了唐诗、宋词和《西游记》等古代经典。姥爷是个画家，妈妈曾经临摹他留在家中的画谱。

妈妈早年的教育还有很多来自她的奶奶和妈妈。我的姥姥精于女红，心灵手巧，农村妇女的十八般武艺，她不仅都会，并且做功精致。而我的太奶奶则是如今意义上的农村艺术家。她会画画，绣花剪纸，尤其是会画各种绣花的式样。因而妈妈的家成为村里的艺术工作室，谁家要绣个鞋面，枕头面，做个衣服，都来请教太奶奶，求她剪裁，画花样。因奶奶的手把手传艺，少女时代的妈妈也学得一手好画功，经常代替奶奶为人义务画绣花图样，一直到她走出村子，参加革命。

依妈妈的性格和才华，注定她是会走出这个滹沱河岸边的小村庄的。不过，促使她参军，走上革命道路的决定因素，是日本侵略者的侵华暴行和周围革命志士的感召。

二、烽火中的青春岁月

“七七事变”后，抗日战争全面爆发。从 1938 年起，侵华日军对抗日根据地进行了频繁疯狂的“扫荡”，妈妈的家乡华北首当其冲。日本人的炮楼，就修在藁城县城，妈妈亲身经历了日本侵略者的烧杀淫掠。她曾经趴在冰冻的滹沱河上躲避日军的扫射，子弹在耳边呼啸而过的声音刻骨铭心。她也记得村里的年轻妇女被日本人强奸给她带来的强烈恐惧。侵略者对家乡的蹂躏，锤炼了一个少女的爱国心。在妈妈的青春岁月里，没有花前月下，莺歌燕舞；有的是国难当头，逆境求生。也正是这种环境，使她很早就明确了人生的方向，坚定了追求。她年轻的心智，就这样提前成熟了。

抗战一开始，妈妈读书的学校就停课了，老师也走散了。那时，妈妈才刚刚完成了高小教育。后来，共产党领导的抗日力量进入河北，妈妈的家乡成为解放区。村子里要办学校，没有老师。只有高小毕业，但是熟读诗书的妈妈应聘成为村里新学校的第一名老师。全校只有一个班，不分年龄。妈妈担负起村子里的小学教育和扫盲工作，这也是妈妈的第一份工作：乡村女教师。这年，她刚 14 岁。

抗战全面展开以后，八路军主力分赴敌后，开创抗日根据地。河北成为华北抗战的主战场。在八路军的号召和支持下，农民和进步青年组织的抗日游击队纷纷涌现。游击队拿起大刀、土枪，用生命抵抗侵略者，保卫家园。我的父亲，妈妈未来的丈夫——开国将军宗凤洲（1912—2009），就是当时藁城县里闻名的游击队大队长。当然，他们这时候并不相识。因而我父母虽然同时同地参加抗日，但是他们的姻缘，这时还没有任何萌生的迹象。

妈妈经常接触到抗日宣传书籍，又受到当地进步人士的影响，她很快就参加了村里抗日救国宣传组织活动。苏联书籍《铁流》、《钢铁是怎样炼成的》是妈妈当时最喜爱的读物。同村的抗日女英雄丁冷，是妈妈的榜样和引路人。

藁城巾帼英雄丁冷（1910—2004），原名丁素荣，和妈妈同村，她父亲是村里的老中医。丁老中医的教育理念相当开明，丁冷一反当时女子的传统模式，自小养成勇敢泼辣的性格，短发、天足、下河游泳，什么都不怕。丁冷毕业于师范学校，当过教师。丁冷和她的姐姐丁阶青（后来成为我姥爷第二任妻子），由于多年在外读书，见多识广、思想开放，是村子里许多年轻女性仰慕的对象。

1939 年，丁冷怀着对日本鬼子的刻骨仇恨，誓死不当亡国奴的决心，离家从军，奔赴太行山，加入了八路军 129 师。她先在太行抗日军政大学学习，后任太行新编第 10 旅政治教员、太行六分区政治部干事。1942 年秋，她被派到北平、石家庄一线做地下工作。1944 年 2 月，她在梅花镇开展工作时被捕，被日本特务队长青原一夫等押送到藁城。途中，丁冷趁敌不备，掏出暗藏的剪刀，向青原一夫猛刺数刀，青原受伤嚎叫，其他日伪兵立即将丁冷死死地捆绑起来。丁冷一路上高呼抗日口号，连喊带骂，一直骂进了敌人的宪兵队。在日伪监狱中，丁冷饱受凌辱、折磨与拷打，但她非常勇敢，宁死不屈。后经多方营救丁冷出狱，继续在抗日救亡前线工作。中共藁（城）无（极）县委授予丁冷“民族英雄”光荣称号，并将她的事迹印成小册子，供广大干部党员学习。

妈妈在丁冷等前辈的影响下积极投身于抗日工作。1945 年她受中共藁（城）无（极）县领导的指示，去北平做她父亲的工作。我姥爷孙之俊当时已经是北平知名的漫画家、美术教育家。妈妈在城工部的护送下，经河间晋冀鲁豫军区停留后到达北平。城工部的地下党员刘丙刚陪同妈妈到位于复兴门内柳树井的姥爷家。10 月的一天，同在北平工作的丁冷、刘丙刚及妈妈等五人一起去城工部汇报工作，返回时在良乡被国民党驻军逮捕，关进牢房。姥爷四处奔走，通过保人将他们保释。这个被捕坐牢的危险经历，在妈妈口里说出时，显得十分从容淡定。很难想象，才 19 岁的妈妈，年纪轻轻就必须面对拘捕，严刑拷打，甚至死亡的严酷考验。

1946 年，妈妈回到解放区一边参加当地的革命工作，一边在学校读书。先是在河北新乐县，然后转到邢台。这期间，20 岁的妈妈通过丁冷的介绍，认识了我的父亲宗凤洲。这时，我父亲已经从当年在藁城耍大刀打鬼子的游击大队长，成为中原野战军第六纵队 17 旅的副旅长。据小姨回忆，丁冷当年不止一次地跟她说过：“别看你姐夫不爱说话，可是特别能打仗……”

父亲也是藁城县人，他出生在城元村一个贫苦农民家庭。家里五个兄弟两个姐妹，只有父亲一个人上了学。他师范毕业后在村里小学当老师。1937 年华北沦陷后，父亲在藁城组建了抗日游击队，任大队长。1939 年，父亲的游击队编入抗日英烈范子侠将军所指挥的河北抗日义勇军冀察第二路军，任八路军 129 师平汉抗日游击纵队主力 1 团团长。1940 年 6 月父亲任八路军 129 师新编第 10 旅 29 团团长，1941 年任太行六分区参谋长。1942 年司令员范子侠牺牲后，父亲任 129 师太行六分区司令员。从此跟随刘邓大军，转战南北，戎马一生。

1947 年母亲孙静在邢台

1947 年，我父母在邢台结婚。晚年妈妈回忆起对爸爸的最初印象时，仍然无比怀念地说：“你爸爸的毛笔字写得好啊，他给我的信，都是用工整的小楷，我都保存着当字帖临摹……”

结婚后不久，妈妈也穿上了军装，在中野六纵

孙静和宗凤洲20世纪50年代初合影于朝鲜前线

的女子军政大学当文化教员。1949年六纵改为12军之后，妈妈随着部队到了大西南，任中国人民解放军西南军政大学三分校副队长，12军教导大队速成中学宣传干事等职。

对于妈妈这一代投身革命的年轻人来说，部队是他们最向往的地方。加上妈妈已经有了多年从事革命工作的经历，参军后更是如鱼得水，找到了用武之地。在仅存的一些黑白照片中，妈妈当时剪着短发，一身戎装，打着绑腿，英姿焕发。她满腔热情地投入工作，在部队这个大熔炉里迅速成长。在部队，妈妈先是给部队战士上文化课，教他们识字。部队解放了重庆以后，妈妈在12军西南军政大学三分校第七队当副队长。第七队是国民党起义人员家属队。妈妈积极工作，要求上进，加入了中国共产党。当时韩寅叔叔（曾任红军宣传处处长、安徽省委宣传部副部长）在三分校当教员，韩叔叔毕业于燕京大学，文化水平高，他讲大课《社会发展史》，妈妈就讲小课辅导。妈妈很喜欢这些工作，在部队学习到了很多新的知识和政治理论。

父亲当时也在西南军政大学任职。他是第三分校校长兼12军随营学校校长。妈妈回忆说，有一天，父亲要讲大课，讲战例，好像是淮海战役里面的一个战役。父亲非常认真，请参谋准备了好些地图。那天讲课是在露天，大家都站在那里听。妈妈也去听，可是她十分失望。“你父亲讲课太不吸引人了！”每当她说到这里，我们都会乐。谁都知道，我父亲不善言辞，天性如此。

抗美援朝时期，父亲随部队入朝参战，妈妈留在国内留守处工作。这时，大姐小兵已经出生。抗美援朝结束后，父母随12军驻防在浙江金华。这时候，姐姐二兵、三兵相继出生了。妈妈热火朝天的军旅生活，也正是在金华发生了意想不到的变化。

三、全职妈妈二十载

1955年，野战部队整编，妈妈和一大批同时期的解放军女兵一起，被要求集体复员。要知道，妈妈所代表的这批女性，是中国历史上前所未有的，从封建压制下解放出来的新一代中国妇女。她们生于各种制度交汇，各种思潮碰撞，社会动荡，新旧交替的时代。她们在血与火，生与死的考验中成长，是中国历史上真正意义上的新一代女性。中国女兵本身就是中国妇女争取自身独立、解放的先锋和历史缩影。她们是受封建制度压迫的中国女性觉醒的结果。因而在她们的字典里，是找不到全职妈妈、随军家属这些字眼的。

妈妈不能想象当一名家属，也就是现在所说的“全职妈妈”的生活将会如何。所以她是没有任何思想准备，硬生生地脱下军装的。这个弯子来得急，这盆冷水来得快，妈妈转不过弯来，接受不了。

妈妈急了，她找父亲，要他想办法给她找工作。父亲一口回绝，说不能搞特殊化。她自已出去找工作，用人单位说必须要有原单位介绍信，复员证不行。

激情燃烧的岁月，就这样变成锅碗瓢盆的日子。也许，著名诗人郭小川的诗句，能更好的形容一个复员老兵的情怀：

是我眷恋那残忍的战斗吗？
不，在战争中我每天都盼望着胜利。
是我不喜欢这和平的国土吗？
不，我喜欢，我爱，我感激。
是我讨厌这山中的景色吗？
不，初来的时候我也有很好的兴致。
只是我永远永远也不能忘记
我曾经而且今天还是一个战士。

应该说，家里日益壮大的“一群兵”（用部队常说的话来说），也拖了妈妈的后腿。在金华那些年，小兵、二兵、三兵之后，四兵、五兵、六兵、七兵相继出生。到12军离开金华，移师江苏淮阴时，我们家的“部队建制”也全部完成。那就是，父母加上我们七个兵。我至今还记得，在淮阴12军的大院里，如果碰见军长李德生叔叔，他会带着慈祥的笑容，眼睛眯成弯弯的一条，问道：“你是几兵啊？”

指挥千军万马的李军长，无法点清我们家的一群兵。

1964年，父亲调到上海警备区工作，我们一家搬到了上海。那些年，妈妈操持一个大家庭，包揽一个主妇的全部责任甚至更多（妈妈多年担任部队家属委员会主任）。

或许是命运使然，在妈妈最终找到她新的归属之前，她必须经历漫长的等待和磨难。我们家搬到上海两年之后，“文化大革命”开始了。

“文革”初始，当大多数人还没有对这场史无前例的冲击反应过来时，妈妈就经受了她一生中最大的打击，这就是我的姥爷孙之俊之死。

姥爷孙之俊，毕业于北平国立艺术专科学校西画系，在校期间就开始发表作品。他是中国现代漫画和连环画的先驱者之一。长得高大英俊，且多才多艺，年轻时的姥爷既有文艺范又潇洒。1936年他和段承泽合作创作了《武训先生画传》，同年到上海参加第一届全国漫画展，并担任评委。抗战前夕在北平和叶浅予一起发起并组织北平漫画展。1938年继叶浅予之后发表《王先生外传》，一月内销售1万册，一时有“南叶北孙”的说法。抗战胜利后，他在北平一面教书，一面协助中共地下党员从事革命工作，曾两度被捕，直至北平解放才出狱。1948年姥爷在报刊上发表《骆驼祥子画传》，新中国成立后由上海华东书店出版了完整的《骆驼祥子画传》。1951年在批判电影《武训传》的运动中受《武训先生画传》的牵连，姥爷被迫在北京《光明日报》（6月13日）上公开检讨。从此姥爷一直在北京默默地做一个美术老师，再也不画漫画，而是画了许多的小人书。我们小时候看的《大人国游记》、《小人国游记》和《吹牛大王历险记》等小人书，都是姥爷画的。

“文化大革命”开始后，历次运动都挨整的姥爷立刻变成武斗对象。他在北京柳树井胡同的家被抄洗一空，被赶回河北老家。1966年9月4日，在著名文学家老舍自沉于太平湖后10天，姥爷在藁城家中的葡萄架上自缢身亡！当时他的头上，被打伤的血迹尚未干，包着一块白布。姥爷终年59岁。一本

《骆驼祥子》，两个相知文人，在那个疯狂的年代不约而同地选择了共同的道路——宁为玉碎，不为瓦全！

由于当时的特殊形势，妈妈没有能够回老家去送姥爷一程。姥爷死后，妈妈的心理受到沉重打击，加之多年操劳过度，身体透支，大病一场。

“文革”对人的思想理念冲击是空前巨大的。无论是传统的人际关系，还是忠于革命忠于党的信念，全都打乱了。很多人在那个时期迷失方向，失去了人性中最根本的善良和信念。我的妈妈却没有。她不相信有那么多坏人，她知道姥爷是无辜的。当时许多老战友在“文革”中遭受各种不同的命运，妈妈对他们一视同仁，从来没有因为职位，或者政治上受到打击而改变。

1969 年，我们家随着父亲的工作调动，在安徽合肥住了 6 年。在这段时间，二兵、三兵、四兵和我都陆续当兵离开了家。“文革”的冲击逐渐平息，妈妈的家务也大大减轻，身体渐渐恢复了元气。

作者宗五兵与母亲孙静 1973 年摄于合肥

1975 年秋天，我们家再次回到上海，这次是我们家多年来的最后一次搬家劳顿了。

1977 年，高考恢复以后，我和六兵、七兵相继考取了大学。六兵是 78 级，我和七兵是 79 级。所以到了 80 年代初，父母手下的这七个兵，全都脱离大本营，奔赴各自的人生第一线。

四、华美的蜕变

不情愿的全职妈妈，圆满完成了养育儿女的任务，终于可以享享清福了。可是，妈妈非但没有闲下来，反而变得更加忙碌了。

姥爷孙之俊于 1977 年 10 月得到平反。他的作品被陆续重新发表，并引起了人们的关注，这些收集整理工作都是由我小姨孙燕华，姨父李燕（李苦禅的次子）和妈妈一起做的。由于姥爷的画稿、文稿在“文革”中荡然无存，妈妈和燕华姨，花了很多的精力、时间和心血收集出版了姥爷的作品。1996年《武训画传》由上海三联书店重版，在上海举行了盛大庆典。2007年，在北京隆重举办了孙之俊百年作品回顾展。2015年5月25日，妈妈的口述文章《我的父亲孙之俊，一生三次画武训》发表在上海的《解放日报》上。

80年代中期，妈妈拿起了画笔，参加了老年大学的国画班。很快，她表现出令人惊讶的国画天赋，作画水平远远超出老人消遣的习作，这应该得益于姥爷的遗传基因。

就这样，六十岁的妈妈，从头起步，走向了独特的艺术人生。

在那些日子里，妈妈天天画画，没日没夜，勤学苦练，处处拜师。她画山水、花鸟、人物，画瓷盘，画扇面。她的大写意画得最好，挥洒自如，具有初学者罕见的力度和神韵。短短几年，她不仅用笔熟练，并且探索出个性化的笔墨构图，颇具独到之处。她加入了上海市静安区、长宁区书画社和警备区老战士书画社。她还是南京军区老战士书画协会理事。

画国画需要写字题款。一开始，妈妈感觉自己的书法不够好，常请父亲给她的画落款题词，因为父亲的小楷写得好。但是妈妈经过几年的苦练，居然练得一手好字。更令人称奇的是，妈妈还在很短的时间内学会了裱画、刻章，且刻、裱、装的功夫不输专业人士。

妈妈的字、画多次参加上海警备区、南京军区老战士画展并获奖。她还在上海、深圳举办过个人画展，在北京、深圳、美国都有作品或展或售，更被上海人民美术出版社在五十年庆典画集中选中二幅作品入册。她的作品被宋庆龄故居、上海市图书馆、上海文史馆收藏。1998年为纪念武训诞辰160周年，妈妈捐画54幅，义拍得款56万元，全部捐给了山东冠县武训纪念馆。

1997年，妈妈在上海静安区文化馆举办个人画展。上海文史馆也有人去看妈妈的画展，反响很好。时任馆长王国忠约见了妈妈。同年，妈妈被上海文史馆聘为馆员。此后，妈妈更一发而不可收，她给自己起名“墨婆”，创作出大量作品，尤其是她独创的野鹤，欲飞似仙，高雅脱俗，自由自在，令人拍案叫绝。

网络时代的妈妈与时俱进，80岁起，在小孙子宗正的辅导下，开始学习拼音打字，从电子邮件收发到MSN对话到现在的微信，妈妈都运用自如。她为了画好电脑鼠标画，进而学习软件功能，居然能运用最新版的Photoshop，从而独创出了精彩绝伦的鼠标国画。

2010年，妈妈出版了第一本画册《墨婆——孙静画册》，接着又出版了

《孙静剪纸画册》。2013 年 1 月 19 日，“野鹤无粮天地阔——孙静大写意画展”在上海纳德画廊开幕，展出了妈妈自上世纪八九十年代起创作的大写意画作 30 多幅，包括最具代表性的“野鹤”系列作品，以及山水、花鸟和书法作品。2015 年 4 月，为妈妈九十高龄庆生，由上海市文史研究馆主办，上海警备区老战士书画会、李苦禅纪念馆等联合举办了“鹤寿松龄——孙静国画作品展”，并出版了大型画册《鹤寿松龄——孙静国画作品集》。人们送母亲新号：“久实姥”。我说，妈妈是“九十不老”!

人们说，是战火的冶炼和坎坷的经历赋予妈妈丰厚的生活积累和师法造化的机缘。她特有的灵性与刻苦研习的过程逐渐形成了富有个性的大写意画风，看似简单草率，实则寓意颇丰，形神兼备。她的创作个性旷达，既融古画之气韵又洋溢着浓郁的时代气息。这是因为妈妈作画无欲无求，纯粹兴致所至，眼光落到之处，一片盎然通透。中国画不以写生为主，追求的境界是“坐拥万水千山，了然于胸；感怀人生趣事，发自于情”。正是有了对这种意境的理解，她的画作才了无匠气，信手锤成。

晚年妈妈谈到了自己的一生，她说：我的一生所做的事，看得见摸得着的就是这几件：前半生我养育了七个孩子；到了晚年，从 20 年间所作之画中选出一些，印制了一本画册。应该还有我从 1941 年参加抗战，在部队获得的六七枚军功纪念章，可惜都找不到了。这就是我从战争中走来，直到 1997 年

1976 年全家摄于上海，后排中为作者宗五兵

被聘为上海市文史馆馆员的人生经历。近一个世纪的风云变幻，不光是大树，连小草都同样历经了！

最近几年，妈妈的身体不允许她长时间站着画画，但艺术的本能，让她随时随地都能找到创作的源泉和方式。一个玉米皮，经她搓搓揉揉，变成一朵绿色的菊花。一块橡皮泥在她手里转眼就变成牡丹、蝴蝶、老虎、人物，活灵活现。一本旧杂志加一把剪刀，一幅幅生动活泼，色彩鲜艳的剪贴画从指间流出。人们赞扬她的才华，更羡慕她积极充实的暮年生活。

2012 年，87 岁高龄的妈妈回到了阔别多年的家乡滹沱河岸边的村庄。经过多年的建设，老家已经面貌一新，但河北平原特有的热情、朴实、敦厚的魅力却没有丝毫改变。妈妈带着自己的画册、作品和亲朋分享，还为当地美术爱好者挥毫作画。家乡的人们张开双臂热情欢迎了她，称她是“滹沱岸上的女画家”。妈妈谦虚地说，你们收下我的画，记住我这个普普通通的老太太吧。她愿意家乡人民记住她，她要回报生她养她的河北人民，交上作为滹沱儿女的人生答卷。藁城著名书法家、作家董五顺回赠了妈妈四句诗：

执者笔墨实勘夸，平生情怀几挥洒。
太行山里女八路，一变中国国画家。

2015 年是抗战胜利七十周年，国家给抗战老兵颁发了七十周年纪念章。看着 90 岁的妈妈戴上这枚沉甸甸的纪念章，我便想起了那些遗失在流年岁月里的军功章。

简 历

孙静，原名孙爱华，1926 年 4 月出生于河北藁城县（今属石家庄）东四公村。自幼读书习画。1941 年参加抗日工作，1947 年参军，1950 年加入中国共产党。历任中原野战军第六纵队 17 旅文化教员、二野女大副指导员、西南军政大学三分校副队长、12 军教导大队宣传干事等职。1955 年复员，担任部队家属委员会主任多年。60 岁开始绘画，形成自己的大写意风格，花鸟山水均挥洒自如，形神兼备。作品多次参加军内外、国内外画展，并为多家博物馆、文史馆收藏。1997 年被上海市政府聘为上海文史馆馆员。

妈妈的苦乐年华

蒋晓洪

我们的妈妈是一群经历战争考验，在硝烟中穿行过的女兵。她们用多姿多彩的青春岁月，谱写了绚丽夺目的篇章；她们以丰富鲜活的人生经历，留下了动人心弦的故事……用文字记录下她们最后的述说，将她们的故事记录下来留给我们的后代，是女儿对母亲的最好回报！

一、育幼院里度童年

我的妈妈黄明，湖北谷城人。8岁时父亲去世，幼年的她就帮着外婆照料三个弟弟妹妹，缺衣少食，日子过得很艰难。当时村上有一个湖北省第三育幼院，院长姓张，是一名地下党员。她经常接济穷苦人家的孩子，见妈妈家境贫寒，懂事能干，便破例收下了妈妈，让她边打杂边读书。

寒冷的冬天，妈妈大清早就要在河边洗菜淘米，十指冻得像胡萝卜。晚上，别的孩子都睡觉了，妈妈还要打扫卫生。日本鬼子打来了，妈妈跟着育幼院一起逃难，四处颠沛流离。就这样，妈妈在育幼院断断续续读完了小学，但家里没钱送她继续读书。

1948年7月，襄樊战役打响，妈妈报名参军，被分配在二野六纵18旅（后改编为12军36师）文工队，当时仅有3名女队员。不久大陶（寄松）阿姨、小陶（书寅）阿姨姐妹俩也加入了文工队，成了妈妈的好朋友。淮海战役前夕，部队向徐州方向集结，每天行军一百多里，妈妈走着走着就睡着了。雨雪天仅有的一双鞋湿了干，干了又湿。生理期只能用草木灰装在自己缝制的布袋里，大腿根磨得鲜血淋淋……

每到宿营地，妈妈总是帮着号房子，抢着打扫卫生，还拔下自己的头发为大家穿脚上的血泡。妈妈的吃苦耐劳赢得了大家的赞赏，几个月后妈妈就直接入了党，免去预备期。

二、妈妈被“逼婚”

1949 年初的一天，妈妈刚开完会，师宣传科长孙琪（后来与大陶阿姨结为夫妻）找到妈妈，把妈妈带到一间办公室。屋里有政治部主任李少清，还有一位个子不高、壮实敦厚的军人。李叔叔介绍说，“这是蒋国钧，106 团团长，老红军，打仗很勇敢的哦！”接着又说：“黄明，能不能把你写的日记拿给我看看啊？”妈妈爽快地从上衣口袋里掏出自己裁纸，手工缝制的小本本交给李叔叔，旁边的那位团长也凑过来看了两眼。几天后，妈妈收到了通讯员送来的信，信封是用旧报纸糊的。听说是蒋团长写的，妈妈猜测到“来者不善”，生气地把信丢到了草垛里，连看都没看……

第二天，孙琪找到妈妈，和颜悦色地说：“你怎么能把蒋团长的信随便就扔了呢？以后可不能这样了！”这之后，蒋团长又陆续来过几封简短的信，妈妈都没有回。当时妈妈觉得自己还年轻，不愿意分散精力影响进步，又觉得人民军队应该是自由恋爱，想找一个自己喜欢的人。

可是妈妈不回应的态度很快招来了组织上的“围攻”。他们把妈妈叫到办公室，采取了“车轮战术”。政治部主任、组织科长、宣传科长、文工队长轮番进屋劝说，妈妈就是一声不吭。最后几位领导一起上阵，步步紧逼：“小黄，你害羞，就不用说话了，点头就是同意，摇头就是不同意。”妈妈坚决地摇了摇头。

母亲黄明摄于朝鲜

一看这招不灵，又生一计，接着问：那你对蒋团长有没有意见？妈妈心想，我又不了解他，怎么会对他有意见？于是轻轻地摇了摇头。领导们一看，高兴地笑了："行了！没意见就行了！"就这样，妈妈和爸爸的恋爱关系就由组织确定了。之后爸爸每次到师部去开会，或者妈妈随文工队去106团演出时，爸爸就名正言顺地去探望妈妈，询问妈妈的学习工作情况。

1949年8月3日，师组织科长侯建军对妈妈说，今天由卫生队耿护士陪你到106团去。"去干啥呀？"妈妈问。"去和蒋国钧团长结婚！"妈妈大吃一惊："我没有要求结婚呀！"侯科长说：组织上决定今天你们结婚，已经安排好了，你必须去！这时两名战士牵着马已等候在门外。就这样，妈妈来不及更衣梳妆，就被推上了马背。

尽管妈妈心里有千般不愿，但也只能无奈地服从，因为组织的决定是无法抗拒的。当时师文工队与106团相距几十里。妈妈一行四人途经104团驻地，在那里吃午饭，父亲的老战友于永贤、武效贤接待了妈妈一行人。

午饭后正要出发，天空突然下起了倾盆大雨，仿佛要为待嫁的新娘洗刷战地的尘土，洗去心中的不快。这场雨整整下了两个时辰。雨过天晴，骄阳似火，又仿佛要给待嫁的新娘点燃新生活的希望。妈妈一行辞别了104团的领导继续赶路，迎面遇到了两名战士牵着两匹马，说是从106团过来接应的。因为按计划早该到达，首长担心是不是马匹出了问题，和104团通了电话，才知道是大雨耽误了行程。

到达驻地天色已暗。只见团部伙房的饭桌上摆好了简单的饭菜，屋里除了爸爸，还有政委蒋科，副团长宋崇魁（新婚后即牺牲在朝鲜战场），政治处主任王勋。妈妈一看这阵势，心里更是凉了半截：这哪像是结婚，没有一点喜气，别人怎么能知道我们结为夫妻了？爸爸说："你喜欢热闹是不是？好！我明天召集全团排以上干部来参加我们的婚礼，你怕不怕他们灌你酒？到时候我可帮不了你！"连哄带吓，妈妈只好乖乖地坐到了饭桌旁。

就这样，没有妈妈期待的喜庆结婚仪式，没有漂亮的嫁衣，只是六个人的一顿便饭，19岁的妈妈就嫁给了年长她14岁的爸爸！爸爸曾多次打趣地说："你们的妈妈是组织上分配给我的。"看来确实如此！不过爸爸说这话的时候，脸上总带着那么一丝得意的神情。

新婚后一周，妈妈要告别爸爸回师文工队了。临别时爸爸给了妈妈一个银元，一床土布被里，一包硬糖。妈妈只接过那包糖，在爸爸的劝说下才收下了被里。回队的路上，马匹在跃过一条沟壑时，那包糖从马背上掉到了深沟里。

文工队的姐妹们看到妈妈新婚回来，吵着问妈妈要喜糖吃，这下妈妈傻眼了，只好借了两个银元请客吃饭。

这件事不知怎么被爸爸知道了，他送来两个银元，叫妈妈去还账，说你一个月才三角钱津贴，要什么时候才能还上人家的钱啊？妈妈坚决不肯收，爸爸生气地说："你怎么把我当成路人？"爸爸是四川人，乡音很重，妈妈把"路人"听成了"漏人"，心想：什么是"漏人"啊？不管你什么"漏人"不"漏人"，反正我绝不花你的钱！倔强的妈妈硬是用自己的津贴还上了结婚请客的欠账。过了两个月后，妈妈才小心翼翼地问爸爸，你说我把你当成"漏人"，什么是"漏人"啊？爸爸听完后哈哈大笑，妈妈明白后莞尔一笑。

就在这笑声中，他们的感情开始渐渐融洽……

三、妈妈的窘事

1950年初，妈妈在重庆北碚12军卫生学校学习，担任14班班长。当时爸爸已调任34师100团任团长，团部就驻扎在嘉陵江对岸的江北县。一天，趁着休息，妈妈过江去看望爸爸。那时正处剿匪时期，当地流窜的小股土匪很多，情况十分复杂。爸爸工作很忙，团部的两个警卫员和妈妈年龄相仿，就带着妈妈去山里挖野菜。走在路上，妈妈看到他们别在腰间的盒子枪，眼馋地问："你们教我打盒子枪，好吗？"两个战士说，"好啊！"你就先往枯井里打两枪，试试手吧！

父亲蒋国钧与母亲黄明的结婚照

不知深浅的妈妈拿过枪就"砰砰"两下。没料想这枪声惊动了周围的部队，一个班的兵力迅速包抄上来，吓得两个小战士连忙解释。回到团里，爸爸大发雷霆，把妈妈和两个战士狠狠批评了一顿。

1950年底部队奉命赴朝参战，妈妈中断了在卫校的学习，被分配到100团保卫股工作。在河北某地集结待命时，军部下了文件，已婚女同志先期一律不准入朝。师里成立了留守处，除了已婚女同志，还有文化教员、后勤人员等30多人。师政治部傅甲三主任找妈妈谈话，要妈妈担任留守处政治指导员。妈妈觉得自己文化程度不高，年纪又轻恐怕不能胜任。傅主任严肃地说：这是组织的决定，是对你的信任和考验。你是党员，要服从党组织的安排。傅主任的话给了妈妈很大的鼓励，妈妈至今还记得那次谈话。

为了不辜负领导的信任，妈妈处处以身作则，想用自己的努力工作换取大家的支持配合。每天清晨，妈妈总是第一个起床，到井台去为大家打洗脸水。有一天，不小心把爸爸给她的那块英纳格手表掉到井里了。这块表是爸爸分到的战利品，妈妈一直很珍惜。眼看着手表从上衣口袋里掉到井里，妈妈难过地坐在井边哭泣。留守处的男同志看见他们的“小领导”如此伤心，便劝慰道：“指导员，你别哭了，我们一定想办法把你的手表捞上来。”妈妈不敢相信，可没想到几个男同志很快在井边用木棒搭起三脚架，按上轱辘，用两只水桶轮番提水，忙活了大半天，水井见底，接着又清淤泥，终于找到了手表。那块手表还在滴答滴答地走着，丝毫不知道它的主人曾经为它伤心哭泣。妈妈捧着手表，一个劲地说：“谢谢！谢谢！”围观的老百姓也连连说：“谢谢！谢谢！”妈妈奇怪他们谢什么？原来这口井早就该清淤了。

四、与爸爸“失联”

1951年3月的一天傍晚，父亲的搭档100团政委苏长远的妻子周敏阿姨找到妈妈说：“蒋团长和老苏他们明天就要向东北集结，准备入朝了，我们今晚去送送他们，好不好？”苏政委夫妇都是知识分子，平时感情很好。妈妈被周敏的话打动，也想去给爸爸一个惊喜，于是两人走了30多里路来到团部驻地。苏政委看到妻子前来送行，既惊喜又感动。临别前的短暂相聚，更是情深意浓，妈妈见了好生羡慕。

可是当爸爸见到妈妈时，劈头盖脸一顿训斥：“你来做什么？部队明天一早就要出发，多少准备工作必须今晚完成，你来给我添乱！”说完就进屋工作去了。妈妈当众受了冷落，挨了批评，羞愧地恨不得找条地缝钻进去！扭头看见院子里有棵大树，上面搭着一个窝棚。妈妈二话不说，爬上了树躲进了窝棚里。直到爸爸忙完工作，想起妈妈还在院子里，心想她应该不会走远。

夜深了，左等右等不见妈妈的踪影，爸爸这才急了。院子里的人知道爸爸的脾气，谁都不敢说话，只有警卫员悄悄指了指树上的窝棚。爸爸一看，气不打一处来，厉声喝道："黄明，你给我滚下来！"

又累又冷的妈妈一听此话，心中积压的委屈喷涌而出。她纵身跳下树，跑出了门外。妈妈这一跳，出乎所有人的意料。爸爸追出去，一个箭步上前抓住妈妈的衣领，谁知妈妈就势来了个"金蝉脱壳"，甩掉棉大衣，奔向漆黑的夜色中。

几个战士找了半夜，终于把妈妈给"逮"了回来。爸爸按着妈妈坐在院外的土埂上进行批评教育，妈妈望着苏政委屋里透出温暖的灯光，想到自己和周敏如此不同的待遇，心中的委屈陡然而起，她冲着爸爸撂了狠话："我们无法在一起继续生活下去了！"

一夜无眠……

第二天爸爸带着妈妈的"最后通牒"率团出征，奔赴炮火纷飞的朝鲜。妈妈回到留守处后赌气不和爸爸联系。后因膝关节病变，组织上批准她去北京治疗，于是她一人去了北京，住在北海附近的三兵团留守处。

在协和医院治疗期间，妈妈每天剧烈呕吐，不能饮水进食，经检查才发现已经怀孕了。在北京无依无靠的妈妈，独自一人忍受着疾病折磨，严重的妊娠反应导致孩子流产了。由于失血过多，没有人照料，连吃饭都成问题，更别说营养了。妈妈的身体非常虚弱，更难以承受的是内心的痛苦。自从赌气和爸爸分别后，妈妈一直为自己的任性感到深深的自责，更为爸爸的境况担心！不知正在朝鲜战场上冲锋陷阵的丈夫是死是活？不知自己今生是否还能和丈夫重逢？身体的折磨和内心的煎熬使倔强勇敢的妈妈几乎到了崩溃的边缘。

父亲蒋国钧与母亲黄明于朝鲜

直到有一天，师留守处的一个同志见到妈妈，急切地说："蒋副师长在到处打听你！"只一句话，妈妈顿时泪如泉涌……在这个世界上，终究还是有一个人在牵挂着自己，这个人就是自己的丈夫！

晚年的妈妈在和我谈到这段往事时，说了两个“确实”。“那时他确实太忙，我那时太年轻，确实不能体谅他。”

在与爸爸“失联”半年多后，妈妈怀着急切的心情，一路上躲过敌机投下的燃烧弹，避开密集的机枪扫射，穿过敌军炮火的重重封锁线，冒着生命危险来到了爸爸身边。

在开满金达莱的异国他乡，爸爸妈妈重归于好。从此，他们相依相伴四十多年。

五、爸爸救了妈妈

1952 年 2 月，爸爸奉命回国任 12 军随营学校校长。妈妈和他一起回国，任随校保卫科干事。爸妈离开朝鲜的那天晚上，漫天雪花飞舞，师部在金城前线坑道的会议室里举行了小型欢送会。师长尤太忠带头要妈妈替爸爸喝酒（爸爸是个不会喝酒的人），妈妈被众人灌得酩酊大醉，启程的日子不得不推迟了一天。爸爸总算给了妈妈一个热闹喜庆的场面！

爸妈坐着吉普车，经过一个夜晚的奔袭，终于跨过鸭绿江踏上了祖国的土地，第一站是边陲重镇——辽宁安东（现丹东）。东北的夜晚寒气逼人，住地没有暖气，体质羸弱的妈妈被冻得瑟瑟发抖，警卫员好不容易找来一盆炭火送到爸妈住的房间。爸爸是个生性耿直、沉默寡言的人，不像妈妈爱说爱笑。可是那一晚不知怎的，爸爸不停地与妈妈聊天，向妈妈叙述五次战役的残酷，战火中警卫员的牺牲……

妈妈开始还聊着应者，过了不知多久，妈妈没有了声音，爸爸使劲摇，用力推，妈妈都没有了反应。爸爸慌了神，跌跌撞撞地打开房门，大声呼喊：“快来人啊！黄明死了！”大家一阵忙乱，请来了医生，这才知道是煤气中毒，再迟一步发现就没命了。爸爸因为体质好，中毒较轻。

多年后，妈妈平静地给我讲述着这一幕，我却听得胆战心惊。多悬啊！如果那晚不是爸爸的一席长谈，他们早早入睡，肯定就再也不会醒来了！是爸爸的“神聊”救了妈妈，阻止了悲剧的发生！可奇怪的是，从来不爱说话的爸爸那晚怎么就一反常态，滔滔不绝呢？是脱离了恶劣的战争环境，心情得到释放？还是回到祖国怀抱后的兴奋？是对生命的感应还是天意所为？反正命垂一线的妈妈在爸爸的庇护下回到了人间。

爸爸，您是因为“强娶”了妈妈，就一定要以挽回她的生命作为“回报”吗？

六、甘当绿叶

1954年4月，12军从朝鲜回国后驻防浙江金华，爸爸担任34师师长，妈妈任师保卫科干事。不久部队开始了正规化建设，进行整编。上级要求领导带头，动员在部队任职的妻子复员回家，34师领导成员全部以身作则。妈妈和师政委李少清的妻子索慧芳阿姨，参谋长袁起挺的妻子高中伟阿姨，政治部主任许玉民的妻子李凤华阿姨等，全都依依不舍地脱下军装，办理了复员转业手续。

从此，妈妈为了支持爸爸的工作，承担起一个家庭主妇全部的职责。1956年爸爸到南京军事学院学习，我们家搬到玄武湖对面中央路一个国民党爱国将领的院子里。和我们家住邻居的是爸爸在朝鲜一个战壕里的老战友，34师副师长成冲霄叔叔。成叔叔的夫人刘时芬阿姨比我妈妈年长4岁，早几年参军。她们俩性格相似，都是直爽、热情、外向的人，很快成为无话不谈的知心朋友。

两位妈妈那时都只有二十多岁，一头青丝，一身戎装，刚从抗美援朝硝烟弥漫的战场来到繁华的大城市，很不适应。房东彭太太热情地教给她们很多城市生活的常识。妈妈们本来就心灵手巧，勤快能干，很快学会了“买汰烧”，

1982年秋蒋国钧、黄明于沈阳

成为料理家务的好手。

刚进城时妈妈自喻为“土包子”，对什么事都感到新鲜，都想尝试一下。一天，妈妈拉着刘阿姨去了鼓楼一家理发店，烫了当时最时髦的发型，回家照镜子一看，像个鸡窝头似的，悔得她俩好些天不敢出门。

50年代中期，部队正规化现代化建设需要大量的年轻干部。许多战斗英雄从朝鲜回国后被选送到院校学习。当时34师的几位全国战斗英雄黄家富（特等功臣、一级爆破英雄）、杨道根（一等功臣、二级战斗英雄）等也在南京步兵学校学习。星期天，叔叔们经常到家里来玩。每逢叔叔们到来，那个有着竹篱笆的开满粉红色蔷薇花的小院顿时热闹起来，两家七八个孩子叽叽喳喳围着叔叔们讲故事，做游戏……吃午饭的时候，妈妈像变魔术似的变出一大桌子菜，短短几年的时光妈妈做的菜色香味俱全，已赶上饭店的大师傅了。

1958年夏天，父亲从军事学院毕业，又回到老部队12军。作为野战军的家属，妈妈跟随爸爸频繁地迁移。她一边照顾工作繁重、身体多病的爸爸，一边照料我们姐弟四人健康成长。她送我们学音乐、学舞蹈、学绘画，给我们做漂亮的衣服和连衣裙，使我们的童年充满了快乐。

在妈妈忙忙碌碌、唠唠叨叨中，我们渐渐地长大，参军、上学、结婚、出国，像小鸟一样一个个离开了家。而爸爸因积劳成疾患上了多种疾病，家中只有妈妈一个人独自陪伴和照料爸爸。

七、最美夕阳红

1992年秋天爸爸在南京军区总医院病逝。爸爸走后，妈妈为了排遣心中的寂寞和思念，开始学习炒股，那年妈妈已经68岁了。她像个小学生一样一切从头学起，认真地记股票代码，研究K线图，学习操作电脑，每天听广播、看电视、了解股市行情。妈妈炒股心态极好，赢了高兴，赔了也不纠结。在股市里，妈妈结交了许多年轻的朋友，大家都尊重她，喜欢她，谁有什么好吃的都给她送来。她生病了，股友们纷纷来电话嘘寒问暖。妈妈性格直率，待人真诚，有不少知心的老姐妹，经常在一起喝茶聊天打牌，日子过得充实而快乐。

妈妈晚年和弟弟生活在一起。妈妈和弟媳处得就像母女俩一样，饮食起居得到精心照料。如今85岁的妈妈思维清晰，面色红润，笑声爽朗，每天她拿着 iPad 与我在国外的两个妹妹视频聊天，还两次走出国门，去美国探亲旅游。2012 年春天，我陪妈妈重返父亲生前工作过的老部队，圆了她多年想回老部队看看的心愿。在旅（师）史馆里，妈妈在爸爸的照片前伫立了好久，仿佛要把离别 20 年的心里话向爸爸倾诉……

85 岁的母亲黄明在骑马

看着照片里爸爸慈祥的笑容，我心里默默地对父亲说：爸爸，放心吧！在你离开我们的 20 年里，妈妈健康快乐的和我们一起幸福的生活。有妈妈在，我们就有一个幸福的家！

2015 年五一节，母亲的同乡，同一天参军的老战友徐舒平阿姨的儿子王勤勤邀请我们家去郊外的马场游玩。我原以为妈妈十个月前胸椎骨折才好，不能久坐，不会参加了，哪知妈妈一口应允。到了马场，妈妈坚持要去骑马，拦都拦不住。工作人员问：“老奶奶，你没骑过马吧？”谁知妈妈脱口而出：“我就是骑着马去结婚的！”

我这才想起，可不是吗？1949 年夏天，战火纷飞的前线，妈妈就是骑着高头大马来到爸爸身边，从此相依相伴走过了四十三载。我们姐弟顿时恍然大悟，66 年前的那一幕，妈妈不曾忘却！她老人家之所以坚持要骑马，一定是想重温那段深深埋藏在她心底的情感。不由地，我的眼里噙满了泪水……

妈妈在勤勤的悉心照顾下，骑着那匹高大的温血马走了好几圈，在我们的劝说下，才意犹未尽地离开了马背。这时大家都鼓掌致意。一位 85 岁的老人竟能完成许多年轻人都不敢尝试的骑马，只有我们姐弟知道，是妈妈对爸爸的那份情给了她如此的勇气和毅力。

亲爱的妈妈，您活得潇洒，活得时尚，您是生活的强者，是我们心中永远的榜样！

简　历

黄明，湖北谷城人。1930 年出生，1948 年 7 月参军，同年加入中国共产党。在二野六纵 18 旅（即 12 军 36 师）、12 军 34 师任文工队员、师留守处指导员等职。1951 年赴朝参战，任 12 军 34 师保卫科干事。1953 年回国，任 12 军随营学校保卫干事。1955 年复员。

我的文艺情缘

王雪晨（遗作）

1997 年在迎接香港回归的日子里，地处香港近邻的广州，庆祝活动盛况空前，连我们广州军区离退休的老同志都组织起来参加演出活动。我们排练了一个以“大中国”为主题曲，以秧歌舞为基础的歌舞节目，演出后反响很好。在这批老红军、老首长、爷爷、奶奶当中，一向保持低调的我，没想到却引起人们注目，他们议论我舞得好、台风好、台容好……信息反馈到老伴尤太忠处，他对我说：“你本来就是文工队的么！”

“本来就是文工队的。”一句话说到了关键，透析了我的灵魂，牵动我这一生和文艺的缘分。

青年时期的王雪晨

我从小喜欢唱歌，常参加学校的演出活动。也许是上天赋予的，我天生有一副好嗓子，声音悦耳动听，被中学同学戏呼为“银嗓”。20 世纪 40 年代正是中华民族内忧外患最严重的时期，我们曾唱了不少抗日和反封建的歌曲，如《太行山上》、《嘉陵江上》、《夜半歌声》等。作为逃难到四川的外地流亡学生，想到苦难的生活现状，我常常闻歌落泪。我们后期唱得更多的是《古怪歌》、《茶馆小调》等讽刺国民党的歌曲，我和同学们手挽手游行时高唱《团结就是力量》等，向旧社会发出呐喊。

歌声是心灵的呼唤和情感的宣泄，而真正懂得歌声也是艺术，那是参军到文工队后的事。

一、走进文工队　如鱼得水

1949 年底重庆解放时，我正和两个同学在市郊巴县南彭乡小学教书，我们立即把学生组织成一支秧歌队，趁乡场赶集人多时，我们扭着秧歌走上大街欢庆解放。当时乡的新政权还没有建立，这一自发之举，立即引起轰动和惊讶。学校有的老师背后说，原来我们学校潜伏着三个共产党呀！我们不管这些，连薪水也不要了，冒着国民党散兵游勇的零星枪声跑回重庆，立即报考了二野军政大学，分在三分校四总队文艺大队。

穿上军装后，心里不仅高兴，还有一种踏实安稳的感觉，我再不是无根之草了！更没想到的是，不久我被分到了 12 军 34 师文工队，从事我喜爱的文艺事业，这是我过去做梦也不敢奢求的！那些天我心情始终是亢奋、激动、难以平静。所以，当文工队为我们新来的同志组织欢迎晚会时，我毫不犹豫地引吭高歌："你是灯塔，照耀着黎明前的海洋。你是舵手，掌握着航行的方向。年轻的中国共产党，你就是核心，你就是方向……"

我的演唱受到同志们的热情欢迎。有人开玩笑说我"一鸣惊人"。从此，我的名字出现错位，王雪晨被"灯塔"取而代之。"灯塔"怎么可以当成名字呢，但同志们喊得那么亲切自然，我也就习以为常。如果谁正儿八经地叫声"王雪晨同志"，我反倒觉得是不是出了什么问题……

这首歌之所以唱得比较成功，是有我的心曲的。我父亲是燕京大学的毕业生，年轻时也曾努力工作过，但在那反动腐朽的社会里，他是失败者，到解放前几年，已贫困到了衣食无着，靠年仅十四五岁的弟弟帮人挑水、挣点钱糊口。我为了读书苦苦挣扎，全靠亲朋好友接济，饱一顿饿一顿地拖到高中毕业。1947 年底我毕业了，但毕业即失业，我真像无根的浮萍在水上漂流。1949 年初在老同学的帮助下，我总算找到个遮风避雨之处，当了一名小学教师。

苦难之中盼新生，黑暗之中盼光明，我和旧中国的穷孩子一样，把中国共产党作为唯一的希望。当我穿上军装，成为共产党领导下的一员时，我怎能不歌唱我的新生，我的感激，我的礼赞！我唱的是发自内心的由衷之情啊！

在文工队，我真是如鱼得水，全身心地投入学习和排练工作。我向老同志学扭秧歌、打腰鼓，向彭维纲队长（后解放军艺术学院教授）学发声和唱歌，由买玉斌队长和袁时导演指导演戏，一切都在正规地进行，我受益匪浅。记得一次练合唱，我放开嗓子就唱，还自以为唱得很认真很努力。彭队长立即指出，有的人声音过大，太突出了不协调。经过他的解释，我懂得了合唱必须要协调统一，所有人的音色、音量、唱法都要配合得浑然一体，像一个人的声音一样才行。又如，一次到重庆电台录制我的独唱歌曲，但放出来不仅有歌声，还有机械的嗡嗡声，说明人和机械之间的共鸣未解决好。再如，排秧歌剧《光荣灯》我演女主角，我紧张得只想如何又唱又扭合上音乐就谢天谢地了。可导演指出，你要演人！你是王二嫂，是解放区有觉悟的妇女，她是在大年节里忙活，你要演出她的健康、爽朗和新年的喜气洋洋来。这些，一下子给我展开了一个广阔的天地。我意识到，在艺术之路上，我才刚刚起步啊！

王雪晨 1950 年于重庆

在下连队开展群众文化娱乐活动中，我曾担任了一次特殊的教歌任务，也让我经受了一次考验。

那是个起义部队，原是国民党的青年军，是蒋经国从学生中招募，经过他的努力经营，完全效忠蒋家的嫡系部队，在蒋军中是一支有文化、有战斗力的队伍。领导让我去为他们教歌，我思想上有顾虑也有些紧张，怕教不好，丢了堂堂解放军的人。但我自信我的思想觉悟比他们高，并且这半年来一天不落的专业学习训练打下了良好的基础，我能完成这个任务。于是，我在每次教歌前都做好充分的准备，每首歌的思想内容，曲谱节奏反复练唱纯熟，做到万无一失。两堂课下来，开始时正襟危坐、冷若冰霜的他们，渐渐变得活跃起来，再经过小组试唱、抽唱、对唱、轮唱、合唱等多种活动方式，整个氛围变得融洽了。后来，他们也能自信而欢快地唱起《解放军进行曲》、《我是一个兵》等多首军旅歌曲。这也算我为改造旧军队做了一点工作。

二、走出文工队　走不出文艺的诱惑

我在学习工作了10个月后，调离了文工队。从朝鲜回国后，我跟着尤太忠，地北天南、时东时西地辗转于首都和各大军区。几十年来，我一直从事教育工作直至退休，而真正在生活中擦出火花、闪出亮点的，还是那魂牵心系的文艺工作。虽然我人离开文工队了，文艺却会找上门来，真是藕断丝连！小到在家辅导小孙子练钢琴，大到敢与全国闻名的将军合唱团对垒，一决高下，这是我连做梦也没想到过的。

那是60年代初，尤太忠到北京高等军事学院（现国防大学）学习，那一期都是少将以上学员。这批能征善战的将军们济济一堂，学校别开生面地决定，组成将军合唱团，展示高级将领的精神文化风采。这个决定立即引起各方关注，总政马上派歌舞团音乐专家前来辅导排练，专门培训李志民上将担任指挥，对整个合唱团全面包装，直至完美登台亮相。将军合唱团从学院唱到人民大会堂，唱进中央电视台，成为名震全国轰动一时的新闻。

新中国成立初王雪晨与丈夫尤太忠合影

学校里有个家属党支部。这批随军的高干妻子，大多经过战争考验，政治思想、工作能力都很强，有的也具备了较高的文化素养，看到丈夫整天排练唱歌，她们坐不住了。“人家能唱，我们也长着一张嘴，为啥不能唱，咱们也组织个家属合唱团，比试比试。”而且还横下一条心：“靠专家扶着走算啥本事。我们不找外援，自己唱出个样来！”家属们干劲决心可够大的，可我万万没想到，真正干起来，这个“火石”竟落在我的脚背上！

一来本人是家属党支部的宣传委员，宣传文化工作是我的责任所在；二来我是家属中的青年派；三来我是文艺工作出身，不管从哪方面都跑不掉。当时，那个气候、那个阵势也逼得我没有退路，于是我下定决心“背水一战”，负责起合唱团排练工作，并斗胆当了指挥。那些日子我是寝不安席、食不知味，使出浑身解数，把从文工队学到的全部歌唱本领都用上了。组织家属认真仔细地练唱，什么音准、节奏、字正腔圆、感情起伏变化等等，甚至连我指挥的每个动作，都作了精心设计。功夫不负有心人！我们真唱出个样来了，演唱了《歌唱祖国》、《浏阳河》、《团结就是力量》等几首歌。我带着信心，也带着强烈的获胜欲望，要进行这精彩的一搏！

歌咏比赛终于开始了！在军事学院灯火辉煌的舞台上，当我站到李志民上将刚才站过的指挥位子时，突然感到肩上压着一座我实在无法顶住的大山，两腿发虚，一身冷汗，思想空白，紧张到不知道自己是怎么指挥完的，竟然将最后一首歌最后两句应该重复演唱的高潮部分漏掉了，当然败下阵来……

我吃了好长时间的后悔药，在不停的责怪和检讨中，我悟出了一些道理。将军合唱团出现的时间，正是国家困难之时，时代需要这批身经百战的将军们勇武坚定的声音，呼唤带领全国军民战胜困难，高歌前进！从这个意义上说，将军们的歌声是其他任何歌声都绝对不能战胜和代替的，所以，无论我们唱得怎么精彩，这是一场注定要失败的比赛，自己负气争胜实在可笑。最后我释怀了，心情也豁然开朗了。

古话说：“诗言志，歌咏言。”歌唱的目的在于“咏其义以长其言”。至于是演出、比赛或个人咏唱，那只是一种表现方式，而歌唱本身是为了表达它的思想内涵，也就是咏唱自己的情怀。有了这点理解，我以后的歌唱和比赛就比较正常了。

一年后，我随尤太忠到27军工作。同样的军直属队又组织了一次歌咏比赛，我又担任了家属合唱队的指挥，而且家属成员水平更低，还掺合进一些家属子弟小学生。但这次唱得比意料的好，比赛后，军里梁政委激动地说：“今天不给家属队评第一名，我都不服气。”果然，在热烈一致的掌声中，家属队获得了第一名。那情景把尤军长也促动了，回到家对我说：“从今以后，我再也不干涉你搞文艺了。”

搞文艺是要花精力和时间的，我是在不断调整文艺、工作、家庭的矛盾中进行的。作为高级将领的妻子，要保证首长的生活，就必须作出更多的付出和牺牲，但这并未阻止我向艺术的纵深跨进一步。我自己都没想到，人到中年还出演了大型歌剧《血泪仇》的女主角——东才妻。

到27军后，在一次家属支部活动中，我听到大家议论军里要演歌剧《血泪仇》，缺主角，准备从荣军疗养院借人。我就随便地插了一句，“《血泪仇》，太熟悉了”！事实是1950年我调到师文工队时，队里正在上演此剧。我被分配演东才妻的B角，但并未真正演出过，同时担任演出提词任务，每演一场我都从头到尾读一次剧本，怎能不熟悉？没想到几天后就通知我到剧组报到，同样是演东才妻B角。

开排了，那位借来的女主角，通过几次排练，无论唱、演都不能达到原27军文工团专职导演的要求，排练场的气氛顿时紧张起来。突然导演喊了声“B角上”。我先是吓了一跳，赶紧到预备位置，导演对我未作任何交待，又一声：“开始。”毫不留情的音乐声催促着我。说实话，台词、歌曲、表演、调度我是熟悉的，但新单位、新导演互不了解，心中无数。可音乐节奏容不得迟疑，我就豁出去放开演唱了，就这样没有间断地把一大段排完。随着乐声的落下，后面竟响起了掌声，我这“东才妻”就演定了。

业余舞台实现了我专业时的梦想。有原文工队老演员的示范，有我旧社会苦难生活的体验，还有和演出现场观众的交流，促使我全身心投入了角色。每次演出，随着剧情的悲惨进展，我都是声泪俱下，台下也会出现哭泣声，特别是老解放区参军的团、营、连干部和有悲惨遭遇的同志甚至嚎啕大哭。演完了，一时情绪还控制不住，连乐队同志都对我说：“王雪晨，你演一场，我们就陪你哭一场。”这个戏演遍了27军军部和三个师以及驻地附近，收到了很好的效果。

以后，我还随着部队参加了一些活动，演出过话剧、合唱、歌舞，如庆祝香港回归的红绸舞等，文艺情缘不断。特别是2001年春的金陵盛会，我在离开文工队整整50年后，在老队长、老指导员和数十位老战友面前，再唱《你是灯塔》，我激动的心情是任何语言都无法表达的！

苍然的歌声，不再响遏行云；迟缓的步态，不再轻盈飒爽，连老伴尤太忠也离开我回归自然，多大的变故啊！可我的心没有变。我离不开文艺和这批文艺老战友，在告别文工队这些年来不停的文艺活动中，与其说是文艺找上门来，不如说是我心灵的追求和行动上的补偿。因为，人类生活中最美好的部

2014 年 12 月成亚平在广州王雪晨家中采访

分——文艺，能让我们抒发内心的希望与激情。让我们用歌声祝愿祖国更美好，人民更幸福，让我们用歌声召唤着亲爱的战友们相携前行！

简　历

王雪晨（1930—2015），1930 年 2 月出生，河南焦作温县人。1949 年 12 月于重庆参军，在二野军政大学三分校四总队文艺大队、12 军 34 师文工队任文工团员，参加过抗美援朝。1954 年底转业到地方，先后在重庆、无锡、北京、成都、广州等地任小学校长、中学教师、中学校长等职，从事教育工作三十多年直至退休。2015 年 12 月 9 日在广州病故，享年 86 岁。

巾帼英气　慈母仁心

李鲁玲　李丹玲

一

我们的妈妈吴娴出生于江苏省淮阴县一个爱国知识分子家庭。外公原为清末秀才，因新学兴起，考入两江优级师范，毕业后受聘于江苏第六师范任教。幼年时期的母亲就耳濡目染着中国历史的深刻变迁，受到革命思想的影响和熏陶。妈妈的哥哥，也就是我们的大舅吴觉，年长妈妈15岁，1932年加入中国共产党。大舅因闹革命曾4次被国民党逮捕，第4次几乎被判死刑。在狱中他受过酷刑，带过大镣，经历了九死一生的考验。在大舅数次被捕入狱期间，外公多方奔走，竭力营救，耗尽积蓄，终因心力交瘁于1938年病逝。大舅早年投身革命，给家庭带来的变故深深地影响着妈妈，使得妈妈在幼小年纪就由仰慕兄长转而崇尚和追求真理。

母亲吴娴1963年于南京

1937年因国共合作，大舅吴觉获释。旋即在家乡淮阴举起抗日义旗，成立了“苏北抗日同盟会”。随后又成立了“淮阴抗日义勇队”并任总指挥，打响了苏北地区抗日第一枪！1939年6月，“淮阴抗日义勇队”与“涟水抗日义勇队”、“淮安民众自卫队”汇编成八路军山东纵队陇海南进游击支队第 8 团，对外称“淮河大队”，大舅任团长。由于哥哥是团长，妈妈就经常跟在战士们后面，听他们讲战斗故事和革命道理。1940 年初，年仅 13 岁的妈妈在大舅的影响下投身抗日，加入了由共产党八路军领导的“淮河大队”宣传队。从此，走上了追求光明的道路。

参加革命队伍后，妈妈如鱼得水，革命热情高涨，觉悟日益提高，各项工作表现突出。1942 年 2 月，刚满 15 岁的她就被组织吸收加入了中国共产党，这在当时亦属少见。当时苏皖区（淮海区）党委书记金明（解放后曾任湖南省委书记、国务院秘书长、河北省委书记）有次在给妈妈写介绍信时还开玩笑地问：“你这么小小的年龄怎么就是党员啦？”

二

1943 年中共苏皖区党委由皖东北转移至苏北淮阴，在淮阴建立起了抗日民主政权。为了培养大批能适应新形势的干部，1943 年底，中共淮阴县委在张大庄筹办了淮阴县中学师范班，招生约 50 人，妈妈也在其中。师范班开学后不久，由张大庄迁至大雄庵。这里有座砖瓦结构的大雄宝殿，师范班也就被称为“大雄庵中学”。至此，淮阴抗日民主根据地一所培养革命干部的学校——“大雄庵中学”在战火中诞生了。大量的爱国青年来到根据地学习，更多的老师从日伪统治区来到根据地教书。大雄庵中学在艰苦的战争环境中，办学 5 年，共办了长短培训班约 40 个，培训学生千余人，经培养发展为中共党员的有 500 余人。在抗日战争和解放战争时期解决了苏北根据地干部不足的问题，并向其他根据地输送了一批干部。

妈妈是大雄庵中学一名表现突出的学生干部，一来她是县长吴觉（大舅时任中共淮阴县长兼地方主力部队 10 团团长）的胞妹；二来她年纪轻轻就是共产党员，且秀丽聪慧，能歌善舞，还写得一手娟秀洒脱的好字，颇有大家风范。妈妈既是学生，又担任年级生活指导员（相当于支部书记）。指导员对每个学生的政治背景、家庭状况、思想品质、学习生活乃至个性等各个方面都要掌握，并根据上级组织的要求定期召开学习、生活检讨会，以提高学生的政治觉悟和思想认识。当时学校的各项活动丰富多彩，特别是配合党的中心工作需要大唱革命歌曲。同学们走到哪里，哪里就响起歌声，而妈妈的嗓音尤为突出。她不仅领唱、独唱，而且还是个不错的指挥。当时大家最爱唱一首歌：

淮海平原上，繁荣的农庄，
不怕敌人封锁扫荡，我们安下战时课堂。
在战斗中学习，在学习中工作，在工作中成长。
劳动、民主、纪律，我们是青年的榜样。
淮海平原上，可爱的家乡，
新中国已经曙光在望，我们要有革命的思想。
在战斗中学习，在学习中工作，在工作中成长。
劳动、民主、纪律，我们是新中国青年的榜样。

这首歌是当时苏北区党委副书记、苏皖边区政府主席李一氓（解放后曾任中联部副部长、中纪委副书记）为大雄庵中学写的校歌，高度概括了这所学校的办学宗旨及培养目标。妈妈也正如歌曲所唱的，“在战斗中学习，在学习中工作，在工作中成长”起来了！

1944年冬，妈妈从大雄庵中学毕业分配至中共淮阴县委，任淮阴县妇女抗日救国会副主任兼渔沟区妇女抗日救国会主任。“妇救会”是党领导下的群众组织，其工作是宣传、动员、组织群众为抗日战争服务。当时淮阴县妇救会的

母亲吴娴（中）抗战期间在苏北淮阴与战友们的合影

同志多是从上海来的，而妈妈是土生土长的淮阴县渔沟乡人，不仅熟悉渔沟乡的地理环境，而且和各家各户都有些宗亲关系。妈妈能跑会说，一天下来能跑好几个村庄去宣传抗日、发动群众。在妈妈的宣传鼓动下，渔沟乡有几位和她从小一起长大的姐妹，毅然抛弃了从小就信仰的基督教，走上了革命道路。

妈妈还经常到渔沟乡附近的曹官庄小学教学生们唱抗日歌曲、讲抗日故事。有这样一首歌曲："新四军好比一条鱼呀，老百姓好比河中水；鱼在水中游来游去，离水的鱼儿难得活啊……"渔沟乡老老少少在妈妈的悉心指导下，个个都学会唱了。妈妈深入乡间不辞劳苦的工作作风与卓有成效的工作成绩得到当时区委书记王万功在大会上的表扬。

渔沟乡是淮阴县一个比较大的集镇，有两条马路。北边一条大马路，十几里路直通淮阴县城，可通汽车；南边一条小马路，只能行人。平时日本鬼子从县城到乡下扫荡都是从北边大马路来的。有一年深秋，妈妈正与几个小姐妹们在村南地头一起唱歌，几个日本兵突然从小马路哇啦哇啦冲了过来。小姐妹们见此情景都吓哭了，这时妈妈冷静地叫大家不要怕，分头往村子里跑，待姐妹们都跑了她自己才跑。妈妈个子高，且穿着新四军的灰色军裤，因此引起了鬼子的注意，鬼子就盯着妈妈追。小日本人矮胯短，还穿着大皮靴，哪里跑得快？妈妈个高腿长，一步跨几个山芋垄子，七拐八弯连着跑了三个村庄后就把鬼子给甩了。几十年后，妈妈一些老战友聚会时，还对她当年的沉着冷静赞不绝口！

三

在淮阴县妇救会工作期间，妈妈结识了我们的父亲——时任中共淮阴县委书记的李广涛（当时名字李霁明）。父亲是安徽合肥人，早年上过私塾。1928年14岁时考入安徽省立第一职业学校，因喜读皖籍左翼作家蒋光慈的《少年漂泊者》、《鸭绿江上》、《咆哮的土地》等进步小说，萌生了追求进步的意识，后在张治中将军创办的黄麓师范学校半工半读。1936年春天父亲到上海投身于抗日救亡运动，1937年9月奔赴延安，1938年3月加入中国共产党。

2013年，曾任安徽省人大常委会副主任的父亲在其回忆录《百年自述》里，描述了他第一次见到母亲时的情景："我与吴娴第一次见面是1944年的冬天，那天我在区党委金明同志处，吴娴正好来区党委转组织关系。她高高的个子、短发、皮肤很白，尽管身上穿的是一件男式棉袍，仍不掩其秀丽与聪慧。我早就知道吴觉同志有一个漂亮、能干的妹妹，而此时出现在我面前的正是他的胞妹……”

父亲李广涛、母亲吴娴摄于1949年

1945年大“扫荡”以后，妈妈调至中共淮阴县委办公室当秘书，主要负责文化宣传工作。这样她和父亲接触更多，了解更深了，彼此间逐渐萌生了爱意。他们的关系首先得到大舅吴觉的支持与认同，外婆开始还有些犹豫，嫌父亲年龄比母亲大13岁，但最终还是同意了。

1946年初夏的一天，父母亲在淮阴张集区五里庄县委机关举行了简单而热闹的婚礼。妈妈唯一嫁妆是一对蓝士林布的枕套。从此，他们心心相印、同甘共苦、相依相伴携手走过50年的风雨人生。

1946年初冬，华中野战军北撤山东。苏中苏北机关的干部、家属、民主人士也组成了庞大的北撤队伍。此时妈妈正怀着第一个孩子，带着我们的外婆也走在北撤队伍中。而我们的父亲李广涛则留在淮阴地区坚持抗敌斗争。由于天寒地冻，妈妈受凉拉肚子，途中又不慎从驴背上摔了下来，造成早产，生了几天几夜才把孩子生下来。用她周围同志的话说，这个孩子生下来像一只小猫，既不会哭，又不会吃。因事先毫无准备，连一件小衣服都没有，就用块布包着，终日揣在外婆怀中。大家都说这孩子能活下来是个奇迹。那时还不知道早产儿要放恒温箱的，其实外婆的胸口不正是个恒温箱吗！

北撤途中生活条件极差，没吃没喝没穿，卫生条件也很差，不少女同志得了妇科病，妈妈想办法搞了一些高锰酸钾，教大家如何使用并督促几个年轻女孩子每天使用。北撤到山东后近一年时间里，妈妈不仅要养育出生不久的孩子，照顾随队的老母亲，还时刻不忘自己共产党员的身份。当时在北撤到山东的人中，有部分人产生了悲观失望情绪，妈妈主动配合领导做群众思想工作，激励大家要相信敌人的疯狂是暂时的，胜利终将属于我们。1947年5月孟良崮战役打响后，妈妈天天站在村外，听着不远处密集的枪炮声，和同志们一起分析战况。拿到击毙张灵甫的捷报，妈妈激动地到各家各户去宣传，我们胜利了！

1947年底，妈妈抱着10个月大的女儿，带着外婆随大部队回到了淮阴，这时父亲才第一次见到了大女儿鲁玲。

四

1949年初，根据上级党委指示，父亲奉命从苏北回到刚解放的家乡合肥，先后担任市军管会秘书长、市城防司令部政委、中共合肥市委副书记、书记。妈妈也告别了自己的家乡淮阴，随父亲来到了合肥，先后在数十个单位担任领导工作。无论妈妈在哪一个岗位，她都兢兢业业、勤勤恳恳、廉洁自律、秉公办事，把党和群众的利益摆在最高地位。记得有一年冬天，天气十分寒冷，妈妈到北京出差，一回家就搂着我们直喊"冻死了！冻死了！"我们才知道，妈妈乘的是没有暖气的车厢，当了一夜"团长"(指缩成一团)。这是因为当年评定干部级别时，妈妈本已评为14级，但因名额限制，妈妈把名额让给了别人，故因差一级而不能享受带有暖气的软卧待遇。

妈妈善良贤淑，是一个充满母爱的人。自解放以后，我们的家就是一个庞大的家庭，人口众多。我们的外婆、大姨以及大姨的三个孩子，还有姑妈，他们一直是我们家里的成员，和我们一起生活。有一段时间，大舅吴觉的两个儿子，父亲老师的孙子等也在我们家生活。这么一大家人的吃喝穿用，全部依靠妈妈和爸爸两人的工资维持。虽然日子过得很拮据，但全家生活的安排，包括孩子们的成长学习，老人的衣食温饱，所有一切都是妈妈一手操持。

妈妈心灵手巧，特别能干，哪怕是最困难的时候，我们几个孩子穿戴都整整齐齐，干干净净，连衣服上的补丁妈妈都能绣一朵漂亮的小花遮盖住。全家人穿的毛衣，无一不是出自妈妈的手。为了这个大家庭，妈妈奉献了全部心血，操尽了心。三年困难时期，家里生活极度艰难，外婆又患了胃癌，更是雪上加霜。尽管如此，靠着妈妈的精打细算、节衣缩食，全家硬是挺了过来。但妈妈却因严重缺乏营养，全身水肿、肝肿大，身高一米七的人瘦得连50公斤还不到。但家里的困难再大，妈妈也从来不找组织麻烦。就连妈妈自己身体有病，也只用最普通的药，舍不得用昂贵的药，尽力给国家省钱。妈妈晚年患病到了弥留之际，医院要给妈妈注射人体白蛋白，妈妈对医生说："这药很贵，我们电子工业局经费困难，不要用了。"

妈妈是从残酷的战争中考验出来的战士，具有坚强不屈、勇敢睿智的品格。在单位里，妈妈做事低调、谨言慎行，是干部职工们公认的好领导；在家里，妈妈是我们全家的顶梁柱。我们在从小到大成长的过程中深深感到：无论在什么时候，无论遇到什么事情，只要有妈妈在，我们就有了主心骨。"文革"动乱期间，我们家更是遭受深重灾难。父亲挨批受整、戴"高帽"、关"牛棚"。记得 1966 年 12 月 1 日那天，天寒地冻，气温零下 6 度。安徽造反派冲到我家抄家，家里的东西全被扔到外面，然后用木板条把所有门窗钉死，把一家老老小小赶到外面。站在凛冽的寒风里，没吃没住，几个小的孩子非常恐惧，紧紧揪着妈妈衣角不停哭泣。天色逐渐黑暗，妈妈看我们冻得瑟瑟发抖，带着二女儿去"白求恩战斗队政委"家里，恳求她放几个孩子回屋里，但"政委"不允。半夜时分，妈妈带着我们不管三七二十一把封在门上的木板条砸断，又住回了家。很难想象，若不是妈妈的勇敢和果断，全家老小不知如何度过那滴水成冰的一夜。第二天一大早，"造反派"的大字报铺天盖地，从屋顶直拖到地面，整栋房子被大字报围了个水泄不通。妈妈白天就跟没看见似的，到了夜深人静的时候，妈妈就对我们说："孩子们，不要怕！要敢跟这些坏人斗争，白天不行，我们就晚上干！"于是我们几个孩子在妈妈带领下，出来把大字报全部撕掉。

虽然妈妈在她的单位合肥师范学院也被当作"牛鬼蛇神"挨整，但她坚定地站在父亲的身边，相信、安慰、支持父亲。妈妈立场坚定，原则性强，敢于和"造反派"据理力争，毫不畏惧。那时，父亲被关进"牛棚"，停发所有工资补贴，每月仅 15 元生活费，全家十几口人全靠妈妈一个人的工资生活。家里的钱不够用，妈妈就把衣物用品都变卖了，以维持生计。那时尽管家里吃饭都成问题，妈妈仍然每个月雷打不动地给关在"牛棚"里的父亲送去两条香烟、一大茶缸炒酱。妈妈还利用了当年地下斗争的经验，在香烟里悄悄夹带纸条，给父亲传递"牛棚"外面的情况，让父亲了解信息和局势，鼓励父亲坚持下去，给了父亲极大的安慰和希望。同时，为了父亲的"解放"，妈妈还四处奔走、反映情况……

父亲晚年经常对我们说："没有你们的妈妈，我真不知道能不能熬过'文革’中那段最黑暗的日子。”

往事并不如烟！1969年春节前，合肥师范学院把所有的“牛鬼蛇神”集中到长丰县下塘集办学习班，实行边劳动、边学习、边“斗私批修”。那时我们也只才十来岁，父亲被关在凤台县的“牛棚”里，妈妈又被集中到长丰县学习班，对我们来说，更加感到孤独绝望。随着离过年越来越近，我们思念妈妈的心情也越来越迫切。年三十晚上，外面漫天飞舞着大雪，我们几个孩子大眼瞪小眼，心情低落……突然，“咚咚”响起敲门声，开门一看，妈妈裹着一身雪花出现在门口，我们高兴死了，抱着妈妈就哭成一团。后来才知道，妈妈放心不下我们，跟“工宣队”谎称说“斗私批修检查材料”丢在家里，请求准予回家一趟，年初一就赶回去。所以妈妈连夜冒着大雪，从下塘集赶回家里，给了我们莫大的惊喜。妈妈和我们一起吃了个年夜饭，大年初一一早又赶回下塘集去做检查了。

五

我们家是典型的严父慈母型家庭，孩子们自然比较亲近妈妈。在我们小时候，妈妈就常常教导我们要勤俭、诚实，作人要善良、低调。她常说，你爸爸和我这一辈子，不贪财，不做违心事。妈妈有着丰富的群众工作的经验，也非常善于做群众工作，这和她早年从事妇救会工作有很大关系。妈妈做事厚道，与人为善，无私无怨，极富同情心。她心里总是放不下那些需要帮助的人，想方设法尽自己最大的力量给他们以帮助。这使得无论是上级领导，还是普通群众，无论是知识分子，还是周围的工人、农民、家属都对她很尊重，都愿意和她交朋友、讲知心话。记得妈妈单位的一位姓潘的叔叔，被打成“右派”，受到不公正待遇。后虽平反，但由于他家孩子多，生活非常困难。妈妈总是想方设法帮助他，不但经常在思想上安慰，在生活上也无微不至地关心他。公安厅有一批旧制服要处理，妈妈一听到这个消息，马上想到的就是要帮他家买几套。潘叔叔家孩子多而且都是正长个子的时候，妈妈常动员我们姐弟们拿出衣服送给他家，帮他们家度过难关。妈妈从不跟我们说她的革命资历和光荣历史，但我们常听人说妈妈也是个老革命，可我们觉得她一点不像“马列主义老太太”。因为妈妈从不说教，而是以一种博大的爱去感化人，以涓涓细流去滋润人的心田。有一件事我们记得很清楚，“文革”前妈妈单位有一位同事

历尽劫难后一家人终于团聚

因感情出轨，家里闹得很厉害，妈妈并没有严厉批评处理，而是从中做了很多细致的工作，从感情、道德、家庭、生活、做人等多方面晓之以理，动之以情，使得他们家庭没有因此而破裂，他们夫妻二人后来恩爱有加，工作努力，进步很快。

1985年，妈妈因股骨颈骨折在西安手术输血时不幸染上丙肝病毒，从此病魔缠身，终因医治无效，于1996年2月23日（农历正月初五）逝世。妈妈去世时，正值春节期间，我们不想打搅大家，除了极少数亲朋好友外，没有通知其他人。谁知在遗体告别那天，竟来了好几千人来给妈妈送行，我们全家人深为感动。来的这些人大都是妈妈的生前同事和朋友，还有很多是她帮助过的人。记得那天早晨，告别的队伍排成长龙，延至追悼大厅门外的广场四周，花海一片，哭声一片，四面八方来吊唁的人络绎不绝。在我们的家属队伍里也挤进了近百人，家里本没有这么多亲戚，一看都是我们兄弟姐妹当年下放在肥东、肥西插队时结交的农民朋友，多年来常因生活困难或医疗治病诸事得到妈妈的照顾。这些农民朋友早已把妈妈当作他们的亲人，甚至很多人平日也随我们一起称呼她“妈妈”，所以全都本能地站进了家属的队列里。告别后，这些朋友又分别寻找地方，用他们传统的习俗和方式为妈妈烧纸、焚香……

有巾帼英气，凭稚子肩担天下任；

合大家风范，以慈母心待天下人。

记不得是谁写的这幅挽联，可以说它概括了我们亲爱的妈妈的一生。妈妈的一生是革命的一生，奉献的一生，是为人民服务的一生。她是一位优秀的共产党员，党的好干部，父亲的好妻子，我们的好母亲。

妈妈离开我们整整20年了，但我们总感觉她仍然就在我们身边，在我们心里！

如今，我们的父亲已经103岁了，他曾被评为全国最佳健康老人。至今我们依然围绕他的膝下，力尽孝道。每个周末，全家四世同堂，欢聚在一起，其乐融融。此情此景，若妈妈在天之灵能看见的话，她一定会欣慰的！

简　历

吴娴（1927—1996），1927年出生于江苏省淮阴县渔沟乡。1940年13岁参加革命，1942年加入中国共产党。在八路军领导的“淮河大队”宣传队、淮阴县妇女抗日救国会、中共淮阴县委、新四军三师独立旅文工团任文工团员、秘书、妇救会主任等职。新中国成立后历任安徽省合肥市团总支（现团市委）书记、安徽省图书馆主任、安徽医学院党委组织科科长、西安医学院党委委员兼护校校长、江苏省立医院党委书记、副院长、合肥师范学院组织部长兼统战部长、安徽省冶金设计院副主任、省电子工业局政治部主任、机关党委书记等职。1987年离休（副厅级）。1996年2月在合肥病逝，享年69岁。

从寄人篱下到桃李满天下

林　中

我是1949年9月福州解放后参军的，1953年9月考上了中国人民大学。时光如梭，岁月飞逝，不经意间我已步入老年。在整理回忆这些往日的资料时，一幕幕激情燃烧的岁月又浮现在眼前……

我的军旅生涯虽然只有短暂的四年，但切身体会到部队真正是所革命大熔炉，是我实现人生价值和理想的起航之地。

一、寡母立志让我读书

青年时期的林中

我出生在兵荒马乱的20世纪30年代，未满周岁的我还在母亲的襁褓中父亲就病故了。所以，我对父亲的印象几乎是零。据说，父亲的死是由于分家引起的。我祖父离世后由伯父当家，他比我父亲大十几岁。我父亲由于天资聪明，祖父看他是块读书的料，就送他到福州读书，返乡后从省城带回了很多书籍，在家中开了一个书斋，准备以教书为业。我母亲娘家比较殷实，和我父亲结婚时陪了不少嫁妆（有两个小衣柜至今还在老家保存着）。父母的结合虽说是父母之命媒妁之言，但他们两情相悦，情投意合，婚后生活过得很美满。

但好景不长，祖父去世后不久，伯父就闹起了分家。他嫌我父亲从没下田干过农活，在外读书又花了家里的钱，所以不给我家分家产。后来还是经亲族调解，才勉强分得少许薄田。父亲由于气恼一病不起，不久撒手人寰，抛下了我们孤儿寡母。

父亲去逝后，母亲矢志不嫁。为了延续香火她抱养了一个弟弟，从此我们母子三人相依为命，艰难度日。由于福州地区与外洋通商较早，基督教盛行，为了寻找精神寄托，母亲就信了基督教。在教会办的扫盲读书班里，母亲如饥似渴地学习新知识，文化水平提高得很快。这对她开拓眼界，增长见识起了很大的作用。所以，母亲与那个年代一般的家庭妇女相比，要开明很多。为了让我将来能够自立于社会，不受人欺负，母亲下定决心，再困难也要培养我读书。她说："即使我去要饭，也要让我女儿多读点书，有了知识，有了工作，才能经济上独立。"

在母亲的支持下，我从家乡的小学一直读到省城的公立学校。由于我家境贫寒，成绩优秀，一直享受公费。但不幸的是，母亲由于积劳成疾，刚过40岁就离开了人世！从此我成为无依无靠，寄人篱下的孤女。每当学校放寒暑假，同学们高高兴兴地回家了，我却发愁没地方住。有时借住在大姨、堂兄家；有时住在邻居、同学家。居无定所，食不果腹，常遭人白眼。我靠着变卖母亲留下的杂物和亲戚的帮助，艰难地维持着生活和学业。

二、军大给了我家的感觉

就在我觉得前途渺茫，生活极端困苦的时候，1949年8月17日，福州解放了。这是我向往已久的！当时我正在读高三，是附近几个村庄唯一的高中生。我决定放弃学业立即参军，但老师和同学们都劝我等高中毕业后再去。当时人们对解放军了解不够，又受到"好儿不当兵"的旧观念影响，所以长辈们对我参军不以为然。但我还是义无反顾地走进了华东军政大学福建分校的大门，成为一名英姿飒爽的女兵。我之所以坚决要求参军并非那时觉悟有多么高，而是觉得只有走革命这条路才能摆脱困苦无望的生活，才能有出路。我也因此成为家乡周边十几个村庄唯一参军的女兵。

参军后第一个突出的感觉就是再也不用为衣食住犯愁，再也不用受别人的白眼了，这是我获得解放的朴素感觉。军大的学习生活紧张而活泼，我和同学们每天生活在歌声笑声中。“军大就是我的家！”这个感觉越来越深地嵌入我的脑海。我对中国共产党、中国人民解放军充满了由衷的感激！

华东军大的校长是陈毅，福建分校的校长是叶飞。福建分校下设若干大队、中队、区队，区队相当于连队的排，我被分配在第一区队第二班当班长。当时的分校没有大家想象中的校舍宿舍，学员都分别住在老乡家里。睡的是地铺，铺的是门板、稻草，盖的是草绿色的军被。穿的是粗布军装、布袜、胶鞋。吃的是大锅饭，以班为单位，一个班一盆菜（中号脸盆）、一盆饭，每人一个搪瓷小盆。我觉得大锅饭大锅菜特别好吃，吃得津津有味。今天回忆起来，当时的生活条件还是比较艰苦的，但对我这个从小失去父爱，多年寄人篱下的孤女来说已经感到非常满意了，因为我是参加革命来的，不是为享福来的。

新中国成立之初，百废待兴！军校的条件非常简陋，上课时没有教室，都是在大庙里或操场上，放下背包就是凳子，双膝就是课桌。每次听课前各中队互相拉唱革命歌曲，此起彼伏非常热烈。为了提高大家的阶级觉悟，校部文工团还演出《白毛女》、《赤叶河》、《血泪仇》、《九件衣》等歌剧，学员们也自编自演文娱节目，我们班演出了《兄妹开荒》，生活紧张热烈，丰富多彩。

在军大的日子虽然很短，但给我的一生奠定了奋进的基石。她给予我革命的启蒙教育，懂得了人生的价值和追求的理想，使我在人生的道路上不管是顺境还是逆境，都能从容豁达，积极进取。近年来我们在北京的军大校友经常聚会，交流信息，传阅有关资料。2009 年在华东军大福建分校建校 60 周年之际，我还收到了镶嵌有中国人民解放军军徽的纪念品，我把它摆在客厅里，督促勉励自己不忘历史，不忘自己是当兵的人。

三、入选特工培训班

军大毕业后，我被选送到三野 10 兵团保卫干部训练班学习。这个班可不是一般意义上的保卫工作培训班，而是专门为解放台湾培训特工干部的。培训班一共 60 多名学员，女学员仅有 4 名。培训班对学员的选拔要求非常严格，对个人历史、社会关系要进行严格的审查，思想进步、政治立场坚定是第一位的。此外身体素质和心理素质也很重要，要求学员具有较强的应变能力、判断能力、缜密思维能力……我为自己能被组织上选拔到保训班学习而感到荣幸和

在三野 10 兵团保训班合影，前排左一为作者

自豪，决心为解放祖国的神圣领土台湾，贡献自己的青春。

在保训班，我们接受了严格的训练和学习。从思想上确立了祖国的利益高于一切，为了祖国和人民的利益勇于牺牲的信念。我们重点学习了保密业务知识以及从事秘密工作的一些技能，如发报、速记、写密信等。保密业务的学习使我的军事素养和军事技能有了很大提高。在学习期间，我们还理论联系实际，学以致用，参与执行了福州市庆祝 1950 年国庆游行的保卫任务。

由于保训班是适应解放台湾的需要而成立的，随着抗美援朝战争的爆发，解放台湾的任务被搁置，保训班后来解散了。我们这些学员又重新分配了工作，我被分配到 28 军 84 师政治部。虽然，我后来并没有再从事保密工作，但经过保训班严格的训练，我的意志、毅力、政治素质都有了明显的提高，使我受益终身。

解放初期，在部队里高中生就算是高学历了，部队首长对我们这些有文化的女兵还是很重视的。我到了 28 军 84 师政治部后，分配担任文教工作，主要是了解和分管师直属各连队的文化教育和文体娱乐活动。机关工作比起下连队要枯燥得多，而且文字工作处理不好要受批评。记得有一次，连队送来战士创作的一个小剧本，其中有“原地休息”的字样，我想当然地改为“就地休息”。原以为改得很好，但领导看了后说部队只有“原地休息”，不应改为“就地休息”。这件事使我感到自己还不了解部队的生活，于是我请求下连队，多了解战士的思想感情，向战士学习。此后一有机会，我就跟随老同志下连队，了解连队的文化教育和娱乐活动的开展情况。战士们对我们机关来的女干部很尊重也很热情，开始他们还有些拘谨，慢慢熟了也就无话不说了。28 军的战士大多来自于山东，山东人直率坦诚的个性，在战士们身上表现得淋漓尽致。

1952 年初，师政治部组织科扩大为师干部部，我被调到部里参加整理干部档案工作。这项工作与文教工作有很大不同，整天和档案材料打交道，必须非常认真仔细，工作性质强调保密，不能有任何差错。从整理的档案材料中，我发现部队同志都是出身贫寒家庭，苦大仇深，他们参加部队作战勇敢，不怕流血牺牲。尽管文字是无声的，但是通过整理档案，我进一步了解了人民军队的发展壮大史和革命取得成功的不易。

四、和法律结下一世情

1953 年，部队学习苏联，开始了现代化正规化建设，大量女兵面临复员转业的境遇。我毫不犹豫地选择了上大学，因为这是妈妈生前对我的希望，也是我少女时代就立下的理想和目标。那年夏天，中国人民大学刚好到南京招生，专业很多。我因为过去饱受伯父家的欺凌，控诉无门，所以决心学习法律专业。经过努力，我幸运地成为中国人民大学法律系的一名大学生。入学后我发现，在我们这一届新生中，像我一样转业复员的女兵占了绝大多数。

法律系学制四年，一年级学习基础理论课，有“政治经济学”、“马列主义原理”、“中国革命史”、“哲学”、“俄语”等。1954 年初组织上通知我准备参加留苏考试，经过严格的政审后，又进行了全面的身体检查，我由于到北京患上了严重的鼻窦炎，难以适应苏联的严寒气候，最后因身体原因没有去成。留苏虽然没成，但却结识了后来成为我丈夫的同学张晋藩。他当时已被选派到苏联读研究生，在体检时怀疑有风湿性心脏病，也没有去成。在准备留苏考试期间，他为我辅导历史、俄语，他的博学多才和勤奋好学，使我对他产生了好感。1955 年我们俩结婚了，建立了一个幸福美满的家庭。

1957 年 7 月大学毕业，我分配到天津市司法检察干部学校任刑法学教师，

1957 年春林中（后右）和同学在北京东城区检察院实习时合影

从此开始了“传道、授业、解惑”的教书生涯。不久司法界搞大跃进，法制建设受到顿挫，公检法机关大大精减，司法检察干校也被撤销，我调到天津律师协会工作。为了照顾我的家庭困难，我请调回北京，安排在市师范学校担任政治课教师。

“文革”十年，我们一家也和大多数知识分子家庭一样经历了动荡岁月。1970 年我们夫妇两人拖家带口到了江西余江县“五七干校”，在农村“战天斗地，改造思想”。那时我们白天插秧、采茶、打石头，什么农活都干，晚上在昏暗的煤油灯下读专业书、编小报……

干校的生活虽然艰苦，但磨炼了我的意志也锻炼了体魄。1976 年“文革”结束了，加强法制建设提到了议事日程，政法干部纷纷归队。我也调至北京政法学院（今中国政法大学）工作，担任了法学理论和中国法律思想史专业硕士生导师，先后被评为副教授、教授，为我国的法学教育兢兢业业工作了几十个春秋。我丈夫张晋藩现在是中国政法大学终身教授、博士生导师。他是最早走进中南海为党和国家领导人讲授法律课的专家，为我国培养了第一批法学博士。他如今 80 多岁了，仍然在教学科研第一线，带博士、博士后，主持多项国家重点科研项目。现在我虽然离休了，每天仍然和丈夫一起读书、写作，日

林中和老伴张晋藩在书房里工作

复一日，年复一年，心情怡悦，乐此不疲……

1999年我离休后回到了多年没回去的家乡。看到在我家简陋的旧居旁边，弟弟一家居然盖起了五层的新楼，他的子女有的在上海工作，有的远在欧洲西班牙办起了小超市，真是翻天覆地的大变化。村边的老榕树依然浓荫遮地，郁郁葱葱，它见证了沧桑巨变。

令我欣慰的是我老家的侄孙辈们，在我求学读书在大学工作的影响下，也十分重视读书，有的成为了硕士、博士。

离开老家后我到福州与军校的同学黄云钦等七八位老战友见面欢聚，大家回忆了军大的生活，以及离开军大后的工作生活经历，既欢欣又怆然。尽管人生易老，但是军大生活的情景永远鲜活地留在我们的脑海里。回到宾馆，思绪万千，夜不能寐，想起我一生经历了孤苦伶仃、寄人篱下的少年时代，经历了转化为革命军人的四年军旅生活，在中国人民大学圆了从小就向往的大学梦，最后成为教书育人、与文墨结缘的大学教师。

“桃李不言，下自成蹊。”2015年中秋节是我和老伴结婚六十周年纪念日，女儿和学生们为我们老两口举行了钻石婚庆典。看到学生中的许多人已成为国家各行各业的栋梁之材，有律师、法官、检察官、公务员、部队军官、大学教授、院长、校长……作为老师还有什么比看到学生的进步和成长更高兴的呢！

2014 年 4 月成亚平到家中与林中夫妇讨论书稿

老伴即兴赋诗一首：

牵手六十载，弹指一挥间。
如云青丝发，不觉繁霜染。
莘莘众学子，薪火得相传。
丽日虽西斜，霞光仍灿然。
壮心犹炽热，奋笔谱新篇。

简 历

林中，1932 年出生，福建省福州市人。1949 年 9 月参军。先后在华东军政大学、三野 10 兵团、28 军 84 师学习和工作。1953 年至 1957 年在中国人民大学法律系学习，毕业后一直从事法学教育，任中国政法大学教授，硕士研究生导师。1999 年离休。

心中的话向妈妈诉说

曹衡辉　曹海虹

2014年是我们的母亲潘云的百年诞辰。作为她的儿女，有多少往事泛起，有多少思念萦绕，有太多的心里话想对妈妈说……

一、奔向光明新女性

妈妈1914年5月2日出生于江苏宜兴丁蜀镇，她是外公家的第一个孩子。外公是个裁缝，他不仅会做衣服，而且有生意头脑。妈妈18岁那年，外公近50岁了，还与人合伙开了个裁缝店，搞的是股份制，每股一千大洋，铺子的规模在当地同行里是屈指可数的。辛勤的劳作有了回报，外公到乡下置了三十亩地。

20世纪50年代的潘云

外公是个开明的人，生妈妈的那年清朝才覆灭了两三年，不少男人还留着辫子，小姐们要裹小脚，否则大了嫁不出去。外婆照例用几尺长布给妈妈裹上了脚，妈妈疼得直哭，外公知道后勃然大怒，把妈妈的脚解放了。

妈妈8岁那年，开明的外公把妈妈送进了洋学堂，上了镇里的蜀山小学。小学毕业后妈妈患病休学，16岁又进了武进中学，读了一年半，因为家里需要帮手，妈妈万分不舍地辍学了。

外公放开妈妈的双脚，妈妈就凭这双大脚走天下；外公送女孩子去念书，妈妈就凭这宝贵的初中文化打天下。如今想来，妈妈的一生，包括后代的我们，应当感激外公当年与时俱进的开明及先见之明的头脑。

然而，平静的生活在1937年被打破了。“八一三事变”后不久，日本鬼子占领了宜兴，外公的店关了门，一气之下他中风倒下。家里只好靠收点田租维持生计，但兵荒马乱的日子，哪里收得到租？1939年外公去世，外婆带着妈妈和姨妈只得逃往南京乡下的高淳娘家避难……

那年头中国国土沦陷，中华民族真正到了最危急的时候，每一个有志青年都不愿当“亡国奴”。妈妈从小学到中学接受了新式教育，在中学时更接受了进步的思想。爱国、救国、报国之心使妈妈于1940年5月在地下党的协助下，瞒着外婆毅然离家，去安徽省繁昌县参加了新四军，投身于革命熔炉。从此，开始了她艰难而又神圣的追求光明的人生旅途。

二、“皖南事变”幸存者

妈妈参军后不久，亲身经历了中国革命一段极不平凡的历史。

历史课本中每个人都听说过“皖南事变”，因为它和妈妈的故事有关联，今天我们再揭开尘封的记忆，看看当年的腥风血雨……

1940年5月妈妈进入新四军三支队后方医院的日子，就是国民党顽固派筹划并凶狠实施消灭新四军的危急时刻。1940年7月在妈妈参加皖南军部的第五期卫训班的三个多月里，在妈妈平平静静地学医的窗外，国共两党明争暗斗进入了白热化的程度。真是“山雨欲来风满楼”，形势异常严峻！

1940年11月，妈妈培训毕业后不久，分在军部后方医院任见习医务员（相当于今天的实习医生）。此时国民党已调兵遣将，在皖南集中了8万余人，采取前堵后追、两翼夹击的部署，伺机围歼势孤力单的新四军军部和所属的皖南部队。

1940年12月底，正当大战来临前夕，新四军开始将后勤人员向苏北撤退，妈妈也随着东进的后方医院先行到达苏北，妈妈这一去，与皖南的新四军战友生死之别，她自己也侥幸地与死神擦肩而过。

1941年1月4日，新四军军部和所属皖南部队九千余人待机渡江北移。1

月6日，蒋介石得知新四军开始北移，下令“采取行动”。7日拂晓，新四军遭到国民党军队层层堵截和进攻。在军长叶挺的指挥下，被迫奋起自卫，浴血苦战八昼夜，终因寡不敌众，弹尽粮绝，除约一千多人分散突出重围外，其余七千多新四军将士分别被打散、被俘或牺牲。

这是一场“兄弟阋于墙”的悲惨事件。周恩来愤怒谴责国民党顽固派的恶行，亲笔在《新华日报》上题词：“千古奇冤，江南一叶；同室操戈，相煎何急!”

此时，安然脱险的妈妈到苏北后，分到了新四军一师后方医院，当上了大夫，开始了她的军医生涯。

三、芦苇荡中战敌顽

妈妈为人十分平和低调，从来听不到她叙说过去的苦难。她去世后，我们发现她任镇江市卫生局长时，对卫生科直属单位青年团作报告的手稿，时间是1957年5月5日，她讲述了战争年代自己的故事：

> 皖南事变之后，国共合作就破裂了，我们新四军重新成立了七个师……日本鬼子对待我军，起先是“清乡扫荡”，白天找新四军的队伍打，我们就埋伏起来，群众保护我们，晚上我们出来活动打鬼子和伪军……
>
> 后来鬼子采用“梳子式”对付我军，鬼子兵第一批走了，隔两三个小时又来一批，这样不分白天黑夜，一连搞三到五天。
>
> 再后来就是“梅花桩”的方式，鬼子用五路兵力对一个地方来围剿……日本鬼子费尽心机企图消灭我们，我们在两面夹攻的情势下，不但没有被消灭，反而壮大了……
>
> 我们后方人员，虽然没有直接拿枪去杀敌人，但我们治愈英勇杀敌的战士们的枪伤，使他们早日恢复，重上前线杀敌。
>
> 1940年以前我军虽没有正规化的医院，但我们后方医院的大夫、护士、司药都是从上海、南京等大城市去的，所以医院里的工作制度都很正规。到了1941年以后，原来的医院行政领导方式不能适应当时的环境需要。领导指示要一个医务人员领几个助手带着伤病员分散“打埋伏”，住到老百姓家里去，化装成老百姓的亲人，打成一片，靠群众来掩护。

1941年夏天，情况一天天紧张，我和两个“小鬼”(年纪很小的兵)，一个事务长，一个炊事员，五个人带领30多个重伤病员到现在的东台县的东海毛海滩上去“打埋伏”。地名叫“巴斗山”，其实没山，一片荒凉，广阔无边，不能种稻子和麦子，连树都没有一棵。那里住了十六户渔民，靠下海捉鱼为生，我们把30多个伤病员分散住下去了……不到三个月，情况更紧张。巴斗山是一个港口，渔民来来往往，时间久了，敌人闻到风声会来袭击。一个晚上，我们把伤病员转移到更加荒凉的海边去，那里没有一户人家，也没有一间住房，只有烧盐的盐灶，是盐农用过遗弃的，有烧盐的盐池和烧盐的大锅。我们住了两个盐灶。工作人员住的盐灶离伤病员的有两三里路远，每天来回走。大潮来了，四面一片汪洋，连“房子”里都是海水，还可以捉到鱼吃。

在这样困难的条件下，一个医务人员负责30多个伤病员，从吃住到医疗。今天同志们听了有些不相信，当时我们没有感觉到困难，工作是那么愉快，看着伤病员的伤口一天天地好起来，能重上前线杀敌，真是高兴！

当时的环境那么艰苦，为什么我们这么乐观？一是怀着必胜的信心，二是大家心齐。

我们工作上不分彼此，五个人一组，大家一起干。我不但做医生，还做护士、司药和勤杂事，帮伤病员洗衣服，洗绷带。晚上还要组织工作人员学习政治。事务长负责搞粮菜，还要做侦察员，了解敌情。最可贵的是一个十二三岁的小孩子，能做15个伤病员的护理和勤务工作。伤病员们看着这些“小鬼”日夜陪着他们，喂他们吃饭，倒大小便桶，重伤疗成轻伤，轻伤养成痊愈。这个时期，“小鬼”起了很大的作用，这在我军医务工作者里很多。

每次战斗下来很多伤病员，我们在这样困难的条件下，要进行手术。同志们要问“茅草棚子”里怎么可以手术呢？消毒不妥，化脓怎么办？告诉同志们，我们有一个很漂亮很伶俐的手术室，不用的时候，包包扎扎放在箱子里，用的时候用几个钉子和绳子就挂起来了。这是什么东西做的呢？是用最好的花旗洋布做的一个大帐子，挂起来就可以手术了。在晚上，还挂起豆油灯，不分白天黑夜的工作。

妈妈说：战地的药房就是几个大布袋，一有情况背起来就跑。药品紧张，用食盐水消毒，撕开被单做绷带，自制葡萄糖和盐水，用木桶代替消毒器皿，用蒸笼来消毒。

妈妈说："敌人来了，重伤员走不了就把他们藏在深草里，白天化装成割草的农民去换药，晚上再把伤员抬回来。生活上的困难主要是粮食，大米和面粉给伤病员吃，自己吃粗粮。海滩上没淡水，要跑十几里去取水，洗衣服用海水，洗出来的衣服像浆糊浆过一样硬。下雨了，没有胶鞋就赤脚，冬天海边上刮西北风，雪打在脸上如针刺，有时刺出血来……"

在远离上级三五十里的海边，一批有着理想信念的战地医务人员和伤病员亲如一家，和周围的群众亲如一家。你说，这样的人民军队怎么可能不取得最后的胜利?!

妈妈在报告的最后说："1944年情况好转了，领导要我们集中，我们离开了可爱的海滩，走进了村庄，看到村庄里的桃花杏花开得那么灿烂，我们才知道这是第三个春天了……"

从来不善言辞的妈妈，此时此刻像一个诗人，春暖花开，面向大海，她们用青春、理想、信念书写着这世上最壮美的诗篇!

四、救死扶伤医术精

战争创造了奇迹，实践是最好的老师！妈妈只学了三个月的医，就开始从事医务工作；只做了两三个月的实习医生，就当上了战地军医。1941年3月，妈妈任新四军第一师后方医院医疗队长。

战争是残酷的，战地女军医的担子重如泰山。血与火的洗礼，造就了妈妈在困难面前超乎常人的勇气。

1946年12月底，怀孕的妈妈因为在马上颠簸，提前一个月早产了。元气未复，前线告急，妈妈马上把儿子衡辉交给老乡，振作精神投入到抢救伤病员的战斗。1947年2月，爸爸指挥东南警卫团在启东九龄镇的战斗打得异常激烈，双方死伤惨重，已在分区工作的妈妈第一时间赶往前线拯救伤病员的生命。

1948年5月，战争把敌我双方逼得很近，妈妈在如东的海边芦苇荡里生下了女儿，就在敌人的眼皮底下，相隔一条水沟，孩子一生下就交给了老乡。当时海边挂着一条彩虹，妈妈给女儿起名叫"海虹"。

虽然我们无法直接领略妈妈当年的风采，但通过历史的折射，妈妈在我们心目中越来越高大！我们一次次听到人们敬佩地谈到妈妈的当年，那些老部下、老战友都发出由衷的赞叹。

当年她医疗队的“小鬼”，后来成了南通医学院副院长；当年她医疗队的副队长，后来做了上海华山医院泌尿科主任；当年她医疗队的队员，后来也当了南通医院副院长；当年她手下的“小鬼”，后来的野战军医院院长崔阿姨见到我们总说：“你们的妈妈年轻的时候吃了不少苦，又聪明，又漂亮，又能干，能开刀，还治了不少疑难杂症，是个了不起的妈妈！”

1946 年春潘云夫妇结婚合影

妈妈的很多医疗方法是靠她的悟性悟出来的。一次，一位战士打起嗝来，越打越厉害，打到睡不着吃不进，躺着打嗝打得蹦起来，难受得满床打滚。熬了几天，下面的医务人员什么办法都用了，毫无效果，只好来请妈妈出马。妈妈也没见过这架势，但她想了想，把病人放在手术床上，用麻醉药给他做轻度的全麻。这位战士一觉醒来，发现自己完全好了，不打嗝了，兴奋不已，无比敬佩地前来道谢，感激妈妈救苦救难的大恩。

五、鞠躬尽瘁孺子牛

妈妈从一开始踏进医务界，就一辈子没有离开过。1956 年 2 月妈妈转业到镇江市任卫生局局长；1958 年 10 月任扬州地区苏北人民医院副院长；1972 年 12 月任扬州卫校革委会副主任；1978 年 10 月任扬州大学医学院顾问。

从战争年代起，妈妈就视同事尤其是下级为兄弟姐妹，总是爱护团结身边的人，帮助他人，为别人着想。她保存下的一张张老照片，满含着她对战友和亲人的无限深情！当听到战友或亲人去世，她失声痛哭。但革命几十年，党内

1950 年潘云（后排右一）离开南通军分区前与战友合影

外的斗争何等激烈，上上下下，她见得太多了，经历得太多了，她从不忍心伤害以往的战友，不会去批判昔日的同志。但却往往自己受到批评，如 1952 年评级时，团党委肯定她，“经过战争考验，政治坚定，思想作风正派，政治修养性好，待人诚恳，团结同志，工作积极”，同时也指出“该同志主要缺点，党内思想斗争不够开展”。政治斗争反反复复，不做墙头草，不见风使舵，不落井下石，不踩着别人的肩膀往上爬，那是妈妈作为领导的美德，深受战友和同事的爱戴。

无论战争年代还是和平时期，妈妈对工作鞠躬尽瘁，处事先人后已。一个内心坚强的人，不一定要个性上剑拔弩张。我们和妈妈相处的岁月里，除了儿时妈妈有过严格管教我们的短暂记忆，印象中她一直是个和和气气，面带微笑的老好人。干休所里都是老革命，不乏红二代炫耀父辈的光荣，也有不少官太太开口闭口摆谱。而女干部中妈妈的资历最老，职位最高，1955 年被授予“三级独立自由勋章”和“三级解放勋章”，1983 年离休享受副厅级待遇，但妈妈比所有人更朴素善良，更平易近人！

一个人的品德在名利面前会得到赤裸裸的检验。妈妈在名利面前总是谦让的。从 1956 年转业地方到 1983 年离休，身为单位主要领导的妈妈，没有为自己加过一级工资，每次都主动让给同事或下级。那时工资级别和干部级别是连在一起的，多次谦让后，她的级别大大落后了，甚至把高干待遇也让出去了。谁都明白妈妈亏大了，但她淡然处之，从不后悔。这一点单位里无人能及，大家都由衷地敬佩她。

1968 年全国知识青年上山下乡，部队大院的孩子都去当兵了，爸爸和妈妈叫我们兄妹俩下乡。妈妈生了四个孩子，两个夭折，剩我们兄妹俩。妈妈在送我们回启东老家的路上，一再教育我们要好好锻炼，别给乡亲们添麻烦。

妈妈对家庭的贡献也做到了鞠躬尽瘁。解放后，部队要送实践经验丰富的妈妈去医学院上大学，这对妈妈来说是一个天大的喜讯，是她从儿时开始的数十年的梦想。但是考虑到家庭，爸爸时任南通军分区副司令，后来又任江苏省公安总队参谋长。解放初的军管和治安何等重要，家里还有年迈的婆婆和幼小的子女，妈妈深明大义，牺牲了自己，放弃了深造的机会。

海虹的女儿苏青出生了，永嘉又上大学，为了照顾第三代，妈妈放弃自己优越的生活来到南通，与我们住在三楼的一室半的老公房里，带孩子做饭毫无怨言，一家人欢乐地忙碌着，奋斗着。几十年过去了，现在的生活好了很多，

1958 年秋潘云夫妇合影

但最最难忘值得回味的是那段岁月。海虹从小比较野，和妈妈并不太亲，但这段时光与妈妈、小苏三个人睡一张床，共同度过困难，把三代人的血肉深情永远凝结在一起。

经过战争考验的妈妈，内心始终是坚强的。80岁那年妈妈查出得了肺癌，医生判断妈妈的生命最多还有一年，因为体弱多病，没有手术的条件。衡辉和春兰瞒着她，带她去看病吃药，后来发现她其实早就知道了，毕竟她是几十年的老军医了，怎么可能瞒得过去？我们就干脆明说了，问她要不要化疗？她说不必了，不要浪费国家的钱。那些日子里，她不吃药不化疗，和没病时一样坦然面对，照样开开心心，毫无忧虑，总是面带笑容与人聊天，还常和衡辉一家出去游玩。面对肺癌广泛转移成骨癌给她带来的剧痛，妈妈用超人的坚强毅力忍受着。在衡辉、春兰和孙子曹洋的精心照顾和陪护下，妈妈奇迹般地活了6年，平静地带着肿瘤走完了她光辉的一生。

绝症没有打垮这位久经沙场的老战士，在生命的最后，她依然在战斗，依然是那么坚强！

妈妈离开我们已经16年了！作为儿女，回顾妈妈战斗的一生，唤回久违的往事，瞻仰妈妈的品德，是在洗涤我们的灵魂……

简 历

潘云（1914—2000），江苏宜兴人，1914年5月2日出生。8岁入新式学堂，后在武进中学读到初中二年级。1940年5月在安徽省繁昌县参加新四军，1941年4月加入中国共产党。先后在新四军第1师、苏中四分区卫生部、苏中二分区东台独立团、苏中一分区卫生部、启东警卫团、东南警卫团卫生队从事战地医务工作。新中国建立后担任南通军分区卫生处医务主任、苏北军区警备团后勤处副主任、江苏军区公安总队卫生科科长、解放军103医院副院长等职。1956年转业，先后任镇江市卫生局局长、扬州地区苏北医院副院长、扬州大学医学院顾问等职。1955年荣获三级独立自由勋章和三级解放勋章。1983年离职休养。2000年1月因病逝世，享年86岁。

电波传递军旅情

靳鲁黔

我的母亲莫筑华1950年响应抗美援朝的号召，放弃上大学的机会，投笔从戎当了一名通信兵。虽然她只有短短五年的军龄，但与红色电波结下的军旅情温暖了母亲的一生。

一、闺秀从军

母亲1931年出生于贵阳市一户殷实人家。姥爷早年学医，毕业于湖南雅礼大学（湘雅医学院前身）。由于该校是教会学校，所以姥爷的英文很好。毕业后姥爷先在中学教英文，做到教务主任后弃教从商，创建了亚细亚汽油公司，用他良好的英文功底与在香港和缅甸的英国人做汽油生意。日本人占领东南亚以前姥爷的生意做得风生水起，是当地颇有影响的名绅富商。据说，在当时的贵阳能在姥爷家参加派对是当地名媛十分向往之事。后来因二次世界大战爆发，中缅公路频频被日本鬼子轰炸，生意逐渐萧条。

青年时期的母亲莫筑华

姥爷是个儒商，膝下只有一个女儿。母亲从小聪明伶俐，深得姥爷喜爱。姥爷刻意从各方面培养母亲，为她买了钢琴，并聘请了家庭教师教她弹琴。

母亲年少时活泼好动，枯燥的钢琴练习曲弹不下去，钢琴老师没辙，只能挑选好听的练习曲让她弹奏，所以母亲钢琴弹奏的水平仅限于初级。不过，老妈的练习曲还是弹得不错的，流畅悦耳，婉转动听。

说起钢琴，父母亲还有一段浪漫往事。20世纪50年代，一般的家庭是买不起钢琴的，母亲的工作单位有一架钢琴，为了让父亲欣赏她的琴艺，母亲把电话听筒放在钢琴上，弹给电话那边的父亲听。这件趣事成了父母亲的爱情佳话。

我的姥姥也是位知识女性，毕业于贵阳女子师专。当时的妇女大多数没有文化，姥姥在那个时代应该算是高学历。不过，旧时代妇女读那么多书也没什么用，姥姥18岁就嫁给了姥爷，所以她老人家一生大部分的“职业”就是“家政管理”。

1948年姥爷病故，去世前他给母亲设计的未来是考取大学法律系，当一名出色的法律工作者。然而，1950年抗美援朝战争打响了，高中即将毕业的母亲思想非常激进，放弃了上大学，参加了中国人民解放军。

二、情牵电波

母亲参军后在第二野战军军政大学五分校学习一年半，主要是学习政治和报务员业务。毕业后分配在贵州军区通信大队，后调入镇远军分区做报务员。在这儿她与随二野南下，来自山东八路出身的父亲相识相爱而结为伉俪，相濡以沫地走过了六十多个春秋。

晚年的母亲打开了记忆的闸门，给我讲述了她和父亲相识的经过：1952年夏天，母亲由贵州军区调入镇远军分区，临行前贵州军区电台台长托母亲带给父亲一封信。当时父亲任军分区报务主任，那是她第一次见到父亲。然而，母亲没想到父亲接到她递上来的信后，看都不看她一眼，起身拿着信就出去了……

“妈妈你那么漂亮，难道爸爸就没有多看你两眼吗？”我不甘心地问道。

“没有！”母亲肯定地回答。

母亲说父亲留给她的初次印象是：这人有点傲慢！那时母亲工作之余喜欢看苏联小说，她记得当时看的是西蒙诺夫的小说《日日夜夜》，这引起了父亲的注意，从此父亲常来找母亲聊天……

当时部队规定营以上干部可以结婚，所以那些营职干部都很着急，但唯独父亲一点不急，对女兵总是不屑一顾的样子（母亲语）。我想可能正是父亲的清高和男子汉气质吸引了母亲，并爱上他的！

1953年秋天，组织上调父亲到张家口中国人民解放军高级通信学校学习。4号首长（系镇远军分区副政委，当时部队对首长都是这样称呼）找父亲谈话，让他与母亲结婚后再走。

母亲深情地回忆起他们的婚礼：很简单，只有糖和水果。而且只让营以上干部参加。我想母亲的记忆是否有误？难道她的好友文工团的张如月阿姨没有参加？她肯定不是营职。后来我又问了父亲。父亲说他们的婚礼的确是营以上干部才能参加，当时只是说营以上干部来开会。

1953年莫筑华夫妇于镇远军分区

爸爸妈妈的恋爱婚姻就是如此平淡简单。用母亲的话说，他们是“土八路和学生兵的结合”！而在女儿我看来，为父母牵线的红娘正是那看不见摸不着的红色电波！“滴答，滴滴答，滴滴滴答答……”是神秘的“摩尔斯码”把两个志同道合的青年军人联结在一起，成就了一段美好姻缘！

三、桃李芬芳

1955年父亲从中国人民解放军高级通信学校毕业，奉命调到北京总参谋部工作。组织上征求母亲的意见，部队只留两种女兵，文工团员和医务工作者。妈妈不会文艺，要是学医可先上医科大学。妈妈高中毕业，上大学是没有问题的，可是妈妈怕见血，不愿意当医生，只能依依不舍地脱下了军装，随父亲入京，分配到刚刚建立的北京市少年宫，当了一名辅导员。

北京市少年宫坐落在风景秀丽的景山公园北门。园内古树参天，环境幽雅。50 年代共和国刚刚诞生，党和国家领导人非常重视和关心少年儿童的培养，经常有外宾和中央领导来少年宫参观访问。每年的六一节、国庆节少年宫都会举行丰富多彩的活动，毛泽东、刘少奇、朱德、周恩来、宋庆龄、蔡畅、邓颖超、康克清等都曾来少年宫与孩子们一起联欢。

据母亲回忆：1956 秋天，朱老总的夫人康克清，来到少年宫观摩莫斯科少年宫赠送给北京少年宫的电动火车模型，领导安排母亲陪同。康大姐衣着朴素，平易近人，给母亲留下了深刻的印象。母亲与康克清还合影了一张照片，一直珍藏在我家的相册里。

1957 年的一天，敬爱的毛主席也来到了少年宫，他是陪同来访的苏联最高苏维埃主席伏罗希洛夫到少年宫参观的。可惜，母亲当时正在家里生大弟，错过了难得的机会，这事被她视为终生遗憾！

1960 年左右，邓颖超来少年宫参加授巾仪式，即北京市优秀少先队员代表给邓颖超戴红领巾的仪式。母亲对这次活动印象很深，因为母亲是这个仪式的组织者。遗憾的是没有留下与邓颖超的合影。

母亲说，50 代末的一个晚上，刘少奇主席也来到了少年宫，建议少年宫成立书法组。

母亲还深情地回忆起她曾经陪同陈毅的女儿陈姗姗参加少年宫组织的与苏联中学（苏联中学都是苏联大使馆和当时在中国的苏联专家的孩子）同学联欢。姗姗担任钢琴表演，当时同行的还有姗姗的保姆刘妈妈。妈妈说，那时陈毅的夫人张茜经常来少年宫，因为他们的女儿陈姗姗在这里学钢琴，张茜经常去少年宫找教钢琴的邵紫绶老师了解女儿的学习情况。

“文革”期间学校停课，少年宫停办。母亲和少年宫的所有老师被下放到北京郊区的“五七干校”，一个月才准许回家一次。父亲也奉命去国家体委支“左”，家里只剩下不满 12 岁的我和两个弟弟。

那是“少年不知愁”的时光！我脖子上整天挂把钥匙，带着两个弟弟在大院里“放羊”……外界如火如荼的“革命”对我们这些大院子弟来说却是一段“阳光灿烂的日子”！正是那段父母都不在的日子锻炼了我的独立生活能力，使我 15 岁参军到青海，很快适应了艰苦的高原生活。

后来母亲从干校回来了，但少年宫的工作还没有恢复。母亲就近分到北京市 50 中学，担任政治和英语老师。从辅导员到中学教师，母亲在教育战线勤勤恳恳、兢兢业业地工作了三十多年，直至退休。

四、战友情深

母亲虽然只有短暂的五年军龄，但她一生最重战友情！我们家的相册里几乎都是她与战友合影的黑白老照片。母亲的战友大部分也是她的中学同学，她们一起参军、一起上军大、一起学报务。几十年过去了，母亲从来没有忘记她的这些战友，经常在家里念叨她们。

2012 年夏天，我第一次回母亲的家乡贵阳，特意去了一趟美丽的小城镇远，一方面是为了寻觅父母青春的足迹，亲眼看看他们相识、相恋的地方；另一方面是代母亲看望她军大的老战友。在贵阳我拜访了李永英阿姨和王贵屏阿姨，小时候她们曾来过我家，见到我阿姨们非常高兴，说看见我就像见到我母亲一样！王阿姨诙谐幽默，拉着我的手眉飞色舞地说："在军大时，你妈妈是分队长，李阿姨是分队副，我是小捣蛋……"

李阿姨也动情地回忆起和母亲在一起的时光。她说："当年我们都是学生兵。参军时，王阿姨初三，我上高一，你妈妈上高三。我们俩是清华中学的，你妈妈是贵阳一中的。我们响应抗美援朝的号召，参加了中国人民解放军。那时说朝鲜战场上缺乏报务员，上军大后培养我们学报务，但最后我们中间只有

莫筑华（前中）和她军大的战友们

极个别的人去了朝鲜战场，大部分还是留在了贵州。”

母亲的好友张如月阿姨是镇远军分区文工队的舞蹈演员。我的父母结婚后不久，父亲就到张家口高级通校学习。那时，母亲觉得很孤独，张阿姨就常来陪伴她，她俩成了无话不说的闺蜜。2009 年二野军大成立六十周年，母亲特意为张阿姨写了一首小诗登载在军大五分校校友会出版的《战友文集》上：

昔日抗美援朝，而今两鬓斑白。
历年风风雨雨，思来想去坦然。
五十九载情谊，令人难以忘怀。
祝君老年长乐，电话寄托相思。

有件事一直令母亲难以忘怀。在军大五分校时母亲任分队长。一个寒冷的冬夜，她踏着清冽的月光开会回来。南方的宿舍里没有取暖设备，母亲的脚冻得半天暖不过来。她的战友袁淑兰毫不犹豫地把母亲的脚揽在自己的怀里，直至母亲的脚暖和过来。这段战友情母亲跟我念叨了一辈子！

晚年的母亲常对我提起一件往事：她从军政大学毕业以后分到了位于贵阳的贵州军区通信大队。1952 年的春天，二野军政大学校庆（校址在贵州修文县）。母亲的分队步行几十公里回校参加校庆，校庆结束从修文返回贵阳途中，遇上了瓢泼大雨。当时她们没有雨具，贵州的山路泥泞湿滑。战友们手拉着手，高声唱起《国际歌》、《共青团员之歌》等激昂奋进的歌曲，在泥泞的道路上豪情满怀，冒雨前行，连夜返回了部队。

回到部队已是下半夜了，早已等候在那儿的大队领导为她们煮了姜汤，端上热乎乎的面条。有几个新战友还没有发换洗的军衣，大队领导们拿出了自己干净整洁的衣服，给她们换上，并帮她们烘烤淋湿的衣服……

部队这个革命大家庭的记忆温暖了母亲的一生！

五、幸福家庭

父母诚实正直的品格、民主朴素的家风对子女有着潜移默化的影响。他们不仅给了我们幸福的童年，而且培养了我们健全的人格！

我们姐弟三个从小都谨记父母的家训：正直做人，诚实做事。长大后在各自不同的岗位上取得了一定的成绩。

我 15 岁当兵到青海高原，那儿交通闭塞，环境艰苦，对我是很好的锻炼。回京后我在文化部某直属单位工作，经过自己不懈的努力考取了北京大学信息管理系（成教班）取得了学士学位，后发表多篇专业论文，被评为副研究馆员（副教授级）。

大弟 13 岁进入北京市游泳队，1972 年 15 岁获全国仰泳亚军。1975 年入伍到 27 军，参加北京军区第九届运动会，一次就收获了 4 枚奖牌。后来他到广州军事体育学院深造，现就职于国家体育总局。

尤其令父母骄傲的是小弟。他 1979 年 17 岁时以北京师大附中第一名的成绩考入北京大学地球物理系空间物理专业。毕业后，又分别取得了中国科学院理学硕士学位和美国波士顿大学工学硕士学位。现在一家美国软件公司做高级技术人员。

晚年的母亲许多往事已经淡忘了，但唯有红色电波铸就的军旅情仍清晰地保留在记忆中。我多次聆听过母亲用她那温柔悦耳的女中音复述当年的“摩尔斯码”，父亲则在一边给她补充纠正。“滴答，滴滴答，滴滴滴答答”这富有韵律的红色电波，见证了母亲无悔的青春和美丽的爱情！

2013 年，父亲和母亲迎来了他们的钻石婚！从风华正茂到两鬓染霜，他们相濡以沫、同甘共苦、心心相印，一路牵手走过。

父母六十年的忠贞爱情不仅令我羡慕不已，也感动了我的许多朋友。一位好友即兴为我父母写了一首小诗，形象地概括了他们六十年的军旅情深！

烽烟洗征尘，战火沐青春。
齐鲁好儿郎，黔贵遇佳人。
携手六十载，膝下四代亲。
传奇贤伉俪，家风见真情。

简　历

莫筑华，贵阳人，1931 年出生。1950 年参加中国人民解放军，入第二野战军军政大学五分校学习，任分队长。毕业后在贵州军区通信大队、镇远军分区担任报务员。1955 年转业到北京，在市少年宫担任辅导员。“文革”期间下放“五七干校”。1971 年调北京市 50 中学担任政治和英语教师，直至 1996 年退休。

战友眼中的母亲

李西琳　李江林

我们的母亲徐建文很少讲她战争年代的故事，仿佛她没有传奇。父亲常笑谈是他“解放”了母亲，因为母亲是刘邓大军挺进大西南时参军的，而那时父亲是刘邓大军中的一名年轻指挥员（二野 11 军 31 师 91 团政委）。

我们从舅舅口中知道：1949 年 11 月 30 日，重庆解放了。一直追求光明进步的 17 岁的母亲，正在读高中，立刻投笔从戎。因怕家人舍不得，母亲不辞而别，害得舅舅四处寻觅了好多天……

1952 年母亲徐建文于朝鲜

我们从组织上给母亲的悼词中知道，参军后的母亲因在艰苦的贵州剿匪战斗中表现出色，被部队评为“甲等工作模范”。

我们从母亲的战友那知道，抗美援朝第五次战役期间，母亲为了陪伴一位患病的战友，落在了大部队后面，结果身患重病，连续高热，寒颤不止，头发脱光，褥疮加身，差点失去年轻的生命！正是这次大病，为母亲以后致命的呼吸道疾患埋下了病根。

后来，我们从母亲一位亲密战友姜智华阿姨处知道了更多母亲战争年代的故事。在母亲离开我们 6 年后，姜智华阿姨写了一篇回忆我母亲的文章，我们姐妹含着热泪一遍一遍地读着，泪水一滴一滴洒在信纸上……

现征得姜阿姨的同意，我们将文章原文引入，以此怀念我们亲爱的妈妈！

至诚至真徐建文

2005 年 1 月 13 日，是老战友徐建文去世 6 周年的日子。这天中午，在冬日阳光的照耀下，我在她长女李西琳的陪伴下，来到雄伟肃穆的龙华烈士陵园，拜望在那里安息的老首长李宝奇政委和他的夫人徐建文同志，在他们的灵位前敬献上一束鲜花，以表敬重怀念之情。

徐建文同志是我的老战友，更是挚友，我们在革命斗争中建立的友谊，长达半个世纪。我们的相识相知是从走出山城开始的。

一、走出山城

1949 年 11 月底，冬雾笼罩的山城重庆，绽露阳光，鞭炮齐鸣，锣鼓喧天，群众倾城而出，夹道欢呼刘邓大军解放重庆。我们这些“反内战”、“争民主”的青年学生，热血沸腾，踊跃参军。我和徐建文同志原本不同学校，素不相识，共同的志向使我们走到同一个部队，在 11 军 31 师军政干校同班学习。当领导宣布一位清秀和善的小姑娘是我们的班长时，我对她的第一印象是朴实、诚恳、热情而又老成。尽管有些学员年龄比她大，学历比她高，但她确是一位颇孚众望的小班长（年仅 17 岁）。她事事模范带头，处处关心别人，吃苦耐劳，温良恭谦，学习认真，被评为优秀学员。毕业后她分到师政治部机关工作，我分到司令部当文化教员。由于她人品好，亲和力强，我们常在一起交流谈心，成为无话不谈的好朋友。

从我们一道走出山城，投身革命队伍，到进入老年，在人生的长河中聚散离合，半个世纪始终不失为真心的朋友。中国有句成语“良师益友”，徐建文同志就是我的益友。她胸怀坦诚，品行光明，就像一面镜子，吸引我不时对照，受益终身。

徐建文也把我视为知己，经常提醒我改正缺点。记得我们老年重逢时，她曾对我说：“姜智华啊，咱俩太相互了解啦！你我之间是没有掩藏的。你过去很任性呢！”她仍然不忘给我一个提醒。

二、走进风雨

从进入31师军政干校开始，我们已不再是山城里的青年学生，而是走进了革命斗争与社会变革的风风雨雨。1950年秋，我们一同随部队赴贵州剿匪。徐建文在保卫科参加土匪清查登记等工作，成绩显著，立功受奖，这对于一个参军不久的青年学生，实属殊荣，颇得群众好评。

1951年初，我们一同北上，参加轰轰烈烈的抗美援朝战争。时值3月，春寒料峭，残雪未消，在威武浩荡的志愿军队伍中，我们所在部队12军31师（抗美援朝31师隶属于12军）雄赳赳，气昂昂，跨过鸭绿江。当时入朝参战的女同志除文工队员外，其余集中组成工作队，编入师野战医院，参加战场救护工作。由于战争激烈，美军空中封锁，我军昼伏夜行，以避敌机轰炸扫射。经过连续18天夜行军，部队到达朝鲜谷山集结，随即参加第五次战役。我们一同跟随大部队穿插作战，直抵南朝鲜离汉城不远的地方，然后北撤谷山休整。

徐建文（左）和战友姜智华1951年在朝鲜前线

这是我们第一次经受战火的洗礼。敌机炮火不断，夜间长途急行军，凉水炒面充饥，生死艰苦考验。我们这些成千上万刚投入革命熔炉的青年学生，没有畏惧，没有退缩，没有动摇，意志坚强，勇往直前，有人立功，有人牺牲。徐建文同志和大家一样，经受了血与火的考验。由于战争环境恶劣，她体质较弱，部队北撤途中，她生病了，仍克服困难，坚持行军。返回谷山时，重病（疑似伤寒）几乎夺走了她年轻的生命。她以顽强的意志，战胜了病魔，恢复了青春。

记得我们曾谈起五次战役的

往事，她说她当时发烧腹泻，紧紧跟随部队行军，恶心咽不下炒面糊，还替病友吃掉剩食，因为在严酷的战斗条件下，糟蹋一点粮食要受到严厉批评。她高烧难行走，干部李唐柱向朝鲜老乡借了一头牛让她骑上追赶部队，因为如果掉队，会落到敌军手里，后果不堪设想。所以她很感激李唐柱的危难救助，多年后还在打听李的去向。

经过谷山休整，部队投入金城防御战，我们又一同上了前线。当时在政治部工作的共有5位女同志：陈道仪、刘群、刘立金、徐建文和我。我们同住一个防空洞，其实就是一个挖成U字形的坑。下有土炕干草，上有土木垒砌的掩体，洞口堵以草帘，这便是我们的女兵营地。北国寒冬，地冻三尺，冰雪覆盖，晚上我们扒开雪，钻进洞睡觉，白天爬出洞工作。没有铺盖，大家垫上雨布，脱下棉衣，拼搭在一起当作棉被，五人挤成一团，用彼此的体温取暖。早上醒来，洞里结着冰凌，棉靴冻成了铁靴，好不容易伸进脚去，用体温慢慢把靴子软化。可是我们非常乐观豪迈，晚上睡在一起，说啊，笑啊，唱啊，谈天说地，海阔天空，小小防空洞充满了欢声笑语。大家谈得最多的话题是我们的祖国，我们的憧憬……彼此亲密无间，胜似亲姐妹，我至今难忘那战火中的深情厚谊。

记得一天下午，乌云密布，北风凛冽，徐建文独自向营地上面的雪山走去。我追上去问她做什么？她说到山上拾些柴禾给防空洞烧炕取暖。我跟上她，一同在踩不到底的积雪里蹒跚跋涉。仰望山顶，黑黝黝的树林，松涛呼啸，刮起阵阵飞舞的积雪，我们的棉衣、棉鞋、棉手套全都沾满了雪。我们在林中寻找散落的干树枝，捆扎起来，拖到位于半山腰的防空洞前。晚上给土坑添一把柴火，可以暖到半夜，为大家带来几多温暖，几多欢喜。这就是对战友真诚奉献的徐建文。如果不是在她的带领下，我不会主动去吃这份苦，真有点畏难情绪呢！

1953年7月朝鲜停战，部队驻防朝鲜东海岸元山港，我俩又一同分配到通讯连当文化教员，用速成识字法教战士学文化，我们的友谊也在朝夕相处中越发深厚了。

每当我回顾那烽火岁月，总忘不了部队的温暖，战友的真诚，炽热的激情回荡胸际，脑海中经常出现的亲切面孔，总少不了徐建文。短暂激烈的军旅生涯铸就了我们的人生，我们的友谊。

1954年4月，部队从朝鲜胜利归来，回到祖国，驻防浙江江山。不久，徐建文和我同时转业到江山县，她分配到县委财贸局当干事，我分配在县粮食局当办事员。1958 年“大跃进”，干部下放劳动，她虽为驻军首长爱人，自己又体弱多病，甚至咯血，却没有要求任何特殊照顾，下放当了农民。刮共产风、浮夸风、“水稻亩产万斤”时，我们一起种实验田；大炼钢铁“放卫星”，我们又一起上高炉，连续奋战七昼夜不休息。她那瘦弱坚毅、吃苦耐劳的身影，给我留下深刻印象。

三年自然灾害，生活艰苦，物资匮乏。商店橱窗里摆放的是样品，不是商品，有钱买不到东西，一切凭票证供应，吃饭实行“低标准、瓜菜代”。记得那时我还品尝过她亲手晒制的馒头干呢！这美食和友情，记忆犹新。其实，在三年困难时期，再苦再累，我们也无怨无悔，丝毫没有动摇对党和毛主席的赤胆忠心，最大的苦恼是失去政治上的信任。自从 1957 年“反右”斗争以后，进入了“以阶段斗争为纲”的年代。家庭出身不好，社会关系复杂的知识分子成了必须加强自我改造的对象，无论你多么热爱共产党，热爱毛主席，信仰共产主义，都必须经受长期严峻的政治考验。沉重的精神压力，使我们更加严格要求自己，兢兢业业，勤勤恳恳，对党忠诚，矢志不渝，经受了风风雨雨的考验。

三、走过无愧人生

徐建文同志一贯严于律己，宽以待人，在严酷的阶级斗争和艰难困苦面前，她沉着冷静、立场坚定、工作积极、作风朴实、处优不骄、和蔼真诚。她爱人由师首长升任军首长，直到大军区首长，她自己从机关干部到基层职工，从不借重丈夫高干地位。她积极争取入党，孜孜不倦，身体力行，整整为之奋斗了近 30 年，直到改革开放，才终于实现了毕生宿愿，被接受为一名光荣的共产党员。她的一切，全凭自身努力，一步一个脚印实现自己的理想。她的爱人李宝奇政委也是一位原则性很强的高级干部。他俩要求子女十分严格，从不

李宝奇、徐建文合影于 20 世纪 50 年代初

养尊处优，培养后代勤奋朴实的好作风。他俩虽已辞世，子女均事业有成，能告慰先辈。

徐建文同志使我感受最深的是一个“诚”字，她对信仰虔诚，对党忠诚，对事业热诚，对群众真诚，对朋友坦诚，难能可贵。6 年前，我不远千里赶来上海，参加她的追悼会。向她的遗体告别时，为痛失良友，为那个年代的结束，为曙光来临却未能留住生命脚步的战友而悲痛万分。我们是战争的幸存者，我们有幸享受祖国的繁荣，安度幸福的晚年。让我们为共同走过无愧人生的健在者祝福！为安息者祈祷！

至诚至真，无愧于祖国，无愧于人民的徐建文同志永远活在我们心中。

姜阿姨这篇回忆录勾起我们对母亲另外两件小事的回忆。抗美援朝期间，母亲响应上级支持新中国建设和卫国战争的号召，捐出了唯一值钱物——外婆给她的一枚金戒指，而她不捐是没人知道的。

有一次，当她得知曾在我家工作过的小保姆在个人问题上受到不公正对待，立刻赶到乡下到当地妇联去为她说理，忙碌了整整一天，最终为这位小保姆争取到了应有的妇女权益，但自己却完全失声。

姜智华阿姨的文章题目真是好啊！至诚至真徐建文！当今社会，物质丰富程度和生活水平较我们的父母辈有了极大的提高，与此同时，“真诚”

20 世纪 90 年代姐姐李西琳与母亲徐建文合影于上海

妹妹李江林与母亲徐建文的生活照

二字却日渐稀少。因而，“真诚”二字愈发显得弥足珍贵。在这方面，母亲和她的战友为我们后代树立了光辉的榜样。

“直如朱丝绳，清如玉壶冰”，亲爱的妈妈，您就是蔚蓝天空中一朵洁白的云！我们永远怀念您！

简 历

徐建文（1933—1999），出生于1933年11月，重庆巴东区人。1949年11月参加中国人民解放军，1979年7月加入中国共产党。参军后任军队干校学员、11军31师（后12军31师）保卫干事、文化教员。1950年参加贵川剿匪战斗，被评为“甲等工作模范”。1951年3月随部队赴朝参战，参加了第五次战役、金城防御战、上甘岭战役和东海岸设防。1954年4月回国，1955年转业到地方。先后在浙江、江苏、北京、上海等地工作。历任科员、股长、会计、主任科员等。多次被评为“先进工作者”。1999年1月13日在上海病逝，享年66岁。

兵妈妈的无悔人生

曹永明

母亲刘继先2015年9月胸挂抗战胜利70周年纪念章留影

我的妈妈刘继先是个老八路，20世纪50年代中期离开了部队。在我的记忆中，60年代她仍然穿着已经洗得发白的军装，那是她最喜欢穿的衣服。现今的妈妈过着和普通百姓一样的平淡生活，她随遇而安，心态平和，虽已高龄，思维依旧敏捷，精神矍铄，生活很有规律。她自己动手烹制饭菜，独自外出散步购物，能熟练地使用各种家用电器。闲暇时，她手捧收音机凝神静听，那是她老人家了解外部世界的窗口。

妈妈视力虽差，但记忆力尚好，由她老人家口述，我用文字记录下她94年人生轨迹中的几个片段。

一

1937年是中国历史上不平凡的一年！“七七事变”后，日本鬼子的铁蹄开始践踏华北，妄图进一步征服整个中国。我的家乡在山西吕梁山区的兴县城关镇，家境虽不富裕，但还算殷实，当时我正在兴县女子学校读书。这年的秋天，县城出现了戴着“八路”臂章的队伍，据说就是去年东渡黄河的红军，如今改编成了八路军120师，来打日本鬼子的，师部就驻扎在兴县的蔡家崖。

兴县城的街道上军人不少，穿灰衣服的晋绥军最多，偶尔见到穿黄衣服的是中央军。这支新来的笼罩着神秘色彩的队伍引起了人们的关注和兴趣，他们在很多方面都和中央军、晋绥军不同，尤其是对老百姓特别和蔼。一天，我在县城看见一群人聚在一起，走近看是八路军宣传员正慷慨激昂地演讲：“老乡们，我们要长期抗战，要建立抗日根据地，青年们要参加八路军，打日本，保家乡！”我兴奋地注视着宣传队中留着齐耳短发的女八路，她们威武、自信、活泼……让人羡慕不已，我渴望自己也能成为一名女兵。

县城里到处张贴着标语：“打日本，救中国”；“人不分老幼，地不分南北，有钱出钱，有力出力”。牺盟会的抗日文艺宣传队还在街头演出活报剧。我被这热烈气氛所感染，一进家门就向家里的大人宣告：“我要当兵参加抗日！”

“一个女娃娃家好好在家待着，打日本有男人呢，还轮不上你。”家里不同意，我无可奈何，但是想投笔从戎的愿望始终没有放弃。10月初，120师政委关向应率师政治部及教导团组成了700人的地方工作团，分赴兴县、临县、静乐等十余县开展工作，广泛发动群众，扩大抗日武装，建立农救会、妇救会等抗日救亡组织。工作团来到兴县，带队的八路军女干部叫史念慈，南方口音，面庞瘦削，人很精神干练。她在兴县成立了妇女救国会，并担任主任。

1938年，晋绥的八路军迅速发展壮大，部队急需大量的被装。1939年初，兴县妇救会建立了被服厂，给八路军赶制被服和军鞋。史主任带领一位叫赵龙的同志来到女子学校招工，我也报了名，结果只录取了同学王淑英和邢可梅。我急了，正月初六偷跑出家门，径直找到史主任，说：“国家兴亡匹夫有责，我坚决要求参加抗日！”经不住我的软缠硬磨，史主任同意我进了被服厂。

1940年初，被服厂正式并入了八路军序列，我换上新军装，佩戴上“八路”臂章，成了一名八路军女战士，实现了当女兵的梦想。由于我工作积极，吃苦耐劳，很快当上班长。

二

1940年夏，日寇纠集了2万多兵力，分十八路对晋绥根据地发动了3次空前残酷的大规模“扫荡”，所到之处，烧光、杀光、抢光。在应对敌人“扫荡”和反“扫荡”的残酷斗争中，被服厂频频转移。为了保障军需生产不间断，上级命令被服厂撤到了河西神府县的前后杨家沟。神府县依黄河与兴县隔河相望，可以清楚地看到对岸小鬼子的活动，因为有黄河天堑的阻隔，感觉安全多了。贺龙率领主力部队经过艰苦卓绝的反“扫荡”战斗，终于将日寇挤出了晋西北，使晋绥根据地成为了一道钢铁屏障，日寇始终未能逾越黄河，进犯陕甘宁边区。

在八路军被服厂，我感受到了革命大家庭的温暖，上级领导秦部长、黄主任、韩指导员等都是老红军，他们对战士从政治思想到生活起居都非常关心。年逾花甲的黄主任和蔼可亲，文化水平很高，看到我喜欢学文化，就每天教我认 12 个较难的汉字，第二天考核检查。这既是压力也是动力，忙碌一天完成了生产任务，晚上熄灯后，我把被子蒙在窑洞窗户上，在微弱的灯光下学习认字。长此以往，我的文化水平提高了，视力水平却急剧下降。缝制军被本身就很费视力，再加上由于营养不良导致的夜盲症，一段时间我的双目近乎失明，后来才逐渐恢复。

1941 年，秦部长下达命令，我被保送到晋西抗日青年干部学校学习。晋西青干校成立于 1940 年春季，贺龙亲自兼任校长。两年时间共举办了三期，为根据地培养了五百多名青年干部。我被编入二期 4 队，队长是刘允一，指导员是侯荻，白天在兴县城的天主教堂上课，晚上在县城的城隍庙内宿营。数九寒天，朔风呼啸，房檐上挂着长长的冰棱子。我的铺位紧靠窗户，一天深夜，小偷顺手牵羊，将我搭在被子上的衣服一扫而空。学员们发扬互助友爱精神，你一件衣服，她一双袜子，让我熬过了严冬。

1940 年，处于日伪顽包围封锁之中的晋绥抗日根据地进入了最艰苦的时期，每人每日的口粮仅仅只有几两黑豆，吃后腹泻不止。后来，连黑豆也吃不上了，改吃豌豆，吃后胀肚子，便秘……

环境如此艰苦，学员们仍然努力克服困难坚持学习。革命就是大浪淘沙，不是所有的人都能经受得起艰难困苦的考验，有个别同学吃不了苦不辞而别，开小差当了逃兵。青干校结业后，我回到了晋绥军区后勤部，组织上又送我到师范学校继续深造。随着学历的提高，我学到了更多的知识，为日后报效国家，为人民服务打下了坚实的文化基础。

1942 年，经组织牵线搭桥，一张身着八路军服装的戎装相片让我认识了后

1951 年母亲刘继先怀抱作者曹永明和姐姐在甘肃张掖第 3 军军部

勤部采买科科长曹昆隆。他是一位身经百战的老红军，为人诚实敦厚的老大哥。没有花前月下的浪漫，这年夏季我与老曹在陕西彩林的窑洞中结了婚。我们成家后的全部家当就是两床军被，一条装行李的马褡子。

战争环境下，军人夫妻聚少离多。丈夫多数时间都在前方作战，在后方的妻子除了完成自己的本职工作外，还肩负着养育子女的重任，兵妈妈之间的互帮互助就显得格外重要。在那个艰苦的岁月中，革命战友之间情同姐妹的深厚感情，是在抗日战争和解放战争的烽火硝烟中凝成的。

葛家村是离五寨县城不远的一个大村庄，1947 年初，晋绥野战军三纵队 5 旅的后方机关及医院驻扎在这里。村里有个门口放着大碾盘的院落，院墙很高，生漆木质大门显得很气派，一看就知道这是有钱人家的宅院。部队征用了这个院子。我住在上房，靠近大门的那间房住着 5 旅政委王赤军的妻子章文，章文对面住的是 3 纵队副司令员兼 5 旅旅长贺炳炎的妻子姜平。她是医院的军医，比我小 3 岁，是 1937 年入伍的红军。贺副司令员一直是我丈夫的老上级，长征时，贺炳炎任红二军团 5 师师长，老曹任 5 师供给部长；在 5 旅，贺炳炎任旅长，老曹又担任旅供给部长，这可真是缘分。说来也巧，仿佛约定好了一样，章文的儿子，姜平的女儿相继出生在这座院子里。元月 15 日，我的第一个孩子也降生了，是女儿，取名叫冬琳。一时间，院里充满了生气，婴儿的啼哭声此起彼伏……

在兵妈妈们听来，这高亢的哭声就像美妙的交响乐曲，似乎在宣示着革命即将胜利，新中国即将诞生。但是姜平的宝贝千金的哭声却过了头，没完没了。一脸愁容的姜平抱着孩子来串门，言谈中我弄清楚了孩子不停啼哭的原因是姜平的乳汁分泌不足，孩子吃不饱才哭闹不止。

“为啥不早说呀，姐的奶水都溢出来了。”我一边心疼地埋怨着姜平，一边接过嗷嗷待哺的孩子。看着孩子吮吸乳汁后，红扑扑的小脸上露出了满足的神情，我感到特别的欣慰，因为哺育好下一代是我们兵妈妈义不容辞的责任和义务。

三

解放战争中，我所在的部队西北野战军（一野）第3军进军大西北，解放了中国版图最为广袤的大片国土。1952年6月，我军进行新中国成立后第一次精简整编，第3军和第1军合并成重装军，赴朝参加抗美援朝。第3军番号撤销后，丈夫曹昆隆奉命带领第3军司政后机关到西安组建空军第11航校。1953年初航校组建完成，我随丈夫进京到军委空军后勤部任职。

1955年，人民解放军以苏军为模式进行正规化建设，这年秋天进行了我军历史上第一次授衔。我的家庭在这一年也发生了大的改变，我和丈夫的军旅生涯相继画上了句号。丈夫时任军委空军后勤部车管部部长，他是1927年入党，1930年参军的老红军，长征时就已经是团职干部。佩戴军衔的西式礼服已给他量体裁衣，正在制作中。生性固执的丈夫主动让贤，以年大体弱文化水平低，不适应现代化军队要求为由，向组织打报告申请转业，支援国家经济建设……

1954年全家合影于北京

如果说丈夫离开军队是他主动为之，我离开军队则完全是被动的！我当时是空后的正连职干部，和空后油料部部长的妻子一起正在进修财会专业，对复转毫无思想准备。命令下达后，说什么我也不愿离开军队。当年离家出走就是为了穿上军装，报效国家，现在让我脱下军装，离开熟悉的军营生活，离开朝夕相处的战友，实在是难以割舍！

军人以服从命令为天职！然而，历史不会忘记——在1955年前后，先后有十几万女军人，以军队现代化建设的大局为重，挥泪告别了部队。

1955年的这次改革把一批自红军时期以来与男军人一起南征北战的女军人进行了复员转业处理，由于当时国家处于战后恢复时期，妥善安置的困难较大，因而有相当一部分人从此由开国女军官变成了无任何福利待遇的家庭妇女。从1960年开始，部分女红军收回部队，原是军官的授衔，不能工作的恢复级别离职休养。为军队建设同样做出贡献的抗日战争及以后入伍的女军人，只能遗憾地永远与军队说再见。

按照转业军官对口安置的政策，我被分配到了民航系统，上班地点在天津。那时京津之间的交通可不像如今这样便捷。对我来说，这意味着夫妻将两地分居，我既要工作又要带孩子，压力着实太大。那个时代根本没有打招呼、托人情、走后门一说，连老曹转业这件大事他跟谁都没有商量，那么多在京的老首长、老战友也是后来见到他身着便装才知晓的，我转业的事情就更不用说了。

当时我面临着两个选择，要么去天津民航报到，要么选择放弃职别待遇，复员当家庭妇女。为了支持丈夫的工作，照顾年幼的孩子，我最终选择了后者，改办了复员手续。

丈夫从空军转业到国务院。1955年6月，我们家从东单干面胡同的空后宿舍搬到了复兴门外的国务院宿舍。现今门牌号为西便门外大街10号的国务院宿舍当时刚建成，没过多久，500套单元房就住满了。此时，宿舍大院正在筹备成立家属委员会，在大院居住的国务院办公厅丁主任正在为家委会主任的人选犯愁。我的复员军官身份，又是党员，立即引起了组织上的关注。很快，丁主任和国办行政处、管理科的领导代表组织找我谈话。

丁主任用商量又不失严肃的口气对我说："家委会工作的重要意义就不多说了，家委会主任没有职级，没有薪酬，完全是尽义务，这是组织对你的信任，请你慎重考虑。"十余年的军旅生活，服从命令的习惯早已养成，长期在供给制下生活，对于薪酬也并不看重。我受党的教育多年，想到自己还年轻，不能仅仅做一个相夫教子的家庭妇女，组织现在需要自己，能有为人民服务的机会，没有薪酬也要干。再说当年在青干校学到的搞群众工作的知识也正好能派上用场。我说服了自己，下定了决心，丈夫表示理解并支持了我。经领导推荐，民主选举，我成为国务院10号大院的首任家属委员会主任。从此开始了长达37年之久非职业的家属工作生涯。

四

50年代的10号大院内，主副食店、蔬菜水果店、洗衣店、裁缝店、卫生所、食堂、电话总机室一应俱全。家委会拥有自己的办公室、会议室、值班室、活动室。我和家委会委员们白天在值班室轮流值班，晚上还要在会议室开碰头会，大家工作热情高涨，终日忙忙碌碌，谁都没有怨言。家属工作纷杂琐碎，主要工作是开展创建“五好家庭”活动、日常化的检查卫生、组织评比、调解邻里纠纷等。大院的住户来自五湖四海，有从部队转业的出身工农的干部，有专家、教授、学者一类的高级知识分子，还有党外民主人士，级别还都不低，大都是行政8、9、10级左右。高级干部们亦不能免俗，两口子吵架拌嘴时有发生。有时半夜三更还有电话打来，或是直接找上门来让家委会评理，这是所有工作中最令人头疼，让人煞费苦心的事情。人民内部矛盾只能疏导劝和，稀泥抹光墙，努力当好8级泥瓦匠。有个局长和妻子因家庭琐事闹得不可开交，一度还很尖锐，我睿智地化解了矛盾，促使夫妻俩破镜重圆。多年后，该局长到西安开会，还专程登门表示感谢。

新中国成立初期，在周总理主抓之下，勤政廉洁、勤俭节约在国务院机关蔚然成风。每个工作日的清晨，四辆大轿车满载着包括部长级、司局级干部在内的机关干部去中南海上班。干部们中午在国务院机关食堂吃午餐，晚上返回宿舍后在大院食堂就餐。那时，家属自己做饭的人很少，一日三餐主要靠食堂。民以食为天，办好食堂，让干部和家属们满意，自然也是家委会工作的重中之重。

当时的文化娱乐比较单调，每周放一次电影，家委会要事先租片、印票、售票。场地就在大院东门外的空地上，露天放映，自带小凳。记得1957年，放映新中国第一部彩色故事片《祝福》，影片由著名演员白杨主演，国际上获过奖。恰好白杨就住在10号大院，我以家委会主任的身份登门拜访，盛情邀请白杨与本院的观众见面。白杨很随和，欣然答应。消息不胫而走，当晚的电影票立即售罄。周边的铁道部宿舍、中央人民广播电台等单位的群众也纷至沓来，都想一睹明星的风采。加印电影票已经来不及了，只好把回收的票二次售出，总算满足了大家的愿望。

那时我每周都要去中南海的国办行政处管理科汇报家委会工作，并参加党的组织生活。当年的村姑如今徜徉在红墙绿瓦，碧波荡漾的昔日皇家园林，我心潮澎湃……这里是党中央和毛主席办公和居住的地方，为了捍卫毛主席带领我们打下的人民江山，我甘愿为之付出一切。

1957年6月，全总妇女工作部在京召开了新中国成立后的首次全国职工家属代表会议，我作为中直机关家属代表光荣地出席了这次大会。全国妇联主席蔡畅大姐在会上讲了话，周总理等党和国家领导人接见了与会代表，这是我终生难忘的一件大事。当年5旅的政委，丈夫的老战友王赤军将军（时任交通部政治部主任）还专程到会议上看望了我。

1958年国务院精简机构，丈夫所在的出国工人管理局也在撤销之列。周总理亲自签发了任命书，丈夫赴陕西任职。临行前，一面由家委会全体委员签名，书写着“热心为人民服务”大字的锦旗送到我手中，这是对我三年工作的充分肯定。

来到陕西省会西安，一看是北京国务院下来的，不由分说，我又成了省政府的家委会主任。“文革”后又担任所在街道的居委会主任，党支部书记。由于工作勤勉，受到群众拥戴，我连续多年被评为所在区和街道的优秀党员，并被选为区人民代表、区法院的人民陪审员、人民调解委员会委员。

1984年9月，与我相濡以沫42年的丈夫离我而去。失去了亲爱的丈夫和战友，我把对亲人的缅怀之情转化为对工作的满腔热情，努力地为群众排忧解难，一直干到1992年末，那年我已70岁了。

战争年代，为争取民族独立和解放我流过汗；和平时期，我为人民政权和社会主义建设出过力。从1955年复员至1992年卸任，我从事家属工作37年，义务做人民公仆，没有向国家索取过一分钱的报酬，真正做到了无私奉献。有人问我后悔否？对走过的路，我无怨无悔！

我曾有多次机会找工作就业，但我离不开一同共事的姐妹们。为群众服务是我所愿，牺牲个人利益服务社会，做对人民有益的事情，我觉得值！

1957 年母亲刘继先（前排中）和出席全国职工家属代表会议的部分代表在颐和园合影留念

2005年和2015年我荣获了由中共中央、国务院、中央军委联合颁发的抗日战争胜利60周年、70周年纪念章，这是党和国家对我们抗日老兵政治上、精神上的最高奖赏。

步入晚年的我，儿孙孝顺、家庭和睦、四世同堂、重孙绕膝，尽享着天伦之乐。

妈妈讲完了自己的故事，问我你怎么对过去的事情产生了兴趣？我回答说，要给你树碑立传。妈妈说，我这一辈子平平淡淡，又没有做过什么惊天动地的大事，我们那代女兵都是这个样。

平凡之中见伟大！兵妈妈的伟大不仅仅体现在哺育之恩，舐犊之情上，在妈妈的身上我看到了她的闪光点——淡泊名利，无私奉献！她将伟大的母爱融入到为人民服务的具体行动中。她在物质上是清贫的，在精神上却是富有的。

今年妈妈已经94岁了，健康长寿就是上天对妈妈无悔人生的褒奖，是千金难求的回报！

简历

刘继先，1922年农历10月20日出生，山西兴县人。1939年参加抗战工作，在八路军120师和晋绥军区历任战士、班长、学员、出纳等职。解放战争时期在晋绥野战军5旅、西北野战军第三纵队9师、第一野战军3军后勤部工作。1953年在军委空军后勤部任军需保管员。1955年以正连职复员。此后一直从事没有任何报酬的家属工作，历任国务院机关宿舍家委会主任、陕西省人民政府家委会主任以及所在街道居委会主任、党支部书记。直到70岁时才退出了工作岗位，义务奉献了整整37年。

喀喇昆仑山母女兵

张　林

［编者按］

这篇文章的主人公奴尔曼和奴尔毕燕是母女两代戍边的少数民族女兵。虽然她们没有上过战场，没有经历过炮火的考验，但是她们在和平年代坚守边疆，在海拔5千多米的喀喇昆仑山默默奉献、为兵服务几十年。她们像一朵朵盛开的雪莲花一样吐露着芬芳，用自己的青春年华续写着中国新一代女兵的传奇。

一

这是惶恐的高度。
这是喇嘛教大师笃行修持证悟的高度。
你感觉呼吸困难而突然想到输氧。
你如紧持盾牌逼向敌手的士兵瘫软了。
但你孤立无援。
你瓢泼似地呕吐。
你将像乌贼似的吐尽自己的五脏六腑。
你挣扎。你强化呼吸。
你已如涸泽之鱼误食阳光如同吞没空气。
你懊丧了吗？你需要回头吗？

……

你是否悔恨失去了许多机会，

顷刻间你是否感觉一切都已迟暮？

假如你明白富氧层就在你最初出发的地方，

你以为自己将腐烂得更快一些吗？

光波以超常的压强一齐倾泻使你几欲狂躁。

此刻你渴望昏迷如同渴望黑夜。

你将因窒息而毙命。毙命也就得到安息。

但你拼命喘息像一位乞丐吮嘬一块羊脊髓。

——引自著名诗人王昌耀的诗

二

西北那片长在天上的大山，是淡蓝色结晶的魔宫，魔宫里住的人像一群不怕冷不怕死的海豹。他们把体内仅有的脂肪堆积起来以抗拒严寒，他们旁若无人地大声吼叫以傲视寰宇。但，当你逼近他们的脸和眼，他们的思想与灵魂，又会发现什么？

西北 5 个 5000 米以上的军事哨所有 4 个在喀喇昆仑山，一个在帕米尔高原。

它们是：

神仙湾哨卡，海拔 5380 米，距团队 530 公里；

天文点哨卡，海拔 5190 米，距团队 670 公里；

空喀山口哨卡，海拔 5090 米，距团队 740 公里；

5042 前哨班，海拔 5042 米，距团队 100 公里；

红山河机务站，海拔 5060 米，距团队 870 公里。

这个雄性的山，却也有阴柔之美。

喀喇昆仑山上有一所名字很长且没有诗意的医疗站：三十里营房医疗站。

但是昆仑山的兵，一听这个名字就要心动，觉得这儿最美最美。美就美在有女兵。

最早上昆仑山的女兵已经无证可考。那是 1960 年代中印自卫反击战时候的事了，作战的大部队下撤后，战地医疗队留下一批人担负医疗转运任务。那里面就有不少女兵。1964年，部队在新疆叶城组建了152野战医院，三十里营房医疗站作为这个医院的派出单位，担负起守山部队的医疗保障任务。

1966年，152医院招收了第一批维吾尔族女兵，14岁的美少女奴尔曼·克里木成了一名穿军装的女护士。她还不知道，等待她的军旅之路是在喀喇昆仑上展开的。

1968年，奴尔曼来到了三十里营房医疗站。

那时候，高原公路是上山的唯一便道，一辆军用卡车是他们的交通工具，巡诊和抢救病号成为一件充满变数的工作，死神总是与他们并肩而行。

高海拔地区，空气含氧量只在平原的一半左右，任何人在这里都会遭受同样的痛苦，不管你是将军还是士兵。头、眼球、耳膜、鼻孔、嗓子眼因为高海拔低气压都向外憋着疼，身子软得像面条，心跳每分钟110多次，像又急又密的鼓点，一下一下摧残人的自信，砸出一种死亡的恐惧。

三

奴尔曼是怀着孩子，成为昆仑山上第一个走遍所有5000米以上哨卡的女兵。

1970年，奴尔曼18岁。她再次上山到三十里营房当护士。

一墙之隔的边防连排长库尔班是位剽悍的维吾尔汉子，络腮胡，大鼻子，歌声浑厚。他的民歌，伴着喀拉喀什河哗哗的水声传得很远，经常让失眠的奴尔曼想起家乡的爹娘，眼里浸满了泪水。

库尔班早已经看上了这位肤色如玉石一般细腻洁白的大眼睛姑娘。为了找机会接近她，身体棒得像牛一样的库尔班经常去找奴尔曼看病，一会说，手破了，一会说，头疼了。奴尔曼说，你这病，找连里的卫生员看嘛，为什么非要跑到医疗站。不看。

库尔班只好没趣地耸耸肩，走了。

过了两天，他的手又破了。

奴尔曼生气地说，你这是什么意思嘛。是不是故意的。

库尔班红着脸说："我嘛，就是喜欢你才来的嘛。"

奴尔曼一撇嘴，学着他的样子说："我嘛，心里的男子汉不是你这个样子嘛，没有你这么多胡子，鼻子也没有这么长。你嘛，太难看了。"

库尔班说，胡子嘛，一刮就干净了嘛，鼻子嘛，我戴上口罩就好看了嘛。你这么好的姑娘我非要不可嘛，你不服气就走着瞧。

库尔班还挺幽默。

奴尔曼呶着嘴，一扭身给他个脊背，走了。

库尔班强攻不奏效，就搞迂回，借下山探亲的机会，跑到喀什奴尔曼家里拼命干活，回来时，还给奴尔曼带了大包的杏干和巴旦木。奴尔曼的双亲压根没有发现库尔班胡子多，鼻子长，他们只看见汉子老实，力气大，是块过日子的料。他们乐得迫不及待地表态：顶好顶好，奴尔曼回来你们结婚。

库尔班这小子，就这么得手了。然后，就让奴尔曼怀着40天身孕上山了。

当时，部队选人上山时，新媳妇奴尔曼羞得头还没抬起来呢，能好意思说肚里有娃，去不了吗？

爬上卡车大厢，奴尔曼向着逶迤的大山驰去。

四

不久，医疗队接到命令，要去神仙湾。

神仙湾是世界最高军事哨所。那时，奴尔曼他们到神仙湾的路，是真正的鬼门关，光在喀喇昆仑山里就得转6天。先向南转740公里到空喀山口哨卡，再掉头向北走380公里经过天文点哨卡才能望见神仙湾。沿途多在5000米以上，路是用汽车轮子压出来的。翻车死人是常事。

1983年，中央新闻单位出动了一批记者上山采访，一伙人下了死决心，一定上神仙湾把战士们换防的镜头拍下来。他们坐的是小车，比换防的大部队走得快，结果大部队还在半路上，他们已经回来啦，一个个做出刚从地狱里爬出来的痛苦状。后来，部队用几百吨炸药炸开了一个冰峰大坂，路才好走了。

越怕出事越出事。奴尔曼上神仙湾时，车陷到了冰河里，那个姓张的老所长很努力地抓住车厢往下爬，脚一挨冰水，电击似地把脸皱成了核桃皮。他说，男兵下车，女兵呆着不要动。他们想把车推出来。可是，老所长毕竟年纪大了，不经冻，发起抖来像犯了羊羔疯。刚干了一会儿，就咔咔地咳血，声音像劈柴禾。

奴尔曼血管里淌的是剽悍骑手的血，哪儿能在车上坐得住？她带着女兵扑通扑通跳下水，一块挖车。7个小时后，他们的车拱了出来，奴尔曼的棉裤和大头皮鞋都冻结在身上。老所长让她脱下来，把衣服烤干，她坚决不同意。怕羞。

所长就骂：我老头子冻死就算了，你这么小，冻出个三长两短，我咋有脸见你爹妈？脱！

奴尔曼闭着眼，缩着身子，死死拽紧内裤，男兵们像拔河一样，连撕带拽，把她的鞋袜、棉裤脱下来。她失去知觉的小腿上，已是一片乌紫的水泡。

老所长这时才知道奴尔曼快当妈妈了，抖着手说，咋办？咋办？说着就自责地掉泪了。

此时的奴尔曼则害羞地拼命想把光脚藏起来。

奴尔曼受到部队的表彰和培养，她成了医院妇产科的主刀医生，为当地部队和群众接生了几千个婴儿。她医术高明，与人合作在新疆医科大学学报上发表了《宫颈环扎术治疗中央性前置胎盘 40 例临床分析》，对于中央性前置胎盘这种妊娠后期十分严重的并发症采取积极干预的疗法——宫颈环扎术配合期待疗法，取得了较好的疗效，减少了产妇产前出血，延长了孕周，使围产儿死亡率降低了 45%。

1998 年，奴尔曼当选为第九届全国人大代表。

五

当年奴尔曼肚里的那个娃，就是后来三十里营房的女护士奴尔毕燕。也许是宿命的安排，在娘肚子里就逛了一趟昆仑山的奴尔毕燕又当兵上了喀喇昆仑。

上山的时候，在武装部工作的爸爸库尔班和刚从手术台下来的妈妈奴尔曼都来送。车开时，两个老兵都不争气地哭了。

这不是软弱，是因为他们太了解吃人不吐骨头的喀喇昆仑呀。

雪山、冰峰、大坂、搓板路……眼前的一切仿佛故地重游，梦境再现。她说，我看着这里哪儿都面熟，原来我真的来过。

远远看见神仙湾的时候，奴尔毕燕忽然就有一点点……失望。那哨所并没挺立于雪峰之巅，而是呆在山坳里。在 7000 多米大山的包围之中，它太小了。小得有点看不见。

一队嘴唇乌紫眼里布满血丝的战士咚咚锵锵地打着锣鼓欢迎她和医疗队的

女兵。

昆仑的血脉让奴尔毕燕很快就与男兵们亲如故交。

在掌声里，一身戎装的她为兵跳起了新疆舞。

她很白，眼珠像印度人一样，闪着琥珀色的光，透出一种陌生的神秘。这种眼神里的妩媚是天生的，一闪一闪，一波一波，有大胆，有娇羞。她的舞姿是一缕飞扬的情韵，一卷迎风的绿绸，蓦然弯曲又伸展，突然旋转又急停，让大家如同看到了千年一瞬的美玉。

遗憾的是她却很娇小。她的妹妹修长到 1 米 72，她才 1 米 56。她对这种莫名其妙的不公正很想不通，抱怨母亲奴尔曼：妈妈你偏心，为什么把我生得这么矮!

早已发胖的奴尔曼无奈地耸耸肩。时光倒回去 23 年，她像女儿一样美丽时，过的是怎样一种艰苦的日子？女儿呀，在缺氧环境里妈妈再怎样小心，也保护不了你。

一曲舞毕，战士们蜂拥着与女兵们合影，有两个神仙湾的战士悄悄把手放在了奴尔毕燕的肩上。他们脸上好像很坦然，却藏不住青春的渴望。

今天的战士与奴尔曼那一代的守山士兵已不可同日而语！他们敢把胳膊搭在漂亮女兵的肩头，虽然隔着两层大衣，却传达着一种历史性的变化。

虽然生存环境依旧，但他们活得更真实、更自然了。

奴尔毕燕当然不会像妈妈当年那么害羞，她甜甜地笑着，大大方方。奴尔毕燕要和士兵们一块唱《说句心里话》，士兵们拒绝唱，说唱了心里难过。

与他们一同上哨卡的团政治处副主任徐新国说：家中的老妈妈不敢想啊。我远在湖南的妈妈 3 个月前刚去世，老人家去世前让儿孙们一个个发誓，保证不把她去世的事儿告诉我。她说，国儿苦哇，雪那么厚，他怎么往回走？别让他作难了。

妈妈临死还在心疼我。徐新国泪水在眼眶里打旋。

妈妈，这是人类语言里最伟大、最动情、最伤感的名词。相隔时间越长、距离越远，这个词的分量就越重，怎敢轻易提起？

六

要走了，大家都哭……

奴尔毕燕也哭，女子的泪不像男儿那样要酝酿半天才流下，再酝酿半天才收住，女子的泪来也快去也快。

分手前一分钟，奴尔毕燕的泪又下来了。她悄声问我这位采访组里的老大哥，明年如果我在山上结婚，你能来吗？

她的眼直视着我，用那种略带陌生的直率与纯真。

我垂下眼帘说，不知道，争取吧。

声音陌生得连自己都不敢相信。

对于不断前去采访的作者来说，我只是一个朝圣的匆匆过客，而她，把这儿当自己的家。

朝圣的感觉是敬畏与好奇，而家使人充满温暖与感激。

奴尔毕燕的男友是个维族军医，名字我没记住。

喀喇昆仑山本是无人区，那么高，那么冷，那么多雪。但是在那个人迹罕至的高寒区域，在冰峰绝顶，却曾经绽开着一束束雪莲花，吐露着春天的芬芳。努尔曼母女就是那盛开在喀喇昆仑雪山上的雪莲，用自己的青春年华不断谱写着新中国一代女兵的传奇，她们母女的故事流传在边防哨卡战士的心间，那是雪域高原的一团火温暖着当地军民的心。这不仅仅是她们曾经用自己无私的奉献精神以精湛的医术抢救过无数个生命，她们那动听的歌声和曼妙的舞姿也给当地军民留下深刻的印象，她们就是喀喇昆仑女神真善美的化身。

我曾经十分自信自己的舞技，但是我的舞艺碰到了随我们一起上昆仑山的女兵奴尔毕燕，立刻露馅。她并不说话，但一说跳舞，眼睛里立刻有了一种野性的妩媚。她的眼神很干净，天使一样。凡人们身上不会动、或动起来特别笨的地方，人家全都会动，而且特别灵巧，有味儿。比如眼珠（她是褐色的），比如脖子，比如腰肢……

特别是她在海拔5380米的神仙湾哨卡为士兵们跳的那段维吾尔族舞蹈，那叫一个美丽。别人气都上不来，人家一个小女孩在舞蹈！情真谊切，有媚眼，有娇羞，有躲闪，把一个少女的情窦初开时的心境展开在高原上，也展开在士兵的心上。让兵哥哥们知道了，英勇并不只属于守山人。奴尔毕燕本来皮肤就白，跳舞的时候更苍白了，一点血色也没有。让人心疼。

就这，她还要随我去阿里。

当然，不能带她，仅上厕所一条就很难解决。白天四野空旷，无遮无拦；

夜晚到处没电，漆黑一团，谁陪她。所以，爱她的最好办法就是让她马上下山。

我在上山的时候曾经为我们要拍的电视片想了一句歌词：脚前脚后都是先人的足迹，风雪长驱你是第几代士兵？我们需要在这儿拍“足迹”。摄像老刘请来几个穿着大头鞋的兵，踩在雪上嘎吱嘎吱地走，老刘弓着腰呼哧呼哧地跟在后边拍，直至弄得每个人脸上都一片紫。

临走，士兵们都来送，并不说一句话，也不知心里怎么想。看着木木的他们，忽然眼眶一热，就有泪滴下来。好在戴了墨镜，只需装着抹一把脸，不让他们看见泪就好。谁知那活泼的奴尔毕燕突然伸出手来，一把摘掉了我的墨镜，她说，看看你在干什么？然后，她看着我，怔了一下，转过身去，捂了脸，轻轻地抽泣。

车下神仙湾，我的车向阿里走，奴尔毕燕坐的车朝回开，远远地看见她把一双手伸到窗外，使劲地挥，如一对翻飞的蝴蝶。

这也是我最后一次见她。

七

当年想往昆仑山上打个长途电话能把手指头拨抽筋，而现在，一切都改变了。2014 年的一天，我通过互联网查到奴尔曼所在医院的电话，又通过妇产科问到了她的手机。一拨，那边传来一个很年轻的声音：

你找谁？

我说，找你妈妈奴尔曼。

我就是奴尔曼。

啊？声音怎么这么年轻？

嘿嘿，他们都这么说，其实已经老得不成样子了。

咱们的长鼻子库尔班大叔他好么？

唉，别提了，老头子他走了。好多年了，不到 60 岁……

啊？抱歉啊。他什么病？

直肠癌。

那奴尔毕燕呢？

去年她退役了，到乌鲁木齐创业去了。

她有孩子吗？

有了，一个儿子，都15岁了。将来，想让他去当兵……

简　历

奴尔曼·克里木，新疆维吾尔族人。1952年出生，1966年参军，系陆军第18医院妇产科主任医师。第九届全国人民代表大会代表。

打开尘封的记忆　追寻母亲的足迹

谷光和

解放初期的母亲范锐

2010年10月，妈妈的母校——北京理工大学附属中学举办六十周年校庆。正是这次校庆，使我有机会打开尘封的记忆，从母亲留下的笔记本和父亲生前为她写的诗文中，透过字里行间追寻母亲的人生轨迹。我意识到：过去，自己对于母亲实在是了解得太少！我们只记住了她是一位贤妻良母，是一位坚定的共产党员，却没有看到：在母亲58年短暂的一生中，她所担当的众多角色，最出色最重要的应该是——她曾是一位女兵，是一位经历过战火考验的抗战老兵！

一、出身耕读世家

1927年2月，母亲范锐出生在河北省平山县太行山区的一个小山村里。文都河畔的范家，家境殷实，世代耕读，诗书传家。范氏家族中读书人多，做教书先生的也多。在那个社会动荡思想活跃的年代里，范家的读书人虽然大多是久居深山的乡村知识分子，但他们同当时中国的许许多多知识分子一样，忧国忧民，追逐着各种先进社会思潮，寻求着救国救民的道路。

正是在这一大背景下，范氏家族中先后出现了国共两党的成员。我的姥爷范绍亭就是县里早期的国民党员，而姥爷的五弟范绍同则是一名共产党员。随着国民党的失道寡助和共产党影响力的不断扩大，范家的成员中共产党员和倾向共产党的人士渐成主流，特别是抗战爆发后范家的年轻人大多跟着共产党走上了救国救民的道路。

姥爷范绍亭早年毕业于北平一所大学的法律专业，是20世纪20年代我们县里仅有的几名大学生之一，是一个具有进步思想的知识分子。姥爷在县里做过督学之类的小官吏，他同时还有一个身份，就是当时的国民党县党部负责人。

北洋军阀统治时期，国民党也是处于地下状态的，姨姥姥在世时曾经对我们讲过姥爷曾经被通缉，亡命天涯。由于年代久远姥爷留下的信息非常少，至今家人只记得当年他曾带领学生们下乡宣传，反对妇女缠足、反对封建迷信，激进的学生们沿途砸毁了不少神像，这件事在当时引起了不小的反响。几年后姥爷因病身亡，以至于家乡至今还有人认为姥爷是得罪了神灵，折了阳寿。

母亲两岁的时候姥爷英年早逝。临终前给我的姥姥留下了两句话：一是，虽然身后只有一个女儿，但男女平等，就抚养女儿顶门桩户；二是，女儿长大后送她去上学，培养她做一个对社会有用的人。目不识丁的姥姥虽然不知道男女平等的含义是什么，但却以自己的忠诚努力履行了姥爷的嘱托。在以后的岁月里姥姥不断地向后人诉说着姥爷的心愿，姥爷的话在母亲幼小的心中打下了深深的烙印。

二、少年投身抗战

1933年母亲6岁时，姥姥送她去读书，这一时期平山的共产党已经初具规模，那时候有相当一部分共产党人是靠教书作掩护进行革命活动的，母亲的老师就是其中的一位。四年的初小生活不仅使母亲学到了文化知识，更重要的是她从老师那里接受了进步思想的启蒙。

1937年夏季，母亲考上了县立女子高小，因为抗战爆发未能入学。也正是在这一年的“七七事变”后，八路军来到了我的家乡。当时115师344旅正在平山一带活动，有一段时间旅部就设在母亲家。徐海东、黄克诚两位首长空闲时总喜欢和知书达理的小房东拉拉家常，有时会提出些问题考考小房东，每次母亲总能回答得很好。首长们高兴时会找出当时非常稀少的糖果奖励小房东。

若是遇到费解的难题，首长们也常常会点拨一二，这段往事给母亲留下了深深的印象。多年后母亲说道：这是她第一次接触到八路军，这支队伍是从平型关下来的英雄部队，正是从这些共产党人和老八路身上，她看到了中国的希望，坚定了自己抗战到底的信心。

此时，母亲的堂哥们相继离家出走，投入到抗日的洪流。年仅 11 岁的母亲也跟着自己的姑姑（共产党员）走上了抗日救亡的道路。1938 年初，村里刚一成立青年抗日救国会，母亲就被推选为儿童团长。一个女孩子能当儿童团长，靠的是有文化，懂道理，办事稳重，敢作敢当的性格，这在当时那个年代特别是思想文化比较落后的山区是不多见的。不久村里的妇救会成立了，母亲又担任了宣传委员，从此母亲成了村里活跃的抗日骨干。

1938 年 2 月下旬，母亲作为南文都村的妇女代表出席了平山县妇女抗日救国会第一次代表大会，在这次大会上母亲响应号召报名脱产参加革命，会后被组织上分配到孟家庄区妇救会工作，时年仅 11 周岁。

1938 年底新筹建的县立高小开始招生，区领导考虑到母亲年纪还小应该继续学业，于是就保送她上了县立高小继续求学。1941 年高小毕业后，由于边区普及小学教育的需要，组织上动员分配母亲到北坪村任小学教员，从此一直到 1945 年 9 月抗战胜利，母亲开始了她四年的教书生涯。

记得在“四人帮”倒台后的那段日子里，家里来了几位平山老乡看望母亲，他们年纪与母亲相当，却一口一个“范老师”地叫着。开始我还以为来的是当时的学生家长，几句话听下来我才弄清这几位就是当年母亲的学生。那天母亲异常高兴，弄了一桌好菜招待客人。

席间，大家谈到了 1942 年“四四”儿童节母亲带着学生到区里参加文体大检阅，在参赛学校中脱颖而出争得奖旗，全村欢腾，老少夹道相迎的喜庆场景。谈到她开课的第一年就赶上了鬼子的“大扫荡”，母亲协助村干部和民兵游击组疏导乡亲们转移的情景。母亲回忆说：“41 年鬼子那次扫荡，华北日军共出动了 7 万兵力，其中有 3 万压到平山。我们的小村子之所以感到吃紧，是因为我们东面一山之隔的瓦口川就是晋察冀军区和北方局的所在地，西面一山之隔的柳里河是晋察冀军区后方机关的驻地，北面一里之遥是成仿吾的华北联大，而我们村里驻扎的部队就是四分区的供给部。我们村所处的位置正是那次鬼子扫荡的重中之重，所以我们才看到了漫山遍野像蝗虫一样的日军，看到了村村被烧，横尸遍野的惨状……”

这次“反扫荡”前后两个多月风餐露宿，母亲和乡亲们同甘共苦渡过了难关。14 岁的小范老师受到了村党支部和乡亲们的一致赞扬，与乡亲们结下了深厚的友谊。

北坪村小学又开学了。这所只有一位老师，一群孩子，没有校舍的学校，在鬼子烧毁的废墟上又传出了琅琅的读书声。这声音传递着边区政府对贫苦农民的厚爱，寄托着根据地乡亲们对新生活的渴望，体现了小范老师和孩子们对日寇的仇恨和蔑视，体现了中华民族自强不息与日寇血战到底的决心！

母亲对乡亲们说：“那时候村子里的婶子大娘，今天一碗面，明天一把菜，还有特意请我到家里吃饭要认我做干女儿的。特别是有你们这些学生，我灶前的柴火永远烧不完。我那时和你们差不多一般大小，你们课上叫我老师，课下就有叫姐姐的。那时候我高小刚毕业，一开始教你们也感到很吃力，我只有笨鸟先飞认真备好课，向我的老师学习尽职尽责，不然就对不起北坪村的乡亲们。”

从父亲谷受民留下的文稿中我看到母亲在这几年的教书生涯中，除了做好本职工作，还协助村里做了大量的宣传和行政工作。由于母亲工作积极，表现突出，1941 年“反扫荡”后，村党支部在母亲任教后的第一年就把她列为发展对象，1943 年 4 月 4 日，16 岁的母亲加入了中国共产党，成为一名候补党员。同年 7 月 13 日提前转正。

1945 年 8 月 15 日，日本无条件宣布投降，中国人民历经艰苦卓绝的抗战，终于取得了胜利！我的母亲范锐也在这场战争中经受了战火的洗礼和考验，从一名儿童团长成长为一名坚强的共产党员。

三、亲历暴风骤雨

1945 年 9 月，母亲接到调令，组织上保送她到边区办的冀晋中学继续深造。冀晋中学是一所带有干校性质的中等学校，它是由华北联大中学部延伸而来。母亲在这所学校只学习了一年，没有完成学业就被抽调出来，参加了由冀晋区党委组织的五台县土地改革工作大队。从 1946 年 9 月到 1947 年 4 月，母亲在土改大队中担任大队党支部委员，并兼任一个村的土改工作组组长，经历了一段不同寻常的人生历练。

关于母亲参加土改的经历，父亲曾经做过记述。当时，母亲带着工作组进村后，没有大张旗鼓地宣传土改政策，而是到基层访贫问苦，与贫雇农同吃同住同劳动，启发他们的阶级觉悟，了解村里的基本情况。他们以打击披着宗教外衣的大地主享有的“初夜权”为突破口，揭露这些穿着“袈裟”的恶霸地主打着慈悲为怀、普度众生的假面具欺压百姓、凌辱妇女的丑恶面目，进而团结发动贫苦农民，斗倒地主，坚决实施党的土改方针。

土地改革消灭了几千年的封建剥削制度，触动了地主阶级的根本利益，敌我矛盾日趋激化。山西的一些地区出现了还乡团，阎匪军也不时出动，奔袭解放区土改后的村庄。一些地方干部、土改工作队员和积极分子被杀害，其中最典型的就是文水县云周西村刘胡兰被铡的惨案。五台县是阎锡山的家乡，这种情况就更为严重。周围的同志有不少牺牲了，母亲所带的工作组也几次遭到阎匪军的袭击，多亏事先得到内线通报和地方武装的有力掩护，才使他们转危为安。

父亲在一首长诗中有一节表述了当年的心境：

冬回平山西建屏，你搞土改五台境。百姓欢呼得土地，阎匪常袭动刀兵。土改队员多遇难，明枪暗箭险象生。云鸾是否已捐躯？长夜难眠心沉重。（注：云鸾是母亲的乳名）

母亲这一生中曾经受过一次党内口头警告，虽然据说没被载入档案，但还是在她的心底留下了重重的阴影。这件事我们小的时候就听说过，但翻遍父亲的文稿却没有见到记录，父亲只是在一首悼念母亲的诗文中留下了四行字，从中可以看出蛛丝马迹。

父亲写道：

暴风骤雨平地起，土地会议“左”出奇，所幸战友多知遇，调入报社同舟济。

以我的理解，父亲文中的第二句指的是1947年平山土地改革中出现的“左”倾错误，至于暴风骤雨平地起，了解这段历史的人都清楚，那些土生土长经历过土改的平山本地干部体会得最深。

1947年4月母亲回到平山，在平山县三区代理妇联主任。这段时间正是平山各村纷纷成立贫农团，对村干部实行“搬石头”逐个过筛子，在土改中推行“左”的政策，侵害中农利益并且要从肉体上消灭地主阶级的现象最猖獗的时候。在党内也有人提出：平山的共产党是富农党，成分不纯，问题多多等等。同时党内也出现了在干部队伍中搞唯成分论的现象。当时流行着一种说法，贫下中农出身的干部是天然的依靠对象，中农出身的干部是团结对象，地富出身的干部是斗争对象。母亲很反感这种做法和说法，但以我对母亲的了解，我知道她一定不会轻易表露出来。母亲说过，她只是作为一名老土改工作队员以自己掌握的政策尺度，对一些村庄评定成分时出现的偏差（拔高现象）提出异议，结果招致领导不满。

在一次谈话中这位领导拍着桌子对母亲说道：“我代表组织警告你，端正自己的立场！”到此，父亲后面两句话就很好理解了。

为了避免事态扩大招致飞来横祸，父亲所在的《晋察冀日报》(1948年6月改版为《人民日报》）有关领导得知情况后，网开一面把母亲调入了报社，避开了风头，从此才有了母亲在报社做校对员的经历。

母亲曾说：自打老祖宗发明了活字印刷术就诞生了校对员这个行当。一张报纸到读者手中要经过几次校对，这项工作比较单调，但很有意思。特别是在解放战争后期，《晋察冀日报》改版为《人民日报》成为党中央的机关报后，全国的战况一览无余、处处捷报频传，新闻工作者近水楼台先得月，每份校样拿在手中都会备受鼓舞。

虽然校对员的工作母亲干的时间不长，但她最大的收获就是深深地体会到自己文化修养的不足，这促使她解放后在上有老下有小的年龄又回到了校园。然而，在我们这些儿女们看来，母亲的这段经历使她还有一个意外的收获，只是她老人家当年还没有意识到。正是这次机缘巧合使她成为《人民日报》创刊时的在编人员，我们都为妈妈的这段经历感到自豪！

四、新中国的第一代炼钢人

1949年1月31日，北平和平解放！2月7日我的父母随人民日报社的二百多位战友进入北平。经过短暂休整，他们一同接受了新的任务——被派往石景山参与了对首钢的前身北京石景山钢铁厂的接管工作。

京西的石景山高不过183米，周围的地域方圆不过几公里，一条永定河绕山而过，给这座山和这块土地带来了无限生机。古人云："山不在高，有仙则名；水不在深，有龙则灵。"在这块风水宝地上从北洋政府时期就开始建造铁厂，在经历了日本侵略者的破坏，国民党接收大员的几经倒手、疯狂搜刮后，这座铁厂熬到解放时已经是破败不堪，风雨飘摇了。是解放石景山的枪声打破了历史的沉寂，随着各路英雄豪杰的汇聚，一出大剧的帷幕被徐徐拉开，历史注定了有一群人要在此地演绎出一场载入新中国工业史的壮举！

我的父母是当年最早进厂的老首钢成员。他们是在1949年夏季前后来到石景山的。那时石景山上的硝烟刚刚散尽（北平是和平解放的，而石景山铁厂却是四野十一纵在1948年12月16日打下来的），在老地下党员、科技人员、军代表和广大职工的共同努力下，百废待兴的铁厂初显生机。

父亲一开始在军代表办公室负责组织和人事，石钢党委成立后被任命为党委副书记，直到"文化大革命"前被调到城里工作。他参与了新中国成立初期和"文革"前石钢的军事接管以及后来几乎所有恢复生产、改造重建的工作。在一些重大工程项目中，他经常是作为现场负责人坚守在工地上。

特别值得一提的是，1951年8月父亲和石钢党委一班人，越过北京市委和重工业部集体上书，就石钢工人工资低与社会其他行业同比分配不合理，影响工人劳动积极性和职工队伍稳定的问题向毛主席反映情况，要求在石钢尽快推行八级工资制，提高一线产业工人的工资待遇。这一意见得到了毛主席的支持，老人家亲笔写了回信：

中共石景山钢铁厂党委会的同志们：

八月三十一日的来信看到了，谢谢你们使我知道了你们厂里的情况和问题。我认为你们的建议是有理的，已令有关机关迅速合理地解决这个问题。

此复，顺祝努力！

毛泽东　1951年9月12日

在毛主席的亲自关怀和过问下，石钢当年就率先在全国实现了工资改革。工人收入大幅度增长，极大地调动了职工的生产积极性，进而有力地推动了全国工业战线的工资改革。这件事在新中国工业史上被传为佳话，也在首钢的发展史上留下了浓墨重彩的一笔。

1950 年春节范锐、谷受民（右三、右二）与一起接管石钢的老战友合影，
左二为时任石钢党委书记赵焕然

母亲刚到石钢时被任命为军代表办公室的机要秘书，后来她在石钢的医院、工厂和机关从事过不同的党务、政工和业务管理工作，直到 20 世纪 70 年代后她离开石钢调到城里上班。在石景山的 20 多年是母亲解放后最难忘的一段时光，也是她在生活相对稳定之后，工作学习最出色的一个时期。母亲和父亲一起为新中国的钢铁建设兢兢业业，默默奉献几十年，他们无愧为新中国的第一代炼钢人！

五、开弓没有回头箭

1950 年秋，当母亲得知新成立的北京工农速成中学（北京理工大学附属中学的前身）要面向工农干部招收学员时，尽管当时上有老下有小，工作、家庭的负担都非常重，母亲还是义无反顾地报名考入了这所学校。由于课程紧底子薄（在三年的时间里要学完从初中到高中六年的课程，而母亲只上过一年初中，基础很差），母亲克服了重重困难最终圆满地完成了学业。多少年后当我翻开母亲珍藏的教科书时，依然清晰地看到母亲当年留下的那自明心志的七个字“开弓没有回头箭”！

2010年10月，北京理工大学附属中学举办60周年校庆，作为首届毕业生的子女，我向学校捐赠了母亲珍藏的教科书和毕业文凭副本，并为母亲写了一篇传记《我的母亲范锐》，后来此文被收入了校庆回忆录《岁月如歌》。

母亲在工农速成中学读书期间担任学员班长和学生党支部书记。三年多紧张的学习之余，她做了大量的社会工作，与同学们保持了良好的关系，后来许多人成了她一生的挚友。

1954年夏季，母亲高中毕业后回到石钢，在生产科做计划员，负责厂里炼铁方面的计划管理。为了更好地适应现代化的企业管理工作，母亲又考入了北京钢铁学院与石钢合办的石钢大学，利用业余时间读完了冶金学的全部课程。至此，母亲已经完成了从一名政工干部到企业管理干部的转变。由于工作出

范锐一家陪同苏联专家游览长城，前右为作者

色，从 1955 年到 1957 年母亲连续三年被评为石钢的公司级先进生产者。

进入 60 年代后母亲在石钢电焊钢管厂任党委常委、政治处主任，“文革”前调到石钢钢铁研究所任党委常委、监委副书记。“文革”中母亲受到冲击，被下放到车间劳动改造。那时候父亲虽然已经调离了石钢，可是大字报仍然被贴到了厂东门，造反派进城到家里一通乱抄，据说还把抄出的父亲访问苏联时的照片和父母当年与苏联专家的合影展览出来，作为崇洋媚外与“苏修”眉来眼去的罪证。

对于“文革”中所遭受的苦难母亲很少说过什么，但是有一件往事她却曾几次谈起。一天，母亲刚到车间，几名老工人不由分说拉起她就向外走，直到厂区远处一列拉料的火车前才停了下来。他们让母亲躲到一节车厢里，对母亲说：“老范，你就躲在这儿，我们不叫你，你千万别出来。”原来头一天本厂和外边的造反派串通好要在批斗会上给走资派们剃阴阳头，这几位老工人了解母亲的为人，不赞成这种做法，于是就事先将母亲藏了起来。母亲因此躲过了这次侮辱人格的劫难。工人师傅的关爱令母亲感动不已，记在了心底。这件事也从另一个侧面反映出我的母亲无论走到哪里都能和周围的群众打成一片，保持着良好的群众关系。

如今，石景山下这座矗立了近一个世纪的钢城已经完成了它的历史使命走向新生。解放初期开创基业的前辈们也大多驾鹤西去，他们作为新中国的第一代炼钢人，为石景山留下了不朽的铁色记忆！

六、悠悠慈母心

母亲一生操劳、忙忙碌碌，作为一名职业妇女在青年和中年时期她的主要精力都用在了她所承担的事业上。特别是战争年代和解放初期，由于工作繁忙，生活动荡，她无暇顾及自己的儿女，我的哥哥姐姐们都是一出生就被寄养在家乡的亲戚和老乡家，七个子女中只有我和妹妹是她从小带大的。这不能说母亲不爱自己的孩子，而是当时环境不允许。后来条件允许了，母亲去接回自己的孩子时，五个被送出去的孩子却只回来了三个，寄养三哥的大伯家由于自己没孩子，说什么也不愿意送三哥回来。尽管母亲不愿意，但最终还是同意了三哥留在大伯家。而与三哥同时出生的双胞胎姐姐却因为医疗条件太差病死在老乡家，这成了父母心中永远难去的一块心病。

我的二哥因母亲怀孕时随报社行军，马车侧翻而早产，造成从小就体弱多病。“文革”时由于受到强烈刺激而导致精神失常，从此他就成了父母心中最放心不下的孩子。而最终也是因为二哥的早逝，给正在住院重病中的母亲带来了致命一击！

缺少三哥的全家福（1959 年）

1985 年 1 月 15 日凌晨 5 时，母亲在二哥去世的一个月后也离开了这个世界。她走得那么匆忙，给我们留下无尽的思念和遗憾……

母亲病逝后，我们在枕下发现了她的笔记本，第一页是这样写的：

> 今日清晨 6 点钟，睡梦里得知我可怜的儿子——光南去世了。这是真的，并非是梦。光南生于 1949 年 5 月 30 日，今年 35 周岁了。可怜的孩子没有能像健康正常的人一样享受人间的幸福，这点是做父母的对他的欠缺。但在这 35 年中千辛万苦地为他付出了相当的精力，到处求医治病，体贴他无微不至……一切一切尽了我力所能及……孩子啊，你安息吧！

多少年后当我重读母亲的心里话时依然泪湿衣衫！对于二哥的死，母亲从心底深深地自责。可是，谁又能保证战争年代一辆行军路上的马车能够走得平稳呢？谁又能保证“文革”岁月中一个饱受重创的家庭，能够顾及每一个孩子的心理变化呢？

母亲生前患有严重的风湿性心脏病，曾经八次住院，七次在病危中被抢救过来。她深知自己病情严重，病因特殊，曾几次对家人和医生表示，如遇不测愿将遗体供医院做病理研究，为医学发展做最后的贡献。母亲去世后家人尊重她的遗愿，实现了她的承诺。她用自己庄严的选择，为自己 58 岁的人生画上了最后的句号。

屈指算来，母亲离开我们已经三十年了！望着母亲的背影，追寻她走过的道路，我们看到母亲这一生，虽然短暂但活得是那样充实，那样有意义，与她所经历的时代紧密相连。她的一生虽然平平淡淡没有惊人之举，但她没有辜负时代。她做了那个时代每一个中国人最应该做的事。她没有辜负姥爷对她的期望，她用一生践行了姥爷“做一个对社会有用之人”的嘱托！

简 历

范锐（1927—1985），河北省平山县人。1938 年初参加抗战。担任儿童团长、村妇救会委员、区妇救会干部、边区小学教员等职。1943 年 4 月加入中国共产党。1946 年 9 月参加土地改革，担任冀晋二分区五台县土改工作大队党支部委员、工作组组长。1947 年调入《晋察冀日报》工作。新中国成立初期参与了石景山钢铁厂的军管和初建工作，任军代表办公室机要秘书。1950 年 11 月至 1954 年 6 月在北京市工农速成中学学习。毕业后在石钢生产科工作，利用业余时间完成石钢大学冶金专业的课程。后任石钢电焊钢管厂党委常委、政治处主任，石钢钢铁研究所党委常委、监委副书记等职。“文革”时被下放到车间劳动改造，恢复工作后任北京工艺木刻厂党支部副书记、副厂长，北京市崇文区工业局机关党支部书记，北京市五金工具公司办公室副主任等职。1985 年 1 月在北京病逝，享年 58 岁。

历战火硝烟　铸忠贞爱情

沈英艺

她，是沂蒙山的女儿。16 岁投奔革命，同年加入了中国共产党。从抗日妇救会到八路军，从抗日战争到解放战争，从齐鲁大地到淮海之滨，从渡江战役到转战八闽，留下了她飒爽的英姿和坚实的足迹。

她，就是共和国开国少将、原福州军区副司令员朱耀华的妻子——唐波。

一、投身革命熔炉　经受战火硝烟

新中国建立初期的唐波

1922 年 2 月，唐波出生在山东省平邑县仲村镇一个贫苦农家。尽管家里很穷，爹娘还是给她起了个很淑女的名字：唐曼君。这名字一直使用到参加革命后，她觉得要赶走日本鬼子，只有拿起刀枪，要给自己起个硬气点的名字，所以改作“唐波”。

8 岁那年，连年灾荒，歉收的粮食全部被地主收走，她一家五口从草种、野菜吃到树皮、观音土，弟妹们常常饿得哇哇直哭。万般无奈之下，父母亲只好把家里仅有的两间房屋抵押出了一点盘缠，带着幼小的孩子们离乡背井，踏上闯关东之路。饥寒交迫中，好不容易辗转到了沈阳。

9 岁那年，唐波到一家烟草公司当童工，受尽欺凌和剥削的她两次只身由沈阳逃往大连，幸亏第二次在大连遇见族亲大叔，将她带回山东老家交由外婆照料。

1938 年，日本侵略者打到了山东，乡亲们四处逃难，唐波的老家仲村镇成了敌人的据点。敌人在老百姓的院子里修岗楼、筑工事，气焰十分嚣张。老百姓被逼迫得活不下去，激起了参加抗日的决心。这年 5 月，唐波听说山东办了一所流动抗日军政干部学校，年仅 16 岁的她孤身一人长途跋涉三天三夜，找到了这所学校。在学校里，她学习如何发动群众抗日救国、如何宣传不做亡国奴。结业后，她回乡积极参加抗日救亡工作。组织群众拥护抗日军队，帮助筹粮筹款，发动群众与汉奸、日本鬼子斗争。乡党委书记看她表现突出，就送她到县大队专职做抗日妇救工作。由于工作卓有成效，年仅 16 岁的唐波于 1938 年 7 月光荣地加入了中国共产党，并成为平邑县妇委书记。

1939 年 7 月，组织上调唐波到山东分局干部学校学习，学期 4 个月，学习内容包括党的建设、政治经济学、中国近代史三门课程。毕业后她被分配到山东鲁南军区工作，工作地点就在铁道游击队活动的地区，主要任务是配合游击队战斗，打击敌人。

1940 年 3 月，唐波参加了我党组织的鲁南工作团，奔赴各地继续展开抗日妇救工作。不久，18 岁的她担任了山东峄县妇救宣传委员、妇救会主任等职。

1940 年秋，连绵的青纱帐已经倒下，鲁南根据地军民正沉浸在一片秋收的喜悦中，日本鬼子却同伪军、会道门（小刀会、红旗会）等武装力量，对我抗日根据地进行疯狂的扫荡，想一举消灭中国共产党领导下的抗日武装力量。当时，敌人兵分十五路，挺进峄县第三区（今属枣庄）。这一地区既是抗日根据地，又是和华中联系的枢纽地带，刘少奇去延安就经过此地，敌人对这一地区的封锁极为严密。在如此严峻的形势下，上级考虑到唐波在这一地区活动时间较长，担心会被敌人搜捕，命令她随运河支队行动，向运河以北转移。

一天，深夜行军时，路遇正吃饭的日本鬼子。刚开始由于天太黑，双方都不清楚对方是谁。当鬼子反应过来立即追了上去，有个敌人已经抓住了唐波的大衣，幸好大衣只是披在她的背包上，唐波赶忙挣脱大衣才得以脱险。唐波带着 4 个女同志，隐蔽在村外的抗日沟（那时平原地带都挖沟用于隐蔽）里，不知外面情况如何，又担心部队找不到她们。好不容易等到天蒙蒙亮时，敌人发现了她们，枪声响起，敌人慢慢向她们包围过来。就在危急之时，我军主力运河支队正好从东南面过来，日军急忙掉转枪炮攻击我主力部队，唐波她们才借机逃出。她们跑到一个村庄的动员委员会主任家中，他拿出剃刀来帮她们都剃成了光头，又把家里的衣服给她们换上，让她们装扮成男人。这一地区的反动势力较强，没法久留，于是，唐波和战友们继续上路，开始一个村庄一个村庄地转移。每到一个村庄，她们就停下来了解群众组织的损失情况，并做些宣传抗日工作。一天夜里，正当她们走在路上时，碰到了县大队曹部长，看到唐波她们还活着，曹部长非常惊喜，大家又笑又跳，抱在一起激动得流下了眼泪。他们当时只有十几个人，后来不断有走散的队员加入，力量渐渐又壮大起来。“反扫荡”，让唐波经历了严酷的战斗洗礼。

在鲁南工作期间，日伪极为猖狂，四处修炮楼、筑工事，不断进行扫荡、清乡。我抗日根据地屡遭破坏，唐波她们的队伍常被打散。1941 年冬，年轻的唐波亲历了“银厂惨案”，再次亲身感受到斗争的残酷性和复杂性。1941 年 10 月 27 日，原东北军 51 军驻鲁南的 337 旅 683 团张本枝部袭击了中共鲁南区党委驻地银厂村。当天下午唐波向上级党委汇报工作后，回到银厂已近晚上，当她走在街上看到一店堂里很多人在打麻将，喧哗异常，觉得奇怪，其实那些人正是化装的敌人。当晚，唐波向书记赵镈汇报完工作已经 12 点多了，她到西堂休息，刚躺下不久，就听到枪响。她赶紧起来跑到赵书记屋里，赵书记正打电话给专署，这时他们已经被敌人包围。赵书记带着十几个人冲出大门时，又想到机密文件还未来得及处理，就对大家说：我要回去处理机密文件，其他没有武器的人员尽快翻墙撤退。当时老百姓的墙是大小不等的石块垒起来的，唐波身体弱小，一翻过去就跌倒了，墙上的石块掉下来又把腰砸坏了，当时还不觉得疼，只顾快跑。她连翻三幢房子跑到一个园子里，看到逃出来的人都聚在这儿，组织部长张雨凡、宣传部长吕奉克都在，惟独没看到赵书记。当时，敌人正从北门往里攻，因不了解情况也不敢贸然闯入。

天快亮时，专署派了一个排来接应，把园子的墙推倒，大家赶紧往外跑。路上要过河滩，唐波被砸的腰当时疼得直不起来，同行的人连忙催促：小唐，快走！疼一点不要紧。此时，国民党大部队已经进入银厂村，保护唐波等人的部队也与敌人交上火，可是唐波越来越走不动，张部长只好下令两个战士陪着她走。唐波怕连累别人，就让陪她的两个战士先走，自己按照大部队的方向往北面山上蹒跚而行。路上遇见小通讯员丢了鞋走不快，唐波毫不犹豫地把自己的一双新鞋给他穿上，让他快跑。这时远处传来枪声，唐波看到前面的队伍由北面改向东南方向前进，知道又遇上了敌人，她也马上改往东南方向，沿着路上的脚印前行，终于追上了大部队。

劫后见面，大家百感交集，张部长把自己吃的煎饼分了一半给唐波，在困难时期，上下级的关系就是这么平等亲切。天快黑了，侦察员回来报告敌人已经撤退，上级决定还是回银厂。等再次回到银厂，才知道党委书记赵镈在烧文件时不幸被俘。11 月 19 日，赵书记被活埋于九女山西沟，行刑前赵书记面对敌人慷慨激昂，讲了很多抗日道理，听了他的讲话，很多士兵哭了，老百姓也哭了。后经查实，这次惨案的发生是叛徒侯德俊在根据地内收买了银厂村的村长刘清阳等人，以赶集、探亲为名，化装成肩担小贩，到边区根据地内侦察领导机关和驻军情况引来敌人。此次惨案的发生，让唐波深刻认识到与敌人斗争的残酷性和复杂性，同时，也深切感受到共产党人不怕牺牲、勇敢奋斗的大无畏精神。正是这些生死存亡的斗争经历，磨炼了她的革命意志，更加坚定了她的革命信念。

在险恶的敌伪占领区，唐波带领妇女们冒死工作，克服一次次艰难险阻，坚决完成了上级交给的各项艰巨任务。1942 年 2 月，唐波从地方抗日妇救队伍转入八路军，尔后进入抗大卫生学校学习，从此开始了在前线救死扶伤的工作。

解放战争时期，唐波参加了淮海战役的救护工作。在淮海战役中，我军为全歼黄百韬兵团，必须堵住邱清泉和李弥兵团五个军共 12 个师一百多辆坦克的增援。我军华野十纵队和兄弟部队担负了东线阻击任务，同敌人的疯狂进攻进行了反复较量，使敌人付出了惨痛的代价，黄百韬兵团被全歼。

我军虽然取得了淮海战役的胜利，但也付出了重大的牺牲，在激烈的战斗中，有大批伤员送往后方。唐波和她的战友们不顾疲劳，几天几夜都没合眼，先后收治伤员上千名，完成了艰巨的救治工作，得到了伤员的爱戴和上级的表彰。

二、罗帅当红娘　戎马铸姻缘

岁月荏苒，身处抗日前线的唐波眨眼间也到花季年龄，一身戎装使她更加英姿飒爽。

1942 年的一天，时任山东军区司令员兼政委、八路军 115 师政委罗荣桓对妻子林月琴说："我手下有一爱将叫朱耀华，现在是我们 115 师侦察科长。小伙子 13 岁参加红军，能打仗，但就是顾不上找老婆，咱们俩这回一定要当个红娘，给他介绍个最好的姑娘。"林月琴当时在山东军区卫生部工作，趁战斗间隙，林大姐把朱耀华带到山东军区护训队，说这里姑娘多，你自己挑一个吧。朱耀华看上了1938年就参加革命的唐波小姑娘，红线就是在那天连上的。他俩从此开始了烽火中的恋爱。有人从前线回来，朱耀华就托人给唐波带张纸条来，有时叠成三角形，有时叠成十字形，上面次次都是六个大字："我很好，你好吗?"唐波托人带去的纸条上也是这几个字。两人谈了半年恋爱，往返的五六封情书里，硬是再没多一个字。

半年以后，朱耀华从前线回来，两人向上级打了结婚报告。罗荣桓在报告上风趣地批示："你同意她同意，我也自然就同意!"这天是1942年12月1日。那天晚上，罗荣桓为他们摆下了结婚宴，喜宴上有酒、红枣、花生。战友们祝词最多的就是："快！快给我们生个小八路!"第二天，新郎就走上战场。婚后的日子，唐波常常用"提心吊胆"来形容。记不清有多少次，从前方回来的人告诉她朱耀华牺牲了，也不记得她为此流过多少泪，这成了新婚留给她最深的记忆。

淮海战役时，唐波在后方医院接连几个月得不到丈夫是死是活的消息，焦急之中，从前方送来的伤员口中得知，朱耀华担任十纵29师副师长兼参谋长，参加围歼杜聿明集团的战斗打得很漂亮！唐波听了十分高兴，心想要犒劳犒劳朱耀华，特地从乡亲那里买了猪肉，制作了十几斤香肠，托伤好的战友带到前线。战后，有一天唐波想起这件事，问朱耀华在淮海战场有没有收到香肠?朱耀华说收到了，在战壕里打开包裹，见者有份，当场吃光，味道好极了！唐波大惊，香肠是生的，你们没煮都吃了?朱耀华说：战场啊，哪儿有地方煮啊！哈哈……

从1942年结婚到1949年全国解放，他俩七年的"家庭生活"都是在战火硝烟的揪心中度过的。

三、动荡岁月作母亲　戎马倥偬养儿艰

身为女性，战争中她们比男性付出更多。因为她们担负着繁衍下一代的使命。1943年，日本鬼子对我鲁南地区展开大"扫荡"。当时，怀胎近10个月的唐波挺着大肚子随军转战到莒县抗日前线。大儿子朱东胜生下才13天，鬼子大"扫荡"达到高潮。唐波把孩子寄放在老乡家，义无反顾地上了前线。屡屡被"扫荡"洗劫的乡亲，实在拿不出东西喂孩子，只好将草籽磨成粉，煮糊糊喂他。谁都以为这孩子活不下来了，但好心的乡亲抱着他挨村挨户讨奶，硬是

从死神手里抢回了这位八路的后代。

二儿子朱东海还在母亲肚子里时，就跟鬼子的一次次大“扫荡”遇上了。怀孕5个月时，唐波正在为前方部队筹粮，鬼子突然进了村，慌乱中她从3米多高的围墙上硬着头皮往下跳，战友们都以为胎儿保不住了，最后居然啥事没有。怀孕8个月时，又遇到鬼子“扫荡”，乡亲们拉出毛驴，让唐波快些过河撤走，水流湍急，毛驴将唐波颠入河中，但又一次有惊无险。怀孕9个月时，鬼子又来“扫荡”，唐波躲之不及，老乡只好掀开炕席，让腆着大肚子的唐波又躲过一劫。孩子出生前两天，正在医院抢救伤员的唐波，被告知鬼子先头部队离医院只有3里路了，医院要转移伤员，无法照顾她，让她赶快躲起来。她刚走近驻地，就看到日本鬼子，只好撒腿就跑。可没跑多远，肚子开始剧痛，她意识到要生了，刚找了个地方坐下，鬼子枪响了，只好忍痛继续跑，刹那间，鲜血顺着她的裤腿，一滴一滴往下淌……在一片枪炮声中，二儿子出生在了一个老乡的菜园子里。

第二天，鬼子满山遍野搜八路，唐波抱着孩子又开始了东躲西藏、长途跋涉。那些日子里，作为母亲她既怕儿子的哭声引来敌人，又担心儿子没哭声会不会给捂坏了。唐波生下二儿子后没喝过一口热汤，只吃过老乡给的两个菜团子，挤不出一滴奶。就在孩子饿得已哭不出声来时，幸好碰到了一位刚生了孩子也在躲鬼子“扫荡”的女八路，战友的乳汁终于救活了这奄奄一息的孩子……

对于两个儿子的九死一生，唐波从不认为他们命大，而应归结为是爱的坚贞所致，归结为是军民血肉深情所致。她说：“他们不仅仅是我的儿子，更是八路军、山东百姓的儿子。”

1947年5月，唐波任十纵队留守处军医。十纵队留守处在郴州市北镇郊外的小村子里，离北镇有三华里。北镇是黄河的大渡口，五天一个集市。唐波当时负责到卫生部领取药品，由于路途远，当天无法往返，唐波怕两个孩子无人照顾，就带着孩子坐着牛车出发了。当时，国民党的小飞机白天黑夜不停轰炸，专打公路上的汽车、马车。唐波他们的车刚走到一个村子边上，飞机就来了，直朝他们俯冲下来。唐波马上把两个孩子抱下来放在村口一户人家门口，离车只有10米远。就在这时，飞机冲着车打了一连串机枪子弹，把拉车的牛给打伤了，赶车人也受了伤，母子三人由于没在车上总算逃过一劫。无奈之下，唐波又向当地村长借了车，第二天才到卫生所领了药回来，从那以后，她

20世纪80年代全家福

都是晚上摸黑去领药，孩子只能请老百姓帮忙照看。

唐波的三个孩子中，惟有小女儿出生时最幸福。1949年，唐波第三次分娩才第一次在孩子出生时见到丈夫，她激动地蹦出的第一句话就是："解放了，真好！"而朱耀华在拂晓的榕城见到女儿平安降生，脱口就给她起名"晓榕"。晓榕长大后，继承了妈妈的专业，也成为一名医务工作者，在医疗战线上辛勤工作。

四、忠贞琢钻石　相伴到永远

从烽火硝烟中走过来的夫妇，最大的梦想是盼望着有一天能够长相守，不分离！这个梦想一直等到福州解放才得以实现。人民解放军解放福州后，朱耀华担任28军83师师长并兼任福州警备区副司令。唐波也从江苏的部队医院带着两个儿子赶来福州团聚。从此，福建成为他们的第二故乡。

1955年朱耀华被授予少将军衔，先后出任28军副军长、福建省军区司令员、福州军区副司令员。

从战争中走过来的夫妻，血与火凝成的感情比什么都真挚！可是有些工农干部进城后，开始嫌弃糟糠之妻土气，常有人上门谈离婚之事，请朱司令员公断。每当遇到这种情况，朱司令员就让唐波一起安抚、批评、调解、做工作。朱司令员和唐波的战友情、夫妻情却因此更加牢固。

唐波与老伴晚年合影

解放后，从事医务工作的唐波一直是老伴的“保健医生”和“后勤部长”。朱司令员记不得自己的生日、结婚纪念日和几个孩子的生日，问他是1917年几月生的，还得要问妻子。唐波总是把老伴放在第一位。朱司令员是江西人，爱吃辣椒，因此每顿饭她都准备一盘炒辣椒，尽管家里有炊事员，但只要有时间，她都亲自下厨为老伴做些可口的饭菜。为了调剂口味，她还每年自制一些老伴爱吃的咸菜、辣椒酱等。她想方设法让老伴吃好，而自己却不在乎，吃穿不讲究。唐波在地方工作十分繁忙，但她还抽空为老伴编织毛衣、毛裤。朱司令员几次患肺炎住院，她都守在病床边。为了能让老伴早日痊愈，她找中医会诊，自己熬好中药送到医院。

老两口离休以后，相濡以沫，形影不离。只要身体允许，腿脚方便，他们总是相伴着一同出门散步。邻居看到他们那种琴瑟和谐的样子，很是羡慕、钦佩。南京军区福州老干部服务二处的同志都说，只有经历战争洗礼的夫妻才有这么深的感情。他们的老邻居熊兆仁将军，曾专门为他们老两口写了首诗——《赞耀华、唐波同志》：

戎马关山业绩煌，风骚双领满庭芳。
和鸣琴瑟苍松健，优景桑榆耀采光。

老夫妻互相关爱，至死不渝，留给晚辈的是一种精神财富！

这对从战火中走来的、牵手度过钻石婚、相伴66年的革命夫妻，于2011年3月9日合葬于福州三山陵园。

唐波同志生前荣获中共中央、国务院、中央军委颁发的淮海战役、渡江战役、抗战胜利60周年纪念章。后人挽唐波曰：一生转战鲁苏闽，青史长纪；半辈倾注中医药，忠魂永在！

简 历

唐波（1922—2010），曾用名唐曼君。1922年2月出生于山东平邑县。1930年8月随父母闯关东，9岁在一家烟草公司当童工。1938年5月参加抗日工作，同年7月加入中国共产党，担任平邑县妇委书记、妇救会主任等职。1942年2月转入八路军，进入抗大卫校学习。毕业后在山东抗大卫生队、渤海军区二分区、28军家属队门诊室等任司药、军医、所长等职。解放后在28军83师司令部卫生所、十兵团卫生科、福建军区管理处卫生股任所长、干事。1952年12月以正营职转业到地方工作。先后任福建省莆田县医院支部书记、副院长，南京市卫生局副科长、副处长，福建莆田卫生学校副校长，福建省中医研究所（现省中医药研究院）总支副书记、副所长。1983年3月离休，2010年10月25日逝世，享年88岁。

往事萦绕忆难忘

李　希

1949 年 12 月我在重庆大坪参加了中国人民解放军，经卫生训练队培训后分配到第 12 军 35 师医院，担任护理班长。1951 年 3 月 21 日随部队赴朝鲜参战，经历了一生中最难忘的三年！

一、战地白衣天使

抗美援朝战争初期，敌人飞机日夜狂轰滥炸我们的运输线，药品和生活物资极度缺乏，伤病员也无法及时转运回国。我们经常冒着被敌人机枪扫射和炮弹随时爆炸的危险，去前沿阵地抢救伤员。转运伤员时，我们女兵有时要背着超过自己体重近三分之一的男同志行进。在护理工作中，我们一个人要照顾十几个伤病员。白天为他们打针、喂药、送饭、送水，对行动不便的还要帮助其大小便、洗衣服……晚上还要开班务会，总结当天伤病员的病情，布置第二天工作后才能休息，每天都筋疲力尽。在急行军途中，我们没有时间来烧饭和吃饭，饿了就抓把地上的积雪掺和着炒面填肚子。遇到月经期就更可怜了，照样趟水过冰河，没有卫生纸，只

李希 1951 年于朝鲜

好把大衣里的棉花掏空代替。当时我们有“三怕”：一怕伤病员吃不上饭，二怕自己负伤不能工作，三怕遇到敌人时没有子弹而被俘。

面对繁重的工作和恶劣的生活条件，我们这些从大城市参军的学生兵没有一个叫过苦流过泪。大家牢记在来朝鲜之前全师出征誓师大会上李德生师长带领我们宣读的誓言：

> 我们是中国人民优秀的儿女，我们是毛泽东教育下的爱国主义与国际主义革命战士，为了反对美帝侵略，解放朝鲜，保卫祖国，保卫世界和平，我们志愿赴朝参战……

为了尽快治愈伤病员，让他们早日返回杀敌战场，我们夜以继日地拼命工作。全心全意为伤病员服务，这对于我们不是空洞的政治口号，而是当时真实的思想和实实在在的行动!

1951 年 5 月第五次战役打响后，我们师医院有几十个危重伤员无法转移，领导命令我们护理班和他们一起留在当地的一个小村庄里。

这些病号大都患的是回归热和伤寒，经常发高热到 40 度。由于没有退热药，我们只能采取物理降温的办法，给他们头部用毛巾冷敷、擦身、喂水。在生活中，他们因发烧胃口极差，加上伙食缺油少盐，就更吃不下东西了。为了他们能早日康复，我们想尽各种办法让他们吃好点，经常上山挖野菜，下河捕鱼虾……

一天，听说友邻部队有咸干鱼，我们高兴坏了，立即冒着飞机在头上盘旋、子弹在身旁飞的危险，跑到那里要了几条回来。我们把鱼洗净蒸熟，加上朝鲜当地的野蒜，和着玉米粉煮成糊糊，美美地让他们吃了一顿。

朝鲜的冬天非常寒冷，气温常在零下 30 多度。为清洗伤病员换下来的衣服和带血的绷带，我们要凿开厚厚的冰层，手冻得发紫、发麻，甚至被冰碴割破，鲜血直流仍坚守职责。白天护理照顾伤病员，晚上还经常要到兵站去背粮食，一袋粮食几十斤重，又是山路，很不好走，回到驻地往往已是下半夜了，只能休息三四个小时，又去上班。有时粮食供应不上了，我们就把自己的粮食给他们，宁愿自己饿着也要照顾好他们。

在那段时间，我们和这些伤病员建立了深厚的友谊。战役结束，这批伤病员要转走时大家彼此都依依不舍，他们说：我们回到前线一定要多杀美国鬼子，以感谢你们这些白衣天使！

回忆在朝鲜的日子，有一件事令我至今难以忘怀。

那是1951年的夏天，部队打完第五次战役，正在谷山休整。黑夜突然电闪雷鸣，大雨瓢泼，我们班的小护理员黄元淮同志吃过晚饭，像平时一样肩背小药包，一手提着美国罐头盒改制的小油灯，一手拎着开水瓶，冒着狂风暴雨去上夜班……

第二天清晨，雨过天晴。吃早饭时，同志们发现黄元淮没有来，我立即吩咐大家分头去找。结果找遍了附近的山沟、坑道都不见踪影。身为班长我非常焦急，一边派人继续寻找，一边向医院领导和师卫生处报告。师部在接到报告后非常重视，立即派保卫科的同志配合医院分析情况，扩大寻找范围。

一天、两天、三天过去了，人们找遍了附近的沟沟坎坎，仍杳无音信，她仿佛人间蒸发了！直到第四天，战友们在清川江下游的31师驻地发现了线索。听31师领导讲，他们从望远镜中看到，江水中曾有一具女尸漂过。战友们得知这一消息，当即相拥而泣……

一个美丽天真的女战士就这样牺牲在异国他乡，年仅16岁！她走的是那么匆忙，没有留下一句话，就消失在那个漆黑的雨夜中……

事后，组织上追认她为革命烈士！

时光虽然已过去六十余年了，但黄元淮烈士的形象始终萦绕在我的脑海中，成为我心中永远的痛！

二、亲历细菌战

1952年早春二月，朝鲜的三千里江山依然是满山遍野积雪覆盖。此时的金城阻击战前沿阵地上枪炮声不绝于耳，我志愿军第12军35师站岗的战士突然发现一个反常现象：敌方炮声发出后落在我方阵地上的炮弹并没有爆炸声！他们机警地感觉到应立即向领导报告。上级接到报告后，当即组织了搜巡小分队前去察看，发现了一个特别的炮弹，不像正常炮弹落地时炸成碎片而是分成两半，弹内和弹壳周围雪地上爬满了老鼠和苍蝇、蜘蛛、跳蚤等昆虫。由于天气太冷，这些昆虫爬行缓慢，我搜巡人员采集了标本并逐级上送到有关部门。经检验，这些昆虫身上分别携带有鼠疫、霍乱、天花和斑疹、伤寒等烈性传染病菌，后证实是美军所为！

以美军为首的联合国军在与中朝军队屡次较量中没有达到目的，公然违背《日内瓦公约》等国际法准则，对朝鲜北部和我国东北地区实施惨无人道的细菌战，企图制造疫区，削弱中朝军队的有生力量。美国这一罪恶行径使朝鲜历史上早已绝迹的鼠疫、霍乱等烈性传染病再次发生。我志愿军前线部队除 12 军外，第 26 军、39 军、42 军都发现了敌人抛下的细菌弹，严重危害到中朝军民的生命安全和健康。

中央军委于 2 月 21 日致电彭德怀、邓华等志司领导，指出："现在的重要问题是必须抓紧每一分每一秒钟的时间进行细菌散播区的消毒和隔离，克服麻痹大意和侥幸心理。"

3 月 1 日志愿军总部成立了以邓华为主任，韩先楚、吴之理（医学专家、原军事医学科学院副院长）为副主任的总防疫委员会。为了加强组织领导，要求志愿军团以上单位成立以各级首长亲自挂帅的防疫委员会和专门办公室，在基层各部队广泛动员，全力开展防疫、灭疫工作，坚决彻底粉碎美军的细菌战！

我们 35 师防疫委员会主任由师长李德生亲自兼任，成员有：参谋长张镰斧、政治部主任鲁之沫、后勤处长闫作惠、卫生处长罗玉棋及司政后卫各机关干部一名。各团防疫委员会主任由副团长兼任，103 团主任是谭笑林，104 团主任是任保俗，105 团主任是崔松山。

4 月初，我接到命令，由师医院调师防疫委员会办公室工作。一开始我有些畏难情绪，心想自己参军来到部队只是想做好医护工作，让伤病员早日康复再上战场杀敌，现在却让我去防疫办工作，成天和苍蝇、老鼠、跳蚤打交道，多没劲呀！但转念又想作为一名军人要服从命令，这也是组织上对自己的信任，应该无条件服从，坚决完成任务，不辜负组织上的信任。

我背着简单的行李独自一人到师司令部报到。一路上看到被战争破坏的房屋，到处残垣断壁，就连乡村小路也都是弹坑累累，偶尔还有炮弹飞过。当翻过一座小山坡面前展现的是通向好几个大山沟的路口，我想该进哪条沟才是目的地呢？正发愁时，对面走来一个朝鲜老大爷，我赶紧迎上去边比划手势边用简单的朝鲜语问老人："阿爸吉！这边志愿军东木（同志）一嗦（有）？"这位老人听到是个女性声音惊奇地回答："啊！幺东木（女同志），这边的一嗦一嗦（有的）！"同时对我竖起大拇指望着我微笑。我告别了朝鲜老人，沿着他手指的那条山沟前进，果然找到了师部驻地。

防疫办公室附设在师军务科，军务科的办公室旁紧靠的一个小防空洞就是我的住处了。里面的陈设除了能躺下睡觉的“床”之外，还有个炮弹箱搭的小桌子，桌上放部电话机供夜间使用。办公室一共 3 名工作人员，两位是男同志，在一起工作十几天后他们又陆续调走了，只剩下我一人坚守工作岗位。

军务科科长韩文和卫生处罗玉棋处长对我谈了防疫办公室成立的重要性。为了粉碎敌人发动的这场灭绝人性的细菌战，我们防疫办的任务是：严密监视敌人动态，一旦部队防区内发现有害昆虫大量聚集时必须立即在第一时间内做到以下四点：一是向负责首长报告疫情；二是向上一级防疫部门报告疫情；三是通知业务部门（防疫队）做消杀灭毒处理；四是向周边友邻部队和朝鲜当地政府通报疫情。

这里的工作完全不像在医院，医院里我们十几个年龄差不多的女孩住在一起，偶尔的休息片刻也能说笑，甚至打闹。可这里就我一个女同志，连解决大小便都很不方便，只能尽量少喝水，减少麻烦。

刚开始工作时，整天忙于接打电话和文件的上传下达，对我来说真不习惯。特别是当下属部队发现防区内有疫情报告时必须准确无误地把疫情发生的地点记下来，而朝鲜的地名又不太好懂，稍有差错，防疫队消杀捕灭就找不到地方，耽误时间责任就大了。另外那时写字用的是蘸水笔，蘸一下只能写十几个字，接电话同时记录，蘸水笔太慢了，那时特别想有一支吸一次水能写几天字的自来水钢笔方便书写。

军务科的韩文科长和赵凯参谋等几个同志帮助我识别地形和地理位置，学习看地图，以便熟悉本防区的地理位置和地名，同时我还学会了机关其他一些业务知识。在防疫检疫业务上得到我们师卫生处罗玉棋处长耐心全面的指导。

开始我们没有消毒药品，大家就想办法用树枝扑打，用火烧，或挖深坑掩埋。随着气温变暖，敌方投来的细菌弹一落地炸开后，那些害虫就会快速爬行到树林草丛里，给我们消杀灭毒带来一定困难。对此师首长要求部队加强组织力量，划分防疫区域，采取分区负责，各区设立防疫检查站、防空监视哨、巡回侦查组和机动扑灭队，这样便于发现疫情，及时报告，尽快处理。

不久，祖国人民给我们送来了各种消毒药品、杀虫粉剂、防毒面具、喷射器材和预防急性烈性传染病如鼠疫、天花、霍乱等疫苗。这些疫苗运来后我们防疫办公室立即组织全师官兵接种，也给部队周边的朝鲜老百姓接种。每天晚上，我们师防疫办公室召集各团防疫办公室汇报当天除害灭菌情况，然后再汇

1952 年春天李希（前排左二）与战友在朝鲜金鹤洞师指挥所前合影

总，向军级防疫办公室上报疫情，工作结束时往往已是深夜。

在反细菌战的日子里，我们防疫办还发动竞赛看哪个单位除害灭虫数量多，制作消杀灭菌工具多，定期总结表彰和解决不足之处。部队还利用战斗空隙要求所属人员搞好环境卫生和个人卫生，甚至要求外出出差途中都注意打老鼠苍蝇。没有工具自己就地取材制作老鼠夹板和苍蝇拍子，形成人人动手见害虫就打、人人争当反细菌战先锋的热潮。

两个多月下来，美军投向我防区细菌弹有 5 次之多，但由于广大官兵积极努力，采取措施迅速而得力，我部没有发生流行性传染病，但从收到的疫情通报中得知，友邻部队有因接触有害细菌后感染斑疹伤寒和霍乱的人员伤亡，其中有位副军长因患斑疹伤寒经救治无效而牺牲。

在防疫办工作时我时常送文件给李德生师长、宗凤洲副师长及张镰斧参谋长，首长们除了对我工作上指示外也会关心地问起我的日常生活情况。

半年后，我军彻底粉碎了敌人的细菌战，防疫办公室也完成了它的历史使命，我被正式调到师卫生处防疫股工作。由于我工作努力，表现突出，受到领导和同志们的称赞，并荣立三等功。

三、师长为我牵红线

正是在师防疫办公室工作的这段时间里，我和104团团长任保俗同志相识相知。他是河北束鹿人，1938年14岁就参加了八路军，在枪林弹雨中浴血奋战久经沙场，是一个有勇有谋、屡立战功的年轻团长。但他和大多数工农干部一样，为人忠厚耿直，不善言谈。在我们相识后，他对我虽有好感，却不好意思向我表白。

后来李德生师长了解了情况，他关心地对我说："小李，你还要选什么样的人？任保俗同志现在是我们师最年轻、最能干的干部！"

就这样，老师长为我们俩捅破了这层窗户纸。经过一段时间的相处，彼此之间加深了感情，我觉得他是一个值得信赖可以终身依靠的人。1953年4月在金达莱花盛开的季节，我们在朝鲜东海岸元山简陋的防空洞里举行了婚礼。我手捧着美丽的金达莱花，脸上充满了幸福的笑容！

1954年4月，我们从朝鲜凯旋回国，驻防在浙江金华。1955年组织上送他到南京军事学院学习深造，1959年毕业后回到老部队——12野战军，历任军侦察处长、副师长、师长、军参谋长、副军长、军长等职。1983年军委调他

1953年春天李希与丈夫任保俗结婚照

到南京高级陆军学校任副校长（副兵团职）。在半个世纪的革命生涯中，他对党的事业忠心耿耿，对革命工作兢兢业业，为我军的现代化、正规化建设献出了毕生的心血和精力。1987 年 4 月，他因积劳成疾，63 岁时不幸病逝，过早地离开了我和 5 个女儿，留给我们无尽的思念！

现如今当年的小女兵们都已成了耄耋老人，但我未曾忘怀那个血与火的年代，永远为自己在这场战争中成为新中国第一代卫生防疫战士而感到自豪！

简 历

李希，1931 年 5 月出生，四川遂宁县人。1949 年 12 月在重庆参加中国人民解放军第 12 军 35 师。1951 年 3 月随部队入朝参战，先后在 35 师医院、师防疫委员会办公室、师卫生处防疫股工作，并兼任文化教员。1954 年 4 月随部队回国，1955 年转业地方，一直在医疗战线工作，1987 年退休。曾荣获三等功一次，1951 年 10 月因敌机轰炸受伤被评为三等伤残。

跋　心香一瓣报母恩

在中国人民解放军建军九十周年前夕，这本凝聚着三代人关注和心血的红色纪实回忆文集——《兵妈妈》终于问世了。

作为老八路的女儿，曾经的女兵，我为自己能为兵妈妈们做一点力所能及的事而感到欣慰。

我从小生长在野战军的部队大院里。父母所在的部队陆军第12军是一支英雄的部队，被誉为“二野劲旅”，是目前我军拥有红军连队最多的旅（即百将战旅）。电影《英雄儿女》中的王成，电视剧《亮剑》中李云龙的原型都源于我们12军。“朱德警卫团”（即八路军总部特务团）、“百将团”（即威震太行的129师769团）、“襄阳特功团”（二野六纵17旅49团）、“王克勤排”（二野六纵18旅52团）、“郭兴福教学法”（34师100团）也都出自于我们12军。半个多世纪以来，虽历经多次整编，但12军始终保留在中国人民解放军的建制中。黄麻起义、三过雪山草地、夜袭阳明堡、逐鹿中原、千里跃进大别山、血战大杨湖、强渡汝河、挺进大西南、平型关大战、百团大战、上党战役、鲁西南战役、淮海战役、渡江战役、西南战役、上甘岭战役……这些军史、战史从小我就耳熟能详，百听不厌。父亲书柜里的《星火燎原》、《红旗飘飘》、《军史汇编》和《少年文艺》、《儿童文学》、《十万个为什么》共同成为我少年时代的启蒙读物。15岁那年，我也穿上了军装，走进了军营。所以，对部队、对军营，我怀有深深的眷念和浓郁的情结。为了心中这份挥之不去的情结，2014年春天，我和几位志同道合的大院子女策划了这本书。

本书从酝酿到出版历经四个年头，是一部集思广益、精雕细刻、精心打造的作品。在本书的组稿和编辑过程中，得到了老一辈女兵妈妈们的鼓励和支持。作为战争的亲历者、幸存者，她们难忘那血与火的战争岁月，难忘战火中结下的生死与共的战友情，更难忘那些永远长眠在祖国山河和异国他乡的烈士们。为了把她们生命中最珍贵的记忆告诉后人，流传下来，她们以八九十岁的高龄，不顾年迈体弱，有的亲自撰稿，有的提供宝贵的线索和资料，有的给我寄来早年写的回忆录手稿，有的翻箱倒柜找出珍藏几十年的老照片、日记本、信札……

路漫漫，我与妈妈最亲；
山巍巍，我与太阳最近；
天水间，我与红星最亮……
魂牵梦绕是那军人魂！

一直以来，我非常喜欢这首由贺东久作词，印青作曲的歌曲:《绿色的背影》，因为歌词真切地表达了我的心声……

在本书付梓出版之际，我特别要感谢父亲的老上级——南京军区原司令员、百岁老红军向守志上将，他不仅高度评价和赞赏《兵妈妈》一书的创意，认为是一件非常有意义的事，而且欣然为本书题词。向伯伯德高望重、功勋卓著，他慈祥、睿智、平易近人的长者风范给我留下了深刻的印象，他的鼓励和支持是我为兵妈妈立传的重要动力。

军中儒将，军事科学院研究员、博士生导师，中国战略文化促进会常务副会长罗援将军在百忙中认真仔细地阅读了全书，饱含深情地为《兵妈妈》写了一篇立意高远、情感真挚、文采斐然的序言，其人品、文品令人尊敬。在此，我代表编委会和全体作者对两位将军谨致深深的谢意，恭祝福寿安康，阖家幸福，吉祥如意。

我父亲的老战友，原12军副军长、甲等战斗英雄许克杰叔叔（全军英模代表、全军先进离休干部，多次受到中央领导和中央军委首长接见）也对本书的写作给予很大的支持和帮助。今年89岁的许叔叔两次在徐州接受我的专访，他不顾刚出院不久，执意和夫人李正夫阿姨（本书作者之一）亲自陪我参观军史馆和淮海战役纪念馆。在一幅幅老照片、一面面旌旗、一枚枚勋章、一排排战利品前，为我讲述战史和军史，讲述战场上女兵们的感人故事，使我身临其境，感同身受，对波澜壮阔、艰苦卓绝的中国革命有了更加感性直观的体验和认识。此外，我父亲战争年代的老部下，解放后转业在全国各地的12军老战士们也为本书出了不少力。他们在得知我要编写《兵妈妈》一书后，纷纷写信、打电话给予赞赏和支持。他们不仅为我提供线索、联系作者，在我赴各地采访组稿过程中给予热情的关照和帮助，而且将他们珍藏几十年的战地日记、老照片和近年出的回忆录送给我，为我编辑写稿提供了宝贵的素材和资料。他们是成都的邱月杭叔叔、刘忠敏阿姨，浙江金华的史克叔叔，重庆的贺增德叔叔，昆明的董声岐叔叔，福州的王银虎叔叔，合肥的黄丽英阿姨、李莉萍阿姨，南京的齐文英阿姨和张于叔叔夫妇、钟平均阿姨和肖丹叔叔夫妇。作为晚辈，我打心眼里感谢他们的鼎力支持，祝愿他们健康长寿，晚年快乐幸福。

任何文学作品只有先打动自己，才可能打动读者，只有打动读者，才拥有生命力。主编《兵妈妈》一书的过程，对我来说是一次极好的学习和受教育的机会，也是一次精神的历练，思想的升华。品读一篇篇用真情、爱心写就的文章，透过字里行间那朴实无华的思想、境界和情感，使我重温了中国革命漫长而艰难的征程，触摸到那掩藏在历史脉动下永不泯灭的军魂，从而对革命、战争、人性、母爱、爱情、亲情有了更加深刻的理解和认知。

“行案上著书之心志，歌巾帼母亲之功勋。”董明女士为我写的这句诗，非常贴切地概括了三年来我的心路历程。

在一千多个日子里，我与书中的主人公朝夕相处，隔着荧屏进行两代女兵精神的交流、心灵的对话，经常不知不觉已是深夜甚至黎明。在阅稿、改稿的过程中，我每每为兵妈妈坎坷多难的人生而落泪，她们有的少年丧父、青年丧夫、老年丧子，经历了人生所有的痛苦；有的亲眼目睹未婚夫被日寇残忍杀害，擦干眼泪继续战斗；有的在丈夫牺牲后独自一人挑起养育多个孩子的重担，并赡养婆婆和小叔……最令我唏嘘感叹的是兵妈妈们在战争年代养育孩子的艰辛，她们有的身怀六甲参加中原突围；有的产后四天就出门寻找党组织；有的在潮湿阴暗的监狱中分娩；有的忍痛将出生几天的孩子送给老百姓，却再也找不回来……战争中的女兵所承载和付出的实在太多！她们这代女性所吃的苦受的罪，是我们这些生活在和平年代的人难以想象的。

铁血镌青史，巾帼传奇壮河山；深情报家国，母亲大爱暖人间。愈走进她们的内心，愈了解她们的经历，就愈觉得她们一生的不易和伟大，愈感到她们身上所具有的坚韧、自强、勇敢、包容、仁爱、贤淑、忠贞的高尚情怀，正是我们民族精神永不衰竭的源泉和动力，正是今天这个时代需要讴歌和弘扬的主流价值。

兵妈妈作为一个群体，见证了中国妇女从苦难走向辉煌的历程，她们的业绩和功勋已镌刻在历史的丰碑上，值得后人永远敬仰、歌颂、铭记和传承。而这正是我们编写本书的意义和目的所在。

本书的作者除了老一辈女兵妈妈们，绝大多数是我的同龄人。他们和我一样，从小生长在军营，身上流淌着军人的血液，与生俱来具有浓郁的英雄情结和军旅情怀。虽然，他们中的一些人并不擅长文字和写作，也大都过了花甲之年，但为了一个共同的夙愿：把母亲的故事记述下来，流传下去，使含辛茹苦养育我们的母亲在历史中留下“回声”和“脚印”，他们纷纷打开尘封的记忆，追寻母亲的足迹。有的一年三次远赴云南边陲，到母亲的家乡和生活战斗过的地方“寻根”；有的特意从万里之遥的海外飞回来，走亲访友、收集资料、研读军史；有的身患重病，不顾化疗放疗的严重反应挑灯熬夜；有的因劳累过度，心脏病突发装了好几个支架……他们凭着对母亲的一片赤子之心，精心构思、反复提炼深化主题，推敲润色文字，许多是三易、四易……甚至八易其稿，写出了一篇篇生动感人接地气的好文章，为读者展示了一个个有血有肉的鲜活的母亲形象。作为儿女，这无疑是对母亲最好的回报。

战争岁月对青年一代是陌生而遥远的，但令人欣慰的是，许多80后、90后也对本书给予了极大的关注和热情。他们或陪同我采访、录音、照相，或帮助扫描照片、录入文字、查找资料、制作PPT，并承担了编委会会务等工作。特别是我的女儿朱晨、女婿陶震，以及我校毕业生刘盈皎、范辉、王银宏、张率、马谊、关维维，他们在繁忙的学习工作之余，均为本书的编辑出版付出了宝贵的时间和精力。作为年轻的一代，祖国的未来，强国之梦要靠他们来实现，他们对红色文化的认同和倾心令我倍感欣慰。

需要指出的是：《兵妈妈》一书是集体智慧的结晶。我的合作者：副主编陆幸生先生（国家一级作家）、封面绘画的作者杨娌娅女士（国家一级美术师）、篇目词作者董明女士，以及编委会成员解锟博士、权伟女士、张黎明先生（上海中共一大会址纪念馆馆长），都对本书的编辑和出版倾注了智慧和心血，付出了辛勤的劳动，没有他们的参与合作，本书不可能顺利面世。

此外，我的发小、战友、朋友、学生也为本书做了许多力所能及的工作，他们是：权彬、李小沪、刘晓飞、赵国庆、张亚宁、李建、唐燕、韩月乔、韩加、邵铁华、周洪波、练育强、王引淑、权尹、赵小苏、李军、武丽佳、董莉、张放、任志平、鲍成成、宗恒、姜雪雁、罗小兵、王东强、刘鹏程、蒲德生、吕南征等，在此一并表示真诚的谢意。

特别要感谢江苏省苏州市世茂生物科技有限公司董事局主席邵晨博士，作为军人的后代、年轻的企业家，邵晨对本书的统稿及会议的举办提供了经费上的支持。作为长辈，我祝福他事业顺利兴旺，家庭美满幸福。

当然，需要感谢的还有我的先生和姐妹兄弟们。他们自始至终对我这个本职工作以外的“业余爱好”给与了物质和精神上的支持，分担了许多原本应该由我做的家务及照顾老母亲的义务。没有他们的理解、鼓励和支持，我不可能有足够的时间和精力来做这件事情，将最初只是一个美好的愿望变成现实。

作为一名任教三十多年的高校教师、资深编审，我是用编辑学术论著的态度来编辑本书的。本着对历史负责、对读者负责的态度，凡文中涉及的重大历史事件、重要战役、部队番号、时间、地点、人物都进行了反复考证与核实，力求真实、严谨、准确。在书稿交付后，本书责任编辑，上海人民出版社历史与文献编辑中心主任孙瑜先生、高笑红女士及其他编辑又对书稿进行了精心审阅和编辑，发现和纠正了错漏。在此我也想表达对上海人民出版社及有关同仁最诚挚的谢意。尽管我们在写作和编校本书时力求做到最好，但仍然不可避免会有不尽人意之处，欢迎广大读者批评指正，以便我们日后加以完善。

令人遗憾的是，在本书付梓之前不到一年的时间里，有四位兵妈妈相继离开了我们，她们是：南京103岁的老红军何子友妈妈、杭州99岁的老红军贾克林妈妈、广州85岁的王雪晨阿姨、成都82岁的赵洁苓阿姨。她们生前都接受过我们的采访，对本书的创意给予充分肯定，期盼能在有生之年看到《兵妈妈》的问世。尽管她们没有等到这一天，但她们不平凡的人生经历及崇高的精神品格已经作为历史的印记、符号流传下来。在来年的母亲节，我们将把《兵妈妈》一书作为礼物奉献在她们的灵前，愿她们在天堂含笑安息！

“谁言寸草心，报得三春晖。”谨以此书献给我亲爱的母亲——经历过战火洗礼的兵妈妈们，也献给所有为中国人民解放事业作出贡献的军人。

成亚平

2016年12月9日于北京

图书在版编目(CIP)数据

兵妈妈/成亚平主编. —上海:上海人民出版社，2017

ISBN 978-7-208-14099-8

Ⅰ.①兵… Ⅱ.①成… Ⅲ.①革命回忆录-作品集-中国-当代 Ⅳ.①I251

中国版本图书馆CIP数据核字(2016)第238111号

特约编辑 陈敬山

责任编辑 孙 瑜 高笑红

装帧设计 范昊如 陈静婷

封面画作 杨娌娅

兵妈妈

成亚平 主编

世 纪 出 版 集 团

上海人民出版社出版

(200001 上海福建中路193号 www.ewen.co)

世纪出版集团发行中心发行 常熟市新骅印刷有限公司印刷

开本 720×1000 1/16 印张 37 插页 6 字数 614,000

2017年3月第1版 2017年3月第1次印刷

ISBN 978-7-208-14099-8/I·1586

定价 98.00元